UN BELLO
MISTERIO

LOUISE PENNY

UN BELLO MISTERIO

Traducción del inglés de
Maia Figueroa

Título original: *The Beautiful Mystery*

Ilustración de la cubierta: Moment Open / Getty Images

Copyright © Three Pines Creations, Inc, 2012
Copyright de la edición en castellano © Ediciones Salamandra, 2018

Publicaciones y Ediciones Salamandra, S.A.
Almogàvers, 56, 7º 2ª - 08018 Barcelona - Tel. 93 215 11 99
www.salamandra.info

ISBN: 978-84-16237-24-1
Depósito legal: B-27.704-2017

1ª edición, enero de 2018
Printed in Spain

Impresión: Liberdúplex, S.L. Sant Llorenç d'Hortons

*Dedico esta novela a todos los que se arrodillan
y a los que se levantan*

PRÓLOGO

A inicios del siglo XIX, la Iglesia católica se dio cuenta de que tenía un problema. A decir verdad, tal vez fuese más de uno, pero el que le preocupaba en aquel momento estaba relacionado con el oficio divino: las ocho veces al día que se cantaba en el seno de la comunidad católica. El canto llano. El canto gregoriano. Canciones sencillas cantadas por monjes humildes.

Para ser exactos, la Iglesia católica había perdido el oficio divino.

La liturgia de las horas continuaba celebrándose. Lo que llamaban «canto gregoriano» todavía se daba en monasterios de aquí y de allá, pero incluso en Roma admitían que los cantos se habían alejado tanto de los originales que se los consideraba corruptos. Barbáricos. Al menos, en comparación con las canciones elegantes y hermosas de siglos anteriores.

No obstante, un hombre tenía la solución.

En 1833, un joven monje llamado dom Prosper reinstauró la vida monástica en la abadía francesa de San Pedro de Solesmes y se impuso la misión de devolver a la vida los cantos gregorianos originales.

Sin embargo, ese propósito generaba un problema nuevo. Tras una investigación exhaustiva, el abad dom Prosper descubrió que nadie sabía cómo sonaban los cantos originales. De los más antiguos no existía siquiera constancia escrita: se habían compuesto hacía tantos siglos —más de mil años— que precedían incluso a las primeras partituras. Los monjes los aprendían de memoria y, tras años de estudio, los transmitían de forma oral a otros monjes. Eran cantos sencillos, pero ésa era una cualidad muy potente. Los primeros eran magnéticos, animaban a la contemplación y reconfortaban.

El efecto en quienes los escuchaban y los cantaban era tan profundo que las piezas litúrgicas empezaron a conocerse como «el bello misterio», pues los monjes creían estar cantando la palabra de Dios con la voz tranquila, balsámica e hipnótica del Señor.

Dom Prosper sabía que en el siglo IX, mil años antes de que él naciese, otro hermano también había meditado sobre el misterio de los cantos. Según la tradición eclesiástica, aquel monje anónimo había recibido una inspiración: dejar constancia escrita de los cantos. Para preservarlos. Había muchos novicios que eran unos zoquetes e introducían multitud de errores cuando trataban de memorizar el canto llano y, si la música y las palabras eran de procedencia divina, algo que él creía de todo corazón, era necesario guardarlas a mejor recaudo que en las cabezas de esos hombres tan inclinados a equivocarse.

En la celda de piedra que tenía en su abadía, dom Prosper imaginaba al monje sentado en una estancia igual que la suya. Tal como él lo veía, el hermano se acercaba un pergamino, una vitela, antes de mojar en la tinta la punta afilada de la pluma. Entonces escribía las palabras, el texto de los cantos; y, como era natural, lo hacía en latín. Se trataba de los salmos. Una vez hecho eso, regresaba al inicio. A la primera palabra.

Sostenía la pluma justo encima.

Y ahora, ¿qué?

¿Cómo podía escribir la música? ¿Cómo se comunicaba algo tan sublime? Trataba de anotar instrucciones, pero le resultaba demasiado engorroso. Era imposible describir sólo con palabras la manera en que la música trascendía el estado humano y elevaba al hombre a lo divino.

El monje no sabía cómo proceder. Pasaban los días y las semanas, y él continuaba con su vida monacal: rezaba con sus compañeros, trabajaban juntos. Y rezaba. Cantaba en el oficio divino. Enseñaba a los jóvenes novicios, que se distraían con facilidad.

Entonces un día se percató de que éstos se fijaban en su mano derecha, con la que les guiaba la voz. Arriba, abajo. Más deprisa, más despacio. Bajito, bajito. Habían memorizado las palabras, pero la música dependía de los gestos que él hacía.

Esa noche, después de vísperas, iluminado a la preciada luz de las velas, nuestro monje anónimo contempló los salmos que había copiado con tanto esmero en la vitela. Mojó la pluma en la tinta y dibujó la primera nota musical.

Era una virgulilla sobre una palabra. Una tilde ondulada y corta. Después, otra. Y otra más. Dibujaba su mano. Estilizada. Guiaba a un monje invisible para que alzase la voz. Para que subiese el tono. Y aguantase. Y lo subiese de nuevo, lo mantuviera un instante, luego lo bajase y lo dejase caer en un descenso musical vertiginoso.

Mientras escribía, iba tarareando. Las marcas sencillas representaban una mano y revoloteaban por la página dando vida y alas a las palabras. Éstas se elevaban con alegría. Y él oía las voces de monjes que aún no habían nacido uniéndose a la suya. Cantando exactamente las mismas melodías y letras que lo liberaban y que impulsaban su corazón hacia el cielo.

En ese intento de plasmar el bello misterio, el monje había inventado la escritura musical. Sus acotaciones acabaron llamándose «neumas»; todavía no eran notas.

Con el paso de los siglos, el canto llano evolucionó hacia algo más complejo. Se añadieron instrumentos y armonías que condujeron a la aparición de acordes y de pentagramas y, por fin, de las notas musicales. Do, re, mi. El nacimiento de la música moderna. Los Beatles, Mozart, el rap. La música disco, *La reina del Oeste*, Lady Gaga. Todo eso brotó de la misma semilla ancestral: un monje que dibujó su mano. Un monje que tarareaba y guiaba para acercarse a lo divino.

El canto gregoriano fue el padre de la música occidental. Pero, con el tiempo, acabó muriendo a manos de sus hijos ingratos. Enterrado. Perdido y olvidado.

Hasta principios del siglo XIX, cuando dom Prosper, harto de presenciar la vulgaridad de la Iglesia y la pérdida de la sencillez y de la pureza, decidió que había llegado el momento de resucitar los cantos gregorianos originales. De encontrar la voz de Dios.

Sus monjes peinaron toda Europa. Buscaron en monasterios, bibliotecas y colecciones. Con un objetivo: hallar el antiguo manuscrito original.

Los monjes regresaron con muchos tesoros que se habían perdido en bibliotecas y colecciones lejanas, y, al final, dom Prosper decidió que el original era un libro de canto llano cuyas virgulillas de tinta ya estaban descoloridas. El primero y tal vez el único documento que registraba cómo debía sonar el canto gregoriano. Un pergamino de unos mil años de antigüedad.

En Roma no compartían su parecer. El papa había llevado a cabo su propia búsqueda y había dado con otro documento. Insistía en que la vitela hecha jirones que él había encontrado contenía indicaciones sobre cómo debía cantarse en el oficio divino.

Y así, tal como pasa a menudo cuando los hombres de Dios no se ponen de acuerdo, se declaró una guerra. El monasterio benedictino de Solesmes y el Vaticano se atacaron usando los cantos como arma. Y cada uno insistía en que los suyos eran más próximos a los originales y, por lo tanto, a Dios. Académicos, musicólogos, compositores famosos y monjes humildes dieron sus opiniones y escogieron bando en una batalla que iba encrudeciéndose y pronto se convirtió más en una cuestión de poder e influencias y menos en una sobre las voces sencillas que se alzaban por la gloria del Señor.

¿Quién había hallado el canto gregoriano original? ¿Cómo debía cantarse el oficio divino? ¿Quién estaba en posesión de la voz de Dios?

¿Quién tenía razón?

Finalmente, al cabo de varios años, los académicos alcanzaron un consenso sin levantar demasiada polvareda, pero la decisión se acalló si cabía con mayor discreción.

Ninguno de los dos bandos tenía razón. Aunque lo más probable era que los monjes de Solesmes estuviesen más cerca de la verdad que el Vaticano, al parecer no la habían alcanzado. Lo que ellos habían encontrado era un documento histórico de valor incalculable, pero era un documento incompleto.

Porque le faltaba algo.

Los cantos constaban de palabras y de neumas, indicaciones de cuándo los monjes debían elevar la voz y cuándo debían cantar más bajo. Qué notas eran más altas y cuáles más graves.

De lo que carecían era del punto de partida. Más agudo, pero ¿desde dónde? Más alto, pero ¿respecto a qué? Era como encontrar un mapa del tesoro en el que figuraba la equis que indicaba dónde acabar, pero no la que mostraba dónde empezar.

Al principio...

Los monjes benedictinos de Solesmes no tardaron en convertirse en el nuevo hogar de los antiguos cantos. El Vaticano acabó cediendo y, en cuestión de unas décadas, el oficio divino recuperó su vigencia. El canto gregoriano renovado se extendió por los monasterios de todo el mundo. Sus melodías sencillas ofrecían verdadero consuelo. Canto llano en un mundo cada vez más ruidoso.

Y así, el abad de Solesmes falleció tranquilo, sabiendo dos cosas: que había conseguido algo significativo, poderoso y de gran importancia. Había revivido una tradición simple y hermosa. Había devuelto los cantos corrompidos a su estado de pureza anterior y le había ganado la guerra a la Roma del mal gusto.

Pero había algo más, algo que sabía en el fondo de su corazón, y era que a pesar de haber vencido, no había logrado su objetivo. Lo que todo el mundo consideraba canto gregoriano genuino se acercaba al verdadero, sí. Era casi divino. Pero no del todo.

Porque no tenía punto de partida.

Dom Prosper, músico de gran talento, no podía creer que el monje que había codificado el canto llano no les hubiera dicho a las generaciones futuras dónde empezar. Podían imaginárselo. Y lo hacían, pero no era lo mismo que saberlo.

El abad había argumentado con auténtica pasión que el libro de cantos que sus monjes habían hallado era el original. Sin embargo, en su lecho de muerte, se atrevió a cuestionarlo. Imaginó al otro monje vestido igual que él en ese instante, encorvado a la luz de una vela.

Momentos antes, el monje habría terminado el primer canto, creado los primeros neumas. Y entonces, ¿qué? Mientras iba perdiendo y recuperando la consciencia, entre este mundo y el siguiente, dom Prosper sabía lo que ese monje había hecho. Era lo mismo que habría hecho él.

Con mayor claridad que a los hermanos que cantaban plegarias junto a su cama, dom Prosper vio al monje fallecido siglos atrás encorvado sobre la mesa. Lo vio regresar al inicio. A la primera palabra. Y añadir una marca.

Justo al final de su vida, dom Prosper supo que había un principio, pero la tarea de encontrarlo sería de otro. Otra persona resolvería el bello misterio.

UNO

La última nota del canto escapó de la iglesia abacial y se hizo un gran silencio que llevó consigo un desasosiego aún mayor.

El mutismo se prolongó. Sin fin.

Aquellos hombres estaban acostumbrados a no hablar, pero no hacerlo en aquella situación les resultaba extremo incluso a ellos.

Aun así, permanecieron inmóviles, de pie con la túnica negra y la esclavina blanca.

Expectantes.

Aquellos hombres también estaban acostumbrados a tener que esperar. Pero hacerlo en aquella situación también les parecía demasiado.

Los menos disciplinados lanzaron miradas furtivas al anciano alto y delgado que había sido el último de la larga fila en entrar y sería el primero en salir.

Dom Philippe mantuvo los ojos cerrados. Mientras que antes ése era un momento de paz profunda, un instante íntimo con su Dios particular después de vigilias y antes de dar la señal para que tocasen el ángelus, de pronto se había convertido en una excusa para la evasión.

Había cerrado los ojos porque no quería ver.

Además, sabía lo que tenía delante. Lo que siempre había allí. Lo que llevaba en aquel lugar cientos de años antes de su llegada y, Dios mediante, continuaría en el mismo sitio durante siglos después de que a él lo enterrasen en el cementerio. Dos hileras de hombres ataviados con túnica negra y capucha blanca, y una simple cuerda atada a la cintura.

A su derecha, dos hileras más.

Encaradas entre sí sobre el suelo de piedra del coro como un ejército de la antigüedad.

«No, no —le dijo a su mente cansada—. No debo pensar en batallas ni en guerras. Son sólo puntos de vista opuestos expresados en una comunidad saludable.»

Entonces, ¿por qué era tan reticente a abrir los ojos? ¿Por qué le costaba tanto dar comienzo al día?

Debía hacer sonar las campanas que llevarían el ángelus a los bosques y a los pájaros y a los lagos y a los peces. Y a los monjes. Y a los ángeles y a todos los santos. Y a Dios.

Alguien carraspeó.

En mitad del gran silencio, sonó como una bomba. Y el abad lo interpretó como lo que era.

Un desafío.

No sin esfuerzo, continuó con los ojos cerrados. Siguió inmóvil y mudo. Pero la paz había desaparecido. Sólo había agitación, dentro y fuera. La sentía vibrar entre y desde las hileras de hombres expectantes.

La sentía vibrar dentro de sí.

Dom Philippe contó hasta cien. Sin prisa. Y entonces abrió sus ojos azules y miró hacia el otro extremo del presbiterio, al hombre bajo y rechoncho que lo observaba con las manos recogidas sobre la tripa y una leve sonrisa dibujada en ese rostro de paciencia infinita.

Entornó los ojos y lo miró de reojo antes de recobrar la compostura, alzar su huesuda mano derecha y dar la señal.

Las campanas empezaron a sonar.

El tañido intenso, redondo y perfecto salió del campanario y despegó hacia la oscuridad de la madrugada. Sobrevoló el lago claro, los bosques, las colinas ondulantes, para ser escuchado por toda clase de criaturas.

Y por veinticuatro hombres de un monasterio lejano de Quebec.

Era su toque de rebato. El día había empezado.

—No puedes estar hablando en serio —dijo Jean-Guy Beauvoir, riéndose.

—¡Que sí! —respondió Annie, y asintió—. Te juro por Dios que es verdad.

—¿Estás diciéndome —empezó a preguntar, y cogió de la fuente otra loncha de beicon curado con sirope de arce— que, cuando comenzaron a salir, tu padre le regaló a tu madre una alfombra de baño?

—No, no. Eso sería ridículo.

—Claro que sí —convino él, y se comió el pedazo de beicon en dos bocados.

Sonaba un disco viejo de Beau Dommage y en ese momento se oía *La complainte du phoque en Alaska*, una canción sobre una solitaria foca macho cuya amada ha desaparecido. Beauvoir tarareó la conocida melodía en voz baja.

—Se la regaló a mi abuela el día que mi madre lo presentó, para agradecerle que lo hubiera invitado a cenar a su casa.

Beauvoir rompió a reír.

—No me lo había contado —consiguió decir al final.

—Bueno, mi padre no suele mencionarlo así como así. Pobre mamá. Se sintió obligada a casarse. ¿Quién iba a quedarse con él si no?

Beauvoir se echó a reír de nuevo.

—Entonces, supongo que el nivel está muy bajo. No tengo mucho margen para hacerte un regalo peor.

Metió la mano debajo de la mesa; estaban en la cocina y por la ventana entraba el sol. Era sábado por la mañana y habían preparado el desayuno juntos. Sobre la pequeña mesa de madera de pino había una fuente con beicon, huevos revueltos y brie fundido. Como ya estaban a principios de otoño, Beauvoir se había puesto un jersey para salir del apartamento de Annie e ir a la panadería de la rue Saint-Denis a por cruasanes y pan de chocolate. Después se había dado una vuelta por las tiendas del barrio, donde había comprado un par de cafés, las ediciones de fin de semana de los diarios de Montreal y una cosa más.

—¿Qué tienes ahí? —quiso saber Annie Gamache.

Se inclinó sobre la mesa. El gato saltó al suelo y fue a buscar un lugar donde diese el sol.

—Nada —respondió él, con una sonrisa de oreja a oreja—. Un detallito de nada que he visto y me ha recordado a ti.

Beauvoir lo levantó para que lo viese.

—¡Qué gilipollas! —exclamó Annie entre risas—. ¡Un desatascador!

—Con un lacito —repuso Beauvoir—. Para ti, querida. Llevamos juntos tres meses: feliz aniversario.

—Es verdad, a los tres meses es costumbre regalar un desatascador de váter... Y yo no tengo nada para ti.

—Te perdono —contestó él.

Annie cogió el desatascador.

—Me acordaré de ti siempre que lo use. Aunque creo que tú lo utilizarás más que yo. Al fin y al cabo, de los dos, eres tú el que más mierda tiene dentro.

—Muy amable —repuso Beauvoir, con una leve inclinación de cabeza.

Annie blandió el mango y le dio un toque suave con la ventosa de goma roja, como si fuese un estoque y ella una espadachina.

Beauvoir sonrió y bebió un sorbo de aquel café aromático e intenso. Igual que Annie. Mientras que otras mujeres habrían fingido que aquel regalo tan ridículo era una varita mágica, ella la había usado como espada.

Claro que Jean-Guy era consciente de que jamás le habría regalado un desatascador a ninguna otra mujer. Sólo a Annie.

—Me has mentido —se quejó ella al recostarse en el respaldo—. Es evidente que mi padre te había contado lo de la alfombrilla.

—Tienes razón —admitió Beauvoir—. Estábamos en Gaspé, buscando pruebas en la cabaña de un furtivo, cuando de repente tu padre abrió un armario y encontró no una, sino dos alfombrillas sin estrenar. Todavía estaban en el envoltorio.

Hablaba mirando a Annie. Y ella tampoco apartaba la vista de él; apenas parpadeaba. Absorbía hasta la última palabra, el más mínimo gesto, todas las inflexiones. Enid, su exmujer, también lo escuchaba, pero lo hacía siempre con cierto aire de desesperación, de exigencia. Como si él le debiese algo. Como si estuviera muriéndose, y él fuese la medicina.

Enid lo dejaba exhausto y lo hacía sentir un incompetente.

Pero Annie era más moderada. Más generosa.

Igual que su padre, escuchaba con atención y en silencio.

Con Enid no hablaba de asuntos de trabajo, y ella tampoco le había preguntado jamás por ellos. En cambio, a Annie se lo contaba todo.

Mientras untaba mermelada de fresa en un cruasán caliente, le habló de la cabaña del furtivo; del caso, del salvaje asesinato de toda una familia. Le explicó lo que habían descubierto, cómo se habían sentido y a quién habían arrestado.

—Las alfombrillas resultaron ser pruebas clave —afirmó Beauvoir, y se llevó el cruasán a la boca—. Aunque tardamos bastante tiempo en darnos cuenta.

—¿Fue entonces cuando mi padre te contó su patética anécdota?

Beauvoir asintió con la cabeza y masticó recordando al inspector jefe en la penumbra de la cabaña, susurrándole la historia. No estaban seguros de si el furtivo regresaría o no, pero no querían que los sorprendiese allí. Y aunque tenían una orden de registro, era mejor que él no lo supiese. Así, mientras los dos inspectores de Homicidios registraban el lugar con diligencia, el inspector jefe Gamache le había relatado a Beauvoir la anécdota de la alfombrilla. De cómo se había presentado a una de las comidas más importantes de su vida, desesperado por causar buena impresión a los padres de la mujer de la que se había enamorado sin remedio. Y de cómo, por algún motivo, había decidido que una alfombrilla de baño era el regalo perfecto para la madre de ella.

—¿Cómo se le ocurrió semejante idea, señor? —había susurrado Beauvoir, mirando por el panel resquebrajado de una ventana cubierta de telas de araña con la esperanza de no ver al furtivo desaliñado regresando con sus presas.

—Bueno —respondió Gamache, e hizo una pausa; trataba de recordar sus propios motivos—, madame Gamache me lo pregunta a menudo. Y su madre no se cansaba de interrogarme al respecto. En cambio, su padre llegó a la conclusión de que yo era imbécil y jamás lo mencionó; eso fue lo peor. Cuando fallecieron, encontramos el regalo en el envoltorio de plástico, con la tarjeta todavía pegada.

Beauvoir dejó de hablar y miró a Annie. Ella aún tenía el pelo húmedo debido a la ducha que habían compartido. Olía a fresco y limpio, como un campo de limoneros a la luz cálida del sol. Iba sin maquillar. Llevaba unas zapatillas calentitas y ropa cómoda. Annie estaba al tanto de la moda y le gustaba ir a la última, pero aún más ir cómoda.

No era delgada. Ni de una belleza apabullante. Annie Gamache no tenía ninguno de los rasgos que siempre le habían atraído de las mujeres. Sin embargo, sabía algo que la mayoría de las personas no llegan a aprender. Sabía lo maravilloso que era estar vivo.

Había tardado casi cuarenta años, pero al final Jean-Guy Beauvoir también lo había comprendido. Y se daba cuenta de que no había mayor belleza que ésa.

Annie se acercaba a los treinta. Cuando se conocieron, ella era una adolescente desgarbada, y el inspector jefe había acogido a Beauvoir en el Departamento de Homicidios de la Sûreté du Québec. De los cientos de agentes e inspectores que estaban a su cargo, Gamache había escogido como su segundo al mando al joven impulsivo que nadie más quería.

Lo había convertido en parte del equipo y, al final, al cabo de unos años, en parte de la familia.

Sin embargo, Gamache no tenía ni idea de hasta qué punto se había integrado en esa familia.

—Bueno —declaró Annie con una sonrisa irónica—, ahora ya tenemos nuestra propia historia de cuarto de baño con la que desconcertar a nuestros hijos. Cuando muramos, encontrarán esto y se harán muchas preguntas.

Levantó el desatascador decorado con un lazo de color alegre.

Beauvoir no se atrevió a contestar. ¿Se daba cuenta Annie de lo que acababa de decir? Había dado por sentado, y con total naturalidad, que iban a tener hijos. Y nietos. Que morirían juntos. En un hogar que oliese a limón fresco y a café, y con un gato acurrucado al sol.

Llevaban juntos tres meses y no habían hablado del futuro. Sin embargo, lo que ella acababa de decir le había sonado muy natural. Como si el plan siempre hubiera sido ése. Tener hijos. Envejecer juntos.

Beauvoir echó cuentas: tenía diez años más que ella y era casi seguro que moriría antes. Eso lo aliviaba.

Pero había algo que lo preocupaba.

—Tenemos que contárselo a tus padres.

Annie se quedó en silencio y cogió un pedazo de cruasán.

—Ya lo sé. No es que yo no quiera, pero... —Vaciló un instante y echó un vistazo a su alrededor, a la cocina, al salón, cuyas paredes estaban llenas de libros—. Así también estamos muy bien. Los dos solos.

—¿Te preocupa?

—¿El qué? ¿Cómo se lo tomarán?

Annie hizo una pausa y, de pronto, a Jean-Guy empezó a latirle el corazón con fuerza. Pensaba que ella respondería que no, que le aseguraría que la aprobación de sus padres no la inquietaba en absoluto.

En cambio, había dudado.

—Un poco, tal vez —admitió ella—. Estoy segura de que les hará mucha ilusión, pero las cosas cambiarán. ¿No crees?

Estaba de acuerdo, pero no se había atrevido a admitirlo ni siquiera para sí mismo. ¿Y si su jefe se oponía a la relación? No podía impedirles estar juntos, pero sería un desastre.

«No —se recordó Jean-Guy por enésima vez—, todo saldrá bien. El inspector jefe y madame Gamache estarán encantados. Se alegrarán mucho.»

No obstante, quería estar seguro. Quería saberlo a ciencia cierta. Él era así: se dedicaba a recopilar hechos, y la incerteza comenzaba a pasarle factura. Era lo único que proyectaba alguna sombra sobre una vida que de forma inesperada se había vuelto luminosa.

No podía seguir mintiéndole a su jefe. Aunque se había convencido de que no era mentirle, sino mantener sus asuntos en privado, en el fondo sentía que estaba traicionándolo.

—¿De verdad crees que se alegrarán? —le preguntó a Annie.

Le desagradó el tono inseguro de su voz, aunque ella no se dio cuenta, o no le dio importancia.

Se inclinó hacia él, apoyó los codos y los antebrazos sobre las migas de cruasán de la mesa de pino y le cogió la mano. La sostuvo entre las suyas; las tenía calientes.

—¿De saber que estamos juntos? Mi padre se pondrá muy contento. Es mi madre la que te odia.

Al ver la expresión de Jean-Guy, se rió y le apretó la mano.

—Es broma: te adora. Desde siempre. Te consideran un miembro de la familia, ya lo sabes. Para ellos eres como un hijo.

Al oír esas palabras, a Beauvoir se le encendieron las mejillas y se sintió avergonzado. De nuevo, a Annie no le importó, o prefirió no hacer ningún comentario. Se limitó a sostenerle la mano y mirarlo a los ojos.

—Un poco incestuoso, pues —consiguió decir él al final.

—Sí —convino ella, y lo soltó para beber un sorbo de café con leche—. El sueño de mis padres hecho realidad.

Rompió a reír, bebió más café y posó la taza de nuevo sobre la mesa.

—Sabes que la noticia lo emocionará.

—Y lo sorprenderá también, ¿no?

Annie se paró a pensar.

—Creo que no dará crédito. Tiene gracia, ¿verdad? Mi padre se pasa la vida buscando pistas, encajando piezas, recabando pruebas, pero cuando tiene algo delante de las narices, se le escapa. Demasiado próximo, imagino.

—Mateo 10:36 —murmuró Beauvoir.

—¿Cómo?

—Es algo que nos dice tu padre a los de Homicidios. Una de las primeras lecciones que da a los nuevos reclutas.

—¿Una cita bíblica? —preguntó Annie—. Pero si mis padres nunca van a misa...

—Al parecer la aprendió de su mentor cuando entró en la Sûreté.

Sonó el teléfono. No era el timbre robusto del fijo, sino el trino alegre e invasivo del móvil. El de Beauvoir. El inspector corrió al dormitorio y lo cogió de la mesita de noche.

La pantalla no mostraba ningún número, sólo una palabra.

«Jefe.»

Cuando estaba a punto de pulsar el pequeño icono verde del teléfono, vaciló. Prefirió salir de la habitación e ir al salón de Annie, una estancia llena de luz y de libros. No podía hablar con su jefe estando delante de la cama donde esa misma mañana le había hecho el amor a su hija.

—Diga —contestó, intentando sonar tranquilo.

—Perdona que te moleste —respondió esa voz conocida.

Era a un tiempo relajada y autoritaria.

—No se preocupe, señor. ¿Qué pasa?

Beauvoir miró el reloj que había sobre la chimenea. Eran las 10.23 horas de un sábado por la mañana.

—Ha habido un asesinato.

Así pues, no era una llamada de cortesía. No quería invitarlo a cenar. Ni preguntarle por algún asunto relacionado con el personal de la comisaría o hablar sobre algún caso que estuviera a punto de ir a juicio. Se trataba de una llamada a las armas. Una llamada a la acción. Significaba que había ocurrido algo espantoso. Sin embargo, y desde hacía más de una década, siempre que Beauvoir oía esas palabras, sentía un cosquilleo. Se le aceleraba el pulso. Notaba mariposas en el estómago. No porque averiguar que alguien se había enfrentado a una muerte prematura y horrible lo alegrase, sino porque sabía que el jefe, sus compañeros y él saldrían de nuevo tras la pista de un asesino.

Jean-Guy Beauvoir amaba su trabajo, pero en ese momento, por primera vez, cuando miró hacia la cocina y vio a Annie de pie en la puerta, observándolo, se dio cuenta con auténtica sorpresa de que ahora había algo que amaba más.

Cogió la libreta, se sentó en el sofá de Annie y anotó los detalles. Al acabar, leyó lo que había escrito.

—La hostia... —murmuró.

—Sí, eso y más —convino el inspector jefe Gamache—. ¿Puedes organizarlo todo? De momento, sólo tú y yo. Una vez allí, pediremos un agente local de la Sûreté.

—¿Y la inspectora Lacoste? ¿No debería venir ella también aunque sea para organizar al equipo de la escena del crimen? Después puede marcharse.

—No —contestó el inspector jefe Gamache sin asomo de duda, y soltó una carcajada breve—. Me temo que esta vez nos ocuparemos nosotros de recoger las pruebas. Espero que te acuerdes de cómo se hace.

—Muy bien, llevo la aspiradora.

—Bueno. Yo ya he metido la lupa en la maleta.

Hubo una pausa y al final Beauvoir percibió en la voz un tono más sombrío:

—Tenemos que llegar allí cuanto antes, Jean-Guy.

—Vale. Hago unas llamadas y lo recojo dentro de quince minutos.

—¿Quince? ¿No estás en el centro?

Beauvoir sintió que el mundo se detenía durante unos segundos. Su apartamento estaba en el centro de Montreal, pero Annie vivía en el barrio de Plateau Mont-Royal, a tan sólo unas calles de la casa de sus padres, en el distrito de Outremont.

—Es sábado, no habrá tráfico.

Gamache se rió.

—¿Desde cuándo eres tan optimista? Llegues cuando llegues, estaré preparado.

—Voy a darme prisa.

Y eso hizo. Llamadas, órdenes, organización. Después metió algo de ropa en una bolsa de viaje pequeña.

—Qué montón de ropa interior —comentó Annie, sentada en la cama—. ¿Piensas estar fuera muchos días?

Hablaba como si nada, pero su actitud no se correspondía con el tono.

—Ya me conoces —contestó él, y se volvió para que ella no lo viese meter el arma en la pistolera.

Annie sabía que la tenía, pero no le gustaba verla. Incluso para una mujer que atesoraba la realidad, según qué imágenes eran demasiado reales.

—Sin la ayuda del desatascador, a lo mejor necesito más calzoncillos.

Ella se echó a reír, y él se alegró.

Fue hasta la puerta y dejó la maleta en el suelo.

—Te quiero —le susurró al oído mientras la abrazaba.

—Te quiero —le susurró ella a su vez—. Ve con cuidado —le pidió al despedirse.

Beauvoir ya había bajado la mitad de los escalones cuando Annie lo llamó:

—Cuida también de mi padre, por favor.

—Te lo prometo.

Una vez que él se hubo marchado y ya no veía el coche, Annie cerró la puerta y se agarró el pecho.

Se preguntó si era así como se sentía su madre desde hacía tantos años.

Como se sentiría en ese mismo instante. ¿También ella estaría apoyada en la puerta viendo cómo se alejaba la persona a la que amaba? ¿Dejándola marchar?

Annie se acercó a las estanterías que cubrían todas las paredes del salón y, después de unos minutos, encontró lo que buscaba. La biblia que le habían regalado sus padres cuando la bautizaron. A pesar de no ir a misa, respetaban los rituales.

Se dio cuenta de que cuando tuviese hijos, también querría bautizarlos. Jean-Guy y ella les entregarían sus propias biblias, blancas y con sus nombres inscritos junto a la fecha de bautismo.

Miró la primera página. El papel era grueso y, cómo no, allí estaba su nombre: Anne Daphné Gamache. Y una fecha escrita con la letra de su madre. Pero, en lugar de una cruz, debajo del nombre sus padres habían dibujado dos corazoncitos.

Se sentó en el sofá y tomó un sorbo de café, aunque ya se le había enfriado. Hojeó aquel libro para ella desconocido hasta que dio con el versículo.

Mateo 10:36.

—«Los enemigos del hombre —leyó en voz alta— serán los de su propia casa.»

DOS

El bote de aluminio surcaba las olas. De vez en cuando, rebotaba en la superficie y el agua fresca y gélida le salpicaba a Beauvoir a la cara. Podría haberse apartado, retroceder hacia la popa, pero al agente le gustaba sentarse en el pequeño asiento triangular que había en la proa. Se inclinó hacia delante con la sospecha de parecer un perro cobrador ansioso y excitado. En plena caza.

No le importaba. De lo que se alegraba era de no tener cola. Un apéndice que desmintiese su fachada algo taciturna. Pensó que supondría una gran desventaja para un inspector de Homicidios.

El rugido de la lancha, los saltos, las sacudidas que se producían de vez en cuando, todo eso era muy estimulante. Estaba disfrutando incluso del vigor que le proporcionaban las salpicaduras y de la fragancia a bosque y a agua fresca. Y del leve olor a pescado y a cebo.

Era evidente que, cuando no transportaba a detectives de Homicidios, la barca se utilizaba para pescar. Aunque no con objetivos comerciales, porque era muy pequeña para eso. Además, aquel lago remoto no estaba destinado a esa clase de pesca. Era para disfrutar. El barquero debía de lanzar la caña a las aguas cristalinas de la bahía rocosa. Debía de pasarse el día lanzando el sedal sin prisa. Y recogiéndolo.

Lanzándolo. Recogiéndolo. A solas con sus pensamientos.

Beauvoir miró hacia la popa. El barquero sujetaba el mango del motor fueraborda con una mano grande y de piel curtida. La otra descansaba sobre una de las rodillas. También se inclinaba hacia delante, una postura que debía de conocer desde que era niño. Sus ojos azules prestaban atención a la extensión de agua que tenían al frente. Bahías e islas y ensenadas que también conocía desde pequeño.

El inspector pensó en el placer que se debía de sentir al hacer las mismas cosas una y otra vez. Tiempo atrás, la mera idea lo habría asqueado. Rutina, repetición. Era la muerte, o, al menos, mortalmente aburrido. Una vida predecible.

Sin embargo, Beauvoir ya no estaba tan seguro de que eso fuese cierto. Se dirigía a toda velocidad hacia un caso nuevo, a bordo de una lancha motora. Con el viento y el agua en la cara. Y lo único que anhelaba era sentarse con Annie y compartir la prensa del sábado. Y así todos los fines de semana. Una y otra vez. Una y otra vez. Hasta el día de su muerte.

En cualquier caso, si no podía estar con ella, ésa era su segunda opción. Miró a su alrededor, a los bosques. A las rocas partidas. Al lago vacío.

Había oficinas peores que aquélla.

Sonrió al barquero. Aquél también era su despacho. Y cuando los hubiese dejado en la orilla, quizá buscase una bahía tranquila, sacara la caña y lanzase el anzuelo.

Lanzar y recoger.

Pensándolo bien, no era muy distinto de lo que el inspector jefe y él iban a hacer allí. Lanzar la caña en busca de pistas, pruebas, testigos. Y después recoger el sedal.

Tarde o temprano, con el cebo suficiente, pescarían al asesino.

Aunque, a menos que las cosas se volviesen demasiado impredecibles, no se lo comerían.

Justo delante del barquero estaba el capitán Charbonneau, al mando de la comisaría de la Sûreté du Québec de La Mauricie. Tenía poco más de cuarenta años, era algo mayor que Beauvoir. De complexión atlética, cargado de energía, y con la expresión inteligente de las personas que saben prestar atención.

Y estaba prestando atención.

Los había recibido al bajar de la avioneta y los había llevado en coche el medio kilómetro que los separaba del embarcadero y del barquero.

—Él es Étienne Legault.

Les había presentado al patrón de la lancha, que asintió con la cabeza y no parecía predispuesto a otra clase de saludo más elaborado. Legault, que olía a gasolina, se estaba fumando un cigarrillo y Beauvoir dio un paso atrás.

—Siento decirles que el viaje dura unos veinte minutos —explicó el capitán Charbonneau—. No hay otro modo de llegar hasta allí.

—¿Ha ido usted alguna vez? —le preguntó Beauvoir.

El capitán sonrió.

—Nunca. Me refiero a que no he estado en el interior. Pero a veces voy a pescar por los alrededores. Tengo curiosidad, como cualquiera. Además, allí se pesca de maravilla. Hay unas percas y unas truchas enormes. A ellos los he visto desde lejos, también pescando. Pero los dejo tranquilos. No me parece que quieran compañía.

Después habían subido al bote y ya llevaban recorrido la mitad del trayecto. El capitán miraba al frente, o al menos eso parecía. Sin embargo, Beauvoir se percató de que aquel mando de la Sûreté no estaba fijándose demasiado en el bosque ni en las calas y bahías.

Miraba con disimulo algo que le resultaba mucho más fascinante.

El hombre que tenía delante.

Beauvoir apartó la vista y la posó en el cuarto hombre de la embarcación.

El inspector jefe. Su superior y el padre de Annie.

Armand Gamache era un hombre de peso, aunque no pesado. Igual que el patrón, el inspector jefe miraba al frente con los ojos entornados, y se le formaban arrugas alrededor de los párpados y de la boca. Pero, a diferencia del barquero, su expresión no era apagada, sino que esos ojos de un color marrón intenso lo absorbían todo, atentos. Las colinas talladas por el glaciar, el bosque con los colores brillantes propios de principios de otoño. La costa rocosa, virgen de embarcaderos, casas y atracaderos.

Aquél era un paraje salvaje. Era posible que los pájaros que los sobrevolaban jamás hubieran visto un humano.

Si Beauvoir era cazador, Armand Gamache era un explorador. Cuando los demás se detenían, él daba un paso más. Buscaba entre las grietas, en las rendijas y en las cuevas. Donde vivían los seres oscuros.

El inspector jefe debía de tener alrededor de unos cincuenta y cinco años. El cabello de las sienes se le rizaba justo por encima de las orejas, donde empezaban a salirle canas. Una gorra le ocultaba casi toda la cicatriz del lado izquierdo. Llevaba un abrigo impermeable de color caqui y, debajo, camisa, chaqueta y una corbata de seda de color gris verdoso. La mano que se sujetaba a la borda estaba mojada del agua helada que salpicaba la lancha al surcar el lago; la otra descansaba distraídamente sobre un chaleco salvavidas de color naranja chillón que había a su lado, en la bancada de aluminio. Cuando aún estaban en el embarcadero, mirando la lancha, con la caña y la red, y los gusanos revolviéndose dentro del cubo y el motor fueraborda, que tenía forma de taza de váter, el jefe le había entregado el que parecía más nuevo. Y cuando Jean-Guy se había mofado, Gamache había insistido. No en que se lo pusiera, sólo en que se lo quedase.

Por si acaso.

Y por eso el inspector Beauvoir sujetaba el chaleco en el regazo. Y cada vez que la barca daba una sacudida, se alegraba de tenerlo ahí.

Había recogido en su casa al inspector jefe antes de las once. Éste se había detenido en la puerta a darle un beso a madame Gamache. Antes de romper el abrazo, había esperado un momento. Y después de eso, había dado media vuelta y había bajado los escalones con la bandolera al hombro.

Cuando entró en el coche, Jean-Guy olió la fragancia sutil a madera de sándalo y agua de rosas, y la idea de que aquel hombre pronto podría ser su suegro lo abrumó. Era posible que, en el futuro, esos brazos cogieran a los hijos pequeños de Beauvoir, que percibirían ese mismo aroma reconfortante.

Pronto Jean-Guy se convertiría en algo más que un miembro honorario de la familia.

Mientras pensaba en ello, oyó un susurro: «Supón que no les hace gracia. ¿Qué pasará entonces?»

Sin embargo, la mera idea era inconcebible, y Beauvoir se deshizo de ella por indigna.

También se dio cuenta, por primera vez en los más de diez años que llevaban trabajando juntos, de por qué el inspector jefe olía a madera de sándalo y a agua de rosas. El sándalo era su colonia. Las rosas provenían de madame Gamache, que le había transferido su fragancia en el abrazo. Él portaba el aroma de su esposa como un aura privada, mezclado con el suyo.

Beauvoir respiró hondo y despacio. Y sonrió. Notó una leve insinuación cítrica: Annie. Durante un instante tuvo miedo de que Gamache también la percibiese, pero se dio cuenta de que era una esencia privada. Se preguntó si Annie estaría oliendo a Old Spice.

Habían llegado al aeropuerto antes de mediodía y habían ido directamente al hangar de la Sûreté du Québec. Allí habían encontrado a la piloto trazando la ruta. Estaba acostumbrada a llevarlos a lugares apartados; a aterrizar en pistas de tierra, carreteras heladas y sitios donde ni siquiera había caminos.

—He visto que hoy tenemos pista de aterrizaje y todo —dijo ella, al ocupar el asiento del piloto.

—Lo siento por ti —respondió Gamache—. Si lo prefieres, por mí puedes amarar en el lago.

La piloto se echó a reír.

—No sería la primera vez.

Gamache y Beauvoir habían tenido que hablar del caso a gritos por culpa del ruido de los motores del pequeño Cessna, aunque al final el inspector jefe se quedó mirando por la ventanilla, callado. Beauvoir se había dado cuenta de que se había puesto unos auriculares de botón y escuchaba música. Supuso lo que era. Y lo vio esbozar una leve sonrisa.

Jean-Guy se volvió y miró por la ventanilla. Era un día radiante y despejado de mediados de septiembre, y desde allí arriba veía los pueblos y las aldeas que sobrevolaban. Las poblaciones fueron haciéndose cada vez más pequeñas y escasas. El Cessna viró a la izquierda, y reparó en que la piloto seguía un río serpenteante. Hacia el norte.

Volaron más y más hacia el norte, cada uno absorto en sus pensamientos. Mirando hacia la tierra, fijándose en cómo las señales de la civilización desaparecían para dar paso a los bosques. Y al agua. Con la luz brillante del sol, las aguas no se veían azules, sino que eran franjas y círculos de oro o de un blanco cegador. Siguieron una de las cintas doradas hacia lo más profundo del bosque. Volaban hacia lo más profundo de Quebec. Hacia un cadáver.

Durante el trayecto, las arboledas oscuras empezaron a mudar de color. Al principio sólo era un árbol aquí y allá, pero pronto fueron apareciendo más y más, hasta que al final el bosque entero se compuso de distintos tonos de amarillo, rojo y naranja, mezclados con el verde oscuro e intenso de las hojas perennes.

Allí el otoño llegaba antes. Cuanto más hacia el norte, más pronto. Y más largo e intenso.

La avioneta comenzó a descender. Cada vez más. Parecía que fuese a estrellarse en picado contra el lago, pero recuperó la horizontalidad y apenas rozó la superficie para aterrizar en la pista de tierra.

Y ahora el inspector jefe Gamache, el inspector Beauvoir, el capitán Charbonneau y el barquero daban botes en la lancha. Hicieron un leve viraje hacia la derecha, y Beauvoir vio que al inspector jefe le cambiaba la expresión. De la reflexión pasó al asombro.

Gamache se inclinó hacia delante con un destello en los ojos.

Beauvoir cambió de postura en el asiento y siguió su mirada.

Habían entrado en una gran bahía. Al fondo se veía su destino.

Incluso Beauvoir sintió un estremecimiento de emoción. Millones de personas habían viajado por todo el mundo en busca de aquel lugar, yendo tras la pista de unos hombres de vida recluida. Y cuando los hubieron hallado en lo más remoto de Quebec, fueron miles los que se desplazaron hasta allí, ansiosos por conocer a sus habitantes. Turistas que tal vez habían pagado a ese mismo barquero para atravesar ese mismo lago.

Si Beauvoir era cazador y Gamache explorador, los hombres y mujeres que iban hasta allí eran peregrinos, desesperados por recibir lo que creían que esos hombres podían ofrecer.

Pero acudían en vano.

Al llegar a la puerta, los obligaban a regresar.

Beauvoir cayó en la cuenta de que ya había visto aquel paraje. En fotos. Lo que tenían delante se había convertido en un póster muy solicitado, y la oficina de turismo de Quebec aprovechaba la imagen de manera algo fraudulenta para promocionar la provincia.

Un lugar que nadie ha podido visitar, como cebo para atraer turistas.

Beauvoir también se echó hacia delante. En un extremo de la bahía había un fortín como tallado en la roca. La torre se elevaba igual que si hubiese salido impulsada de la tierra de resultas de algún episodio sísmico. A ambos lados estaban las alas. O brazos. Abiertos a modo de bendición, o de recibimiento. Un puerto. Un abrazo seguro en mitad de la naturaleza virgen.

Un engaño.

Aquél era el casi legendario monasterio de Saint-Gilbert-Entre-les-Loups. El hogar de dos docenas de monjes de clausura de una orden contemplativa. Monjes que habían construido su abadía lo más lejos posible de la civilización.

El mundo había tardado cientos de años en dar con ellos, pero los monjes silentes tenían la última palabra en el asunto.

Veinticuatro hombres habían traspasado el umbral. La puerta se había cerrado. Y no se había admitido ni a un alma más.

Hasta aquel día.

El inspector jefe Gamache, Jean-Guy Beauvoir y el capitán Charbonneau estaban a punto de entrar. Su billete era un hombre muerto.

TRES

—¿Quieren que espere? —preguntó el barquero, y se frotó la barba incipiente con cara de sorna.

No le habían dicho por qué estaban allí. Que él supiese, no eran más que periodistas o turistas. Otros peregrinos que no sabían adónde iban.

—Sí, gracias —respondió Gamache.

Le entregó el pasaje e incluyó una propina generosa.

El hombre se guardó el dinero en el bolsillo, los observó descargar los bártulos y desembarcó.

—¿Cuánto tiempo puede esperar? —quiso saber el inspector jefe.

—Unos tres minutos. —El patrón se rió—. Calculo que son dos más de los que necesitan.

Gamache miró la hora. Acababa de dar la una.

—¿Podría quedarse hasta las cinco?

—¿Quiere que espere hasta esa hora? Mire, veo que vienen desde muy lejos, pero ya deben de saber que no van a tardar cuatro horas en ir hasta la puerta, llamar, dar media vuelta y regresar.

—Nos dejarán entrar —afirmó Gamache.

—¿Son monjes?

—No.

—¿Es usted el papa?

—No —contestó Beauvoir.

—Entonces les doy tres minutos. Aprovéchenlos.

Salieron del embarcadero, enfilaron el camino, y Beauvoir renegó entre dientes. Al llegar a la gran puerta de madera, el inspector jefe se volvió hacia él.

—Aprovecha para sacarlo todo, Jean-Guy. En cuanto cruces el umbral, se acabaron las palabrotas.

—Sí, patrón.

Gamache asintió con la cabeza, y Jean-Guy levantó una mano para golpear la madera. Apenas sonó, pero se hizo un daño del demonio.

—*Maudit tabernac* —musitó.

—Creo que esto es para llamar —dijo el capitán Charbonneau, y señaló una vara larga de hierro que había en una especie de bolsillo tallado en la roca.

Beauvoir la cogió y a continuación le atizó un buen porrazo a la puerta. Ése sí se oyó. Repitió la operación y se dio cuenta de que la madera estaba llena de marcas, de las veces que otros la habían golpeado. Una y otra vez. Una y otra vez.

Jean-Guy miró a su espalda. El barquero alzó la muñeca y se señaló el reloj. Cuando se volvió de nuevo hacia la puerta, Beauvoir se llevó un buen susto.

A la madera le habían salido ojos. La puerta estaba mirándolos. Entonces el inspector cayó en la cuenta: alguien había abierto un ventanuco y los observaba con los ojos inyectados en sangre.

Si a Beauvoir lo habían sorprendido, los ojos también parecían sorprendidos de verlo a él.

—¿Sí? —se oyó a través de la madera, con un sonido amortiguado.

—Buenos días, hermano. Soy Armand Gamache, el inspector jefe del Departamento de Homicidios de la Sûreté. Éstos son el inspector Beauvoir y el capitán Charbonneau. Creo que están ustedes esperándonos.

El ventanuco se cerró de golpe, y todos oyeron el clic inconfundible de la llave. Hubo una pausa y Beauvoir empezó a plantearse si de veras iban a entrar. Si no, ¿qué harían? ¿Derribar la puerta? Era evidente que el barquero no pensaba ayudarlos. Beauvoir oía su risita, que provenía del embarcadero y se mezclaba con el ruido de las olas que acariciaban la orilla.

Miró el bosque. Espeso y oscuro. Habían intentado mantenerlo a raya; vio restos de árboles talados: el suelo que rodeaba el muro exterior estaba salpicado de tocones, como testigos de una tregua precaria tras la batalla. A la sombra del monasterio, esos troncos cortados parecían lápidas.

El inspector respiró hondo y se dijo que ya bastaba; no era típico de él hacer gala de una imaginación tan fértil. Lo suyo eran los hechos. Los coleccionaba. Era el inspector jefe quien recopilaba emociones. Caso tras caso, Gamache seguía la pista de esos sentimientos: los más viejos, podridos y descompuestos. Y al final del rastro pegajoso, encontraba al asesino.

Mientras que el inspector jefe perseguía emociones, Beauvoir se dejaba guiar por los hechos. La verdad dura y fría. Y juntos, entre los dos, siempre conseguían resolver el caso.

Formaban un buen equipo. Un equipo excelente.

«Supongamos que no le hace gracia.» Aquel pensamiento se le apareció de repente, desde el bosque. «Supongamos que no quiere que Annie esté conmigo.»

Una vez más, eso era su imaginación. No eran hechos. No eran hechos. No.

Clavó la mirada en la puerta y vio las marcas de los golpes. Los que le había atizado alguien, o algo, desesperado por entrar.

A su lado, el inspector jefe Gamache aguardaba sin flaquear. Tranquilo. Mirando la puerta como si fuera lo más fascinante con lo que se había cruzado en la vida.

¿Y el capitán Charbonneau? Con el rabillo del ojo, Beauvoir vio que el comandante de la comisaría local tampoco apartaba la vista de la entrada. Parecía inquieto. Ansioso por entrar o marcharse, una de dos. Ir o venir. O hacer algo, cualquier cosa que no fuese esperar allí como un trío de conquistadores muy educados.

Entonces se oyó un ruido, y Beauvoir se fijó en que Charbonneau daba un respingo.

Escucharon el roce largo y prolongado del hierro fundido contra la madera. Y después silencio.

Gamache no se había movido ni sorprendido, o si aquello lo había cogido por sorpresa, no lo había demostrado. Continuaba mirando la puerta con las manos entrelazadas detrás de la espalda. Como si tuviese todo el tiempo del mundo.

Se abrió una rendija. Se ensanchó. Cada vez más.

Beauvoir esperaba oír un chirrido, el quejido de las viejas bisagras, oxidadas por la falta de uso. En cambio, no se oyó nada. Y eso era aún más desconcertante.

La puerta se abrió de par en par, y se encontraron ante una figura de hábito negro. Sólo que no era por entero de ese color: tenía una especie de charreteras grandes y blancas en los hombros y algo que parecía un delantal blanco, que le llegaba hasta la mitad del pecho. Como si se hubiera colocado una servilleta de lino en el cuello y se le hubiese olvidado quitársela.

Atada a la cintura llevaba una cuerda y, a un extremo de ésta, una argolla con una sola llave gigante.

El monje asintió y se hizo a un lado.

—Gracias —dijo Gamache.

Beauvoir se volvió hacia el barquero y a duras penas resistió hacerle una peineta.

Si sus pasajeros hubiesen levitado, el hombre no habría parecido más asombrado.

El inspector jefe Gamache lo llamó desde el umbral.

—A las cinco, ¿de acuerdo?

El tipo asintió.

—Sí, patrón —consiguió pronunciar.

Gamache se volvió hacia la puerta abierta y vaciló. Durante un brevísimo instante. Un gesto que le habría pasado desapercibido a cualquiera que no lo conociese bien. Beauvoir miró a Gamache y supo el motivo.

Su jefe quería saborear aquel momento único, nada más. Con un solo paso se convertiría en el primer laico en pisar el monasterio de Saint-Gilbert-Entre-les-Loups.

Entonces dio ese paso, y los demás lo siguieron.

La puerta se cerró tras ellos con un sonido sordo y suave. Encajaba a la perfección. El monje levantó la enorme llave, la metió en una cerradura grande y la hizo girar.

Estaban encerrados.

Armand Gamache había pensado que necesitaría unos instantes para que se le acostumbrase la vista a la oscuridad. No creía que fuese a hacerle falta habituarse a la luz.

Lejos de estar en penumbra, el interior era luminoso.

Ante ellos se abría un pasillo ancho y largo de piedra gris que culminaba en una puerta cerrada. Lo que le llamaba la atención al inspector jefe, y debía de haber fascinado a todos los hombres, a todos los monjes que habían entrado por esa puerta a lo largo de los siglos, era la luz.

El corredor estaba lleno de arcoíris. Prismas alegres que rebotaban en los muros de piedra dura. Que se acumulaban en las losas de pizarra del suelo. Se movían, confluían y se separaban como si estuvieran vivos.

El inspector jefe era consciente de que se había quedado boquiabierto, pero no le importaba. A pesar de que llevaba toda la vida viendo cosas asombrosas, jamás había visto algo parecido: era como caminar en la encarnación de la alegría.

Se volvió y miró al monje a los ojos. Durante unos segundos ninguno de los dos apartó la vista.

En ellos no descubrió júbilo. Sólo dolor. La oscuridad que Gamache había esperado hallar en el monasterio no estaba en sus muros, sino en los hombres. O, al menos, en el que tenía delante.

Entonces, sin mediar palabra, el monje dio media vuelta y echó a caminar por el pasillo. Su paso era ligero y sus pisadas apenas hacían ruido. Lo único que se percibía era la fricción suave del hábito con la piedra del suelo a medida que iba rozando los arcoíris.

Los agentes de la Sûreté se colgaron el equipaje del hombro y se adentraron entre los cálidos prismas.

Mientras seguía al monje, Gamache miraba a su alrededor. La luz provenía de las ventanas que se abrían en lo alto de los muros, pero no vio ninguna a la altura habitual. Las primeras estaban a tres metros del suelo y por encima de éstas había otra hilera. A través de ellas, Gamache vio azul; cielo azul, algunas nubes y las copas de los árboles, como si se hubieran inclinado para mirar al interior, tal como él lo hacía para ver el exterior.

Los paneles estaban emplomados. El cristal era antiguo. Imperfecto. Eran esas imperfecciones las que creaban ese juego de luces.

Las paredes carecían de adornos. No eran necesarios.

El monje abrió la puerta y pasaron a un espacio más grande y fresco. Allí todos los arcoíris apuntaban a un lugar: el presbiterio.

Era la iglesia.

El monje la cruzó deprisa y, aun así, consiguió hacer una genuflexión al vuelo. Había acelerado el paso, como si el monasterio estuviera cuesta abajo y fueran rodando hacia su destino.

El cadáver.

Gamache siguió mirando a su alrededor, observando el entorno. Aquéllos eran imágenes y sonidos que las personas que debían dar media vuelta ante la puerta de madera no llegaban a experimentar.

La iglesia olía a incienso. Pero no era la fragancia almizclada y viciada de tantas iglesias de Quebec, que parecían querer ocultar algo podrido. Allí el olor era más natural. Flores y hierbas frescas.

Gamache lo absorbía todo mientras se formaba algunas impresiones rápidas.

Allí no había vidrieras lúgubres cargadas de advertencias morales. Se dio cuenta de que las ventanas que había en lo alto estaban colocadas con una leve inclinación, para que la luz se proyectase primero sobre el altar, simple y austero, sin adornos, salvo por la luz alegre que jugaba en la superficie y rebotaba hacia las paredes para iluminar los rincones más alejados de la estancia.

En esa luminosidad, Gamache vio algo más. No estaban solos.

Había dos hileras enfrentadas de monjes, cada una a un lado del coro. Estaban sentados con la cabeza gacha y las manos en el regazo. Todos en la misma posición. Como tallas de madera, ligeramente inclinadas hacia delante.

Guardaban un silencio total mientras rezaban envueltos por el prisma de luz.

Gamache y los demás pasaron de largo y entraron en otro largo pasillo. Un nuevo manto de colores. Y continuaron tras el monje.

El inspector jefe se preguntó si su guía, el hermano apresurado, todavía reparaba en los arcoíris que iba pisando. ¿Se habrían convertido en parte de la rutina? ¿Era posible que, en un lugar único como aquél, las cosas más sobresalientes se hubieran tornado ordinarias? Era evidente que el hombre que tenían delante no parecía interesarse por ellos. De todos modos, el inspector jefe sabía que una muerte violenta podía tener ese efecto.

Era un eclipse que ocultaba toda la belleza, el júbilo, las cosas hermosas y agradables. Una calamidad descomunal.

El monje que los guiaba era joven. Mucho más de lo que Gamache había esperado, y se reprendió en silencio por haberse creado expectativas. Era una de las primeras lecciones que enseñaba a los reclutas nuevos del Departamento de Homicidios.

No debían formarse expectativas. Debían entrar en todas las habitaciones, conocer a todos los hombres, mujeres y niños, y observarlos con una mente abierta. No tanto como para que se les cayese el cerebro, pero sí como para ver lo inesperado.

No debían tener ideas preconcebidas. El asesinato era inesperado y, a menudo, el asesino también.

Gamache había incumplido su propia regla. Pensaba que los monjes serían ancianos. La mayoría de los monjes y las monjas que había en Quebec lo eran. Apenas ningún joven sentía la llamada de la vida religiosa.

Y a pesar de que muchos continuaban buscando a Dios, ya no lo hacían en las iglesias.

Ese monje era la excepción.

En el instante en que el inspector jefe y él se habían mirado a los ojos, Gamache se había percatado de dos cosas: que el monje era poco más que un niño y que estaba extremadamente disgustado y trataba de disimularlo. Como cuando un niño se golpea un dedo con una piedra y no quiere admitir lo mucho que le duele.

Las emociones fuertes eran la norma en el escenario de un crimen. Eran algo natural. Entonces, ¿por qué intentaba ocultar lo que sentía? Lo cierto era que no se le daba demasiado bien.

—Madre mía —resopló Beauvoir al alcanzar a Gamache—, ¿qué se apuesta a que por ahí se llega a Montreal?

Señaló con la cabeza la siguiente puerta cerrada, al otro extremo del pasillo. Beauvoir parecía más cansado que Gamache o que el capitán Charbonneau, pero también cargaba con más peso.

El monje cogió una vara de hierro forjado que colgaba a un lado, muy parecida a la de la entrada, y golpeó la madera. Se oyó un gran estruendo. Al cabo de poco, repitió el golpe. Esperaron de nuevo. Al final, Beauvoir le cogió la vara y llamó golpeando varias veces con fuerza.

La espera terminó con el ruido familiar de un roce: alguien estaba corriendo el pasador. La puerta se abrió.

CUATRO

—Soy dom Philippe —se presentó el anciano monje—. Abad de Saint-Gilbert. Gracias por venir.

Tenía las manos metidas en las mangas del hábito, los brazos cruzados a la altura de la cintura. Parecía exhausto. Un hombre educado que trataba de aferrarse a la cortesía aun teniendo que enfrentarse a un acto cruel. Y, a diferencia del monje joven, no intentaba ocultar sus sentimientos.

—Lamento que haya sido necesario —aseguró Gamache.

Se presentó y, a continuación, hizo lo mismo con sus compañeros.

—Síganme, por favor —les pidió dom Philippe.

Gamache se volvió para darle las gracias al joven que los había conducido hasta allí, pero ya había desaparecido.

—¿Quién es el hermano que nos ha traído hasta aquí? —preguntó Gamache.

—El hermano Luc —respondió el abad.

—Es muy joven —comentó el inspector jefe mientras lo seguía hacia el otro extremo de la pequeña estancia.

—Sí.

Tal como lo veía Gamache, dom Philippe no estaba siendo brusco: cuando los hombres hacen voto de silencio, una sola palabra es un gran ofrecimiento. A decir verdad, dom Philippe estaba siendo muy generoso.

Los arcoíris y los prismas y la luz alegre del pasillo no penetraban hasta aquella habitación, pero el ambiente en ese despacho, lejos de ser apagado, resultaba acogedor e íntimo. El techo era más bajo, y las ventanas, poco más que hendiduras talladas en la pared. Pero, a través de sus paneles en forma de rombo, Gamache veía el bosque, un contrapunto reconfortante a la algarabía de luz del pasillo.

Todas las paredes de piedra estaban cubiertas de librerías, a excepción de una, donde había una chimenea grande. Dos sillas flanqueaban el fuego y entre ambas había un escabel. La lámpara contribuía a la iluminación.

«Así que tienen electricidad...», pensó Gamache. No había estado seguro de que fuese a ser así.

De la pequeña estancia pasaron a otra de dimensiones aún más reducidas.

—Ése era mi estudio —explicó el abad, y señaló con la cabeza la habitación donde acababan de estar—. Ésta es mi celda.

—¿Su celda? —pregunto Beauvoir.

El peso de las bolsas de lona que llevaba al hombro empezaba a ser insoportable, y poco a poco iba encorvándose.

—Mi dormitorio —aclaró dom Philippe.

Los tres agentes de la Sûreté miraron a su alrededor. Medía, más o menos, dos metros de ancho por tres de largo. Ocupados por una cama angosta y una cómoda pequeña que también hacía las veces de altar privado. En él había una talla de la Virgen María con el Niño Jesús. Pegada a una de las paredes se erguía una librería alta y estrecha y, junto a la cama, una mesita de madera con libros. No había ventana.

Los hombres miraron hacia un lado y hacia el otro.

—Disculpe, padre —dijo Gamache—, ¿dónde está el cadáver?

Sin mediar palabra, el abad tiró de la estantería. Alarmados, los tres agentes estiraron los brazos para atraparla al vuelo, pero, en lugar de desplomarse, ésta se abrió.

Un rayo de sol penetró por aquella abertura insospechada en la pared de piedra. Al otro lado, el inspector jefe vio hierba verde salpicada de hojas caídas. Arbustos en las distintas fases de la gama otoñal. Y un único árbol enorme: un arce. En el centro del jardín.

No obstante, Gamache dirigió la mirada de inmediato hacia el otro extremo del recinto, donde una silueta yacía tendida. Y hacia los dos monjes que aguardaban a poca distancia del cadáver.

Los agentes de la Sûreté cruzaron la última puerta. Y entraron en aquel jardín inusitado.

—Santa María, madre de Dios —entonaban los monjes en voz baja y melódica—, ruega por nosotros, pecadores...

—¿Cuándo lo han encontrado?

—Mi secretario lo ha descubierto después de laudes.

Al ver la expresión de Gamache, el abad se explicó:

—Laudes acaba a las ocho y cuarto, y ha encontrado al hermano Mathieu hacia las nueve menos veinte. Ha ido a buscar al médico enseguida, pero ya era demasiado tarde.

Gamache asintió. A su espalda oía a Beauvoir y a Charbonneau desempaquetar el equipo para estudiar la escena del crimen. El inspector jefe miró la hierba, estiró el brazo y, con delicadeza, se llevó al abad unos pasos más allá.

—Lo siento, dom Philippe, pero debemos tener cuidado.

—Lo siento —contestó el abad, y se apartó.

Parecía perdido, desconcertado. No sólo por la presencia del cadáver, sino también por la aparición repentina de los desconocidos.

Gamache y Beauvoir se miraron, y el inspector jefe le señaló el suelo con sutileza. Beauvoir asintió. Ya se había percatado de la leve diferencia entre la hierba de esa zona y la del resto del jardín. Las briznas estaban aplastadas y apuntaban en dirección al cadáver.

Gamache se volvió hacia el abad. Era un hombre alto y delgado. Como el resto, dom Philippe iba bien afeitado y, al no llevar la cabeza completamente al rape, se le adivinaban las canas.

Tenía los ojos de un color azul intenso y le sostuvo la mirada pensativa a Gamache como si buscase el modo de entrar en él. Aunque el inspector jefe no apartó la vista, tenía la sensación de que el religioso hurgaba en su interior, en silencio.

El abad recogió las manos en las mangas del hábito y adquirió la misma pose que los otros dos monjes que esperaban junto al cadáver mientras rezaban con los ojos cerrados.

—Dios te salve, María, llena eres de gracia...

El rosario. Gamache lo reconocía. Sería capaz de recitarlo hasta dormido.

—El Señor es contigo.

—¿De quién se trata, padre abad?

Se había colocado de manera que él estuviera de cara al cadáver, pero el abad no. En ciertos casos le interesaba que a los sospechosos no les quedase más opción que mirar al fallecido. A la persona asesinada. Quería que esa imagen los desgastase, los desgarrase y los despedazase.

En cambio, en esa ocasión no era así. Sospechaba que aquel hombre callado jamás olvidaría la escena. Y también que, tal vez, una actitud considerada fuese una vía más rápida hacia la verdad.

—Mathieu. El hermano Mathieu.

—¿Era el maestro de coro? —preguntó Gamache—. Vaya...

El inspector jefe agachó un poco la cabeza. La muerte siempre implicaba una pérdida, pero una muerte violenta hacía que el vacío que dejaba fuese todavía más grande. El perjuicio parecía mayor. Pero perder a ese hombre... Armand Gamache miró el cuerpo tendido en el suelo; estaba hecho un ovillo. Había pegado las rodillas a la barbilla antes de morir.

El hermano Mathieu. El director de coro de Saint-Gilbert-Entre-les-Loups. El hombre cuya música había escuchado Gamache durante el vuelo hacia allí.

Sentía que lo conocía. No de vista, eso era evidente. Nadie lo había visto. No existían fotografías ni retratos del hermano Mathieu. No obstante, eran millones los que, igual que Gamache, tenían la sensación de conocerlo de manera más íntima que a través de la apariencia física.

No cabía duda de que era una gran pérdida, y no sólo para aquella apartada comunidad de clausura.

—El maestro de coro —confirmó el abad. Se volvió para mirar al hombre que yacía sobre la hierba y habló en voz baja, casi en un susurro—: Y también nuestro prior.

Luego se dirigió otra vez a Gamache:

—Además de mi amigo.

Cerró los ojos y se quedó muy quieto. Entonces los abrió de nuevo; los tenía muy azules. Respiró hondo. Para recuperar la compostura, pensó Gamache.

Conocía esa sensación. La de tener que hacer algo tan desagradable que resultaba doloroso. Esa respiración marcaba el momento antes de lanzarse al vacío.

Al soltar el aire, dom Philippe hizo algo inesperado: sonrió. Una sonrisa sutil, apenas existente. Miró a Armand Gamache con tal calidez y transparencia que el inspector jefe se sintió casi paralizado.

—«Todo irá bien —recitó dom Philippe, mirando a Gamache—. Todo irá bien y sin duda alguna todo saldrá bien.»

No era lo que el inspector jefe se había imaginado que diría el abad y, mientras miraba esos ojos azules, se tomó un momento para contestar.

—Gracias. Así lo creo, padre —respondió Gamache al final—. Pero ¿usted también?

—Juliana de Norwich no mentiría —respondió dom Philippe con la misma media sonrisa.

—Es probable que no —convino Gamache—, pero Juliana de Norwich hablaba del amor divino, y dudo que en su convento se produjera un asesinato. Me temo que en su abadía sí.

Dom Philippe continuó observando al inspector jefe. Sin enfado, pensó Gamache. No cabía duda de que su mirada seguía siendo cálida, aunque la fatiga había reaparecido.

—Tiene usted razón —concedió el abad.

—¿Me disculpa, padre abad?

El inspector jefe rodeó al religioso y examinó el suelo, sorteando con cuidado el césped y las flores. Hasta llegar al hermano Mathieu.

Una vez allí, se arrodilló.

No estiró el brazo. No tocó el cadáver. Armand Gamache se limitó a mirar. Se fijó en las pruebas materiales, pero también recabó sensaciones.

Su impresión era que el hermano Mathieu no se había ido en paz. A muchas de las personas junto a las que se había arrodillado las habían asesinado con tal rapidez que apenas se habían dado cuenta de lo que ocurría.

No había sido ése el caso del prior. Él sí había sabido lo que sucedía y lo que estaba a punto de pasar.

Gamache observó la hierba. Y al hombre muerto. Tenía un lado de la cabeza hundido. Se acercó un poco más. Estimó que había recibido dos, tal vez tres golpes. Suficientes para herirlo de muerte, pero no para matarlo al instante.

Pensó que el prior debía de tener la cabeza dura.

Más que verlo, notó que Beauvoir se arrodillaba a su lado. Lo miró y vio que el capitán Charbonneau también se había acercado. Llevaban lo necesario para recoger las pruebas.

Gamache echó un vistazo al jardín. Habían colocado la cinta policial alrededor del perímetro del césped y habían hecho un pasillo hasta el arriate de flores.

El abad se había unido a los dos monjes y estaban rezando un avemaría.

Beauvoir sacó la libreta. Una en blanco, para un cadáver nuevo.

Gamache no tomaba notas, porque prefería escuchar.

—¿Qué opina? —preguntó, mirando a Charbonneau.

El capitán abrió los ojos de forma exagerada.

—¿Yo?

Gamache asintió con la cabeza.

Durante un instante horrible, el capitán Charbonneau no pensó nada. Se le quedó la mente tan en blanco como a la víctima. Miró a Gamache, pero el inspector jefe no se mostraba ni altanero ni impaciente, sólo prestaba atención. No se trataba de ninguna trampa.

Charbonneau sintió que se le ralentizaba el pulso y se le volvía a poner en marcha el cerebro.

Gamache le ofreció una sonrisa alentadora.

—Tómese su tiempo. Prefiero que medite la respuesta a que me dé una precipitada.

—... ruega por nosotros, pecadores... —entonaban los tres monjes mientras los tres agentes permanecían aún agachados.

Charbonneau echó un vistazo al jardín. Estaba rodeado por un muro. La única vía de entrada y de salida era la estantería de los libros. No había ninguna escalera ni señales de que alguien hubiese accedido o escapado trepando por las paredes. Miró hacia arriba. Ninguna otra estructura daba al recinto: nadie podía haber sido testigo de lo que había sucedido allí dentro.

¿Qué era lo que había ocurrido? El inspector jefe Gamache le pedía su opinión. Un análisis hecho con conocimiento de causa y esmero.

«Dios mío —rezó—. Dios, dame una opinión.»

Cuando el inspector Beauvoir había llamado pidiendo que uno de sus agentes los recibiera en el aeródromo y los acompañase al monasterio, el capitán Charbonneau había asumido la tarea él mismo. Como jefe del destacamento, podría habérsela asignado a cualquiera, pero no se lo había planteado ni siquiera por un momento.

Quería hacerlo él.

Y no sólo para ver el interior de la famosa abadía.

El capitán también quería conocer al inspector jefe Gamache.

—Hay sangre en la hierba, allí. —Charbonneau señaló una zona que estaba acordonada—. Y, por las marcas, parece que el fallecido se ha arrastrado un par de metros, hasta aquí.

—O tal vez lo ha arrastrado alguien —sugirió Gamache—. Su asesino.

—No es muy probable, patrón. No hay pisadas profundas ni en el césped ni en el arriate.

—Bien —respondió Gamache, y miró a su alrededor—. ¿Y por qué se arrastraría hasta aquí un hombre moribundo?

Todos se fijaron en el cadáver. El hermano Mathieu estaba en posición fetal, con las rodillas recogidas y los brazos sujetándose el vientre prominente, y la cabeza inclinada hacia las rodillas. Apoyaba la espalda contra el muro de piedra del jardín.

—¿Intentaba parecer más pequeño? —preguntó Beauvoir—. Parece una bola.

Era cierto. Una bola negra de tamaño considerable que había ido a parar junto al muro.

—Pero ¿por qué lo hizo? —insistió Gamache—. ¿Por qué no se ha arrastrado hacia el monasterio? ¿Por qué se ha alejado de él?

—Quizá estuviera desorientado —apuntó Charbonneau—. Tal vez actuara por instinto, sin pensar, aunque es posible que no haya ningún motivo.

—Puede ser —admitió Gamache.

Los tres continuaron observando el cadáver del hermano Mathieu. El capitán Charbonneau miró a Gamache, que estaba enfrascado en sus pensamientos.

Apenas unos centímetros lo separaban del hombre. Le veía las arrugas y las líneas del rostro. Las que eran fruto de la edad y las que le había provocado la vida. Podía incluso percibir su olor. Una fragancia tenue de sándalo y algo más. Agua de rosas.

Cómo no, Charbonneau había visto al inspector jefe en televisión. Además, había volado a Montreal para asistir a una conferencia de la policía en la que Gamache era el ponente principal. El tema era el lema de la Sûreté: «Servicio. Integridad. Justicia.»

Era el mismo todos los años y, con el paso del tiempo, la ponencia de clausura se había convertido en un discurso motivacional, una orgía de palmaditas en la espalda con la que poner fin a la conferencia anual.

Excepto esa vez que el inspector jefe había dado la charla, unos pocos meses antes. Gamache había sorprendido a los mil agentes que conformaban el público cuando empezó a hablar de sus propios defectos en esas áreas. De las cosas que podría haber hecho mejor y de los casos en los que ni siquiera había actuado.

También había evidenciado los fallos de la Sûreté y había relatado con precisión y claridad las veces que la policía había defraudado e incluso traicionado la confianza que el pueblo de Quebec tenía puesta en ella. Una y otra vez. Era una acusación despiadada contra un cuerpo en el que Gamache tenía fe.

Y eso era lo que quedaba claro.

Armand Gamache creía en ellos. Creía en la Sûreté y en el servicio, en la integridad y en la justicia.

Él podía mejorar.

Ellos también.

Como individuos y como cuerpo.

Al acabar su discurso, los mil agentes se pusieron en pie y lo vitorearon. Los había estimulado. Inspirado.

A excepción, según vio el capitán Charbonneau, de un núcleo pequeño que estaba en primera fila. Se habían levantado y aplaudían, claro, pero desde el lateral donde estaba situado, Charbonneau se percató de que no lo sentían. Sólo Dios sabría en qué estaban pensando.

Se trataba de los superintendentes de la Sûreté. Los líderes. Y del ministro de Justicia.

Le dieron ganas de echarse hacia delante, inclinarse sobre el cadáver y bajar la voz para decirle: «No sé por qué motivo se ha arrastrado este hombre, pero sí sé algo que usted debería escuchar. Quizá no tenga tantos amigos en el cuerpo como cree. O como espera.»

Abrió la boca para decir algo, pero la cerró de nuevo en cuanto se fijó en la cara del inspector jefe. Al verle las cicatrices y esos ojos de mirada inteligente.

Se dio cuenta de que él ya lo sabía. «El inspector jefe Gamache sabe que sus días en el cuerpo podrían estar contados.»

—¿Qué opina? —insistió Gamache.

—Creo que sabía perfectamente qué iba a ocurrirle.

—Continúe —lo alentó el inspector jefe.

—Diría que ha hecho lo que ha podido, pero ya era demasiado tarde. No ha conseguido escapar.

—No —convino Gamache—. No había adónde ir.

Se miraron un momento. Comprendían lo que el otro quería decir.

—Pero ¿por qué no ha dejado un mensaje? —quiso saber Beauvoir.

—¿Disculpe? —preguntó Charbonneau, dirigiéndose al joven.

—Bueno, había visto a su asesino y sabía que estaba muriéndose. Ha tenido fuerzas suficientes para gatear hasta aquí; ¿por qué no ha empleado parte de esas energías para dejarnos un mensaje? —se explicó Beauvoir.

Miraron a su alrededor, pero la tierra estaba pisoteada. No por ellos, sino por un montón de monjes con buenas intenciones, o no.

—Puede que todo haya sido mucho más sencillo —repuso Charbonneau—. Quizá ha hecho lo mismo que un animal: acurrucarse para morir solo.

Gamache sintió una simpatía abrumadora por el fallecido. Morir solo. Casi seguro, a manos de alguien que conocía y en quien confiaba. ¿Era ésa una expresión de alarma? No por estar muriendo, sino porque el verdugo fuese uno de sus hermanos. ¿Era ésa la cara que tenía Abel cuando cayó desplomado?

Se agacharon de nuevo alrededor del monje.

El hermano Mathieu había pasado la madurez y era un hombre orondo. No parecía negarse muchas cosas. Si se mortificaba, era excediéndose con la comida. Y tal vez también con la bebida, aunque carecía de la tez enrojecida e hinchada de las personas disolutas.

Por el contrario, el prior parecía satisfecho con la vida; aunque, sin duda, más que decepcionado por su muerte.

—¿Es posible que él haya recibido algún golpe más? —preguntó el inspector jefe—. En el abdomen, por ejemplo.

—... y bendito sea el fruto de tu vientre...

Beauvoir se inclinó un poco más y asintió.

—Está abrazándose la tripa. ¿Cree que le dolía?

Gamache se incorporó y se sacudió la tierra de los pantalones con aire distraído.

—Te dejo con él, inspector. Capitán.

El inspector jefe deshizo el camino con cuidado para no pisar fuera del sendero que habían creado.

—Santa María, madre de Dios...

Los monjes continuaban repitiendo el avemaría.

Gamache se preguntó cómo sabrían cuándo debían parar. ¿Cuándo habría suficiente?

Lo que sí sabía era cuál era su objetivo: descubrir a la persona que había asesinado al hermano Mathieu.

—... ruega por nosotros, pecadores...

Pero ¿cuál era el propósito de aquellas tres figuras de hábito negro?

—... ahora y en la hora de nuestra muerte. Amén.

CINCO

Gamache observó a los monjes unos instantes y después se volvió para mirar a Beauvoir.

El inspector había ganado peso y, aunque seguía siendo delgado, ya no se lo veía demacrado. Se le habían rellenado las mejillas y habían desaparecido las ojeras.

Además del cambio físico, Beauvoir parecía feliz. Sin duda, más contento de lo que su superior lo había visto jamás. En lugar de tener los subidones febriles del adicto, había conseguido permanecer en un estado de calma. Gamache sabía que el camino de regreso era largo y traicionero, pero al menos Beauvoir había empezado a recorrerlo.

Los cambios de humor y los arrebatos irracionales habían desaparecido. Igual que la rabia y los lloriqueos.

Tampoco había rastro de las pastillas. La oxicodona y el acetaminofén. Resultaba una paradoja terrible que un medicamento que debía servir para aliviar el dolor acabase provocándolo en tal grado.

Mientras observaba al inspector, Gamache pensó que Dios sabía que el dolor de Beauvoir había sido auténtico, pues en un momento dado había necesitado tomar los fármacos, pero también que había llegado la hora de dejarlos.

Y lo había hecho. Con ayuda. Gamache tenía la esperanza de que no fuese demasiado pronto para que su inspector se reincorporase al trabajo, pero sospechaba que lo mejor para él, en sus circunstancias, era volver a la normalidad. Que no lo tratasen como a un discapacitado.

Aun así, era consciente de que debía vigilarlo. Por si aparecían grietas en su coraza de tranquilidad.

No obstante, Gamache dejó solos a sus agentes, porque sabía que tenían trabajo que hacer. Asimismo se alejó de los monjes sabiendo que ellos también tenían un cometido.

Y él, el suyo.

El inspector jefe miró a su alrededor en el jardín.

Era la primera oportunidad que tenía de asimilar el entorno.

Estaba situado en un espacio cuadrado, de unos doce metros por lado. No estaba pensado para practicar deporte ni para grandes concentraciones de personas. Allí los monjes no iban a jugar a fútbol.

Gamache se percató de que había un cesto de mimbre lleno de útiles de jardinería tirado en el suelo. Cerca de los monjes que estaban rezando, también había un maletín de médico.

Echó a caminar sin rumbo, contemplando las plantas perennes y las hierbas, que tenían carteles con los nombres escritos.

EQUINÁCEA, ULMARIA, HIPÉRICO, MANZANILLA.

Gamache no era jardinero, pero sospechaba que aquéllas no eran simples plantas y flores, sino que tenían un uso medicinal. Echó otro vistazo.

Allí todo parecía tener un propósito. Todo estaba pensado.

Y sospechaba que eso incluía al cadáver.

El asesinato tenía una función. Él debía identificarla.

Debajo del arce que crecía en el centro del jardín, descansaba un banco curvo de piedra. La mayoría de las hojas otoñales se habían desprendido de las ramas y, aunque casi todas las habían retirado con un rastrillo, todavía quedaba alguna sobre el césped. Otras, sin embargo, se aferraban al árbol con esperanza vana.

En verano, con todo el follaje, un dosel magnífico debía de salpicar el jardín de motas de luz. Apenas quedaría algún rincón al sol, aunque tampoco zonas de sombra completa.

El jardín del abad había conseguido un equilibrio entre la luz y la oscuridad.

Y, sin embargo, en otoño parecía moribundo.

Eso también formaba parte del ciclo natural. Si la floración fuese permanente, parecería anormal, una desviación.

Gamache calculó que los muros tenían al menos tres metros de altura. Nadie había salido de allí trepándolos. Y la única forma de entrar era por la celda del abad, a través de la puerta secreta.

Miró el monasterio. Ninguno de los que estaban dentro podía entrar, ni siquiera contemplar, el interior del jardín.

¿Sabrían que existía?, se preguntó Gamache. ¿Era posible que no lo supieran?

Tal vez se tratase de un jardín secreto, además de privado.

Dom Philippe repitió el rosario:

—Dios te salve, María, llena eres de gracia, el Señor es contigo.

Mantenía la cabeza gacha, pero los ojos abiertos, aunque sólo fuese una rendija. Estaba vigilando a los agentes de policía del jardín. Observando cómo se agachaban junto a Mathieu. Cómo le hacían fotografías y lo tocaban. Al monje, siempre tan exigente y preciso, le habría molestado mucho.

Morir en la tierra.

—Santa María, madre de Dios...

¿Cómo era posible que hubiese fallecido? Dom Philippe rezaba el rosario tratando de concentrarse en la oración sencilla. Pronunciaba las palabras y escuchaba a sus hermanos a su lado. Oía las voces que tan bien conocía. Sentía el roce de sus hombros.

Notaba el sol en la cabeza y percibía el olor almizclado y otoñal del jardín.

Pero ya nada le resultaba familiar. Las palabras, la oración e incluso los rayos del sol le eran ajenos.

Mathieu había muerto.

«¿Cómo no me di cuenta?»

—... ruega por nosotros, pecadores...

«¿Cómo no me di cuenta?»

Esas palabras se convirtieron en un nuevo rosario.

«¿Cómo no me di cuenta de que todo esto acabaría con un asesinato?»

Después de dar una vuelta completa al jardín, Gamache se detuvo delante de los monjes que rezaban.

Le dio la impresión, mientras se acercaba, de que el abad estaba observándolo.

Una cosa tenía clara: durante los pocos minutos que el inspector jefe llevaba allí, las fuerzas del abad se habían reducido todavía más.

Si el propósito de los avemaría era proporcionar consuelo, no estaban surtiendo efecto. Aunque sin ellos, dom Philippe tal vez estuviera en peor estado, parecía al borde del colapso.

—Perdón —se disculpó Gamache.

Los dos monjes interrumpieron la oración, pero dom Philippe continuó hasta terminarla:

—... ahora y en la hora de nuestra muerte.

Y los tres entonaron el «amén» al unísono.

Dom Philippe abrió los ojos.

—Sí, hijo mío.

Aquél era el saludo tradicional de un cura a uno de sus parroquianos, y de un abad a sus monjes. No obstante, Gamache no era ninguna de esas dos cosas. Se preguntó por qué lo habría empleado dom Philippe para dirigirse a él.

¿Cuestión de costumbre? ¿Estaba ofreciéndole su afecto, o se trataba de otra cosa? Quizá fuese una manera de reivindicar su autoridad. La de un padre sobre su hijo.

—Me gustaría hacerles algunas preguntas.

—Sí, por supuesto —respondió el abad, mientras que sus dos compañeros guardaban silencio.

—Tengo entendido que uno de ustedes ha encontrado al hermano Mathieu.

El monje situado a la derecha del abad lanzó una mirada a dom Philippe, que respondió con un cabeceo casi imperceptible.

—He sido yo.

Era más bajo que el abad y algo más joven, y lo miraba con cautela.

—¿Y usted es...?

—Simon.

—Si es tan amable, hermano, tal vez podría describir lo que ha ocurrido esta mañana.

El hermano Simon se volvió hacia el abad, que asintió de nuevo.

—Después de laudes he venido a arreglar el jardín. Y lo he visto.

—¿Qué ha visto?

—Al hermano Mathieu.

—Sí, pero ¿sabía que era él?

—No.

—¿Quién creía que podía ser?

El hermano Simon se quedó callado.

—No pasa nada, Simon. Debemos decir la verdad —lo alentó el abad.

—Sí, padre abad.

El monje no parecía satisfecho ni convencido, pero aun así obedeció.

—Pensaba que era el abad.

—¿Por qué?

—Porque aquí no entra nadie más. Sólo él, y ahora también yo.

Gamache reflexionó unos instantes sobre ese dato.

—¿Qué ha hecho entonces?

—Me he acercado para verlo.

Gamache miró el cesto de mimbre; estaba volcado y el contenido se había derramado sobre las hojas otoñales. El rastrillo estaba tirado en el suelo.

—¿Se ha acercado caminando o corriendo?

El monje vaciló de nuevo.

—He corrido.

Gamache se imaginaba la escena: el monje de mediana edad con el cesto de mimbre, preparándose para las labores de jardinería, para recoger el follaje caído. Acababa de entrar en aquel jardín lleno de paz para ocuparse de tareas que había hecho muchas otras veces y, entonces, había visto lo impensable: un hombre tendido junto al muro.

Sin duda, tenía que ser el abad.

¿Y cómo había reaccionado el hermano Simon? Había soltado las herramientas y había echado a correr tan rápido como los hábitos le permitían mover las piernas.

—Al llegar hasta él, ¿qué ha hecho?

—Me he dado cuenta de que no era el padre abad.

—Por favor, descríbame todo lo que ha hecho.

—Me he arrodillado.

Hasta la última palabra parecía causarle dolor. Bien por los recuerdos que suscitaban, o por su mera existencia. Por el hecho de tener que pronunciarlas.

—Le he apartado la capucha. Estaba tapándole la cara. Entonces he visto que no era el abad.

No se trataba del abad: aquello parecía importarle. No quién era, sino quién no era. Gamache escuchó. Prestó atención a las palabras. Al espacio entre ellas. A la entonación.

Y lo que percibió fue alivio.

—¿Ha tocado el cadáver? ¿Lo ha movido?

—Le he tocado la capucha y los hombros. Lo he sacudido. Y entonces he ido a por el médico.

El hermano Simon miró al otro monje.

Era más joven que los otros dos, pero no mucho, pues la pelusa que se le adivinaba en la cabeza rapada también estaba salpicada de canas. Era más bajo y algo más rechoncho, y su mirada, aunque algo triste, no dejaba entrever ni asomo de la ansiedad de sus compañeros.

—¿Usted es el doctor? —preguntó Gamache.

El monje asintió con ademán casi alegre.

Pero Gamache no se dejó llevar por esa impresión. Uno de los hermanos de Reine-Marie se reía en los funerales y lloraba en las bodas, y un amigo común rompía a reír cuando alguien le gritaba, no porque le divirtiese, sino porque las emociones fuertes lo abrumaban.

A veces las personas confundían esos dos sentimientos. Sobre todo cuando no estaban acostumbradas a mostrarlos.

El monje médico que parecía estar más animado tal vez fuese el que había recibido el golpe más fuerte.

—Charles —se presentó—. Soy el médico.

—Cuénteme cómo se ha enterado de la muerte del prior.

—Estaba con los animales, y el hermano Simon ha venido a buscarme. Me ha llevado a un lado y me ha dicho que había ocurrido un accidente.

—¿Estaba usted solo?

—No, había más hermanos, pero el hermano Simon ha tenido la precaución de bajar la voz. No creo que lo oyesen.

Gamache se volvió hacia el hermano Simon.

—¿Creía de verdad que se trataba de un accidente?

—No estaba seguro, pero tampoco se me ha ocurrido otra cosa.

—Disculpe —dijo Gamache, dirigiéndose al médico—. Le he interrumpido, continúe.

—He corrido a la enfermería, he cogido el maletín y hemos venido juntos hasta aquí.

Gamache se imaginaba a los dos monjes de hábito negro recorriendo los pasillos centelleantes a toda prisa.

—¿Se han cruzado con alguien por el camino?

—No, con nadie —respondió el hermano Charles—. Era nuestra hora de trabajo, y cada uno estaba con sus tareas.

—¿Qué ha hecho al llegar al jardín?

—Le he buscado el pulso, claro. Pero bastaba con mirarlo a los ojos para saber que estaba muerto, incluso sin haber visto la herida.

—Y cuando se la ha visto, ¿qué ha pensado?

—Al principio he creído que quizá se había caído de lo alto del muro, pero resultaba obvio que eso no era posible.

—¿Y qué ha pensado entonces?

El hermano Charles miró al abad.

—Adelante —dijo dom Philippe.

—Que se lo había hecho alguien.

—¿Quién?

—Si le digo la verdad, no tengo ni idea.

Gamache hizo una pausa para estudiar al médico. La experiencia le decía que empezar una frase con «si le digo la verdad» era el preludio de una mentira. Se guardó esa impresión y se dirigió al abad.

—Me pregunto, señor, si usted y yo podríamos hablar un poco más.

No parecía sorprendido. A juzgar por su expresión, ya nada podía impactarlo.

—Por supuesto.

Dom Philippe miró a los otros dos monjes a los ojos, se inclinó, y el inspector jefe se preguntó por el mensaje que acababan de transmitirse. Los monjes que convivían en silencio ¿desarrollaban alguna forma de telepatía o la capacidad de leerse el pensamiento?

De ser así, ese don le había fallado al abad, y las consecuencias habían sido dolorosas.

Dom Philippe condujo a Gamache hasta el banco que había debajo del árbol, apartados de toda la actividad.

Desde allí no se veía el cadáver. Ni el monasterio. Su campo visual comprendía tan sólo las plantas medicinales, el muro y las copas de los árboles que había al otro lado.

—Me cuesta creer que esto haya ocurrido —admitió el abad—. Supongo que lo oye muy a menudo. ¿Se lo dice mucha gente?

—La mayoría. Sería terrible que un asesinato no nos impactase.

El abad suspiró con la mirada perdida. Entonces cerró los ojos y se tapó la cara con sus manos finas.

No se lo oyó sollozar. Ni llorar. Ni siquiera rezar.

Sólo silencio. El par de manos largas y elegantes eran como una máscara, otro muro que lo separaba del mundo exterior.

Al final las dejó caer en el regazo, donde descansaron como sin vida.

—Era mi mejor amigo. Aunque se supone que en un monasterio uno no debe tenerlos. Todos debemos ser iguales. Todos amigos, pero no demasiado. Es obvio que ése es el ideal. Como Juliana de Norwich, aspiramos a experimentar un amor por Dios que consuma todo lo demás. Sin embargo, somos humanos con imperfecciones y a veces también amamos a otros humanos. El corazón no entiende de normas.

Gamache escuchó y aguardó, y trató de no leer demasiado entre líneas.

—No sabría decirle cuántas veces nos habremos sentado aquí, Mathieu y yo. Él se ponía donde está usted ahora. A veces comentábamos asuntos del monasterio y otras sólo leíamos. Él traía las partituras de los cantos, y yo trabajaba en el jardín o me quedaba sentado tranquilamente y lo escuchaba tararear en voz baja. Creo que no se daba cuenta de que lo hacía ni de que yo lo oía. Pero así era.

El abad desvió la mirada hacia el muro y hacia las copas que aparecían por detrás como campanarios oscuros. Permaneció un momento en silencio, enfrascado en algo que ya formaba parte del pasado para siempre. La escena que había descrito jamás se repetiría. No volvería a oír ese tarareo.

—¿Un asesinato? —musitó al final—. ¿Aquí?

Se volvió hacia Gamache.

—Y usted ha venido a averiguar quién ha sido. Afirma que es el inspector jefe. Es decir: nos han enviado al jefe.

Gamache sonrió.

—Siento decirle que no soy el jefe de los jefes. Yo también tengo a alguien por encima.

—Como todos —respondió dom Philippe—. Al menos su superior no ve todo lo que usted hace.

—Ni sabe lo que pienso y siento —añadió Gamache—. Todos los días doy las gracias por ello.

—Sin embargo, nada de eso puede proporcionarle calma ni salvación.

Gamache asintió con la cabeza.

—Es cierto.

—¿Patrón?

Beauvoir se había acercado a ellos. Gamache se excusó y fue a hablar con él.

—Estamos listos para levantar el cadáver. ¿Adónde lo llevamos?

El inspector jefe se lo pensó unos instantes y miró a los monjes que continuaban rezando.

—Ese hombre —dijo Gamache, y señaló al hermano Charles— es el médico. Ve con él a por una camilla, y llevad al hermano Mathieu a la enfermería. —Hizo una pausa; Beauvoir sabía que le convenía esperar—. Era el director de coro, ¿lo sabías?

Gamache se fijó una vez más en el cuerpo aovillado del hermano Mathieu.

Para Beauvoir se trataba sólo de información, un dato, aunque se daba cuenta de que para el inspector jefe significaba mucho más.

—¿Es relevante? —le preguntó.

—Podría serlo.

—Para usted es muy importante, ¿verdad? —continuó Beauvoir.

—Es una pena —contestó el inspector jefe—. Una gran pérdida. Era un genio. He estado escuchando su música durante el vuelo.

—Eso me parecía.

—¿Tú también lo has hecho?

—Era difícil evitarla. Hace un par de años se oía en todas partes: no se podía escuchar ni una maldita emisora sin que la pusieran.

Gamache sonrió.

—O sea, que no eres aficionado al canto gregoriano.

—¿Me habla en serio? Que no soy aficionado... Un puñado de tíos cantando sin instrumentos, casi sin cambiar de nota y, además, en latín. ¿Por qué no iba a gustarme?

El inspector jefe sonrió a Beauvoir y regresó con el abad.

—¿Quién podría haber hecho algo así? —se dijo dom Philippe entre dientes cuando Gamache se sentó a su lado—. Llevo toda la mañana preguntándomelo. —El abad se dirigió entonces a su compañero de banco—. ¿Y por qué no me di cuenta de que podía ocurrir?

Gamache guardó silencio, pues sabía que la pregunta no iba dirigida a él, aunque tarde o temprano fuera el inspector jefe quien proporcionase la respuesta. También cayó en algo más.

Dom Philippe no había insinuado que el responsable de la muerte del prior fuese alguien ajeno al monasterio. Ni siquiera había tratado de convencer a Gamache ni a sí mismo de que podía tratarse de un accidente. Una caída harto improbable.

No estaba haciendo esfuerzos por alejarse de una verdad horrible, a pesar de que eso era lo habitual.

Alguien había asesinado al hermano Mathieu. Y había sido uno de los monjes.

Por otro lado, Gamache admiraba la capacidad de dom Philippe para enfrentarse a la realidad por terrible que fuese, aunque también lo desconcertaba que aceptase ese hecho con tanta facilidad.

El abad decía estar estupefacto porque allí se había producido un asesinato y, sin embargo, no había sucumbido a la respuesta más humana: buscar una explicación alternativa, por ridícula que fuese.

Y por eso el inspector jefe Gamache empezó a cuestionarse si en realidad estaba tan sorprendido como afirmaba.

—El hermano Mathieu ha sido asesinado entre las ocho y cuarto, hora a la que ha acabado el oficio, y las nueve menos veinte, cuando lo ha encontrado su secretario —resumió el inspector jefe—. ¿Dónde estaba usted entre esas horas?

—Justo después de laudes, he bajado al sótano a hablar del sistema geotérmico con el hermano Raymond. Él se ocupa del mantenimiento. De la ingeniería del monasterio.

—¿Tienen un sistema geotérmico?

—Eso es. Lo usamos para la calefacción, y la energía la conseguimos con paneles solares. Como se acerca el invierno, quería asegurarme de que funcionase. Estaba abajo cuando ha venido a buscarme el hermano Simon y me ha dado la noticia.

—¿Qué hora era?

—Casi las nueve, creo.

—¿Qué le ha dicho el hermano Simon?

—Sólo que, al parecer, el hermano Mathieu había sufrido algún tipo de accidente en mi jardín.

—¿Le ha dicho que estaba muerto?

—Al final sí. Cuando he echado a correr. Primero ha ido a buscar al médico y después a mí. Para entonces ya sabían que había sido mortal.

—¿Y no le ha dicho nada más?

—¿Que lo habían matado?

—Sí, que lo habían asesinado.

—Eso me lo ha confirmado el médico. Cuando he llegado, estaba esperando junto a la puerta. Ha intentado impedirme que me acercara y me ha explicado que Mathieu no había fallecido sin más, sino que parecía que alguien lo había matado.

—¿Qué ha respondido usted?

—No recuerdo lo que he dicho, pero sospecho que no ha sido nada que nos enseñasen en el seminario.

Dom Philippe hizo memoria. Había apartado al médico y había echado a correr a trompicones hacia el otro extremo, hacia lo que parecía un montón de tierra oscura. Pero no lo era. Tal como lo recordaba, se lo describió al agente corpulento y tranquilo de la Sûreté que estaba sentado a su lado.

—Entonces me he arrodillado junto a él —explicó dom Philippe.

—¿Lo ha tocado?

—Sí. Le he tocado la cara y el hábito. Creo que se lo he estirado, no sé por qué. ¿A quién se le ocurre hacer algo así?

Una vez más, Gamache no contestó la pregunta. Ya tendría tiempo para eso más adelante.

—¿Qué hacía el hermano Mathieu aquí, en su jardín?

—No tengo ni idea. No había venido a verme, porque a esa hora siempre estoy en alguna otra parte. Es cuando hago la ronda.

—¿Y eso lo sabía él?

—Era mi prior. Lo sabía mejor que nadie.

—¿Qué ha hecho después de ver el cadáver? —preguntó Gamache.

El abad se quedó pensativo.

—Primero hemos rezado. Después he llamado a la policía. Sólo tenemos un teléfono y va por satélite. No siempre funciona, pero esta mañana sí lo ha hecho.

—¿Ha pensado en la posibilidad de no avisarnos?

La pregunta sorprendió a dom Philippe, que observó a aquel tranquilo desconocido con una estima distinta.

—Me avergüenza admitir que ha sido lo primero que he pensado: callárnoslo. Estamos acostumbrados a ser autosuficientes.

—En ese caso, ¿por qué ha llamado?

—No por Mathieu, sino por los demás.

—¿A qué se refiere?

—Mathieu ya se ha ido. Está con Dios.

Gamache esperaba que fuese cierto. No había más misterios para el hermano Mathieu: él sabía quién le había quitado la vida. Y ahora también sabía si Dios existía. Si había cielo. Y ángeles. Y un coro celestial.

Pensar en lo que sucedía en el coro celestial cada vez que se presentaba un maestro era demasiado terrible.

—Pero el resto seguimos aquí —continuó el abad—. No los he llamado por venganza ni para castigar a quienquiera que sea responsable de esto. Lo hecho, hecho está. Mathieu está a salvo. En cambio, nosotros no.

Gamache era consciente de que aquélla era la pura verdad. Y la reacción de un padre: proteger. O la de un pastor, que mantiene al rebaño a salvo de un depredador.

Saint-Gilbert-Entre-les-Loups. «San Gilberto entre los lobos.» Un nombre curioso para un monasterio.

El abad sabía que en su redil se escondía un lobo. Vestía con hábito negro, llevaba la cabeza rapada y susurraba oraciones. Dom Philippe había llamado a los cazadores para que le siguiesen el rastro.

Tanto Beauvoir como el médico habían regresado con la camilla y la habían dejado junto al hermano Mathieu. El inspector jefe se levantó y dio una señal en silencio. Colocaron el cadáver encima y el hermano Mathieu salió del jardín por última vez.

El abad encabezó la pequeña procesión, seguido de los hermanos Simon y Charles. Tras ellos iban el capitán Charbonneau, por delante de la camilla, y Beauvoir, sujetando el extremo trasero.

Gamache fue el último en salir del jardín del abad y, al hacerlo, cerró la librería.

Entraron en el pasillo de los arcoíris. Los alegres colores jugueteaban sobre el cadáver y los dolientes y, cuando éstos llegaron a la iglesia, el resto de los miembros de la comunidad se puso en pie y salió en fila de la sillería del coro para unirse a la procesión, caminando detrás de Gamache.

Dom Philippe empezó a recitar una oración. No era el rosario, sino otra. Y Gamache se dio cuenta de que el abad no hablaba. Estaba cantando. Y no era una plegaria. Era un canto.

Un canto gregoriano.

Poco a poco, el resto de los monjes se sumaron y sus voces llenaron el pasillo y se mezclaron con la luz. Habría resultado hermoso de no haber sido por la certeza de que uno de los hombres que cantaba la palabra de Dios, con la voz del Señor, era un asesino.

SEIS

Cuatro hombres rodearon la camilla reluciente.

Armand Gamache y el inspector Beauvoir estaban en un lado; el doctor, frente a ellos, y el abad, apartado. El hermano Mathieu yacía en la camilla de acero inoxidable, mirando al techo con expresión aterrorizada.

El resto de los monjes se habían ido a hacer lo que quiera que hiciesen en un momento como aquél. Gamache se preguntaba qué sería.

Según su experiencia, la mayoría de las personas iban dando tumbos, caminando a tientas, magullándose las pantorrillas al topar con los olores, las escenas y los sonidos familiares, como si un ataque de vértigo los hiciera tambalearse en el borde de su mundo conocido.

Al capitán Charbonneau le habían asignado la tarea de encontrar el arma homicida. Gamache opinaba que la búsqueda sería infructuosa, pero había que hacerlo de todos modos. A primera vista, parecía que habían asesinado al prior con una roca y, de ser así, estaban casi seguros de que la habrían lanzado por encima del muro y se habría perdido para siempre en el bosque ancestral.

El inspector jefe echó un vistazo a su alrededor. Creía que la enfermería sería vieja, antigua. En su fuero interno se había preparado para ver algo salido de la Edad Media: una mesa de operaciones hecha de losas de piedra con un canalón para los fluidos; estantes de madera con polvo de hierbas secas del jardín; una sierra para la cirugía.

En cambio, la sala era nueva a estrenar y el equipo relucía. Las vitrinas contenían hileras ordenadas de vendas y gasas, pastillas y bajalenguas.

—El forense hará autopsia —le dijo al doctor—. No queremos que usted lleve a cabo ningún procedimiento médico: sólo necesito que le quiten la ropa para que podamos registrar las prendas de forma adecuada. También tengo que verle el cuerpo.

—¿Por qué?

—Por si hay alguna otra marca o herida. Cualquier cosa que debamos ver. Cuanto antes recopilemos todos los datos, antes llegaremos a la verdad.

—Pero no es lo mismo la verdad que los datos, inspector jefe —protestó el abad.

—Un día usted y yo podremos sentarnos en ese jardín tan bonito que tiene a discutir sobre eso —repuso el inspector jefe—. Pero hoy no.

Dio la espalda al abad y le hizo una señal con la cabeza al médico, que se puso manos a la obra.

El muerto ya no estaba en posición fetal. A pesar de que el *rigor mortis* empezaba a aparecer, habían conseguido tumbarlo boca arriba. Gamache se percató de que el prior todavía tenía las manos escondidas en las largas mangas negras del hábito y parecía estar abrazándose el vientre, como si hubiese sufrido un dolor muy intenso.

Después de desatar el cordón que llevaba en la cintura, el médico le sacó las manos de las mangas. Tanto Gamache como Beauvoir se acercaron para ver si sujetaba algún objeto. ¿Tenía algo debajo de las uñas? ¿Y en los puños cerrados?

Sin embargo, éstos estaban vacíos. Y las uñas, limpias y arregladas.

Con mucho cuidado, el médico le colocó los brazos a los costados, pero el izquierdo resbaló por la superficie metálica y quedó colgando. Entonces algo cayó de dentro de la manga y aterrizó en el suelo.

El médico se agachó a recogerlo.

—No lo toque —le ordenó Beauvoir, y el doctor se detuvo.

El inspector se puso unos guantes que sacó del maletín donde guardaba los utensilios para analizar la escena del crimen, se acuclilló y, del suelo de piedra, recogió un pedazo de papel.

—¿Qué es? —preguntó el abad, y dio un paso adelante.

El médico se inclinó sobre la camilla, olvidando el cadáver y centrándose por completo en lo que Beauvoir tenía en la mano.

—No lo sé —respondió el inspector.

El doctor rodeó la mesa y los cuatro formaron un círculo con la mirada fija en la hoja.

Era amarilla e irregular. No era papel del que se compra en las tiendas, sino uno más grueso.

En él aparecían palabras escritas de un modo intrincado. Letras negras caligrafiadas; aunque no con un estilo ornamental, sino bastante sencillo.

—No entiendo lo que dice, ¿es latín? —preguntó Beauvoir.

—Creo que sí.

El abad se acercó y entornó los ojos.

Gamache se puso las gafas de leer con forma de media luna y también se acercó al papel.

—Parece una página de un manuscrito antiguo —dijo al final, y se apartó.

El abad estaba perplejo.

—No es papel, sino vitela. Piel de ternero. Se distingue por la textura.

—¿Piel de ternero? ¿Eso es lo que utilizan en lugar de papel?

—Hace cientos de años que ya no se usa.

El abad continuó con la mirada fija en la página que sostenía el inspector.

—Diría que el texto no tiene sentido. Puede que sea latín, pero no es un fragmento de ningún salmo ni del Libro de horas ni de ningún texto religioso que yo conozca. Sólo entiendo dos palabras.

—¿Cuáles? —quiso saber el inspector jefe.

—Estas dos —señaló el abad—. Parece que dice «*Dies irae*».

Al médico se le escapó un ruido que tal vez fuese una risa. Lo miraron, pero no abrió la boca.

—¿Qué significa? —inquirió Beauvoir.

—Es de la misa de réquiem —contestó el abad.

—Significa «día de ira» —explicó Gamache—. «*Dies irae, dies illa.*» —recitó—. «Día de ira, aquel día.»

—Así es —convino el abad—. En la misa de réquiem se recita el verso completo, pero aquí falta la segunda parte, «*dies illa*».

—¿Qué le dice eso, dom Philippe? —preguntó el inspector jefe.

El abad guardó silencio por un momento mientras reflexionaba.

—Que no es de la misa de difuntos.

—¿Tiene eso sentido para usted, hermano Charles?

El médico, concentrado, miraba la vitela que Beauvoir sujetaba y arrugaba el ceño. Entonces negó con la cabeza.

—Lo siento, pero no.

—¿Ninguno de los dos ha visto esto antes? —continuó Gamache.

El doctor miró al abad. Dom Philippe siguió contemplando las palabras, y al final también negó.

El silencio se prolongó hasta que Beauvoir señaló la página.

—¿Qué son esas cosas?

Una vez más, los hombres se acercaron.

Encima de cada palabra había pequeñas virgulillas de tinta. Como olas diminutas. O alas.

—Diría que son neumas —contestó el abad.

—¿Neumas? —repitió Gamache—. ¿Qué es eso?

El abad se mostró del todo desconcertado.

—Un tipo de notación musical.

—Jamás había visto algo así —comentó Beauvoir.

—Es normal. —El abad retrocedió un paso—. No se utilizan desde hace mil años.

—No lo entiendo —dijo Gamache—. ¿Esta página tiene mil años?

—Tal vez —admitió dom Philippe—. Y quizá eso explique el texto. Podría ser canto llano escrito en una forma arcaica de latín.

Sin embargo, no parecía convencido.

—¿Con «canto llano» se refiere a canto gregoriano? —preguntó el inspector jefe.

El abad asintió.

—O sea, que esto —dijo Gamache, y señaló la página— podría ser un canto gregoriano.

El abad miró el texto una vez más y negó con la cabeza.

—No lo sé. Lo que me hace dudar es la letra. Es latín, pero no tiene sentido. El canto gregoriano se basa en normas prescritas desde tiempos muy antiguos y casi siempre son textos extraídos de los salmos. Y éste no lo es.

Dom Philippe se sumió en su silencio habitual.

De momento parecía que no averiguarían nada más sobre la hoja. Gamache se dirigió al médico.

—Por favor, continúe.

Durante los siguientes veinte minutos, el hermano Charles despojó al hermano Mathieu de las capas de ropa que llevaba. El *rigor mortis* le dificultaba la tarea.

Al final, tuvieron a un hombre desnudo sobre la camilla.

—¿Cuántos años tenía el hermano Mathieu? —quiso saber Gamache.

—Puedo enseñarle su historial —ofreció el doctor—, pero tenía sesenta y dos, si no me equivoco.

—¿Estaba bien de salud?

—Sí. La próstata estaba algo agrandada y el nivel de PSA un poco alto, pero se lo íbamos controlando. Como ve, le sobraban unos quince kilos. De la zona de la cintura. Pero no era obeso, y yo le había sugerido que hiciese más ejercicio.

—¿Cómo? —intervino Beauvoir—. No es que pudiera apuntarse a un gimnasio. ¿Rezaba con más ganas?

—Si lo hacía —repuso el médico—, no sería el primero en creer que podía adelgazar a base de oraciones. Pero da la casualidad de que en invierno montamos un par de equipos de hockey. No estamos al nivel de la liga nacional, pero se sorprendería de lo buenos que somos. Buenos y muy competitivos.

Beauvoir miró al hermano Charles como si acabase de hablarle en latín. Aquello le resultaba casi inconcebible. ¿Monjes jugando al hockey? Se los imaginaba sobre un lago helado, con los hábitos ondeando al viento, arremetiendo unos contra otros.

Cristiandad musculosa.

Tal vez aquellos hombres no fuesen los bichos raros que él se imaginaba.

O quizá fuesen aún más extraños.

—¿Y lo hacía? —preguntó el inspector jefe.

—¿Si hacía el qué? —repuso el médico.

—¿Hacía el hermano Mathieu más ejercicio?

El hermano Charles bajó la vista hacia el cadáver que había sobre la camilla, respondió que no con la cabeza e intercambió una mirada con Gamache. Una vez más sus ojos revelaban cierta diversión, aunque su voz sonó solemne.

—El prior no aceptaba las sugerencias con facilidad.

Gamache continuó mirando al médico a los ojos, hasta que éste apartó la vista y siguió hablando.

—Aparte de eso, gozaba de buena salud.

El inspector jefe asintió y se volvió hacia el cadáver desnudo. Estaba ansioso por averiguar si tenía alguna herida en el abdomen.

Pero no vio nada más que piel fofa y grisácea. Su cuerpo estaba intacto, salvo por el cráneo hundido.

Gamache todavía no visualizaba los golpes que le habían partido el cráneo al monje y cuyas consecuencias habían sido catastróficas. Pero ya lo haría. Las cosas así no ocurrían sin más. Tenía que haber un reguero de lesiones de menor importancia, magulladuras, orgullos heridos. Insultos y exclusiones.

El inspector jefe seguiría ese rastro e inevitablemente acabaría conduciéndolo hasta el responsable de la muerte del hermano Mathieu.

Miró la mesa y la hoja de material grueso y amarillento. Las marcas de los... ¿cómo se llamaban?

Neumas.

Y el texto casi ininteligible.

Excepto por dos palabras.

«*Dies irae.*»

«Día de ira.» De la misa de difuntos.

¿Qué intentaba hacer el prior cuando le llegó la hora de la muerte? Cuando sólo le quedaba una cosa más que hacer en la vida, ¿qué había hecho? Desde luego, no había sido escribir el nombre de su asesino en la tierra mullida.

No. El hermano Mathieu se había guardado la vitela en la manga y se había hecho un ovillo.

¿Qué les decían esas frases sin sentido y los neumas? De momento, no mucho. Sólo que había muerto tratando de protegerlas.

SIETE

El asiento contiguo al de dom Philippe estaba vacío.

Habían pasado años, décadas, desde la última vez que el abad había mirado a la derecha en la sala capitular y no había visto a Mathieu.

Ahora prefería no hacerlo, así que mantuvo la vista fija al frente, observando los rostros de la comunidad de Saint-Gilbert-Entre-les-Loups.

Y ellos lo contemplaban a él.

Esperaban respuestas.

Esperaban información.

Esperaban consuelo.

Esperaban que dijese algo. Cualquier cosa.

Que se interpusiera entre ellos y el horror.

Pero él continuó mirándolos sin saber qué decir. Sin palabras. A lo largo de los años había atesorado muchas. Tenía un almacén lleno de pensamientos e impresiones, de emociones. De cosas sin expresar.

No obstante, ahora que necesitaba hablar, el almacén estaba vacío. Frío y oscuro.

No tenía nada que decir.

El inspector jefe Gamache se echó hacia delante con los codos apoyados en el escritorio de madera desgastada. Una mano sujetaba la otra con naturalidad.

Miró a Beauvoir y al capitán Charbonneau, que estaban al otro lado. Ambos tenían las libretas abiertas y estaban listos para darle el parte.

Tras el examen médico, Beauvoir y Charbonneau habían interrogado a todos los monjes, les habían tomado las huellas dactilares y las declaraciones iniciales. Reacciones. Pareceres. Un resumen de todos sus movimientos.

Mientras ellos hacían eso, el inspector jefe Gamache había registrado la celda del fallecido. Era una copia casi exacta de la del abad. La misma cama estrecha. Una cómoda igual, sólo que su altar estaba dedicado a santa Cecilia. Gamache no la conocía, pero decidió buscar información sobre ella.

En la celda también había una muda de ropa interior, un hábito de repuesto, otro par de zapatos. Una camisa de dormir. Libros de oraciones y los salmos. Y nada más. Ni un solo objeto personal. Ni fotografías ni cartas. Nada de padres o hermanos. Tal vez Dios fuese su Padre, y María su madre; los monjes, sus hermanos. Al fin y al cabo, la suya era una familia grande.

En cambio, el despacho del prior era una mina, aunque, por desgracia, no de pistas sobre el caso. No había ninguna roca ensangrentada. Ni una sola amenaza hecha por carta con una firma al final de la página. Gamache no halló un asesino esperando para confesar.

En el escritorio del prior sólo encontró plumas de oca usadas y un tintero abierto. Los metió en bolsitas de plástico y los guardó con el resto de las pruebas físicas que habían recopilado.

Constituían todo un hallazgo. Después de todo, la hoja de papel antiguo que había caído de dentro del hábito del prior estaba escrita con pluma y tinta. Pero cuantas más vueltas le daba el inspector jefe, menos seguro estaba de que fuese a resultar un dato significativo.

¿Qué posibilidades había de que el prior, el maestro de coro, una autoridad mundial en canto gregoriano, escribiese algo casi ininteligible? El texto en latín había desconcertado tanto al abad como al médico. Y también estaban esas cosas que llamaban «neumas».

Parecía obra de un aficionado sin instruir, poco ducho. Además, estaba escrito en una hoja muy antigua. Una vitela. Piel de ternero. Secada y estirada puede que siglos antes. En el escritorio del prior había mucho papel, pero no encontró vitelas.

Aun así, Gamache había tenido la precaución de embolsar y etiquetar las plumas y la tinta, por si acaso.

También encontró partituras. Hojas y más hojas llenas de música.

Libros llenos de música, de historia. Artículos académicos. El hermano Mathieu creía en la fe católica y eso se extendía a sus gustos musicales.

Sólo le interesaba una cosa: el canto gregoriano.

En la pared había un crucifijo sencillo con el Cristo clavado agonizante. Debajo y a su alrededor, un mar de música.

Ésa era la pasión del hermano Mathieu. No Cristo, sino los cantos que flotaban en lo alto. Si Cristo lo había llamado, había sido al son del canto gregoriano.

Gamache no tenía ni idea de que se había escrito —ni de que pudiera escribirse— tanto sobre el canto llano. Aunque, a decir verdad, tampoco se lo había planteado. Hasta ese momento. Mientras esperaba a Beauvoir y a Charbonneau, se había acomodado en el escritorio y se había puesto a leer.

A diferencia de la celda, que olía a detergente, en el despacho se percibía el aroma de calcetines viejos, zapatos usados y documentos polvorientos. Olía a ser humano. El prior dormía en la celda, pero vivía allí. Y Armand Gamache empezó a ver al hermano Mathieu simplemente como Mathieu. Un monje. Director de coro. Tal vez un genio. Pero, sobre todo, un hombre.

Charbonneau y Beauvoir aparecieron al fin, y el inspector jefe les prestó toda su atención.

—¿Qué habéis averiguado? —preguntó, y miró primero a Charbonneau.

—Nada, patrón. Al menos, yo no he dado con el arma homicida.

—No me sorprende —admitió el inspector jefe—, pero había que intentarlo. Cuando nos entreguen el informe del forense, sabremos si ha sido una piedra o alguna otra cosa. ¿Qué me decís de los monjes?

—Les hemos tomado las huellas a todos —respondió Beauvoir—. Y las declaraciones preliminares. Después del oficio de las siete y media se dedican a sus tareas. Vamos a ver —dijo, y consultó las notas—, en el monasterio hay cuatro áreas de trabajo: el huerto, los animales, el mantenimiento y las reparaciones del monasterio, que son interminables, y la cocina. Los monjes se especializan en una, pero también rotan. Hemos averiguado qué estaba haciendo cada uno de ellos a la hora crítica.

Al menos, pensó Gamache mientras escuchaba el informe, la hora de la muerte estaba bastante clara: no antes de que acabasen los laudes, a las ocho y cuarto, ni después de las nueve menos veinte, cuando el hermano Simon halló el cadáver.

Veinticinco minutos.

—¿Algo que levante sospechas? —preguntó.

Ambos negaron con la cabeza.

—Estaban todos trabajando —contestó entonces Charbonneau—. Y hay testigos.

—Pero eso no es posible —repuso Gamache con calma—. El hermano Mathieu no se ha suicidado. Uno de los hermanos no estaba haciendo la tarea que tenía asignada. A menos que el asesinato fuese una tarea, que espero que no.

Beauvoir enarcó una ceja. Daba por sentado que el inspector jefe bromeaba, pero tal vez mereciese la pena tenerlo en cuenta.

—Vamos a intentar mirarlo desde otro ángulo —propuso Gamache—. ¿Alguno de los monjes ha mencionado posibles conflictos? ¿Alguno se había peleado con el prior?

—Ninguno, patrón —respondió el capitán Charbonneau—. Como mínimo, nadie ha confesado que hubiera conflictos. Todos parecían sorprendidos de verdad. Y no paraban de repetir que era increíble. «Increíble.»

El inspector Beauvoir meneó la cabeza.

—Creen en el nacimiento virginal, en la resurrección, en caminar sobre el agua y en un viejo de barba blanca que maneja el mundo flotando en las alturas, ¿y esto les parece increíble?

Gamache permaneció en silencio un momento y después asintió.

—Sí, es interesante —convino—. Las cosas que la gente elige creer.

Y lo que hacían en nombre de esa fe.

¿Cómo reconciliaba el monje perpetrador el asesinato con la fe? Y en los momentos de asueto, ¿qué le decía el asesino al viejo con barba que flotaba en el cielo?

El inspector jefe se preguntó, y no por primera vez ese día, por qué habrían escogido un paraje tan alejado de la civilización para construir aquel monasterio. Y por qué sus muros eran tan gruesos. Tan altos. Por qué cerraban la puerta con llave.

¿Era para impedir que entrase el pecado mundanal? ¿O para impedir que saliera algo aún peor?

—Así pues, según los monjes, no hay conflictos.

—Ni uno —contestó el capitán Charbonneau.

—Pues alguien nos ha mentido —apuntó Beauvoir—. Si no todos.

—Cabe otra posibilidad —afirmó Gamache.

Se acercó la página amarillenta que estaba en el centro del escritorio. La examinó un momento y enseguida la bajó y los miró.

—Puede que el asesinato no tuviera nada que ver con el prior. Que realmente no hubiera conflicto alguno. Quizá lo han matado por esto.

El inspector jefe dejó la hoja en la mesa. Y una vez más vio el cadáver tal como lo había visto la primera vez: acurrucado en un rincón sombrío del alegre jardín. En aquel instante no sabía que en su seno guardaba una hoja de papel, como un melocotón el hueso. Pero ahora sí.

¿Era ése el móvil?

—¿Ninguno de los monjes ha notado nada extraño durante la mañana? —preguntó.

—Nada. Según parece, todos estaban haciendo lo que les tocaba.

El inspector jefe asintió y se quedó pensativo.

—¿Y el hermano Mathieu? ¿Qué se suponía que debía estar haciendo él?

—Estar aquí, en su estudio. Trabajando con la música —respondió Beauvoir—. Y eso es lo único interesante que hemos descubierto. El hermano Simon, el secretario, dice que ha regresado al despacho del abad justo después de laudes y que luego ha tenido que ir a atender sus tareas a la granja. De camino, ha pasado por aquí.

—¿Por qué?

Gamache se echó hacia delante y se quitó las gafas.

—Para entregar un mensaje. Al parecer, el abad quería reunirse con el prior esta mañana, después de la misa de las once.

Las palabras sonaban extrañas en boca de Beauvoir. Abades y priores y monjes. «Ay, madre.»

Ya no formaban parte del vocabulario quebequés, no tenían cabida en la vida diaria. En tan sólo una generación, habían pasado de ser respetadas a ridículas y pronto desaparecerían por completo.

Beauvoir pensó que tal vez Dios estuviese de parte de los monjes, pero el tiempo no.

—El hermano Simon dice que cuando ha venido a informar a Mathieu de la reunión, aquí no había nadie.

—Eso ha debido de ser alrededor de las ocho y veinte —apuntó el inspector jefe, y lo anotó—. Me pregunto por qué querría ver el abad al prior.

—¿Perdone? —dijo el inspector Beauvoir.

—La víctima era la mano derecha del abad. Por eso es probable que se reuniesen de forma periódica, como hacemos nosotros.

Beauvoir asintió con la cabeza. El inspector jefe y él se veían todas las mañanas a las ocho para hacer un repaso de los casos de homicidios que el equipo de Gamache estaba investigando.

No obstante, era posible que un monasterio no funcionase igual que el Departamento de Homicidios de la Sûreté, del mismo modo que el abad podía no ser como el inspector jefe.

Aun así, pensar que el abad y el prior se reunían a menudo parecía acertado.

—Eso podría significar —repuso Beauvoir— que el abad quería hablar con el prior de algo que se salía del día a día del monasterio.

—Quizá. O tal vez fuese algo urgente. Inesperado. Algo con lo que no contaban.

—En ese caso, ¿por qué no hablar con él en el momento? —preguntó Beauvoir—. ¿Por qué esperar hasta después de la misa de las once?

Gamache pensó en ello.

—Buena pregunta.

—Entonces, si el prior no ha regresado a su estudio hasta después de laudes, ¿dónde ha estado?

—A lo mejor ha ido directamente al jardín —dijo Charbonneau.

—Es posible —contestó el inspector jefe.

—¿Y no lo habría visto el hermano Simon, el secretario? —preguntó Beauvoir—. ¿O no se lo habría cruzado por los pasillos?

—Tal vez sí lo haya visto —apuntó Gamache. Luego bajó la voz y susurró a Beauvoir como si estuviera en un escenario—: Y te haya mentido.

Beauvoir respondió del mismo modo.

—¿Que un religioso me ha mentido? Sé de uno que va a ir derecho al infierno.

Miró a Gamache con expresión de preocupación exagerada y después sonrió.

Gamache le devolvió la sonrisa y se frotó la cara. Estaban recopilando muchos datos, y puede que unas cuantas mentiras.

—Estamos mencionando mucho al hermano Simon —dijo Gamache—. ¿Qué sabemos de sus movimientos?

—Bueno, él afirma lo siguiente. —Beauvoir pasó unas cuantas páginas de la libreta—. Justo después de laudes, a las ocho y cuarto, ha regresado al despacho del abad. Allí, éste le ha pedido que fuera a decirle al prior que se reuniese con él después de la misa de las once. Luego dom Philippe ha ido a echar un vistazo al sistema geotérmico y el hermano Simon, a hacer sus tareas con los animales. Por el camino, ha pasado por aquí y se ha asomado a la puerta. El prior no estaba, así que se ha marchado.

—¿Eso lo ha sorprendido? —preguntó Gamache.

—No parecía sorprendido ni preocupado. El prior, como el abad, iba y venía a placer.

Gamache reflexionó unos instantes.

—¿Qué ha hecho entonces el hermano Simon?

—Ha estado con los animales unos veinte minutos y ha regresado al despacho del abad para continuar trabajando en el jardín. Es entonces cuando ha encontrado el cadáver.

—¿Tenemos confirmación de que ha ido a la granja? —quiso saber el inspector jefe.

Beauvoir asintió.

—Lo hemos comprobado. Los demás monjes lo han visto.

—¿Es posible que se haya ido antes de lo que dice? ¿A las ocho y media, por ejemplo?

—Yo me he preguntado lo mismo —respondió Beauvoir con una sonrisa—. Los otros monjes que estaban trabajando allí dicen que podría ser. Todos estaban ocupados con su trabajo. Pero para el hermano Simon habría sido complicado acabar en tan poco tiempo. Y todas sus tareas estaban hechas.

—¿Y en qué consistían exactamente?

—Ha dejado salir a las gallinas y les ha puesto comida y agua. Después ha limpiado las jaulas. No es el tipo de tarea que se puede fingir.

Gamache escribió unas líneas, asintiendo.

—Cuando hemos llegado, la puerta del despacho del abad estaba cerrada. ¿Es lo habitual?

Los hombres se miraron.

—No lo sé, patrón —respondió Beauvoir, y lo anotó—. Lo averiguaré.

—Bien.

No cabía duda de que era importante. Si acostumbraba a estar cerrada, alguien tenía que haber dejado entrar al prior.

—¿Algo más? —preguntó Gamache, y los miró por turnos.

—No, nada —respondió Beauvoir—. Excepto que he intentado conectar esta mierda y, como era de esperar, no funciona.

Señaló con desdén la antena parabólica con la que habían cargado desde Montreal.

Gamache respiró hondo. Eso siempre ralentizaba las investigaciones que tenían lugar en sitios remotos. Acudían a entornos primitivos con equipos de última generación y se sorprendían de no poder utilizarlos.

—Seguiré intentándolo —prometió Beauvoir—. No hay ningún repetidor cerca, así que los móviles tampoco tienen cobertura, pero podemos enviar y recibir mensajes con las BlackBerry.

Gamache miró la hora. Acababan de dar las cuatro. Disponían de sesenta minutos antes de que el barquero se marchase. La investigación de un asesinato nunca era una actividad pausada, pero aquélla era aún más apremiante. Una carrera contra la luz diurna y el plazo que habían acordado con el patrón de la lancha.

En cuanto se pusiera el sol, se quedarían atrapados en el monasterio. Junto con las pruebas materiales y el cadáver. Y el inspector jefe Gamache no quería que eso ocurriera.

Dom Philippe hizo la señal de la cruz ante su comunidad, y ellos se santiguaron.

Se sentó. Y los demás hicieron lo mismo. Como sombras que imitaban todos sus movimientos. O como niños, pensó. Eso era más benevolente y, quizá, también más preciso.

Aunque algunos de los monjes eran mucho mayores que el abad, él era su padre. Su líder.

Sin embargo, no estaba convencido en absoluto de ser uno bueno. Sin duda, no tanto como Mathieu. No obstante, ahora era todo lo que les quedaba.

—Como sabéis, el hermano Mathieu ha fallecido —empezó el abad—. De forma inesperada.

La cosa empeoraba por momentos, pues más palabras iban formándose, y aparecían y se agolpaban esperando a salir.

—Alguien lo ha matado. —Dom Philippe hizo una breve pausa antes de pronunciar esto último—: Lo ha asesinado.

«Oremos —pensó—. Oremos. Cantemos. Cerremos los ojos y cantemos los salmos para perdernos. Refugiémonos en nuestras canciones y nuestras celdas, y dejemos que el agente de policía se ocupe de este desastre.»

Pero el momento de refugiarse no era aquél. Tampoco el del canto llano. Aquél era el momento de hablar simple y llanamente.

—Ha venido la policía, y la mayoría de vosotros ya habéis hablado con ellos. Debemos cooperar. No debemos guardarnos secretos, y eso significa no sólo abrirles las puertas de nuestras celdas y de nuestros puestos de trabajo, sino también de nuestros corazones y nuestras mentes.

Mientras pronunciaba aquellas palabras tan extrañas, vio que algunos de los monjes mostraban su acuerdo con un cabeceo. Enseguida se les sumaron algunos más. La sensación de pánico que se ocultaba tras los rostros inexpresivos empezó a dar paso a la comprensión. Incluso al consentimiento.

¿Debía continuar? «Señor —suplicó en silencio—, dime si debería continuar. ¿No es suficiente ya? ¿Es necesario que diga el resto? ¿Es preciso que lo haga?»

—Retiro el voto de silencio.

Se oyó a los monjes tomar aire de golpe. Sus hermanos lo miraron como si acabase de despojarlos de sus vestiduras. Como si los hubiera dejado desnudos, expuestos.

—Debo hacerlo. Sois libres de hablar. No de charlar ociosamente ni de chismorrear, sino de ayudar a los agentes a descubrir lo ocurrido.

Los rostros reflejaban ansiedad. Todos lo observaban, intentando intercambiar una mirada.

Y mientras a él le dolía ser testigo de su dolor, sabía que esa expresión era mucho más natural que los rostros comedidos y vacíos que había visto un momento antes.

Y entonces el abad dio el último paso. Un paso irrevocable.

—En este monasterio hay alguien que ha asesinado al hermano Mathieu —anunció dom Philippe, y sintió vértigo. Era consciente de que el problema de las palabras era que, una vez dichas, no se podían retirar—. Alguien que está en esta sala ha matado al hermano Mathieu.

Quería consolarlos, pero lo único que consiguió fue desnudarlos y aterrorizarlos.

—Uno de nosotros tiene algo que confesar.

OCHO

Era hora de partir.

—¿Lo tenéis todo? —le preguntó Gamache al capitán Charbonneau.

—Todo menos el cadáver.

—Mejor que no se os olvide —le recomendó el inspector jefe.

Cinco minutos después, los dos agentes de la Sûreté salían de la enfermería con el cuerpo del hermano Mathieu en una camilla, tapado con una sábana. Gamache había ido a buscar al hermano Charles para avisarlo, pero no había encontrado al médico por ninguna parte. Tampoco a dom Philippe.

Se habían esfumado.

Igual que su secretario, el taciturno hermano Simon.

Y el resto de los monjes de hábito oscuro.

Todos desaparecidos.

El monasterio de Saint-Gilbert-Entre-les-Loups no parecía tranquilo sin más, sino vacío.

Cuando atravesaron la iglesia con el hermano Mathieu, Gamache escudriñó aquella sala grande. No había nadie en los bancos. Tampoco en la sillería del coro.

Hasta la luz juguetona se había marchado. No quedaban arcoíris ni prismas.

La ausencia de luz no era simple oscuridad. El lugar se había tornado lúgubre, como si algo más se congregara al final del día. Esperando para rellenar el hueco, había algo tan premonitorio como alegre había sido la luz.

Equilibrio, pensó Gamache mientras sus pasos resonaban en los suelos de pizarra. Mientras escoltaban a un monje asesinado por la Iglesia. Equilibrio. Yin y yang. Cielo e infierno. Toda fe los tenía. Polos opuestos que servían para crear armonía.

Habían disfrutado de la luz del sol, y ahora llegaba la noche.

Salieron de la iglesia y entraron en el último y largo pasillo. En el otro extremo, Gamache veía la puerta pesada de madera. El pasador de hierro fundido clavado en su sitio.

La puerta estaba cerrada. ¿Con qué fin?

Llegaron hasta allí y el inspector jefe echó un vistazo en la garita del portero, pero la encontró vacía. No había ni rastro del monje joven, el hermano Luc. Sólo un libro grueso que, una vez inspeccionado, resulto ser, cómo no, de cantos.

Había música, pero el monje no estaba.

—Está cerrada, patrón —dijo Beauvoir, mirando hacia la garita—. La puerta está cerrada con llave. ¿La ve por ahí?

Ambos buscaron, pero fue en vano.

Charbonneau abrió el ventanuco.

—Veo al barquero —los informó, con la cara apretujada contra la madera para tratar de conseguir una visión más amplia—. Está en el embarcadero, esperando. Acaba de consultar la hora.

Los tres agentes hicieron el mismo gesto que el barquero.

Las cinco menos veinte.

Beauvoir y Charbonneau miraron a Gamache.

—Id a buscar a los monjes —les ordenó—. Yo me quedo aquí con el cadáver, por si regresa el hermano Luc. Separaos, no tenemos mucho tiempo.

Lo que les había parecido curioso, esa ausencia repentina de los religiosos, ahora rayaba en una crisis. Si el barquero zarpaba, no les quedaría más remedio que pasar la noche allí.

—Vale —contestó Beauvoir, pero parecía inquieto.

En lugar de ir hacia el pasillo, el inspector se acercó a su jefe y le susurró:

—¿Quiere que le deje el arma?

Gamache negó con la cabeza.

—Me temo que mi monje ya está muerto. No supone una gran amenaza.

—Pero hay más —repuso Beauvoir con seriedad—. Incluyendo al que ha hecho esto. Y al que nos ha encerrado. Va a quedarse solo y tal vez la necesite. Por favor.

—¿Y qué harías tú entonces, amigo —preguntó Gamache—, si topas con algún problema?

Beauvoir no contestó.

—Prefiero que la tengas tú. Pero recuerda, Jean-Guy, estás buscando a los monjes, no dándoles caza.

—Buscando, no cazando —repitió Beauvoir con seriedad fingida—. Vale, lo he pillado.

Gamache los acompañó hasta el final del pasillo, caminando con brío hasta la puerta de la iglesia. La abrió y miró dentro. El interior ya no estaba lleno de luz, sino de sombras largas y crecientes.

—¡Padre abad! —gritó desde el umbral.

Era como si hubiera lanzado una bomba a la nave central. La voz imponente del inspector jefe rebotó en las paredes de piedra, y el eco la amplificó. Pero en lugar de asustarse, él gritó de nuevo.

—¡Dom Philippe!

Nada. Se apartó y Beauvoir y Charbonneau se apresuraron a entrar.

—Rápido, Jean-Guy —instó Gamache a Beauvoir cuando pasó por su lado—. Con cuidado.

—Sí, patrón.

El inspector jefe los observó mientras cada uno partía en una dirección. Beauvoir hacia la derecha, y Charbonneau hacia la izquierda. Se quedó en la puerta hasta que ambos desaparecieron.

—¡Hola! —gritó de nuevo, y se quedó escuchando.

Pero la única respuesta que recibió fue su propia voz.

El inspector jefe Gamache sujetó la puerta de la iglesia y miró por el largo pasillo hacia la puerta cerrada con llave y con un pasador situada al otro extremo. Y hacia el cadáver, que esperaba delante como una ofrenda.

Caminar de forma deliberada hacia un lugar sin salida iba en contra de su intuición. Su experiencia y sus instintos se oponían: si algo o alguien se le echaba encima por el pasillo, no tendría escapatoria. Sabía que Beauvoir le había ofrecido el arma por ese motivo. Para que al menos pudiera defenderse.

¿Cuántas veces les había ordenado él a sus alumnos en las clases de la academia o a los nuevos reclutas que jamás se quedasen atrapados en un lugar sin salida?

Y, sin embargo, ahí estaba él, regresando hacia la puerta. Se merecía una buena reprimenda, pensó con una sonrisa. Y un suspenso.

Jean-Guy Beauvoir entró en un pasillo largo, uno igual que todos los demás: extenso, de techos altos y con una puerta al fondo.

—¡Buenos días! ¡Hola! —voceó, envalentonado por Gamache.

Justo antes de que la puerta se cerrase, había oído que se mezclaban las voces de su superior y de Charbonneau, que gritaban una misma palabra al unísono: «¡¿Hola?!»

Y cuando se hubo cerrado, las voces desaparecieron. Como todos los sonidos. Se hizo el silencio. Salvo por el latido de su corazón.

—¿Hola? —repitió, esta vez no tan alto.

Había puertas a ambos lados del pasillo. Beauvoir lo recorrió deprisa, mirando en las habitaciones. El refectorio. La despensa. La cocina. Todas vacías. La única señal de vida fue un enorme caldero de sopa de guisantes que hervía sobre un fogón.

Abrió la última puerta de la izquierda antes de la del fondo. Y allí se detuvo. A mirar. Entonces entró y la puerta se cerró tras él sin hacer ruido.

• • •

El capitán Charbonneau abrió todas las puertas a su paso. Una detrás de otra. Eran todas iguales.

Treinta: quince en un lado, quince en el otro.

Celdas. Al principio gritaba un «¡hola!» ante cada una, pero pronto se dio cuenta de que era innecesario.

Era evidente que estaba en el ala de los dormitorios. Las duchas y los servicios quedaban en el centro, y el despacho del prior al principio.

La puerta grande de madera del fondo del corredor estaba cerrada.

Las celdas estaban vacías; se había percatado nada más entrar en el pasillo. No había ni un solo ser vivo allí, pero eso no quería decir que no los hubiera muertos.

Así que se agachó para mirar debajo de las primeras camas, temiéndose lo que podía encontrar, pero debía mirar de todos modos.

Llevaba veinte años en el cuerpo y había visto cosas horribles. Accidentes espantosos. Muertes escalofriantes. Secuestros, agresiones, suicidios. La desaparición de dos docenas de monjes no era ni mucho menos la experiencia que más lo asustaba.

Pero sí era la más sobrecogedora.

Saint-Gilbert-Entre-les-Loups.

«San Gilberto entre los lobos.»

¿Quién le pone un nombre como ése a un monasterio?

—¿Padre abad? —llamó con reserva—. ¿Hola?

Al principio, el sonido de su voz lo calmaba. Era algo natural, conocido. Sin embargo, las sólidas paredes de piedra la transformaban. Lo que llegaba a sus oídos no era idéntico a lo que había salido de entre sus labios. Se acercaba, pero no era igual.

El monasterio le había dado la vuelta. Había tomado sus palabras y había amplificado las sensaciones. El miedo. Había convertido su voz en algo grotesco.

• • •

Beauvoir entró en la pequeña habitación. Como en la cocina, había una olla borboteando en un fogón, aunque a diferencia de la primera, ésa no era de sopa de guisantes.

Olía amargo. Intenso. El aroma no era agradable en absoluto.

Echó un vistazo dentro.

Entonces metió el dedo en el líquido espeso y caliente. Y lo olió.

Miró a su alrededor para ver si había alguien vigilándolo y se lo metió en la boca.

Qué alivio.

Era chocolate. Puro.

A Beauvoir nunca le había gustado el chocolate sin leche. Lo encontraba desagradable.

Volvió a echar un vistazo a la habitación vacía. No, no estaba vacía. Estaba abandonada.

La olla borbollaba con calma y sin vigilancia, como un volcán sopesando si entrar, o no, en erupción.

En la encimera de madera vio montoncitos de chocolate muy oscuro. Hileras largas, como monjes diminutos. Cogió uno y lo miró por un lado y por otro.

Y se lo comió.

Armand Gamache había pasado los últimos minutos buscando. Tal vez los monjes tuvieran una llave guardada en alguna parte, aunque no había ninguna maceta con una palmera ni, por supuesto, un felpudo debajo del que mirar.

Debía admitir que aquél era uno de los sucesos más extraños que había presenciado en los cientos de casos de asesinatos que su departamento había investigado. No negaba que todos los homicidios contaban con una buena dosis de comportamientos extraños y tampoco le cabía duda de que una conducta normal se contaría entre las más raras.

Con todo, jamás había sido testigo de la desaparición de una comunidad al completo.

Algunos sospechosos se habían escondido y mucha gente había tratado de huir, pero nunca todos a la vez. El único monje que quedaba en aquella abadía estaba a sus pies, y el inspector jefe esperaba que el hermano Mathieu continuase siendo el único difunto en Saint-Gilbert-Entre-les-Loups.

Abandonó la búsqueda de la llave y consultó la hora. Eran casi las cinco. Abrió el ventanuco sin mucha esperanza y miró. El sol rozaba el horizonte, justo tocaba las copas de los árboles. Olió el aire fresco, la fragancia del bosque de pinos. Y dio con lo que buscaba.

El patrón de la lancha seguía en el embarcadero.

—¡Étienne! —lo llamó Gamache, pegando la boca a la pequeña abertura—. ¡Monsieur Legault!

Entonces miró de nuevo. No se había movido.

Lo intentó unas cuantas veces más y le habría gustado saber silbar, emitir ese sonido estridente y penetrante del que algunos eran capaces.

Observó al barquero, sentado en la embarcación, y se dio cuenta de que estaba pescando. Lanzando la caña. Recogiendo el sedal. Lanzando. Recogiendo.

Con paciencia infinita.

O al menos, eso esperaba Gamache.

Dejó el ventanuco abierto, se volvió hacia el pasillo y esperó, inmóvil. Aguzó el oído, pero no oyó nada y se dijo que no sentir siquiera el motor fueraborda ya era un alivio.

Continuó mirando, preguntándose dónde estarían los monjes. Y sus agentes. Apartó la imagen que le vino a la cabeza, fruto de esa fábrica pequeña pero todopoderosa que residía en su interior y producía pensamientos terribles.

El monstruo de debajo de la cama. El monstruo del armario. El monstruo de entre las sombras.

El monstruo del silencio.

Con algo de esfuerzo, el inspector jefe desterró esos pensamientos. Dejó que pasaran de largo como si fuesen agua y él una roca.

Con intención de mantenerse ocupado, entró en la garita del portero. En realidad no era más que un hueco en la pared de piedra, con una ventana pequeña que daba al pasillo y un escritorio estrecho con un taburete de madera.

Al lado de aquellos monjes, los espartanos debían de parecer auténticos burgueses. No había decoración ni calendarios en la pared, ni fotografías del papa o del arzobispo. Ni de Cristo ni de la Virgen María.

Sólo piedra. Y un libro muy grueso.

Gamache apenas tenía espacio para darse la vuelta y se preguntó si tendría que salir de allí reculando. De él no podía decirse que fuese pequeño y, cuando construyeron el monasterio, los monjes debían de ser bastante más bajos. Qué vergüenza si regresaban los demás y lo encontraban encajonado en la garita.

Sin embargo, la situación no llegó a tanto y al final consiguió sentarse en el taburete y trató de acomodarse. Tenía la espalda pegada a una pared y las rodillas a la otra. Aquél no era lugar para claustrofóbicos. Jean-Guy, por ejemplo, lo odiaría. Del mismo modo que él aborrecía las alturas. Todo el mundo tenía miedo de algo.

Gamache cogió el libro antiguo del escritorio. Pesaba y estaba encuadernado en cuero suave y desgastado. No había fecha en las primeras páginas, y la caligrafía se veía gris, desvaída, escrita a pluma.

El inspector jefe sacó un libro de meditaciones cristianas de su bandolera y de dentro recuperó la vitela que habían encontrado con el cadáver. La había guardado en aquel tomo fino para tenerla a buen recaudo.

¿Era una página arrancada del libro enorme que estaba en su regazo?

Se puso las gafas de leer y examinó la página por enésima vez ese día; o, al menos, ésa era la sensación que tenía. Los bordes estaban sobados, pero no parecían rasgados como si la hubieran arrancado de un tomo.

Miró el libro y la página por turnos. Despacio. Buscando similitudes. Intentando encontrar las diferencias.

De vez en cuando, levantaba la vista y miraba el pasillo desierto. Y escuchaba. A esas alturas estaba más impaciente por ver a sus hombres que a los monjes. Ya no se molestaba en mirar el reloj. Ya no importaba.

Cuando Étienne decidiese partir, él no podría impedírselo. No obstante, de momento no oía el motor fueraborda.

Pasó las frágiles páginas del libro.

Parecía una colección de cantos gregorianos escritos en latín, con neumas encima de las palabras. Un grafólogo tendría muchísimo más que aportar, pero Gamache había examinado suficientes cartas como para haber acumulado algunos conocimientos.

A primera vista, la escritura de la página y la del libro parecían iguales. Una caligrafía sencilla. No se trataba de las volutas floridas de generaciones posteriores, sino de trazos claros, limpios y elegantes.

Sin embargo, había cosas que no casaban. Pequeños detalles. Un remolino aquí, la cola de una letra allá.

Los cantos del libro y el de la página suelta no habían sido escritos por la misma mano. Estaba convencido.

Cerró el volumen y se fijó en la hoja amarillenta. Luego estudió las virgulillas en lugar de las palabras.

El abad las había llamado «neumas». Una escritura musical utilizada hacía mil años. Antes que las notas, los pentagramas, la clave de sol y las octavas, había neumas.

Pero ¿qué significaban?

No estaba seguro de por qué los miraba de nuevo. No iba a comprenderlos de pronto, así como así.

Pero mientras los estudiaba con auténtica concentración, tratando de que las marcas antiguas adquiriesen sentido, imaginó que oía la música. Había escuchado el canto llano de los monjes tantas veces que tenía el sonido grabado en la mente.

Sin dejar de contemplar los neumas, empezó a oír sus voces suaves y masculinas.

Gamache apartó la hoja sin prisa y se quitó las gafas de leer.

Miró el pasillo. Largo, larguísimo y oscuro. Y continuó oyéndolas.

El canto tenue y monótono. Cada vez más cerca.

NUEVE

Gamache dejó allí el cadáver y el libro, y caminó a buen paso hacia la música.

Entró en la iglesia. El canto lo rodeó. Emanaba de las paredes y del suelo y de las vigas. Como si el edificio entero estuviese construido con neumas.

El inspector jefe hizo un barrido rápido de la iglesia, sin dejar de caminar, y recorrió los rincones para hacerse una composición instantánea de todo lo que había que ver. Estaba ya casi en el centro cuando los descubrió. Y se detuvo.

Los monjes habían regresado. Estaban saliendo en fila india de un agujero que se abría en la pared de un lado de la iglesia. Llevaban las capuchas blancas puestas, y avanzaban con la cabeza gacha y escondida; tenían los brazos cruzados a la altura de la cintura y las manos enterradas en las largas mangas negras.

Idénticos. Anónimos.

No se les veía ni un centímetro de piel ni de pelo. Nada que probase que eran de carne y hueso.

Caminando en fila de uno, iban cantando.

Así era como sonaban los neumas fuera de la página.

El coro de fama mundial de la abadía de Saint-Gilbert-Entre-les-Loups estaba cantando sus oraciones. Canto gregoriano. A pesar de que millones de personas los habían escuchado, muy pocas habían sido testigos de ello. Que el inspector jefe supiese, el espectáculo era único, y él, el primero en ver a los monjes cantar en su iglesia.

—Los he encontrado —dijo una voz a la espalda de Gamache.

Cuando el inspector jefe se volvió, Beauvoir sonrió y con la cabeza señaló el coro, donde ahora se congregaban los monjes.

—No me dé las gracias.

Beauvoir parecía aliviado, y Gamache sonrió con la misma sensación.

El inspector se detuvo al lado de su jefe y entonces miró la hora.

—Es el servicio de las cinco.

Gamache negó con la cabeza y estuvo a punto de soltar un quejido. Qué tonto. Cualquier quebequés nacido antes de que la Iglesia cayese en desgracia sabía que se celebraba una misa a esa hora y que todo monje vivo acudiría a la misma.

Eso no explicaba dónde habían estado, pero sí por qué habían reaparecido.

—¿Dónde está el capitán Charbonneau? —preguntó Gamache.

—Ha ido por allí.

Beauvoir señalaba el otro extremo de la iglesia, más allá de los monjes.

—Quédate aquí —ordenó el inspector jefe.

Se dirigía hacia la puerta cuando ésta se abrió y apareció el agente de la Sûreté. Pensó que Charbonneau seguramente tenía el mismo aspecto que él cuando había entrado en la iglesia.

Perplejo, alerta, cauteloso.

Y, por último, asombrado.

El capitán vio a Gamache y asintió antes de acercarse a él bordeando la nave para rodear a los monjes, aunque sin quitarles la vista de encima.

Estaban ocupando sus respectivos lugares en la sillería del coro: dos hileras a cada lado del presbiterio.

Se colocó el último hombre.

El abad, pensó Gamache. A primera vista era igual que el resto: vestía un hábito sencillo y una cuerda le rodeaba la estrecha cintura, pero el inspector jefe distinguía a dom Philippe. Por algún gesto, algún movimiento, algo lo diferenciaba de los demás.

—Jefe —saludó Charbonneau en voz baja al llegar a donde estaba Gamache—. ¿De dónde han salido?

—De ahí —contestó el inspector jefe, y señaló el lateral.

No se veía ninguna puerta, sólo una pared de piedra. El capitán lo miró, pero Gamache no le ofreció más explicaciones. Porque no las tenía.

—Hay que salir de aquí —dijo Beauvoir.

Echó a andar hacia los monjes, pero el inspector jefe le impidió acercarse.

—Espera un momento.

En cuanto el abad acabó de colocarse en su sitio, el canto se extinguió. Los monjes no se sentaron, continuaban inmóviles. Unos frente a otros.

Los agentes de la Sûreté también permanecían quietos y de pie, pero vueltos hacia ellos, esperando una señal de Gamache, que contemplaba a los hermanos y al abad con toda su atención. Entonces se decidió.

—Id a buscar el cadáver del hermano Mathieu, por favor.

Beauvoir puso cara de no entender nada. Aun así se marchó con Charbonneau, y enseguida regresaron con la camilla.

Los monjes seguían inmóviles, haciendo caso omiso de los hombres que se habían reunido en el pasillo. Los hombres que los contemplaban.

Entonces, con un gesto sincronizado, se quitaron las capuchas y continuaron mirando al frente.

Gamache se dio cuenta de que no, no estaban mirando nada. Tenían los ojos cerrados.

Estaban rezando. En silencio.

—Venid conmigo —les susurró Gamache a Beauvoir y Charbonneau, y los condujo hacia el centro de la iglesia a paso lento.

A pesar de estar en trance, seguro que los monjes los oían acercarse. Tenían que distinguir los pasos. El inspector jefe pensó que el sonido debía de resultarles muy desconcertante.

Desde que aquellos muros se habían erigido hacía más de trescientos años, las misas no habían sufrido ninguna interrupción. El mismo ritual, la misma rutina. Familiar, cómoda. Predecible. Privada. Durante un oficio religioso, jamás habían oído un ruido que no hubiesen producido ellos mismos.

Hasta ese momento.

El mundo los había encontrado y se había colado por una grieta en uno de sus gruesos muros. Una fisura que se había abierto de resultas de un crimen. Sin embargo, Gamache sabía que no era él quien había violado la santidad y la intimidad de sus vidas, sino el asesino.

El acto despiadado que había tenido lugar esa mañana en el jardín había invocado muchas cosas. Incluyendo a un inspector jefe de homicidios.

Subió dos escalones de piedra y se situó entre las dos hileras opuestas.

El inspector jefe indicó a Beauvoir y a Charbonneau que posasen el cadáver en el suelo de piedra, delante del altar.

Entonces se hizo el silencio de nuevo.

Gamache estudió las filas de monjes para descubrir si alguno de ellos estaba observando. Y, cómo no, uno de ellos miraba con disimulo.

El secretario del abad. El hermano Simon. Su rostro rechoncho conservaba el ademán severo incluso en reposo. Y tenía los párpados entornados, con lo que el monje no estaba centrado en la oración, no estaba del todo con Dios. Mientras Gamache lo vigilaba, cerró los ojos por completo.

El inspector jefe sabía que el monje acababa de cometer un error. Si el hermano Simon hubiera permanecido tal como estaba, él habría sospechado igualmente, pero no habría tenido la certeza.

En cambio, aquel movimiento leve de los párpados lo había traicionado igual que si hubiese chillado.

Aquella comunidad de hombres se comunicaba a lo largo del día, todos los días. Sólo que sin palabras. El mínimo gesto adquiría un significado y una importancia que en el bullicio del mundo exterior se perdería.

Él mismo lo habría pasado por alto de no haber prestado tanta atención; era consciente de ello. ¿Qué otras cosas le habían pasado desapercibidas?

En ese instante, los monjes abrieron los ojos. A la vez. Y lo miraron. Lo miraron a él.

De pronto, Gamache se sintió vulnerable y algo ridículo, como si lo hubieran sorprendido donde no debería estar. En el presbiterio de una iglesia durante el culto, por ejemplo. Junto a un hombre muerto.

Miró al abad. Dom Philippe era el único que no tenía la vista clavada en él. A diferencia del resto, su mirada azul y tranquila descansaba sobre la ofrenda.

El hermano Mathieu.

Durante los siguientes veinticinco minutos, los agentes de la Sûreté esperaron juntos en un banco mientras los monjes celebraban el oficio de vísperas. Se sentaban, se levantaban, hacían reverencias y tomaban asiento de nuevo siguiendo el ejemplo de los monjes. Se levantaron. Se sentaron, y después se arrodillaron.

—Debería haber hecho acopio de hidratos de carbono —murmuró Beauvoir, levantándose otra vez.

Cuando no guardaban silencio, los hermanos entonaban cantos gregorianos.

Jean-Guy se recostó en el respaldo del banco duro de madera. Iba a misa en tan pocas ocasiones como le era posible. En alguna que otra boda, aunque, en su mayoría, los quebequeses preferían vivir juntos, sin más. En realidad, se celebraban más funerales, pero éstos también iban reduciéndose en número, al menos los religiosos. Hasta los ancianos quebequeses preferían que su despedida tuviera lugar en el tanatorio.

Aunque la funeraria no los había cuidado y nutrido, tampoco los había traicionado.

Los monjes llevaban unos instantes en silencio.

«Por favor, Señor —rezó Beauvoir—, que esto acabe pronto.»

Entonces se pusieron en pie y empezaron otro canto.

«*Tabernac*», pensó, y se levantó. A su lado, el inspector jefe también se había puesto en pie y apoyaba sus grandes manos en el banco de delante. La derecha le temblaba un poco. Era un temblor sutil, casi imperceptible, pero en un hombre tan sereno y dueño de sí mismo, era notable. Imposible no verlo. Él no se molestaba en ocultarlo, y Beauvoir se dio cuenta de que el capitán Charbonneau le lanzaba miradas furtivas. Al inspector jefe y a ese movimiento revelador.

Beauvoir se preguntó si conocía la historia.

Quería llevárselo a un lado y reprenderlo por mirarlo de aquella manera. Dejarle claro que esa agitación leve no era una señal de debilidad, sino todo lo contrario.

Pero no lo hizo. Siguió el ejemplo de su superior y guardó silencio.

—Jean-Guy —susurró el jefe con la vista al frente, sin apartarla de los monjes ni un instante—. El hermano Mathieu era el maestro de coro.

—Sí.

—Entonces ¿quién los dirige ahora?

Beauvoir no respondió de inmediato. En lugar de limitarse a esperar durante la eternidad que duraba aquel canto tedioso e insoportable, empezó a prestar atención.

En los bancos había un hueco. Justo enfrente del abad.

Debía de ser el lugar donde antes se colocaba el hombre que ahora yacía a sus pies; su asiento, el sitio donde agachaba la cabeza y rezaba. Desde allí también dirigía el coro y sus soporíferos cantos.

Poco antes, Jean-Guy había estado entreteniéndose pensando en la posibilidad de que el prior se hubiera matado a propósito. Que se hubiese suicidado a pedradas para no tener que someterse a una sola y aborrecible misa más.

Porque a él estaba costándole mucho no salir corriendo y dando alaridos y arremeter contra una de las columnas de piedra con la esperanza de perder el conocimiento.

Sin embargo, ahora tenía un acertijo con el que distraerse.

Era una buena pregunta.

¿Quién guiaba al coro ahora que el director había fallecido?

—Puede que nadie —susurró, tras uno o dos minutos observándolos—. Deben de saberse las canciones de memoria. ¿No cantan siempre las mismas?

Desde luego, a él le parecían todas iguales.

Gamache negó con la cabeza.

—No lo creo. Diría que varían de un oficio a otro y de día en día. Celebran los festivos, los santos y demás.

—Querrá decir «*et cetera*».

Beauvoir vio a su superior esbozar media sonrisa y mirarlo de reojo.

—«Y lo demás.» —respondió Gamache—. *Ad infinitum*.

—Mejor. ¿Sabe usted sobre coros? —preguntó Beauvoir entre susurros, tras una pausa.

—Un poco, pero no mucho —admitió el inspector jefe—. He aprendido lo suficiente como para saber que, igual que una orquesta sinfónica, no se dirigen solos por muchas veces que hayan interpretado una pieza. Siempre necesitan un líder.

—¿No lo es el abad? —quiso saber el inspector, mientras observaba a dom Philippe.

Gamache también contemplaba al hombre alto y delgado. ¿Quién guiaba en realidad a los monjes?, se preguntaron ambos mientras los veían agachar la cabeza y sentarse. ¿Quién los dirigía en ese momento?

La campana del ángelus sonó y sus notas graves y solemnes repicaron sobre los árboles y el lago.

El oficio de vísperas había acabado. Los monjes se inclinaron ante el crucifijo y salieron en fila del coro. Gamache y sus dos agentes los miraban de pie desde el banco.

—¿Le pido la llave al monje joven? —preguntó Beauvoir, y le hizo una señal al hermano Luc, que estaba junto al altar.

—Sí, enseguida, Jean-Guy.

—Pero ¿y el barquero?

—Si no se ha marchado ya, el hombre todavía aguantará un rato más.

—¿Cómo lo sabe?

—Porque tendrá mucha curiosidad —respondió Gamache, al tiempo que observaba a los hermanos—. Tú esperarías, ¿verdad?

Vieron a los monjes congregarse a ambos lados de la nave. «Sí —pensó Beauvoir, y lanzó una mirada breve al inspector jefe—, esperaría.»

Ahora que tenían las capuchas puestas pero la cabeza erguida, Gamache les veía las caras. Algunos parecían haber estado llorando, otros se veían recelosos, y algunos, ansiosos o cansados. Los había con expresión atenta, como si estuvieran viendo una obra de teatro.

A Gamache le resultaba difícil fiarse de lo que esos hombres le transmitían. Había demasiadas emociones enmascaradas. La ansiedad podía parecer culpa. El alivio, diversión. La pena, que era profunda e inconsolable, a menudo ni siquiera afloraba en el rostro. Las pasiones más intensas podían confundirse con la frialdad, y verse la expresión de la cara como una planicie uniforme mientras algo gigantesco borboteaba por debajo.

El inspector jefe escudriñó los rostros y volvió a fijarse en dos.

En el del joven de la garita que los había recibido en el embarcadero: el hermano Luc. Gamache veía la llave enorme colgando de la cuerda que llevaba atada a la cintura.

Su expresión era la más vacía, mientras que, en el momento en que lo habían conocido, su disgusto era intenso y evidente.

Entonces Gamache miró al secretario apesadumbrado del abad, el hermano Simon.

Tristeza. El hombre irradiaba olas de pena.

Ni culpa ni pesar ni rabia ni duelo. Ni *irae*.

Sólo pura tristeza.

El hermano Simon contemplaba el presbiterio. A los dos hombres que habían permanecido allí.

El prior. Y el abad.

¿A quién se debía esa profunda tristeza? ¿A cuál de los dos? Tal vez, pensó Gamache, fuese por el propio monasterio. Porque Saint-Gilbert-Entre-les-Loups había perdido más que un hombre; había perdido el rumbo.

Dom Philippe se detuvo frente a la cruz descomunal de madera e hizo una gran reverencia. Estaba solo ante el altar, salvo por el cadáver de su prior. Su amigo.

El abad alargó la reverencia.

¿La mantuvo más tiempo del habitual?, se preguntó Gamache. Levantarse, dar media vuelta, enfrentarse a aquella velada, al día siguiente, al año próximo y al resto de la vida, ¿tanto esfuerzo le suponía todo eso? ¿Tan intenso era el efecto de la gravedad?

Al final se levantó despacio. Desde donde estaba, a Gamache le pareció ver que el abad echaba los hombros hacia atrás y erguía la espalda cuanto podía.

Entonces, se volvió y descubrió algo que no había visto hasta entonces.

Personas en los bancos.

El abad no tenía ni idea de por qué había bancos en la iglesia. Ya estaban cuando llegó, cuarenta años atrás, y permanecerían allí mucho después de que lo enterraran.

Nunca había puesto en duda si un monasterio de clausura necesitaba bancos en la iglesia.

Sin darse cuenta, dom Philippe empezó a acariciar las cuentas del rosario que llevaba en el bolsillo. Le proporcionaban un consuelo que tampoco había cuestionado nunca.

—Inspector jefe —dijo al bajar los escalones del presbiterio y acercarse a los tres hombres.

—Dom Philippe.

Gamache inclinó la cabeza un instante.

—Siento decirle que debemos llevárnoslo ya.

Señaló al prior y después se volvió hacia Beauvoir y le hizo un gesto con la barbilla.

—Lo comprendo —respondió dom Philippe, aunque en su fuero interno era consciente de que no entendía nada en absoluto—. Síganme.

Dom Philippe le hizo una señal al hermano Luc, que se acercó deprisa, y los tres se dirigieron hacia el pasillo que conducía a la puerta cerrada. Beauvoir y el capitán Charbonneau iban tras ellos cargando con la camilla donde yacía el hermano Mathieu.

Beauvoir oyó algo a su espalda, pasos, y se volvió.

Los monjes habían formado dos filas y los seguían como una cola larga y negra.

—Hemos estado buscándolos, padre abad —dijo el inspector jefe—, pero no los encontrábamos. ¿Dónde estaban?

—En el capítulo.

—¿Y dónde está eso?

—Forma parte de la rutina diaria, inspector jefe, pero también es un lugar: la sala capitular. Está ahí.

El abad señaló la pared de la iglesia justo cuando salían por la puerta y enfilaban el largo pasillo.

—Los he visto salir de ahí —admitió Gamache—, aunque, unos minutos antes, cuando estábamos buscándolos, no hemos encontrado ninguna puerta.

—No. Está detrás de una placa que conmemora a san Gilberto.

—¿Es una puerta secreta?

Incluso visto de perfil, era evidente que la pregunta había desconcertado y hasta sorprendido un poco al abad.

—Para nosotros no —respondió al final—. Todos sabemos que está ahí. No es ningún secreto.

—En ese caso, ¿por qué no tiene una puerta normal y corriente?

—Porque los que necesitan saber que está ahí lo saben —contestó sin mirar a Gamache, con la vista fija en la puerta cerrada que tenían enfrente—. Y quienes no necesitan saberlo, no deben encontrarla.

—En ese caso, la intención es ocultarla —insistió Gamache.

—Existe esa opción —admitió el abad. Habían alcanzado el pórtico que estaba cerrado al mundo exterior y se volvió para mirarlo a los ojos—. Si es preciso que nos escondamos, disponemos de un lugar.

—Pero ¿por qué iban a tener que hacerlo?

El abad esbozó media sonrisa. Una sonrisa casi condescendiente.

—Pensaba que usted comprendería mejor que nadie el porqué, inspector jefe. El mundo no siempre es amable. Hay veces en las que todos necesitamos refugio.

—Y, sin embargo, finalmente la amenaza no ha sido el mundo.

—Cierto.

Gamache reflexionó.

—Entonces, ¿camuflaron la entrada a la sala capitular en la pared de la iglesia?

—No fui yo. Todo esto se hizo mucho antes de que yo llegase. Es obra de los hombres que construyeron el monasterio. Eran otros tiempos, una época brutal, en la que los monjes necesitaban poder guarecerse.

Gamache asintió y miró la puerta de madera gruesa que tenían delante. Un portal al mundo exterior que continuaba cerrado a pesar del paso de los siglos.

Sabía que el abad tenía razón. Cientos de años atrás, en los tiempos en que talaron el árbol gigantesco con el que habían hecho la puerta, no era la costumbre sino la necesidad lo que hacía girar la llave en la cerradura. La Reforma, la Inquisición, las batallas internas. Fue una época peligrosa para los católicos. Y, tal como corroboraban los últimos acontecimientos, a menudo la amenaza provenía del interior.

Por eso en las casas de Europa se construyeron cámaras secretas donde se escondían los curas, y se cavaron túneles para escapar.

Algunos habían llegado tan lejos en su huida que aparecieron en el Nuevo Mundo. Y ni siquiera ésa era una distancia suficiente. Los gilbertinos habían ido más allá y habían desaparecido en uno de los espacios en blanco de los mapas.

Se habían esfumado.

Y reaparecieron más de trescientos años después. En la radio.

Las voces de una orden que todo el mundo creía extinta llegaron primero a oídos de unos pocos, pero pronto fueron cientos y miles y cientos de miles. Luego, gracias a internet, millones de personas escucharon aquella grabación tan singular.

Un disco de unos monjes que cantaban.

Había causado sensación. De pronto sus cantos gregorianos estaban por todas partes. De rigor. La élite intelectual, los expertos, la consideraron de escucha imprescindible y, al final, las masas lo corroboraron.

Mientras sus voces llegaban a todas partes, los monjes brillaban por su ausencia. No obstante, acabaron dando con ellos. Gamache recordaba lo mucho que lo había sorprendido averiguar dónde vivían. Había dado por sentado que sería en algún monte remoto de Italia, Francia o España, en un viejo monasterio diminuto, al borde de la ruina. Pero no. El disco lo había grabado una orden de monjes que vivía allí mismo, en Quebec. Y no una cualquiera como la de los trapenses, los benedictinos o los dominicos. No. La revelación dejó estupefacta incluso a la Iglesia católica. Había sido una orden de monjes que la Iglesia creía desaparecida: la de los gilbertinos.

Y allí estaban, en un paraje virgen, a la orilla de un lago muy apartado. Vivos y coleando, y entonando cantos tan antiguos y hermosos que despertaban un sentimiento primario en millones de personas de todo el mundo.

Y el mundo había llamado a su puerta. Algunos por curiosidad, otros desesperados por hallar la paz que aquellos hombres parecían haber alcanzado. Sin embargo, esa puerta hecha con árboles talados cientos de años antes resistía. Y no iba a ceder ante ningún desconocido.

Hasta ese momento.

Se había abierto para dejarlos entrar y ahora estaba a punto de hacerlo de nuevo para dejarlos salir.

El portero se acercó con la gran llave negra en la mano. Tras la señal del abad, la introdujo en la cerradura. La hizo girar sin esfuerzo, y la puerta se abrió.

A través del rectángulo, los hombres vieron el sol a punto de ponerse, los tonos rojos y anaranjados reflejados en las aguas tranquilas y frías del lago. El bosque estaba oscuro y los pájaros volaban a ras de la superficie, llamándose unos a otros.

Sin embargo, la imagen más gloriosa era la del barquero manchado de grasa sentado en el muelle fumándose un cigarrillo. Y pescando.

Los saludó con la mano y el inspector jefe le devolvió el saludo. Se levantó con dificultad y durante el proceso estuvo a punto de mostrar sus considerables posaderas a los monjes. Gamache hizo un gesto para que Beauvoir y Charbonneau se adelantaran con el cadáver, y después él y el abad los siguieron hasta el embarcadero.

Los monjes permanecieron dentro, agrupados alrededor de la entrada. Con el cuello estirado para ver mejor.

El abad dirigió el rostro hacia el cielo teñido de rojo y cerró los ojos. No para rezar, pensó Gamache, sino con cierta dicha. Agradecía el roce de la luz tenue en la piel pálida. Disfrutaba de la fragancia a pino del aire. La sensación de pisar tierra irregular e impredecible.

Entonces abrió los ojos.

—Gracias por no interrumpir las vísperas —dijo sin mirar a Gamache y empapándose de la naturaleza que lo rodeaba.

—De nada.

Avanzaron unos pasos.

—Gracias también por llevar a Mathieu al altar.

—De nada.

—No sé si se ha dado cuenta, pero nos ha permitido recitar una oración especial. Por los difuntos.

—No estaba seguro —admitió el inspector jefe, que también miró el espejo del lago—. Pero me ha parecido oír «*dies irae*».

El abad asintió.

—Y «*dies illa*».

«Día de ira. Aquel día.»

—¿Cómo cree que reaccionarán los hermanos ante la muerte del prior? ¿Con ira, con pesar? —preguntó Gamache.

Habían frenado tanto el paso que casi se habían detenido.

El inspector jefe esperaba una respuesta inmediata, una contestación indignada, pero el abad parecía estar reflexionando.

—Mathieu no siempre era un hombre fácil. —Hablaba con media sonrisa en los labios—. Supongo que nadie lo es. Una de las primeras cosas que aprendemos cuando nos comprometemos a la vida monástica es que debemos aceptarnos unos a otros.

—¿Qué ocurre si no lo hacen?

Dom Philippe hizo otra pausa. Se trataba de una pregunta muy sencilla, pero Gamache sabía que la respuesta no lo era.

—Es algo terrible —contestó el abad sin mirarlo a los ojos—. Ocurre, pero aprendemos a dejar de lado nuestros sentimientos por el bien de todos. Aprendemos a convivir en paz.

—Pero no necesariamente a caerse bien —repuso Gamache.

No era una pregunta, porque era consciente de que en la Sûreté ocurría lo mismo. Había unos pocos compañeros por quien no sentía simpatía, y sabía que era mutuo. De hecho, «no tenerse simpatía» era un eufemismo, pues el sentimiento había degenerado de desacuerdo a desagrado y, de ahí, a desconfianza. Y seguía empeorando. No obstante, de momento, se había estabilizado en un odio mutuo. Gamache no sabía hasta dónde llegaría, pero se lo imaginaba. El hecho de que esas personas fuesen sus superiores sólo hacía que el asunto resultara más incómodo. Y, por lo pronto, eso quería decir que debían encontrar el modo de coexistir. O eso, o se harían pedazos entre ellos y, de paso, al cuerpo entero. Gamache alzó el rostro hacia aquella puesta de sol gloriosa con la certeza de que eso podía llegar a suceder. Rodeado de la calma vespertina, la posibilidad le parecía remota, pero sabía que esos instantes de tranquilidad no durarían. La noche acechaba y sería de necios enfrentarse a ella sin antes haberse preparado.

—¿Quién cree que podría haber hecho esto, padre?

Estaban de pie en el muelle, contemplando cómo el barquero y los dos agentes ataban la camilla con el cadáver tapado de Mathieu a la cubierta de la lancha, junto al botín de truchas y percas, y los gusanos que se retorcían en un cubo.

El abad reflexionó una vez más.

—No lo sé. Debería, pero no lo sé.

Miró a su espalda. Los monjes se habían aventurado al exterior y habían formado un semicírculo que los observaba. El hermano Simon, el secretario del abad, se había adelantado uno o dos pasos.

—Pobre —dijo dom Philippe entre dientes.

—¿A quién se refiere?

—¿Perdone?

—Ha dicho «pobre». ¿De quién hablaba? —preguntó Gamache.

—De quienquiera que haya hecho esto.

—¿Y de quién se trata, dom Philippe?

Tenía la impresión de que el abad había pronunciado la palabra mirando a uno de los monjes. Al hermano Simon. El monje triste. El que se había alejado del resto.

Se hizo un silencio tenso mientras el abad observaba a su comunidad, y Gamache, al abad. Al final, dom Philippe se volvió hacia el inspector jefe.

—No sé quién ha matado a Mathieu.

Negó con la cabeza. Una sonrisa cansada se le dibujó en el rostro.

—Estaba convencido de que ahora mismo iba a mirarlos y a saberlo. Que quien lo ha matado habría cambiado de algún modo. O que yo habría cambiado. Que lo sabría, sin más.

El abad soltó una breve risotada que sonó como un gruñido.

—El ego... Cuánto orgullo desmedido.

—¿Y? —preguntó Gamache.

—No ha funcionado.

—No se sienta mal por eso: yo hago lo mismo. Todavía no ha llegado el día en que mire a alguien y sepa de inmediato si es el asesino, pero no por eso dejo de intentarlo.

—¿Qué haría si le resultase?

—¿Disculpe?

—Imagine que se fija en alguien y lo sabe, tal cual.

Gamache sonrió.

—No estoy seguro de si confiaría tanto en mis instintos. Supongo que pensaría que me lo he imaginado. Tampoco creo que el juez se llevara una impresión demasiado buena de mí si me subiera al estrado y dijese: «Lo supe, y ya está.»

—Ésa es la diferencia entre nosotros dos, inspector jefe. Su labor requiere pruebas. La mía, no.

El abad miró de nuevo hacia atrás, y Gamache se preguntó si estaban manteniendo una simple charla o si se trataba de algo más. El semicírculo de monjes continuó observándolos.

Uno de ellos había matado al hermano Mathieu.

—¿Qué busca, padre? Quizá no necesite pruebas, pero sí una señal. ¿Qué busca en sus rostros? ¿Culpa?

El abad negó con la cabeza.

—No, no es eso, sino dolor. ¿Se imagina el dolor al que debía de estar sometido para llegar a esto? ¿El dolor que todavía sufre?

El inspector jefe escudriñó los rostros de nuevo y, por último, se fijó en el hombre que estaba a su lado. Gamache veía dolor en una de las caras: la de dom Philippe. El abad.

—¿Sabe quién ha sido? —preguntó Gamache de nuevo; en voz baja, para que sólo lo oyese el abad y el dulce aire de otoño que los rodeaba—. Si lo sabe, debe decírmelo. Porque tarde o temprano lo averiguaré yo mismo.

Es a lo que me dedico. Y el proceso es terrible, espantoso. No tiene ni idea de lo que estoy a punto de desencadenar. Cuando empieza, no cesa hasta que identificamos al asesino. Si usted puede ahorrarles eso a los inocentes, le ruego que actúe: dígame quién ha sido, si lo sabe.

Al oír eso, el abad prestó toda su atención al hombre corpulento y tranquilo que tenía delante. La brisa suave se entretenía arremolinando los mechones de canas que el inspector jefe tenía justo por encima de las orejas. Sin embargo, el resto de él se mantenía inmóvil. Firme.

Y sus ojos, del marrón intenso de la tierra, emanaban consideración.

Y gentileza.

Dom Philippe creyó lo que Armand Gamache decía. Habían hecho llamar al inspector jefe al monasterio y lo habían recibido. Estaba allí para descubrir al asesino: ése había sido siempre su propósito. Y no le cabía duda de que se le daba muy bien.

—Si lo supiera, se lo diría.

—Estamos listos —anunció Beauvoir desde la lancha.

—Bien.

Gamache miró al abad a los ojos un instante más y, al volverse, vio al patrón de la embarcación con la mano sobre el motor fueraborda, preparado para tirar del cordón.

—Capitán Charbonneau.

Gamache invitó al inspector de la Sûreté a que tomara asiento.

—¿Sería posible mantener esto en secreto? —pidió dom Philippe.

—Me temo que no, padre. La noticia acabará saliendo a la luz. Siempre sucede —respondió Gamache—. Tal vez prefiera hacer un comunicado usted mismo.

Percibió el desagrado en la expresión del abad y dio casi por seguro que no habría comunicado.

—Adiós, inspector jefe —se despidió dom Philippe, y le ofreció la mano—. Gracias por su ayuda.

—No se merecen —contestó Gamache, y se la estrechó—. Pero no hemos terminado.

Cuando le dio la señal, el barquero tiró del cordón y el motor arrancó con una sacudida. Beauvoir lanzó el cabo a la cubierta y la lancha se separó del muelle. Con Gamache y el inspector todavía en el embarcadero.

—¿Se quedan? —preguntó el abad, perplejo.

—Sí, nos quedamos. No me iré de aquí sin el asesino.

Beauvoir se colocó junto a Gamache, y ambos observaron la lancha cruzar la puesta de sol en la bahía; luego viró y desapareció de su vista.

Los dos detectives de la Sûreté permanecieron allí hasta que el sonido del motor se desvaneció.

Y entonces le dieron la espalda a la naturaleza y siguieron a las figuras vestidas con hábito de regreso al monasterio de Saint-Gilbert-Entre-les-Loups.

DIEZ

Beauvoir pasó el resto de la tarde instalando el centro de coordinación en el despacho del prior mientras el inspector jefe Gamache leía los interrogatorios que les habían hecho a los monjes y hablaba más en profundidad con algunos de ellos.

Empezaba a vislumbrar el escenario. Era imposible saber cuán acertada era la composición, pero ésta aparecía en todas las conversaciones de manera clara y consistente.

Después de vigilias, que se rezaba a las cinco de la mañana, los monjes habían desayunado y se habían preparado para encarar el día. A las siete y media se había celebrado otro oficio: laudes. Había acabado a las ocho y cuarto, hora a la que empezaba la jornada laboral.

Aunque el trabajo comprendía diferentes tareas, para cada uno de los hombres era casi lo mismo a diario.

Trabajaban con los animales o en el jardín. Limpiaban la abadía, se ocupaban de los archivos o del mantenimiento. Preparaban las comidas.

Por lo visto, cada uno de ellos era experto en su campo: cocinero o jardinero, ingeniero o historiador.

Y todos, sin excepción, eran músicos extraordinarios.

—¿Cómo puede ser, Jean-Guy? —preguntó Gamache, que acababa de levantar la vista de las notas—. ¿Cómo es que todos son tan buenos músicos?

—¿A mí me lo pregunta? —respondió Beauvoir desde debajo del escritorio, donde intentaba conectar el ordenador portátil—. No sé, ¿casualidad?

—Casualidad sería que consiguieses que ese cacharro acabara funcionando —repuso el inspector jefe—. Creo que aquí hay más fuerzas en juego.

—Espero que no se refiera a fuerzas divinas.

—No del todo, pero tampoco lo descartaría. No, yo creo que los han reclutado a todos.

Beauvoir lo miró desde abajo con la cabellera oscura alborotada.

—¿Como a los jugadores de hockey?

—Como a ti. Cuando te encontré eras el amo y señor del almacén de pruebas materiales de una comisaría de la Sûreté, ¿recuerdas?

Beauvoir era incapaz de olvidarlo. Lo habían relegado al sótano porque nadie quería trabajar con él. No por incompetente, sino porque era un gilipollas. No obstante, él prefería creer que le tenían celos.

Le habían asignado el almacén porque sólo era apto para tratar con cosas que no estuvieran vivas.

Pero en realidad lo que querían era obligarlo a dejar el cuerpo. Esperaban que lo hiciera y, a decir verdad, había estado a punto por la época en que el inspector jefe Gamache había acudido a ellos durante la investigación de un asesinato. Un día había entrado en el almacén buscando una prueba. Y había dado con Jean-Guy Beauvoir.

Y lo había invitado a unirse a la investigación.

El inspector jamás olvidaría ese momento. Lo miró a los ojos y se guardó para sí el comentario sarcástico que tenía en la punta de la lengua. Lo habían jorobado tan a menudo, lo habían mareado tanto, insultado, maltratado, que no se atrevía a pensar que no estuviese gastándole una broma. Que no fuera otro acto de crueldad, como propinarle puntapiés a un hombre moribundo. Y es que Beauvoir sentía que allí abajo estaba pereciendo. Siempre había querido ser agente de la Sûreté, pero cada día se acercaba más al momento en que dejaría de serlo.

En cambio, aquel hombre corpulento de porte tranquilo se ofrecía a sacarlo de allí.

A salvarlo. A pesar de no conocerlo.

Y aunque el agente Beauvoir había jurado no volver a fiarse de nadie, confió en Armand Gamache. De eso hacía quince años.

¿Había reclutado alguien a los monjes? ¿Habían ido a buscarlos? ¿Los habían salvado, incluso, para llevarlos allí?

—En ese caso —dijo Beauvoir, que se levantó del suelo y se sacudió el polvo de los pantalones de pinza—, ¿cree que alguien los atrajo al monasterio con alguna treta?

Gamache sonrió y miró al inspector por encima de las gafas de leer.

—Tienes un don para hacer que todo parezca sospechoso. De mal agüero.

—Gracias.

El inspector se dejó caer en una de las sillas de madera.

—¿Funciona? —preguntó Gamache, y señaló el portátil con la barbilla.

Beauvoir pulsó algunas teclas.

—El portátil sí, pero no consigo acceder a internet.

Continuó aporreando el botón de conectar como si eso fuera a servir de algo.

—Quizá deberías rezar —le recomendó entonces el inspector jefe.

—Si rezo por algo, será por la comida —repuso, y dejó de intentar conseguir conexión—. ¿A qué hora cree que se cena aquí?

Entonces se acordó de algo y sacó un pequeño paquete de papel encerado del bolsillo. Lo colocó encima del escritorio y lo abrió.

—¿Qué son? —quiso saber el inspector jefe, y se acercó.

—Pruebe uno.

Gamache cogió un bombón y lo sostuvo con sus enormes dedos. Parecía microscópico, pero se lo comió. Y Beauvoir sonrió al ver la expresión de asombro y de placer de su jefe.

—¿Son arándanos?

El inspector asintió.

—Sí, de esos pequeños, de los silvestres. Están cubiertos de chocolate. Los hacen a palas: cuando estaba buscando a los monjes encontré la chocolatería. Todo un descubrimiento.

Gamache se rió, y los dos compartieron el puñado de bombones. El inspector jefe debía admitir que, sin duda alguna, eran los mejores que había comido en la vida. Y había probado unos cuantos.

—¿Qué posibilidades hay, Jean-Guy, de que las dos docenas de monjes que viven aquí tengan buena voz?

—Poquísimas.

—Y no sólo buena voz, sino una voz maravillosa. Voces que se complementan, que armonizan.

—A lo mejor los han formado —sugirió Beauvoir—. ¿No es eso lo que se supone que hacía el muerto? Era el director de coro.

—Sí, pero necesitaba una base con la que trabajar. No soy experto en música ni mucho menos, pero hasta yo sé que un gran coro no es una colección de buenas voces. Tienen que estar bien escogidas y complementarse entre ellas. Equilibrarse. Me da la sensación de que estos monjes no están aquí por casualidad, sino que los seleccionaron para cantar.

—Puede que los hayan criado a propósito para esto —opinó Beauvoir en voz baja y fingiendo expresión de ira—. ¡Podría ser un complot del Vaticano! A lo mejor la música sirve para controlarnos la mente, para engañar a la gente y que vuelva a tener fe en la Iglesia. Y así crear un ejército de zombis.

—¡Dios mío! ¡Qué idea tan brillante! Es obvio...

Gamache miró a Beauvoir con admiración.

Y el inspector rompió a reír.

—¿De verdad cree que los han seleccionado?

—Creo que cabe la posibilidad —afirmó, y se levantó—. Sigue intentándolo, me gustaría poder conectar con el mundo exterior. Voy a hablar con el portero.

—¿Por qué con él? —le preguntó Beauvoir cuando se dirigía a la puerta.

—Es el más joven y, probablemente, el último que habrá llegado.

—Y los asesinatos ocurren porque algo cambia —apuntó Beauvoir—. Algo provocó la muerte del hermano Mathieu.

—Estoy casi seguro de que el hecho estuvo gestándose una temporada; la mayoría de los asesinatos tardan años en cometerse, pero al final siempre hay algo o alguien que inclina la balanza.

Eso era lo que hacían Gamache y su equipo: cribaban hasta dar con ese acontecimiento, que a menudo era muy poco significativo. Una palabra. Una mirada. Un desaire. Una última herida que desataba al monstruo. Algo que convertía a un hombre en un asesino; que había convertido a un monje en un asesino. Aunque no cabía duda de que en su caso el viaje había sido más largo que el de la mayoría.

—¿Y cuál ha sido el cambio más reciente? —preguntó Gamache—. Tal vez la llegada del hermano Luc. Puede que eso rompiese el equilibrio y la armonía del monasterio.

El inspector jefe cerró la puerta al salir, y Beauvoir continuó con su trabajo. Mientras trataba de averiguar qué ocurría con la conexión, pensó en el almacén de pruebas, su infierno, y también se acordó de la puerta con la palabra «PORTERÍA» grabada en ella.

Y del joven relegado a ese puesto.

¿Lo odiaban? Si lo habían abandonado allí, tenía que ser así. Cualquier otro trabajo de los que se realizaban en el monasterio tenía sentido; todos menos aquél. Al fin y al cabo, ¿por qué necesitaban un portero haciendo guardia ante una puerta que nunca se abría?

Gamache recorrió los pasillos y se cruzó con algún que otro monje, y aunque empezaba a reconocerlos, todavía no les ponía nombre a todos.

¿Hermano Alphonse? ¿Hermano Felicien?

Sus rostros parecían estar casi siempre en reposo y llevaban las manos escondidas en la amplia manga contraria en un gesto que el inspector jefe comprendió enseguida que era algo típico de ellos. Cuando pasaba por su lado, siempre lo miraban a los ojos y lo saludaban con un cabeceo. Algunos se atrevían incluso a esbozar media sonrisa.

Desde lejos, todos aparecían tranquilos. Contenidos.

En cambio, de cerca, justo cuando se cruzaban, a todos y cada uno, Gamache les adivinaba ansiedad en la mirada. Una súplica.

¿Que se marchase? ¿Que se quedara? ¿Que los ayudase? ¿Que los dejara tranquilos?

A su llegada, unas horas antes, la abadía de Saint-Gilbert le había parecido un lugar de paz. Sosegado. De una belleza sorprendente. La austeridad de sus muros no era fría, sino reconfortante. El vidrio imperfecto refractaba la luz solar y la descomponía en rojos, morados y amarillos. Separados eran colores distintos, pero juntos creaban una luz alegre.

Como la abadía. Compuesta por individuos. No le cabía duda de que solos eran excepcionales, pero juntos eran brillantes.

Salvo uno de ellos. La sombra. El elemento que quizá fuese necesario para dar razón de ser a la luz.

Gamache y otro monje se cruzaron camino de la iglesia abacial.

¿Hermano Timothé? ¿Hermano Guillaume?

Se pasaron de largo, se saludaron, y Gamache alcanzó a verle algo en la mirada.

Tal vez cada uno de los hombres tuviera su propio ruego, uno distinto del de los demás, que dependía de quién era él y cuál era su naturaleza.

Era evidente que aquél —¿el hermano Joël?— quería que Gamache se marchase. No porque tuviera miedo, sino porque el inspector jefe se había convertido en un cartel andante que anunciaba la muerte del prior. Y su fracaso como comunidad.

Se suponía que debían hacer una sola cosa: servir a Dios. Pero ellos habían hecho lo contrario. Y Gamache era los signos de exclamación que recalcaban el hecho.

Giró a la derecha, hacia el pasillo que conducía a la puerta cerrada. Estaba familiarizándose con la abadía, ya casi se sentía cómodo en el edificio.

Tenía forma de cruz; la iglesia estaba en el centro y de cada costado partía un brazo.

Fuera ya había oscurecido y los corredores estaban en penumbra. Aunque le daba la sensación de estar en mitad de la noche, miró el reloj y vio que todavía no habían dado las seis y media.

La puerta con el letrero de «PORTERÍA» estaba cerrada. Gamache llamó.

Y esperó.

Oyó un ruido débil que llegaba de dentro. Una hoja de papel. Alguien pasando una página. Y, de nuevo, silencio.

—Sé que está ahí, hermano Luc —dijo Gamache en voz baja, intentando no sonar como el lobo feroz.

Oyó más movimiento de papel y, por fin, la puerta se abrió.

El hermano Luc era joven, debía de tener poco más de veinte años.

—¿Sí? —preguntó.

Gamache se dio cuenta de que era la primera vez que el chico se dirigía a él. Incluso con aquella palabra tan corta, se percató de que su voz era solemne e imponente. Estaba casi seguro de que era un tenor maravilloso, aunque su cuerpo espigado sugiriese una voz atiplada.

—¿Le importaría que hablásemos? —preguntó Gamache.

Su voz era más grave que la del chico.

Los ojos castaños del hermano Luc se desviaron a un lado y a otro, por encima del hombro del inspector jefe.

—Diría que estamos solos —apuntó.

—Sí —repitió el joven, y juntó las manos.

Era una parodia de la compostura de los demás monjes, pues no mostraba ni una pizca de calma. Parecía debatirse entre tenerle miedo o sentir alivio por su presencia. Como si a un tiempo quisiera verlo marchar y que se quedase.

—Ya he hablado con los otros dos agentes, monsieur.

Tan sólo con oírlo hablar se notaba lo hermosa que era su voz. Qué lástima ocultarla tras el voto de silencio.

—Lo sé —respondió Gamache—. He leído el informe. Usted estaba aquí cuando encontraron al hermano Mathieu.

Luc asintió.

—¿Usted canta? —preguntó el inspector jefe.

En cualquier otra circunstancia, iniciar un interrogatorio con esa primera pregunta hubiera sido ridículo. Pero no en aquélla

—Todos cantamos.

—¿Cuánto tiempo lleva usted en Saint-Gilbert-Entre-les-Loups?

—Diez meses.

Gamache notó que el joven vacilaba y pensó que podría haberle dicho con exactitud el número de días, horas y minutos que hacía que había cruzado la gruesa puerta.

—¿Por qué vino?

—Por la música.

El inspector jefe se preguntaba si con sus respuestas tan parcas el hermano Luc pretendía serle de poca ayuda, o si de verdad se sentía más cómodo haciendo voto de silencio que hablando.

—Me gustaría que se explayara más en sus respuestas, hermano.

El hermano Luc se enfurruñó.

«Un joven que trata de ocultar su mal genio bajo el hábito de un monje —pensó Gamache—. Son muchas las cosas que se esconden en el silencio. O, al menos, las que lo intentan.» Sabía que la mayoría de las emociones acababan aflorando; sobre todo la rabia.

—Había escuchado la grabación —explicó Luc—. Los cantos. Era postulante en otro monasterio del sur, cerca de la frontera. Allí también cantan, pero lo de aquí es distinto.

—¿De qué modo?

—Es difícil explicar en qué se diferencian.

La expresión del hermano Luc cambió nada más ponerse a pensar en la música. La calma que antes tan sólo lograba fingir se volvió genuina.

—Tan pronto como oí a los monjes de Saint-Gilbert, supe que nunca había oído nada igual. —Luc sonrió—. Supongo que debería decir que vine para estar más cerca de Dios, pero la verdad es que creo que a Él puedo hallarlo en cualquier monasterio. Pero los cantos no; ésos sólo están aquí.

—La muerte del hermano Mathieu debe de ser una gran pérdida.

El chico abrió la boca y después la cerró. Se le hizo un pequeño hoyuelo en la barbilla, sus emociones estaban ya a flor de piel.

—Ni se lo imagina, señor.

Y Gamache sospechaba que tenía razón.

—¿El prior fue uno de los motivos por los que vino?

El hermano Luc asintió.

—¿Se quedará? —preguntó Gamache.

El joven se miró las manos y se amasó el hábito.

—No sé adónde más podría ir.

—¿Éste es su hogar?

—Los cantos son mi hogar. Y están aquí.

—¿Tanto significa la música para usted?

El hermano Luc ladeó la cabeza y observó al inspector jefe.

—¿Ha estado enamorado alguna vez?

—Sí —contestó Gamache—. Todavía lo estoy.

—Entonces me comprenderá. La primera vez que escuché el disco, me enamoré. Lo tenía uno de los monjes de mi antiguo monasterio. Fue hace un par de años, cuando lo publicaron. El hermano vino a verme a mi celda y me lo prestó. Ambos estábamos en el coro del monasterio, y quería que le diese mi opinión.

—¿Y qué pensó usted?

—Nada. Por primera vez en la vida no tuve pensamientos. Sólo sensaciones. Lo escuché una y otra vez, siempre en mi tiempo libre.

—¿Qué supuso para usted?

—¿Qué supuso para usted enamorarse? ¿Podría explicarlo con palabras? El disco llenó huecos vacíos que no sabía que tenía. Me curó una soledad de la que no era consciente. Me dio alegría. Y libertad. Creo que ésa fue la parte más asombrosa: de pronto me sentía abrazado y liberado al mismo tiempo.

—¿Es eso el éxtasis? —preguntó Gamache después de pensar unos instantes sobre lo que el monje había dicho—. ¿Fue una experiencia espiritual?

Una vez más, el hermano Luc miró al inspector jefe.

—No fue una experiencia espiritual, yo ya había vivido esa clase de experiencias. Aquí todos las tenemos; de otro modo, no seríamos monjes. No, ésa fue la experiencia espiritual. Totalmente ajena a la religión. Y a la Iglesia.

—¿Qué quiere decir?

—Conocí a Dios.

Gamache se permitió unos instantes para digerir las palabras del hermano Luc.

—¿A través de la música? —preguntó.

El monje asintió. No tenía palabras.

Jean-Guy clavaba la vista en el salvapantallas del ordenador. Entonces miró la pequeña parabólica que llevaban consigo a las zonas más apartadas.

A veces funcionaba. A veces no.

Lo que hacía que se conectase a la red o fallara era un misterio para Beauvoir. Él siempre lo instalaba todo de la misma manera y hacía los mismos ajustes. En todas las investigaciones.

Y esperaba que ocurriera lo inexplicable. O no.

—Mierda —musitó.

Aun así, no todo estaba perdido: tenía la BlackBerry.

Abrió la puerta del despacho del prior y miró fuera. No acudía nadie.

Se sentó y, usando los pulgares, se entretuvo con la tarea laboriosa de escribir un mensaje. Antes sus mensajes se reducían a una palabra y a emoticonos, pero ahora se componían de frases completas. Escribía «por qué» en lugar de «pq» y nunca usaba signos de puntuación para dibujar una sonrisa o un guiño, sino que prefería dejar sus sentimientos bien claros empleando el lenguaje.

No le costaba. Con Annie no. Sus emociones siempre estaban claras y eran sencillas.

Era feliz. La amaba. La echaba de menos.

E incluso cuando quería utilizar símbolos y contracciones, se daba cuenta de que todavía no se habían inventado unos capaces de transmitir sus sentimientos. Ni siquiera las palabras le valían. Pero eran lo único que tenía a mano.

Cada letra y cada espacio lo acercaban más a ella y no sólo le proporcionaban placer, sino dicha.

Annie vería lo que había creado para ella. Lo que había escrito.

Escribió que la amaba. Que la añoraba.

Y ella le escribió a él. No sólo le respondía, sino que también le enviaba sus propios mensajes en los que le describía su día. Había hecho muchas cosas, pero sin él le parecía vacío.

Estaba cenando con su madre, pero pensaba esperar a que él regresase con su padre para que se lo contaran juntos.

«Vuelve pronto a casa —escribió ella—. Te echo de menos. Te quiero.»

Y él sintió su presencia. Y sintió su ausencia.

—Así que vino al monasterio de Saint-Gilbert —continuó Gamache.

—Bueno, ésa es la versión resumida —contestó el hermano Luc—. En la Iglesia, las cosas nunca son tan sencillas.

Estaba relajado, pero dado que con esa pregunta se habían desviado del mundo de la música, Luc se mostró más cauteloso.

—¿Y la versión larga?

—Tardé un tiempo en averiguar quiénes eran los artífices del disco. Pensé que sería una orden de algún rincón de Europa.

—Y de haber sido así, ¿habría estado dispuesto a ir?

—Si la mujer que usted amase viviera en Francia, ¿se iría?

Gamache se rió: el joven monje lo había pillado. Era un golpe directo y certero.

—Es mi esposa —contestó el inspector jefe—. Y por ella iría hasta el infierno.

—Espero que no sea necesario.

—Bueno, de hecho fui hasta el barrio de Hochelaga-Maisonneuve, pero usted tuvo que buscar, ¿verdad?

—Sólo tenía el cedé, y en la portada no dice nada. Todavía lo conservo en algún lugar de la celda.

Gamache también tenía una copia que había comprado hacía más de un año. Él mismo había comprobado el libreto para averiguar quiénes eran los monjes, pero no había información, sólo una lista de los cantos. En la carátula aparecían unos monjes de perfil, caminando, pero nada más. El diseño era estilizado y parecía a la vez abstracto y muy tradicional. No había créditos. El disco ni siquiera tenía título.

Parecía, y era, el producto de unos aficionados. El sonido reverberaba con un matiz metálico.

—¿Cómo averiguó quiénes eran?

—Como todo el mundo, lo supe por la radio, cuando los reporteros los encontraron. No podía creérmelo. En mi monasterio, nadie daba crédito. No porque fuesen quebequeses, sino más bien porque eran gilbertinos. No se nos cuenta entre las órdenes en activo. Según los archivos de la Iglesia, los últimos religiosos murieron o fueron asesinados hace cuatrocientos años. No hay monasterios gilbertinos. Al menos, eso pensaba todo el mundo.

—¿Y cómo lo hizo para entrar en la orden? —persistió Gamache.

Ya le reclamaría la lección de historia en otro momento.

—El padre abad visitó mi monasterio y me oyó cantar.

De pronto, el hermano Luc se mostró vergonzoso.

—Continúe —lo instó Gamache.

—Bueno, es que mi voz es poco habitual. Tengo un timbre peculiar.

—¿Qué significa eso?

—Que puedo cantar casi con cualquier coro y encajar en todos.

—O sea, que armoniza.

—El nuestro es el canto llano, lo cual significa que todos cantamos la misma nota a la vez, pero con voces distintas. No creamos armonías, pero sí debemos estar en armonía cuando cantamos.

Gamache reflexionó un instante sobre esa distinción y asintió.

—Yo soy la armonía.

Era una afirmación tan extraordinaria que el inspector jefe se limitó a mirar al monje joven de hábito sencillo y sentencias grandilocuentes.

—¿Perdone? No entiendo a qué se refiere.

—No me malinterprete: el coro no me necesita. El disco es prueba de ello.

—En ese caso, ¿qué ha querido decir?

Al inspector jefe le pareció que ya era tarde para esa dosis de humildad.

—Que cualquier coro sería mejor conmigo.

Los dos se miraron. Gamache se dio cuenta de que no tenía por qué tratarse de orgullo ni de presunción, sino de la afirmación de un hecho. Del mismo modo que los monjes podían aprender a aceptar sus fallos, quizá también aprendiesen a aceptar sus dones y a no caer en la falsa humildad fingiendo que no los tenían.

El joven no ocultaba que poseía talento. En cambio, sí ocultaba su voz. Tras el voto de silencio. En un monasterio muy muy alejado de la gente. Del público.

A menos que...

—Entonces, usted no aparecía en el primer disco.

Luc negó con la cabeza.

—Pero ¿tenían planeado grabar otro?

El hermano Luc tardó en contestar.

—Sí. El hermano Mathieu estaba entusiasmado. Ya había escogido todas las piezas.

Gamache sacó la vitela del bolso.

—¿Ésta era una de ellas?

Luc la cogió. La leyó con toda su atención. Sin moverse. Arrugó la frente, negó con la cabeza y se la devolvió.

—No sé qué es, monsieur, pero puedo decirle lo que no es: un canto gregoriano.

—¿Cómo lo sabe?

Luc sonrió.

—El canto gregoriano sigue normas muy estrictas. Es como un soneto o un haiku. Hay cosas que deben hacerse y otras que no. Las bases del canto gregoriano son la disciplina y la sencillez. La humildad, que nos permite someternos a las reglas, y la inspiración, que nos eleva por encima de ellas. El reto es respetar las normas y trascenderlas al mismo tiempo. Cantarle a Dios sin imponer el ego personal. Pero eso —dijo, y señaló la hoja que estaba de nuevo en posesión de Gamache— es un sinsentido.

—¿Se refiere a la letra?

—Las palabras no las entiendo. Me refiero al ritmo, a la métrica. Está descompensado, es demasiado rápido. No tiene nada que ver con el canto gregoriano.

—Sin embargo, tiene las cositas estas —insistió Gamache, y señaló las virgulillas de encima de las palabras—. Se llamaban «neumas», ¿verdad?

—Sí, así es. Y eso es lo que me preocupa.

—¿Lo que lo preocupa, hermano Luc?

—Ha sido creado con la intención de que parezca un canto gregoriano, de hacerlo pasar por uno, pero se trata de un impostor. ¿Dónde lo ha encontrado?

—Junto al cadáver del hermano Mathieu.

Luc palideció. Gamache sabía que había dos cosas que una persona no podía hacer por voluntad propia, por mucho que lo desease: palidecer y sonrojarse.

—¿Qué cree usted que significa esto, hermano Luc?

—Que el prior murió tratando de proteger algo que amaba.

—¿Esto? —preguntó Gamache, y levantó la vitela.

—No, no. Eso debe de habérselo quitado a alguien. Alguien que intentaba convertir los cantos en una broma. Que quería hacer de ellos una abominación. El prior querría impedírselo.

—¿Cree que esto pretende ser un insulto?

—Creo que alguien que conoce el canto gregoriano y los neumas lo suficiente los está imitando para burlarse. Sí, esto está hecho a propósito, para insultar.

—Alguien de aquí, dice. ¿Quién?

Gamache observó al joven monje.

El hermano Luc guardó silencio.

Gamache esperó antes de hablar, pues sabía que a veces el silencio era una táctica útil, mucho más opresiva y amenazadora que los insultos. Sin embargo, allí el silencio les resultaba reconfortante y era el habla lo que parecía asustarlos.

—¿Quién odiaba lo suficiente al hermano Mathieu como para ridiculizar la obra de toda su vida? —insistió Gamache—. ¿Quién lo odiaba tanto como para matarlo?

Luc permaneció en silencio.

—Si todos los monjes que están aquí aman el canto gregoriano, ¿quién se mofaría de él? ¿Quién crearía lo que usted ha llamado «una abominación»?

Gamache levantó la vitela y se inclinó un poco hacia delante. Luc quiso apartarse en la misma medida, pero no tenía adónde ir.

—No lo sé —respondió—. Si lo supiera, se lo diría.

El inspector jefe estudió al hermano Luc y pensó que le decía la verdad. Era un gran amante del canto y era evidente que admiraba y respetaba al prior. El hermano Luc no protegería a ningún hombre dispuesto a acabar con ambos. Y a pesar de que quizá no supiera quién lo había hecho, podía albergar sospechas. Tal como había dicho el abad, Gamache necesitaba pruebas, pero a un monje no le hacían falta más que sus creencias. ¿Creía saber el hermano Luc quién había matado al prior y se había mofado de los cantos? ¿Era tan arrogante como para pensar que podía ocuparse de él por su cuenta?

El inspector jefe miró al monje a los ojos y habló con aire severo:

—Debe ayudarme a descubrir quién ha sido.

—No sé nada.

—Pero tiene sospechas.

—No, eso no es cierto.

—Joven, aquí dentro hay un asesino. Un asesino que está atrapado entre estos muros, con nosotros. Con usted.

Gamache detectó miedo en su mirada. Un joven que se pasaba el día sentado en soledad con la única llave que los conectaba con el mundo exterior atada a la cuerda que llevaba alrededor de la cintura. La única manera de salir era a través de él. Si el asesino quería huir, tal vez tuviera que hacerlo por encima de su cadáver, literalmente. ¿Era consciente Luc de todo eso?

El inspector jefe se apartó, pero sólo un poco.

—Dígame lo que sabe.

—Lo único que sé es que no todos estábamos contentos con el disco.

—¿El nuevo? ¿El que el prior estaba a punto de grabar?

El hermano Luc guardó silencio y después negó con la cabeza.

—¿El viejo? ¿El primero?

El hermano Luc asintió.

—¿Quiénes no estaban contentos?

Ahora el joven parecía desdichado.

—Debe decírmelo, hijo —aseveró Gamache.

Luc se echó hacia delante, para susurrarle algo, pero antes echó un vistazo breve a la penumbra del pasillo. El inspector jefe también se inclinó. Para escuchar.

Pero, en vez de hablar, el hermano Luc abrió los ojos con sorpresa.

—Por fin, monsieur Gamache. Su inspector me ha dicho que estaría aquí. He venido a acompañarlo al refectorio para cenar.

El hermano Simon, el secretario del abad, estaba en mitad del pasillo, a uno o dos pasos de la puerta de la garita. Con las manos juntas y escondidas en las mangas de la túnica, la cabeza agachada con humildad.

¿Había oído la conversación?

Aquél era el monje cuyos ojos nunca parecían cerrarse del todo. El que lo vigilaba todo y que, según sospechaba Gamache, también lo oía todo.

ONCE

Dos de los monjes salieron de la cocina con cuencos de patatas nuevas aliñadas con mantequilla y cebollino. A continuación sacaron brócoli con calabaza y varios guisos. La mesa del refectorio era larga y por toda su extensión había tablas de cortar con barras de pan recién hecho, y por los bancos circulaban en silencio las fuentes de queso y la mantequilla.

No obstante, los monjes se servían raciones escasas. Pasaban los cuencos y el pan, pero cogían cantidades simbólicas.

No tenían apetito.

Eso planteaba un dilema a Beauvoir: quería llenarse el plato con cucharadas tan enormes que le impidieran ver por encima de ellas. Quería hacer un altar de comida y engullirlo. Entero.

Cuando le llegó el primer guiso, un plato muy aromático de puerros y con una costra crujiente de queso, se detuvo un instante a mirar los bocados modestos que los demás habían cogido.

Entonces llenó cuanto pudo el cucharón y lo dejó caer en el plato.

«Como se atrevan a decirme algo...», pensó. Y los monjes lo miraron como dispuestos a reprenderlo.

El abad rompió el silencio para bendecir la mesa. Y a continuación, cuando todo el mundo se hubo servido, uno de los monjes se levantó, fue hasta un púlpito y allí se puso a leer de una biblia.

Ni una sola palabra en una conversación.

Ni una sola palabra sobre el hueco que había quedado entre sus filas. El monje fallecido.

Sin embargo, la presencia del hermano Mathieu flotaba sobre sus cabezas como un fantasma. Aprovechó el silencio para crecer hasta que al final llenó toda la sala.

Gamache y Beauvoir no se habían sentado juntos. Como si fueran niños en los que no se podía confiar, los habían colocado en extremos opuestos de la mesa.

Hacia el final de la cena, el inspector jefe dobló la servilleta de tela y se puso en pie.

El hermano Simon, que estaba delante de él, le hizo una señal, al principio discreta pero después con más énfasis, para que se sentase de nuevo.

Gamache lo miró a los ojos y le hizo otra: mensaje recibido, pero, aun así, pensaba hacer lo que tenía que hacer.

Algo más allá, al ver que su superior se había levantado, Beauvoir hizo lo mismo.

Se había creado un silencio perfecto. No se oía siquiera el tintineo discreto de la cubertería. Los tenedores y cuchillos estaban, o bien sobre la mesa, o suspendidos en el aire. Todas las miradas, sobre Gamache.

Se acercó despacio al púlpito y observó la mesa. Doce monjes a un lado, once en el otro. En la sala, en la comunidad, se había perdido el equilibrio.

—Me llamo Armand Gamache —dijo, en mitad de la sorpresa y del silencio—. Con algunos de ustedes ya he tenido la oportunidad de hablar. Soy el inspector jefe de Homicidios de la Sûreté du Québec. Y él es mi segundo al mando, el inspector Beauvoir.

Los monjes parecían nerviosos. Y enfadados. Con él.

Gamache estaba acostumbrado a esa clase de transferencia: todavía no podían enfrentarse al asesino, así que la culpa de que sus vidas se viesen trastocadas se la llevaba la policía. Los comprendía y empatizaba con ellos.

Pero todavía no sabían que la cosa podía empeorar. Y mucho.

—Hemos venido a investigar lo que ha ocurrido aquí esta mañana. La muerte del hermano Mathieu. Les agradecemos su hospitalidad, pero necesitamos más que eso. Necesitamos su ayuda. Sospecho que quienquiera que haya matado al prior no tenía intención de hacer daño a nadie más —afirmó, e hizo una pausa antes de continuar con un tono más íntimo, más personal—. No obstante, habrá otros que salgan muy mal parados antes de que esto haya terminado. Cosas que ustedes quieren que permanezcan en secreto saldrán a la luz. Relaciones, rencillas. Todos sus secretos quedarán expuestos a medida que el inspector Beauvoir y yo avancemos en la búsqueda de la verdad. Me gustaría que no fuera así, pero lo es, igual que ustedes preferirían que el hermano Mathieu no estuviera muerto.

Sin embargo, mientras lo decía, Gamache se preguntó si era cierto.

¿Les gustaría que el hermano Mathieu todavía estuviese entre ellos, o le deseaban la muerte? Aquellos muros encerraban un dolor real. Los monjes estaban destrozados. Profundamente disgustados.

Pero ¿por qué lloraban en realidad?

—Todos sabemos que el asesino se encuentra ahora mismo entre nosotros. Hemos compartido mesa con él y comido del mismo pan. Ha escuchado las oraciones y las ha recitado. Quiero dirigirme a él un momento.

Gamache hizo una pausa. No pretendía producir un efecto melodramático, sino hacer tiempo para que sus palabras atravesasen la armadura que vestían los monjes. Mantos de silencio, devoción y rutina. Necesitaba perforarlos para alcanzar al hombre que había debajo. El núcleo blando.

—Creo que amas la abadía y no pretendes hacer daño a tus compañeros. Ésa no ha sido nunca tu intención. No obstante, por muy cuidadosos que seamos el inspector Beauvoir y yo durante la investigación, vamos a provocar dolor. Un caso de asesinato es una catástrofe para todas las personas involucradas y si creías que lo peor era el asesinato en sí, espera y verás.

Hablaba en voz baja pero imperiosa y autoritaria. Nadie podía dudar de que decía la verdad.

—Sólo hay una manera de impedirlo. Una única forma —continuó, y dejó esa idea flotando en el aire—: entregándote.

Esperó, y los demás lo imitaron.

Se oyó un carraspeo, y todas las miradas se dirigieron al abad, que se puso en pie. Varios monjes abrieron los ojos con sorpresa e incredulidad. El hermano Simon también iba a levantarse, pero el abad se lo impidió con un gesto casi imperceptible.

Dom Philippe se dirigió a su comunidad. Si antes la tensión se notaba en el ambiente, ahora el aire del refectorio vibraba y crepitaba.

—No —dijo el abad—. No voy a confesar. Me uno al inspector jefe y le pido, le ruego, al responsable de este acto que se identifique.

Nadie se movió ni se oyó una palabra. El abad se volvió hacia Gamache.

—Cooperaremos, inspector jefe. He retirado el voto de silencio. Aunque todos tendamos a no hablar, ya no es obligatorio.

Miró a los monjes.

—Si alguno de vosotros tiene información, debe compartirla. Proteger a quienquiera que haya hecho esto no tiene ningún valor moral ni espiritual. Debéis contarle al inspector jefe Gamache todo lo que sabéis, y confiar en que él y el inspector Beauvoir sabrán distinguir lo relevante de lo que no importa. A eso es a lo que se dedican. Nosotros rezamos y trabajamos y contemplamos a Dios. Cantamos a la gloria del Señor. Y estos hombres —continuó, y señaló a Gamache y a Beauvoir con la cabeza— descubren asesinos.

Su voz sonaba tranquila, realista. Aquel hombre que no hablaba a menudo se veía pronunciando palabras como «asesinos». Continuó:

—Nuestra orden ha tenido que superar muchos obstáculos a lo largo de los siglos. Éste es uno más. ¿Creemos en Dios de verdad? ¿Creemos todo lo que decimos y cantamos, o hemos dejado, por el contrario, que se convierta en una fe cómoda? ¿Se ha debilitado con nuestro espléndido aislamiento? Cuando nos enfrentamos a un reto, nos limitamos a escoger el camino más fácil. ¿Pecamos guardando silencio? Si nuestra fe es real, entonces debemos tener el valor de hablar. No debemos proteger al asesino.

Uno de los monjes se levantó y le hizo una reverencia al abad.

—Dice, padre, que nuestra orden ha tenido que superar obstáculos a lo largo de los siglos, y eso es cierto. Hemos sido perseguidos y nos han echado de nuestros monasterios. Nos han encarcelado y quemado en la hoguera. Nos empujaron al borde de la desaparición. A escondernos. Todo a mano de las autoridades, de hombres como éstos —dijo, y señaló a Gamache y a Beauvoir—, que también afirmaban actuar en interés de una supuesta verdad. Este hombre ha admitido que no respetará la abadía con tal de llegar a la verdad, ¿y usted nos pide que los ayudemos? Los ha invitado a venir. Les ha proporcionado un lecho, y hemos compartido nuestra comida con ellos. La valentía nunca ha sido nuestra debilidad, padre abad. Pero el buen juicio sí.

El monje era uno de los más jóvenes, Gamache calculó que debía de rondar los cuarenta. Hablaba con seguridad, con sensatez y de forma razonable. Algunos lo apoyaron con un cabeceo, pero eran más los monjes que desviaban la vista.

—Nos ha pedido que confiemos en ellos —continuó—. Pero ¿por qué deberíamos hacerlo?

Se sentó.

Los hermanos que no estaban ocupados contemplando la mesa dirigieron la mirada hacia el abad y, por último, hacia Gamache.

—Porque no tienen elección, hermano —respondió el inspector jefe—. Como ha dicho usted, ya estamos aquí. La puerta se ha cerrado y no hay dudas respecto al desenlace: el inspector Beauvoir y yo descubriremos quién ha asesinado al hermano Mathieu y lo llevaremos ante la justicia.

Alguien soltó un pequeño resoplido de desdén.

—No será la justicia divina, pero sí lo mejor que este mundo puede ofrecer ahora —prosiguió—. La justicia dispensada por sus conciudadanos de Quebec. Porque tanto si les gusta como si no, ustedes no son ciudadanos de otro plano de la existencia ni de un dominio mayor. Igual que yo, igual que el abad y que el barquero que nos ha traído hasta aquí, ustedes son ciudadanos de Quebec y deben acatar las leyes del territorio. Como es natural, pueden cumplir también las normas morales que les imponen sus creencias, y ruego a Dios que éstas sean las mismas.

Gamache estaba enfadado, era evidente. No porque alguien lo hubiera desafiado, sino por la arrogancia, la altanería con la que el monje se había erigido como mártir y como ser superior. Y los demás habían suscrito esa actitud.

Aunque no todos, de eso Gamache se daba cuenta. De pronto otra cosa le quedó clara: el monje arrogante le había hecho un favor enorme: le había demostrado algo que antes sólo se había insinuado de forma vaga.

Aquélla era una comunidad dividida y entre ellos se abría una fisura. La tragedia, en lugar de cerrarla, estaba ensanchándola. Gamache sabía que algo habitaba el abismo oscuro que había en el fondo y que, cuando Jean-Guy y él lo encontrasen, tendría poco que ver con la fe. Y con Dios.

Dejaron a los monjes sumidos en un silencio perplejo y muy conveniente, y salieron hacia la iglesia.

—Vaya, cómo se ha puesto —comentó Beauvoir, que casi tenía que correr para seguirle el paso a Gamache.

—Como una fiera, supongo que quieres decir —respondió el inspector jefe con una sonrisa—, porque como una cuba no será. Parece que hemos ido a parar al único monasterio de la Tierra en el que no producen alcohol.

Beauvoir le tocó el brazo para frenarlo, y Gamache se detuvo en mitad del pasillo.

—Será usted...

Cuando su superior lo miró, dejó la frase a medias y sonrió.

—Eso de salir hecho una furia era teatro —apuntó Beauvoir en voz baja—. Quería demostrarle a ese monje capullo que usted no piensa dejar que lo mangoneen como al abad.

—No ha sido todo teatro, pero sí. Quería que los demás supiesen que es posible desafiar a ese monje. ¿Cómo se llamaba?

—¿Hermano Dominic? ¿Hermano Donat? Algo así.

—No tienes ni idea, ¿verdad?

—Para nada. Todos me parecen iguales.

—Bueno, pues averígualo, por favor.

Reemprendieron la marcha, pero más despacio y, cuando llegaron a la iglesia, el inspector jefe se detuvo, miró el pasillo vacío que tenía a la espalda y se dirigió al centro de la iglesia con Beauvoir a su lado.

Pasaron de largo los bancos, subieron los escalones, cruzaron el presbiterio y Gamache se sentó en la sillería del coro. El sitio del prior. El inspector jefe lo sabía porque durante las vísperas estaba vacío. Justo enfrente del lugar que ocupaba el abad. Beauvoir tomo asiento junto a él.

—¿Nota que le viene una melodía? —susurró.

Gamache sonrió.

—Los he presionado sobre todo para ver qué ocurría y su reacción me ha parecido interesante, Jean-Guy. ¿Estás de acuerdo?

—¿Interesante que unos monjes sean tan engreídos? Voy a avisar a la prensa.

Como muchos quebequeses de su generación, Beauvoir consideraba que la Iglesia no servía para nada. No formaba parte de su vida, a diferencia de las generaciones anteriores. La Iglesia católica no sólo había tenido un papel en la vida de sus padres y sus abuelos, sino que además la había gobernado. Los curas les decían qué comer, qué hacer, a quién votar y qué pensar. Qué creer.

Les decían que debían tener más hijos. Y así, sin dejar de procrearse, seguían sumidos en la pobreza y la ignorancia.

Les pegaban en la escuela, los reñían en la iglesia y abusaban de ellos en los cuartos oscuros.

Y cuando, tras generaciones sufriendo ese trato, habían decidido dejarla atrás, la Iglesia los había acusado de infieles. Y los había amenazado con la condena eterna.

No, a Beauvoir no le habría sorprendido que, si pinchaban a los monjes, sangrasen hipocresía.

—Lo que me ha parecido interesante ha sido la división —explicó el inspector jefe.

Hablaba en voz baja, pero ésta retumbaba por toda la iglesia. Se dio cuenta de que aquél era el lugar perfecto. Justo ahí, donde estaba el coro, porque el templo se había diseñado pensando en las voces. Para arroparlas y hacerlas resonar cuando rebotaran en sus ángulos perfectos. Allí, un susurro se oía con claridad desde cualquier punto de la nave.

Transmutación, pensó Gamache. No de agua en vino, sino de un susurro en una palabra audible.

Qué curioso que una orden con voto de silencio hubiera creado una maravilla de la acústica.

No era lugar para una conversación privada, pero al inspector jefe tampoco le importaba quién estuviese escuchando.

—Sí, a mí también me ha quedado bastante claro —corroboró Beauvoir—: todos parecen tranquilos, en paz, pero ahí dentro hemos visto auténtica rabia. A ese monje no le cae bien el abad.

—Peor aún —repuso Gamache—: no lo respeta. Es posible tener como líder a alguien a quien no escogerías como amigo, pero al menos debes respetar a esa persona. Confiar en ella. Sin embargo, ése ha sido un ataque contundente: acusar en público al abad de errar con su criterio.

—A lo mejor es verdad —contestó Beauvoir.

—Tal vez.

—Y el abad no lo ha castigado. ¿Usted lo habría permitido?

—¿Que alguien me insultase? Es evidente que no prestas mucha atención, porque ocurre todo el tiempo.

—Me refiero a un subordinado.

—Ya sabes que eso también ha sucedido. Y no tengo por costumbre despedirlos. Lo que yo quiero es averiguar de dónde surge eso. Llegar a la raíz del problema. Eso es mucho más importante.

—En este caso, ¿de dónde cree que viene?

Era una buena pregunta. Una que Gamache se había planteado al salir del refectorio y cruzar la iglesia.

Que la abadía estaba dividida era obvio. De hecho, el asesinato no era un acontecimiento aislado, sino el último en una serie de golpes cada vez más fuertes.

Alguien había atacado al prior con una piedra.

Y el abad había sido atacado a su vez. Con palabras.

Uno había muerto al instante, y el otro lo haría poco a poco. ¿Eran ambos víctimas de la misma persona? ¿Estaban el abad y el prior en el mismo lado de la brecha, o en lados opuestos? Gamache miró el suelo de pizarra y al otro lado del altar, donde se sentaba el abad.

Dos hombres de edades similares que se habían contemplado durante décadas.

Uno estaba al mando del monasterio y el otro del coro.

Por la mañana, en el jardín, Gamache se había llevado al abad a un lado para hablar con él, y había acabado la conversación pensando que el prior y él estaban muy unidos.

Tal vez más de lo que la Iglesia aprobaría.

Eso no suponía un problema para el inspector jefe, sino todo lo contrario: lo comprendía y le sorprendería que algunos de ellos no se reconfortasen entre sí. Le parecía del todo natural. Lo que él quería saber era qué había abierto la grieta. ¿Dónde empezaba? ¿Qué golpe, suave o no, había dado lugar a todo?

También quería averiguar si el abad y el prior estaban del mismo lado.

El inspector jefe pensó en lo que le había dicho el joven monje justo antes de que el hermano Simon llegase y anunciase la hora de cenar. Gamache le relató a Beauvoir la conversación.

—Así que no todos estaban contentos con el disco —dijo el inspector—. Me pregunto por qué no. Fue un bombazo, y debieron de ganar una fortuna que invirtieron en el monasterio. Se nota: tejado nuevo, cañerías nuevas. El sistema geotérmico. Es increíble. Aunque los arándanos cubiertos de chocolate son fantásticos, apuesto a que no pagaron la calefacción con ellos.

—Al parecer, el hermano Mathieu estaba preparando una nueva grabación —explicó Gamache.

—¿Quiere decir que lo han matado para impedírselo?

Gamache no contestó de inmediato. Y de pronto empezó a volverse, despacio. Beauvoir, que notó que estaba prestándole atención a algo, también oteó la penumbra. La única luz que había en la iglesia provenía de las lámparas que había detrás del altar. El resto estaba a oscuras.

Pero en esa oscuridad alcanzaron a distinguir pequeñas siluetas blancas, como barquitos diminutos.

Poco a poco, la armada tomó forma. Eran cogullas. Las capuchas blancas de los monjes.

Habían regresado a la iglesia y estaban de pie en las sombras. Observándolos.

Y escuchando.

Beauvoir se volvió hacia Gamache. En su rostro asomaba una sonrisa muy discreta que sólo alguien muy próximo a él habría sido capaz de ver. Igual que el brillo en los ojos.

«No le sorprende», pensó Beauvoir. No, se trataba de algo más. Quería que acudieran. Y que escuchasen la conversación.

—Será usted... —susurró Beauvoir, y se preguntó si también habían oído eso.

DOCE

Beauvoir se tumbó en la cama y su comodidad lo sorprendió. Un colchón individual firme. Sábanas suaves de franela. Un edredón cálido. El aire fresco entraba por la ventana, le llegaba el olor del bosque y oía el chapoteo del lago en las rocas de la orilla.

Tenía la BlackBerry en la mano. Para cargarla, había tenido que desenchufar la lamparita, pero le parecía una renuncia justa. Luz a cambio de palabras.

Podría haber dejado el móvil en el despacho del prior, enchufado en una regleta.

Podría haberlo hecho. Pero no.

Beauvoir se preguntó qué hora era. Pulsó la barra de espacio y la pantalla de la BlackBerry despertó y le dijo que tenía un mensaje y que eran las 21.33 horas.

Era de Annie.

Había llegado a casa después de cenar con su madre. Era un mensaje simpático y feliz, y Jean-Guy se dejó envolver por las palabras. Sintió que estaba a su lado, sentado, mientras Annie y madame Gamache cenaban tortilla y ensalada, y charlaban sobre lo que habían hecho durante el día. Imaginó la escena, a Reine-Marie contándole a Annie que su padre había tenido que atender un caso en un monasterio muy apartado. El del canto gregoriano.

Imaginó a Annie fingiendo que no sabía nada.

Ella se sentía fatal, pero en el mensaje también le confesaba que el hecho de que su relación fuese clandestina le resultaba emocionante. Aun así, estaba deseando compartirlo con su madre.

Beauvoir le había escrito un rato antes, en cuanto se había instalado en el dormitorio. En su celda. Se lo había descrito todo: la abadía, la música, el disco, la muerte del prior, el insulto al abad, con la precaución de no permitir que nada de ello sonase fácil ni divertido.

Quería que ella supiese cómo era el lugar de verdad. Lo que estaba sintiendo.

Le habló de los rezos interminables. A las ocho menos cuarto de la tarde habían celebrado otro oficio. Después de cenar. Después de que los monjes los oyesen hablar en la iglesia.

En ese momento, su padre se había levantado, los había saludado con una inclinación de la cabeza y se había marchado de allí. A paso comedido, había bajado los escalones del presbiterio y se había dirigido al despacho del prior por la puerta trasera. Acompañado de Beauvoir.

Durante todo el recorrido y hasta la puerta cerrada que daba al pasillo, Beauvoir había sentido sus miradas.

Le describió la sensación a Annie. Y también le contó que había pasado la siguiente media hora peleándose con el portátil mientras su padre continuaba revisando la documentación que guardaba el prior.

Y entonces los habían oído cantar.

Por la tarde, cuando acababan de llegar, la música lo había aburrido. Pero ahora, le explicó a Annie, le ponía el vello de punta.

«Entonces —tecleó Gamache—, Jean-Guy y yo hemos regresado a la iglesia: otro servicio. Lo llaman "completas". Tengo que conseguir el horario de estas cosas. ¿Te he contado lo de los arándanos? Dios mío, Reine-Marie, te encantarían. Los monjes cubren el fruto de chocolate sin leche artesano. Si queda alguno, te llevaré, pero con Jean-Guy corremos el riesgo de que se acaben. Yo, por otro lado, soy reticente, como siempre. Abnegación, así soy yo.»

Sonrió e imaginó la ilusión que le harían a su esposa unos cuantos bombones. También se la imaginó en casa. Aún no estaría en la cama, pues sabía que Annie había ido a cenar con ella. Desde que se había separado de David, cenaban juntos todos los sábados. A esas horas ya estaría sola, sentada en el salón, leyendo junto a la chimenea. O en la salita donde tenían el televisor, en la parte de atrás de la casa, donde antes dormía Daniel. Ahora allí había una librería, un sofá cómodo cubierto de periódicos y revistas, y el televisor.

«Voy a ver TV5 —solía decir ella—. Ponen un documental sobre las tasas de alfabetización.» Unos minutos más tarde, Gamache oía una carcajada; se acercaba por el pasillo y la encontraba riéndose con alguna ridícula comedia de producción local. Pero se quedaba con ella y, en un abrir y cerrar de ojos, él también estaba riéndose con el humor basto y contagioso.

Sí, allí estaría ella: riéndose.

La imagen le provocó una sonrisa.

«Te lo juro por Dios —escribió Jean-Guy—, la misa ha durado una eternidad. Y es absolutamente todo cantado. Una pesadez. Y ni siquiera puedes quedarte dormido, porque la melodía no para de subir y de bajar. Tu padre está metidísimo en el tema, creo que le gusta y todo. ¿Es posible? A lo mejor sólo está fingiéndolo para quedarse conmigo. Por cierto, tengo que contarte una cosa que ha hecho con los monjes...»

«Completas ha sido un oficio muy bonito, Reine-Marie. Todo en canto gregoriano. Para que te hagas a la idea, es como Saint-Benoît-du-Lac, pero aún mejor. Paz total. Creo que en parte es por la iglesia. Es simple. Sin un adorno. Sólo la placa que habla de san Gilberto. Detrás de ella hay una sala oculta.»

Gamache paró de teclear. Pensó en la placa y en la sala capitular que se escondía detrás. Tenía que conseguir un plano del monasterio.

Entonces continuó escribiendo.

«Como era la última misa del día, la iglesia estaba casi a oscuras, salvo por unas lámparas de luz tenue que hay detrás del altar. Supongo que en su día había velas o antorchas, pero a los bancos, donde nos hemos sentado Jean-Guy y yo, no llegaba la claridad. Ya puedes imaginarte lo bien que estaba pasándolo Jean-Guy. Yo casi no podía escuchar el canto gregoriano por encima de sus bufidos y resoplidos.

»Es evidente que entre los monjes pasa algo grave. Hay algún tipo de animadversión. Sin embargo, cuando cantan, es como si nada de eso existiera. Como si se trasladasen a otro lugar. A un sitio profundo donde no existen las rencillas, donde no hay más que satisfacción y paz. Ni siquiera alegría, diría. Pero sí libertad. Parece que los problemas del mundo les sean ajenos. El monje más joven, el hermano Luc, dice que es como deshacerse de todos los pensamientos. Me pregunto si eso es la libertad.

»En cualquier caso, Reine-Marie, escuchar esos cantos extraordinarios en directo ha sido hermoso. Asombroso. Y cuando faltaba poco para acabar, han bajado la luz muy despacio, hasta que nos hemos quedado a oscuras. Y de esa oscuridad salían sus voces, como una luz que no se veía, sino que se percibía.

»Ha sido mágico. Ojalá lo hubieses visto.»

«Entonces, por fin se ha acabado, Annie. Cuando se han encendido las luces, los monjes se habían ido. Eso sí, enseguida ha venido ese que es un poco solapado, el hermano Simon, a decirnos que era la hora de ir a dormir. Que hiciésemos lo que quisiéramos, pero que ellos se iban a sus respectivas celdas.

»A tu padre no le ha parecido mal. De hecho, creo que quería que aprovechasen las largas horas de la noche para pensar en el asesinato. Para que se preocuparan.

»Por mi parte, he ido a buscar unos cuantos arándanos más cubiertos de chocolate y me los he traído a la celda. Te guardaré unos pocos.»

«Te echo de menos —escribió Gamache—. Que duermas bien, cariño.»

«Te echo de menos —escribió Jean-Guy—. ¡Vaya! Ya no quedan bombones, ¿cómo es posible?»

Entonces se volvió y se tumbó de costado con la Black-Berry aún en la mano, pero no antes de teclear a oscuras el último mensaje del día:

«Te quiero.»

Con mucho cuidado, envolvió las chocolatinas y las metió en el cajón de la mesita. Para Annie. Cerró los ojos y durmió a gusto.

«Te quiero», escribió Gamache, y dejó la BlackBerry en la mesita, junto a la cama.

El inspector jefe Gamache se despertó cuando aún era de noche y ni siquiera se oía a los pájaros cantar antes del amanecer. La calidez de la cama lo envolvía, pero si movía las piernas, aunque fuese un milímetro, entraba en un terreno glacial.

Notó que tenía la nariz fría, a pesar de que el resto del cuerpo estaba calentito.

Miró la hora.

Las cuatro y diez.

¿Lo había despertado algo? ¿Algún ruido?

Se quedó tumbado escuchando. Imaginó a los monjes en las pequeñas celdas a su alrededor. Como si fueran abejas en un panal.

¿Dormían todos, o había por lo menos uno despierto? Tumbado a tan sólo unos metros de él. Sin poder dormir porque tenía una algarabía en la cabeza. Sonidos e imágenes de un asesinato que eran demasiado perturbadores.

Estaba casi seguro de que uno de los monjes no volvería a dormir tranquilo.

A no ser que...

Gamache se sentó en la cama. Sabía que los asesinos sólo dormían bien si se daba una de estas dos circunstancias: si no tenían conciencia, o si la tenían y ésta había sido su cómplice. Si les había susurrado la idea al oído.

¿Cómo podía un hombre, un monje, convencerse de que el asesinato no era un delito ni un pecado siquiera? ¿Cómo podía dormir mientras el inspector jefe estaba despierto? Sólo cabía una respuesta: aquélla había sido una muerte justificada.

Una muerte al estilo del Antiguo Testamento.

Una lapidación.

Ojo por ojo.

Tal vez el asesino creyese que hacía lo correcto. Quizá no a los ojos de los hombres, pero sí a los de Dios. Era posible que ésa fuese la tensión que Gamache percibía en el monasterio: no porque se hubiera producido un asesinato, sino porque la policía llegase a descubrir quién lo había hecho.

Durante la cena, uno de los monjes había acusado al abad de no ser un hombre de juicio. Por haber llamado a la Sûreté. No por haber fracasado a la hora de evitar el asesinato. Además del voto, ¿estaban llevando a cabo una conspiración de silencio?

El inspector jefe se había despejado. Estaba alerta.

Bajó los pies de la cama, buscó las zapatillas, se puso la bata y, antes de salir de la celda, cogió la linterna y las gafas de leer. Se detuvo en mitad del pasillo y miró a un lado y a otro. Sin encenderla.

Había puertas a ambos lados y cada una de ellas era la entrada a una celda. Por las rendijas de debajo no se percibía luz. Tampoco se oía ningún ruido.

Estaba a oscuras y en silencio.

Gamache había ido muchas veces con sus hijos a la casa de la risa de la feria. Había visto la habitación de los espejos que distorsionaban los rasgos, y las ilusiones ópticas que hacían parecer que un cuarto estaba inclinado aunque no fuera así. También había estado en las habitaciones en las que no entraban la luz ni el sonido.

Recordó el día en que Annie lo agarró fuerte de la mano, y Daniel, invisible en la negrura, se puso a llamar a su padre hasta que Gamache encontró a su pequeño y lo cogió en brazos. Ése había sido el efecto de la casa de la risa que más los había aterrorizado, y se habían aferrado a él hasta que los sacó de allí.

Esa misma sensación tenía en la abadía de Saint-Gilbert-Entre-les-Loups. Que era un lugar lleno de distorsiones, de privación de los sentidos. De un gran silencio y una oscuridad aún mayor donde los susurros mudaban en gritos. Donde los monjes asesinaban y se le cerraba la puerta al mundo natural, como si tuviera culpa de alguna cosa.

Los hermanos llevaban tanto tiempo viviendo en el monasterio que se habían acostumbrado. Aceptaban la distorsión como algo normal.

El inspector jefe respiró hondo y se hizo una advertencia: también era muy posible que estuviera imaginándose cosas, permitiendo que la oscuridad y el silencio lo afectasen. Era del todo posible que los que tenían la percepción distorsionada no fuesen los monjes, sino él.

Enseguida se acostumbró a la falta de luz y de la vista y de sonidos.

«No debe intimidarme —se dijo, camino de la iglesia—. No debe intimidarme. No es más que una tranquilidad extrema.»

La idea lo hizo sonreír. ¿Se habían convertido la paz y la tranquilidad en algo tan escaso que cuando al fin uno se topaba con ellas podía confundirlas con algo grotesco y antinatural? Por lo visto, sí.

El inspector jefe recorrió la pared a tientas hasta llegar a la puerta gruesa de madera que conducía a la iglesia. La abrió, entró y la cerró con cuidado.

Allí la oscuridad y el silencio eran tales que tuvo la sensación desagradable de estar flotando y cayendo al mismo tiempo.

Entonces encendió la potente linterna. El haz de luz dividió la penumbra en dos y fue a caer sobre el altar, los bancos, las columnas de piedra. No se trataba únicamente de un paseo insomne de madrugada. Gamache iba buscando algo. Y lo encontró enseguida, en la pared oriental de la iglesia.

Dirigió la luz hacia la placa enorme e iluminó la historia de san Gilberto.

Pasó la mano que tenía libre por la superficie. Quería encontrar el cierre, algún tipo de picaporte que abriese la puerta de la sala capitular. Dio con él al cabo de un rato, al presionar un bajorrelieve de dos lobos durmientes que había en la esquina izquierda de la placa. La puerta de piedra se abrió, y Gamache iluminó el interior con la linterna.

Era una sala rectangular y pequeña en la que no había ventanas ni sillas, pero sí un banco de piedra que ocupaba pared. Aparte de eso, estaba desnuda, yerma.

Tras iluminar todos los rincones con la linterna para comprobarlos, Gamache salió y cerró la puerta. Cuando los dos lobos volvieron a su lugar, el inspector jefe se puso las gafas y se acercó para leer la inscripción. La vida de san Gilberto de Sempringham.

San Gilberto no parecía ser patrón de nada y tampoco se citaba ningún milagro. Lo único que resultaba digno de mención era que había fundado una orden a la que le puso su nombre y que había fallecido a la pasmosa edad de ciento seis años en 1189.

Ciento seis años. Gamache se preguntó si era verdad, aunque sospechaba que sí. Al fin y al cabo, si quien había fabricado la placa hubiera querido mentir o exagerar, habría escogido algo más encomiable que la edad de Gilberto. Como por ejemplo, sus logros.

En ese momento, si había algo capaz de devolverle el sueño al inspector jefe, era leer sobre la vida de san Gilberto.

¿Por qué decidiría alguien ingresar en esa orden?

Entonces se acordó de la música, del canto gregoriano. El hermano Luc había dicho que las piezas que cantaban allí eran únicas. Y, sin embargo, la placa no mencionaba la música ni el canto. No parecía ser una de las vocaciones de san Gilberto. En ciento seis años de vida, Gilberto de Sempringham no había sentido ni una sola vez el impulso de echarse a cantar.

Gamache escudriñó la placa de nuevo buscando algo más sutil, algo que quizá había pasado por alto.

Muy despacio, recorrió las palabras grabadas con el círculo de luz brillante. Entornó los ojos y observó la placa desde un lado y desde el otro. Por si había algún símbolo grabado en el bronce que sólo se viera desde un punto concreto o por si el efecto de los años lo hubiera borrado. Un pentagrama. Una clave de sol. Un neuma.

Pero no había nada, nada en absoluto, ni una sola sugerencia de que se conociese a los gilbertinos por algo en especial; ni siquiera por el canto gregoriano.

En cambio, había un grabado de dos lobos durmiendo acurrucados, entrelazados.

«Lobos», pensó el inspector jefe. Se apartó de la pared y guardó las gafas en el bolsillo de la bata. «Lobos.» ¿Qué sabía él de lobos que aparecían en la Biblia? ¿Qué simbolizaban?

Estaban Rómulo y Remo, salvados por una loba que los amamantó. Pero eso era mitología romana, no la Biblia.

«Lobos.»

En su mayoría, la imaginería bíblica era más benigna: ovejas, peces. Pero ni que decir tenía que lo de ser «benigno» dependía de nuestro punto de vista. Por lo general, las ovejas y los peces morían. Y los lobos eran más agresivos. En todo caso, ellos serían los que mataban.

Era un símbolo extraño. No sólo para la placa, sino también para el nombre del monasterio. Saint-Gilbert-Entre-les-Loups. «San Gilberto entre los lobos.»

Resultaba aún más extraño teniendo en cuenta la vida banal aunque interminable de san Gilberto. ¿Cómo había acabado relacionado con lobos?

Lo único que se le ocurría era el dicho «ser un lobo con piel de cordero», pero ¿salía en la Biblia? Gamache pensaba que sí, pero dudó.

«Ser un lobo con piel de cordero.»

Quizá los monjes de la abadía fuesen corderos. Un papel humilde. Obedecer las normas. Seguir al pastor. Trabajar y rezar y cantar. Con la esperanza de conseguir paz y calma, y que los dejasen tranquilos tras la puerta cerrada con llave, porque lo que querían era dedicarse a alabar a Dios.

A excepción de uno. ¿Tenían un lobo en el rebaño? Uno que llevaba un hábito negro con una capucha blanca y una cuerda atada a la cintura. ¿Era él el asesino o la víctima? ¿Quién había matado a quién: el lobo al monje, o viceversa?

Gamache se volvió hacia la placa. Se dio cuenta de que no la había leído entera, porque al texto del pie sólo le había echado un vistazo rápido. Al fin y al cabo, ¿cuán importante podía ser una nota a pie de página en la vida de un hombre cuya existencia entera era poco más que una nota? La había leído deprisa. No sé qué sobre un arzobispo. Y entonces se agachó, casi arrodillado en el suelo, para leer mejor las palabras. Sacó las gafas y se acercó a la añadidura que le habían hecho a la placa de bronce.

Explicaba que Gilberto había sido amigo del arzobispo de Canterbury y que había acudido en su ayuda. Gamache miró el texto tratando de encontrarle sentido. ¿Por qué mencionar algo así?

Al final, se levantó.

Gilberto de Sempringham había fallecido en 1189. Había sido un miembro activo de la Iglesia durante sesenta años. Gamache hizo el cálculo.

Eso quería decir que...

Miró la placa de nuevo y volvió a leer las palabras que casi rozaban el suelo. Eso quería decir que su amigo, el arzobispo al que había ayudado, era Tomás Becket.

Tomás de Canterbury.

Le dio la espalda a la placa y observó la iglesia.

Tomás de Canterbury.

Echó a caminar, sorteando los bancos sin prisa, enfrascado en sus pensamientos. Subió los escalones del presbiterio y movió la linterna dibujando lentamente un arco en torno a él hasta llegar al punto del que había salido. Y entonces la apagó y dejó que la noche y el silencio se cerrasen a su alrededor.

Santo Tomás Becket.

A quien asesinaron en su catedral.

Ser un lobo con piel de cordero. Lo había sacado de la Biblia, pero el verso era famoso por la cita de Tomás de Canterbury, que llamó a sus asesinos «lobos con vestidos de cordero».

T. S. Eliot había escrito una obra que recogía el suceso: *Asesinato en la catedral*.

«Hay un mal que nos va a asolar —citó Gamache en voz baja—. Aguardamos. Aguardamos.»

Pero el inspector jefe no tuvo que esperar mucho. Al cabo de unos instantes se rompió el silencio.

Eran cantos. Cada vez más cerca.

Dio unos pasos, pero no alcanzó a bajar del presbiterio antes de ver a los monjes entrar en él en fila india con las capuchas puestas. Cada uno llevaba una vela, y caminaban directamente hacia él como si no estuviera allí. Tomaron sus puestos habituales en la sillería del coro.

Pararon de cantar y, a una, se quitaron las capuchas.

Veintitrés pares de ojos lo miraron. Un hombre en pijama y bata, de pie frente al altar.

TRECE

—¿Qué les ha dicho? —preguntó Beauvoir, sin molestarse en disimular la gracia que le hacía.

Estaban en el despacho del prior, antes de ir a desayunar.

—¿Qué podría haber dicho? —repuso Gamache después de levantar la cabeza de la hoja donde estaba anotando algo—. He dicho «buenos días», le he hecho una reverencia al abad y me he sentado en uno de los bancos.

—¿Se ha quedado? ¡Si iba en pijama!

—Me ha parecido que era demasiado tarde para marcharme —admitió Gamache con una sonrisa—. Además, iba en bata. Como ellos.

—Sí, pero en bata de estar por casa.

—Da igual.

—Creo que tras ésta acabaré necesitando terapia —musitó Beauvoir.

Gamache continuó leyendo. Era evidente que nadie esperaba que el día comenzara de ese modo. Ni los monjes se habrían imaginado que a las cinco de la mañana, justo antes de vigilias, encontrarían en la iglesia a un hombre en pijama, ni Gamache, que ese hombre sería él.

Por su parte, Beauvoir no podría haber supuesto que a esas horas ya tendría una anécdota tan jugosa como aquélla. Lo único que lamentaba era no haberlo visto él mismo. Y tal vez también no tener ninguna foto. Si al inspector jefe se le ocurría ponerse picajoso cuando se enterase de que

151

Jean-Guy salía con Annie, con esa foto habría comprado su bendición.

—Me pidió que averiguase quién era el monje que anoche insultó al abad —dijo Beauvoir—. Se llama hermano Antoine. Lleva aquí desde que tenía veintitrés años, es decir, los últimos quince.

Beauvoir ya lo había calculado: él y el hermano Antoine tenían la misma edad.

—Pero no se lo pierda —continuó Beauvoir, y se inclinó sobre el escritorio—: es el solista del disco.

El inspector jefe también se acercó.

—¿Cómo lo sabes?

—Me he despertado muy pronto, con las campanas. Creía que era alguna alarma. Al parecer, esta mañana los monjes han encontrado a un tipo en pijama delante del altar.

—No me lo puedo creer.

—Bueno, el caso es que las malditas campanas me han despertado y he ido a ducharme. El joven de la garita, el hermano Luc, estaba en la de al lado. Como estábamos solos, le he preguntado quién era el que había desafiado al abad. Adivine qué más me ha contado.

—Dime.

—Que el prior pensaba sustituir al hermano Antoine en el próximo disco para que Luc fuera el solista.

Beauvoir se fijó en cómo abría los ojos el inspector jefe.

—¿Él, Luc?

—Él, Luc. Yo, Beauvoir.

Gamache se recostó en el respaldo de la silla y reflexionó unos instantes.

—¿Crees que el hermano Antoine sabía que el prior pensaba hacer eso?

—Ni idea. Han llegado más monjes y no he podido preguntárselo.

Gamache miró la hora. Eran casi las siete. Era obvio que el inspector y él no habían coincidido en la ducha por muy poco.

Si comer en la misma mesa que los sospechosos ya era poco ortodoxo, ducharse con ellos lo era aún menos. Pero los cubículos eran individuales y no les quedaba otro remedio.

Después de vigilias, Gamache también había mantenido una conversación en la ducha. Algunos de los monjes habían entrado mientras él se aseaba y se afeitaba, y habían entablado conversaciones de cortesía, sin ningún propósito evidente. Les había preguntado a cada uno de ellos por qué habían ingresado en la orden gilbertina. Todos, sin excepción, habían respondido: «Por la música.»

Y todos con los que había hablado habían sido reclutados. Escogidos. Sobre todo por sus voces, pero también por sus conocimientos. Tal como el inspector jefe había descubierto el día anterior leyendo las notas de los interrogatorios, cada uno de ellos estaba especializado en una disciplina. Uno era fontanero. El otro electricista. El de allí arquitecto y el de más allá, albañil. Había cocineros, granjeros y jardineros. Un médico, el hermano Charles. Y un ingeniero.

Eran una especie de arca de Noé o refugio antinuclear. En caso de producirse un desastre, juntos serían capaces de reconstruir el mundo. Contaban con lo principal. Salvo por una cosa.

Un útero.

Así pues, si ocurriese una catástrofe y sólo quedase en pie el monasterio de Saint-Gilbert-Entre-les-Loups, en el mundo continuaría habiendo edificios y agua corriente y electricidad, pero no vida.

Aun así, tendrían música. Música gloriosa. Al menos durante un tiempo.

—¿Quién los ha reclutado? —le había preguntado el inspector jefe al compañero del cubículo contiguo después de que el resto de los monjes se hubieran vestido y marchado.

—El abad —había contestado el monje—. Dom Philippe sale una vez al año a buscar monjes. No siempre necesitamos a alguien, pero él hace un seguimiento de otros hermanos con las cualidades requeridas.

—¿Y cuáles son?

—Bueno, el hermano Alexandre, por ejemplo, se ocupa de los animales, pero empieza a ser demasiado mayor para esa tarea, así que el padre abad prestará especial atención a algún monje de fuera que tenga conocimientos en ese campo.

—¿Otro gilbertino?

El monje se había reído.

—No hay más gilbertinos. Nosotros somos los que hay. Los últimos. Todos venimos de otras órdenes y nos convencieron para trasladarnos aquí.

—¿Con tácticas de venta agresiva?

—Sí, un poco. Pero cuando dom Philippe nos explica que en Saint-Gilbert la vida gira en torno al canto gregoriano, no necesitamos oír más.

—¿La música les parece un intercambio justo a todos? ¿Merece la pena estar tan aislado por ella? Imagino que no ven a sus familias ni a sus amigos.

El monje miró a Gamache a los ojos.

—Nosotros lo abandonaríamos todo por la música. Es lo único que nos importa —le aseguró, y sonrió—. El canto gregoriano no es sólo música ni sólo una forma de oración, sino las dos cosas, en consonancia. La palabra de Dios cantada con la voz del Señor. Daríamos nuestras vidas por ella.

—Y lo hacen —añadió Gamache.

—En absoluto. La vida que tenemos aquí es más plena y valiosa que la que viviríamos en cualquier otro lugar. Amamos a Dios y también el canto, y en Saint-Gilbert disponemos de ambos. Es perfecto —dijo, y se rió.

—¿Se ha arrepentido alguna vez de haber venido?

—Sí. El primer día, durante los primeros instantes. El viaje en barca por la bahía se me hizo muy largo. Estábamos acercándonos al monasterio y ya añoraba el viejo. A mi abad y a los amigos que tenía allí. Entonces oí la música. El canto llano.

A Gamache le dio la sensación de que el monje se ausentaba, de que se marchaba del baño con su vapor y su olor a lavanda y monarda. Que dejaba su cuerpo atrás e iba a un lugar mejor. A un lugar de gran felicidad.

—Con sólo cinco o seis notas supe que tenía algo distinto.

Hablaba con voz firme, pero con la mirada vidriosa. Era la misma expresión que Gamache había visto en los monjes durante las misas. Mientras cantaban.

Paz. Calma.

—¿Qué tenía de diferente? —preguntó Gamache.

—Ojalá lo supiera. Aquí el canto es tan sencillo como cualquier otro, pero tiene algo más. Profundidad. Riqueza. Es por cómo armonizan las voces. Parecía completo. Y me sentí completo.

—Ha dicho que dom Philippe recluta monjes con las características que necesitan en el monasterio. Es obvio que eso incluye tener buena voz.

—No es que lo incluya, es que es lo primero que busca. Pero no cualquier voz. El hermano Mathieu le decía lo que necesitaba, y el abad visitaba distintos monasterios en su busca.

—Pero el monje escogido también tiene que ser bueno con los animales o cocinero o lo que sea que les haga falta en ese momento —insistió Gamache.

—Sí, es cierto. Por eso a veces tardamos años en encontrar un sustituto y por eso sale el abad a buscar. Es como un ojeador de hockey, tiene el ojo puesto en todos los jóvenes. Conoce a los candidatos incluso antes de que ellos profesen sus votos solemnes, desde que entran en el seminario.

—¿Y la personalidad también cuenta? —preguntó Gamache.

—La mayoría de los monjes aprenden a vivir en comunidad —explicó el religioso mientras se ponía el hábito—. Eso implica aceptarnos unos a otros.

—Y la autoridad del abad.

—Sí.

Gamache se dio cuenta de que era la respuesta más parca que había recibido de momento. Al agacharse para ponerse los calcetines, el monje interrumpió el contacto visual con el inspector jefe, que ya se había vestido.

Cuando se irguió, el hermano sonrió de nuevo.

—La verdad es que nos hacen pruebas de personalidad muy rigurosas. Nos evalúan.

Gamache creía que había mantenido una expresión neutra, pero descubrió que había delatado su escepticismo.

—Sí —repuso el monje con un suspiro—. Teniendo en cuenta los acontecimientos de la historia reciente de la Iglesia, tal vez sería buena idea reevaluar las evaluaciones. Parece que los pocos escogidos no han sido tan bien seleccionados, aunque lo cierto es que la mayoría somos buenas personas. Estamos cuerdos y somos estables. Lo único que queremos es servir a Dios.

—Cantando.

El monje estudió a Gamache.

—Monsieur, parece usted creer que la música y los hombres son divisibles. Pero no lo son. La comunidad de Saint-Gilbert-Entre-les-Loups es un canto viviente. Cada uno de nosotros es una nota individual: por separado no somos nada, pero ¿juntos? El resultado es divino. No sólo cantamos, somos el canto.

Gamache era consciente de que el monje hablaba con honestidad. Estaba convencido de que solos no eran nada y juntos daban lugar al canto llano. Tuvo una visión de los pasillos del monasterio llenos no de monjes de hábito negro, sino de notas musicales. Notas negras que iban subiendo y bajando por los corredores. Esperando el momento de unirse y formar un canto litúrgico y sagrado.

—¿Cómo afecta la muerte del prior a eso? —preguntó Gamache.

El monje cogió aire de golpe, como si le hubiera clavado un punzón.

—Debemos dar gracias a Dios por haber contado con el hermano Mathieu en lugar de entristecernos porque nos lo hayan arrebatado.

Eso le sonaba menos convincente.

—Pero ¿perjudicará a la música?

Gamache había escogido sus palabras de forma deliberada y enseguida obtuvo el resultado: el monje calló y apartó la mirada.

Entonces el inspector jefe se planteó si tan importantes eran las notas como los espacios que había entre ellas. Los silencios.

Los dos continuaron sin decir nada.

—Necesitamos muy poco —contestó el monje al final—: música y fe, y ambas sobrevivirán.

—Discúlpeme —dijo el inspector jefe—, no sé cómo se llama usted.

—Bernard. Soy el hermano Bernard.

—Armand Gamache.

Se estrecharon la mano, y Bernard sostuvo la del inspector jefe un instante más de lo necesario.

Otro de los cientos de mensajes sin palabras que volaban como flechas en el monasterio. Pero ¿cuál era su significado? Esos dos hombres prácticamente acababan de ducharse juntos. Parecía una invitación evidente. No obstante, el instinto le decía a Gamache que eso no era lo que el hermano Bernard trataba de indicarle.

—Algo cambió, ¿verdad? —afirmó Gamache, y el hermano Bernard le soltó la mano.

Al inspector jefe no se le había pasado por alto que había muchas duchas libres. Bernard no tenía por qué escoger la que estaba justo al lado de la suya.

El monje quería hablar. Tenía algo que decir.

—Anoche usted tenía razón —afirmó—. Los oímos hablar en la iglesia. El disco lo cambió todo. No de buenas a primeras, porque al principio nos unió: era una misión común. Lo importante no era compartir el canto con el mundo, porque éramos lo suficientemente realistas como para saber que un disco de canto gregoriano no iba a entrar en las listas de ventas.

—Entonces, ¿qué sentido tenía hacerlo?

—Fue idea del hermano Mathieu —respondió Bernard—. El monasterio necesitaba algunas reparaciones y por mucho que intentásemos llevarlo todo al día, al final lo que nos hacía falta no eran esfuerzo ni conocimientos. Era dinero. Lo único que no teníamos ni podíamos fabricar. Hacemos arándanos recubiertos de chocolate, ¿los ha probado?

Gamache asintió con la cabeza.

—Yo ayudo con los animales, pero también trabajo en la chocolatería. Son muy populares, y los enviamos a otros monasterios a cambio de queso y de sidra. También se los vendemos a familiares y amigos, con un margen de beneficio enorme. Todos lo saben, pero son conscientes de que nos hace falta el dinero.

—Los bombones son fabulosos —convino Gamache—, pero tendrían que vender miles de cajas para ganar lo suficiente.

—O vender cada caja por mil dólares. Nuestras familias nos apoyan, pero nos pareció que ya era pedir demasiado. Créame, monsieur Gamache, lo habíamos intentado todo. Al final, al hermano Mathieu se le ocurrió la idea de vender lo único que no se nos puede agotar.

—Los cantos gregorianos.

—Exacto. Cantamos todo el día y no tenemos que competir con los osos ni con los lobos por los arándanos, ni ordeñar cabras para conseguir las notas.

Gamache sonrió pensando en notas que brotaban a chorro de las ubres de cabras y de ovejas.

—Y, sin embargo, no tenían muchas esperanzas.

—Siempre hay esperanza: es otra de las cosas que nunca nos falta. Lo que no teníamos eran grandes expectativas. El plan era grabar el disco y venderlo a un precio desorbitado a familiares y amigos. Y también en las tiendas de algunos monasterios. Creíamos que nuestros parientes lo escucharían una vez para poder decir que lo habían hecho y que después lo guardarían en algún cajón y se olvidarían de él.

—Pero ocurrió algo.

Bernard asintió con la cabeza.

—Tardó un tiempo. Al principio vendimos unos cientos y ganamos suficiente para comprar el material y arreglar el tejado. Pero alrededor de un año después de la publicación, empezó a entrar dinero en la cuenta. Recuerdo que estábamos en la sala capitular cuando el abad nos comunicó que llevábamos ingresados más de cien mil dólares. Había pedido al hermano que se ocupa de la contabilidad que lo comprobase de nuevo y, en efecto, provenían de las ventas del disco. Habíamos dado permiso para que sacasen más copias, pero no sabíamos cuántas habían hecho. Y también estaban las versiones digitales. Las descargas.

—¿Cómo reaccionaron los hermanos?

—Bueno, nos pareció un milagro, en muchos sentidos. De pronto teníamos más dinero del que podíamos gastar y sólo hacíamos que recibir ingresos. Pero, aparte del dinero, era como si Dios nos hubiera dado su bendición. Como si nos sonriese.

—Y no tan sólo Dios, sino también el mundo exterior —comentó Gamache.

—Sí, eso es. Daba la sensación de que todo el mundo a la vez había descubierto lo hermosa que es nuestra música.

—¿Era una forma de validarla?

El hermano Bernard se sonrojó y asintió.

—Me da vergüenza admitirlo, pero así es como nos sentíamos. Al fin y al cabo, lo que el mundo pensase parecía importante.

—Y el mundo los adoraba.

Bernard respiró hondo y se miró las manos, que descansaban en su regazo. Sujetaban los extremos de la cuerda de la cintura.

—Durante un tiempo, la sensación fue maravillosa —confesó el hermano Bernard.

—¿Qué ocurrió?

—El mundo no sólo descubrió nuestra música, nos descubrió a nosotros. Los aviones empezaron a sobrevolar el monasterio y llegaban barcos y barcos de gente. Reporteros, turistas. Peregrinos autoproclamados que venían a adorarnos. Era terrible.

—El precio de la fama.

—Lo único que queríamos era calefacción para el invierno —dijo el hermano Bernard—. Y un tejado sin goteras.

—Aun así, consiguieron mantenerlos a raya.

—De eso se encargó dom Philippe. Les dejó claro a los demás monasterios y al público que somos una orden de clausura. Con voto de silencio. Llegó a ir a la televisión una vez. A Radio Canada.

—Sí, vi la entrevista.

Aunque a duras penas podía llamarse «entrevista». No era más que dom Philippe de pie en un lugar anónimo, vestido con su hábito. Mirando a la cámara e implorándole al público que, por favor, dejase el monasterio en paz. Que estuviera disfrutando del disco lo alegraba, pero aseguró que no tenían nada más que ofrecer. No podían dar más. En cambio, el mundo podía proporcionarles a ellos, a los monjes de Saint-Gilbert, un gran regalo: paz y tranquilidad.

—¿Y los dejaron tranquilos? —preguntó Gamache.

—Al final sí.

—Pero no recuperaron la paz, ¿verdad que no?

Abandonaron las duchas y Gamache siguió al hermano Bernard por el pasillo, en silencio, hacia la puerta cerrada del otro extremo. No la que daba a la iglesia, sino la del otro lado.

El hermano Bernard tiró del picaporte y salieron a una mañana nueva y luminosa.

De hecho, estaban en un gran recinto amurallado. Había cabras y ovejas, pollos y patos. El monje cogió un cesto de mimbre y le dio otro a Gamache.

El aire fresco lo despejó y le resultó agradable después del calor de la ducha. Por encima del muro se veían las copas de los pinos y se oía el canto de los pájaros y el chapoteo suave del agua en la orilla.

—Perdone —le dijo Bernard a la gallina antes de coger el huevo—. Gracias.

Gamache también hurgó debajo de las aves con sus manos enormes y encontró unos huevos calientes que guardó con cuidado en el cesto.

—Gracias —les dijo a cada una de ellas.

—Parecía que habíamos recobrado la paz, inspector jefe —respondió Bernard, yendo de una gallina a otra—, pero en Saint-Gilbert ya no se vivía igual. Había tensión. Algunos de los monjes querían capitalizar la fama y alegaban que, sin duda, era la voluntad de Dios y sería malvado dar la espalda a una oportunidad como aquélla.

—¿Y los demás?

—Exponían que Dios ya había sido muy generoso y que debíamos aceptar con humildad lo que nos había ofrecido. Que se trataba de una prueba y que la fama era una serpiente haciéndose pasar por nuestra amiga. Era nuestra tentación, y debíamos rechazarla.

—¿En qué bando estaba el hermano Mathieu?

Bernard se acercó a una pata grande, le acarició la cabeza y le susurró algo que Gamache no alcanzó a oír, aunque entendió que era una expresión de cariño. Entonces el monje le dio un beso en la cabeza y continuó sin llevarse ninguno de los huevos.

—Estaba con el abad. Eran muy buenos amigos, dos mitades de una misma cosa. Dom Philippe, el asceta, y el prior, el hombre de acción. Juntos lideraban el monasterio. Sin el abad no habríamos grabado el disco, el plan contaba con todo su apoyo. Ayudó proporcionando contactos en el mundo exterior y lo hizo con la misma dicha que los demás.

—¿Y el prior?

—Era su proyecto. Él era el líder indiscutible del coro y del disco. Escogió la música, los arreglos, los solistas y el orden en que grabaríamos cada pieza. Lo hicimos todo en una mañana, en la iglesia, con un magnetófono viejo que el abad había pedido prestado en un viaje a la abadía de Saint-Benoît-du-Lac.

Después de haber escuchado el disco tantas veces, Gamache lo sabía, sabía que la grabación no era de calidad. Pero así tenía un encanto añadido, cierta legitimidad. No había edición digital ni multitud de pistas. Ni trucos ni nada que no fuese real.

Y era bonita. Captaba justo lo que el hermano Bernard había descrito. Cuando la gente escuchaba el disco, sentía que también pertenecía a algo. Que no estaban tan solos. Continuaban siendo individuos, pero de pronto formaban parte de una comunidad. Parte de todo. Personas, animales, árboles, rocas. Ya no había distinción.

La gente sentía que el canto gregoriano entraba en su cuerpo y le reorganizaba el ADN, de modo que se fusionaba con el entorno que los rodeaba. No había ira ni competición, ganadores ni perdedores. Todo era espléndido e igual de valioso.

Y todo el mundo estaba en paz.

No era de extrañar que el público quisiera más. Que reclamase más. Que lo exigiera. No era raro que se presentase en el monasterio y aporrease la puerta casi con histeria para que lo dejasen entrar. Para que le diesen más.

Pero los monjes se habían negado.

Bernard llevaba unos instantes caminando despacio y en silencio, bordeando el recinto.

—Cuénteme —lo instó Gamache.

No dudaba de que había más. Siempre había más. Por algo estaba Bernard en las duchas; tenía un propósito: contarle algo. Y aunque de momento la conversación había sido interesante, aún no había escuchado lo que esperaba oír.

Había más.

—El voto de silencio.

Gamache esperó y, al final, lo instó a continuar.

—Siga.

El hermano Bernard vaciló. Intentaba buscar las palabras para explicar algo que no existía fuera de allí.

—Nuestro voto de silencio no es absoluto. Se conoce también como «silencio monástico». Se nos permite hablar de vez en cuando, pero eso perturba la tranquilidad de la abadía y la del monje. El silencio se entiende como voluntario y profundamente espiritual.

—Pero se les permite hablar, ¿verdad?

—Cuando entramos en una orden, no nos cortan la lengua —respondió el monje con una sonrisa—. Pero tampoco nos animan a hablar. Un hombre parlanchín no llegaría a monje, y hay ciertas horas del día en las que la paz es más importante. La noche, por ejemplo. Lo llamamos «el gran silencio». Algunos monasterios han relajado el voto, pero en Saint-Gilbert intentamos mantener ese gran silencio durante la mayor parte del día.

El gran silencio, pensó Gamache. Eso era lo que había experimentado unas horas antes, al levantarse y salir al pasillo. Le había recordado a un gran vacío al que podría haberse precipitado. De haber caído a ese abismo, ¿qué habría encontrado en el fondo?

—¿Cuanto mayor el silencio, más alta suena la voz de Dios? —preguntó Gamache.

—Bueno, mayor es la posibilidad de oírla. Algunos de los monjes querían retirar el voto para poder salir al mundo y hablarle al público sobre la música. Ofrecer algún concierto, tal vez. Nos llegaban todo tipo de propuestas y hasta corrió el rumor de que nos habían invitado a ir al Vaticano, pero el abad lo había rehusado.

—¿Qué les pareció?

—Algunos se enfadaron. Otros sintieron alivio.

—O sea, algunos apoyaban al abad, y otros no.

Bernard asintió.

—Debe entender que un abad es más que un jefe. Nosotros no profesamos lealtad al obispo ni al arzobispo, sino al abad. Y a la abadía. Lo elegimos, y él mantiene el puesto hasta que muere o renuncia a él. Es nuestro papa.

—¿También se lo considera infalible?

Bernard se detuvo, cruzó los brazos por encima del cesto y, por instinto, protegió los huevos con la mano libre.

—No. Pero las abadías más felices son aquellas en las que los monjes no cuestionan al abad. Y los mejores abades están abiertos a sugerencias. A discutirlo todo en el capítulo. Y a no tomar una decisión hasta después de discutirla. Entonces, una vez tomada la determinación, todo el mundo la acata. Se ve como un acto de humildad y de gracia. No se trata de ganar o perder, sino de contribuir con tu opinión. Y de dejar que Dios y la comunidad decidan.

—Pero aquí eso había dejado de ocurrir.

Bernard asintió con la cabeza.

—¿Hubo alguien que empezase la campaña para retirar el voto de silencio? ¿Alguien que hablase por la disidencia?

Una vez más, Bernard indicó que sí. Eso era lo que quería decirle.

—Hermano Mathieu —contestó al final con expresión desdichada—. El prior quería revocarlo, y eso produjo peleas terribles. Tenía mucho carácter y estaba acostumbrado a conseguir lo que quería. Hasta ese momento, él y el abad siempre habían querido lo mismo. Pero a partir de entonces, ya no.

—Y supongo que el hermano Mathieu no cedió —dijo Gamache.

—En absoluto. Y poco a poco otros monjes vieron que los muros no se derrumbarían si ellos tampoco se sometían al mandato del abad. Si continuaban peleando e incluso si desobedecían. Las discusiones fueron empeorando y cada vez se hacían oír más.

—¿En una orden silenciosa?

Bernard sonrió.

—Se sorprendería de la cantidad de formas que tenemos de hacernos entender. Mucho más potentes e insultantes que las palabras. En un monasterio, darle la espalda a alguien es como soltar los peores reniegos. Entornar los ojos con burla es como un ataque nuclear.

—¿Y ayer por la mañana? —preguntó Gamache.

—Ayer por la mañana, el monasterio se había reducido a cenizas. Sólo que los cadáveres todavía caminaban y los muros seguían en pie. Pero en cualquier otro sentido, Saint-Gilbert-Entre-les-Loups estaba muerto.

Gamache pensó un momento sobre eso. Le dio las gracias al hermano Bernard, le entregó el cesto de huevos, salió del patio y regresó al interior en penumbra.

La paz del monasterio no solamente se había interrumpido, sino que la habían liquidado. Habían destruido algo muy valioso. Y una roca había chocado contra el cráneo del hermano Mathieu y también lo había hecho pedazos.

Gamache se había detenido a la entrada del patio para hacer una última pregunta.

—Y usted, hermano, ¿de qué lado estaba?

—Con dom Philippe —respondió sin dudarlo—. Soy uno de los hombres del abad.

«Los hombres del abad», pensó el inspector jefe cuando Beauvoir y él entraban en el silencio del refectorio unos minutos más tarde. Muchos de los monjes ya estaban allí, pero ninguno los miró.

Los hombres del abad. Los hombres del prior.

Una guerra civil librada con miradas y pequeños gestos. Y en silencio.

CATORCE

Después de un desayuno compuesto de huevos, fruta, pan recién hecho y queso, los monjes se marcharon, y el inspector jefe y Beauvoir se quedaron un rato más tomándose el té de hierbas.

—Esto es asqueroso —se quejó Beauvoir. Dio un sorbo e hizo una mueca—. Está hecho con tierra. Sabe a barro.

—Es de menta. Creo —repuso Gamache.

—Barro de menta —contestó Beauvoir.

Dejó la taza en la mesa y la apartó.

—Bueno, ¿quién cree que ha sido?

Gamache negó con la cabeza.

—Si te digo la verdad, no tengo ni idea. Diría que es posible que haya sido alguien que estaba de parte del abad.

—O el abad mismo.

Gamache asintió.

—Si el prior murió a consecuencia de una lucha por el poder, sí.

—El que ganase conseguía el control de un monasterio que de golpe se había hecho extremadamente rico e influyente. Y no sólo por el dinero.

—Continúa —dijo Gamache, que siempre prefería escuchar a hablar.

—Bueno, piénselo: los gilbertinos estos se esfuman durante cuatro siglos y, de repente, reaparecen en mitad de la naturaleza como si de un milagro se tratara. Y como si eso no fuese ya de por sí muy bíblico, portan un regalo: música sagrada. A un gurú del marketing de Nueva York no se le habría ocurrido un recurso más efectista.

—Sólo que no es un truco.

—¿Está seguro, patrón?

Gamache dejó la taza en la mesa y se acercó a su segundo al mando con una mirada pensativa.

—¿Estás diciendo que esto es una manipulación? ¿Una treta de los monjes? ¿Cuatrocientos años de silencio seguidos de una grabación de cantos gregorianos desconocidos, todo para conseguir riqueza e influencia? Me parece un plan muy a largo plazo. Menos mal que no tenían accionistas.

Beauvoir se rió.

—Pero les funcionó.

—No era ni mucho menos una apuesta segura. Las posibilidades de que un monasterio apartado y lleno de monjes cantarines causara sensación eran minúsculas.

—Estoy de acuerdo: tuvieron que darse varias coincidencias. La música debía atrapar al público, pero sólo eso no bastaba. La chispa prendió cuando la gente se enteró de quiénes eran: una orden religiosa a la que se creía desaparecida y que profesa el voto de silencio. Eso es lo que nos enganchó a todos.

El inspector jefe asintió. Contribuía al misterio de la música y de los monjes.

Pero ¿era una manipulación? Al fin y al cabo, no dejaba de ser cierto. ¿Acaso no era ése el verdadero marketing: no mentir, sino escoger las verdades?

—Estos monjes humildes se han convertido en estrellas —expuso Beauvoir—. No sólo se han enriquecido, sino que la cosa va más allá: tienen poder. La gente los adora. Si el abad de Saint-Gilbert-Entre-les-Loups saliese mañana en la CNN y anunciase que es el segundo advenimiento, no me diga que no habría millones que se lo tragarían.

—Hay millones de personas que se creerían cualquier cosa —repuso Gamache—. Ven a Jesucristo en una tostada y la adoran.

—Pero esto es distinto, patrón, y usted lo sabe. Usted mismo lo ha sentido. A mí la música no me dice nada, pero veo que a usted sí le afecta.

—Cierto, amigo. —Gamache sonrió—. Pero no me da ganas de matar, sino todo lo contrario. Me calma. Igual que el té.

Cogió la taza, brindó con Beauvoir y se recostó en la silla.

—¿Qué es lo que quieres decir, Jean-Guy?

—Que aquí había más cosas en juego, no sólo si grababan otro disco o no. Y más que las disputas internas o el derecho a mandar a dos docenas de monjes cantarines. Les guste o no, la abadía tiene mucha influencia, y la gente está pendiente de ellos. Eso debe de ser bastante embriagador.

—O aleccionador.

—Y todo lo que necesitan es deshacerse de un inconveniente: el voto de silencio —explicó Beauvoir con voz baja pero profunda—. Salir de gira. Dar conciertos. Conceder entrevistas. Tendrían al público absorbido, y ellos acabarían con más poder que el papa.

—Y el único que se interpone es el abad —continuó Gamache, y meneó la cabeza—. Pero si todo eso es cierto, han matado al hombre equivocado. Ese argumento tendría sentido si hubieran asesinado a dom Philippe, Jean-Guy. Pero no es así.

—Ahí es donde se equivoca, señor. No me refiero a que el asesinato tuviera que ver con el voto de silencio, sólo quiero decir que hay muchas cosas más en juego. Para el bando del prior es poder e influencia; pero ¿y para el otro? Tienen un móvil igual de potente.

Gamache sonrió y asintió.

—Continuar disfrutando de una vida tranquila y llena de paz. Proteger su hogar.

—¿Y quién no mataría por proteger su hogar? —preguntó Beauvoir.

Gamache reflexionó un instante y recordó la conversación que había tenido un rato antes con el hermano Bernard, cuando habían estado recogiendo huevos a la primera luz del alba. El monje le había hablado de los aviones que sobrevolaban el monasterio y los peregrinos que aporreaban la puerta.

Y cómo la abadía había terminado en ruinas.

—Si el hermano Mathieu hubiera ganado la batalla, habría grabado otro disco, acabado con el voto de silencio y cambiado el monasterio para siempre —afirmó el inspector jefe. Sonrió a Beauvoir y se levantó—. Bien hecho. No obstante, olvidas un detalle.

—Eso es imposible, señor —respondió el joven, y también se puso en pie.

Ambos salieron del refectorio y caminaron por el pasillo desierto. Gamache abrió el libro que llevaba a todas partes: un tomo delgado de meditaciones cristianas. De dentro sacó el pedazo de papel amarillento que ocultaba el cadáver y se lo entregó a su segundo al mando.

—¿Cómo explicas esto?

—Podría no significar nada.

El inspector jefe hizo una mueca poco alentadora.

—El prior murió hecho un ovillo a su alrededor. No cabe duda de que para él sí significaba algo.

Beauvoir abrió la puerta grande para que pasase el inspector jefe, y ambos entraron en la iglesia. Se detuvieron mientras Beauvoir examinaba la hoja.

Le había echado un vistazo cuando la habían encontrado, pero no le había dedicado tanto tiempo como su superior. Gamache esperó, por si su mirada joven, cínica y fresca descubría algo que tal vez se le había escapado a él.

—No sabemos nada sobre este documento, ¿verdad? —preguntó Beauvoir, mientras se concentraba en la escritura y luego en las marcas extrañas que había sobre las palabras—. Ni idea de lo antiguo que es ni de quién lo escribió. Por no hablar de lo que significa...

—O de por qué lo tenía el prior. Cuando murió, ¿intentaba protegerlo o esconderlo? ¿Era algo valioso para él o una blasfemia?

—Sí, eso es interesante —contestó Beauvoir, sin apartar la mirada de la hoja—. Creo que sé qué significa una de las palabras. Creo que esto —dijo, y señaló una palabra en latín y Gamache se acercó para verla mejor— quiere decir «culo».

Le devolvió el pedazo de vitela.

—Gracias. —Gamache la puso a buen recaudo entre las páginas del libro y lo cerró—. Muy instructivo.

—En serio, patrón, se lo tiene bien merecido por acudir a mí para que lo ilumine cuando estamos en un monasterio lleno de monjes.

Gamache se rió.

—Es cierto. Bueno, voy a buscar a dom Philippe para ver si tiene un plano de la abadía.

—Yo quiero charlar con el solista, el hermano Antoine.

—¿El que desafió al abad?

—El mismo —respondió Beauvoir—. Debe de ser uno de los hombres del prior. ¿Qué pasa?

Gamache se había quedado inmóvil. Estaba escuchando. El monasterio, siempre sumido en el silencio, parecía estar aguantando la respiración.

Aunque con las primeras notas del canto, respiró de nuevo.

—Otra vez no... —se quejó Beauvoir con un suspiro—. ¿No acaban de celebrar una? En serio, son unos yonquis.

Arriba y abajo. Reverencia. Sentados. De pie.

El oficio de después del desayuno se llamaba «laudes» y duraba una eternidad. Sin embargo, el inspector no se aburrió tanto; tal vez, pensó, porque conocía a algunos de los componentes de la banda. También estaba prestando más atención. Lo veía como algo más que una pérdida de tiempo entre hacer un interrogatorio y recabar pruebas.

La misa en sí constituía una prueba material.

Y también los cantos gregorianos. Y los sospechosos alineados unos ante otros.

¿Era evidente la brecha que había entre ellos? ¿Sería capaz de distinguir por dónde discurría considerando lo que sabía ahora? Beauvoir cayó en la cuenta de que el ritual lo fascinaba. Y los monjes también.

—Ésta fue la última misa del prior —susurró Gamache, mientras agachaban la cabeza y se ponían en pie.

Beauvoir se percató de que al inspector jefe no le temblaba la mano derecha.

—Lo asesinaron ayer, muy poco después de laudes.

—Aún no sabemos a ciencia cierta adónde fue después de la misa —susurró Beauvoir, en un momento en que se habían sentado.

Había llegado a la conclusión de que no era más que una especie de martirio: al cabo de pocos instantes estaban otra vez de pie.

—Cierto. Cuando esto acabe, tenemos que vigilar adónde va cada uno.

El inspector jefe no apartaba la mirada de las dos hileras de monjes. Estaba saliendo el sol y, a medida que laudes avanzaba, por los ventanales del cimborrio se colaba más y más luz. Al pasar por las imperfecciones del cristal, se refractaba, se descomponía en todos los colores de la creación. Éstos se vertían sobre el coro e iluminaban a los monjes y su música. Daba la sensación de que las notas y la luz alegre confluían y se mezclaban, de que jugaban en el altar.

En general, la experiencia de Gamache con la Iglesia había sido desalentadora, de modo que había buscado y encontrado a su Dios en otra parte.

Sin embargo, lo que estaba viviendo allí era distinto. Había dicha. Y no por casualidad. Apartó la vista de los monjes un momento y miró hacia el techo. Las vigas y los contrafuertes. También los ventanales. El arquitecto original de Saint-Gilbert-Entre-les-Loups había trabajado con la idea de crear un recipiente de luz y de sonido.

La acústica perfecta iba de la mano de la luz juguetona.

Bajó la mirada. Las voces le resultaban aún más bellas que el día anterior. Ahora estaban teñidas de dolor, pero las notas también tenían cierta ligereza e impulso. El canto era a un tiempo solemne y alegre. Parecía tener los pies en la tierra y, a la vez, volar.

Gamache se acordó de la hoja con los viejos neumas que había guardado en el libro de meditaciones. A veces, los neumas parecían alas batientes. ¿Era eso lo que el compositor de los antiguos cantos había querido transmitir, que la música no era de este mundo?

Beauvoir había dado en el clavo: la música lo conmovía y lo transportaba. Sentía la tentación de perderse en aquellas voces afables y reconfortantes, pues la sintonía entre ellas era total. De abandonar sus preocupaciones y dejarse llevar. De olvidar por qué había acudido allí.

La música era infecciosa. Insidiosa.

Gamache sonrió y se dio cuenta de que culpar a la música era absurdo. Si se dejaba llevar y perdía la concentración, era culpa suya. No de los monjes. Ni siquiera de la música.

Redobló esfuerzos y escudriñó entre las filas. Como un juego, sólo que no lo era.

Descubre al líder.

Ahora que el prior ya no estaba, ¿quién dirigía aquel coro de fama mundial? Porque había alguien haciéndolo. Tal como le había dicho a Beauvoir, los coros no se dirigen solos. Uno de los monjes se había puesto al mando con movimientos tan sutiles que ni siquiera el ojo entrenado de un investigador los distinguía.

Cuando terminó el oficio de laudes, el inspector jefe y Beauvoir se quedaron de pie en el banco, observando.

Beauvoir pensó que era como un saque de billar: bolas en todas las direcciones; eso le sugirió lo que estaba viendo. Monjes yéndose por aquí y por allá. Esparciéndose, aunque sin rebotar contra las paredes.

Se volvió para hacerle un comentario sarcástico a Gamache, pero, al verle la cara, cambió de parecer. Su jefe tenía una expresión seria, pensativa.

Jean-Guy siguió la mirada del inspector jefe y vio al hermano Luc caminando sin prisa, tal vez incluso a regañadientes, hacia la puerta de madera que lo conduciría a ese pasillo largo, muy largo. Y hacia la puerta cerrada. La entrada. Y el cuartucho con el cartel de «PORTERÍA».

No tenía compañía, y se lo veía solo.

Beauvoir se volvió hacia el inspector jefe y vio que miraba al monje con agudeza y preocupación. Se preguntó si veía al hermano Luc pero en realidad pensaba en otros jóvenes. Jóvenes que habían cruzado una puerta. Para no regresar.

Jóvenes que habían acatado las órdenes de Gamache. Que lo habían seguido. Y que, a diferencia del inspector jefe, que había regresado con una cicatriz cerca de la sien y con un temblor en la mano, se habían quedado por el camino.

¿Estaba el inspector jefe mirando al hermano Luc y pensando en ellos?

Parecía preocupado.

—¿Todo bien, patrón? —susurró Beauvoir.

La acústica de la iglesia tomó sus palabras y las amplificó, pero el inspector jefe Gamache no respondió. Continuó mirando. A una puerta que ahora estaba cerrada y por la que el hermano Luc había desaparecido.

Solo.

El resto de los monjes de hábito negro se habían ido por otras puertas.

Al final, sólo quedaron ellos dos en la iglesia y Gamache se dirigió a Beauvoir.

—Sé que quieres hablar con el hermano Antoine...

—El solista —confirmó Beauvoir—. Sí.

—Me parece buena idea, pero ¿te importaría ir a ver al hermano Luc primero?

—No, en absoluto. Pero ¿qué quiere que le pregunte? Usted ya ha hablado con él. Y yo también, esta mañana en las duchas.

—Averigua si el hermano Antoine sabía que iban a sustituirlo en el próximo álbum. Y hazle compañía al hermano Luc un rato, para ver si alguien se presenta en la portería durante la próxima media hora.

Beauvoir miró el reloj. El oficio había empezado puntual a las siete y media, y había terminado cuarenta y cinco minutos después.

—Sí, patrón —respondió.

Gamache no había apartado la vista del rincón en penumbra de la iglesia.

Beauvoir siguió al hermano Luc de buena gana, del mismo modo que cumplía todas las órdenes de su superior. No obstante, era consciente de que se trataba de una pérdida de tiempo. Aunque el inspector jefe lo había hecho parecer un interrogatorio más, él sabía lo que era.

Iba a cuidar del monje, como si fuera un niño.

No le importaba hacerlo, si eso tranquilizaba a Gamache. Si se lo pidiese, le cambiaría el pañal y le haría soltar los gases después del biberón. Si eso sirviera para apaciguar los miedos del inspector jefe.

—¿Te importaría echar un vistazo, Simon?

El abad sonrió a su secretario taciturno y se dirigió a su invitado.

—¿Nos sentamos?

Alzó la mano y señaló, como un buen anfitrión, las dos butacas de apariencia cómoda que había frente a la chimenea. Estaban tapizadas con una tela descolorida de chintz y parecían rellenas de plumas.

El abad tenía unos diez años más que Gamache, según sus propios cálculos; debía de rondar los sesenta y cinco. Sin embargo, su aspecto era atemporal. Supuso que se debía al hábito y a la cabeza rapada, aunque nada disimulase las líneas que surcaban el rostro de dom Philippe. Y tampoco él pretendía ocultarlas.

—El hermano Simon le buscará un plano del monasterio. Estoy seguro de que tenemos uno en alguna parte.

—¿No lo utilizan?

—Alabado sea el Señor. No, yo conozco hasta la última piedra y todas las grietas.

Como el comandante de un barco, pensó Gamache. Había llegado a su puesto desde las filas de la tripulación y conocía al detalle todos los rincones de la nave.

El abad parecía cómodo al mando. No obstante, no daba señales de estar al tanto de que había un motín en marcha.

Aunque tal vez fuese del todo consciente de que ya se había frustrado uno. El desafío a su autoridad había desaparecido con la muerte del prior.

Dom Philippe colocó las palmas de sus manos, largas y pálidas, en el reposabrazos de la butaca.

—Cuando entré en Saint-Gilbert, uno de los monjes era tapicero. Era autodidacta. Le pedía al abad que trajese retales. Esto lo hizo él.

El abad paró de mover la mano y la dejó descansando en el reposabrazos, como si éste fuese el antebrazo del monje.

—De eso hace casi cuarenta años. Entonces él ya era anciano y murió unos años después de mi llegada. Hermano Roland se llamaba. Un hombre afable y tranquilo.

—¿Recuerda a todos los monjes?

—Así es, inspector jefe. ¿Usted se acuerda de todos sus hermanos?

—Siento decirle que soy hijo único.

—No me he expresado bien. Me refería a sus otros hermanos, sus compañeros de lucha.

El inspector jefe notó que se quedaba paralizado.

—De todos sus nombres, de todos sus rostros.

El abad le sostuvo la mirada. No con ademán desafiante, ni siquiera inquisitivo. Gamache sintió que era más bien como si lo cogiera del brazo para ayudarlo a mantener el equilibrio.

—Eso me parecía.

—Por desgracia, ninguno de mis agentes tiene tanta maña.

Gamache también acarició la tela descolorida.

—Si vivieran y trabajaran aquí, créame: terminarían siendo habilidosos.

—¿Los recluta usted a todos?

El abad asintió.

—Tengo que salir a por ellos. Debido a nuestra historia, no sólo hemos aceptado el voto de silencio, sino también uno de invisibilidad. Nos comprometemos a mantener el monasterio en...

Buscó la palabra. Era evidente que dom Philippe no estaba acostumbrado a explicar aquello, si es que alguna vez había tenido que hacerlo.

—¿En secreto? —ofreció Gamache.

El abad sonrió.

—Intentaba evitar esa palabra, pero supongo que es la más acertada. Durante muchos siglos, los gilbertinos gozaron de una vida feliz y sin sobresaltos en Inglaterra. Pero con la Reforma, cerraron los monasterios. Ahí empezó nuestro declive. Cogimos todo lo que podíamos cargar y desaparecimos. Buscamos un pedazo de tierra remoto en Francia y reconstruimos nuestra vida. Entonces, con la Inquisición, de nuevo nos vimos sometidos a escrutinio. El Santo Oficio interpretó nuestro deseo de reclusión como secretismo y nos juzgó mal.

—Y nadie quiere que la Inquisición le juzgue mal.

—Nadie quiere que la Inquisición le juzgue en absoluto. Si no, que se lo pregunten a los valdenses.

—¿A quiénes?

—A eso me refiero. Vivían cerca de nosotros, en Francia. A tan sólo unos valles de distancia. Vimos el humo, lo inhalamos. Oímos los gritos.

Dom Philippe hizo una pausa y se miró las manos, que se aferraban entre sí en su regazo. Gamache se dio cuenta de que hablaba como si él mismo hubiera estado allí. Respirando a sus hermanos monjes en la hoguera.

—Así que volvimos a marcharnos.

—Y desaparecieron del todo.

El abad asintió.

—Nos fuimos tan lejos como pudimos. Vinimos al Nuevo Mundo con algunos de los primeros colonos. Los jesuitas habían sido escogidos para convertir a los nativos y eran los que viajaron con los exploradores.

—Y mientras tanto, ¿qué hacían los gilbertinos?

—Remábamos hacia el norte.

El abad hizo otra pausa.

—Cuando digo que vinimos con los primeros colonos, me refiero a que vinimos como colonos, no como monjes. Ocultamos los hábitos, los sacramentos.

—¿Por qué?

—Porque estábamos preocupados.

—¿Y eso explica los muros gruesos, las habitaciones secretas y las puertas cerradas? —quiso saber Gamache.

—¿Se ha dado cuenta? —respondió el abad con una sonrisa.

—Me dedico a observar, padre. No hay casi nada que se resista a mi vista de lince.

El abad soltó una risita. Esa mañana, igual que el canto gregoriano, parecía más liviano. Menos lastrado.

—Al parecer, somos una orden de hombres que se preocupan.

—He visto que san Gilberto no tiene una vocación —comentó Gamache—. Podríamos hacerlo santo patrón de los inquietos.

—Le pega. Avisaré al Santo Padre —contestó el abad.

Aunque sabía que era un chiste, el inspector jefe sospechaba que el abad quería tener muy poco que ver, por no decir nada, con obispos, arzobispos y papas.

Sobre todo, los gilbertinos querían que los dejasen tranquilos.

Dom Philippe volvió a poner la mano en el reposabrazos y toqueteó un agujero que el tiempo había hecho en la tapicería. Como si fuese nuevo para él. Una sorpresa.

—Estamos acostumbrados a resolver solos nuestros problemas —explicó, mirando al inspector jefe—. Desde las reparaciones del tejado hasta la calefacción, desde un cáncer hasta un hueso roto. Todos y cada uno de los monjes que viven aquí morirán aquí. Lo dejamos todo en manos del Señor. De los agujeros de las telas y las cosechas a cómo y cuándo morimos.

—Entonces, ¿lo que ocurrió ayer en su jardín fue obra de Dios?

El abad negó con la cabeza.

—Por eso decidí llamarlos. Podemos aceptar la voluntad de Dios, por muy dura que nos parezca a veces, pero éste es un caso distinto. Se trata de la voluntad de un hombre. Y necesitábamos ayuda.

—No todos los miembros de su comunidad están de acuerdo.

—¿Se refiere al hermano Antoine, a ayer, después de la cena?

—Sí, y es obvio que tiene apoyo.

—Es cierto. —El abad asintió y le sostuvo la mirada—. A lo largo de más de dos décadas como abad, he aprendido que no todo el mundo está de acuerdo con mis decisiones, pero eso no puede preocuparme.

—¿Por qué cosas se preocupa, padre?

—Por saber distinguir.

—¿Disculpe?

—Entre la voluntad de Dios y la mía. Y, ahora mismo, me preocupa quién mató a Mathieu y por qué motivo.

Hizo una pausa y continuó frotando el agujero de la tela. Lo estaba ensanchando.

—Y también cómo no me di cuenta.

El hermano Simon llegó con un pergamino y lo desplegó en la mesita de pino que tenían delante.

—Gracias, Simon —dijo el abad, y se echó hacia delante.

Cuando el hermano Simon ya se marchaba, Gamache lo detuvo.

—Disculpe, pero tengo otra petición. Me ayudaría contar con una lista de los oficios y de las comidas, y de cualquier otra cosa que debamos tener en cuenta.

—Un libro de horas —respondió el abad—. ¿Te importaría, Simon?

Simon, al que daba la impresión de que hasta respirar lo fastidiaba, estaba dispuesto a hacer cualquier cosa que le pidiera el abad. Era uno de sus hombres, sin duda, pensó Gamache.

Simon se retiró, y el inspector jefe y dom Philippe se acercaron al plano.

—Entonces —dijo Beauvoir, apoyado en el quicio de la puerta—, ¿usted pasa aquí el día entero?

—Todo el día, todos los días.

—¿Y qué hace?

Incluso a él le pareció la típica frase torpe para ligar en bares de mala muerte. «¿Vienes mucho por aquí, guapa?» Si se descuidaba, acabaría preguntándole al joven de qué signo era.

Beauvoir era cáncer, cosa que siempre le había molestado. Quería ser escorpio o leo. Hasta el carnero ese le habría valido. Cualquier cosa le parecía mejor que el cangrejo, que, según las descripciones, era sensible, familiar y afectuoso.

Putos horóscopos.

—Leo esto.

El hermano Luc levantó unos centímetros el libro enorme que tenía en el regazo y enseguida lo dejó caer.

—¿Qué es?

El monje lo miró con sospecha, como si intentase evaluar las intenciones del hombre con el que había estado un rato antes en las duchas. Beauvoir debía admitir que él también sospecharía de sí mismo.

—Es el libro de los cantos gregorianos. Los estudio y me aprendo mis partes.

Esa contestación le puso el tema en bandeja.

—Esta mañana me ha dicho que el prior lo había escogido para ser el nuevo solista en el próximo disco. Que iba a sustituir al hermano Antoine. ¿Él lo sabía?

—Debía de saberlo —contestó Luc.

—¿Por qué dice eso?

—Porque si el hermano Antoine pensase que es el solista, sería él quien estaría estudiando los cantos, y no yo.

—¿Están todos en ese libro?

Lo miró, descansando sobre las rodillas finas de Luc, y se le ocurrió algo.

—¿Quién más lo sabe? —preguntó, y señaló el tomo antiguo con la barbilla.

Si el conocimiento era poder, pensó Beauvoir, aquel libro era todopoderoso. Contenía la clave de la labor del monasterio y ahora también la de toda su riqueza e influencia. Quienquiera que lo poseyese, lo tenía todo. Era su santo grial.

—Todos lo saben. Lo guardamos en un atril en la iglesia. Lo consultamos muy a menudo. A veces incluso nos lo llevamos a la celda. Es lo normal.

«Mierda», pensó Beauvoir. Adiós al santo grial.

—También hacemos copias de los cantos.

El hermano Luc señaló un cuaderno que había en la mesa estrecha.

—Así tenemos una cada uno.

—Entonces, ¿no es secreto? —preguntó Beauvoir para estar seguro.

—¿Este libro? —El joven le puso la mano encima—. Muchos monasterios tienen uno. La mayoría cuentan con dos o tres ejemplares, y mucho más impresionantes que el nuestro. Supongo que, como somos una orden tan pobre, nosotros sólo tenemos éste. Por eso debemos cuidarlo bien.

—Nada de leerlo en la bañera, ¿no? —preguntó Beauvoir.

Luc sonrió. La primera sonrisa que el inspector le había visto esbozar al monje desabrido.

—¿Cuándo se supone que iban a grabar el disco nuevo?

—La decisión no estaba tomada.

A Beauvoir le llamó la atención ese detalle.

—¿Qué decisión? ¿La fecha de la grabación o si se haría?

—No era del todo seguro que fuésemos a grabar otro disco, pero no creo que hubiera muchas dudas al respecto.

—Pero usted le ha hecho pensar al inspector jefe que la grabación estaba planeada, que era un hecho consumado. ¿Ahora me dice que no?

—Era sólo cuestión de tiempo —respondió Luc—. Si el prior quería algo, se salía con la suya.

—¿Y el hermano Antoine? —pregunto Beauvoir—. ¿Cómo cree que se tomó la noticia?

—Supongo que la aceptó. No le quedaba más remedio.

No porque el hermano Antoine fuese humilde, pensó Beauvoir. No como reflejo de su fe, sino porque era inútil llevarle la contraria al prior. Debía de ser más fácil matarlo.

¿Cuál era el móvil? ¿Le había hundido el cráneo el hermano Antoine porque iba a sustituirlo? En una orden que se dedicaba al canto gregoriano, el solista ocuparía un escalafón especial.

En palabras de Orwell, era más igual que otros. Y en todas partes había gente que mataba por esa razón.

QUINCE

Los rayos de sol que atravesaban los ventanales de cristal emplomado se vertían sobre el plano de la abadía de Saint-Gilbert-Entre-les-Loups. Estaba dibujado en un pergamino muy antiguo y muy grueso donde se veía la planta de cruz latina del monasterio. A ambos lados del crucero había sendos recintos rodeados de una tapia, mientras que el jardín del abad colgaba de la parte inferior de la cruz.

El inspector jefe se puso las gafas de leer, se acercó al pergamino y estudió el plano en silencio. Había estado en el jardín del abad y, hacía apenas un rato, había recogido huevos con el hermano Bernard en el corral donde tenían las cabras, las ovejas y las gallinas, en un extremo del brazo derecho de la cruz.

Recorrió el plano con la mirada hasta el brazo opuesto, donde estaban la fábrica de bombones, el refectorio y las cocinas. Además de otro recinto rodeado de muros.

—¿Qué hay aquí, padre? —preguntó el inspector jefe, y lo señaló.

—Es el huerto: hortalizas y plantas aromáticas. Cultivamos todo lo que consumimos, claro.

—¿Es suficiente para poder dar de comer a toda la comunidad?

—Por eso nunca hemos sido más de veinticuatro monjes. Los fundadores consideraron que era el número perfecto: suficientes para realizar todo el trabajo sin llegar a ser demasiadas bocas que alimentar. Y tenían razón.

—Y, sin embargo, en el monasterio hay treinta celdas. Hay sitio de sobra. ¿Por qué?

—Por si acaso —admitió dom Philippe—. Usted ha dicho, con toda la razón, que somos una orden de hombres que se preocupan. Por si hace falta más espacio, por si alguien nos visita... Estamos preparados para los imprevistos, a pesar de que veinticuatro sea el número perfecto.

—Pero ahora que son veintitrés, se ha abierto una vacante.

—Supongo que sí. Todavía no me he parado a pensar en eso.

El inspector jefe se preguntó si eso sería cierto y si constituía un móvil. Si el abad se ocupaba de encontrar nuevos postulantes, ¿era posible que ya tuviese otro monje a quien quisiera invitar a entrar en la orden de los gilbertinos?

Pero antes alguien debía dejar el monasterio: ¿quién mejor que el problemático prior?

Gamache reservó esa posibilidad para otro momento, aunque sin gran entusiasmo. Ni siquiera en el mundo despiadado de las universidades o de las cooperativas de viviendas de Nueva York, donde las plazas eran limitadas, era habitual que la gente se hiciera salvajadas. Ni que se partiesen el cráneo unos a otros.

Se daba cuenta de que había varias razones por las que el abad podría haber asesinado al prior, pero que lo hubiera hecho para crear una vacante le parecía la menos probable.

—¿Quién fue la última persona en llegar?

—El hermano Luc. Está aquí desde hace poco menos de un año y venía de un monasterio de cerca de la frontera con Estados Unidos. Los benedictinos también son una orden que se dedica a la música, y hacen el magnífico queso que ha probado en el desayuno. Se lo cambiamos por nuestros bombones.

—Delicioso —convino el inspector jefe, que quería dejar atrás el tema del queso y centrarse en el asesinato—. ¿Por qué lo eligió?

—He seguido su trayectoria desde que entró en el seminario. Tiene una voz muy hermosa. Extraordinaria.

—¿Qué más aporta?

—¿Cómo?

—Tengo entendido que la habilidad para cantar es lo primero que busca, pero...

—Lo primero que busco es devoción —lo interrumpió el abad con voz amable, aunque a Gamache no le pasó por alto el tono: quería dejarlo bien claro—. Antes que nada, debo estar convencido de que el hermano encajará con los objetivos de Saint-Gilbert: vivir con Dios a través de Jesucristo. Una vez satisfecha esa inquietud, me fijo en otras cosas.

—Como en la voz —continuó Gamache—. Pero tiene que haber más, ¿no? Tiene que aportar otras destrezas. Me ha dicho que el monasterio debe ser autosuficiente.

Por primera vez, el abad vaciló. Parecía incómodo.

—El hermano Luc cuenta con la ventaja de la juventud. Podemos formarlo.

No obstante, Gamache había identificado una grieta, un resquicio. Preocupación. Y atacó.

—Sin embargo, todos los demás llegaron aquí como expertos en una disciplina. Por ejemplo, tengo entendido que el hermano Alexandre ya es mayor, tal vez demasiado para ocuparse de los animales. ¿No tendría más sentido encontrarle un sustituto a él?

—¿Está cuestionando mi criterio?

—Sin duda. Lo cuestiono todo. ¿Por qué trajo al hermano Luc cuando sólo podía aportar su voz?

—Estimé que a estas alturas bastaba con eso. Como he dicho, puede aprender otras cosas; si demuestra tener aptitudes, el hermano Alexandre puede enseñarle a cuidar de los animales. Ahora mismo somos muy afortunados.

—¿En qué sentido?

—No tenemos que suplicar a los monjes para que vengan. Los jóvenes se interesan por el monasterio, fue uno de los grandes regalos del disco. Eso nos ha permitido escoger. Y cuando llegan, podemos formarlos. Un monje mayor puede hacerle de mentor a otro más joven, del mismo modo que el hermano Roland aprendió a tapizar.

—Tal vez el hermano Luc aprenda ese oficio también —apuntó Gamache, y vio que el abad sonreía.

—No es mala idea, inspector jefe. Gracias.

Aun así, pensó Gamache, eso no explicaba el cambio en los criterios de reclutamiento del abad: de escoger hombres expertos y formados a elegir a un novicio. Con una única característica: su extraordinaria voz.

El inspector jefe siguió estudiando el plano que tenía delante. Le pasaba algo. Percibía alguna distorsión, como en la casa de la risa. Se sentía un tanto mareado al mirarlo.

—¿Ésta es la única cámara secreta? —preguntó, y señaló la sala capitular con el dedo.

—Que yo sepa, sí. Siempre ha habido rumores sobre túneles abandonados mucho tiempo atrás y sobre criptas llenas de tesoros, pero nadie los ha encontrado. Al menos, que yo sepa.

—Y según los rumores, ¿de qué tesoro se trata?

—No queda claro, lo que es bastante conveniente —respondió el abad, con una sonrisa—. No puede ser gran cosa, dado que los veinticuatro monjes fundadores tendrían que haberlo subido remando a contracorriente desde la ciudad de Quebec. Debo decir que, si no era algo comestible o ponible, no hay muchas probabilidades de que llegase con ellos.

Teniendo en cuenta que ése era el mismo criterio con que él hacía las maletas, Gamache aceptó la explicación del abad. Además, ¿qué podía atesorar un grupo de hombres que había hecho votos de silencio, pobreza y reclusión? No obstante, en cuanto se planteó esa pregunta, supo la respuesta: la gente siempre encontraba qué atesorar. Los niños, puntas de flecha y canicas. Los adolescentes, una camiseta bonita y una pelota de baloncesto firmada. ¿Y los chicos más mayores? Que fuesen monjes no quería decir que no tuvieran tesoros, sino que tal vez éstos fuesen algo que los demás no juzgasen de valor.

Apoyó una mano en un extremo del plano para evitar que el pergamino se enrollase y miró el lugar donde descansaban las yemas de los dedos.

—Es el mismo tipo de papel —comentó, acariciándolo.

—¿Que qué papel? —contestó el abad.

—Que éste.

Una vez más, el inspector jefe sacó la hoja de dentro del libro y la dejó sobre el plano.

—El canto está escrito en un material idéntico al del plano. ¿Es posible que ambos sean igual de antiguos? —preguntó sin mover la mano del canto y señalando el plano con la barbilla—. ¿Que se crearan en la misma época?

El plano tenía fecha de 1634 y lo había firmado dom Clément, abad de Saint-Gilbert-Entre-les-Loups. Debajo de la firma había dos figuras que Gamache reconocía: dos lobos entrelazados que parecían estar durmiendo.

Entre les loups. «Entre los lobos.» Sugería un acuerdo, paz en lugar de destierro o de masacre. Quizá, tras escapar de la Inquisición, uno se volvía menos proclive a causar esos horrores a los demás. Incluso a los lobos.

Gamache comparó las letras. Ambas eran sencillas, aunque más que escritas, estaban dibujadas. Caligrafiadas. Parecían el resultado de un mismo puño, o de uno similar. Necesitaría un experto para confirmar si la misma persona había escrito los dos documentos. En 1634.

Dom Philippe negó con la cabeza.

—Es el mismo tipo de papel, sin duda. Pero ¿del mismo año? Creo que el canto se escribió hace mucho menos tiempo. Quienquiera que lo hiciese usó vitela con intención de hacerlo pasar por más antiguo. Todavía guardamos algunas que se fabricaron hace siglos. Antes de que tuviéramos papel.

—¿Dónde las guardan?

—¡Simon! —llamó el abad, y el monje apareció—. ¿Puedes mostrarle al inspector jefe las vitelas?

El hermano Simon parecía contrariado, como si la petición implicase demasiado esfuerzo. Aun así, asintió y cruzó la sala con Gamache siguiéndole los pasos. Abrió un cajón que estaba lleno de hojas de papel amarillento.

—¿Falta alguna? —quiso saber Gamache.

—No lo sé —respondió Simon—. Nunca las he contado.

—¿Para qué las utilizan?

—Para nada. Las guardamos aquí por si acaso.

Por si acaso ¿qué?, se preguntó el inspector jefe. Por si acaso.

—¿Quién podría haber cogido una? —preguntó, con la sensación de estar en una partida interminable de Trivial Pursuit.

—Cualquiera —contestó el hermano Simon, y cerró el cajón—. No lo cerramos con llave.

—Pero el despacho sí, ¿verdad? —preguntó Gamache, dirigiéndose al abad.

—Nunca.

—Lo estaba cuando llegamos —repuso.

—Sí, fui yo —intervino el hermano Simon—. No quería que nadie tocase nada mientras iba a por ustedes.

—¿Cerró con llave también mientras iba a buscar al doctor y al abad?

—Sí.

—¿Por qué?

—Para que nadie se encontrase con el cadáver.

El monje estaba a la defensiva y su mirada alternaba entre Gamache y el abad, que escuchaba en silencio.

—¿Sabía en ese momento que se trataba de un asesinato?

—Sabía que no había sido natural.

—¿Cuántas personas entran en el jardín del abad? —preguntó Gamache.

Una vez más vio cómo el monje lanzaba una mirada breve al abad antes de regresar a él.

—Nadie —contestó dom Philippe.

Se levantó y se acercó a Gamache. Éste se preguntó si pretendía rescatar a Simon, porque ésa era la sensación que tenía. Lo que no estaba claro era por qué necesitaba el hermano que lo rescatasen.

—Creo que ya he mencionado que éste es mi jardín privado, inspector jefe. Una especie de santuario. Mathieu solía venir aquí, y el hermano Simon se ocupa de la jardinería, pero, aparte de ellos dos, sólo lo utilizo yo.

—¿Por qué? —quiso saber Gamache—. Si tantos otros espacios del monasterio son comunes, ¿por qué éste es privado?

—Tendría que preguntárselo usted a dom Clément —contestó el abad—. Él diseñó la abadía y concibió el jardín y la sala capitular camuflada y todo lo demás. Debe saber que era un arquitecto magistral muy reconocido en su época. Su brillantez es evidente.

Gamache asintió. Así era. Y «brillantez» era la palabra justa; no sólo por las líneas simples y elegantes, sino también por la ubicación de los ventanales.

Allí todas las piedras cumplían un propósito. No había nada superfluo ni decoración recargada. Todo tenía razón de ser. Y había un motivo por el cual el jardín del abad era privado, si no secreto.

Gamache se dirigió de nuevo al hermano Simon.

—Dado que nadie más utiliza el jardín, ¿por qué pensó que otros monjes podían dar con el cadáver del hermano Mathieu por casualidad?

—No esperaba encontrar al prior ahí —explicó Simon—. No sabía qué más podía pasar.

Se hizo un silencio y Gamache observó al monje cauteloso.

Entonces asintió y se dirigió al abad.

—Estábamos hablando de la hoja que encontramos junto con el cadáver del prior. Usted cree que el papel es antiguo, pero no lo que está escrito. ¿Por qué lo dice?

El abad y el inspector jefe se acercaron a las butacas, mientras que el hermano Simon permanecía en un segundo plano, ordenando y moviendo papeles. Vigilando. Escuchando.

—En primer lugar, la tinta es demasiado oscura —explicó dom Philippe. Ambos estudiaban la página—. Con el tiempo, las vitelas absorben el líquido, de modo que lo que queda en la superficie en realidad ya no es tinta, sino una mancha con la forma de las palabras. Puede verlo en el plano del monasterio.

Gamache se acercó. El abad tenía razón. Había creído que, con el paso del tiempo y la exposición a la luz, la tinta negra había perdido intensidad, pero no era así, sino que la vitela la había embebido. El color estaba atrapado dentro del material en lugar de descansar en la superficie.

—En cambio, en este caso —continuó el abad, y señaló la página amarillenta—, todavía no la ha absorbido.

Gamache arrugó el ceño, impresionado. Pensaba consultar con un experto forense de todos modos, pero sospechaba que el abad estaba en lo cierto. El canto amarillento no era viejo, sólo lo parecía. Lo habían escrito con intención de engañar.

—¿Quién podría haber hecho esto? —preguntó Gamache.

—No puedo saberlo.

—Permítame que reformule la pregunta: ¿quién sabría hacer algo así? No hay muchas personas que sepan interpretar canto gregoriano y mucho menos escribirlo, por más que éste sea una farsa. ¿Qué me dice de esto?

Posó el índice con firmeza sobre uno de los neumas.

—Inspector jefe, usted y yo habitamos realidades distintas. Lo que para usted es obvio, para mí no.

Salió del despacho y regresó al cabo de un momento con un cuaderno de modernidad indudable y lo abrió. En la página de la izquierda había un texto en latín con los neumas garabateados. En la de la derecha aparecía el mismo texto, pero, en lugar de virgulillas, había notas musicales.

—Son el mismo canto —explicó dom Philippe—. En un lado está escrito a la antigua, con neumas, y en el otro, con notas modernas.

—¿Quién lo ha hecho?

—Yo. Es un intento temprano de transcribir el canto llano antiguo. No muy bueno ni preciso, debo admitir. Otros más recientes son mejores.

—¿De dónde ha sacado la pieza de canto gregoriano? —preguntó Gamache, y señaló la del lado de los neumas.

—De nuestro libro de cantos. Antes de que se emocione, inspector jefe...

De nuevo, Gamache se dio cuenta de que los monjes eran capaces de interpretar hasta las variaciones más sutiles de su expresión. Y de que, en aquel lugar plácido, un leve interés se consideraba emoción.

—... permítame explicarle que muchos monasterios disponen de uno y, a menudo, de varios. El nuestro se encuentra entre los menos interesantes. El manuscrito no está iluminado, no tiene ilustraciones. Según el estándar eclesiástico, es muy feo. Sospecho, mal que me pese, que fue todo lo que los pobres gilbertinos pudieron costearse en su época.

—¿Dónde guardan el libro?

¿Era ése el tesoro?, se preguntó. Debían de tenerlo oculto. Tal vez incluso hubiera un monje cuyo cometido fuese custodiarlo. El difunto prior, quizá. ¿Cuán poderoso haría eso al hermano Mathieu?

—Está en un atril en la iglesia —respondió el abad—. Es un libro enorme que dejamos abierto. Aunque creo que ahora mismo lo tiene el hermano Luc en la portería. Está estudiándolo.

El abad esbozó una sonrisa infinitesimal. Había adivinado una leve decepción en el rostro del inspector jefe.

Gamache se dio cuenta de que ser tan fácil de leer le resultaba desconcertante. También eliminaba cualquier supuesta ventaja que tuviera como investigador: que los sospechosos no supieran lo que pensaba la policía. Al parecer, el abad lo detectaba o lo suponía casi todo. Con acierto.

Aun así, dom Philippe no lo veía ni lo sabía todo. Al fin y al cabo, no había detectado que había un asesino entre sus filas. O tal vez sí.

—Debe de leer los neumas con soltura —comentó el inspector jefe mirando el cuaderno— para poder convertirlos en notas musicales.

—Ojalá tuviera usted razón. No soy al que peor se le da, pero ni mucho menos soy el mejor. Todos sabemos hacerlo. Cuando los monjes llegan a Saint-Gilbert, ésta es la primera tarea que se les asigna. Igual que en el caso del hermano Luc. Les pedimos que empiecen a transcribir los cantos gregorianos del libro viejo usando la notación musical moderna.

—¿Por qué?

—Es una especie de prueba inicial. Para evaluar su dedicación. Para alguien que no siente auténtica pasión por el canto gregoriano es un trabajo largo y tedioso. Sirve para descartar a los diletantes.

—¿Y para aquellos que sienten pasión?

—Es una maravilla. Estamos ansiosos por coger el libro. Como está en el atril de la iglesia, podemos consultarlo siempre que queramos.

El abad hojeó el cuaderno con una sonrisa en el rostro. Meneaba la cabeza e incluso chistaba al descubrir algún error. A Gamache le recordó a sus hijos, Daniel y Annie, cuando miraban los álbumes de fotos de cuando eran pequeños. Se reían y, a veces, se avergonzaban. Por un peinado o por la ropa que llevaban.

Aquellos monjes no tenían álbumes. No tenían retratos de familia. Sólo disponían de sus cuadernos con neumas y notas. Los cantos habían sustituido a sus seres queridos.

—¿Cuánto tiempo se tarda en transcribir el libro de cantos?

—Toda una vida. Un solo canto puede llevar un año entero. Sorprende lo bonita que puede llegar a ser la relación con el texto, muy íntima.

Durante un momento, el abad pareció ausentarse. Se fue a otro lugar. A un sitio sin muros ni asesinatos ni un agente de la Sûreté haciendo preguntas.

Hasta que regresó.

—Como el trabajo es tan complejo y largo, la mayoría morimos antes de terminarlo.

—¿Qué acaba de sucederle? —quiso saber Gamache.

—¿Cómo?

—Estaba hablando sobre la música y se ha quedado con la mirada perdida. Me ha dado la impresión de que se iba a otra parte.

El abad lo miró alertado y le prestó toda su atención, pero no respondió.

—He visto esa mirada en otras ocasiones —dijo el inspector jefe—. Cuando cantan; no sólo en usted, sino en todos.

—Es dicha, supongo —contestó el abad—. Me basta pensar en la música para sentirme libre de preocupaciones. Es lo más cerca que puedo estar de Dios.

Sin embargo, Gamache también había visto esa mirada en otros rostros. En habitaciones sórdidas, sucias y apestosas. Debajo de puentes y en callejones fríos. En el rostro de los vivos y, a veces, también en los muertos. Era una especie de éxtasis.

Esas personas no lo alcanzaban cantando, sino clavándose agujas en el brazo o con pipas de crack o pastillas. Y en ocasiones no regresaban.

Si la religión era el opio de las masas, ¿qué era el canto gregoriano?

—Si todos transcriben las mismas piezas —prosiguió el inspector jefe, pensando en lo que le estaba diciendo el abad antes de perder el hilo—, ¿no pueden copiarse unos a otros?

—¿Hacer trampas? ¿Lo ve? Usted y yo vivimos en mundos distintos.

—Era una pregunta —repuso Gamache con una sonrisa—, no una sugerencia.

—Supongo que podríamos, pero esto no son deberes. Lo importante no es transcribir los cantos, sino conocerlos, habitar la música, descubrir la voz de Dios en cada nota, palabra y respiración. Cualquiera que prefiera tomar atajos no quiere dedicarle la vida al canto gregoriano ni pasarla en Saint-Gilbert.

—¿Ha conseguido alguien transcribir el libro de cantos entero?

—Que yo sepa sí, algunos monjes. Pero nadie en lo que yo llevo de vida, no.

—¿Qué se hace con sus cuadernos cuando ellos mueren?

—Los quemamos en una ceremonia.

—¿Queman libros?

La expresión de sorpresa del inspector jefe no requería interpretación.

—Así es. Como los monjes tibetanos que emplean años y años en crear intrincadas obras de arte con arena para destruirlas en el instante en que las terminan. La cuestión es no sentir apego por las cosas. El regalo es la música, no el cuaderno en sí.

—De todos modos, debe de ser doloroso.

—Sí, no lo niego. Pero la fe a menudo lo es. Del mismo modo que te llena de júbilo. Son dos mitades de un todo.

—Entonces —dijo Gamache, para recuperar el tema de la página amarillenta que descansaba sobre el plano del monasterio—, usted cree que este documento no es muy antiguo, ¿verdad?

—Eso es.

—¿Qué más puede decirme?

—Hay algo que está muy claro, por eso le he enseñado mi cuaderno, y es la diferencia entre los cantos.

El abad colocó la hoja amarillenta sobre la libreta de modo que la vitela cubría la página de la transcripción moderna y se veían los dos cantos con neumas. El inspector jefe los estudió; pasó casi un minuto en completo silencio, observando. Miraba uno y otro. Las palabras y las marcas que revoloteaban sobre ellas.

Entonces sus ojos dejaron de ir de lado a lado, y contempló primero una página y luego la otra.

Cuando alzó la vista, una chispa en sus ojos anunciaba el descubrimiento. El abad le sonrió como haría con un postulante prometedor.

—Los neumas son diferentes —afirmó Gamache—. No, diferentes no. Hay más en la página que encontramos con el prior. Muchos más. Ahora que veo los dos juntos me parece obvio. El que ha copiado usted en su cuaderno sólo tiene unos cuantos neumas por línea, mientras que en el otro casi no caben.

—Exacto.

—¿Qué significa eso?

—De nuevo, no estoy seguro.

El abad se inclinó sobre la hoja amarillenta.

—Los neumas cumplen un único propósito, inspector jefe: dirigir. Arriba, abajo, rápido, despacio. Son señales, indicaciones; como las manos de un director. Creo que la persona que lo escribió pretendía que hubiera varias voces yendo en direcciones distintas. Esto no es canto llano, sino algo más complejo, un canto con varias voces. Además, el tempo es bastante rápido. Y...

El abad vaciló.

—¿Sí?

—Como le decía, no soy el experto de la casa. Ése era Mathieu. Pero diría que esta pieza está pensada para ir acompañada de música. Creo que una de las líneas de neumas es para un instrumento.

—Y eso no es lo mismo que un canto gregoriano.

—No, es una criatura diferente. Algo que jamás hemos escuchado.

Gamache estudió la hoja.

Pensó en lo extraño que resultaba que unos monjes a quien nunca nadie había visto poseyesen algo que nadie había escuchado jamás.

Y a uno de ellos, el prior, lo habían encontrado muerto, hecho un ovillo alrededor de ese algo. Como una madre que protege a su futuro bebé. O un soldado que cubre una granada.

Le habría gustado saber de cuál de las dos opciones se trataba: ¿de algo divino o maldito?

—¿Tienen algún instrumento?

—Un piano.

—¿Un piano? ¿Qué pensaban hacer con él, comérselo o ponérselo?

El abad se rió.

—Hace unos años un monje se presentó con él y no tuvimos ánimo de devolverlo —explicó, y sonrió—. Nos dedicamos al canto gregoriano, es nuestra pasión, pero lo cierto es que todos amamos la música eclesiástica, y muchos de los hermanos son músicos excelentes. También tenemos flautas y violines. ¿O son violas? No sé muy bien cuál es la diferencia.

—Además del tamaño, el primero es más cantarín y la viola, más serena —explicó Gamache.

El abad lo miró interesado.

—Qué definición tan bonita...

—Es de un compañero. Aprendí muchas cosas de él.

—¿Cree que le gustaría hacerse monje?

—Me temo que ya es demasiado tarde para eso.

Una vez más, el abad interpretó de forma correcta la expresión de Gamache y dejó el tema.

El inspector jefe cogió la página de nuevo.

—Supongo que no tendrán una fotocopiadora.

—No, pero sí veintitrés monjes.

Gamache sonrió y se la entregó al abad.

—¿Puede pedir que la transcriban? Sería maravilloso disponer de una copia, así no tendré que llevar el original encima. ¿Cabe la posibilidad de que traduzcan los neumas a notas musicales?

—Podemos intentarlo.

Dom Philippe llamó a su secretario y le expuso lo que necesitaba.

—¿Transcribirlo usando notas musicales? —preguntó Simon.

No parecía muy optimista. Era el aguafiestas del monasterio.

—No de entrada. De momento cópialo para que podamos devolvérselo al inspector jefe. Con toda la precisión que puedas, claro.

—Por supuesto —respondió Simon.

El abad se volvió, y Gamache alcanzó a ver señales de disgusto en el rostro del secretario. De espaldas al abad.

¿De veras era uno de sus hombres?, se preguntó el inspector jefe.

Gamache miró por los paneles emplomados de la ventana, que hacían que el mundo exterior pareciese algo distorsionado. Aun así, anhelaba salir, ponerse al sol. Alejarse, aunque fuera sólo un ratito, de aquel mundo interior de miradas sutiles y alianzas vagas. De notas y expresiones veladas.

De miradas ausentes y de éxtasis.

Gamache deseaba pasear por el jardín del abad. Por muy cultivado, deshierbado y podado que estuviera, el control que aparentaba era una ilusión. No había manera de domesticar la naturaleza.

Y entonces cayó en la cuenta de qué era lo que lo había incomodado un rato antes, al ver el plano del monasterio.

Lo miró de nuevo.

Los jardines amurallados. En el plano eran todos del mismo tamaño, pero en la realidad no. El jardín del abad era mucho más pequeño que la granja y, según el plano, tenían justo las mismas dimensiones.

Los arquitectos originales habían distorsionado el plano. La perspectiva era incorrecta.

Había cosas que parecían iguales y no lo eran.

DIECISÉIS

El inspector Beauvoir dejó al hermano Luc con aquel tomo descomunal sobre sus rodillas escuálidas. Había ido allí pensando que aquel pobre desgraciado debía de necesitar compañía, pero se marchaba consciente de que su presencia no le había supuesto más que una intrusión. Lo único que el joven monje quería de verdad era que lo dejasen a solas con el libro.

Jean-Guy fue a buscar al hermano Antoine, pero se detuvo en la iglesia a mirar la BlackBerry.

Tal como esperaba, tenía dos mensajes de Annie, ambos cortos. El primero respondía al que le había enviado él esa misma mañana y el más reciente describía cómo estaba yéndole el día. Beauvoir se apoyó en la piedra fresca de la iglesia y contestó con una sonrisa en la cara.

Algo grosero y sugerente.

Sentía la tentación de contarle el gran momento que había protagonizado su padre, cuando los monjes lo habían sorprendido en pijama y bata delante del altar. Pero la anécdota era demasiado buena para desperdiciarla en un mensaje. Pensaba llevarla a una de las terrazas de cerca de su casa y explicársela mientras se tomaban una copa de vino.

En cuanto terminó de escribir un mensaje ligeramente erótico para Annie, giró a la derecha y se dirigió a la bombonería. Allí estaba el hermano Bernard, pescando los pequeños arándanos de la olla de chocolate negro.

—¿El hermano Antoine? —respondió Bernard a la pregunta del agente de la Sûreté—. Pruebe en la cocina o en el jardín.

—¿El jardín?

—Sí, por la puerta que hay al final del pasillo.

Señaló con el cucharón de madera en esa dirección y se salpicó el delantal de chocolate. Se le notaba en la cara que estaba a punto de maldecir, y Beauvoir esperó, curioso por saber qué palabrotas diría un monje. ¿Las mismas que el resto de los quebequeses? ¿Las mismas que él? ¿Se acordaban de la Iglesia? «*Câlice!*» «*Tabernac!*» «*Hostie!*» Los quebequeses habían convertido el vocabulario religioso en reniegos.

Sin embargo, el monje guardó silencio. Beauvoir se marchó y de camino echó un vistazo en la sala contigua: una cocina reluciente de acero inoxidable. No costaba identificar dónde habían invertido una parte del dinero del disco, pero allí no había ni rastro del hermano Antoine. Sólo el aroma de la sopa al fuego y del pan que había en el horno. Por fin, Beauvoir llegó a la puerta grande de madera y la abrió.

Sintió los rayos de sol en la cara. Y una ráfaga de aire otoñal y fresco que lo espabiló.

No tenía ni idea de cuánto lo añoraba hasta que notó su calidez en la piel. Respiró hondo y salió al jardín.

La estantería del abad se abrió para mostrar a Gamache un mundo luminoso y nuevo. Hierba verde y las últimas flores de la temporada, arbustos podados y el arce enorme del centro, que ya perdía las hojas del otoño. Ante la mirada del inspector jefe, una hoja de un naranja luminoso se desprendió de la rama y descendió lentamente hasta el suelo, balanceándose hacia delante y hacia atrás.

Aquél era un mundo encajado entre cuatro paredes, donde el control que se respiraba era sólo fingido.

Gamache sintió que se le hundía el pie al posarlo en la hierba suave y percibió el olor almizclado del otoño en el aire de la mañana. Por todas partes se oía el zumbido y el aleteo de los insectos embriagados del néctar de mediados de septiembre. Hacía fresco, pero no tanto como esperaba, y supuso que los muros de piedra resguardaban el interior del viento de fuera y atrapaban el calor del sol. Creaban su propio microclima.

Había pedido salir al jardín no sólo porque anhelase el aire fresco y el sol, sino también porque justo veinticuatro horas antes, allí habían estado dos hombres.

El hermano Mathieu y su asesino.

Y ahora el inspector jefe de Homicidios y el abad de Saint-Gilbert ocupaban su lugar.

Miró el reloj. Acababan de dar las ocho y media de la mañana.

¿A qué hora precisa había sabido el compañero del prior que haría lo que hizo? ¿Había entrado en el jardín ya con la idea de matar y se había detenido donde ahora estaba el inspector jefe? ¿Se había agachado para coger una piedra y le había hundido el cráneo al prior siguiendo un impulso, o lo tenía planeado de antemano?

¿Cuándo tomó la decisión de cometer un asesinato?

¿Y cuándo supo el hermano Mathieu que el hermano iba a matarlo? O mejor dicho: ¿cuándo supo que lo habían asesinado? Era evidente que, después de que su compañero le asestase el golpe, el prior había tardado unos minutos en morir. Se había arrastrado hasta la pared del fondo, la más alejada del monasterio. Y de la luz y del calor del sol. El rincón más oscuro.

¿Era un simple instinto, tal como alguien había sugerido? Como un animal que quiere morir solo. Tal vez hubiera más factores que tener en cuenta. Quizá el prior tuviese un último cometido.

Proteger la vitela amarillenta de los monjes. ¿O a los monjes de ella?

—Ayer, a esta misma hora, usted estaba inspeccionando el sistema geotérmico nuevo —dijo Gamache—. ¿Fue solo?

El abad asintió.

—Por la mañana estamos muy ocupados. Los hermanos están en el jardín o atendiendo a los animales, se ocupan de toda clase de tareas. Mantener un monasterio en pie requiere un trabajo casi constante.

—¿Hay algún monje a cargo del mantenimiento?

El abad asintió con la cabeza.

—El hermano Raymond. Él supervisa el estado de todas las infraestructuras: calefacción, fontanería, electricidad. Ese tipo de cosas.

—En ese caso, usted fue a verlo a él.

—Bueno, no.

El abad se volvió, echó a caminar despacio en torno al jardín, y Gamache lo siguió.

—¿Qué quiere decir con que no?

—El hermano Raymond no estaba. Todas las mañanas después de laudes trabaja en el huerto.

—¿Y usted escogió inspeccionar el sistema geotérmico justo entonces? —preguntó Gamache desconcertado—. ¿No sería mejor que él estuviese presente para poder revisarlo juntos?

Dom Philippe sonrió.

—¿Ha conocido ya al hermano Raymond?

Gamache negó con la cabeza.

—Es un hombre encantador, muy agradable. Alguien muy instructivo.

—¿A qué se refiere?

—Le gusta mucho explicar cómo funcionan las cosas y por qué. Da igual que me haya descrito el funcionamiento de un pozo artesiano todos los días durante los últimos catorce años, porque me lo detallará una vez más.

La expresión afectuosa y enigmática no desapareció del rostro de dom Philippe.

—Algunos días soy muy malo —le confesó al inspector jefe— y bajo a hacer la ronda a hurtadillas, cuando sé que él está en otra parte.

Gamache sonrió. Algunos de sus agentes e inspectores eran así. Lo seguían por los pasillos explicándole la complejidad de las huellas dactilares. Más de una vez se había escondido en el despacho con la intención de evitarlos.

—¿Y su secretario, el hermano Simon? Tengo entendido que estuvo buscando al prior y que, como no lo encontraba, se fue a trabajar a la granja.

—Sí. Le gustan mucho las gallinas.

Gamache observó al abad para ver si bromeaba, pero al parecer hablaba en serio.

Jean-Guy contempló el jardín. Era enorme. Mucho, mucho más grande que el del abad. No cabía duda de que se trataba de un huerto, cuyo cultivo principal eran unos champiñones enormes.

Doce monjes vestidos con su hábito negro estaban esparcidos por el terreno, arrodillados o agachados. Se cubrían con unos sombreros extravagantes de paja, de ala muy ancha y flexible. Si sólo uno de ellos lo llevase, parecería ridículo; pero como todos ellos lo hacían, resultaba normal. Y Beauvoir, con la cabeza descubierta, se convirtió en la anomalía.

Algunos de esos «champiñones» ponían tutores a las plantas, conducían las ramas de las viñas por las espalderas y retiraban las malas hierbas, mientras que otros recogían hortalizas en cestos.

A Beauvoir le recordaron a su abuela, que había vivido siempre en una granja. Baja y fornida, había pasado la mitad de su vida venerando a la Iglesia y la otra mitad odiándola. Cuando Jean-Guy la visitaba, recogían guisantes frescos de la mata y se sentaban juntos en el porche a desgranarlos.

Se daba cuenta ahora de que la anciana debía de estar muy ocupada, pero nunca daba esa impresión. Igual que los monjes, que parecían estar trabajando duro e incluso con empeño, pero a su ritmo.

Beauvoir notó que la secuencia de sus movimientos lo hipnotizaba: se levantaban, se agachaban, se arrodillaban.

Le recordaba a algo. Y al final le vino a la cabeza: de haber estado cantando, sería un oficio.

¿Explicaba eso el amor que su abuela le tenía a su huerto? ¿Celebraba su misa particular mientras él la veía levantarse, agacharse y arrodillarse? ¿Era ésa su devoción? ¿Había encontrado en su jardín la tranquilidad y el consuelo que buscaba en la Iglesia?

Uno de los monjes lo vio y le sonrió. Le hizo una señal para que se acercase.

Ya no tenían que mantener el voto de silencio, pero era evidente que se trataba también de una elección personal. A aquellos hombres les gustaba el silencio, y Beauvoir comenzaba a entender el porqué.

A medida que se acercaba, el monje se levantó el sombrero para saludarlo a la antigua. Beauvoir se arrodilló a su lado.

—Busco al hermano Antoine —susurró.

El monje señaló la pared del fondo con el desplantador y continuó trabajando.

Beauvoir se abrió paso hasta el hermano Antoine sorteando los cultivos alineados y a los monjes que arrancaban hierbas y recogían frutos. El monje estaba deshierbando. Solo.

El solista.

—Pobre Mathieu —dijo dom Philippe—. Me pregunto qué hacía aquí.

—¿No lo había invitado usted? Había enviado al hermano Simon para que le dijera que se reuniera con usted.

—Sí, pero quería que nos viéramos después de la misa de las once, no después de laudes. Si vino para hablar conmigo, llegaba tres horas antes de lo que debía.

—Puede que lo entendiese mal.

—Usted no conocía a Mathieu: era muy extraño que se equivocase. Y más aún que llegase pronto.

—En ese caso, es posible que el hermano Simon le comunicase mal la hora.

El abad sonrió.

—Simon se equivoca todavía menos. Aunque es más puntual.

—¿Y usted, dom Philippe? ¿Se equivoca alguna vez?

—Siempre, sin cesar. Es una de las ventajas del puesto.

Gamache sonrió. Conocía esa ventaja. Pero entonces se acordó de que el hermano Simon había ido a entregarle el recado al prior y no había dado con él: el mensaje no había llegado a su destinatario.

Así que, si no era para reunirse con el abad, ¿a qué había acudido al jardín? ¿Con quién se había citado?

Con su asesino, eso era evidente. Aunque era igual de obvio que el prior no podía haber sabido que eso estaba en la orden del día. Así pues, ¿qué había llevado al hermano Mathieu al jardín del abad?

—¿Por qué quería ver ayer al prior?

—Asuntos de la abadía.

—Podríamos discutir sobre que todo es asunto de la abadía —argumentó Gamache mientras paseaban—, pero preferiría que no me hiciera perder el tiempo con esa disquisición. Entiendo que usted y el hermano Mathieu se reunían dos veces a la semana para hablar de esos asuntos, pero la reunión que usted quería concertar ayer era extraordinaria.

Gamache hablaba con tono razonable pero firme. Estaba cansado de que el abad y el resto de los monjes le proporcionasen respuestas tan simplistas. Era como copiar los neumas de otra persona: tal vez fuese más fácil, pero no los acercaba a su objetivo. Si ese objetivo era la verdad.

—¿Qué era tan importante, dom Philippe, como para no poder esperar hasta la siguiente reunión?

El abad dio unos pasos en silencio; sólo se oía el roce suave de las faldas negras sobre la hierba y las hojas secas.

—Mathieu quería que hablásemos sobre la grabación de otro disco.

El abad se mostró entristecido.

—¿Era el prior quien quería hablar?

—¿Disculpe?

—Ha dicho que Mathieu quería hablar. ¿Quién propuso la reunión, usted o él?

—El tema era cosa de él; el momento lo elegí yo. Teníamos que resolver el asunto antes de que la comunidad volviese a reunirse en el capítulo.

—O sea, que aún no habían decidido si habría otra grabación.

—Él sí, pero yo todavía no. Lo habíamos discutido en el capítulo, pero no llegamos a decidir nada... —el abad buscó la palabra correcta—... concluyente.

—¿No había consenso?

Dom Philippe dio unos pasos más y escondió las manos en las mangas. Esa pose le daba un aire contemplativo, aunque su expresión transmitía cualquier cosa menos eso. Era funesta. Un rostro otoñal tras la caída de las hojas.

—Puedo preguntárselo a los demás.

—Intuyo que ya lo habrá hecho.

El abad respiró hondo y al exhalar el aliento formó una nube en el frío de la mañana.

—Como con la mayoría de las cosas que atañen al monasterio, algunos estaban a favor, y otros, en contra.

—Tal como lo cuenta, es como si se tratase de un asunto más que resolver. Pero era mucho más que eso, ¿verdad? —aventuró Gamache.

Aunque con sus palabras pretendía ejercer presión, habló en un tono amable. No quería que el abad se pusiera a la defensiva. Al menos no más de lo que ya estaba. Era un hombre cauteloso, pero ¿qué estaba protegiendo?

Gamache tenía toda la intención de averiguarlo.

—El disco estaba cambiando la comunidad, ¿verdad? —insistió.

El abad se detuvo y miró por encima del muro el bosque de más allá, un árbol magnífico que vestía los colores del otoño en todo su esplendor. El sol lo iluminaba y lo hacía brillar todavía más junto a los árboles de hoja perenne que lo rodeaban. Como una vidriera viviente. Sin duda, era más espléndido que cualquier cosa que uno pudiera encontrar en una gran catedral.

El abad lo miró maravillado. Aunque había otra cosa que también lo admiraba.

Que se le hubiera olvidado cómo era Saint-Gilbert hacía unos pocos años. Antes del disco. Ahora todo parecía medirse según esa vara. El antes y el después.

Saint-Gilbert-Entre-les-Loups había sido un monasterio pobre cuya miseria aumentaba año tras año. Antes del disco. Tenían goteras y cada vez que llovía los monjes se apresuraban a colocar ollas y cazuelas por todas partes. Las estufas de madera apenas calentaban y en invierno no les quedaba más remedio que cubrir las camas con más mantas y meterse dentro con los hábitos puestos. A veces, durante las noches de frío más intenso, no se acostaban, sino que permanecían despiertos en el refectorio. Alrededor de la estufa, añadiendo leña, bebían té y tostaban pan.

El fuego los calentaba, pero también la compañía. La proximidad.

En ocasiones, mientras esperaban el alba, rezaban. Sus voces se unían para formar el murmullo grave del canto llano. No porque sonase alguna campana que les dictara qué hacer ni porque tuvieran miedo del frío ni de la noche.

Rezaban porque los complacía. Por diversión.

Mathieu siempre estaba a su lado. Y, mientras entonaban los cantos, dom Philippe se percataba de los movimientos suaves que el prior hacía con la mano. Dirigiéndolos para sí mismo. Como si las notas y las palabras formasen parte de él. Una fusión.

Dom Philippe habría querido sostener esa mano entre las suyas, fundirse con ella y sentir lo mismo que Mathieu. Pero, como era de esperar, nunca llegó a cogérsela. Y ahora jamás averiguaría qué se sentía.

Todo eso había sido antes de grabar el disco.

Y ahora todo eso había desaparecido. Todo había sido fulminado, pero no a causa de la roca que le había hundido el cráneo a Mathieu. De hecho, había sucedido mucho antes.

Fue por culpa de la maldita grabación.

El abad escogía las palabras con cuidado, incluso las que se guardaba para sí mismo. Pero aquélla era una grabación maldita y deseaba con todo su corazón que jamás la hubieran hecho.

El policía corpulento y sosegado que tanto lo asustaba le había preguntado si alguna vez se equivocaba. Y él había respondido sin pensárselo demasiado que sí, que se equivocaba siempre.

Lo que debería haber dicho era que se equivocaba muchas veces, pero que había un error que eclipsaba al resto. Su fallo había sido tan espectacular, tan asombroso, que se había convertido en algo permanente. Escrito con tinta indeleble. Como el plano de la abadía. Su desatino había penetrado hasta las entrañas del monasterio y ahora no sólo era perpetuo, sino que además lo definía.

Algo que les había parecido tan adecuado, tan bueno y acertado a tantos niveles, se había tornado una farsa. Los gilbertinos habían sobrevivido a la Reforma, a la Inquisición, habían sobrevivido casi cuatrocientos años en un paraje virgen de Quebec, pero al final los habían encontrado y los habían derribado como a árboles viejos.

Y lo habían hecho justo con lo que ellos pretendían salvaguardar: los cantos gregorianos.

Dom Philippe habría preferido morir antes que cometer ese error de nuevo.

Jean-Guy Beauvoir miró al hermano Antoine a los ojos.

Era como asomarse a un universo alternativo. El monje tenía treinta y ocho años; la misma edad que Beauvoir. La misma estatura. Color de piel. Compartían incluso la complexión enjuta y atlética.

Y al hablar, la voz del hermano Antoine tenía el mismo acento quebequés. De la misma zona: las calles del este de Montreal. Oculto, si bien no a la perfección, bajo capas de educación y mucho empeño.

Se miraron, aunque ninguno de los dos sabía qué pensar del otro.

—Buenos días —lo saludó el monje.

—Hola —contestó Beauvoir.

Sólo los distinguía que uno era religioso y el otro, agente de la Sûreté. Como si hubieran crecido en la misma casa, pero en habitaciones separadas.

Beauvoir entendía que los demás monjes tomasen los hábitos: casi todos eran mayores, su naturaleza debía de ser intelectual y contemplativa, pero aquel hombre de cuerpo magro...

El inspector sintió vértigo. ¿Qué podía haber conducido a Antoine a convertirse en el hermano Antoine? ¿Por qué no se había hecho policía como él, o maestro? ¿Por qué no trabajaba para Hydro-Québec? Podría haber sido indigente, vagabundo o una carga para la sociedad.

Beauvoir podía comprender que alguien tomara esos caminos.

No obstante, ¿el de la fe, tratándose de un hombre de su edad y criado en las mismas calles que el inspector?

No conocía a nadie que fuese a misa, y mucho menos que le hubiera dedicado la vida a la Iglesia.

—Tengo entendido que usted es el solista del coro —dijo Beauvoir.

Se irguió todo lo que pudo, pero aun así se sentía como un enano al lado del hermano Antoine. Llegó a la conclusión de que era por el hábito; una ventaja injusta: daba sensación de altura y confería autoridad.

Tal vez la Sûreté debería tenerlo en cuenta si algún día rediseñaba los uniformes. Tenía que acordarse de echar la idea en el buzón de sugerencias y firmar la nota con el nombre de la inspectora Lacoste.

—Así es. Soy el solista.

Beauvoir se alegró de que el monje no lo llamara «hijo mío». No estaba seguro de qué habría hecho en ese caso, pero sospechaba que su actitud no habría tenido un impacto positivo en la imagen de la Sûreté.

—También tengo entendido que iban a sustituirlo.

Hubo una reacción, pero no la que esperaba y había anticipado.

El hermano Antoine sonrió.

—Veo que ha hablado usted con el hermano Luc. Siento decirle que se equivoca.

—Él parece bastante seguro.

—Al hermano Luc le cuesta distinguir entre lo que él quiere que suceda y lo que va a suceder en verdad. Separar las expectativas de la realidad. Es joven.

—No creo que sea mucho más joven que Jesucristo.

—¿No estará insinuando que tenemos al segundo advenimiento en la portería?

Beauvoir, cuyos conocimientos bíblicos eran escasos, le concedió el punto al monje.

—El hermano Luc debió de entender mal al prior —explicó el hermano Antoine.

—¿Era fácil malinterpretarlo?

El monje dudó, pero después negó con la cabeza.

—No —admitió—. El prior era un hombre muy terminante.

—Entonces, ¿por qué cree el hermano Luc que el prior quería que hiciese de solista?

—No puedo explicar lo que la gente decide creer, inspector Beauvoir. ¿Usted sí?

—No —afirmó Beauvoir.

Estaba mirando a un hombre de su misma edad que llevaba la cabeza rapada y un sombrero de ala muy ancha y flexible, y que vivía en una comunidad masculina en mitad de un bosque. Hombres que habían dedicado la vida a una Iglesia a la que la mayoría de los quebequeses habían renunciado y que daban sentido a la existencia cantando en una lengua muerta que empleaba virgulillas en lugar de notas.

No, no sabía cómo explicarlo.

Sin embargo, después de varios años arrodillándose junto a cadáveres, Beauvoir sabía una cosa: interponerse entre una persona y sus creencias era muy peligroso.

El hermano Antoine le entregó un cesto. Se agachó y rebuscó entre unas hojas enormes que parecían orejas de elefante.

—¿Por qué cree que el hermano Luc es el portero? —preguntó el monje, sin mirar a Beauvoir.

—¿Es un castigo? ¿Alguna clase de ritual de iniciación?

El hermano Antoine respondió que no con la cabeza.

—Cuando llegamos, a todos nos asignan la garita estrecha de la portería.

—¿Por qué?

—Para que podamos marcharnos.

El hermano Antoine recogió una calabaza alargada y la metió en el cesto de Beauvoir.

—La vida religiosa es exigente, inspector. Y aquí, más todavía. No hay muchos que sirvan.

Tal como lo explicaba, parecían los marines de las órdenes religiosas: «No hay vida como ésta.» Y Beauvoir sintió cierta comprensión. Atracción, incluso. Era una vida dura y sólo los más duros lo conseguían. Los escogidos. Los orgullosos. Los monjes.

—A los que vivimos en Saint-Gilbert nos han llamado a venir. Pero eso significa que el ingreso es voluntario, y debemos estar seguros.

—Así que ponen a todos los nuevos a prueba.

—Nosotros no: la prueba es entre Dios y el monje. Y no hay respuesta incorrecta, sólo la verdad. Se le pone a cargo de la puerta y se le da la llave para que pueda marcharse.

—Libre albedrío, ¿no? —preguntó Beauvoir, y vio que el monje sonreía de nuevo.

—¿Por qué no aprovecharlo?

—¿Alguna vez se ha ido alguien?

—Sí, muchos. Más de los que nos quedamos.

—¿Y el hermano Luc? Él ya lleva aquí casi un año; ¿cuándo acaba su período de prueba?

—Cuando él lo decida. Cuando pida que lo saquen de la portería y se una al resto. O cuando use la llave y se marche.

Otra calabaza pesada aterrizó en el cesto de Beauvoir.

El hermano Antoine continuó avanzando por la hilera.

—Allí está en una especie de purgatorio —explicó el monje mientras buscaba más frutos entre las hojas descomunales—. Sólo que se lo ha impuesto él mismo. Debe de ser muy doloroso; parece como paralizado.

—¿Por qué?

—Dígamelo usted, inspector. ¿Qué paraliza a las personas?

Beauvoir conocía la respuesta.

—El miedo.

El hermano Antoine asintió con la cabeza.

—El hermano Luc tiene un don. Su voz es con diferencia la mejor de todas, y eso ya es decir mucho. Pero está paralizado por el miedo.

—¿Qué teme?

—Todo. Formar parte de algo, y no encajar. Tiene miedo del sol y de las sombras. De los ruidos y crujidos que se oyen por la noche y del rocío de la mañana. Por eso sé que el hermano Mathieu no lo habría escogido como solista. Porque su voz, a pesar de ser hermosa, está cargada de temor. Cuando la fe sustituya al miedo, estará listo para ser solista. Pero antes no.

Beauvoir pensó en eso mientras caminaban entre los cultivos y el cesto se llenaba de hortalizas.

—Supongamos que el prior lo hubiese escogido. Supongamos que pensara que la mayoría no identificarían ese miedo o que no les importaría. Tal vez así el canto sería más atractivo, más rico y humano. No sé. Pero supongamos que el hermano Mathieu hubiese escogido a Luc. ¿Cómo se habría sentido usted?

El monje se quitó el sombrero de paja y se secó la frente.

—¿Cree que me importaría?

Beauvoir le sostuvo la mirada. Era como mirarse al espejo.

—Creo que le importaría muchísimo.

—¿Y a usted? Si un hombre al que admira, respeta y venera lo rechazase en favor de otro, ¿qué haría?

—¿Es eso lo que sentía usted por el prior? ¿Lo veneraba?

—Así es. Era un gran hombre, salvó el monasterio. Y si hubiese querido que un mono hiciera de solista, yo habría estado encantado de plantar plátanos.

Beauvoir se sorprendió a sí mismo queriendo creer al monje. Quizá porque quería confiar en que él reaccionaría del mismo modo.

Sin embargo, Jean-Guy Beauvoir tenía dudas al respecto.

Y también dudaba del hermano Antoine. Debajo de los hábitos, debajo del sombrero ridículo, no estaba el hijo de Dios, sino el hijo de un hombre. Y por lo que Beauvoir sabía, los hijos de los hombres eran capaces de casi cualquier cosa. Si se los presionaba. Si se los traicionaba. Sobre todo si el traidor era un hombre venerado.

Sabía que el germen del mal no era el dinero. No, lo que le daba vida y lo impulsaba era el miedo. Miedo a no tener suficiente dinero, suficiente comida, suficientes tierras, suficiente poder, suficiente seguridad, suficiente amor. Miedo a no conseguir lo que se quiere o perder lo que se tiene.

Beauvoir observó cómo recogía el hermano Antoine las calabazas escondidas. ¿Qué llevaba a un hombre joven, sano e inteligente a hacerse monje? ¿La fe o el miedo?

—¿Quién dirige el coro ahora que el prior ya no está? —preguntó Gamache.

Habían llegado al fondo del jardín y estaban regresando. Tenían las mejillas enrojecidas por el aire frío de la mañana.

—Le he pedido al hermano Antoine que se ocupe él.

—¿Al solista? ¿El que lo desafió anoche?

—El que es, con diferencia, el mejor músico de todos, después de Mathieu.

—¿No le tentaba quedarse el puesto?

—Me tentaba y me tienta —contestó el abad con una sonrisa—. Pero he rehusado esa fruta. Antoine es el mejor hombre para ello, no yo.

—Pero era uno de los del prior.

—¿A qué se refiere?

La sonrisa del abad se marchitó.

Gamache ladeó la cabeza un poco y examinó a dom Philippe.

—Me refiero a que esta abadía, esta orden, está dividida. A un lado se sitúan los hombres del prior, y al otro, los del abad.

—¡Eso es ridículo! —espetó dom Philippe.

Aunque enseguida recuperó la compostura, ya era demasiado tarde, pues Gamache había vislumbrado lo que ocultaba bajo la superficie. Una lengua viperina que había atacado y se había retirado con la misma rapidez.

—Es la verdad, padre —repuso Gamache.

—Usted está confundiendo «disensión» con «discordia» —insistió el abad.

—No. Sé cuál es la diferencia. Lo que ocurre aquí, y es probable que lleve sucediendo mucho tiempo, va más allá de una disconformidad sana. Y usted lo sabe.

Se habían detenido y se miraban a los ojos.

—No sé a qué se refiere, monsieur Gamache. Esa criatura que menciona, el hombre del abad, no existe. Y tampoco el del prior. Mathieu y yo hemos trabajado juntos durante décadas: él se ocupaba de la música y yo de la vida espiritual.

—Pero ¿no eran lo mismo? El hermano Luc me ha descrito los cantos diciendo que son un puente hacia Dios y también Dios mismo.

—El hermano Luc es joven y tiende a simplificar las cosas.

—El hermano Luc es uno de los hombres del prior.

El abad se mostró irritado.

—El canto gregoriano es importante, pero sólo es una parte de la vida espiritual de Saint-Gilbert.

—Pero la brecha responde precisamente a esa disconformidad, ¿verdad? —quiso saber Gamache, que hablaba con voz tranquila pero implacable—. Aquellos para los que la música era lo principal se pusieron del bando del prior. Y los que opinaban que la fe era lo primero se unieron a usted.

—No hay bandos —contestó el abad.

Había levantado la voz con exasperación. Desesperación, incluso, pensó Gamache.

—Estamos unidos. De vez en cuando no conseguimos ponernos de acuerdo, pero nada más.

—¿Y discrepaban sobre la dirección del monasterio? ¿Discrepaban sobre algo tan fundamental como el voto de silencio?

—Lo he anulado.

—Sí, pero ha sido tras la muerte del prior y sólo para que los monjes puedan contestar a nuestras preguntas, no para permitir que salgan al mundo. Que den conciertos y entrevistas.

—Nunca retiraré el voto de silencio por completo. Jamás.

—¿Cree que grabarán el segundo disco? —preguntó Beauvoir.

Por fin, una reacción del hermano Antoine. Un destello de rabia que el monje reprimió al instante. Como las hortalizas que había bajo sus pies; estaban enterradas pero continuaban creciendo.

—No tengo ni idea. Si el prior estuviese vivo, estoy seguro de que sí. El abad, cómo no, se oponía; pero el hermano Mathieu lo habría conseguido.

El monje hablaba sin asomo de duda y Beauvoir supo que al fin había encontrado su resorte. Había tardado un rato en dar con él; se podría haber pasado el día presionando, insultando y arengando al hermano Antoine, y él habría mantenido la compostura y hasta el buen humor. Pero la mera mención del abad...

¡Bum!

—¿Por qué dice «cómo no»? ¿Por qué iba a estar en contra?

Mientras pudiera seguir pulsando el resorte, el monje estaría a contrapié, y así había más posibilidades de que soltase algo inesperado.

—Porque no lo controlaba.

El monje se acercó a Beauvoir, y él sintió la fuerza de su personalidad y su vitalidad física. Era un hombre fuerte en todos los sentidos.

«¿Por qué eres monje?» era lo que en realidad ansiaba preguntarle. Pero no lo hizo y, en el fondo, sabía la razón. Tenía demasiado miedo. A la respuesta.

—Mire, el abad decide todo lo que sucede dentro de estos muros. En la vida monástica, el abad es todopoderoso —explicó el hermano Antoine sin apartar sus ojos de color avellana del inspector—. Sin embargo, hubo algo que se le escurrió entre los dedos: la música. Al permitir la primera grabación, la música salió al mundo y quedó fuera de su control. Los cantos cobraron vida propia, y él se ha pasado el último año intentando arreglarlo. Tratando de encerrarlos de nuevo.

Una sonrisa maliciosa apareció en su rostro atractivo.

—Pero no puede. Es la voluntad de Dios. Y el abad odia esa circunstancia igual que odiaba al prior. Todos lo sabíamos.

—¿Por qué iba a odiar al prior? Creía que eran buenos amigos.

—Porque Mathieu era todo lo que él no es. Brillante, talentoso, apasionado. El abad es un don nadie. No se le da mal administrar, pero no es un líder. Podría recitar la Biblia de cabo a rabo en inglés, francés y latín. Pero ¿y los cantos gregorianos, que son el centro de nuestras vidas? Pues bien, algunos los conocen y otros los sienten. El abad se los sabe, y el prior los sentía. Y eso convertía al hermano Mathieu en un hombre mucho más poderoso en este monasterio. Cosa que al abad no se le escapaba.

—Pero eso siempre debe de haber sido así. ¿Por qué cambió la grabación las cosas?

—Porque mientras éramos sólo nosotros, entre ellos lo arreglaban todo. De hecho, formaban un buen equipo. Pero debido al éxito que tuvo el disco, el poder cambió de manos. De pronto, el hermano Mathieu recibía el reconocimiento del mundo exterior.

—Y con eso viene la influencia —apuntó Beauvoir.

—El abad se sentía amenazado. Entonces el prior decidió que no sólo debíamos grabar otro disco, sino también salir al mundo. Aceptar las invitaciones. Estaba convencidísimo de que éstas venían tanto de parte de Dios como de la gente. En el fondo, eran como una llamada literal. Supongamos que Moisés no hubiese mostrado las tablas. O que Jesús hubiera seguido siendo carpintero, en íntima comunión con Dios, pero en su casa. No. Hay que compartir estos regalos. El prior quería hacerlo, pero el abad no.

Las palabras se agolpaban para escapar del cuerpo del hermano Antoine. Le faltaba tiempo para condenar a dom Philippe.

—El prior quería que retirase el voto de silencio para que pudiésemos salir.

—Y el abad se negó —añadió Beauvoir—. ¿Hubo muchos que lo apoyaron?

—Algunos de los hermanos le eran fieles, más por costumbre que otra cosa. Costumbre y doctrina. Nos enseñan a ceder siempre ante la voluntad del abad.

—¿Y por qué no hizo usted lo mismo?

—Porque dom Philippe habría destruido Saint-Gilbert. Nos habría devuelto a la Edad Media: no quería que nada cambiase. Pero ya era demasiado tarde. El disco lo cambió todo. Era un regalo de Dios, y el abad se negaba a verlo. Decía que era como la serpiente del jardín del Edén, que intentaba alejarnos de aquí, seducirnos con promesas de dinero y poder.

—Quizá tuviera razón —sugirió Beauvoir.

El monje se lo recompensó con una mirada furiosa.

—Es un anciano asustado que se aferra al pasado.

El hermano Antoine se había acercado a él y casi escupía las palabras. Entonces hizo una pausa y una mirada desconcertada apareció en su rostro antes de ladear la cabeza.

Beauvoir también se detuvo a escuchar.

Algo se acercaba.

• • •

Armand Gamache miró al cielo.

Algo se acercaba.

El abad y él habían estado discutiendo en el jardín, y quería recuperar el tono más afable del principio. Era como pescar. Lanzar el sedal y recogerlo. Lanzar el sedal y recogerlo. Había que darle al sospechoso la sensación de libertad, de que había evitado el anzuelo. Y después tirar del sedal de nuevo.

Era agotador. Para todos. Pero Gamache sabía que lo era sobre todo para el que se retorcía colgando del anzuelo.

Era evidente que el abad había interpretado el cambio de tono y de tema como una capitulación.

—¿Por qué cree que dom Clément hizo construir este jardín? —le había preguntado Gamache.

—¿Qué valoran más las personas que viven juntas?

Gamache reflexionó. ¿La compañía? ¿La tranquilidad? ¿La tolerancia?

—¿La intimidad?

El abad asintió.

—Sí. Eso es. Dom Clément se concedió algo que nadie más tenía en Saint-Gilbert: intimidad.

—Otra división —comentó Gamache.

Dom Philippe lo miró. Había notado un leve tirón en el sedal y se había dado cuenta de que lo que tomaba por libertad en realidad no lo era.

Gamache consideró lo que acababa de decir el abad. Quizá el legendario tesoro no fuese algo, sino la nada. Una habitación vacía que nadie conociese. Y una cerradura.

Intimidad. Y con la intimidad, cómo no, iba algo más. Seguridad.

Gamache sabía que eso era lo que las personas valoraban más.

Entonces lo oyó.

Oteó el cielo azul. Pero nada.

Sin embargo, allí había algo. Y estaba acercándose.

• • •

Un rugido quebró la paz. Parecía proceder de todas partes, como si el cielo hubiera abierto la boca y les gritase.

Los monjes que estaban en el huerto y Beauvoir alzaron la vista.

Y al cabo de un instante se agacharon buscando cobijo.

Gamache también se agachó y tiró de dom Philippe.

La avioneta pasó como una exhalación y desapareció en un abrir y cerrar de ojos, pero el inspector jefe la oyó virar y dar media vuelta.

Ambos se quedaron inmóviles, mirando al cielo. Gamache aún agarraba al abad del hábito.

—¡Vuelve hacia aquí! —gritó dom Philippe.

—¡Mierda! —chilló Beauvoir por encima de la potencia de los motores.

—¡Madre de Dios! —gritó el hermano Antoine.

Los sombreros habían salido volando de las cabezas de los monjes y ahora yacían esparcidos entre las plantas. Algunas de las enredaderas se habían roto.

—¡Vuelve hacia aquí! —voceó el hermano Antoine.

Beauvoir miró al cielo. Ver tan sólo el trozo cuadrado de azul que tenían justo encima le resultaba exasperante. Oían la avioneta virando, acercándose, el esfuerzo de los motores. Pero no la veían.

De pronto apareció de nuevo, pero volando aún más bajo. Desde donde ellos estaban, parecía que iba directamente hacia el campanario.

—¡Mierda! —exclamó el hermano Antoine.

Dom Philippe agarró a Gamache de la chaqueta y ambos volvieron a agachar la cabeza.

—Maldita sea.

El inspector jefe oyó el reniego del abad a pesar del rugido del motor.

—¡Casi se estrellan contra el monasterio! —chilló dom Philippe—. Es la prensa. Pensaba que dispondríamos de más tiempo.

Beauvoir se levantó despacio y permaneció alerta, escuchando.

El ruido aumentó un instante y después desapareció. Al cabo de un momento se oyó como si algo cayese al lago.

—Hostia... —renegó Beauvoir.

—Mierda —repitió el hermano Antoine.

Los monjes y Beauvoir corrieron hacia la puerta para regresar al interior del monasterio. Los sombreros quedaron abandonados en el huerto.

«Maldita sea», pensó Gamache tras salir del jardín con el abad.

Se había fijado bien en la avioneta en el instante en que pasaba por encima del jardín, a tan sólo un par de metros, o eso parecía, de sus cabezas. En el último momento, había virado para esquivar el campanario.

Justo entonces, antes de que desapareciese de su vista, el inspector jefe había distinguido el emblema de la puerta.

Gamache y dom Philippe se unieron a la procesión de monjes que caminaban deprisa por los pasillos, acumulando velocidad y cada vez más miembros a medida que avanzaban, cruzaban la iglesia y llegaban al último pasillo. Gamache vio a Beauvoir algo más adelante, casi corriendo al lado del hermano Antoine.

El joven hermano Luc estaba delante de la puerta cerrada con la llave de hierro forjado en la mano y la vista clavada en ellos.

Gamache era el único que sabía qué los esperaba al otro lado de la puerta. Había reconocido el emblema de la avioneta, y no se trataba de la prensa. Y tampoco eran curiosos que acudían a admirar el monasterio famoso, ahora infame por culpa de un crimen terrible.

No, se trataba de una criatura totalmente diferente.

Alguien que había olido la sangre.

DIECISIETE

Obedeciendo a la señal del abad, el hermano Luc metió la llave en la cerradura. La giró con facilidad, la puerta se abrió y entró una brisa con fragancia de pino junto con los rayos del sol y el ruido de un hidroavión dirigiéndose hacia el embarcadero.

Los monjes se agolparon ante la puerta abierta. Y el abad dio un paso adelante.

—Voy a pedirles que se marchen —anunció con determinación.

—Quizá debería acompañarlo.

Dom Philippe estudió al inspector jefe y asintió.

Beauvoir quiso ir con ellos, pero su superior se lo impidió con un gesto sutil de la mano.

—Será mejor que esperes aquí.

—¿Qué pasa? —preguntó Beauvoir, al ver la cara de preocupación del inspector jefe.

—No estoy muy seguro.

Gamache se volvió hacia el abad y señaló el muelle.

—¿Vamos?

La avioneta casi lo había alcanzado. El piloto apagó los motores, las hélices se detuvieron y el hidroavión se deslizó los últimos metros sobre los flotadores. Gamache y el abad agarraron los puntales de las alas y estabilizaron la aeronave. Entonces el primero alcanzó las cuerdas que colgaban hacia el agua fría del lago.

—Yo que usted no me molestaría —le advirtió el abad—. No se quedarán mucho tiempo.

El inspector jefe se volvió con los cabos mojados en la mano.

—Es posible que sí se queden.

—Se le olvida quién manda aquí.

Gamache se agachó, hizo un par de nudos rápidos para amarrar la avioneta al muelle y se levantó.

—No se me olvida, pero creo que sé quién viaja en la avioneta. Y no es la prensa.

—¿No?

—No estaba seguro de haberlo visto bien cuando nos ha sobrevolado, por eso quería acercarme con usted.

El inspector jefe señaló el escudo de la puerta. Cuatro flores de lis y, justo encima, las iniciales «MJQ».

—¿MJQ? —preguntó el abad.

—«Ministère de la Justice du Québec» —respondió Gamache.

Dio un paso adelante y tendió la mano para ayudar a bajar al visitante que en ese momento salía del hidroavión.

Pero éste o bien no vio el ofrecimiento del inspector jefe, o hizo caso omiso. Apareció un zapato de cuero fino, después otro; el hombre bajó al flotador y enseguida desembarcó en el muelle, como si entrase en una ópera o en una galería de arte.

Miró a su alrededor, fijándose en el entorno.

No era un explorador que acababa de desembarcar en un mundo nuevo, sino un conquistador.

Superaba la mediana edad, tal vez tuviera unos sesenta años; el pelo cano y la cara bien afeitada. Era atractivo, seguro de sí mismo. No mostraba debilidad, aunque tampoco era el rostro de un abusón. Parecía sentirse a gusto, compuesto y cómodo. Mientras que la mayoría de los hombres se verían algo ridículos al presentarse en un paraje natural como aquél vestidos con un buen traje de chaqueta y corbata, aquel tipo hacía que pareciese algo completamente natural. Incluso envidiable.

Gamache sospechó que si el visitante se quedaba el tiempo suficiente, los monjes acabarían llevando traje y corbata. Y dándole las gracias por ello.

Ése era el efecto que tenía sobre las personas. No se ajustaba al mundo, sino que hacía que el mundo se ajustase a él. Y lo conseguía. Con unas pocas y notables excepciones.

El hombre echó un vistazo a su alrededor y sólo reparó en Gamache de pasada, casi como si no estuviera. Miró al abad.

—¿Dom Philippe?

El abad saludó al desconocido con una pequeña reverencia, aunque sin apartar de él su mirada azul.

—Me llamo Sylvain Francoeur —se presentó el hombre, y le tendió la mano—. Soy el superintendente jefe de la Sûreté du Québec.

El abad desvió la vista un instante. Hacia Gamache. Y después miró al recién llegado de nuevo.

Armand Gamache sabía que su expresión era relajada, atenta. De respeto.

Pero ¿era posible que dom Philippe, a quien se le daban tan bien los neumas, hubiera leído entre las líneas del rostro del inspector jefe e interpretado sus verdaderas emociones?

—¿De qué coño va esto? —susurró Beauvoir, cuando recorrían el pasillo un par de pasos por detrás del abad y del superintendente jefe Francoeur.

Gamache le clavó una mirada de advertencia. No una leve reprimenda visual, sino un garrotazo en la cabeza. «Cállate —decía su expresión severa—. Muérdete la lengua por una vez.»

Beauvoir cerró el pico. Pero eso no le impedía observar y escuchar. Y a medida que avanzaban, iban atravesando las nubes de conversación que creaban los dos hombres de delante.

—Es una verdadera lástima, padre —decía el superintendente jefe—. La muerte del prior es una tragedia nacional. No obstante, le aseguro que esto lo resolveremos rápido, y enseguida recuperarán ustedes la intimidad para llorar su pérdida. He ordenado a mi gente que mantenga la muerte del hermano Mathieu en secreto todo el tiempo que pueda.

—El inspector jefe Gamache me ha dicho que eso no sería posible.

—Y tiene toda la razón, por supuesto. Él no puede evitarlo. Monsieur Gamache cuenta con todos mis respetos, pero su poder es limitado.

—¿Y el de usted no? —preguntó el abad.

Beauvoir sonrió y se preguntó si el anciano sabía con quién estaba tratando.

El superintendente jefe Francoeur se echó a reír. Se lo veía relajado y de buen humor.

—Según su baremo, dom Philippe, mi poder es insignificante. Pero desde el punto de vista de los mortales, es sustancial. Y lo pongo a su disposición.

—Gracias, hijo. Se lo agradezco muchísimo.

Beauvoir se volvió hacia Gamache con expresión asqueada y abrió la boca, pero la cerró de nuevo al ver la cara de su superior. No estaba enfadado. Ni siquiera molesto.

El inspector jefe estaba perplejo. Como si tratase de resolver una fórmula matemática compleja que no tenía sentido.

A Beauvoir lo asaltaba una pregunta.

«¿De qué coño va esto?»

—¿Puedo decirlo ya?

Beauvoir se apoyó en la puerta cerrada.

—No hace falta —respondió el inspector jefe, y cogió una de las sillas del estrecho despacho del prior—. Ya sé cuál es la pregunta.

—Como en «Jeopardy» —observó Beauvoir, que cruzó los brazos y continuó apoyado en la puerta como si fuera un cerrojo humano—. Escojo «Pero ¿qué mierda es esto?» por doscientos dólares.

Gamache se rió.

—El problema es que no tengo respuesta. Es desconcertante —admitió.

Beauvoir pensó que, tal como decía el nombre del programa, ellos también corrían un riesgo.

Acababan de ver al superintendente jefe Francoeur cruzar la iglesia enfrascado en una conversación con el abad. Los agentes de Homicidios y los monjes tenían permiso para retirarse, pero habían permanecido juntos un momento, contemplando a la pareja mientras avanzaba por la iglesia en dirección al pasillo largo que conducía al despacho del abad.

La cabeza de Francoeur, con su distinguida cabellera blanca, se inclinaba hacia la testa afeitada del religioso. Dos extremos. Uno con un atuendo magnífico, el otro con un hábito austero. Uno contundente, y el otro, una muestra de humildad.

Sin embargo, a primera vista, ambos estaban al mando.

Beauvoir se preguntó si forjarían una alianza o si se declararían la guerra.

Miró a Gamache, que se había puesto las gafas de leer y anotaba algo.

¿En qué situación ponía eso al inspector jefe? La aparición de Sylvain Francoeur parecía haber dejado a su superior perplejo pero no preocupado. Beauvoir esperaba que fuese así y no hubiera motivos para inquietarse.

Sin embargo, ya era demasiado tarde para él, porque el miedo le había arraigado en el vientre. Un dolor viejo, conocido.

Gamache levantó la vista y lo miró a los ojos. Le ofreció una sonrisa tranquilizadora.

—No sirve de nada que hagas cábalas, Jean-Guy. Pronto sabremos a qué ha venido el superintendente jefe Francoeur.

Pasaron la siguiente media hora comentando las conversaciones que cada uno de ellos había mantenido con los monjes esa mañana; Beauvoir con el hermano Antoine, y Gamache con el abad.

—Entonces, ¿dom Philippe ha nombrado al hermano Antoine director del coro? —preguntó el inspector, cuya sorpresa era evidente—. Él no me lo ha dicho.

—Puede que el gesto dé una imagen demasiado positiva del abad, y el hermano Antoine no quiera semejante cosa.

—Sí, puede ser. Pero ¿cree que le ha dado el puesto por eso?

—¿Qué quieres decir? —preguntó Gamache, y se echó hacia delante.

—Podría haber designado a cualquiera. Él mismo podría haber ocupado el puesto, pero a lo mejor se lo ha dado al hermano Antoine para joder a los hombres del prior. Para confundirlos: es lo contrario de lo que esperan. Convirtiéndolo a él en el director les demuestra que está por encima de sus peleas estúpidas. A lo mejor quería demostrarles que es mejor que ellos. Bien pensado, es una estrategia muy inteligente.

Gamache reflexionó. Caviló sobre los veintitrés monjes. Estaban intentando volverse locos unos a otros, desequilibrarse. Tal vez era eso lo que llevaba años sucediendo en la abadía: una suerte de terrorismo psicológico.

Sutil. Invisible. Una mirada, una sonrisa, alguien que le da la espalda a otra persona.

En una orden contemplativa, una única palabra, un sonido, podía tener consecuencias devastadoras. Un chasqueo de la lengua, un resoplido, una risa.

¿Era posible que el amable abad hubiera perfeccionado esas armas?

Ascender al hermano Antoine era lo correcto. Era el mejor músico, un claro sucesor al puesto de maestro de coro. Pero ¿lo había hecho por los motivos equivocados?

Para fastidiar a los hombres del prior.

¿Y qué había del voto de silencio? El abad había luchado por mantenerlo, pero ¿era por el significado espiritual que tenía para la comunidad, o para importunar al prior? ¿Para negarle lo que más deseaba?

¿Y por qué se había empecinado el hermano Mathieu en eliminar un voto con mil años de antigüedad? ¿Por el bien de la orden o por el suyo propio?

—¿En qué piensa? —preguntó Beauvoir.

—Me ha venido una frase a la cabeza e intentaba recordar su procedencia.

—¿Un poema? —matizó Beauvoir, algo nervioso.

El inspector jefe no necesitaba que lo animase mucho para arrancarse a recitar alguna estrofa ininteligible.

—De hecho, estaba pensando en una obra épica de Homero —bromeó.

Gamache abrió la boca como para recitar y se rió al ver la expresión de angustia de su inspector.

—Tranquilo, no es más que un verso de T. S. Eliot: «Hacer lo que conviene por un motivo falso.»

Beauvoir se detuvo a pensar.

—Me pregunto si alguna vez se da lo contrario.

—¿Qué quieres decir?

—Bueno, ¿puede hacerse algo malo por un motivo bueno?

Gamache se quitó las gafas.

—Sigue.

Prestó atención al inspector sin apartar sus ojos tranquilos y castaños de él.

—Un asesinato, por ejemplo —explicó Beauvoir—. Matar a alguien está mal. Pero ¿puede haber un motivo correcto para hacerlo?

—Homicidio justificado —repuso Gamache—. Como defensa es un poco endeble.

—¿Cree que éste está justificado?

—¿Por qué lo preguntas?

Beauvoir pensó antes de contestar.

—Aquí ha pasado algo, el monasterio está desmoronándose. Está a punto de implosionar. Supongamos que la culpa la tenía el prior. Entonces...

—Entonces, ¿lo mataron para salvar al resto de la comunidad? —lo interrumpió Gamache.

—A lo mejor sí.

Los dos sabían que era un argumento horrible que demasiados locos habían esgrimido: un asesinato cometido en pos del bien común.

Pero ¿había algún caso en que esa premisa fuese cierta?

Gamache se lo había planteado: supongamos que el prior era el elemento que había sembrado la discordia y

226

había echado a perder la paz de la comunidad, monje a monje.

En una guerra, la gente mataba sin cesar. En caso de que en Saint-Gilbert estuvieran disputando una batalla silenciosa pero devastadora, tal vez uno de los monjes se hubiera convencido de que aquélla era la única manera de resolverla antes de que la abadía entera se pudriese por dentro.

Desterrar al prior no era posible, pues no podía afirmarse que hubiera hecho algo manifiestamente malo.

Ése era el problema de las personas que actuaban así. La insidia. La lentitud. Desde fuera, todo parecía normal, hasta que la podredumbre se extendía. Y para entonces ya era demasiado tarde.

—Puede ser —contestó Gamache—. Pero quizá ese elemento de discordia continúe aquí.

—¿El asesino?

—O tal vez la persona que le susurraba al asesino al oído —matizó, y se recostó en la silla—. «¿Nadie va a librarme de este cura entrometido?»

—¿Cree que eso es lo que dijeron? —preguntó Beauvoir—. Me parece demasiado florido. Yo diría: «Mátalo ya, coño.»

Gamache se rió.

—Escribe a los de Hallmark para proponérselo.

—No es mala idea: yo le enviaría esa tarjeta a más de uno.

—«¿Nadie va a librarme de este cura entrometido?» —repitió Gamache—. Es lo que Enrique II dijo refiriéndose a Tomás de Canterbury.

—¿Se supone que me tiene que decir algo?

El inspector jefe sonrió de oreja a oreja.

—No desesperes, jovencito. La historia acaba con un asesinato.

—Mejor.

—De esto hace casi novecientos años —continuó el inspector jefe—, y ocurrió en Inglaterra.

—Ya me he dormido.

—El rey Enrique ascendió a su buen amigo Tomás al puesto de arzobispo, pensando que así tendría el control de la Iglesia. Pero le salió el tiro por la culata.

Beauvoir no pudo evitar echarse hacia delante.

—El rey estaba preocupado porque en Inglaterra se cometían demasiados crímenes y quería tomar medidas.

Mientras Gamache hablaba, Beauvoir iba asintiendo, empatizaba con el rey.

—Pero le daba la sensación de que la Iglesia estaba minando todos sus esfuerzos, porque era muy benévola con los delincuentes.

—Así que el rey este...

—Enrique —apuntó Gamache.

—Así que el rey Enrique ve su oportunidad y nombra arzobispo a su amigo Tomás. ¿Qué es lo que salió mal?

—Bueno, para empezar, Tomás no quería el puesto. Escribió al rey diciendo que si aceptaba, su amistad se tornaría en odio.

—Y no se equivocaba.

Gamache asintió.

—El rey aprobó una ley según la cual cualquiera que fuese declarado culpable en un tribunal eclesiástico podía ser penado por el tribunal del rey, pero Tomás se negó a firmarla.

—¿Y lo asesinaron?

—No de inmediato. Tardaron seis años, pero la animosidad aumentaba a diario. Hasta que un día el rey Enrique II farfulló esas palabras y cuatro caballeros se lo tomaron como una orden.

—¿Qué pasó?

—Que mataron al arzobispo. En la catedral de Canterbury. *Asesinato en la catedral.*

—¿«Nadie va a...» —intentó repetir Beauvoir, pero no recordaba la cita.

—«... librarme de este cura entrometido»? —la concluyó Gamache.

—¿Cree que el abad dijo algo así y que alguien lo entendió como una orden?

—Puede ser. En un lugar como éste, tal vez ni siquiera necesitase hablar. Con una mirada bastaría. Una ceja enarcada, una mueca.

—¿Qué ocurrió tras el asesinato del arzobispo?

—Lo hicieron santo.

Beauvoir se echó a reír.

—Eso debió de mosquear al rey.

Gamache sonrió.

—Enrique se pasó el resto de la vida lamentando su muerte y aseguraba que no era su intención que algo así ocurriese.

—¿Usted se lo cree?

—Creo que es fácil decirlo a posteriori.

—O sea, que el abad quizá expresara algo similar y, de resultas de eso, uno de sus monjes matara al prior.

—Podría ser.

—Y sabiendo lo ocurrido, dom Philippe va y hace algo inesperado: nombra maestro de coro a uno de los hombres del prior.

Beauvoir estaba desembrollando el ovillo, siguiendo la pista.

—¿Por el sentimiento de culpa?

—¿A modo de penitencia, como desagravio? —dijo Gamache—. Sí, puede ser.

El inspector jefe pensó que era muy difícil desentrañar las razones que llevaban a aquellos monjes a hacer las cosas. No se parecían a nadie que hubiese conocido o investigado.

Al final no le quedó más remedio que decirse a sí mismo que no eran más que hombres. Con los mismos motivos que el resto, sólo que los suyos estaban ocultos bajo hábitos de color negro y voces angelicales. Y bajo el silencio.

—El abad niega que haya división —dijo Gamache.

Se recostó en la silla y entrelazó los dedos.

—Vaya —contestó Beauvoir, y meneó la cabeza—. Es asombroso lo que se creen sin tener prueba alguna; pero dales muestras evidentes de algo y no se lo creerán. Es muy obvio que están divididos: la mitad quiere grabar otro disco y la otra, no. Una parte quiere renunciar al voto de silencio, y la otra, no.

—No estoy seguro de que sean mitad y mitad —repuso Gamache—. Me da la impresión de que la balanza se había decantado hacia el lado del prior.

—¿Y por eso lo mataron?

—Es posible.

Beauvoir sopesó las palabras de su superior.

—O sea, que el abad está un poco jodido. El hermano Antoine lo ha llamado «anciano asustado». ¿Cree que él ha matado al hermano Mathieu?

—No lo sé, la verdad. Pero si dom Philippe tiene miedo, no es el único —afirmó Gamache—. Creo que la mayoría están asustados.

—¿Por el asesinato?

—No. No creo que estos hombres tengan miedo a la muerte. Más bien se lo tienen a la vida. Pero aquí, en Saint-Gilbert, por fin han encontrado su lugar.

Beauvoir se acordó del campo de «champiñones» gigantes, de los sombreros de paja. De cómo, con los pantalones de pinza bien planchados y el jersey de lana merino, se había sentido la excepción, el que sobraba.

—Y si han encontrado su lugar, ¿de qué tienen miedo?

—De perderlo —respondió el inspector jefe—. Habrán estado en el purgatorio. Muchos habrán vivido incluso un infierno. Y una vez que lo has visto, no quieres regresar.

Gamache hizo una pausa, y ambos se miraron a los ojos. Beauvoir le veía la cicatriz profunda de la sien y sintió el dolor que le reconcomía las entrañas. Se acordó del bote de píldoras pequeñas que tenía guardado en el apartamento. Por si acaso.

«No —pensó Jean-Guy—, nada de descender de nuevo al infierno.»

El inspector jefe se inclinó hacia delante, se puso las gafas y desplegó un rollo grande de papel sobre la mesa.

Beauvoir observó a Gamache, pero mientras tanto veía otra cosa. Al superintendente jefe Francoeur bajando del avión que había descendido tan deprisa del cielo. El inspector jefe le había ofrecido la mano, pero Francoeur le había dado la espalda delante de todos. Ante la mirada de Beauvoir.

La sensación de angustia se le había instalado en el estómago. Había hecho de él su hogar. Estaba asentándose. Y creciendo.

—El abad nos ha prestado un plano del monasterio.

Gamache se levantó y se inclinó sobre la mesa.

Beauvoir se acercó.

Era tal como el inspector imaginaba la abadía después de haber recorrido los pasillos y las estancias durante las últimas veinticuatro horas. Tenía forma de cruz, con la iglesia en el centro y la torre del campanario encima.

—Ésta es la sala capitular —le mostró Gamache.

La habitación aparecía en el plano, pegada a un lado de la iglesia. No había intención de ocultarla en el papel. Pero en la vida real estaba escondida detrás de la placa de san Gilberto.

El jardín del abad también estaba dibujado con tinta visible, aunque en la realidad tampoco fuese así. También estaba escondido, aunque no era secreto.

—¿Hay más salas secretas? —preguntó Beauvoir.

—El abad no sabe de ninguna otra, pero admite que hay rumores sobre habitaciones secretas y sobre algo más.

—¿El qué?

—Bueno, casi me da vergüenza decirlo —admitió Gamache, y se quitó las gafas para mirar al inspector.

—En mi opinión, un hombre al que sorprenden en pijama junto al altar de una iglesia debería tener el umbral de la vergüenza bastante alto.

—Tocado —reconoció el inspector jefe con una sonrisa—. Un tesoro.

—¿Un tesoro? ¿En serio? ¿El abad dice que hay un tesoro enterrado?

—No lo ha dicho —contestó Gamache—. Lo que ha dicho es que corre un rumor al respecto.

—¿Lo han buscado?

—De forma extraoficial. Creo que se supone que a los monjes no les interesan esas cosas.

—Pero a los hombres sí —respondió Beauvoir, con la mirada fija en el plano.

Un viejo monasterio con un tesoro oculto, pensó Beauvoir. Demasiado ridículo. No le extrañaba que a su jefe le diera reparo decirlo en voz alta. Sin embargo, mientras se burlaba de la mera idea, estudiaba el plano con una chispa en la mirada.

No había ni un solo niño o niña que no hubiera soñado con un tesoro escondido, pensó. Que no devorase las historias de proezas y hazañas, de piratas y galeones, y de princesas y príncipes a la fuga que enterraban algo valioso. O, todavía mejor, que hallaban algo valioso.

Por muy ridícula y rocambolesca que fuera la idea de una sala oculta con un tesoro, Beauvoir no podía evitar sentirse seducido por esa fantasía. En un abrir y cerrar de ojos, se sorprendió elucubrando sobre qué podía ser el tesoro. ¿Riquezas de una iglesia medieval? Cálices, cuadros, monedas. Joyas de valor incalculable llevadas tras las Cruzadas.

Se imaginó yendo en su busca.

No por la fortuna. O, al menos, no sólo por eso. Sino por la diversión.

Enseguida se vio contándoselo a Annie. La vio mirándolo mientras escuchaba. Pendiente de todas las palabras. Reaccionaba a cada giro de la historia con distintas expresiones a medida que él le describía la búsqueda. Aguantaba la respiración. Se reía.

Hablarían de ello durante el resto de sus vidas y se lo contarían a sus hijos y a sus nietos. La historia de cuando el abuelito encontró el tesoro. Y se lo devolvió a la Iglesia.

—Bueno —dijo Gamache, y enrolló el plano—, ¿puedo dejarte a cargo de esto?

Se lo entregó.

—Lo repartiré con usted, patrón. Mitad y mitad.

—Yo ya tengo un tesoro, muchas gracias —respondió Gamache.

—No creo que un paquete de arándanos cubiertos de chocolate cuente como tesoro.

—¿No? Bueno, para gustos, los colores.

Se oyó el tañido grave de una campana. No era una celebración alegre, sino un toque solemne.

—¿Otra vez? —Beauvoir se extrañó—. ¿Puedo quedarme aquí?

—Claro que sí.

Gamache sacó del bolsillo el libro de horas que le había facilitado el secretario del abad y ojeó el texto. Después miró el reloj.

—Misa de once —anunció, y se dirigió hacia la puerta cerrada.

—¿Sólo son las once? Parece que sea la hora de acostarse.

Pese a ser un lugar en el que todo sucedía según un horario estricto, el tiempo parecía haberse detenido.

Beauvoir le abrió la puerta a su jefe y, tras una breve vacilación y un reniego susurrado entre dientes, lo siguió por el pasillo hasta la iglesia.

Gamache se sentó en un banco, y Beauvoir a su lado. Esperaron en silencio a que el oficio comenzase y, una vez más, el inspector jefe se maravilló al comprobar la luz que entraba por los ventanales más altos. Se descomponía en distintos colores, se vertía sobre el altar y los bancos del coro, y daba la impresión de danzar, aguardando con alegría la compañía de los monjes.

Con la sensación de que ya llevaban allí mucho rato, echó un vistazo a un espacio que ya conocía y cayó en la cuenta de que Beauvoir y él ni siquiera llevaban veinticuatro horas en Saint-Gilbert-Entre-les-Loups.

Ahora ya sabía que el templo había sido construido en honor a un santo tan soso que la Iglesia no le había encontrado ninguna dolencia de la que hacerlo patrón.

Eran pocos los que le rezaban.

Y, sin embargo, durante una vida terriblemente larga, Gilberto había hecho algo espectacular: se había enfrentado a un rey. Había defendido a su arzobispo. Tomás había sido asesinado, pero él se había alzado ante la tiranía y había sobrevivido.

Gamache se acordó de haberle dicho en broma al abad que tal vez pudieran nombrarlo santo patrón de los que se preocupan, por las robustas defensas del monasterio y sus puertas cerradas con llave.

Y por tantos lugares donde esconderse.

Pero quizá se había equivocado y había sido injusto con Gilberto. Tal vez éste había sido muy precavido, pero al final había reunido más valor que los demás. Sentado en silencio en la luz refractada, Gamache se preguntó si él habría demostrado el mismo coraje.

Dedicó un momento a reflexionar sobre el recién llegado y rezó a san Gilberto.

Cuando sonó la última nota del repique de campanas, entraron los monjes. Aparecieron en fila india, cantando. Las capuchas blancas les ocultaban la cara. Llevaban los brazos metidos hasta los codos en la manga contraria del hábito negro. A medida que se introducían las voces en la nave, el canto fue aumentando hasta que todo el espacio se llenó de canto llano. Y de luz.

Y entonces entró una última persona.

El superintendente jefe Francoeur agachó la cabeza, se santiguó y, a pesar de que había multitud de bancos vacíos entre los que elegir, se sentó justo delante de Gamache y de Beauvoir, y les tapó la vista.

Una vez más, el inspector jefe ladeó la cabeza con la esperanza de ver un poco mejor. De atisbar a los monjes. Pero también los motivos del hombre que tenía enfrente. El que se había precipitado del cielo con un propósito concreto.

Mientras Beauvoir resoplaba a su lado, Gamache cerró los ojos y escuchó lo hermosa que era la música.

Y pensó acerca de la tiranía y el asesinato.

Y en si había casos en los que era correcto matar a una persona por el bien de los demás.

DIECIOCHO

—¿Se ha perdido?

Beauvoir dio media vuelta para enfrentarse a la voz.

—Lo pregunto porque no es habitual encontrar a nadie aquí.

En la espesura del bosque, a un par de pasos de distancia del inspector, había un monje, como si hubiera aparecido de pronto. Beauvoir lo reconoció: era el de la fábrica de bombones; la última vez que lo había visto, estaba cubierto de lamparones de chocolate negro, pero ahora llevaba una sotana limpia y un cesto. Como Caperucita Roja. «Entre-les-Loups —pensó Beauvoir—. "Entre los lobos".»

—No, no me he perdido —contestó.

Trató de enrollar deprisa el plano de Saint-Gilbert, pero ya era tarde. El monje permanecía inmóvil, observándolo, y el inspector se sintió ridículo y receló de él. Lo desconcertaba estar con gente tan mansa y silenciosa. Con personas tan sigilosas.

—¿Necesita que lo ayude con algo? —preguntó el monje.

—Estaba... —empezó a decir, y levantó el plano que no había terminado de enrollar.

—¿Buscando? —preguntó el monje, y sonrió.

Beauvoir pensaba que el monje iba a enseñarle los colmillos, pero en su lugar le ofreció media sonrisa tímida.

—Yo también —admitió el religioso—. Pero seguro que no buscamos lo mismo.

Era la clase de comentario con cierta dosis de condescendencia que esperaba de un clérigo. Debía de estar en alguna misión espiritual mucho más encomiable que la tarea a la que se pudiera estar dedicando el humano torpe que tenía delante. El monje paseaba por el bosque en pos de la inspiración o de la salvación, o de Dios. Rezando o meditando. Mientras que Beauvoir buscaba un tesoro.

—¡Mire! —exclamó el monje—. Aquí hay unos pocos.

Se agachó y, al erguirse, le tendió la mano abierta. En el valle que formaba la palma de su mano tenía un montoncito de arándanos menudos.

—Son perfectos —dijo.

Beauvoir los miró y le parecieron iguales que todos los que había visto hasta entonces.

—Por favor —insistió el monje, y le acercó la mano.

El inspector cogió uno de los pequeños frutos. Era como intentar agarrar un átomo.

Se lo metió en la boca y de inmediato notó una explosión de sabor que no guardaba ninguna proporción con el tamaño del fruto. Sabía a arándano, cosa que no lo sorprendió, pero también notó el gusto del otoño de Quebec. Dulce y almizclado.

El monje tenía razón: era perfecto.

Cogió otro, igual que el religioso.

Ambos permanecieron a la sombra del muro alto del jardín del abad, comiendo bayas silvestres. A tan sólo unos metros de allí, al otro lado de la pared, había un jardín precioso, plantado y cuidado con mimo. Césped y arriates, arbustos podados y bancos.

En cambio, a ese lado del muro, había arándanos diminutos y perfectos.

Además de una maleza tan enredada que el agente se había arañado las piernas a través de los pantalones mientras se abría paso entre los matorrales. Estaba siguiendo la planta del monasterio a pie y sobre el papel. En la abadía le habían prestado unas botas de goma y con ellas había pisado barro, sorteado los troncos de los árboles caídos y trepado por encima de rocas. Todo a fin de averiguar si las líneas del plano se correspondían con los muros exteriores de la abadía.

—¿Cómo se ha acercado con tanto sigilo?

—¿Con sigilo? —El monje se echó a reír—. Estoy haciendo la ronda habitual. Allí hay un camino, ¿por qué no lo ha seguido usted?

—Bueno, de haberlo sabido... —contestó Beauvoir, que no estaba seguro de que hablasen de lo mismo.

Había trabajado con el inspector jefe Gamache el tiempo suficiente como para olerse una alegoría.

—Me llamo Bernard —se presentó el monje, y le tendió la mano teñida de violeta.

—Beauvoir.

El apretón lo sorprendió. Esperaba una mano blanda y fofa como la masa de pan cruda; en cambio, el monje demostraba firmeza y confianza, y tenía la piel más áspera que la suya.

—Vaya, ¡fíjese!

El hermano Bernard se agachó de nuevo y se quedó de rodillas arrancando bayas. Beauvoir se acuclilló a su lado y miró el suelo. Poco a poco, en lugar de ver tan sólo una maraña de ramitas, musgo y hojas secas, empezó a descubrir lo que andaba buscando el monje.

No la salvación, sino los frutos diminutos.

—Dios mío. —Bernard se rió—. Esto es una mina. Llevo años pasando por esta senda en otoño y yo sin saber que aquí había tantos.

—No estará insinuando que a veces merece la pena salirse del camino...

Beauvoir se hizo gracia a sí mismo; él también podía hablar con alegorías.

El monje se rió de nuevo.

—Tocado.

Pasaron los siguientes minutos gateando entre la maleza, recogiendo arándanos.

—Bueno... —dijo al final el hermano Bernard. Se levantó, se estiró y se sacudió las ramitas del hábito—. Debe de ser un récord.

Miró el cesto a rebosar de frutos.

—Es usted mi talismán de la buena suerte. Gracias.

Beauvoir se sintió satisfecho.

—Ahora —continuó Bernard, y señaló un par de rocas planas— me toca a mí ayudarlo a usted.

Beauvoir vaciló. Había dejado el plano del monasterio en un arbusto, para que estuviera a salvo mientras recogían las bayas. Lo miró, y Bernard le siguió la mirada sin decir nada.

El inspector recuperó el plano, y los dos se sentaron en las rocas, el uno enfrente del otro.

—¿Qué busca? —preguntó el monje.

Beauvoir continuaba indeciso, pero tomó una determinación en ese instante y desenrolló el plano.

El hermano Bernard miró el rostro del inspector y luego la vitela, y abrió los ojos con sorpresa.

—El plano del monasterio de dom Clément... Habíamos oído hablar de este documento. Dom Clément era un arquitecto famoso de la época, ¿lo sabía? Pero después entró en la orden gilbertina y desapareció con los otros veintitrés monjes. Nadie sabía adónde fueron y tampoco les interesaba mucho. Los gilbertinos nunca hemos sido ricos ni poderosos, más bien lo contrario. Así que cuando abandonaron el monasterio de Francia, todo el mundo dio por sentado que la orden se había disuelto o que habían muerto.

—Pero no fue así —aportó Beauvoir, que también miraba el plano.

—No, vinieron aquí. Y en aquella época, eso casi era lo mismo que ir a la Luna.

—¿Por qué vinieron?

—Tenían miedo de la Inquisición.

—Pero si eran tan pobres y marginales, ¿por qué la temían?

—¿Por qué tiene miedo la gente? La mayoría de las veces el motivo está en sus cabezas, no se corresponde con la realidad. Supongo que la Inquisición no hacía ningún caso de los gilbertinos, pero se largaron de todos modos.

Por si acaso. Ése podría ser nuestro lema: «Por si acaso.» *Exsisto paratus.*

—¿Usted no había visto esto?

Beauvoir señaló el plano.

El hermano Bernard negó con la cabeza. Parecía haberse perdido entre las líneas de la vitela.

—Es fascinante —dijo, y se acercó un poco más—. Ver el plano original de dom Clément. Me pregunto si lo trazó antes o después de la construcción de Saint-Gilbert.

—¿Importa eso?

—Tal vez no, pero uno reflejaría el ideal y el otro la realidad. Si lo dibujó después, esto muestra lo que existe, no lo que quizá quisieran construir al principio y después pudieron cambiar.

—Usted conoce el monasterio —afirmó Beauvoir—. ¿Qué opina?

Durante unos minutos, el hermano Bernard estudió la vitela con la cabeza inclinada. De vez en cuando seguía una línea de tinta con un dedo teñido de arándano. Murmuraba, tarareaba. Meneaba la cabeza y retrocedía con el dedo para seguir otra línea, otro pasillo.

Finalmente levantó la cabeza y miró a Beauvoir a los ojos.

—En este plano hay algo raro.

Beauvoir sintió un escalofrío.

—¿El qué?

—La escala no está bien. Verá: aquí y aquí...

—El huerto y el corral.

—Eso es. Según el plano, tienen el mismo tamaño que el jardín del abad. Pero no. En realidad son como mínimo el doble de grandes.

Era cierto. Beauvoir había estado recogiendo calabazas esa misma mañana con el hermano Antoine y el huerto era enorme. En cambio, el lugar en el que se había cometido el crimen, el jardín del abad, era mucho más reducido.

—¿Y cómo lo sabe? —preguntó el inspector—. ¿Ha entrado en el jardín?

Miró el alto muro.

—No, pero lo he rodeado buscando arándanos. Y lo mismo con los otros dos. Este plano —dijo, y bajó la mirada— está mal.

—¿Y qué quiere decir eso? ¿Por qué haría algo así dom Clément?

Bernard lo consideró y negó con la cabeza.

—No sé qué decirle. La Iglesia exageraba las cosas a su modo. Si se fija en los cuadros antiguos, parece que el Niño Jesús tenga diez años nada más nacer. Y, en los mapas antiguos de las ciudades, las catedrales se dibujaban mucho más grandes de lo que eran. Dominando el entorno.

—¿Cree que dom Clément exageró el tamaño de su jardín? ¿Por qué?

El monje negó de nuevo.

—Por vanidad, quizá. Para que el plano pareciese más a escala. El nivel de tolerancia de la arquitectura eclesiástica en cuanto a cualquier cosa inusual y descompensada es muy bajo. Y sobre el papel, el monasterio tiene mejor aspecto que en la realidad —explicó, y señaló el plano—. Aunque el que se construyó funcione mejor en el mundo real.

Una vez más, Beauvoir se sintió atraído por el conflicto entre percepción y realidad que se daba en el monasterio. Y la decisión de reflejar lo que quedaba bien y no lo que era fiel a la verdad.

El hermano Bernard continuó estudiando el plano.

—Si dom Clément lo hubiera dibujado tal como es, el monasterio no parecería un crucifijo, sino más bien un pájaro. Con dos alas grandes y el cuerpo más corto.

—Así que hizo trampas.

—Supongo que es una forma de decirlo.

—¿Es posible que hiciera más trampas? —preguntó Beauvoir, aunque ya sabía la respuesta.

Si alguien engañaba en una ocasión, volvería a hacerlo.

—Supongo que sí.

El monje lo miró como si un ángel hubiera caído del cielo.

—Pero no hay nada más que me parezca extraño. ¿Por qué cree que es importante?

—Puede que no lo sea.

Beauvoir enrolló el plano.

—Antes me ha preguntado qué buscaba. Pues bien: se trata de una sala oculta.

—¿La capitular?

—Ésa ya la conocemos. Busco otra.

—Entonces, existe.

—No lo sabemos. Hemos oído los rumores, y es obvio que usted también.

Por primera vez durante la conversación, Beauvoir percibió que el monje vacilaba. Como si una puerta acabara de cerrarse despacio. Como si el hermano Bernard dispusiera de su propia habitación secreta.

Claro que todo el mundo tenía una, y parte de su trabajo y del inspector jefe era dar con ellas. Por desgracia para ambos, sin embargo, casi nunca guardaban tesoros. Lo que encontraban, sin excepción, eran montañas de porquería.

—Si el monasterio tiene alguna otra cámara secreta, debe decírmelo —lo presionó Beauvoir.

—Yo no sé de ninguna otra.

—Pero ha oído los rumores, ¿verdad?

—Siempre hay rumores. Ése lo oí el día que llegué.

—Para ser una orden silenciosa, parece que hablan mucho.

Bernard sonrió.

—No guardamos silencio todo el tiempo. Se nos permite hablar a ciertas horas del día.

—¿Y uno de los temas de conversación son las cámaras secretas?

—Si usted sólo tuviera unos minutos al día para charlar, ¿de qué cree que hablaría? ¿Del tiempo? ¿De política?

—¿De secretos?

El hermano Bernard sonrió.

—A veces del misterio divino, y otras de misterios, sin más. Como habitaciones escondidas y tesoros.

Miró a Beauvoir con complicidad. Y con inteligencia. Aquel monje, pensó el inspector, tal vez fuese tranquilo y afable, pero no era tonto.

—¿Cree que existen?

—¿La cámara secreta y el tesoro que dom Clément y sus monjes trajeron a cuestas hace siglos?

El hermano Bernard negó con la cabeza.

—La idea es divertida. Nos ayuda a pasar el rato durante las noches más frías de invierno, pero en realidad nadie cree que existan. Los habríamos encontrado hace mucho tiempo. En el monasterio se han hecho obras, renovaciones y reparaciones. De existir algo así, habríamos dado con ello.

—Puede que alguien lo haya hecho ya —repuso Beauvoir, y se levantó—. ¿Cuántas veces los dejan salir?

El monje se rió.

—Que conste que esto no es una cárcel.

Pero incluso el hermano Bernard tuvo que admitir que, desde ese punto de vista, Saint-Gilbert lo parecía.

—Salimos siempre que queremos, aunque no nos alejamos. Más que nada, damos paseos. Buscamos bayas y leña. Vamos a pescar. En invierno jugamos a hockey sobre hielo. Lo organiza el hermano Antoine.

Beauvoir sintió vértigo de nuevo. El hermano Antoine jugaba a hockey; seguro que, además, era el capitán y centro. La misma posición en la que jugaba él.

—En verano algunos hacemos footing y taichí. Si le apetece, practicamos después de vigilias. Será bienvenido.

—¿Ése es el oficio de madrugada?

—El de las cinco, sí —respondió con una sonrisa—. Su jefe ha asistido esta mañana.

Beauvoir estaba a punto de contestar sin demasiada amabilidad para atajar cualquier intento de ridiculizar a su superior, cuando se dio cuenta de que al hermano Bernard el episodio le había hecho gracia, nada más. No estaba burlándose de él.

—Sí, me lo ha contado —respondió Beauvoir.

—Después hemos estado hablando un poco.

—Ah, ¿sí?

Sin embargo, Beauvoir sabía perfectamente que su superior había estado hablando con el hermano Bernard en las duchas y que luego habían recogido huevos juntos. El monje le había descrito la brecha que se había abierto en la comunidad y, de hecho, el inspector jefe parecía bastante convencido de que el monje lo había buscado con la intención específica de explicárselo.

Entonces a Beauvoir se le ocurrió que era posible que allí estuviera sucediendo lo mismo. ¿Se habían cruzado por casualidad mientras el religioso recogía arándanos, o no se trataba de una coincidencia? Era posible que el hermano Bernard lo hubiera visto salir con el pergamino y hubiera ido tras él.

—A su jefe se le da bien escuchar —comentó el monje—. Encajaría bien aquí.

—Y le quedan muy bien las batas.

El hermano Bernard se rió.

—Ha sido usted el que lo ha dicho.

El monje lo observó.

—Creo que usted también disfrutaría viviendo aquí.

«¿Disfrutar? —pensó Beauvoir—. ¿Disfrutar? ¿Hay alguien que disfrute en este lugar?»

Daba por sentado que lo toleraban, igual que se tolera un cilicio. No se le había pasado por la cabeza que la vida en Saint-Gilbert-Entre-les-Loups pudiera hacerlos felices.

El hermano Bernard cogió el cesto de arándanos, y ambos caminaron unos cuantos pasos antes de volver a hablar. Parecía que estaba escogiendo las palabras con cuidado.

—Me ha sorprendido la llegada de ese otro hombre que ha venido en avioneta. A mí y a todos. Incluido su superior, creo. ¿Quién es?

—Se llama Francoeur. Es el superintendente jefe.

—¿De la Sûreté?

Beauvoir asintió.

—El gran jefe.

—Su papa —apuntó Bernard.

—Sólo si un idiota con pistola puede ser papa.

El hermano Bernard soltó una risotada y enseguida intentó borrar la sonrisa.

—¿No le cae bien?

—Los años de vida contemplativa le han agudizado el instinto, hermano Bernard.

El monje se rió de nuevo.

—La gente acude a mí desde todos los rincones del mundo para escuchar mis impresiones —bromeó, pero de pronto no había rastro de su sonrisa—. Por ejemplo: a este tal Francoeur no le cae muy bien su jefe, ¿verdad?

Ambos sabían que darse cuenta de eso tampoco constituía una hazaña en cuanto a percepción se refiere.

Beauvoir no sabía qué responder. Su primera reacción siempre era mentir y pensó que habría sido un buen arquitecto medieval. Quería negar de inmediato que el problema existiese, cubrir la verdad. O, por lo menos, trampear la escala. Pero se daba cuenta de que no serviría de nada. Aquel hombre había visto con claridad, igual que todos los demás que estaban en el muelle, que Francoeur le había hecho un desaire a Gamache.

—Viene de hace algunos años. Tuvieron un desencuentro con respecto a otro agente.

El hermano Bernard no respondió, se limitó a escuchar. Con expresión tranquila y mirada atenta pero objetiva. Caminaban despacio por el bosque, haciendo crujir las ramas y las hojas que habían caído en el sendero transitado. El sol se abría paso entre las ramas aquí y allá, y de vez en cuando oían que por los árboles se movía alguna ardilla listada o algún pájaro o cualquier otra criatura salvaje.

Beauvoir aguardó un momento, pero continuó. Pensó que daba lo mismo. Se trataba de un asunto de dominio público. A menos, claro, que vivieras en un monasterio en mitad del bosque.

Lo que sabían los monjes y lo que sabían los demás parecían ser cosas muy distintas.

—El inspector jefe arrestó a uno de los superintendentes de la Sûreté, desobedeciendo las órdenes de Francoeur y de algunos otros. Se llamaba Arnot y en aquel momento era el superintendente jefe.

Percibió una ligera reacción en el rostro plácido del monje. Un leve arqueo de las cejas, que enseguida regresaron a su lugar. Algo casi imperceptible. Casi.

—¿Por qué lo arrestó?

—Por asesinato. Y sedición. Resulta que Arnot animaba a los agentes de las reservas a matar a cualquier nativo que causara problemas. O, como mínimo, cuando un joven nativo moría de un disparo o en una paliza, Arnot no sancionaba a los agentes involucrados. De hacer la vista gorda a fomentar los asesinatos hay muy poco trecho. Al parecer, se convirtió... —contó Beauvoir con voz entrecortada, pues le resultaba difícil hablar sobre algo tan vergonzoso—... se convirtió casi en un deporte. Una anciana cree pidió ayuda a Gamache para encontrar a su hijo desaparecido. Por eso descubrió lo que estaba ocurriendo.

—¿Y el resto de la cúpula de la Sûreté no quería que el inspector jefe dijera nada?

Beauvoir asintió.

—Accedieron a despedir a Arnot y a los demás agentes, pero no querían provocar un escándalo. No querían perder la confianza de la ciudadanía.

El hermano Bernard no bajó la mirada, pero Beauvoir tuvo la impresión de que durante unos segundos se la sostenía con menos intensidad.

—Así que el inspector jefe Gamache arrestó a Arnot de todos modos —dijo el hermano Bernard—. Desobedeció sus órdenes.

—Jamás se planteó no hacerlo. Pensó que los padres y los seres queridos de los fallecidos merecían una respuesta. Y un juicio público. Y una disculpa. Al final todo salió a la luz y fue un desastre.

Bernard asintió. La Iglesia sabía de escándalos, encubrimientos y desastres.

—¿Qué pasó? —preguntó.

—Los declararon culpables a todos. Están cumpliendo cadena perpetua.

—¿Y el inspector jefe?

Beauvoir sonrió.

—Sigue siendo el inspector jefe. Nunca llegará a superintendente y lo sabe.

—Pero no perdió el puesto.

—No podían despedirlo. Incluso antes de que esto sucediese, él ya era uno de los agentes más respetados de la Sûreté. El juicio hizo que los peces gordos lo odiasen, pero que las bases lo adoraran. Él les devolvió el orgullo. Y, aunque parezca una paradoja, gracias a él la ciudadanía recuperó la confianza en la policía. Francoeur no podía despedirlo, aunque quería hacerlo. Arnot y él eran amigos. Buenos amigos.

El hermano Bernard reflexionó sobre ese detalle.

—¿Sabía Francoeur lo que estaba haciendo su amigo? Los dos eran superintendentes.

—El inspector jefe no consiguió probarlo.

—Pero lo intentó.

—En efecto, quería limpiar toda la porquería —contestó Beauvoir.

—¿Y lo consiguió?

—Espero que sí.

Ambos recordaron la escena del muelle. La mano tendida de Gamache para ayudar a bajar a Francoeur de la avioneta y la expresión de éste. Su mirada.

Entre ellos no había sólo enemistad, sino también odio.

—¿A qué ha venido el superintendente jefe? —preguntó el hermano Bernard.

—No lo sé.

Beauvoir intentó decirlo sin pesadumbre. Era la verdad: no tenía ni idea. Y sintió cómo la preocupación se le aferraba a las entrañas y le raspaba por dentro.

El hermano Bernard frunció el ceño, pensativo.

—Debe de ser muy difícil para ellos trabajar juntos. ¿Tienen que colaborar a menudo?

—No, no mucho.

No quería explicar más. Desde luego, no pensaba hablarle al monje de la última vez que Gamache y Francoeur habían coincidido en un caso. El asalto a la fábrica. De eso hacía casi un año y el resultado había sido un desastre.

Vio la imagen del inspector jefe agarrado al borde de la mesa e inclinado hacia Francoeur con un ademán tan amenazador que el superintendente jefe había palidecido y dado un paso atrás. Beauvoir podía contar con los dedos de una mano las veces que había oído gritar a Gamache. Y ese día había gritado. Le había gritado a Francoeur a la cara.

Su furia lo había asustado incluso a él.

Aun así, el superintendente jefe también había contestado a voces.

Y Gamache se había impuesto, aunque para ello había necesitado retroceder. Pedir disculpas. Suplicar a Francoeur que razonara. Gamache le había rogado. Era el precio que había tenido que pagar para que su superior actuase.

Beauvoir nunca había visto suplicar a su jefe. No obstante, ese día lo había hecho.

Gamache y Francoeur apenas habían cruzado unas palabras desde entonces. Tal vez intercambiasen un saludo en el funeral de Estado que se celebró para honrar a los agentes que murieron en el asalto, aunque Beauvoir lo dudaba. Y puede que un par de palabras durante la ceremonia en la que Francoeur le puso una medalla al valor en la solapa. En contra de los deseos de Gamache.

El superintendente había insistido. A sabiendas de que de cara al resto del mundo parecería que estaba premiando al inspector jefe, aunque, en su fuero interno, ambos conocían la verdad.

Durante la ceremonia, Beauvoir había permanecido entre el público. Y le había visto la cara a su jefe cuando Francoeur le colgaba la medalla. Cualquiera habría pensado que estaba atravesándole el corazón con ella.

Se hizo lo correcto, pero el motivo no era el adecuado.

Beauvoir sabía que el inspector jefe merecía la medalla, pero Francoeur lo había hecho para humillarlo. Lo había premiado públicamente por una operación en la que varios agentes de la Sûreté habían resultado heridos, y otros muertos. Francoeur se la había otorgado no como reconocimiento de las vidas que Gamache había salvado aquel día fatídico, sino a modo de acusación. Como recordatorio permanente de todas las vidas jóvenes que habían perdido.

El inspector podría haber matado al superintendente jefe en ese mismo instante.

Una vez más sintió un garfio en la boca del estómago. Algo trataba de salirle de dentro y, de repente, habría dado cualquier cosa por cambiar de tema. Borrar los recuerdos. No sólo de la ceremonia, sino también de aquel día horrible. El de la fábrica.

El día en que una de las vidas arrebatadas había estado a punto de ser la suya.

El día en que una de las vidas arrebatadas había estado a punto de ser la del inspector jefe.

Beauvoir pensó en unas pastillas del mismo tamaño que los diminutos arándanos. Las que todavía tenía escondidas en el apartamento. Y en la explosión que le provocaban; no de sabor almizclado, sino de inconsciencia.

Anestesiaban lo que Beauvoir guardaba en su cámara secreta.

No tomaba un comprimido de oxicodona ni de acetaminofén desde hacía meses; desde el día que el inspector jefe se había enfrentado a él, le había quitado los fármacos y le había conseguido ayuda.

Tal vez sí podría llegar a ser un buen gilbertino. Igual que ellos, vivía con miedo. Pero no de lo que pudiera atacarlo desde el exterior, sino de lo que aguardaba con paciencia dentro de sus propios muros.

—¿Está bien?

Beauvoir siguió la voz suave, como si se tratara de un caminito de caramelos que lo guiara hacia las afueras del bosque.

—¿Necesita ayuda?

El hermano Bernard le había tendido una mano áspera y estaba tocándole el brazo.

—No, estoy bien. Estaba pensando en el caso.

El monje continuó examinando al inspector muy poco convencido de haber escuchado la verdad.

Beauvoir rebuscó entre los recuerdos, recogiendo cosas de aquí y de allá, ansioso por encontrar algo útil. El caso. El caso. El prior. La escena del crimen. El jardín.

El jardín.

—Estábamos hablando del jardín del abad —dijo el inspector con un tono brusco que no invitaba a hacer más confidencias.

Ya había ido demasiado lejos.

—¿Sí? —preguntó el hermano Bernard.

—Usted ha dicho que todos saben que existe. Pero no han estado allí.

—Correcto.

—¿Y quién sí?

—Cualquiera a quien dom Philippe haya invitado.

Beauvoir se dio cuenta de que no estaba prestando suficiente atención. Continuaba distraído con sus recuerdos y las emociones que le habían despertado.

¿Era posible que al hermano Bernard se le adivinase cierto resentimiento en la voz?

Creía que no, pero con la atención en tal estado de precariedad, no estaba seguro. Y por eso maldijo de nuevo a Francoeur. Por estar donde no era bien recibido. En el monasterio. Y en la mente del inspector, dando vueltas como un pasmarote. Dando patadas para despertar cosas que estarían mejor dormidas.

Se acordó del consejo contra la ansiedad que le había dado uno de sus terapeutas.

Respirar. Respirar y nada más.

«Respira hondo. Inspira, espira.»

—¿Qué opina del abad? —preguntó.

Estaba algo mareado.

—¿A qué se refiere?

Beauvoir no lo tenía claro.

«Respira hondo. Inspira, espira.»

—Usted es uno de los hombres del abad, ¿verdad? —preguntó.

Estaba asiéndose a cualquier pregunta que le viniese a la cabeza.

—Lo soy.

—¿Por qué? ¿Por qué no se puso de parte del prior?

El monje le dio unas patadas a una piedra, y Beauvoir se concentró en los saltitos que ésta daba por el camino de tierra. La puerta del monasterio aún parecía estar bastante lejos, y de pronto sintió el deseo de llegar a la iglesia. Donde se estaba tranquilo y en paz. Escuchando el canto monótono. Aferrándose a las notas.

Allí no había caos. Ni pensamientos ni decisiones que tomar. No había emociones descarnadas.

«Respira hondo. Inspira, espira.»

—El hermano Mathieu tenía un don para la música —dijo el hermano Bernard—. Transformó nuestra vocación por el canto en algo sublime; era un maestro extraordinario y un líder natural. Dio sentido a nuestras vidas, un propósito. Llenó la abadía de vitalidad.

—¿Y por qué no era el abad?

Estaba funcionando. Beauvoir siguió su propia respiración y la voz calmada del monje hasta su propio cuerpo.

—Quizá debería haberlo sido, pero elegimos a dom Philippe.

—¿En lugar de al hermano Mathieu?

—No, el hermano Mathieu no se presentó.

—¿Dom Philippe consiguió el puesto por aclamación?

—No, el que era prior en ese momento también se presentó. La mayoría pensaban que ganaría él, porque era el paso natural. El prior casi siempre se convertía en abad.

—¿Y quién era el prior en esa época?

La mente de Beauvoir volvía a estar a pleno rendimiento. Recibía información y en respuesta formulaba preguntas racionales. Aun así, no se deshizo del puño que sentía en la boca del estómago.

—Yo.

Beauvoir no estaba seguro de haber oído bien.

—¿Usted era el prior?

—Sí, y dom Philippe no era más que el hermano Philippe. Un monje raso.

—Imagino que debió de resultarle humillante.

El hermano Bernard sonrió.

—Intentamos no tomárnoslo como algo personal. Fue la voluntad del Señor.

—¿Y así es mejor? Yo prefiero que me humillen los hombres a que lo haga Dios.

Bernard escogió no contestar.

—Así que usted volvió a ser un monje normal, y el abad nombró a su amigo para el puesto de prior. Al hermano Mathieu.

Bernard asintió y cogió con aire distraído un puñado de arándanos del cesto.

—¿Le tenía algún resentimiento al nuevo prior? —preguntó Beauvoir, quien también cogió unos cuantos arándanos.

—No, en absoluto. Resultó ser una elección muy acertada. El anterior abad y yo formábamos un buen equipo, pero yo no habría sido tan bueno para dom Philippe como resultó ser el hermano Mathieu. Les fue bien durante muchos años.

—Así que usted tuvo que fastidiarse.

—Tiene usted una forma curiosa de expresar las cosas.

—Pues debería oír lo que no estoy diciendo —respondió Beauvoir, y vio que el hermano Bernard sonreía—. ¿Había oído que el prior estaba pensando en sustituir al hermano Antoine como solista?

—¿Por el hermano Luc? Sí. Es un rumor que extendió el propio hermano Luc y que, al parecer, sólo él se creyó.

—¿Está seguro de que no era cierto?

—El prior podía ser difícil. Creo que usted —dijo el hermano Bernard, y le lanzó una mirada a Beauvoir— lo habría llamado «gilipollas».

—Me ofende.

—Pero sabía mucho de música. Para él, el canto gregoriano era más que eso: era su senda hacia lo divino. Habría preferido morir que hacer algo que perjudicara al coro o el canto.

El hermano Bernard continuó caminando sin dar señales de ser consciente de lo que acababa de decir. Beauvoir se lo guardó para sí.

—El solista debe ser el hermano Antoine —afirmó el monje entre bocados de arándanos—. Su voz es magnífica.

—¿Mejor que la de Luc?

—Mucho mejor. El hermano Luc lo supera a nivel técnico, sabe cómo controlar la voz. Tiene un timbre hermoso, pero carece de divinidad. Es como ver el retrato de alguien en lugar de a la persona en carne y hueso. Le falta una dimensión.

La opinión del hermano Bernard sobre la voz de Luc era casi calcada a la del hermano Antoine.

Aun así, el monje joven estaba convencido y era convincente.

—Si Luc estuviera en lo cierto —aventuró Beauvoir—, ¿cómo habría reaccionado la comunidad?

Bernard reflexionó unos instantes.

—Creo que muchos se habrían preguntado cosas.

—¿Sobre qué?

El hermano Bernard dio muestras claras de sentirse incómodo. Se echó otro puñadito de arándanos a la boca. El cesto, que un rato antes estaba a rebosar de frutos, se había reducido a un charco morado.

—Cosas.

—Hay algo que no me dice, hermano Bernard.

El monje guardó silencio y se tragó los pensamientos, las opiniones y las palabras con las bayas.

Sin embargo, Beauvoir tenía una idea bastante acertada de lo que quería decir.

—Se habrían hecho preguntas sobre su relación —lo ayudó.

Bernard cerró la boca como si le fuera la vida en ello y se le abultaron los músculos de la mandíbula con el esfuerzo de no dejar salir las palabras.

—La comunidad se habría preguntado —insistió Beauvoir— qué ocurría entre el anciano prior y el joven monje.

—No me refería a eso.

—Claro que sí. Usted y el resto de los monjes se habrían preguntado qué sucedía después de los ensayos, cuando los demás se dirigían a sus celdas.

—No, se equivoca.

—¿No es así como Antoine consiguió el puesto? ¿Eran sólo solista y maestro de coro o había algo más?

—¡Basta! —soltó entonces el hermano Bernard—. Las cosas no eran así.

—Pues ¿cómo eran?

—Está convirtiendo el canto y el coro en algo sórdido. Mathieu era un hombre muy desagradable. No me gustaba nada, pero hasta yo sé que él jamás —siseó Bernard entre dientes—, jamás, habría escogido a un solista a cambio de sexo. El hermano Mathieu amaba el canto por encima de todo.

—Aun así —repuso Beauvoir en voz muy baja—, los demás habrían pensado en esa posibilidad.

El hermano Bernard miró a Beauvoir con los ojos muy abiertos. La mano con la que sostenía el cesto mostraba una hilera de nudillos blancos.

—¿Sabía que el abad ha nombrado al hermano Antoine maestro de coro?

El inspector se expresaba con tono amigable, natural. Como si no acabaran de enfrentarse. Era un truco que había aprendido de Gamache. No ataques todo el rato: avanza, retrocede, hazte a un lado. Quédate quieto.

Sé impredecible.

Poco a poco, el hermano Bernard recobró la compostura. Respiró hondo.

«Inspira, espira.»

—No me sorprende —respondió al final—. Es la clase de decisión que tomaría el abad.

—Continúe.

—Hace unos minutos me ha preguntado por qué soy uno de los hombres del abad, y ésa es la razón. Sólo un santo o un necio ascendería a un adversario. Y dom Philippe no es necio.

—¿Lo considera un santo?

El monje se encogió de hombros.

—No lo sé, pero creo que es lo más parecido que tenemos aquí. ¿Por qué piensa que lo hicimos abad? ¿Qué tenía que ofrecer? No era más que un monje silencioso que se ocupaba de sus cosas. No era un líder. No era un gran administrador. No era un músico de excepción. De hecho, apenas había aportado destrezas a la comunidad. No era fontanero ni carpintero ni albañil.

—¿Y qué es?

—Es un hombre de Dios. De los de verdad. Cree con todo su corazón y su alma, e inspira lo mismo en los demás. Si la gente oye a Dios cuando cantamos, es porque dom Philippe lo hace realidad. Nos hace mejores hombres y mejores monjes. Tiene fe en Dios y en el poder del amor y del perdón. Y su fe no es de conveniencia; si no, mire lo que acaba de hacer: el hermano Antoine es el nuevo maestro de coro. Porque es lo mejor. Para el coro, para el canto gregoriano y para mantener la paz en la comunidad.

—Eso lo convierte en un político hábil, no en un santo.

—Es usted muy escéptico, monsieur Beauvoir.

—Y no sin motivos, hermano Bernard. Alguien ha matado a su prior. Le ha partido el cráneo en el jardincito del abad. Usted me habla de santos: ¿dónde estaba el santo en ese momento? ¿Dónde estaba Dios?

Bernard rehusó contestar.

—Sí —le espetó Beauvoir—. Soy un escéptico.

«¿Nadie va a librarme de este cura entrometido?»

Pues alguien lo había hecho.

—Y su preciado abad no fue elegido así como así —le recordó Beauvoir—: él escogió presentarse. Quería el puesto. ¿Acaso busca poder un santo? Creía que debían ser humildes.

La puerta de entrada ya quedaba a la vista. Dentro estaban los pasillos largos y llenos de luz, las celdas reducidas. Y los monjes, que se deslizaban en silencio. Y el inspector jefe Gamache. Y Francoeur. Juntos. A Beauvoir le sorprendía un poco que no se sacudiesen los muros y los cimientos del monasterio.

Se acercaron a la puerta hecha con madera gruesa de árboles talados cuatrocientos años antes en aquel mismo bosque. Después forjaron las bisagras. Y el pestillo. Y el cerrojo.

En el plano que Beauvoir llevaba enrollado en la mano, Saint-Gilbert-Entre-les-Loups parecía un crucifijo, pero en la realidad...

Tenía aspecto de prisión.

El inspector se detuvo.

—¿Por qué cierran la puerta? —le preguntó al hermano Bernard.

—Por tradición, nada más. Me imagino que muchas de las cosas que hacemos carecen de sentido para ustedes, pero nosotros se lo vemos a todas nuestras normas y tradiciones.

Beauvoir continuó mirándolo.

—Las puertas se cierran para ofrecer protección —dijo el inspector al final—. Pero ¿a quién se protege en este caso?

—¿Cómo?

—Dice que su lema podría ser «Por si acaso».

—*Exsisto paratus*, sí. Pero era una broma.

Beauvoir asintió.

—Se dicen muchas verdades en broma. Al menos, eso me han comentado. ¿Por si acaso qué, hermano? ¿Para qué sirve cerrar la puerta? ¿Para impedir que entre el mundo o que salgan los monjes? ¿Para protegerlos a ustedes o a nosotros?

—No le entiendo —admitió el hermano Bernard.

Sin embargo, por su expresión, Beauvoir se daba cuenta de que lo había comprendido muy bien. También reparó en que el cesto del monje, que antes contenía una montaña de arándanos, estaba vacío. La ofrenda perfecta había desaparecido.

—Puede que su querido abad no sea un político hábil y tampoco un santo, sino más bien un alguacil. Tal vez por eso estaba tan en contra de grabar otro disco. Por eso se había empeñado en mantener el voto de silencio. ¿Estaba preservando una larga tradición de silencio o es que tenía miedo de dejar un monstruo suelto en el mundo?

—No puedo creer que acabe de decir eso —se lamentó Bernard, temblando a causa del esfuerzo que hacía para contenerse—. ¿Está hablando de pedofilia? ¿Cree que estamos aquí porque violábamos niños? ¿Cree que el hermano Charles, el hermano Simon, el abad...? —escupió—. Que yo... No puede ser que...

No consiguió continuar. Tenía el rostro enrojecido de la rabia, y Beauvoir se preguntó si le explotaría la cabeza.

No obstante, el detective de Homicidios no dijo nada. Aguardó. Y aguardó.

Al final, el silencio demostró ser su amigo. Y el enemigo del monje. Porque daba cabida a un espectro. De tamaño real. De carne y hueso. El de todos los niños. Los del coro. Los de las escuelas. Los monaguillos. Los niños confiados. Y sus padres.

Eso viviría para siempre en el silencio de la Iglesia.

Ante la posibilidad de elegir, enfrentados al libre albedrío, la Iglesia había decidido proteger a los curas. Y qué mejor manera de proteger a los clérigos que enviándolos a un lugar remoto. A una orden casi extinta. Y rodearlos de un muro.

Donde pudieran cantar, pero no hablar.

¿Era dom Philippe guardián además de abad? ¿Un santo que vigilaba a los pecadores?

DIECINUEVE

—¿Sabes por qué los gilbertinos llevan hábito negro y capucha blanca? Es algo único, ninguna otra orden se viste así.

El superintendente jefe Francoeur estaba sentado al escritorio del prior, arrellanado en la silla de madera dura, con sus largas piernas cruzadas.

El inspector jefe Gamache, relegado a la silla para las visitas, estaba al otro lado de la mesa. Intentaba leer el informe del forense y el resto de la documentación que Francoeur había llevado consigo. Levantó la mirada y vio la sonrisa del superintendente.

Era una sonrisa atractiva. Ni falsa ni condescendiente. Era cálida e ingenua. La sonrisa de un hombre en quien se podía confiar.

—No, señor. ¿A qué se debe?

Francoeur había llegado al despacho veinte minutos antes y le había entregado los informes; a partir de ahí, se había dedicado a interrumpirle la lectura con afirmaciones triviales.

A Gamache no se le escapaba que era una versión de una vieja técnica utilizada en interrogatorios y diseñada para irritar y molestar: interrumpir, interrumpir e interrumpir hasta que el sujeto, por la frustración de no poder decir nada, acaba explotando y revelando mucho más de lo que contaría en circunstancias normales.

Era sutil y llevaba tiempo; había que acabar con la paciencia del interrogado. Los agentes jóvenes de hoy en día, mucho más impetuosos, ya no la empleaban, pero los veteranos sí la conocían. Y sabían que, esperando el tiempo suficiente, casi siempre surtía efecto.

Y el superintendente jefe de la Sûreté estaba aplicándosela a su jefe de Homicidios.

Gamache se preguntó el porqué mientras escuchaba con cortesía las observaciones prosaicas de Francoeur. ¿Era por mera diversión, para jugar con él? ¿O había, tal como acostumbraba a suceder con el superintendente jefe, un propósito mayor?

Gamache miró el rostro encantador de Francoeur y se preguntó qué estaba pasando detrás de su sonrisa, en el interior de aquel cerebro podrido. En su mente enrevesada.

Por mucho que Jean-Guy considerase que el tipo era un idiota, Gamache sabía que el inspector se equivocaba. Nadie alcanzaba el rango más alto de la policía de Quebec, uno de los cuerpos más respetados del mundo, sin demostrar destrezas.

Considerarlo tonto era un error grave, a pesar de que Gamache nunca había conseguido sacudirse la impresión de que Beauvoir tenía algo de razón, porque aunque Francoeur no era ningún idiota, tampoco era tan listo como parecía. Y mucho menos tanto como él se creía. Al fin y al cabo, tenía habilidad suficiente para emplear una técnica sutil de interrogación, pero era tan arrogante como para aplicársela a alguien que a buen seguro lo descubriría. Era más taimado que despierto.

Pero no por eso menos peligroso.

Gamache observó el informe forense que tenía en la mano. Habían transcurrido veinte minutos y sólo había conseguido leer una página. Según la información que ésta contenía, el prior era un hombre sano que pasaba de los sesenta años y mostraba el desgaste habitual de alguien de su edad. Algo de artritis y endurecimiento de las arterias.

—En cuanto me enteré del asesinato del prior, busqué a los gilbertinos en internet.

Francoeur hablaba con tono agradable, autorizado. La gente no sólo confiaba en él, sino que creía en su palabra.

Gamache levantó la vista de la hoja y puso cara de interés, por educación.

—No me diga.

—Había leído acerca de ellos en algunos artículos de prensa, claro —explicó el superintendente jefe, y paseó la mirada desde Gamache hasta la franja estrecha que hacía las veces de ventana—. De cuando el disco fue un bombazo y salió en todos los periódicos. ¿Lo tienes?

—Sí.

—Yo también. No entiendo qué le encuentran. Es aburrido. Pero hay mucha gente a la que le gusta. ¿A ti te gusta?

—Sí.

Francoeur esbozó media sonrisa.

—Ya me lo parecía.

Gamache esperó y observó al superintendente jefe en silencio. Como si tuviera todo el tiempo del mundo y el documento que sostenía fuera mucho menos interesante de lo que decía su superior.

—Causaron sensación. Es asombroso pensar que estos monjes llevaban aquí cientos de años sin que nadie lo supiera. De pronto, graban un disquito y ya está: famosos en todo el mundo. Ése es el problema, claro.

—¿Por qué?

—En cuanto se filtre la noticia del asesinato del hermano Mathieu se formará un gran revuelo. Es más conocido que el hermano Jacques.

Francoeur sonrió y, ante la sorpresa de Gamache, se arrancó:

—*Frère Jacques, frère Jacques, dormez-vous? Dormez-vous?*

Pero cantó la alegre canción infantil como una marcha fúnebre. Una versión lenta y sonora. Como si la letra contuviera algún mensaje secreto. Entonces, le clavó una mirada larga y fría.

—La gente montará en cólera, Armand. Hasta tú debes de haber llegado a esa conclusión.

—Así es, gracias.

Gamache se echó hacia delante y dejó el informe forense sobre la mesa, entre ambos. Miró a Francoeur a los ojos, y éste le sostuvo la mirada. Sin pestañear. Con frialdad y dureza. Estaba desafiando al inspector jefe a hablar. Cosa que hizo.

—¿A qué ha venido?

—A ayudar.

—Discúlpeme, superintendente jefe —repuso Gamache—. Sigo sin tener claro por qué está aquí. Nunca ha sentido la necesidad de ayudar.

Se miraron con rabia, y entre ellos el aire vibró a causa de la animadversión.

—Me refiero a los casos de asesinato —añadió, con una sonrisa.

—Claro.

Francoeur contempló a Gamache sin apenas disimular su odio.

—Dado que el sistema de comunicaciones no funciona —dijo el superintendente jefe, y miró el portátil que había sobre la mesa— y sólo hay un teléfono en todo el monasterio, era evidente que alguien debía traerle esto.

Señaló las carpetas de la mesa. El informe del forense y los descubrimientos de su equipo.

—Eso nos supone una ayuda extraordinaria —contestó Gamache.

Y lo decía en serio. Pero sabía tan bien como Francoeur que no era necesario que el superintendente jefe de la Sûreté hiciese de mensajero. De hecho, habría sido de más ayuda, si el objetivo era realmente ése, enviar a uno de los detectives del departamento.

—Ya que ha venido a echarnos una mano, quizá quiera que le haga un resumen del caso —se ofreció el inspector jefe.

—Por favor.

Gamache dedicó los siguientes minutos a detallar los hechos ocurridos mientras su superior lo interrumpía de forma constante con comentarios y preguntas sin sentido. La mayoría insinuaban que a Gamache quizá se le había escapado algo, que se le había olvidado preguntar algo o investigarlo.

No obstante, y poco a poco, el inspector jefe consiguió contarle la historia del asesinato del hermano Mathieu.

El cadáver hecho un ovillo alrededor de la vitela amarillenta con los neumas y el galimatías en latín. Los tres monjes que rezaron junto al prior muerto en el jardín. El abad, dom Philippe, su secretario, el hermano Simon, y el doctor, el hermano Charles.

Las pruebas de que en Saint-Gilbert se había abierto una brecha amarga entre los que querían renunciar al voto de silencio y grabar otro disco de canto gregoriano, y los que no querían ninguna de las dos cosas. Entre los hombres del prior y los del abad.

Pese a las interrupciones constantes, Gamache le habló al superintendente jefe de la sala capitular escondida y del jardín secreto del abad. De los rumores sobre la existencia de más cámaras ocultas e, incluso, de un tesoro.

Al llegar a eso, el superintendente miró a Gamache como si estuviera ante un niño crédulo.

El inspector jefe se limitó a continuar con un retrato conciso de cada monje.

—Según parece, no estás más cerca de resolver el asesinato que cuando llegaste —dijo Francoeur—. Todos son sospechosos.

—En ese caso, menos mal que ha venido usted —contestó Gamache, e hizo una pausa—. A echarnos una mano.

—Así es. Por ejemplo, no has recuperado el arma homicida.

—Cierto.

—Ni siquiera sabes qué se utilizó.

Gamache abrió la boca para decir que sospechaban que el asesino le había partido el cráneo al prior con una roca del jardín que después habría lanzado al bosque por encima del muro, pero el instinto, y tal vez el brillo de satisfacción en la mirada de Francoeur, le dijo que era mejor callar. Miró a su superior y después se fijó en el informe, que, en su mayor parte, todavía no había leído.

Pasó la página y le echó un vistazo. Levantó la cabeza y miró a Francoeur a los ojos. El brillo se había convertido en un resplandor. De triunfo.

Se sostuvo la mano derecha con la izquierda, inmóvil, para que Francoeur no se percatase del leve temblor y pensara que se lo había causado él.

—¿Usted ha leído los informes? —preguntó.

Francoeur asintió.

—En el avión. Tengo entendido que has estado buscando una piedra.

Tal como lo había dicho, sonaba ridículo.

—Cierto, pero es evidente que nos equivocábamos. No utilizaron una piedra.

—No.

Francoeur descruzó las piernas y se echó hacia delante.

—En la herida no hay tierra ni otra clase de residuos. Nada de nada. Como ves, el forense opina que fue un objeto metálico largo, como un atizador o una tubería.

—¿Sabe esto desde que ha llegado y no me lo ha dicho?

Gamache hablaba con calma, pero la censura de su voz era evidente.

—¿Cómo? ¿Atreverme yo a decirle al gran Gamache cómo debe hacer su trabajo? Ni en sueños.

—En ese caso, si no ha venido a transmitir información de gran valor, ¿qué hace aquí?

—Armand —Francoeur escupió el nombre como si tuviera mierda en la boca—, he venido porque uno de nosotros se preocupa por el cuerpo y por su carrera. Para que cuando se filtre la noticia del asesinato, se arme un escándalo y los medios de todo el mundo se presenten aquí, nosotros no quedemos como unos auténticos imbéciles. Al menos yo puedo dar la impresión de que la Sûreté es competente. De que estamos haciendo todo lo posible por resolver el asesinato brutal de uno de los clérigos más queridos del mundo. ¿Sabes qué querrá saber la gente cuando el asesinato se haga público?

Gamache permaneció en silencio. Sabía que, aunque las interrupciones constantes podían provocar una explosión de información, el silencio también tenía ese efecto. A un hombre como Francoeur, que necesitaba un dominio férreo de su ira, sólo hacía falta darle espacio. Y quizá un empujoncito a tiempo.

—Querrán que les expliquemos por qué, teniendo sólo dos docenas de sospechosos en un monasterio de clausura, la célebre Sûreté du Québec todavía no ha arrestado a nadie —respondió Francoeur con sorna—. «¿Por qué están tardando tanto?», se preguntarán.

—¿Y qué piensas decirles, Sylvain? ¿Que es difícil desenterrar la verdad cuando tu propia gente te oculta la información?

—¿La verdad, Armand? ¿Acaso quieres que les cuente que hay un gilipollas incompetente, arrogante y pagado de sí mismo al mando de la investigación?

Gamache enarcó las cejas e hizo un gesto vago para señalar hacia donde Francoeur estaba sentado. Delante del escritorio.

Entonces Gamache lo vio resbalar al borde del precipicio. Y caer. El superintendente jefe se levantó y las patas de la silla chirriaron contra el suelo. El rostro atractivo de Francoeur se volvió furibundo.

Gamache permaneció sentado, pero al cabo de un momento se puso de pie despacio, sin prisa, hasta que estuvieron a la misma altura, cada uno a un lado de la mesa. El inspector jefe con las manos detrás de la espalda, bien sujetas. Y sacando pecho, como invitando a Francoeur a asestarle un buen puñetazo.

Entonces se oyeron unos golpecitos suaves en la puerta.

Ninguno de los dos contestó.

Se oyeron de nuevo, seguidos de un «¿Inspector jefe?» inquisitorio.

La puerta se abrió una rendija.

—Tienes que tratar a tu gente con más respeto, Armand —soltó Francoeur en voz alta antes de volverse hacia la puerta—. Adelante.

Beauvoir entró y los miró a ambos. Dentro del despacho, el ambiente estaba tan cargado que era casi imposible entrar. No obstante, el inspector se coló y se puso al lado de su superior.

Francoeur arrastró la mirada desde el inspector jefe hasta Beauvoir, y respiró hondo. Consiguió incluso esbozar una sonrisa tímida.

—Llegas justo a tiempo, inspector. Creo que tu jefe y yo ya nos lo hemos dicho todo. Demasiado, quizá.

Soltó una risotada encantadora y le tendió la mano.

—No he tenido ocasión de saludarte al llegar. Mis disculpas, inspector Beauvoir.

Jean-Guy vaciló antes de estrechársela.

De pronto sonaron las campanas y Beauvoir hizo una mueca.

—¿Otra vez?

El superintendente jefe Francoeur se rió.

—Eso mismo pienso yo. Pero a lo mejor, mientras los monjes están a lo suyo, rezando, nosotros podemos ocuparnos de nuestros asuntos. Al menos así los tenemos localizados.

Sólo le había faltado guiñarle el ojo a Beauvoir. Se dirigió al inspector jefe:

—Piensa en lo que te he dicho —le repitió con tono cálido, casi cordial—. No te pido nada más.

Cuando ya se marchaba, Gamache lo llamó.

—Superintendente jefe, no están llamando a misa, sino a comer.

—Vaya —respondió Francoeur, con una sonrisa de oreja a oreja—, han atendido mis plegarias. Me han dicho que aquí la comida es excelente, ¿es cierto? —le preguntó a Beauvoir.

—No está mal.

—Bien. En ese caso, nos vemos allí. No hace falta que os diga que voy a quedarme unos días. El abad ha tenido la amabilidad de cederme una de las celdas. Si no os importa, voy a refrescarme y os veo en el comedor.

Los saludó a ambos con una inclinación de cabeza y se marchó con paso confiado. Un hombre con dominio de sí mismo, de la situación, del monasterio.

Beauvoir se volvió hacia Gamache.

—¿Qué narices está pasando aquí?

—La verdad, no tengo ni idea.

—¿Está bien?

—Sí, bien.

—O sea, en su línea: bocazas, inseguro, engreído y neurótico: BIEN, ¿no?

—Creo que el superintendente jefe estaría de acuerdo con esa apreciación.

Gamache sonrió, y juntos recorrieron el pasillo hacia la iglesia y el refectorio.

—¿Ha venido a decirle eso?

—No. Según él, ha venido a ayudar. También ha traído el informe del forense así como las averiguaciones de su equipo.

Gamache le relató al inspector lo que decían los informes, y Beauvoir escuchó mientras caminaban, pero de pronto se detuvo y se volvió hacia Gamache con rabia:

—¿Sabía lo que decía el informe, sabía que el arma del crimen no era una piedra, y no nos lo ha dicho nada más llegar? ¿A qué juega?

—No lo sé, pero debemos centrarnos en el asesinato y no dejar que él nos distraiga.

—De acuerdo —convino Beauvoir a regañadientes—. Entonces, ¿dónde está la condenada arma? Hemos buscado por fuera del muro y no hemos visto nada.

Sólo arándanos, pensó. Que no debían de ser letales hasta que los cubrían de chocolate.

—Hay una cosa que tengo clara —dijo el inspector jefe—: el informe nos da un detalle crucial.

—¿Cuál?

—Es casi seguro que el asesinato del hermano Mathieu fue premeditado. Si estás en un jardín, es fácil que en un momento en el que las emociones te sobrepasan eches mano a una piedra y acabes matando a alguien...

—Pero le dieron con un trozo de metal —interrumpió Beauvoir, siguiendo el proceso mental del inspector jefe—. Que tuvo que llevar el asesino consigo. Es imposible que hubiera una tubería o un atizador tirado en el jardín del abad.

Gamache asintió.

Uno de los monjes había atacado al prior y lo había asesinado, pero no en un arranque de rabia. Lo había planeado.

Mens rea.

Le vino a la cabeza el término latino que se usaba en derecho penal.

Mens rea. «Mente culpable.» Intencionalidad.

Uno de los monjes se había reunido con el prior en el jardín, armado con un tubo de metal y una mente culpable. La idea y el acto chocaron, y el resultado fue un asesinato.

—Me cuesta creer que Francoeur vaya a quedarse —se lamentó Beauvoir, al atravesar la iglesia—. Sería capaz de confesar yo mismo con tal de que ese imbécil de mierda se marchase.

Gamache se detuvo. Estaban justo en el centro de la iglesia.

—Ándate con cuidado, Jean-Guy —le recomendó en voz baja—. El superintendente Francoeur no es tonto.

—¿Lo dice en serio? Debería haberle entregado los informes nada más bajarse de la avioneta. Pero no, mejor hacer como si usted no existiese delante de todos y lamerle el culo al abad.

—Baja la voz —le advirtió Gamache.

Beauvoir lanzó una mirada furtiva a su alrededor y respondió con urgencia, entre susurros:

—Ese hombre es una amenaza.

Miró hacia la puerta que daba al pasillo por si aparecía Francoeur. Gamache se volvió y reemprendieron el camino hacia el refectorio.

—Mire —continuó Beauvoir, mientras se apresuraba a igualar las zancadas largas del inspector jefe—, su presencia lo desautoriza. Debe saberlo; todo el mundo ha visto lo del muelle y ahora piensan que el que está al mando es Francoeur.

Gamache abrió la puerta y le hizo un gesto al inspector para que pasase al siguiente tramo de pasillo. Los recibió el olor del pan recién hecho y de la sopa. Entonces, tras un vistazo rápido a la penumbra de la iglesia, Gamache cerró la puerta.

—Es que está al mando, Jean-Guy.

—¡Venga ya!

Pero la risa se extinguió en sus labios: Gamache hablaba en serio.

—Es el superintendente jefe de la Sûreté —continuó—. Y yo no. Es mi superior. Siempre estará al mando.

Al ver la expresión de tormento de su inspector, Gamache sonrió.

—No pasará nada.

—Lo sé, patrón. Al fin y al cabo, nunca pasa nada malo cuando un oficial de alto rango de la Sûreté empieza a abusar de su poder.

—Exacto, amigo.

El inspector jefe sonrió y miró a Beauvoir.

—Por favor, Jean-Guy, no te metas.

A Beauvoir no le hizo falta preguntar dónde no debía meterse. Gamache lo miró a los ojos con su mirada tranquila y marrón; esos ojos encerraban una súplica. No de ayuda, sino de todo lo contrario. Quería que lo dejase a él solo ocuparse de Francoeur.

Beauvoir asintió.

—Sí, patrón.

Pero sabía que estaba mintiendo.

VEINTE

Cuando Gamache y Beauvoir entraron en el refectorio, la mayoría de los monjes ya estaban allí. El inspector jefe saludó con un gesto de la barbilla al abad, que estaba a la cabeza de la mesa larga y tenía un asiento libre a su lado. El religioso le devolvió el saludo alzando una mano, pero no le ofreció el sitio. El inspector jefe tampoco hizo ademán de acercarse. Ambos tenían otro orden del día.

Sobre la mesa de madera había cestos de barras de pan recién hechas, bandejas de queso, jarras de agua y botellas de sidra, y los monjes se habían dispuesto alrededor, ataviados con los hábitos negros y las capuchas blancas colgando a la espalda. Gamache se dio cuenta de que el superintendente jefe Francoeur no le había explicado el motivo por el cual, novecientos años antes, san Gilberto de Sempringham había escogido aquel diseño único.

—Ése es el hermano Raymond —susurró el inspector jefe, y señaló con la cabeza el asiento que había entre el doctor, el hermano Charles, y otro monje—. Es el que se ocupa del mantenimiento.

—De acuerdo —respondió Beauvoir, y se acercó deprisa al otro lado de la mesa—. ¿Me permiten? —preguntó a los monjes.

—Por supuesto —contestó el hermano Charles.

Parecía contento de ver al agente de la Sûreté. A decir verdad, parecía estar rayando la histeria de tanta felicidad. Era una bienvenida que el inspector no estaba acostumbrado a recibir durante la investigación de un asesinato.

En cambio, el compañero de mesa de Gamache parecía alegrarse mucho menos de verlo. De hecho, no parecía satisfecho ni con el queso ni el pan. Ni con el cielo soleado ni los pájaros que había al otro lado de la ventana.

—Buenos días, hermano Simon —lo saludó el inspector jefe, y tomó asiento.

Por lo visto, el secretario del abad había hecho su propio voto de silencio, que respetaba con rigor. También parecía haber profesado el voto de fastidio.

Al otro lado de la mesa, un poco más allá, Gamache vio que Beauvoir ya había entablado conversación con el hermano Raymond.

—Los primeros hermanos ya sabían lo que hacían —decía Raymond.

Beauvoir le había preguntado por el plano original del monasterio, y la respuesta lo había sorprendido. No por el contenido, sino por la voz del monje.

Hablaba con un acento rural tan pronunciado que era casi ininteligible. La suya era una cantinela arrancada de los bosques y de las montañas y de las aldeas de Quebec; un acento plantado por los primeros colonos y exploradores de Francia, hacía cientos de años. Hombres rudos, duchos en todo lo que allí importaba. No en cortesía, sino en cuestiones de supervivencia. Por mucho que los aristócratas, los administradores con educación y los marineros hubieran descubierto el Nuevo Mundo, las tierras las habían colonizado los campesinos más duros. Su acento había echado raíces en Quebec como un roble ancestral y a lo largo de las décadas había permanecido inalterado. Hablando con aquellos quebequeses, una historiadora podía sentirse como si hubiera viajado a la Francia medieval a través del tiempo.

De generación en generación, la mayoría de los quebequeses habían ido perdiendo el acento, pero de vez en cuando una voz como aquélla emergía de un valle, de un pueblo.

Se había puesto de moda imitarlos con ademán burlesco, bajo la premisa de que si el acento era rústico, debía corresponder a una mente atrasada. Pero Beauvoir sabía que no era así.

Su abuela hablaba de ese modo mientras desgranaban guisantes en el porche destartalado de su casa. Le hablaba del huerto. De las estaciones. Y de la paciencia y de la naturaleza.

Cuando el carácter tosco de su abuelo no le impedía hablar, él también sonaba como un campesino, pero pensaba y actuaba como un noble, y jamás había dejado de ayudar a sus vecinos. Siempre había compartido lo poco que tenía.

No, Beauvoir no estaba dispuesto a menospreciar al hermano Raymond, sino todo lo contrario. Aquel monje le llamaba la atención.

Tenía los ojos de un marrón muy oscuro y, a pesar del hábito, Beauvoir se había dado cuenta de que su constitución era fibrosa. Manos magras y nervudas de toda una vida de duro trabajo. Estimó que debía de tener poco más de cincuenta años.

—Construyeron Saint-Gilbert con intención de que durase —explicó el hermano Raymond antes de coger la botella de sidra y servir un poco a cada uno—. Auténtica artesanía, eso es lo que era. Y disciplina. Pero ¿después de los primeros monjes? El desastre.

A continuación, recitó una letanía de todo lo que las siguientes generaciones habían hecho para destrozar el monasterio, cada una a su modo. No a nivel espiritual —porque al hermano Raymond eso no parecía preocuparlo demasiado—, sino a nivel de aspecto: añadiduras, estructuras que habían desmantelado para reconstruirlas más adelante. Un tejado nuevo. Todo desastres.

—Y los retretes, no me haga hablar de los retretes...

Pero era demasiado tarde: Raymond ya estaba en ello, y Beauvoir empezó a comprender por qué el hermano Charles parecía tan sumamente contento de tener a alguien sentado entre él y el encargado del mantenimiento. No por la voz, sino por lo que decía. Sin parar ni un segundo.

—Menuda chapuza hicieron —afirmó el hermano Raymond—. Los retretes son...

—¿Un desastre? —preguntó Beauvoir.

—Ni más ni menos.

Raymond supo que estaba en compañía de un alma gemela.

Llegaron los últimos monjes y tomaron asiento. El superintendente jefe Francoeur se detuvo a la entrada. La sala quedó en silencio, salvo por el hermano Raymond, que no parecía capaz de detener el torrente de palabras.

—Mierda. Pozos enormes llenos de mierda. Puedo mostrarle uno, si quiere.

El hermano Raymond miró a Beauvoir con entusiasmo, pero el inspector negó con la cabeza y dirigió la vista a Francoeur.

—Gracias, hermano —susurró—, pero ya he tenido mi dosis de mierda.

El hermano Raymond resopló.

—Yo también.

Y entonces calló.

El superintendente jefe Francoeur se hacía con la atención en cualquier lugar. Beauvoir se fijó en cómo, uno a uno, todos los monjes se volvían hacia él.

«A ellos también los tiene engañados», pensó Beauvoir. Los hombres de Dios deberían saber ver más allá de su fachada falsa. De su mezquindad y su maldad. Deberían darse cuenta de que era un mierda y de los peores. Un desastre.

Sin embargo, no parecía ser así. En la Sûreté también eran muchos los que no se percataban. Las bravuconadas de Francoeur los cegaban. Su virilidad, su fanfarronería.

Beauvoir comprendía que el mundo empapado de testosterona de la Sûreté hubiera caído en la trampa, pero no los monjes, acostumbrados como estaban a reflexionar.

Ellos también parecían tenerle un respeto reverencial al hombre que de repente había llegado de la nada. El tipo que había volado hasta allí y les había aterrizado casi encima. Francoeur era lo contrario de la vacilación y de la falta de energía: podría decirse que les había caído del cielo. A la abadía. Como un regalo.

Y a juzgar por sus expresiones, sólo por eso ya parecían admirarlo.

No obstante, no todos compartían esa impresión, y Beauvoir lo percibió. El monje con el que había recogido arándanos por la mañana, el hermano Bernard, miraba a Francoeur con sospecha, y lo mismo hacían algunos otros.

Tal vez no fuesen tan ingenuos como Beauvoir se temía. Pero entonces cayó en la cuenta: los hombres del abad miraban a Francoeur con recelo. Con expresión amable, pero velada.

Eran los hombres del prior los que casi se derretían a su paso.

Francoeur barrió la sala con la mirada y se detuvo en el abad y en la silla vacía que tenía a su lado. Mientras todas las cabezas se volvían del superintendente jefe al asiento libre y viceversa, dio la sensación de que en el refectorio se había hecho un vacío.

Dom Philippe continuaba sin moverse, presidiendo la mesa. No había invitado al superintendente a sentarse con él, pero tampoco lo disuadía.

Al final, Francoeur hizo una leve reverencia de respeto a los monjes y se dirigió resuelto hacia el extremo de la mesa. A la cabeza. Y allí tomó asiento a la derecha del abad.

El lugar del prior. Ocupado. El vacío, llenado. Pleno.

Beauvoir volvió a centrarse en el hermano Raymond y se sorprendió al percibir admiración en el delgado y curtido rostro del monje mientras éste miraba al superintendente jefe.

—El sitio del prior, cómo no —comentó Raymond—. El rey ha muerto. Larga vida al rey.

—¿El prior era el rey? Creía que eso lo pensaban del abad.

El hermano Raymond miró a Beauvoir como si lo evaluara con mucho interés.

—Sólo en teoría. El verdadero líder era el prior.

272

—¿Es usted uno de los hombres del prior? —preguntó el inspector con sorpresa.

Pensaba que sería leal al abad.

—Por supuesto. Uno tiene un límite para la incompetencia. Él —dijo el hermano Raymond, e inclinó la cabeza rapada hacia dom Philippe— está destrozando la abadía, mientras que el prior iba a salvarla.

—¿Cómo puede estar destrozando el monasterio?

—Pues no haciendo lo que hace falta —respondió Raymond en voz baja, pero la irritación se filtró igualmente—. El prior le había dado los medios para ganar todo el dinero necesario, arreglar el monasterio de una vez por todas y conseguir que se mantuviera en pie mil años más, pero dom Philippe los rechazó.

—Creía que habían hecho muchas obras. Las cocinas, el tejado, el sistema geotérmico... No me parece que el abad no haya hecho nada.

—No está ocupándose de lo que más falta hace. Podríamos haber sobrevivido un tiempo sin la cocina nueva ni la calefacción.

El hermano Raymond hizo una pausa. Era como si, de pronto, se hubiera abierto una brecha en la corriente de palabras. Beauvoir esperó sin quitarle ojo. Mientras el hermano se tambaleaba en el borde. Del silencio. O de más palabras.

Decidió darle un empujoncito.

—¿Qué es eso sin lo que no pueden sobrevivir?

El monje bajó la voz todavía más.

—Los cimientos están podridos.

Beauvoir no estaba seguro de si el hermano Raymond estaba expresándose con metáforas, tal como tienden a hacer los clérigos, o si era literal. Pensó que aquel monje de acento tan cerrado no debía de ser muy amigo de las figuras retóricas.

—¿Qué quiere decir? —preguntó Beauvoir, también entre susurros.

—¿Cuántas maneras hay de interpretar esa frase? —repuso Raymond—. Los cimientos están podridos.

—¿Y eso conlleva una obra muy grande?

—¿Lo pregunta en serio? Ya ha visto el monasterio: si los cimientos ceden, toda la abadía se hundirá.

Beauvoir miró a aquel monje tan intenso cuyos ojos estaban casi perforándolo.

—¿Hundirse? ¿Se caerá?

—Del todo. No hoy ni mañana; calculo que tenemos para unos diez años, pero repararlo nos llevaría el mismo tiempo. Los cimientos llevan siglos soportando el peso de los muros —explicó Raymond—, y asombra ver lo que hizo la primera generación de monjes. Eran unos adelantados, pero no contaban con lo duros que son aquí los inviernos. No tuvieron en cuenta los ciclos de heladas y el deshielo, y lo que eso provoca. Aparte de otra cosa más.

—¿El qué?

—El bosque. Saint-Gilbert-Entre-les-Loups está fijo en su sitio, pero el bosque avanza. Hacia nosotros. Las raíces van perforando los cimientos y los debilitan. Así se ha ido colando el agua. Por eso están desmenuzándose con la podredumbre.

Podredumbre, pensó Beauvoir. No era una metáfora, pero podría serlo.

—Al llegar vimos que han talado muchos de los árboles que rodean los muros —recordó Beauvoir—. ¿Es por esa razón?

—Sí, pero con eso no basta y ya es demasiado tarde. El daño está hecho y las raíces han invadido los cimientos. Para repararlos hacen falta millones y muchos trabajadores especializados. Pero él —dijo Raymond, y señaló al abad con la cabeza— cree que veinticuatro monjes viejos pueden encargarse del trabajo que requiere esa obra. No sólo es incompetente, sino que, además, delira.

Beauvoir no podía más que darle la razón. Miró al abad mientras mantenía una conversación de cortesía con el superintendente jefe y, por primera vez desde que habían llegado, puso su cordura en tela de juicio.

—¿Qué responde cuando usted le dice que es imposible que hagan la reparación sin ayuda externa?

—Que debería hacer como él: rezar por un milagro.

—¿Y usted no cree que se lo vayan a conceder?

El hermano Raymond se volvió hacia Beauvoir y lo miró a la cara. La rabia que un momento antes era tan evidente había desaparecido.

—Todo lo contrario. Le dije al abad que podía dejar de rezar, porque el milagro ya había ocurrido. Dios nos dio la voz. Y los cantos más hermosos. Y una época en la que se pueden compartir con todo el mundo. Si eso no es un milagro, no sé qué lo será.

Beauvoir se recostó en la silla y miró al monje que no sólo creía en la oración y en los milagros, sino que además estaba convencido de que Dios les había concedido uno. La orden con voto de silencio que podía ganar dinero con su voz y salvar su monasterio.

Sin embargo, el abad estaba demasiado cegado para darse cuenta de que ya tenía lo que pedía.

—¿Quién más sabe lo de los cimientos?

—Nadie. Yo lo descubrí hace un par de meses. Hice unas pruebas y se lo comuniqué al abad pensando que él informaría a toda la comunidad.

—¿Y no lo hizo?

El hermano Raymond negó con la cabeza y bajó la voz aún más después de echar un vistazo a sus hermanos.

—Ordenó que talasen los árboles, pero les dijo a los demás que era para tener leña, por si fallaba el sistema geotérmico.

—¿Les mintió?

El monje se encogió de hombros.

—Es buena idea disponer de leña, por si acaso. Claro que ése no era el motivo real. Y nadie lo sabe. Sólo el abad. Y yo. Y me hizo prometer que no se lo diría a nadie.

—¿Cree que el prior estaba al tanto?

—Ojalá. Él nos habría salvado. Habría sido tan fácil como grabar otro disco. Y tal vez irnos de gira. Ganaríamos suficiente para salvar Saint-Gilbert.

—Pero alguien ha matado al hermano Mathieu —repuso Beauvoir.

—Sí, lo asesinó —convino el monje.

—¿Quién?

—Vamos, hijo. Creo que lo sabe tan bien como yo.

Beauvoir lanzó una mirada breve a la cabeza de la mesa, donde el abad acababa de levantarse. Se oyó un ruido de pies mientras el resto de los monjes y los agentes de la Sûreté se alzaban también.

El abad bendijo los alimentos y, cuando acabó, se sentaron todos menos el monje que se dirigió al podio, carraspeó y empezó a cantar.

Otra vez, pensó Beauvoir con un suspiro, y miró con ansia ese queso y ese pan recién hecho que lo tentaban desde tan cerca. Pero, más que nada, mientras el hermano cantaba, Beauvoir pensó en el hombre que tenía a su lado y que llamaba al pan, pan, y al vino, vino. Y que además era uno de los hombres del prior. Y que consideraba al abad un desastre. O aún peor: un asesino.

Cuando el monje por fin paró de cantar, otros llevaron a la mesa ollas de sopa caliente hecha con las hortalizas que Beauvoir había ayudado a recoger por la mañana.

El inspector cogió un pedazo de pan caliente, lo untó con mantequilla casera y miró cómo se derretía. Entonces cortó una loncha de brie azul de la tabla de quesos que se iban pasando alrededor de la mesa. Mientras el hermano Raymond continuaba con su letanía de desperfectos del monasterio, Beauvoir metió la cuchara en la sopa: trozos de zanahoria, chirivía, patata y guisantes chocando en un caldo aromático.

A diferencia de él, que estaba luchando contra el torrente de palabras de proporciones bíblicas de su compañero de mesa, se dio cuenta de que el inspector jefe tenía problemas para sonsacarle aunque fuesen sólo unas cuantas al hermano Simon.

Gamache había tratado con muchos sospechosos que se negaban a hablar. La mayoría se quedaban sentados con los brazos cruzados y gesto beligerante al otro lado de una mesa hecha polvo de alguna comisaría apartada de la Sûreté.

Al final, el inspector jefe conseguía que todos hablasen; algunos incluso confesaban. Y, como mínimo, casi todos acababan diciendo mucho más de lo que esperaban o, al menos, de lo que pretendían.

A Armand Gamache se le daba muy bien sonsacar indiscreciones a la gente.

Pero se preguntaba si con el hermano Simon le había llegado su sanmartín.

Había mencionado el tiempo. Entonces, pensando que quizá eso era demasiado trivial para el secretario del abad, le preguntó por santa Cecilia.

—Hemos encontrado una estatua de ella en la celda del hermano Mathieu.

—La patrona de la música —respondió Simon, concentrado en la sopa.

Algo era algo, pensó el inspector jefe mientras cortaba un pedazo de camembert y lo untaba en pan caliente. Un misterio resuelto. El hermano Mathieu rezaba todas las noches a la patrona de la música.

Gamache creyó que se le había abierto un pequeño resquicio y le preguntó por Gilberto de Sempringham. Y por el diseño del hábito.

Así consiguió una reacción: el hermano Simon lo miró como si hubiera perdido la cabeza. Y después continuó comiendo. Gamache hizo lo mismo.

El inspector jefe bebió un trago de sidra.

—Está muy buena —comentó al posar el vaso—. Tengo entendido que la consiguen a cambio de los arándanos, en un monasterio del sur.

Pero en aquel momento fue como si hablase con el camembert.

De haberse tratado sólo de un acontecimiento social, si bien uno muy muy incómodo, Gamache se habría dado por vencido y se habría dirigido al monje que tenía al otro lado, pero estaba investigando un asesinato y no contaba con esa opción. Así que continuó con el hermano Simon, resuelto a penetrar sus defensas.

—Rhode Island Red.

La cuchara del hermano Simon regresó al cuenco, y él volvió la cabeza despacio para mirar a Gamache.

—¿Cómo? —preguntó.

Su voz sonaba hermosa, incluso con una sola palabra. Con matices. Melódica. Como un café con cuerpo o el coñac envejecido. Sutileza e intensidad.

Gamache se sorprendió al darse cuenta de que, en todo el tiempo que llevaban allí, no le había oído pronunciar más que unas cuantas palabras.

—Rhode Island Red —repitió Gamache—. Una raza encantadora.

—¿Qué sabe usted de ellas?

—Bueno, tienen un plumaje fabuloso. Y en mi opinión se las desestima con demasiada facilidad.

Ni que decir tiene que Gamache no conocía el tema en cuestión, sólo sabía que la frase sonaba bien y podía interesar a su compañero de mesa. No obstante, allí acababa de producirse un pequeño milagro: el inspector jefe había recordado un detalle de entre todas las conversaciones que había mantenido con el abad.

Al hermano Simon le gustaban las gallinas.

Gamache, que no compartía esa afición, sólo se acordaba de una raza. Había estado a punto de decir «Gallina Claudia» cuando se había producido el primer milagro, pero se había acordado de que no era una gallina sino un gallo, y de que se trataba de un personaje de dibujos animados y no de una raza.

«*Camptown racetrack's five miles long.*» El inspector jefe se dio cuenta con horror de que la canción favorita del gallo de las *Fantasías animadas de ayer y hoy* se le había metido en la cabeza sin permiso. «*Doo-dah.*» Y luchó contra ella. «*Doo-dah.*»

Se volvió hacia el hermano Simon con la esperanza de que la treta hubiera servido para entablar una conversación. «*Doo-dah, doo-dah.*»

—Es cierto que tienen buen temperamento, pero hay que ir con cuidado. Si las molestas, pueden volverse agresivas —explicó el hermano Simon.

Con esas tres palabras mágicas —«Rhode Island Red»—, Gamache no sólo había penetrado sus defensas, sino que ahora se había abierto una puerta de par en par. Y el inspector jefe marchaba hacia el interior.

Aun así, Gamache se detuvo el tiempo suficiente para plantearse qué podía molestar a una gallina. Tal vez las mismas cosas que molestaban al hermano Simon y al resto de los monjes que vivían enclaustrados en sus celdas. No podía decirse que los criasen en libertad, sino que más bien era en cría intensiva.

—¿Tienen alguna en el monasterio? —preguntó Gamache.

—¿Alguna Rhode Island Red? No. Son muy resistentes, pero, según nuestra experiencia, sólo hay una raza que dé buenos resultados tan al norte.

El secretario del abad se había vuelto en el asiento para mirarlo. Lejos del semblante taciturno de antes, el monje estaba casi rogándole que le hiciera la pregunta. Como era de esperar, el inspector jefe lo complació.

—¿Cuál?

Cruzó los dedos y rezó por que el hermano Simon no le pidiera que lo adivinase.

—En cuanto se lo diga, verá que la respuesta es tan obvia...

—Estoy seguro de que sí.

—La chantecler.

El hermano Simon lo anunció con un aire tan triunfal que Gamache estuvo a punto de darse una palmada en la frente por no haberlo adivinado, aunque jamás hubiera oído hablar de esa raza.

—Claro que sí, la chantecler. Qué tonto. Son fabulosas.

—Tiene toda la razón.

Durante los siguientes diez minutos, Gamache escuchó mientras el monje gesticulaba, dibujaba en la madera con un dedo rechoncho y hablaba sin cesar de esa clase de gallinas. Y de su gallo favorito, *Fernando*.

—¿*Fernando*? —tuvo que preguntar Gamache.

Simon se echó a reír, cosa que provocó sorpresa y cierta consternación entre los monjes más cercanos. El inspector jefe dudaba que hubieran oído ese sonido antes.

—Si quiere que le diga la verdad —anunció Simon, y se inclinó hacia Gamache—, le puse el nombre pensando en la canción de ABBA.

El monje cantó la conocida melodía, el verso sobre las ganas de llorar, y Gamache notó como si el corazón quisiera salírsele del pecho para saltar a los brazos del monje. Acababa de ser testigo de una voz de belleza extraordinaria; mientras que otras eran gloriosas por su claridad, la de Simon lo era por su timbre y riqueza. Había elevado una simple canción pop a un nivel espléndido. El inspector jefe se sorprendió deseando que también tuviera una gallina llamada *Mamma Mia*.

Aquel hombre estaba lleno de pasión. De acuerdo: de pasión por las gallinas. Si sentía la misma pasión por la música, por Dios o por la vida monacal, ésa era ya otra cuestión.

«*All the doo-dah day.*»

—Parece que su jefe ha logrado una victoria —comentó el hermano Charles, que acababa de inclinarse hacia Beauvoir.

—Sí. Me pregunto de qué estarán hablando.

—Yo también —contestó el doctor—. Todavía no he conseguido sacarle algo que no sean gruñidos. Aunque eso lo convierte en el portero perfecto.

—Creía que el portero era Luc.

—Él es el portero, sí, el que se encarga de la entrada al monasterio. Simon se ocupa de otra tarea. Es el perro guardián del abad: para acceder a dom Philippe, hay que hacerlo a través del hermano Simon. Se dedica por completo al abad.

—¿Y usted le tiene la misma devoción?

—Es el abad, nuestro líder.

—Eso no es una respuesta, hermano —contestó Beauvoir.

Había conseguido zafarse del hermano Raymond y dirigirse al doctor aprovechando que el encargado del mantenimiento se había vuelto para alcanzar la sidra.

—¿Es usted uno de los hombres del abad o del prior?

La mirada del médico, que hasta entonces había sido afable, se hizo más dura. Examinó al inspector y después sonrió de nuevo.

—Yo soy neutral, inspector. Como la Cruz Roja. Sólo me ocupo de los heridos.

—¿Y hay muchos? Me refiero a los heridos.

La sonrisa se borró del rostro de Charles.

—Más que suficientes. Una división como ésta en un monasterio en el que siempre había reinado la felicidad nos hace daño a todos.

—¿A usted también?

—Sí —admitió el doctor—, pero es cierto que no me posiciono. No sería apropiado.

—¿Lo es para alguien?

—Nadie lo hizo por gusto —contestó el doctor con un matiz de impaciencia en su voz afable—. No nos despertamos una mañana y decidimos escoger un bando. No se trata de un juego de niños; fue un proceso lento y muy doloroso. Como que te arranquen las entrañas. Que te destripen. Una guerra civil nunca hace honor a su nombre.

Entonces el monje apartó la mirada de Beauvoir y se fijó en Francoeur, que estaba sentado junto al abad, y después en Gamache.

—Pero creo que usted ya sabe a qué me refiero.

Beauvoir estaba a punto de negarlo, pero calló. El monje lo sabía. Todos lo sabían.

—¿Está bien? —preguntó el hermano Charles.

—¿Quién?

—El inspector jefe.

—¿Por qué no iba a estarlo?

El hermano Charles vaciló y observó a Beauvoir con expresión inquisitiva antes de mirarse la mano.

—Por el temblor. El de la mano derecha.

Se volvió de nuevo hacia Beauvoir.

—Estoy seguro de que se lo ha visto.

—Así es, y está bien —contestó el inspector.

—No se lo pregunto por mera curiosidad —persistió el hermano Charles—. Un temblor como ése puede ser síntoma de algo mucho peor. Me he dado cuenta de que va y viene. Por ejemplo, ahora no lo tiene.

—Le ocurre cuando está cansado o estresado.

El médico asintió.

—¿Desde hace mucho tiempo?

—No mucho —contestó Beauvoir, con la precaución de no ponerse a la defensiva.

Sabía que al inspector jefe no le importaba que la gente viese que de vez en cuando le temblaba un poco la mano derecha.

—Entonces, ¿no es Parkinson?

—En absoluto —respondió Beauvoir.

—¿Qué se lo causa?

—Una lesión.

—Ah —dijo el hermano Charles, y miró al inspector jefe—. La cicatriz que tiene junto a la sien izquierda.

Beauvoir guardó silencio. Se arrepentía de haberse zafado del hermano Raymond y de su larga lista de desastres —estructurales y de otros tipos— perpetrados en el monasterio por los abades más incompetentes, dom Philippe el más notable entre ellos. Quería volver a él. Escucharlo hablar sobre los pozos artesianos, las fosas sépticas y los muros de carga.

Cualquier cosa le parecía mejor tema que las heridas del inspector jefe. Y, por extensión, que el día fatídico en la fábrica abandonada.

—Si cree que necesita algo, en la enfermería tengo cosas que podrían ayudarlo.

—No, no le hacen falta.

—Seguro que no.

El hermano Charles hizo una pausa y miró a Beauvoir a los ojos.

—Pero todos necesitamos ayuda de vez en cuando. Incluido su jefe. Tengo relajantes y analgésicos. Dígaselo, por favor.

—Lo haré. Gracias.

El inspector se concentró en los platos. No obstante, mientras comía, esas palabras se abrieron paso a través de sus propias heridas. Y penetraron más y más hondo.

«Relajantes.»

Hasta que llegaron al fondo y descansaron en la cámara secreta de Beauvoir.

«Y analgésicos.»

VEINTIUNO

Cuando se acabó el almuerzo, el inspector jefe Gamache y Beauvoir regresaron al despacho del prior comentando sus impresiones.

Beauvoir sobre los cimientos, y Gamache sobre las aves de corral.

—No son unas gallinas cualesquiera, sino las chantecler —explicó Gamache con entusiasmo.

El inspector nunca estaba seguro de si esas cosas le interesaban de verdad o si fingía, aunque tenía sus sospechas.

—Ah, la noble chantecler...

Gamache sonrió.

—No te burles, Jean-Guy.

—¿Yo? ¿Reírme de un monje?

—Parece que nuestro hermano Simon es un experto mundial en esa raza. La crearon aquí, en Quebec. Y fue un monje.

—¿De verdad?

Aunque a él mismo le costaba creerlo, Beauvoir sentía curiosidad.

—¿Aquí?

—Bueno, no; no en Saint-Gilbert. Fue en un monasterio a las afueras de Montreal, hará unos cien años. El monje pensó que el clima canadiense era demasiado agresivo para que las gallinas y los gallos normales sobreviviesen, así que dedicó toda su vida a desarrollar una raza nativa:

la chantecler. Estuvieron a punto de extinguirse, pero el hermano Simon está recuperándolas.

—Qué suerte hemos tenido —comentó Beauvoir—. En todos los demás monasterios fabrican alcohol: coñac o Bénédictine, champán, vinos. Y en el nuestro cantan canciones que no conoce nadie y crían gallinas que están al borde de la extinción. No me extraña que estuvieran a punto de acabar como los dodos. Lo que me lleva a la charla que he tenido yo con otro comensal, el hermano Raymond. Gracias por eso, por cierto.

Gamache sonrió de oreja a oreja.

—Qué pasa, que le gusta hablar, ¿verdad?

—Usted no conseguía sacarle una frase al suyo y yo no podía acallar al mío. Pero espere a oír lo que me ha contado.

Habían llegado a la iglesia. Los monjes se habían dispersado, cada uno camino de continuar trabajando, leer o rezar. Las tardes parecían estar menos estructuradas que las mañanas.

—Los cimientos de Saint-Gilbert están deteriorándose —anunció Beauvoir—. El hermano Raymond dice que lo descubrió hace un par de meses. Si no hacen algo de inmediato, el monasterio no aguantará ni diez años. Con el primer disco ganaron mucho dinero, pero no lo suficiente. Necesitan más.

—¿Quieres decir que todo el edificio podría venirse abajo? —preguntó Gamache, que se había detenido en seco.

—¡Bum! Al suelo —confirmó Beauvoir—. Y él le echa la culpa al abad.

—¿Y eso? Estoy seguro de que el abad no ha minado los cimientos; al menos no de forma literal.

—Según el hermano Raymond, podrían salvar el monasterio con lo que ganaran si grabaran otro disco y se fueran de gira. Pero el abad no lo permite.

—¿Dom Philippe sabe lo que está pasando?

Beauvoir asintió.

—El hermano Raymond dice que sólo se lo ha contado a él. A nadie más. Ha estado rogándole que se lo tome en serio, que consiga los fondos para las obras.

—¿Y no lo sabe nadie más? —quiso aclarar Gamache.

—Bueno, el hermano Raymond no ha hablado de ese tema con ningún otro monje. Tal vez el abad sí.

Gamache caminó unos pasos en silencio, pensativo. Y después se detuvo de nuevo.

—El prior era la mano derecha del abad. Me pregunto si lo había compartido con él.

Beauvoir pensó en ello.

—Diría que es el tipo de asunto que tratas con tu segundo al mando.

—A menos que estés en guerra con él —repuso Gamache, absorto en sus pensamientos.

Intentaba imaginar las posibilidades. ¿Le había confiado el abad al prior que Saint-Gilbert se caía? Para después no dar su brazo a torcer con la prohibición de grabar otro disco. Y continuar, pese a las noticias, negándose a liberar a sus monjes del silencio que les permitiría salir de gira y dar entrevistas. Ganar los millones y millones que hacían falta para salvar la abadía.

De pronto, una segunda grabación de cantos gregorianos había pasado de ser un posible acto de vanidad por parte de los monjes y del hermano Mathieu a ser algo vital. No sólo pondría a Saint-Gilbert-Entre-les-Loups en el mapa, sino que también salvaría el monasterio.

La cuestión iba mucho más allá de una diferencia de opiniones entre el abad y el prior. La supervivencia de la orden estaba en peligro.

¿Qué habría hecho el hermano Mathieu de haberlo sabido?

—La relación ya estaba afectada —dijo Gamache.

Continuó caminando, aunque despacio. Iba hablando a medida que se le ocurrían las ideas, en voz baja para que no los oyesen. Como un par de conspiradores.

—El prior se habría puesto como un p... —Al ver la cara de Gamache, Beauvoir cambió la frase—: Hecho una furia.

—Ya estaba hecho un basilisco —convino el inspector jefe—. Con esto habría querido tirarse de un precipicio.

—¿Y si, a pesar de todo, el abad continuaba negándose a grabar un segundo disco? Me juego lo que quiera a que el hermano Mathieu lo habría amenazado con hablar con los demás monjes. Y entonces se habría armado un pitote de la... de la...

Pero no se le ocurría otro modo de expresarlo.

—Por supuesto —continuó Gamache—. Así que...

El inspector jefe se detuvo de nuevo con la mirada perdida. Estaba recolocando las piezas para formar una imagen similar pero diferente. Entonces se dirigió a Beauvoir:

—Es posible que dom Philippe no le contase al prior que los cimientos están deteriorados, porque no es tonto y sabe lo que el hermano Mathieu habría hecho con esa información. Habría sido como entregarle a tu adversario una bomba nuclear. El problema de los cimientos habría sido el argumento definitivo para el prior y sus hombres, no habrían necesitado más.

—¿Cree que el abad se lo calló?

—Sí, es posible. Y por eso le hizo jurar al hermano Raymond que guardaría el secreto.

—Pero si me lo ha contado a mí —respondió Beauvoir—, ¿no es posible que haya hecho lo mismo con los demás?

—Quizá considere que la promesa que le hizo al abad sólo incluye a la comunidad, no a ti.

—Y puede que esté harto de tanto silencio —añadió Beauvoir.

—Y también puede ser —aventuró Gamache—, puede ser que el hermano Raymond te haya mentido y sí se lo haya comentado a alguien.

Beauvoir reflexionó al respecto. Oyeron los pasos suaves de los pies de los monjes en la iglesia y vieron a varios de ellos esparcidos por aquí y por allá, pegados a las viejas paredes, como si tuvieran miedo de dejarse ver.

Durante la conversación, los dos agentes habían hablado en voz baja. Lo suficiente, esperó Beauvoir. De lo contrario, ya era demasiado tarde.

—Al prior —continuó Beauvoir—. Si el hermano Raymond hubiese querido romper la promesa que le había hecho al abad, habría acudido al hermano Mathieu. Le habría parecido justificado, porque pensaba que el abad no iba a hacer nada.

Gamache asintió. Tenía sentido. Al menos en el mundo lógico y pequeño que acababan de crear. Sin embargo, había muchos aspectos de la vida de los monjes que no atendían a la lógica, y el inspector jefe tuvo que recordarse que no debía confundir entre cómo deberían haber sido las cosas, cómo podrían haber sido y cómo eran en realidad.

Necesitaban hechos.

—Si el hermano Raymond se lo contó al prior, patrón, ¿qué cree usted que pasó?

—Creo que es fácil de adivinar. El prior debió de montar en cólera...

—O tal vez no —lo interrumpió Beauvoir, y el inspector jefe lo miró—. Puede ser que el abad, al callarse algo de importancia tan vital, por fin le diese al prior el arma que necesitaba. Quizá fingiese estar enfadado, cuando en realidad es posible que estuviera eufórico.

Gamache imaginó al hermano Mathieu. Lo vio recibir la noticia sobre los cimientos. Y el detalle de que el abad lo sabía y, al parecer, no estaba haciendo nada para remediarlo. Sólo rezar. ¿Cómo reaccionaría el prior?

¿Se lo confiaría a alguien más?

Gamache pensó que no. Al menos, no de buenas a primeras.

En una orden con voto de silencio, la información se convertía en una potente moneda de cambio, y estaba casi seguro de que el hermano Mathieu era un avaro. No habría tenido prisa a la hora de compartir ese dato, sino que lo habría guardado en espera del momento perfecto.

Gamache no podía estar seguro, pero consideró probable que el prior solicitase una reunión al abad. En algún lugar privado. Donde nadie pudiera verlos. Ni oírlos. Donde los únicos testigos fuesen los pájaros, un arce centenario y las moscas negras. Eso sin contar a Dios.

No obstante, el inspector jefe negó de nuevo con la cabeza. Eso no encajaba con los hechos. En concreto, con uno corroborado por varios testigos: había sido el abad quien había querido verse con el prior. No al revés.

Sólo que...

Gamache repasó una de las conversaciones con dom Philippe. La del jardín. Cuando el abad había admitido que la idea de la reunión había sido del prior. Era el momento lo que había decidido el abad.

Así que el prior le había pedido que hablasen. ¿Del tema de los cimientos tal vez?

El escenario posible varió de nuevo. En esa versión, el abad enviaba a su secretario a una misión inútil: buscar al prior y pedirle que se reuniese con él esa mañana.

El hermano Simon se marchaba.

Y el abad disponía de su despacho, de su celda y de su jardín para él solo. Y allí esperaba a que el hermano Mathieu llegase a una cita que ya habían acordado con anterioridad y en secreto.

No después de la misa de las once, sino después de laudes.

Salían al jardín. Dom Philippe desconocía qué motivos tenía el prior para haber pedido una reunión con él, aunque los sospechaba. Llevaba consigo un trozo de tubería escondido en las mangas del hábito.

El hermano Mathieu anunciaba al abad que estaba al tanto del problema de los cimientos. Le exigía grabar un segundo disco. Le exigía que renunciasen al voto de silencio. Para salvar el monasterio. De lo contrario, ese mismo día, en el capítulo contaría a los demás monjes en qué estado se encontraba el edificio. Que el abad había guardado silencio. Que ante la crisis, dom Philippe se había quedado paralizado.

Cuando el hermano Mathieu dejaba caer la bomba, el abad sacaba la tubería. Una de las dos armas era metafórica; la otra, no.

En cuestión de segundos, el prior estaba tendido a los pies del abad.

Sí, pensó Gamache mientras imaginaba la escena. Encajaba.

Casi.

—¿Qué pasa? —preguntó Beauvoir al adivinar inquietud en el rostro de su jefe.

—Casi tiene sentido, pero hay un problema.

—¿Cuál?

—Los neumas. La vitela que tenía consigo el prior cuando lo mataron.

—Puede que la llevase encima y ya está. A lo mejor no está relacionada con su muerte.

—Puede que no.

Pero ninguno de los dos estaba convencido. Había un motivo por el cual el prior había acudido al encuentro con la hoja. Y había muerto encogido a su alrededor.

¿Era posible que tuviese algo que ver con los cimientos podridos de Saint-Gilbert-Entre-les-Loups? Gamache no le encontraba ninguna conexión.

—Estoy hecho un lío —admitió Beauvoir.

—Yo también. ¿Qué es lo que te confunde a ti, amigo?

—El abad, dom Philippe. Hablo con el hermano Bernard, que parece un buen tipo, y él opina que el abad es casi un santo. Después hablo con el hermano Raymond, que también parece decente, pero opina que el abad es primo hermano de Satán.

Gamache guardó silencio un momento.

—¿Podrías ir a buscar al hermano Raymond? Debe de estar en el sótano. Creo que tiene el despacho allí. Pregúntale directamente si le contó al prior lo de los cimientos.

—Y si el arma homicida era una tubería, es posible que el asesino la sacase de allí. Puede que la haya devuelto a su sitio.

Algo que, a Beauvoir no se le escapaba, convertía al monje fibroso y parlanchín en un sospechoso muy probable. Era uno de los hombres del prior, estaba al corriente de lo de las grietas, amaba el monasterio y pensaba que el abad estaba a punto de destruirlo. ¿Quién sabría mejor que el encargado del mantenimiento dónde encontrar una tubería?

Y sin embargo... una vez más, Beauvoir topó con un hecho incontestable: era el monje equivocado el que había muerto. Todo encajaría a la perfección de haber sido el abad el asesinado. Pero no lo era. Habían asesinado al prior.

—También le preguntaré por la cámara oculta —propuso Beauvoir.

—Bien. Llévate el plano, a ver qué opina él. Y fíjate en los cimientos. Si están tan mal, saltará a la vista. ¿Por qué no se habrá dado cuenta nadie?

—¿Cree que es mentira?

—Bueno, he oído que hay gente que no dice la verdad.

—No es propio de mí ser tan escéptico con la gente, patrón, pero lo intentaré. ¿Qué va a hacer usted?

—El hermano Simon ya debe de haber acabado de copiar el canto que le encontramos al prior. Voy a por él y también le haré unas preguntas. Pero antes quiero terminar de leer los informes forenses sin que nadie me moleste.

Una pisada decidida y repentina hizo eco en la iglesia. Ambos se volvieron hacia el lugar de donde provenía el ruido, aunque ya sabían lo que verían. No a uno de los monjes de pies ligeros, eso era evidente.

El superintendente jefe caminaba hacia ellos y sus pasos retumbaban sobre el suelo de piedra.

—Caballeros —los saludó Francoeur—, ¿habéis disfrutado del almuerzo? —preguntó, y se dirigió a Gamache—. Te he oído charlar sobre pollos con uno de los monjes, ¿no?

—Gallinas —confirmó el inspector jefe—. De la raza chantecler, para ser exactos.

Beauvoir reprimió una sonrisa, pues Francoeur lo había dicho sin intención de que respondiera con tanto entusiasmo. Menudo capullo, pensó el inspector. Pero entonces vio la expresión gélida con la que miraba a Gamache, y su sonrisa le desapareció.

—Espero que tengas algo más útil planeado para la tarde —dijo el superintendente jefe como si nada.

—Así es. El inspector Beauvoir tiene pensado inspeccionar el sótano con el hermano Raymond en busca de una posible cámara secreta. Y tal vez también el arma del crimen —añadió Gamache—. Yo voy a continuar mi conversación con el hermano Simon, el secretario del abad. El mismo con el que hablaba durante la comida.

—¿Sobre cerdos, tal vez? ¿O sobre cabras?

Beauvoir se quedó inmóvil y observó que, en mitad del ambiente fresco y tranquilo de la iglesia, los dos hombres se miraban con odio. Apenas un instante.

Y entonces Gamache sonrió.

—Si eso es lo que a él le apetece, sí. Pero, más que nada, quiero preguntarle por el canto del que le he hablado antes.

—¿El que encontrasteis junto al hermano Mathieu? —preguntó Francoeur—. ¿Por qué quieres hablar con el secretario del abad de eso?

—Está haciéndome una copia a mano. Y voy a por ella.

Beauvoir se dio cuenta de que el inspector jefe estaba quitándole importancia a la conversación que pretendía mantener con el secretario.

—¿Le has entregado la única prueba material útil de que disponemos?

Era obvio que Francoeur no daba crédito. Lo que a Beauvoir no le quedaba tan claro era cómo se las había apañado Gamache para no contestar con alguna grosería.

—No me ha quedado más remedio. Necesitaba la ayuda de los monjes para averiguar qué es. Como aquí no hay fotocopiadora, me ha parecido la única solución. Si a usted se le ocurre otra, me encantaría escucharla.

Francoeur abandonó la falsa cortesía y, a tan sólo un metro de distancia, Beauvoir oyó su respiración. Sospechaba que los monjes, que se movían sin hacer ruido por el perímetro de la iglesia, también percibían la respiración honda y entrecortada del superintendente jefe. Como si se tratara de un par de fuelles avivando la rabia de Francoeur.

—En ese caso, te acompaño —dijo Francoeur—. Vamos a ver el famoso papelito.

—Será un placer —contestó Gamache, y le señaló el camino.

—De hecho... —intervino Beauvoir de pronto. Acababa de ocurrírsele algo y tenía la sensación de estar a punto de saltar de un precipicio—... me preguntaba si le gustaría venir conmigo.

Ambos lo miraron. Y notó que se precipitaba al vacío.

—¿Por qué? —dijeron al unísono.

—Bueno...

No podía contarles el motivo real: que había visto la mirada asesina de Francoeur. Y al inspector jefe sujetarse la mano derecha con la izquierda. Y acunarla con cuidado.

—Bueno —repitió Beauvoir—, he pensado que al superintendente jefe tal vez le interese visitar el monasterio y ver los lugares que la gente no ve. Y, además, me vendría bien su ayuda.

Beauvoir vio que Gamache enarcaba las cejas un instante, un gesto casi inapreciable. El inspector apartó la vista, incapaz de mirar a su superior a los ojos.

Gamache estaba molesto con Beauvoir. Ocurría de vez en cuando, como era de esperar en un trabajo con niveles altos de estrés y donde había tanto en juego. A veces se enfrentaban. Pero su superior jamás lo había mirado con esa cara.

De fastidio, pero también de algo más. Al inspector jefe no se le escapaban en absoluto las intenciones de Beauvoir. Y sus sentimientos al respecto iban mucho más allá de la desaprobación, más allá del enfado incluso. Beauvoir lo conocía lo suficiente como para darse cuenta de eso.

El rostro del inspector jefe había dejado entrever algo más durante ese instante con las cejas enarcadas.

Miedo.

VEINTIDÓS

Jean-Guy Beauvoir cogió el plano enrollado del monasterio de la mesa del prior. Al hacerlo, lanzó una mirada breve a Gamache, que acababa de sentarse en una de las sillas para las visitas. En el regazo tenía los informes de la autopsia y del equipo forense.

Francoeur lo esperaba en la iglesia, de modo que tenía que darse prisa. Aun así, el inspector se detuvo un momento.

Gamache se puso las gafas de leer con forma de media luna y lo miró.

—Lo siento si me he metido donde no me llaman, inspector jefe —se disculpó Beauvoir—. Pero es que...

—Sí, siempre hay un «pero es que» —contestó su superior, con tono inflexible y carente de calidez—. No es ningún necio, Jean-Guy. No lo trates como si fuera tonto. Y a mí tampoco.

—Lo siento —respondió Beauvoir.

Lo decía en serio. Cuando se había ofrecido a quitarle al superintendente jefe de encima, ni siquiera se le había pasado por la cabeza que Gamache pudiera reaccionar de aquella manera. Pensó que sería un alivio para él.

—No estamos jugando —le advirtió el inspector jefe.

—Lo sé, patrón.

Gamache no le quitó ojo.

—No te enfrentes a él. Si te provoca, no respondas. Si te presiona, no saltes. Limítate a sonreír y mantén tu objetivo en mente: resolver el asesinato. Nada más. Los dos sabemos que ha venido con alguna intención. No cuál es, y a mí en particular ni siquiera me interesa. Lo único que me importa es resolver el crimen y regresar a casa. ¿De acuerdo?

—Sí —contestó Beauvoir—. De acuerdo.

Se despidió de Gamache con una inclinación de cabeza y se marchó. Si Francoeur tenía un objetivo, él también. Era muy simple: mantener al superintendente jefe alejado de su superior. No sabía qué tenía en mente, pero estaba seguro de que guardaba alguna relación con Gamache. Y Beauvoir no pensaba dejar que se saliera con la suya.

«Por lo que más quieras, ándate con cuidado.» Las últimas palabras del inspector jefe lo persiguieron por el pasillo hasta la iglesia. Igual que la imagen que guardaba de él, sentado en la silla con los informes en el regazo y una hoja en la mano.

Y la leve vibración cuando la corriente había alcanzado la página. Sólo que no había soplado ni una pizca de aire.

Al principio, Beauvoir no veía al superintendente jefe, pero enseguida lo encontró junto a una pared, leyendo la placa.

—Así que ésta es la puerta oculta que da a la sala capitular —le dijo Francoeur, sin apartar la mirada del grabado mientras Beauvoir se acercaba—. Siento decir que la vida de Gilberto de Sempringham no es una lectura muy interesante. ¿Crees que por eso escondieron la sala aquí detrás, porque sabían que cualquier invasor potencial moriría de aburrimiento ante la placa?

Entonces sí se volvió. Y lo miró directamente a los ojos.

Jean-Guy reconoció en ellos humor. Y confianza.

—Soy todo tuyo.

Beauvoir se fijó en el superintendente jefe y se preguntó por qué estaba siendo tan amigable con él. Sin duda, sabía que era leal a Gamache, que era uno de los hombres del inspector jefe. Y a pesar de que no hacía más que provocarlo y acosarlo, con él estaba derrochando una amabilidad extrema. Era encantador, incluso.

Eso hizo que Beauvoir se pusiera aún más en guardia. Una cosa era un ataque frontal, pero aquel intento tan forzado de camaradería era algo muy distinto. Aun así, cuanto más tiempo pudiera mantenerlo alejado de Gamache, mejor.

—La escalera está por aquí.

Los dos hombres de la Sûreté se acercaron a un rincón de la iglesia, donde Beauvoir abrió una puerta. Unos escalones desgastados llevaban hacia abajo. La iluminación era adecuada, y ambos descendieron hasta el sótano. Una vez allí, Beauvoir no pisó tierra como pensaba, sino enormes losas de pizarra.

Los techos eran altos y abovedados.

—Parece que los gilbertinos no hacen nada a medias —comentó Francoeur.

Beauvoir no respondió, pero eso era justo lo que estaba pensando. Allí la temperatura era más baja, pero no hacía frío; sospechaba que debía de mantenerse siempre más o menos igual aunque en la superficie fuesen sucediéndose las distintas estaciones.

Atornillados a la pared, había candelabros grandes de hierro forjado, a pesar de que la luz provenía de las bombillas desnudas que colgaban de la pared y de los techos.

—¿Hacia dónde? —preguntó Francoeur.

Beauvoir miró a un lado. Y al otro. No estaba seguro. No había madurado el plan ni mucho menos, y era consciente de ello. Por algún motivo, creía que llegarían al sótano y se encontrarían con el hermano Raymond allí mismo.

En cambio, se sentía un poco tonto. De haber estado con el inspector jefe Gamache, habría hecho alguna broma al respecto y habrían buscado al monje. Pero no estaba con él. Estaba con el superintendente jefe de la Sûreté du Québec. Y Francoeur no le quitaba ojo. No se mostraba enfadado, sino que lo miraba con paciencia, como si el inspector fuera un agente novato que, aunque mal, hacía lo que podía.

Beauvoir habría querido borrarle esa expresión de una bofetada.

Pero prefirió sonreír.

«Respira hondo. Inspira, espira.»

Al fin y al cabo, él mismo había invitado al superintendente jefe a que lo acompañara. Por ese motivo al menos debía aparentar que se alegraba de tenerlo con él. Para disimular su incerteza, Beauvoir se dirigió a uno de los muros de piedra y apoyó la palma de la mano.

—El hermano Raymond me ha dicho a la hora de comer que los cimientos están cediendo.

Examinó la piedra como si ése fuera el plan desde el principio, aunque en realidad estaba maldiciéndose por no haber quedado con el monje con antelación.

—¿Es cierto? —preguntó Francoeur, pero el tema no parecía interesarlo mucho—. ¿Qué implica eso?

—Que Saint-Gilbert se hunde. Según él, antes de diez años se habrá derrumbado por completo.

Eso llamó la atención de Francoeur, que se acercó a la pared situada enfrente de Beauvoir y la examinó.

—Pues a mí me parece que está bien.

A Beauvoir también. No veía ninguna grieta ni raíces asomando por ninguna parte. Ambos echaron un vistazo a su alrededor. El lugar era magnífico, otra maravilla de la ingeniería de dom Clément.

Los muros de piedra recorrían todo el plano del monasterio. A Beauvoir le recordaban al metro de Montreal, pero sin el rumor y el zumbido de los trenes subterráneos. Cuatro pasillos cavernosos se alejaban de ellos como si fueran túneles. Todos bien iluminados y con los suelos limpios. No había nada fuera de lugar.

El arma homicida no estaba tirada por ninguna parte. Y tampoco se veía que el bosque de pino estuviera abriéndose paso entre los sillares.

Sin embargo, si daba crédito a lo que el hermano Raymond le había dicho, Saint-Gilbert-Entre-les-Loups se desmoronaría tarde o temprano. Y a pesar de que Beauvoir no era un gran admirador de los monjes, los curas, las iglesias y las abadías, descubrió que lamentaría la desaparición de aquel monasterio.

Sobre todo si ocurría mientras ambos estaban plantados en el sótano.

De pronto les llegó el sonido de una puerta, y Francoeur echó a caminar en esa dirección sin esperar a ver si Jean-Guy lo seguía. Como si no le importase el incompetente e insignificante inspector Beauvoir.

—Gilipollas... —musitó Jean-Guy.

—Aquí abajo hay muy buena acústica, que lo sepas —dijo Francoeur, sin volverse.

A pesar de las advertencias de Gamache. A pesar de la promesa que le había hecho, había permitido que lo provocase. Había permitido que sus sentimientos aflorasen.

Aunque tal vez fuese bueno, pensó Beauvoir mientras caminaba despacio detrás de Francoeur. Era posible que Gamache no tuviera razón, y Francoeur necesitaba enterarse de que Beauvoir no le tenía miedo. De que estaba tratando con un adulto, no con un chaval recién salido de la academia a quien el mero título de superintendente jefe lo intimidaba. Él no era un joven al que pudiera manipular.

No, pensó Beauvoir siguiendo las zancadas del superintendente unos metros por detrás, él no había cometido ningún error.

Llegaron a una puerta cerrada, y el inspector llamó con los nudillos. Hubo una pausa larga. Francoeur iba a agarrar el pomo justo cuando se abrió. El hermano Raymond estaba en el umbral. Parecía alarmado, pero al verlos la exasperación se apoderó de su gesto.

—¿Quieren matarme de un susto? Podría haber sido el asesino.

—Ésos no suelen llamar a la puerta —contestó Beauvoir.

Se volvió y obtuvo la satisfacción de ver al superintendente jefe mirar al hermano Raymond con desconcierto total.

Francoeur no sólo parecía sorprendido por haber descubierto al monje tosco y subterráneo que hablaba en un dialecto ancestral, sino atónito. Era como si la puerta se hubiera abierto y los hubiese recibido un hermano de la primera congregación, de la comunidad de dom Clément.

—¿De dónde es usted, hermano? —le preguntó Francoeur al final.

Y entonces le llegó a Beauvoir el turno de sorprenderse. Como al hermano Raymond.

Francoeur había formulado la pregunta con el mismo acento cerrado que el monje. Beauvoir examinó al superintendente jefe para ver si estaba burlándose de él, pero no. De hecho, su expresión era de auténtica dicha.

—Saint-Felix-de-Beauce —respondió el hermano Raymond—. ¿Y usted?

—Saint-Gédéon-de-Beauce —dijo Francoeur—. A tiro de piedra.

A continuación se produjo un intercambio rápido de palabras entre ambos que a Beauvoir le resultó casi ininteligible. Al final, el hermano Raymond se dirigió al inspector.

—El abuelo de este caballero y mi tío abuelo reconstruyeron la iglesia de Saint-Ephrem después del incendio.

El monje los hizo pasar a una sala tan inmensa como el pasillo. Larga y ancha, discurría junto a éste y tenía las mismas dimensiones. El monje les mostró la estancia y les explicó el funcionamiento del sistema geotérmico, del sistema de ventilación, del sistema de agua caliente, del sistema de filtros, del sistema de la fosa séptica. De todos los sistemas.

Beauvoir trató de no distraerse por si decía algo útil, pero acabó con el cerebro frito. Cuando terminó la visita, el hermano Raymond se acercó a un armario y de él sacó una botella y tres vasos.

—La ocasión merece un brindis —propuso—. No suelo cruzarme con vecinos a menudo. Tengo un amigo benedictino que me envía esto —dijo, y le pasó la botella polvorienta a Beauvoir—. ¿Les apetece un trago?

Beauvoir inspeccionó la botella. Era B&B: brandy y licor Bénédictine. Por suerte, no se hacía a base de monjes fermentados, aunque sospechaba que de ésos había unos cuantos, sino que lo fabricaban los benedictinos con una receta secreta de hacía cientos de años.

Cada uno cogió una silla de alrededor de la mesa de dibujo y se sentaron.

El hermano Raymond sirvió los vasos.

—Salud —brindó, e inclinó el líquido de color ámbar oscuro hacia aquellos invitados tan singulares.

—Salud —contestó Beauvoir, y se acercó el vaso a los labios.

Olió el licor: intenso, suntuoso, dulce pero también medicinal. Era tan fuerte que le escocieron los ojos. Con el primer trago, el B&B le quemó la garganta; el alcohol le cayó en el estómago como una bomba y se le empañó la vista.

Estaba muy bueno.

—Bien, hermano —empezó a decir el superintendente jefe Francoeur antes de carraspear. Su voz volvía a ser la que Beauvoir conocía, como si el licor hubiera abrasado el acento ancestral de dentro—, el inspector quiere hacerle unas preguntas.

Beauvoir lo miró con fastidio, por la pequeña pulla que le había lanzado. Como si necesitase que Francoeur le abriera el camino; pero se limitó a sonreír y darle las gracias. Después desplegó la vitela y miró al monje para ver su reacción: no la hubo. Nada más allá de un cabeceo cordial mientras se levantaba y se inclinaba sobre el viejo plano del monasterio.

—¿Lo había visto antes? —preguntó el inspector.

—Muchas veces —contestó, y lo miró a los ojos—. Lo considero un viejo amigo —explicó, pasando su mano huesuda unos milímetros por encima de la vitela—. Cuando estábamos estudiando la instalación del sistema geotérmico, casi me lo aprendo de memoria.

Se volvió hacia el plano con una mirada de afecto.

—Es hermoso.

—Pero ¿es fiable?

—Bueno, algunas partes no.

El monje señaló los jardines.

—Pero lo demás es de una precisión sorprendente.

El hermano Raymond se sentó de nuevo y se arrancó con una explicación sobre cómo construyeron los primeros monjes el monasterio a mediados del siglo XVII. Cómo tomaban medidas. Cómo transportaban la piedra. Cómo cavaban.

—Debieron de tardar años y años —les contó Raymond, que empezaba a entusiasmarse con el tema—. Puede que décadas, sólo para excavar el sótano. Imagínense.

Beauvoir se dio cuenta de que estaba fascinado: no cabía duda de que era una hazaña de proporciones colosales. Los monjes habían huido de la Inquisición para llegar hasta allí, donde los recibió un clima tan feroz que podría haberlos matado en unos días. Un lugar donde encontraron osos y lobos y toda clase de bestias salvajes y extrañas. Moscas negras de apetito tan voraz que podían dejar un alce recién nacido en los huesos. Tábanos tan persistentes que podían volver loco a un santo.

¿Cuán horrible era la Inquisición para que aquello les pareciera mejor?

Y en lugar de construir un refugio modesto de madera, habían erigido el monasterio.

Era increíble.

¿Quién contaba con semejante disciplina, con tanta paciencia? Los monjes; sólo ellos. Aunque en el caso del hermano Raymond, tal vez él la llevase en la sangre, como la paciencia de la abuela de Beauvoir. Las plagas, las sequías, el granizo y las inundaciones les habían inculcado ese carácter. La crueldad del entorno. Las poblaciones invasoras y los nuevos y astutos vecinos.

Beauvoir miró al superintendente Francoeur, hijo del mismo suelo que el monje y que sus propios abuelos.

¿Qué plan estaba llevando a cabo con tanta paciencia, incluso en ese mismo instante? ¿Cuánto llevaba urdiéndolo, años? ¿Lo había construido piedra a piedra? ¿Qué parte de ese proyecto había conducido al superintendente jefe hasta el monasterio?

Beauvoir era consciente de que si pretendía averiguarlo tendría que ser muy paciente, aunque tampoco era que anduviera sobrado de esa cualidad.

El hermano Raymond continuaba aún con su parloteo. Sin parar.

Después de un rato, Beauvoir perdió el interés: el monje tenía un don poco común para convertir una historia fascinante en algo tedioso. Una suerte de alquimia. Otra clase de transmutación.

Por fin, cuando el silencio penetró el cráneo entumecido de Beauvoir, el inspector salió de su ensimismamiento.

—Entonces —intervino Beauvoir, aferrándose al último dato relevante que recordaba—, el plano es preciso, ¿verdad?

—Lo suficiente como para que no hiciese falta trazar otro cuando instalamos el nuevo sistema. La particularidad del sistema geotérmico...

—Sí, ya lo sé. Gracias.

«Prefiero que me parta un rayo —pensó Beauvoir— a dejar que un hombre me provoque y el otro me mate del aburrimiento.»

—Lo que quiero saber es si cabe la posibilidad de que haya una cámara secreta en alguna parte de la...

Lo interrumpió una risotada.

—¿No se creerá ese cuento de viejas? —preguntó el hermano Raymond.

—Es un cuento de monjes. Y es obvio que usted lo ha oído.

—Igual que he oído hablar de la Atlántida, de Papá Noel y de los unicornios, aunque no espero encontrar nada de eso en el monasterio.

—Pero sí espera encontrar a Dios —rebatió Beauvoir.

Lejos de mostrarse insultado, el hermano Raymond sonrió.

—Créame, inspector, aquí incluso usted encontraría a Dios antes que esa cámara. O el tesoro. ¿Cree que podríamos haber instalado el sistema geotérmico sin dar con ella? ¿Cree que podríamos haber puesto paneles solares, electricidad, agua corriente y cañerías y no encontrarla?

—No —contestó Jean-Guy—. No creo que sea posible. Creo que ya la habrían descubierto.

Al monje no se le escapaba el significado de su tono, pero en lugar de ponerse a la defensiva, se limitó a sonreír.

—Escuche, hijo —dijo el hermano Raymond despacio. Beauvoir empezaba a cansarse de que le hablasen como a un hijo. Como a un niño.

—No es más que una historia que los monjes se contaban para pasar el rato durante las largas noches de invierno. Un divertimento, nada más. No hay ninguna habitación oculta. Ni ningún tesoro.

El hermano Raymond se inclinó hacia delante con las manos juntas y los codos apoyados en las rodillas escuálidas.

—¿Qué es lo que está buscando en realidad?

—Al hombre que asesinó al prior.

—Pues aquí abajo no lo encontrará.

Hubo un momento en que ambos hombres se miraron y el aire fresco del sótano vibró.

—En ese caso, me pregunto si lo que encontraremos será el arma homicida —respondió Beauvoir.

—¿Una piedra?

—¿Por qué piensa que se trata de una piedra?

—Porque es lo que ustedes nos dijeron. Todos hemos entendido que al hermano Mathieu lo mataron golpeándole la cabeza con una piedra.

—Pues según el informe forense, es más probable que haya sido con una tubería o algo similar. ¿Tiene alguna por aquí?

El hermano Raymond se levantó y lo condujo a una puerta. Encendió una luz y Beauvoir vio un cuarto no más grande que las celdas de los monjes. En las paredes había baldas, donde todo estaba ordenado con precisión: tablones, clavos, tornillos, martillos, pedazos viejos de hierro forjado; la miscelánea de artículos que podían encontrarse en cualquier casa, pero en cantidades mucho menores.

Apoyadas en un rincón estaban las tuberías. Beauvoir se acercó, pero al cabo de un momento se volvió hacia el hermano Raymond.

—¿No tienen más? —preguntó.

—Intentamos reutilizarlo todo. Ésas son las que hay.

El agente de la Sûreté regresó al rincón. En efecto, allí había caños, pero ninguno de ellos medía menos de metro y medio, y la mayoría tenían una longitud considerablemente superior. El asesino podría haber empleado uno de ellos a modo de pértiga para saltar por encima del muro, pero no para abrirle la cabeza al prior.

—¿De dónde podría haber sacado una? —preguntó Beauvoir al salir del cuarto, cuando cerraba la puerta.

—No lo sé. No es que las dejemos por ahí tiradas.

Beauvoir asintió. Era evidente, pues el sótano estaba como una patena. Y sabía que si en algún lugar había una tubería que alguien pudiese encontrar, el hermano Raymond estaría al tanto.

Allí abajo, él era el abad. El amo de aquel mundo subterráneo. Y mientras en la superficie la abadía parecía llena de incienso y de misterio, de música y de una extraña luz juguetona, allí abajo todo daba la impresión de estar limpio y organizado. Daba la sensación de constancia. La temperatura y la luz, ambas invariables.

A Beauvoir le gustaba. En aquel inframundo no había creatividad ni belleza, pero tampoco había sitio para el caos.

—El abad dice que bajó ayer después de laudes, pero que usted no estaba aquí.

—Después de laudes trabajo en el jardín. El abad lo sabe.

El hermano Raymond hablaba con ademán afable y alegre.

—¿En cuál?

—En el huerto, donde lo he visto a usted esta mañana.

Se volvió hacia el superintendente jefe Francoeur.

—Desde allí lo hemos visto llegar. Ha sido muy dramático.

—¿Usted también se encontraba en el huerto? —preguntó Beauvoir.

El hermano Raymond asintió.

—Al parecer, todos los monjes somos iguales.

—¿Lo vio alguien? —preguntó Beauvoir.

—¿En el huerto? Bueno, no hablé con nadie, pero tampoco soy invisible, que digamos.

—Entonces, es posible que no estuviera allí.

—No, no lo es. Es posible que nadie reparase en mí, pero yo estaba allí. Otra cosa que también es posible es que el abad no pasara por aquí. No había nadie, así que nadie ha podido verlo.

—Dice que bajó a ver el sistema geotérmico. ¿Le parece probable?

—No.

—¿Por qué no?

—El abad no tiene ni idea del tema.

El hermano Raymond señaló los equipos.

—Y cuando intento explicárselo, pierde el interés enseguida.

—Entonces, usted cree que ayer, después del oficio, no bajó aquí.

—Eso es.

—¿Adónde cree que fue?

El monje guardó silencio. Eran como rocas, pensó Beauvoir. Rocas grandes y negras. Y como ellas, su estado natural era el silencio. Y la quietud. Para ellos, hablar era antinatural.

Beauvoir sólo conocía un modo de romper una roca.

—Cree que estaba en el jardín, ¿verdad? —preguntó.

Ya no hablaba con la misma cordialidad.

El monje continuó mirándolo.

—No en el huerto, desde luego —continuó el inspector, y dio un paso adelante—. Sino en su jardín. En su jardín privado.

El hermano Raymond no emitió ningún sonido. No hizo ningún movimiento. No retrocedió a medida que Beauvoir avanzaba.

—Cree que el abad no estaba solo en su jardín.

Beauvoir hablaba cada vez más alto. Su voz llenaba la caverna, rebotaba en las paredes. Con el rabillo del ojo vio al superintendente jefe y le pareció oírlo toser. Oyó una carraspera. Sin duda, para pararle los pies al agente de actitud audaz e inapropiada.

Para corregirlo. Conseguir que se echase atrás, que retrocediese, que se apartara del clérigo.

Pero Beauvoir no pensaba obedecer. Pese a su amabilidad y su pasión por todo lo mecánico, por mucho que hablase como su abuelo, el hermano Raymond ocultaba algo. Con su silencio de conveniencia.

—Cree que el prior también estaba allí —continuó con tono cortante, seco.

Como si acribillase al monje de roca con piedrecitas. Y aunque las palabras rebotaban en el hermano Raymond, estaban surtiendo efecto. Beauvoir avanzó otro paso. Estaba tan cerca de él que le vio la alarma en los ojos.

—Prácticamente nos ha llevado a esa conclusión —insistió el inspector—, así que atrévase y vaya hasta el final. Diga lo que piensa de verdad.

El único modo de romper una roca era machacándola a golpes, y Beauvoir lo sabía. Golpearla una y otra vez.

—¿O es que acaso usted se limita a insinuar y chismorrear? —se burló Beauvoir—. ¿Acaso espera que otros hombres más valientes que usted hagan el trabajo sucio? Está dispuesto a lanzar al abad a los lobos, pero no quiere que ese acto pese en su conciencia. Así que se dedica a sugerir e indicar, sólo le falta guiñar el ojo, pero no tiene el valor suficiente para alzarse y decir lo que piensa. Jodido hipócrita.

El hermano Raymond dio un paso atrás. Las piedrecitas se habían convertido en guijarros. Y Beauvoir estaba dando en el blanco.

—Menuda lástima de hombre —continuó Beauvoir—. Mírese. Reza y salpica agua bendita y enciende incienso y finge creer en Dios; pero sólo se levanta cuando hay que salir corriendo. Para huir como los primeros que vinieron aquí. Vinieron a Quebec a esconderse, igual que viene usted aquí abajo. A refugiarse en el sótano. Organiza, limpia, ordena. Explica cosas. Mientras tanto, arriba hacen el trabajo de verdad. El trabajo sucio de encontrar a Dios. El puto trabajo sucio de encontrar al asesino.

Beauvoir se había acercado tanto al hermano Raymond que le olía el licor en el aliento.

—¿Cree que sabe quién ha sido? Pues entonces cuéntenoslo. ¡Dígalo!

El inspector había elevado tanto la voz que estaba gritándole al monje a la cara.

—¡Dígalo!

El hermano Raymond parecía asustado.

—No lo entiende —tartamudeó—. Ya he hablado demasiado.

—No ha empezado siquiera. ¿Qué sabe?

—Se supone que debemos ser leales al abad —dijo Raymond, y se apartó de Beauvoir. Miró a Francoeur y continuó hablando con aire de súplica—. Cuando entramos en un monasterio, no le demostramos lealtad a Roma ni a nuestro obispo ni al arzobispo local. Somos leales al abad. Forma parte de nuestros votos, de nuestra devoción.

—Míreme —exigió Beauvoir—. No lo mire a él. A partir de ahora me responde sólo a mí.

En ese momento el monje parecía tenerle miedo, y Beauvoir se preguntó si de verdad creía en Dios. Y si pensaba que Él lo fulminaría por hablar. ¿Quién podía ser leal a un Dios como ése?

—No pensé que la cosa fuese a llegar hasta aquí —susurró el hermano Raymond—. ¿Quién iba a saberlo?

Estaba suplicando al inspector, pero ¿el qué? ¿Comprensión? Perdón.

No iba a conseguir ninguna de las dos cosas de Beauvoir. El inspector sólo quería resolver el asesinato y regresar a casa, tal como Gamache había dicho. Largarse de allí de una puñetera vez. Y alejarse de Francoeur, que había presenciado toda la escena sentado con las piernas cruzadas y observando con muy poco interés.

—¿Qué creía que sucedería? —preguntó Beauvoir al monje, para presionarlo.

—Que ganaría el prior.

El hermano Raymond había capitulado. Y las palabras se le agolparon.

—Creí que después de discutirlo, el abad entraría en razón. Que se daría cuenta de que lo correcto era grabar otro disco. Incluso sin tener presente el problema de los cimientos.

El monje se hundió en una silla, aturdido.

—Ya habíamos sacado uno, ¿qué daño podía hacer otro? Con ello salvaríamos el monasterio. Salvaríamos Saint-Gilbert. ¿Cómo podía estar mal hacerlo?

Miró a Beauvoir a los ojos como si esperase encontrar allí la respuesta.

Pero no la halló.

De hecho, a Beauvoir se le había presentado un misterio inesperado. Cuando Raymond había cedido, de dentro le habían salido más que palabras. Una voz nueva. Sin el dialecto ancestral.

El acento cerrado había desaparecido.

Ahora hablaba en el francés culto de los académicos y los diplomáticos. La *lingua franca*.

¿Era ahora cuando decía la verdad?, se preguntó Beauvoir. Después de todo el estira y afloja anterior, ¿quería el hermano Raymond asegurarse de que no había malentendidos y de que Beauvoir comprendiese todas las palabras, por dolorosas que le resultasen?

No obstante, lejos de tener la sensación de que el monje había dejado de interpretar un papel, Beauvoir sospechaba que acababa de asumir uno. Así hablaba su abuela cuando se dirigía a los vecinos nuevos. Y al notario. Y a los curas.

No era su modo de hablar real; ése lo reservaba para las personas en quien confiaba.

—¿Cuándo decidió desobedecer al abad? —preguntó Beauvoir.

El hermano Raymond vaciló.

—No le entiendo.

—Claro que sí. ¿Cuándo se dio cuenta de que él no cambiaría de opinión ni accedería a grabar otro disco?

—No lo sabía.

—Pero se temía que iba a anunciarlo. En la sala capitular. Que no habría segunda grabación. Y una vez que se hubiese pronunciado el abad, se habría acabado todo.

—No soy su confidente —protestó Raymond—. No sabía lo que iba a hacer.

—Pero usted no podía correr el riesgo —lo presionó—. Le había prometido al abad que no le contaría a nadie lo de los cimientos, pero decidió romper la promesa. Desacatar sus órdenes.

—No es cierto.

—Claro que sí, porque odia al abad. Y ama el monasterio. Lo conoce mejor que nadie, ¿verdad? Conoce todas las piedras, todas las muescas, hasta el último rincón. Y las grietas. Usted podía salvar Saint-Gilbert, pero necesitaba ayuda. El abad era un necio que rezaba pidiendo un milagro que ya le había sido concedido: los medios para reparar los cimientos. Y esos medios eran la voz de la comunidad. Las grabaciones. Pero el abad se negaba a hacerle caso. Y usted decidió rendirle pleitesía al prior, el único que podía salvar el monasterio.

—No —insistió el hermano Raymond.

—Por eso se lo contó al prior.

—No.

—¿Cuántas veces lo negará, hermano? —ladró el inspector.

—No informé al prior.

El monje estaba al borde de las lágrimas, y por fin Beauvoir se echó atrás. Fijó la vista en el superintendente jefe Francoeur, que se mostraba serio. Entonces regresó al monje.

—Se lo contó al prior con la esperanza de salvar Saint-Gilbert, pero lo que consiguió fue enviarlo a la muerte —afirmó Beauvoir con tono prosaico—. Y ahora se esconde aquí abajo fingiendo que no es verdad.

Beauvoir dio media vuelta y cogió el plano antiguo.

—Dígame lo que usted cree que sucedió en el jardín, hermano Raymond.

El monje movía los labios, pero de su boca no salía ningún sonido.

—Dígamelo.

Miró al monje, que había cerrado los ojos.

—Hable —exigió Beauvoir.

De pronto oyó un murmullo.

—Dios te salve, María, llena eres de gracia...

El hermano Raymond estaba rezando. Pero ¿por qué?, se preguntó Beauvoir. ¿Para que el prior resucitase? ¿Para que se cerrasen las grietas?

El monje abrió los ojos y entonces miró al inspector con tal dulzura que éste estuvo a punto de perder el equilibrio y tuvo que apoyarse en la pared para no caer al suelo. Eran los ojos de su abuela. Pacientes y amables. Comprensivos.

Entonces Beauvoir comprendió que el hermano Raymond rezaba por él.

Armand Gamache cerró el último informe sin prisa. Lo había leído dos veces y ambas se había detenido con la misma frase del forense.

La víctima, el hermano Mathieu, no había muerto de inmediato.

Pero eso ya lo sabían. Habían visto que se había arrastrado hasta que se había quedado sin sitio adonde ir. Y allí, el hombre moribundo se había hecho un ovillo. Había adoptado la misma postura en que lo había llevado su madre en el vientre. Y en que lo había consolado cuando había llegado al mundo desnudo y llorando.

El día anterior, Mathieu se había colocado en la misma posición para dejar este mundo.

Sí, tanto Gamache como el resto de los investigadores, y puede que también el abad y los monjes que habían rezado junto al cadáver, eran conscientes de que Mathieu había tardado cierto tiempo en morir.

Pero no sabían cuánto.

Hasta entonces.

El inspector jefe Gamache se levantó y salió del despacho del prior llevándose el informe consigo.

● ● ●

—Inspector Beauvoir —dijo entonces el superintendente jefe Francoeur alzando la voz—. Creo que tenemos que hablar.

Beauvoir dio unos pasos más por el pasillo subterráneo y después se volvió hacia él.

—¿Y qué coño quería que hiciese? —exigió saber—. ¿Permitir que me mintiera? Estamos investigando un asesinato. Si no le gusta lo desagradables que pueden ponerse las cosas, quítese de en medio.

—No, eso me da igual —repuso Francoeur, con voz seca pero firme—. Es que no esperaba que supieses llevarlo de ese modo.

—¿No? —contestó Beauvoir con auténtico desprecio. Ya no necesitaba disimular—. ¿Y cómo pensaba que iba a hacerlo?

—Como un hombre sin cojones.

La respuesta sorprendió tanto a Beauvoir que no supo qué decir. Se quedó mirándolo mientras Francoeur pasaba de largo y subía la escalera.

—¿Qué coño se supone que significa eso?

Francoeur se detuvo. Estaba de espaldas al inspector, pero se volvió hacia él. Estudió al hombre que tenía delante con gesto serio.

—No quieras saberlo.

—Dígamelo.

Francoeur sonrió, negó con la cabeza y continuó avanzando. Al cabo de un momento, Beauvoir echó a correr tras él y subió los escalones desgastados de dos en dos hasta que lo alcanzó.

Francoeur abría la puerta justo cuando Jean-Guy llegó a su lado. Ambos oyeron el ruido de suelas duras en el suelo de piedra de la iglesia y vieron al inspector jefe Gamache caminando decidido hacia el pasillo que conducía al despacho del abad y a su jardín.

Como si se hubieran puesto de acuerdo, permanecieron en silencio hasta que la puerta del pasillo se hubo cerrado y el sonido de los pasos se apagó.

—Dígamelo —exigió Beauvoir.

—Se supone que eres un investigador cualificado de la Sûreté du Québec. Averígualo tú mismo.

—¿Se supone? —preguntó en voz alta a la espalda que se alejaba—. ¿Se supone?

Las palabras rebotaron, resonaron y regresaron hasta Beauvoir sin que Francoeur diese señales de que le hubiesen llegado.

VEINTITRÉS

—Qué sorpresa, inspector jefe.

El hermano Simon rodeó el escritorio con la mano tendida.

Gamache se la estrechó y sonrió. «Luego dicen que las gallinas no son importantes.»

«*Doo-dah, doo-dah.*»

Gamache suspiró para sus adentros. Con toda la música literalmente divina que había allí, y se le había pegado *Camptown Races*, cantada por un gallo.

—Estaba a punto de ir a buscarlo —continuó Simon—. Tengo el papel.

El hermano Simon le entregó al inspector jefe la vitela amarillenta y sonrió. Aunque en su rostro una sonrisa jamás resultaría natural, durante un instante ésta campó a sus anchas.

Después, ya en reposo, el monje adoptó de nuevo un semblante serio.

—Gracias —contestó Gamache—. Ha hecho la copia, claro, pero ¿ha podido empezar a transcribir los neumas a notas?

—Todavía no. Pensaba ponerme esta tarde. Quizá les pida a algunos de los hermanos que me ayuden, si no le importa.

—Claro que no —accedió Gamache—. Cuanto antes esté, mejor.

Una vez más, el hermano Simon le ofreció una sonrisa de oreja a oreja.

—Creo que su idea del tiempo y la nuestra es algo distinta. Y en este caso nos enfrentamos a milenios, pero intentaremos que lo tenga antes.

—Créame, hermano, no les conviene que estemos por aquí tanto tiempo. ¿Le importa?

Gamache señaló una silla cómoda, y el secretario del abad asintió con la cabeza.

Se sentaron el uno frente al otro.

—Mientras copiaba —empezó a decir Gamache, y entonces levantó la hoja un poco—, ¿ha traducido el texto en latín?

El hermano Simon se mostró incómodo.

—No lo domino, pero sospecho que quienquiera que lo escribiese tampoco lo sabía demasiado bien.

—¿Por qué lo dice?

—Porque lo poco que he comprendido es ridículo.

Se acercó al escritorio y regresó con una libreta.

—He ido tomando apuntes sobre la marcha. Incluso si conseguimos descodificar los neumas y convertirlos en notas, no creo que sea posible cantar la letra.

—Entonces, ¿no se trata de un canto conocido ni de una oración?

Gamache echó un vistazo al original.

—No, a menos que sea de un profeta o un apóstol que necesitase medicación.

El hermano Simon consultó los apuntes.

—La primera frase, esto de aquí... —Simon señaló la parte superior del canto—. Puede que yo me haya equivocado, pero según mi traducción dice: «No te oigo, tengo un plátano en la oreja.»

Lo pronunció con tal solemnidad que Gamache tuvo que reírse. Y cuando intentó contenerla, la risa le brotó de nuevo. Miró la hoja tratando de disimular la gracia que le hacía.

—¿Qué más dice? —preguntó, con la voz un tanto aguda por el afán de aguantarse la risa.

—No tiene gracia, inspector jefe.

—No, por supuesto que no. Es un sacrilegio.

Pero una carcajada minúscula lo traicionó y, cuando se atrevió a mirar al monje, Gamache sorprendió al hermano Simon con una media sonrisa en el rostro.

—¿Comprende algún verso más? —preguntó Gamache, que había recobrado el control tras un esfuerzo formidable.

El hermano Simon suspiró y se echó hacia delante para señalarle una línea algo más abajo.

—Esto ya sabe lo que es.

«*Dies irae.*»

Gamache respondió que sí con la cabeza. Ya no tenía ganas de reír y los «*doo-dahs*» se habían esfumado.

—Sí, ya me había dado cuenta. «Día de ira.» La única frase en latín que reconozco en todo el texto. El abad y yo lo hemos comentado.

—¿Y qué dice él?

—También opina que la letra es un sinsentido. Está tan perplejo como usted.

—¿Tiene alguna teoría?

—Ninguna en particular. Pero le pareció tan raro como a mí el hecho de que figure «*dies irae*» y no se haya incluido el resto del verso: «*dies illa*».

—«Aquel día.» Sí, a mí también me ha llamado la atención. Incluso más que lo del plátano.

Gamache sonrió de nuevo, pero sólo un instante.

—¿Qué cree que significa?

—Me parece que quienquiera que lo escribiese lo hizo a modo de broma —respondió el hermano Simon—. Que escribió frases en latín al tuntún.

—Pero ¿por qué no añadir más versos o palabras de los cantos? ¿Por qué es «día de ira» lo único que se ha sacado de una oración?

El hermano Simon se encogió de hombros.

—Ojalá lo supiese. Puede que estuviera enfadado; podría tratarse de eso, de una burla. Quiere demostrar su rabia y la declara: *dies irae*. Y entonces añade varias frases y palabras en latín, aunque sean auténticas ridiculeces, para

315

que así parezca un canto, para que tenga el mismo aspecto que algo que nosotros cantaríamos a Dios.

—Pero en realidad es un insulto —resumió Gamache, y el hermano Simon asintió—. ¿Quién podría ayudarnos con la traducción?

El monje se lo pensó.

—El único que se me ocurre es el hermano Luc.

—¿El portero?

—No hace mucho que acabó el seminario, así que es el que ha estudiado latín hace menos tiempo. Y, como es un poco pedante, le gusta que todos lo sepamos.

—¿No le cae bien?

La pregunta parecía haber sorprendido bastante al hermano Simon.

—¿Que si me cae bien?

Era como si jamás se hubiera detenido a reflexionar sobre eso, y Gamache se dio cuenta, con cierta sorpresa por su parte, de que era posible que el hermano Simon ni siquiera lo hubiese pensado.

—Aquí no se trata de si alguien te cae bien o mal. Es cuestión de aceptación. En un entorno finito como éste, lo que te gusta puede convertirse en algo que te disgusta con facilidad. Aquí aprendemos a no pensar siquiera en esos términos, sino a aceptar la voluntad de Dios: los monjes que están aquí es porque deben estarlo. Si le vale a Dios, nos vale a nosotros.

—Pero usted acaba de llamarlo «pedante».

—Y lo es. Y él dirá de mí que soy taciturno, y es cierto. Todos tenemos defectos que intentamos corregir. Negarlos no sirve de nada.

Gamache levantó la página.

—¿Es posible que el hermano Luc escribiera esto?

—Lo dudo. Al hermano Luc no le gusta cometer errores ni equivocarse. Si él escribiese un himno en latín, estaría perfecto.

—Y es poco probable que añadiera toques de humor —dijo Gamache.

El hermano Simon esbozó media sonrisa.

—Sí, si lo compara con la hilaridad que incluiríamos los demás.

Gamache reconoció el sarcasmo, pero creyó que Simon se equivocaba. Se había llevado la impresión de que los monjes con los que había hablado tenían un buen sentido del humor y la capacidad de reírse de sí mismos y de su mundo. Era una cualidad amable y poco llamativa que escondían tras un semblante solemne, pero estaba ahí.

Estudió el papel que tenía en la mano y concluyó que estaba de acuerdo con el hermano Simon: el hermano Luc no podía haberlo escrito. Y, sin embargo, uno de ellos era el autor.

El inspector jefe estaba más convencido que nunca de que la vitela fina que tenía entre los dedos era la clave del asesinato.

Y sabía que lo resolvería, aunque tardase milenios.

—Los neumas... —empezó a decir cuando aún no había decidido qué quería preguntarle al hermano Simon—. Dice que no ha empezado a transcribirlos a notas, pero ¿sabría leerlos igualmente?

—Sí, claro. Pero son muy confusos.

El hermano Simon cogió su copia.

—No, ésa no es la palabra correcta. Son complejos. La mayoría de los neumas del canto gregoriano lo parecen, pero en cuanto sabes qué estás mirando, son muy sencillos. De eso se trata; indicaciones sencillas para el canto llano.

—Sin embargo, éstas no son sencillas.

—Más bien todo lo contrario.

—¿Podría indicarme más o menos cómo sonaría?

El hermano Simon levantó la mirada de la página con una expresión muy seria, incluso severa, pero Gamache no se echó atrás. Se observaron durante un momento, hasta que Simon apartó la vista y la bajó a la página.

Tras un minuto en silencio, Gamache oyó un sonido. Parecía bastante lejano, y se preguntó si se acercaba otra avioneta al monasterio. Era una especie de vibración evocadora.

Entonces cayó en la cuenta de que no procedía de fuera, sino de allí dentro.

Salía del hermano Simon.

Lo que había empezado como un zumbido suave, un tarareo, una nota suspendida en el aire, se convirtió en otra cosa. Descendió en picado y se puso a juguetear con los registros más bajos antes de dar un salto hacia las alturas. No un salto vertiginoso, sino un ascenso suave.

Gamache tuvo la sensación de que se abría paso por su pecho, de que le rodeaba el corazón y se lo llevaba consigo. Arriba, cada vez más alto. Pero sin precipitarse, sin correr peligro. En ningún momento sintió Gamache que la música ni su corazón estuvieran a punto de desplomarse.

Allí había certeza y confianza. Una alegría cadenciosa.

Las palabras sustituyeron al tarareo, y el hermano Simon empezó a cantar. Como era de esperar, Gamache no comprendía el texto en latín, pero aun así tuvo la sensación de que lo entendía todo.

La voz limpia, calmada e intensa de tenor del hermano Simon sostenía las notas y las palabras disparatadas como haría un amante. Sin juicios, sólo con aceptación en la voz y en la música.

Y entonces, la última nota descendió hasta la tierra. Con suavidad y poco a poco. En un aterrizaje muy delicado.

Y la voz calló, aunque la música permaneció aún con Gamache. Más como una sensación que como un recuerdo. Quería recuperarla. La ligereza. Quería pedir al monje que por favor continuara, que no parase nunca.

Y se dio cuenta de que no quedaba ni rastro de *Camptown Races*. Aquel fragmento de canción, breve pero glorioso, la había sustituido.

Hasta el hermano Simon parecía sorprendido por lo que acababa de salir de su interior.

Gamache sabía que estaría tarareando aquella melodía tan hermosa durante mucho tiempo. Los «*doo-dah*» habían sido sustituidos por «No te oigo, tengo un plátano en la oreja».

• • •

Beauvoir arrojó una piedra al agua, tan lejos de la orilla como pudo.

No quería hacer rebotar piedras lisas en la superficie, sino que escogió una más voluminosa, la sopesó, armó el tiro y la lanzó.

La roca describió un arco y al caer al agua hizo «plop».

Estaba de pie en la orilla, rodeado de cantos rodados, guijarros y conchas, y miraba el lago, con su agua limpia y clara. Las ondas que él había creado llegaron a hasta el margen y rompieron sobre las piedrecitas formando una espuma blanca. Como un mundo en miniatura inundado por un maremoto inesperado. Provocado por él mismo.

Después del encuentro con Francoeur, necesitaba respirar aire fresco.

El hermano Bernard, el monje de los arándanos, había mencionado un sendero. Beauvoir lo había encontrado y había echado a caminar por él, aunque sin prestar mucha atención a lo que tenía alrededor. Estaba almacenando algo en la mente, repasando las palabras que acababa de cruzar con Francoeur.

Y lo que debería haber contestado. Lo que podría haber contestado. Los comentarios inteligentes e incisivos que debería haber hecho.

Al cabo de unos minutos de pensamiento furioso, frenó la marcha y la velocidad a la que le funcionaba la cabeza, y se dio cuenta de que el camino bordeaba la orilla del lago. En ese punto, estaba salpicada de rocas enormes y de arbustos de arándanos.

Aminoró el paso hasta que anduvo con normalidad, para acabar paseando y detenerse en una pequeña península pedregosa que se adentraba en el agua de aquel lago remoto. Aves enormes planeaban y se lanzaban en picado hacia el agua sin que pareciese siquiera que movían las alas.

Beauvoir se quitó los zapatos y los calcetines, se remangó las perneras y metió el dedo gordo del pie en el lago. Lo sacó al instante. El agua estaba tan fría que quemaba. Lo intentó de nuevo, milímetro a milímetro, hasta que tuvo ambos pies en el agua gélida. Se le acostumbraron. No dejaba de asombrarlo lo fácil que era habituarse a las cosas; sobre todo cuando ya no sentías nada.

Se sentó un momento en silencio, arrancó algunos arándanos minúsculos de un arbusto cercano y se los comió mientras trataba de no pensar.

Y cuando no lo conseguía, lo que le venía a la mente era Annie. Sacó la BlackBerry. Tenía un mensaje de ella; lo leyó con una sonrisa en la cara.

Le contaba cómo le había ido el día en el bufete. Y una anécdota graciosa sobre una confusión en internet. Era algo trivial, pero Beauvoir lo leyó entero dos veces. Imaginando su desconcierto, las comunicaciones cruzadas, el final feliz. Le decía lo mucho que lo echaba de menos. Y que lo quería.

Contestó enseguida explicándole dónde estaba. Y le contaba que hacían avances. Dudó antes de pulsar el botón de «enviar», pues sabía que, aunque no podía afirmarse que le hubiera mentido, tampoco le había contado toda la verdad. Sobre cómo se sentía. La confusión, la rabia. Sentimientos que parecía dirigir a Francoeur y, al mismo tiempo, no. Estaba enfadado con el hermano Raymond, con los monjes, por tener que estar en un monasterio en lugar de con Annie. Enfadado por el silencio que sólo interrumpían los oficios interminables.

Enfadado consigo mismo por haber permitido que Francoeur lo incordiase.

Sí, sobre todo estaba enfadado con el superintendente jefe Francoeur.

Pero a Annie no le contó nada de eso, sino que acabó el mensaje con un emoticono de una sonrisa y pulsó «enviar».

Se secó los pies con el jersey, se puso los calcetines y los zapatos.

Debería regresar. Pero cogió una piedra, la lanzó y observó cómo las ondas perturbaban la superficie.

• • •

—Lo gracioso —dijo el hermano Simon al terminar de cantar— es que el texto encaja.

—Creía que había dicho que era algo ridículo, que no tenía sentido. —Gamache se extrañó.

—Así es. Me refiero a que encaja con la métrica de la música. Como la letra de una canción, que debe corresponderse con el ritmo.

—¿Y se corresponden?

Gamache miró la vitela amarillenta, aunque no sabía qué esperaba. ¿Comprender algo de pronto, como por arte de magia? Pues no: continuaba sin entender lo que veía en la hoja. Ni las palabras ni los neumas.

—Diría que quien lo haya compuesto sabía de música —afirmó el hermano Simon—. Pero no sabía componer letras.

—Como Lerner y Loewe —apuntó Gamache.

—Simon y Garfunkel —añadió el hermano Simon.

—Gilbert y Sullivan —contestó Gamache con una sonrisa.

Simon se echó a reír de verdad.

—Una vez oí que se despreciaban. Que se negaban a estar juntos en la misma habitación.

—Entonces —retomó el tema Gamache, mientras repasaba sus ideas—, la música es bonita; en eso estamos de acuerdo. Pero la letra es ridícula. En eso también estamos de acuerdo.

El hermano Simon asintió.

—Y usted cree que quizá la haya compuesto un equipo. O sea, no un monje, sino dos.

—Uno para la música y otro para la letra.

Ambos observaron las hojas que tenían en la mano y después se miraron a los ojos.

—Pero eso no explica por qué la letra es una completa estupidez —apuntó el hermano Simon.

—A menos que quienquiera que escribiese los neumas no supiese latín. Puede que diera por sentado que su compañero escribía letras tan bonitas como la música merecía.

—Y cuando averiguó lo que significaba en realidad... —aventuró el hermano Simon.

—Sí —contestó Gamache—: acabó en asesinato.

—¿La gente mata por cosas así? —quiso saber Simon.

—La Iglesia castraba a los jóvenes para que no les cambiase la voz —le recordó Gamache al monje—. Cuando se trata de música sacra, las emociones se amplifican. Tal vez el paso entre la mutilación y el asesinato no sea tan grande.

El hermano Simon adelantó el labio inferior, pensativo. De pronto tenía un aspecto muy juvenil. Era un niño tratando de resolver un acertijo.

—El prior —dijo Gamache—, ¿qué es más probable que escribiese él?

—La música, sin duda. Era una autoridad mundial en neumas y cantos gregorianos.

—Pero ¿podría haber compuesto música original con neumas? —preguntó el inspector jefe.

—No cabe duda de que los conocía muy bien, así que imagino que es posible.

—Pero hay algo que le inquieta —afirmó Gamache.

—Es que me parece muy poco probable, nada más. El hermano Mathieu amaba el canto gregoriano. No es que le gustase, es que para él se trataba de una forma de adoración. Sentía una pasión religiosa inmensa.

Gamache comprendía lo que decía el monje. Si adoraba el canto llano de esa manera y le había dedicado el trabajo de toda una vida, ¿por qué iba a apartarse tanto de él y crear lo que el inspector jefe tenía en la mano?

—A menos que... —dijo el hermano Simon.

—A menos que él no lo compusiera —continuó Gamache, y levantó un poco la vitela—, sino que se lo encontrase a otra persona y se enfrentase a ella. En el único lugar donde nadie los veía.

Esa reflexión llevó al inspector jefe a la siguiente pregunta.

—Cuando encontró al prior, ¿seguía con vida?

VEINTICUATRO

La puerta del despacho del prior estaba cerrada.

La última vez que Beauvoir se había visto en esa situación, había interrumpido lo que sin duda era una discusión entre Gamache y Francoeur.

Así que se acercó y pegó la oreja.

La madera era gruesa y densa. Dura. No facilitaba la escucha. No obstante, alcanzaba a distinguir la voz del inspector jefe. Amortiguada, pero la reconocía.

Beauvoir se apartó valorando qué hacer, pero enseguida se decidió. Si el inspector jefe estaba discutiendo con el capullo de Francoeur, no pensaba dejarlo en la estacada.

Llamó dos veces con los nudillos y abrió.

El ruido que llegaba de dentro se interrumpió al instante.

Beauvoir miró a su alrededor, pero Gamache no estaba allí.

Sentado al escritorio estaba el superintendente jefe Francoeur. Solo.

—¿Qué pasa? —quiso saber el superior.

Era una de las pocas veces en que Beauvoir lo había visto aturullado. Y entonces vio el portátil. Un rato antes estaba hacia el otro lado, de cara a la silla para las visitas, pero ahora estaba vuelto hacia Francoeur; al parecer Beauvoir lo había sorprendido usándolo.

¿Se estaba bajando algo? Beauvoir no se explicaba cómo; no habían conseguido que la conexión vía satélite funcionase. A menos que él la hubiera arreglado, algo que el inspector dudaba. No era tan listo.

Y además, tenía la misma cara de culpabilidad que un adolescente al que lo hubiera sorprendido su madre.

—¿Sí?

El superintendente jefe miró a Beauvoir con rabia.

—He oído voces —contestó el inspector, y se arrepintió de inmediato.

La expresión de Francoeur se volvió desdeñosa; cogió un informe y se puso a leer. Haciendo caso omiso de Beauvoir. Como si se hubiese abierto un agujero en la atmósfera. Nada. Nadie. En lo que a él respectaba, el inspector era un vacío.

—¿Qué ha querido decir antes?

Beauvoir dio un portazo, y Francoeur levantó la mirada.

No quería preguntárselo; se había prometido que no lo haría. Y si Gamache hubiera estado presente, estaba seguro de que no lo habría sacado a colación. Pero su jefe no estaba y Francoeur sí, y le salió de dentro como un rayo de una nube.

Francoeur no le hizo caso.

—Dígamelo.

Beauvoir dio una patada a una de las sillas, se agarró al respaldo y se inclinó por encima de ella hacia el superintendente.

—O si no, ¿qué? —preguntó Francoeur.

Aquello lo divertía, no le tenía ningún miedo. Beauvoir, en cambio, sintió que le quemaban las mejillas. Tenía los nudillos blancos.

—¿Vas a darme una paliza? —preguntó el superintendente jefe—. ¿A amenazarme? Porque eso es lo que haces, ¿verdad? Eres el perro de Gamache.

Francoeur dejó el informe y se acercó a Beauvoir.

—¿Quieres saber a qué me refería cuando he dicho que me parecía que no tenías cojones? Pues a eso. Es lo que dicen tus compañeros, Jean-Guy. ¿Es cierto?

—¿De qué coño habla?

—De que sólo sirves para ser su cachorro. Dicen que eres su perra, porque gruñes y a veces muerdes, pero nadie se cree que tengas pelotas.

Francoeur miró a Beauvoir como si fuese algo blando y apestoso, algo que los hombres de verdad se limpian de la suela del zapato. Se recostó con comodidad y las patas de la silla chirriaron contra el suelo. Se le abrió la chaqueta, y Beauvoir le vio la pistola.

A pesar del aullido de rabia que le nublaba el juicio, el inspector tuvo la entereza suficiente para preguntarse por qué el superintendente jefe, un burócrata, llevaba un arma.

Y por qué había ido con ella al monasterio.

Ni siquiera Gamache iba armado, aunque Beauvoir sí. Y en ese momento se alegró.

—A eso me refería antes —explicó Francoeur—. He ido contigo a hablar con ese monje no porque me invitases, sino por curiosidad. Quería ver cómo se las apaña el hazmerreír de la Sûreté en un interrogatorio. Pero me has sorprendido. Estoy impresionado.

Y Beauvoir también se asombró, porque una parte pequeña de él se alegraba de oír esas palabras. Aunque estaba enterrada bajo toda la ira, la rabia y la furia casi apocalíptica del insulto que estaba a punto de soltar.

Abrió la boca, pero no alcanzó a emitir más que un titubeo. No consiguió formar palabras. Sólo dejó escapar aire vacío.

—No me digas que no lo sabías. —Francoeur parecía sorprendido. De verdad—. ¡Venga ya! Hasta un tonto se daría cuenta. Te paseas por la comisaría medio paso por detrás de tu amo, casi gimoteando, ¿y esperas que el resto de los agentes e inspectores te admiren? Admiran al inspector jefe, pero también lo temen un poco. Porque si se las ha apañado para cortarte los huevos a ti, a lo mejor podría hacérselo a ellos también. Mira, nadie te culpa: eras un agente de nada en una comisaría pequeña de la Sûreté. Estaban a punto de despedirte porque nadie quería trabajar contigo, y Gamache te dio una oportunidad. Fue así, ¿verdad?

Beauvoir miró a Francoeur, desconcertado.

—Muy bien —continuó el superintendente jefe, y se echó hacia delante—. ¿Y por qué crees que lo hizo? ¿Por qué piensas que se ha rodeado de agentes que nadie más quiere? Acaba de ascender a Isabelle Lacoste a inspectora, tu mismo rango —le recordó, y le lanzó una mirada de complicidad—. Yo de ti estaría atento. Que se quede ella al cargo de todo en la comisaría cuando se supone que tú eres el segundo al mando... No pinta bien. De todos modos, ¿qué estaba diciéndote? Sí, los reclutas del inspector jefe. ¿Te has fijado en el Departamento de Homicidios? Ha creado una división de fracasados. Se ha quedado con los restos. ¿Por qué?

La ira de Beauvoir entró en erupción por fin. Levantó la silla y la golpeó contra el suelo con tal fuerza que las dos patas de atrás se partieron. No le importaba. Sólo tenía ojos para el hombre que estaba frente a él. Tenía al superintendente Francoeur en el punto de mira.

—¿Fracasados? —preguntó con voz áspera—. El inspector jefe se rodea de agentes que piensan por sí mismos, que son capaces de actuar en solitario. El resto son unos mierdas y nos tienen miedo. Nos apartan, nos relegan, nos tratan como porquería hasta que lo dejamos. ¿Y por qué? —Estaba escupiendo las palabras por encima del escritorio, literalmente—. Porque nos perciben como una amenaza. Porque nos negamos a participar en el juego de la corrupción. El inspector jefe Gamache recogió lo que otros consideraban basura y nos dio una oportunidad. Creyó en nosotros cuando nadie más lo hacía. Y usted... menudo soplapollas. ¿Cree que voy a tragarme esa mierda? Qué más da que sus esbirros se rían de mí, ¿a mí qué me importa? Es el mayor cumplido que pueden hacerme. Tenemos el mejor índice de arrestos de todo el cuerpo: eso es lo que cuenta. Y si usted y su panda de gilipollas piensan que eso es motivo de burla, adelante, ríanse.

—¿El mejor índice de arrestos?

Francoeur se había levantado y hablaba con tono glacial.

—¿Como en el caso Brulé? Tu jefe lo arrestó. A la provincia le costó una fortuna llevarlo a juicio por asesinato.

Y al pobre cabrón van y lo condenan. ¿Y qué pasa después? Que resulta que no mató a nadie. ¿Y qué hizo tu Gamache? ¿Fue él a arreglar su desastre? Pues no: te mandó a ti a buscar al asesino. Y lo hiciste. Fue entonces cuando empecé a pensar que quizá no eras el inútil que me habías parecido.

Francoeur recogió unos papeles, pero se detuvo junto al escritorio.

—Te preguntas a qué he venido, ¿verdad?

Beauvoir no abrió la boca.

—Claro que sí. Y Gamache también. Si hasta me lo ha preguntado. No le he contado la verdad, pero a ti sí te la diré: quería pillaros fuera de la comisaría, lejos de donde él pueda ejercer su influencia, para poder hablar contigo. No hacía falta que viniese yo hasta aquí a traer los informes, que soy el superintendente jefe, por Dios. Cualquier agente de Homicidios podría haberse ocupado de eso. Pero he visto la oportunidad que se me presentaba y la he aprovechado. He venido a salvarte. De él.

—Está usted loco.

—Piensa en lo que te he dicho. Ata cabos. Eres bastante listo, así que piensa. Y ya que estás en ello, dale un par de vueltas también a por qué ha ascendido a Isabelle Lacoste a inspectora.

—Porque es una gran investigadora. Se lo ha ganado.

Francoeur volvió a mirarlo como si Beauvoir estuviera haciendo gala de un nivel espectacular de estupidez.

—¿Qué? —quiso saber el inspector—. ¿Qué intenta decir?

—Ya he hablado demasiado, Beauvoir. Y ya está dicho. —Le dedicó una mirada obsequiosa—. Lo cierto es que eres muy buen investigador. Utiliza esas aptitudes. Y no te cortes si quieres contarle a Gamache lo que acabo de decir. Ya va siendo hora de que se entere de que hay alguien que sabe de qué va.

La puerta se cerró y Beauvoir se quedó solo con su rabia. Y con el portátil.

• • •

El hermano Simon miró a Gamache boquiabierto.

—¿Cree que el prior todavía estaba vivo cuando lo encontré?

—Es posible. Creo que usted sabía que estaba muriéndose y que, en lugar de ir a por ayuda, porque eso hubiera significado casi con toda seguridad dejarlo morir solo, se quedó con él y lo acompañó en sus últimos instantes. Para reconfortarlo. Darle la extremaunción. Como acto de bondad. De compasión.

—Entonces, ¿por qué no habría dicho nada? El resto de la comunidad se habría alegrado de saber que, incluso en circunstancias tan terribles, el prior había recibido la extremaunción.

Miró al inspector jefe con atención.

—¿Cree que me callaría algo así? ¿Por qué?

—Ésa es la cuestión.

Gamache cruzó las piernas y se puso cómodo, hecho que provocó en el hermano Simon una incomodidad patente. El inspector jefe estaba preparándose para una conversación larga.

—No he tenido mucho tiempo para pensar en ello —admitió Gamache—, pero acabo de leer en el informe del forense que el hermano Mathieu quizá viviese hasta media hora más después de que le asestasen el golpe mortal.

—«Quizá viviese» no quiere decir que viviera.

—Tiene toda la razón. Pero supongamos que sí. Era lo bastante fuerte como para arrastrarse hasta el muro. Puede que batallase con la muerte hasta el último segundo. Se aferró a toda la vida que le quedaba. ¿Le suena a algo que el prior haría?

—Yo pensaba que la hora y el momento de nuestra muerte no lo elegíamos nosotros —respondió el hermano Simon, y Gamache sonrió—. Si de nosotros dependiese, sospecho que el prior habría escogido no morir.

—Creo que incluso dom Clément seguiría recorriendo estos pasillos de haber podido elegir —concurrió Gamache—. No digo que la fuerza de voluntad sea capaz de contrarrestar un golpe mortal, sino que, según mi experiencia personal, puede retrasar el instante durante unos momentos, tal vez minutos. Y hay veces que, en un trabajo como el mío, ese período de tiempo es de una importancia crucial.

—¿Por qué?

—Porque es ese momento precioso en que la víctima se encuentra entre este mundo y lo que cada uno crea que hay en el siguiente. El momento en que una persona sabe que está muriendo. Y si alguien la ha asesinado, ¿qué hace?

El hermano Simon no respondió.

—Nos dice quién la ha matado, en la medida de lo posible.

El monje se sonrojó y entornó los ojos un poco.

—¿Cree que el hermano Mathieu me confesó quién lo mató? ¿Y que yo no he dicho nada?

Ahora le tocaba a Gamache guardar silencio. Observó al monje y se fijó en su rostro redondo y grueso. No estaba gordo, pero tenía los carrillos como los de una ardilla. La cabeza rapada y la nariz chata. Una expresión de desaprobación casi permanente. Y los ojos de color avellana, como la corteza de un árbol. Moteados. Y desabridos. Duros.

No obstante, su voz era la de un ángel. No sólo la de un miembro del coro celestial, sino también la de uno de los elegidos. Uno de los favoritos de Dios, cuyo don superaba al de todos los demás.

Aunque no al de los otros hombres que vivían en el monasterio con él. Dos docenas en total.

¿Era aquel lugar, Saint-Gilbert-Entre-les-Loups, un momento precioso? ¿Un lugar entre dos mundos? Porque ésa era la sensación que daba. De estar más allá del tiempo y del espacio. En un submundo. Bajo la vida efervescente de Quebec. De los cafés y los restaurantes, los festivales. Los granjeros que trabajaban duro y los académicos brillantes.

Entre el mundo mortal y el cielo. O el infierno. Entre todo eso, estaba aquel lugar.

Donde el silencio era el rey e imperaba la calma. Donde los únicos sonidos eran el canto de los pájaros que se posaban en los árboles y el canto llano.

Y donde un día antes habían asesinado a un monje.

Al final, con la espalda contra la pared, ¿había incumplido el hermano su voto de silencio?

Jean-Guy Beauvoir apoyó la silla rota en la puerta del despacho del prior.

Con ella no impediría que entrara alguien, pero sí lo entorpecería lo suficiente. Y a él le serviría de aviso.

Se dirigió al escritorio y se sentó en la silla que Francoeur acababa de dejar vacía. Todavía estaba caliente. La idea le causó una leve repugnancia, pero la omitió y se acercó el portátil.

También estaba caliente. Francoeur había estado usándolo, pero lo había apagado cuando había entrado el inspector.

Tras encenderlo de nuevo, intentó conectarse a internet.

No hubo manera. La conexión por satélite continuaba sin funcionar.

En ese caso, ¿qué hacía el superintendente jefe? ¿Y por qué lo había apagado con tanta prisa?

Jean-Guy Beauvoir se acomodó para averiguarlo.

—¿Quiere que le diga lo que pienso? —preguntó Gamache.

Con su expresión, el hermano Simon estaba diciendo que no a gritos. Y, como era de esperar, Gamache no hizo caso.

—Esto es muy poco ortodoxo —admitió el inspector jefe—. En general, a los policías nos gusta que nuestros interlocutores lleven el peso de la conversación; sin embargo, en este caso, creo que lo más sensato es ser flexible.

Miró al monje, terco como una mula, como si le hiciese gracia, pero enseguida se puso serio.

—Esto es lo que me parece que ocurrió: creo que cuando usted entró en el jardín, el hermano Mathieu seguía vivo. Estaba acurrucado contra el muro y puede que usted tardase un minuto más o menos en verlo.

Mientras Gamache hablaba, una visión apareció entre ambos, la del hermano Simon entrando en el jardín con los aperos de jardinería. Desde la última vez que había rastrillado, ya habían caído más hojas otoñales de colores vivos, y algunas de las plantas necesitaban que les arrancase las flores marchitas. El sol había salido y hacía un día fresco y claro, el aire estaba cargado de la fragancia de los manzanos silvestres del bosque y la fruta se calentaba al sol de finales de temporada.

El hermano Simon avanzó por el césped oteando los arriates para ver qué había que cortar y qué cubrir de cara al crudo invierno que sin duda se acercaba.

Y entonces se detuvo. La hierba del fondo del jardín estaba desordenada. Alterada, aunque no era obvio. Alguien que sólo apareciese por allí de vez en cuando lo habría pasado por alto, pero el secretario del abad no era un visitante ocasional. Conocía todas las hojas, hasta la última brizna de hierba. Cuidaba del jardín como si fuera un niño a su cargo.

Allí ocurría algo.

Miró a su alrededor. ¿Estaba el abad? Sabía que pretendía bajar al sótano a inspeccionar el sistema geotérmico.

El hermano Simon permaneció quieto bajo los rayos del sol de finales de septiembre con la vista aguda y los sentidos alerta.

—¿Voy bien? —preguntó Gamache.

La voz del inspector jefe era tan cautivadora y sus palabras tan descriptivas que el hermano Simon había olvidado que estaba sentado en el interior del despacho. Casi sentía el aire fresco del otoño en las mejillas.

Miró al inspector jefe, sentado delante de él con compostura, y pensó, no por primera vez, que era un hombre muy peligroso.

—Me tomaré su silencio como un «sí» —dijo Gamache con media sonrisa—, aunque me consta que a menudo eso es un error.

Continuó su historia y, de nuevo, entre los dos apareció una imagen en movimiento.

—Dio unos pasos tratando de distinguir qué era el montón que había al fondo del jardín, aunque todavía no estaba preocupado, sólo sentía curiosidad. Entonces se dio cuenta de que la hierba no estaba alborotada sin más. Había sangre.

Ambos vieron al hermano Simon agacharse, fijarse en las briznas dobladas, salpicadas aquí y allá de manchas rojas, como si a las hojas caídas les hubieran salido estigmas.

Entonces se detuvo y miró al frente, en la misma dirección que el rastro.

Al final del camino había una figura tendida. Hecha una bola prieta y negra. Con un penacho blanco inconfundible. Sólo que no era todo blanco: tenía motas de un rojo intenso.

El hermano Simon lanzó las herramientas al suelo y echó a correr esquivando los arbustos para llegar a él, pisando sus preciadas plantas perennes, aplastando las alegres rudbeckias que se interponían en su camino.

Un monje, uno de sus hermanos, estaba herido. Herido de gravedad.

—Pensé que... —dijo el hermano Simon.

No miraba a Gamache a los ojos, sino el rosario que sostenía en la mano. Hablaba en voz baja, en poco más que un susurro, y el inspector jefe se echó hacia delante para no perderse ni una de aquellas palabras tan poco comunes.

—Pensé que...

El hermano Simon alzó la vista. El recuerdo bastaba para asustarlo.

Gamache no habló; se limitó a mirarlo con expresión neutra, pero con interés. Sin apartar los ojos castaños del monje.

—Creí que era dom Philippe.

Dirigió la vista a la cruz sencilla que colgaba del rosario. Levantó las manos, bajó la cabeza y se la sujetó de modo que la cruz le chocó contra la frente. Luego se quedó quieta.

—Dios mío, pensé que estaba muerto. Que le había ocurrido algo.

La voz del hermano Simon le llegaba amortiguada y, mientras que sus palabras no se oían con claridad, sus sentimientos no podían ser más evidentes.

—¿Qué hizo usted? —preguntó Gamache, con tono amable.

Con la cabeza apoyada aún entre las manos, el monje respondió al suelo:

—Vacilé. Que Dios me ayude, vacilé.

Levantó la cabeza para mirar al inspector jefe. Su confesor. Con la esperanza de obtener comprensión, si no absolución.

—Continúe —le pidió Gamache, sin apartar la vista de él.

—No quería verlo, tenía miedo.

—Por supuesto que lo tenía. Le ocurriría a cualquiera. Pero al final se acercó. No salió corriendo.

—Eso es.

—¿Y qué pasó?

El hermano Simon se aferró a la mirada del inspector jefe como si sus ojos fueran una cuerda y él estuviese colgando de un precipicio.

—Me arrodillé y lo volví un poco. Pensé que quizá se había caído de lo alto del muro o del árbol. Sé que es ridículo, pero no me imaginaba qué más podía haber ocurrido. Y si se había partido el cuello, no quería...

—Sí —respondió Gamache—. Continúe.

—Entonces vi quién era.

Al monje le cambió la voz. Seguía cargada del estrés y la ansiedad de revivir esos momentos terribles, pero el grado de esas emociones había variado.

—No era el abad.

El alivio era patente.

—Era el prior.

Más alivio todavía. Lo que había comenzado como una tragedia espantosa, había acabado convirtiéndose casi en una buena noticia, y el hermano Simon no era capaz de ocultarlo. O había escogido no hacerlo.

No obstante, le sostuvo la mirada al inspector jefe. Por si en ella veía desaprobación.

Pero no halló más que aceptación: lo que Gamache estaba escuchando era, muy probablemente y por fin, la verdad.

—¿Estaba vivo? —preguntó Gamache.

—Sí. Tenía los ojos abiertos. Me clavó la mirada y me agarró la mano. Tiene razón: él sabía que se estaba muriendo. Y yo también. No puedo explicar cómo lo supe, pero fue así. Y no pude dejarlo solo.

—¿Cuánto tiempo tardó?

El hermano Simon no respondió al instante. Era evidente que aquel momento había durado una eternidad. De rodillas en el suelo, sujetando la mano ensangrentada de un hombre moribundo. Un compañero del monasterio. Un hombre al que despreciaba.

—No lo sé. Un minuto, puede que algo más. Le di la extremaunción y eso lo calmó un poco.

—¿Qué se recita durante la extremaunción? ¿Puede repetirlo para mí?

—Estoy seguro de que ya lo ha oído.

En efecto, Gamache lo había oído y conocía la oración. Aunque la manera en que él la había administrado, con prontitud y urgencia, sosteniendo a un agente moribundo tras otro, era muy distinta. Quería que el hermano Simon le recitase la auténtica.

Simon cerró los ojos. Estiró el brazo un poco y ahuecó la palma; sujetaba una mano invisible.

—Por esta santa unción y por su bondadosa misericordia, te ayude el Señor con la gracia del Espíritu Santo. Para que, libre de tus pecados, te conceda la salvación y te conforte en tu enfermedad. Amén.

Con los ojos aún cerrados, el hermano Simon levantó la otra mano y dibujó una cruz con el pulgar en la frente del monje moribundo.

«Bondadosa misericordia», pensó Gamache recordando al joven agente y a su propio espectro en sus brazos. En la confusión del momento, simplemente se había inclinado sobre él y había susurrado: «Acepta a este hijo tuyo.»

Pero el agente ya se había ido, y Gamache también debía marcharse.

—Llegado el momento —continuó el inspector jefe—, un hombre moribundo, si puede, se confiesa.

El hermano Simon guardó silencio.

—¿Qué dijo? —preguntó.

—Hizo un ruido —contestó el monje, como en trance—, como si se aclarase la garganta. Y a continuación pronunció la palabra «homo».

Simon recuperó la presencia de ánimo, regresó de algún lugar lejano. Los dos hombres se miraron.

—¿«Homo»? —El inspector jefe se extrañó.

El hermano Simon asintió.

—Comprenderá por qué no dije nada. No está relacionado con su muerte.

No obstante, pensó Gamache, tal vez tuviera mucho que ver con su vida. Se detuvo unos instantes a pensar.

—¿Qué cree que quería decir? —preguntó al final.

—Creo que ambos lo sabemos.

—¿Era gay? ¿Homosexual?

Durante un momento, el hermano Simon intentó clavarle una mirada reprobadora, pero enseguida desistió. Era demasiado tarde para eso.

—Es difícil de explicar —contestó el monje—. Aquí vivimos veinticuatro hombres solos. Nuestro objetivo es encontrar el amor divino. La compasión. Que nos consuma el amor por el Señor. Oramos para conseguirlo.

—Ése es el ideal —repuso Gamache—. Pero, mientras tanto, también son humanos.

Él sabía que la necesidad de sentirse reconfortado a nivel físico era muy potente y primitiva, y no tenía por qué desaparecer con el voto de castidad.

—Pero lo que necesitamos no es amor físico —repuso el hermano Simon, que le había adivinado el pensamiento y quería corregirlo.

El monje no parecía estar a la defensiva, pero le costaba dar con el modo de expresarse.

—Creo que la mayoría, si no todos, hemos dejado eso atrás. No tenemos una libido fuerte, no somos sexuales.

—Entonces, ¿qué necesitan?

—Dulzura. Intimidad, pero no sexual. Más bien es compañerismo. Dios debería sustituir a las personas en nuestro afecto, pero lo cierto es que todos buscamos un amigo.

—¿Es eso lo que siente usted con el abad?

Gamache había formulado la pregunta con mucho atrevimiento, pero hablaba con consideración.

—He visto cómo reaccionaba cuando creía que era él el que estaba herido y muriéndose.

—Lo quiero, es la verdad, pero no deseo tener una relación física con él. Es difícil explicar un afecto que va mucho más allá de eso.

—¿Y el prior? ¿Había alguien a quien él quisiera?

El hermano Simon guardó silencio. No era un silencio obstinado, sino contemplativo.

Al cabo de un minuto más o menos, habló:

—Yo me preguntaba si él y el abad...

De momento, no podía ir más allá. Hizo otra pausa.

—Durante muchos años fueron inseparables. Aparte de mí, el prior era la única persona a quien el abad invitaba a su jardín.

Por primera vez, Gamache se planteó si el jardín existía a distintos niveles. Si era al mismo tiempo un lugar donde había hierba, tierra y flores; pero también una alegoría. La representación de aquel lugar privado que cada uno llevaba dentro. Para algunos era una habitación oscura cerrada con llave. Para otros, un jardín.

El secretario tenía permiso para entrar. Y el prior también.

El prior, además, había fallecido allí.

—¿Qué cree que quería decir el hermano Mathieu? —preguntó Gamache.

—Me parece que sólo hay una interpretación posible. Sabía que estaba muriéndose y buscaba la absolución.

—¿Por ser homosexual? Si no le he entendido mal, he creído que usted decía que no lo era.

—Ya no sé qué pensar. Puede que su relación fuese platónica, pero es posible que en privado anhelase algo más. Él lo sabía. Y Dios también.

—¿Y Dios lo condenaría por una cosa así? —preguntó Gamache.

—¿Por ser gay? Quizá no. Pero por incumplir el voto de castidad es probable que sí. Eso es algo que hay que confesar.

—¿Diciendo «homo»?

Gamache no estaba ni mucho menos convencido, aunque sabía que cuando una persona estaba a punto de morir, la razón desempeñaba un papel muy pequeño, o nulo. Cuando llega tu final y sólo te queda tiempo para una palabra, ¿cuál escoges?

Al inspector jefe no le cabía duda de cuáles serían sus últimas palabras. Cuáles habían sido. El día que se había creído al borde de la muerte, había repetido dos palabras una y otra vez hasta que ya no pudo hablar más.

«Reine-Marie.»

Jamás se le ocurriría decir «hetero». Aunque también era cierto que no arrastraba ningún sentimiento de culpa sobre su sexualidad. Y tal vez el prior sí.

—¿Hay algún expediente suyo que pueda enseñarme? —solicitó Gamache.

—No.

—¿No quiere mostrármelo o no hay ningún expediente?

—No guardamos los expedientes.

Al ver la expresión del inspector jefe, el hermano Simon se explicó.

—Cuando adoptamos la vida religiosa nos sometemos a un examen muy riguroso, y esa información permanece en nuestro primer monasterio. Pero dom Philippe no la quiere; aquí, en Saint-Gilbert, no disponemos de esa información.

—¿Por qué no?

—Porque carece de toda relevancia. Somos como la legión extranjera francesa: dejamos nuestro pasado atrás.

Gamache miró fijamente al clérigo. ¿De verdad era tan ingenuo?

—Que ustedes pretendan dejar el pasado en la entrada no significa que se quede allí —repuso el inspector jefe—.

Siempre encuentra algún modo de abrirse paso entre las grietas.

—Si llega hasta aquí, supongo que estaba destinado a encontrarnos de nuevo —contestó el hermano Simon.

Siguiendo esa lógica, pensó Gamache, la muerte del prior también era la voluntad de Dios. Debía ocurrir. Era evidente que el Señor estaba entretenido con los gilbertinos: la legión extranjera francesa de las órdenes religiosas.

No obstante, eso encajaba, pensó Gamache. No había cabida para la retirada. No había pasado al que regresar. Más allá de los muros del monasterio, sólo había un bosque salvaje.

—Hablando de grietas, ¿sabe algo de los cimientos? —preguntó Gamache.

—¿Qué cimientos?

—Los del monasterio.

El hermano Simon se mostró confundido.

—Para eso tiene que hablar con el hermano Raymond. Pero libere medio día y prepárese para salir de allí sabiendo más sobre la fosa séptica de lo que le conviene.

—O sea, que el abad no le ha comentado nada sobre los cimientos del edificio. ¿El prior tampoco lo hizo?

El hermano Simon reaccionó:

—¿Les ocurre algo?

—Mi pregunta es si ha oído algo sobre ellos.

—No, nada. ¿Debería?

Tal como Gamache sospechaba, el abad se había guardado la información. Sólo él y el hermano Raymond sabían que Saint-Gilbert acabaría viniéndose abajo. Que al edificio le quedaba como mucho una década de vida.

Y puede que el prior también lo supiese. Puede que el hermano Raymond, en su desesperación, se lo hubiera contado. En ese caso, el prior había fallecido antes de poder compartirlo con alguien más. ¿Era ése el motivo de su muerte? ¿Silenciarlo?

«¿Nadie va a librarme de este cura entrometido?»

—Usted sabía que el prior había sido asesinado, ¿verdad?

El hermano Simon asintió.

—¿Cuándo se dio cuenta?

—Cuando le vi la cabeza. Y...

La voz del monje se fue apagando. Gamache permaneció callado. A la espera.

—Y entonces descubrí algo entre las flores. Algo que no debería haber estado allí.

El inspector jefe aguantó la respiración. Ambos se convirtieron en un cuadro vivo, congelados en el tiempo. Gamache esperó. Y esperó. Respiraba despacio, sin hacer ruido; no quería alterar siquiera el aire que los rodeaba.

—Tal vez se imagine que no era una piedra.

—Sé que no lo era —contestó el inspector jefe—. ¿Qué hizo usted con ello?

Estuvo a punto de cerrar los ojos para rezar por que el monje no lo hubiera cogido para lanzarlo por encima del muro y hacerlo desaparecer en el mundo.

El hermano Simon se levantó, abrió la puerta del despacho del abad y salió al pasillo. Gamache lo siguió, pues suponía que el monje lo conduciría a algún escondite secreto.

Sin embargo, se detuvo en el umbral, estiró el brazo y le entregó al inspector jefe Gamache el arma homicida. Era la vieja vara de hierro que llevaban cientos de años usando para conseguir entrar en los aposentos privados del abad.

El día anterior alguien la había utilizado para partirle el cráneo al prior de Saint-Gilbert-Entre-les-Loups.

VEINTICINCO

Jean-Guy Beauvoir recorría los pasillos de Saint-Gilbert-Entre-les-Loups. Buscando.

Al principio, los monjes con los que se cruzaba se detenían a saludarlo con la reverencia acostumbrada, pero a medida que se les acercaba, se apartaban de su camino. Se quitaban de en medio.

Y cuando pasaba de largo, se les adivinaba el alivio.

Jean-Guy Beauvoir escudriñó los pasillos del monasterio. Miró en el huerto. En la granja, donde había gallinas chantecler y cabras comiendo hierba.

Buscó en el sótano. Donde el hermano Raymond era invisible, aunque su voz hiciera eco por los pasillos largos y frescos. Estaba cantando. Arrastraba las palabras y su voz conservaba la belleza, pero dejaba entrever más brandy y Bénédictine que divinidad.

Beauvoir subió la escalera corriendo y se plantó en la iglesia con la respiración entrecortada. Se volvió hacia un lado y hacia el otro.

Varios monjes se apartaron de la luz danzarina y lo observaron con sus hábitos negros. Pero él no les prestó atención; no eran su presa. Iba a la caza de otra persona.

Entonces se volvió y se abrió paso por una puerta cerrada. El pasillo estaba vacío y la puerta del otro extremo, también cerrada. Con llave.

—Ábrela —ordenó.

El hermano Luc no perdió ni un instante: en cuestión de segundos había metido la llave gigantesca en el cerrojo, la había hecho girar y había abierto el pasador y la puerta. Y Beauvoir, ataviado del mismo negro que si hubiera vestido hábito, salió.

Luc cerró deprisa. Sintió la tentación de abrir la mirilla y asomarse; presenciar lo que estaba a punto de ocurrir. Pero no lo hizo. El hermano Luc no quería ver, oír ni saber. Regresó a su garita, se colocó el libro grande sobre las rodillas y se enfrascó en los cantos.

Beauvoir encontró lo que buscaba de inmediato. Junto a la orilla.

Sin pensar, sin preocuparse, pues ya era muy tarde para cualquiera de esas dos cosas, echó a correr con todas sus fuerzas.

Corrió como si su vida dependiese de ello.

Corrió como si la vida de los demás dependiese de ello.

Directo hacia el hombre que estaba entre la niebla.

Mientras corría, dejó escapar un sonido terrible que le salía del vientre. Un sonido que llevaba reprimiendo durante meses y meses. Un sonido que se había tragado, que había escondido y encerrado. Y ahora salía y lo impelía hacia delante.

El superintendente jefe Francoeur se volvió instantes antes de que Beauvoir arremetiese contra él. Dio medio paso hacia atrás y así evitó recibir toda la fuerza del impacto. Ambos cayeron sobre las rocas, pero Francoeur no se dio un golpe tan fuerte como Beauvoir.

Se quitó al inspector de encima y echó mano a la pistola justo cuando Beauvoir rodaba por el suelo, se levantaba de un salto e intentaba alcanzar también la suya.

Pero ya era tarde. Francoeur había desenfundado y estaba apuntándolo al pecho.

—¡Puto desgraciado! —chilló Beauvoir, casi sin darse cuenta de que sujetaba el arma—. Cabrón. Te mato.

—Acabas de atacar a un superior —le espetó Francoeur, afectado por el golpe.

—¡He atacado a un gilipollas y, si hace falta, lo haré otra vez!

Beauvoir chillaba con todas sus fuerzas; estaba desgañitándose.

—¡¿Qué cojones te pasa?! —preguntó Francoeur a voces.

—Lo sabes muy bien. He encontrado lo que tienes en el portátil. Lo que estabas viendo cuando he entrado en el despacho.

—Hostia puta... —contestó Francoeur, y miró al inspector con incertidumbre—. ¿Lo ha visto Gamache?

—¡¿Qué coño importa eso?! —gritó Beauvoir.

Se agachó, apoyó las manos en las rodillas y trató de recuperar el aliento. Entonces levantó la mirada.

—Lo he visto yo.

«Respira hondo —le suplicó a su cuerpo—. Inspira, espira.

»Por lo que más quieras, no te desmayes.

»Respira hondo. Inspira, espira.»

Estaba mareado.

«Dios mío, no dejes que me desmaye ahora.»

Beauvoir se soltó las rodillas y se incorporó poco a poco. Nunca sería tan alto como el hombre que tenía delante. El hombre que lo apuntaba al pecho con una pistola. Sin embargo, se irguió todo lo que pudo. Y contempló a la criatura.

—Usted filtró el vídeo.

Le había cambiado la voz. La tenía ronca. Frágil. Cada una de las palabras le rodaba desde el interior de la boca a lomos de un aliento muy muy profundo que le salía de muy muy adentro.

La puerta de su cámara secreta había volado por los aires y las palabras salían de allí.

Igual que sus intenciones.

Iba a matar a Francoeur. En ese mismo instante.

No le quitaba ojo al superintendente jefe. Más borrosa, en el límite de su campo de visión, estaba el arma. Sabía que en cuanto se abalanzase sobre él, Francoeur tendría tiempo de disparar al menos dos veces antes de que él cubriese la distancia que los separaba.

Y calculó que mientras no lo alcanzase en la cabeza ni en el corazón, llegaría hasta él con el tiempo y la voluntad suficientes para tirarlo al suelo. Agarraría una piedra. Le aplastaría el cráneo.

Durante un momento de locura, recordó la historia que su padre le había leído una y otra vez. La del tren.

«Creo que puedo. Creo que puedo.

»Creo que puedo matar a Francoeur antes de que él me mate él a mí.»

A pesar de que sabía que él también moriría. Pero no el primero. Por Dios, no el primero.

Se puso tenso y se echó hacia delante unos milímetros, pero Francoeur, que estaba hiperalerta, levantó la pistola un poco más. Y Beauvoir se detuvo.

Mejor esperar. Aguardar hasta esa fracción de segundo en que Francoeur se distrajese.

«No necesito más.

»Creo que puedo. Creo que puedo.»

—¿Qué? ¿Crees que el vídeo lo filtré yo? —quiso saber el superintendente jefe.

—Basta ya de juegos, joder. Usted traicionó a mis amigos, a su propia gente. A los que murieron.

Beauvoir notó que se dejaba llevar por la histeria, que estaba casi sollozando, y se rehízo.

—Murieron. Y usted hizo pública la puta cinta en la que se veía cómo ocurría todo.

Sentía cómo se le iba estrechando la garganta, hablaba con la voz estrangulada. Resollaba y, al pasar por el conducto cada vez más estrecho, el aire silbaba.

—Usted convirtió lo que había ocurrido en un circo. Usted...

No podía continuar. Estaba abrumado por las imágenes del asalto a la fábrica. De Gamache a la cabeza de la expedición. De los agentes de la Sûreté irrumpiendo en las instalaciones, siguiendo a su líder. Iban a salvar al agente al que habían secuestrado. A detener a los terroristas.

Jean-Guy Beauvoir, de pie junto a la orilla tranquila, oyó las explosiones de los disparos. El estallido de las balas contra el hormigón, los suelos, las paredes. Contra sus amigos. Olía el humo acre mezclado con el polvo del hormigón. El corazón le latía con rabia. Por la adrenalina. Por el miedo.

Pero aun así había seguido a Gamache. Se había adentrado en el laberinto de la fábrica. Todos lo habían hecho.

La incursión se había filmado con las cámaras que los agentes llevaban en los cascos. Más tarde, meses después, alguien había robado las imágenes, las había montado y había subido el vídeo a internet.

Beauvoir había acabado siendo tan adicto a ese vídeo como a los analgésicos. Dos mitades de un todo. Primero el dolor y después el remedio. Una y otra vez, una y otra vez. Hasta que eso se había convertido en su vida: ver a sus amigos morir. Sin cesar. En bucle.

No obstante, todavía quedaba una cosa por resolver: ¿quién había filtrado la cinta? El inspector sabía que había sido alguien de dentro. Y por fin tenía la respuesta.

Ahora lo único que quería era mantenerse consciente el tiempo suficiente para matar al hombre que tenía delante.

Por traicionar a los suyos. A los agentes de Gamache. A los amigos de Beauvoir. Perderlos a todos ya había sido horrible, pero que la cinta del asalto acabase en internet para que millones y millones de personas en todo el mundo la viesen, para que todo Quebec fuera testigo...

Y así había ocurrido.

El mundo entero se había sentado con un cuenco de palomitas a ver una y otra vez cómo derribaban a tiros a los agentes de la Sûreté en la fábrica. Lo habían visto como si esas muertes fuesen un mero entretenimiento.

Y las familias de los fallecidos también lo habían visto. La cinta se había hecho viral, había tenido más visitas que los vídeos de gatitos.

Beauvoir miró a Francoeur a los ojos. No necesitaba mirar la pistola; sabía que estaba ahí. Y también lo que sentiría de un momento a otro, cuando lo alcanzase la primera bala.

Conocía la sensación. El golpe seco, la impresión, el dolor abrasador.

Había visto muchas películas de guerra, muchos westerns. También numerosos cadáveres. Gente real muerta por disparos. Tantos, que se había engañado a sí mismo pensando que sabría qué sentiría. Si alguna vez le pegaban un tiro.

Y se equivocaba.

No se trataba tan sólo del dolor, sino también del terror. De la sangre. Del apuro por quitarse esa quemazón, aunque el dolor fuese demasiado profundo.

De eso hacía menos de un año y le había costado mucho tiempo recuperarse. Más que al inspector jefe. Gamache se había entregado en cuerpo y alma a su rehabilitación, a la fisioterapia. Las pesas, los paseos, el ejercicio. El psicólogo.

Beauvoir sabía que todo lo que el inspector jefe percibía, todas las imágenes, los olores y sonidos estaban más acentuados. Era como si viviese por cinco. Por sí mismo y por cuatro agentes jóvenes.

De un modo u otro, el suceso había fortalecido al inspector jefe.

En cambio, el asalto, las vidas perdidas, habían provocado en Beauvoir el efecto contrario.

Él lo había intentado. De veras. Sin embargo, el dolor le resultaba demasiado intenso. Y el tormento, demasiado grande. Y los analgésicos, demasiado efectivos.

Entonces había aparecido el vídeo y el dolor se había recrudecido. Había empezado a quemarlo más adentro. Necesitaba más analgésicos. Y más. Y más. Para aliviar el daño y debilitar los recuerdos.

Hasta que por fin el inspector jefe había intervenido. Gamache lo había salvado el día de la fábrica. Y otra vez unos meses más tarde, insistiendo en que aceptase ayuda. Para el problema de las pastillas y de las imágenes que se le habían colado en la cabeza. Lo había obligado a someterse a terapia intensiva. A rehabilitación. No le había quedado más remedio que dejar de huir y dar media vuelta para enfrentarse a lo que había ocurrido.

Gamache también lo había forzado a hacerle una promesa: no volver a ver ese vídeo jamás.

Y Beauvoir la había cumplido.

«Darían cualquier cosa por estar aquí», le había dicho el inspector jefe un día de primavera mientras Beauvoir y él paseaban por el parque, delante de casa de los Gamache, en el barrio del Outremont. Beauvoir sabía a quiénes se refería. Se fijó en que su superior lo absorbía todo como si pretendiese compartirlo con sus agentes fallecidos. En ese momento se había detenido a admirar un lilo enorme que estaba en flor. Y se volvió hacia Beauvoir.

—¿Sabes que es ilegal coger estas flores?

—Sólo si te pillan.

El inspector rodeó el arbusto hasta el otro lado y vio que las ramas se agitaban como si la planta se riese; Gamache estaba arrancando las flores espinosas y aromáticas.

—Es una visión muy interesante de la justicia —repuso el inspector jefe—: que algo sólo sea ilegal si te pillan haciéndolo.

—¿Prefiere que lo arreste? —preguntó Jean-Guy, y entonces arrancó algunas flores más.

El inspector jefe se rió.

Beauvoir conocía la carga que soportaba su superior: vivir por tanta gente. Al principio el peso había provocado que se tambaleara, pero había acabado fortaleciéndolo.

Y el inspector se sentía cada vez mejor, a medida que pasaban los días sin tomar nada. Sin los fármacos y sin el cilicio de imágenes con el que se había castigado.

El inspector jefe le había regalado el ramo de lilas robadas a madame Gamache, y ella las había colocado sobre la mesa, en una jarra blanca. Después había puesto en agua el ramo, más pequeño, de Beauvoir, para que las flores se mantuvieran frescas hasta que se las llevase a casa después de cenar. Sin embargo, como era natural, las del inspector no habían llegado a su apartamento.

Se las había dado a Annie.

Hacía poco que habían empezado a salir y fueron las primeras flores que él le regaló.

—Son robadas —admitió él al ofrecérselas en cuanto ella abrió la puerta—. Tu padre es una mala influencia.

—No es lo único que ha robado usted, monsieur —había contestado ella entre risas antes de hacerse a un lado y dejarlo pasar.

Él había tardado unos instantes en darse cuenta de lo que ella quería decir. La observó mientras colocaba las lilas en un jarrón en la mesa de la cocina y ahuecaba un poco el ramo para que se viese más bonito. Esa noche se había quedado a dormir. La primera vez. Por la mañana se había despertado con la insinuación del olor a lilas en el aire y la certeza de que tenía el corazón de Annie en el pecho. Y ella el de él. Y allí lo mantendría a salvo.

Beauvoir había cumplido la promesa que le había hecho al padre de Annie, al inspector jefe. No volver a ver el vídeo. Hasta ahora. Hasta que había averiguado lo que el superintendente jefe hacía en el despacho del prior. Con el portátil.

Francoeur se había llevado el vídeo consigo. Y estaba viéndolo.

Ésas eran las voces que había oído Beauvoir: el inspector jefe dando órdenes, al mando, guiando a sus agentes hacia lo más profundo de aquella fábrica maldita. Persiguiendo a los terroristas.

Beauvoir había encontrado el archivo en el portátil.

Tan pronto como pulsó el botón de reproducir, supo lo que veía. Y, que Dios lo ayudase, pero quiso verlo de nuevo. Había echado de menos el sufrimiento.

Rodeados de la niebla de la orilla, Beauvoir le clavó una mirada a Francoeur. Había llevado esa monstruosidad al monasterio. Para contaminar el último lugar de Quebec, el último rincón de la tierra donde no habían visto las imágenes.

Y en ese momento, el inspector supo por qué, a pesar de lo peculiar del entorno, de la singularidad de los monjes, del aburrimiento aturdidor de los cantos interminables, había sentido una tranquilidad creciente desde que estaba allí.

Porque aquellos hombres, los únicos en todo Quebec, no lo sabían. No habían visto el vídeo. No los miraban a él y a Gamache como a un par de hombres heridos de por vida, dañados. Los miraban simplemente como a hombres. Seres vivos como ellos, haciendo su trabajo.

Y entonces Francoeur había caído del cielo con su maldición.

No obstante, el asunto acababa allí. En ese instante. Aquel hombre ya había hecho suficiente daño. A Gamache, a Beauvoir, a la memoria de los que habían fallecido y a sus familias.

—¿Piensas que ese vídeo lo filtré yo? —repitió Francoeur.

—Sé que fue usted —contestó Beauvoir casi sin aliento—. ¿Quién más tenía acceso a todo el metraje original? ¿Quién más podía ejercer su influencia en la investigación interna? Hay un departamento entero que se dedica a los delitos cibernéticos, no me diga que lo único que sacaron en claro fue que un hacker desconocido había tenido un día de suerte.

—¿No te lo crees? —preguntó Francoeur.

—Por supuesto que no.

Beauvoir se movió, pero se detuvo al ver que el superintendente jefe adelantaba el arma.

«Habrá un momento mejor —pensó Beauvoir—. Enseguida, cuando esté distraído. Un parpadeo, eso es todo lo que hace falta.»

—¿Gamache se lo cree?

—¿La teoría del hacker?

Beauvoir se mostró confuso.

—No lo sé.

—Claro que lo sabes, capullo. Dímelo. ¿Gamache se lo cree?

Beauvoir no contestó, sino que miró a Francoeur a los ojos. Sólo una pregunta le ocupaba la mente.

¿Era ése el momento?

—¡¿Está Gamache investigando la filtración?! —gritó el superintendente jefe—. ¿O ha aceptado el informe oficial? Necesito saberlo.

—¿Por qué? ¿Para matarlo a él también?

—¿Matarlo? —repitió con sorna—. ¿Quién crees que publicó el vídeo?

—Usted.

—Dios mío, qué lerdo eres. ¿Por qué crees que lo he traído? ¿Para disfrutar de mi obra? La cinta me repugna. Me da asco sólo de pensar en ella. Y verla me...

Francoeur temblaba, estaba a punto de entrar en erupción de la rabia.

—Yo no me creo las conclusiones de esa condenada investigación. Es ridículo. Es evidente que tratan de encubrir a alguien: el vídeo lo filtró alguien de la Sûreté, no un hacker inverosímil. Fue uno de nosotros. He traído esa maldita cinta porque la veo siempre que puedo. Para que no se me olvide. Para acordarme de por qué sigo buscando.

Le había cambiado la voz. El acento había resurgido y la sofisticación se le había desprendido a pedazos para acabar revelando al hombre que había crecido en un pueblo cercano al de los abuelos de Beauvoir.

Había bajado el cañón de la pistola unos centímetros.

Beauvoir se percató de ello. El superintendente jefe estaba distraído. Había llegado el momento.

Pero Beauvoir vaciló.

—¿Qué busca? —le preguntó.

—Pruebas.

—Basta ya de esa mierda —le recriminó Beauvoir—. Lo filtró usted y, ahora que lo he pillado, miente.

—¿Para qué iba a publicarlo yo?

—Porque...

—¿Por qué? —rugió Francoeur, enrojecido de la rabia.

—Porque...

Pero Beauvoir no sabía el motivo. ¿Qué razones podía tener el superintendente jefe de la Sûreté para publicar un vídeo en el que sus agentes eran abatidos a tiros? No tenía sentido.

No obstante, sabía que había un motivo. No cabía ninguna duda.

—No lo sé —admitió Beauvoir—, pero tampoco tengo que saber por qué. Me basta con saber que fue usted.

—Vaya portento de detective, joder. ¿No necesitas pruebas? ¿No necesitas un motivo? Tú te limitas a acusar y condenar. ¿Es eso lo que te enseñó Gamache? No me sorprende.

Francoeur miró a Beauvoir como si estuviera contemplando algo de una estupidez profunda y espectacular.

—Pero por muy necio que seas, tienes razón en una cosa: uno de los que estamos aquí filtró la cinta.

Beauvoir puso unos ojos como platos y se quedó boquiabierto.

—No me creo que hable en serio.

Ante las palabras de Francoeur, Beauvoir dejó caer los brazos a los costados y la idea de atacarlo se desvaneció.

—¿Está diciendo que fue el inspector jefe Gamache?

—¿A quién más benefició?

—¿Beneficiar? —musitó Beauvoir con la voz estrangulada por la impresión—. Estuvo a punto de morir. Eran sus agentes. Los contrató él y fue su mentor. Él moriría antes de...

—Pero no murió, ¿no? He visto el vídeo. Me sé de memoria hasta el último fotograma y también he visto el metraje original. Es aún más revelador.

—Entonces, ¿qué pretende decir?

—¡¿Está Gamache investigando la filtración del vídeo?! —exigió saber Francoeur.

Beauvoir no respondió.

—¡¿Sí o no?!

Francoeur no sólo hablaba alto, chillaba.

—Eso me parecía —dijo al final en voz baja—. ¿Para qué? Él ya sabe quién es el responsable. Lo que quiere es que la gente deje de hacer preguntas.

—Se equivoca.

Beauvoir estaba confundido y rabioso. Aquel hombre le había dado tal sacudida que todo había quedado del revés y ya nada tenía sentido. Francoeur hablaba igual que su abuelo, pero decía cosas horribles.

El superintendente jefe bajó el arma y la miró como si no supiera cuándo la había desenfundado. La guardó en la pistolera que llevaba colgando del cinturón.

—Sé que lo admiras —continuó en voz baja—, pero Armand Gamache no es el hombre que tú piensas. Esa operación de rescate fue una chapuza. Murieron cuatro agentes de la Sûreté. Tú mismo estuviste a punto de hacerlo, y te dejó desangrándote en el suelo. El hombre al que tanto respetas y admiras te llevó allí dentro y te abandonó, muriéndote. Me doy cuenta cada vez que veo el vídeo. Hasta se despidió de ti con un beso. Como Judas.

Francoeur hablaba con calma y empleando un tono razonable. Reconfortante. Una voz conocida.

—No tenía otra opción.

La de Beauvoir era ronca. A él no le quedaba nada. Ningún impulso para seguir adelante.

Ya no atacaría a Francoeur. No pensaba estrellarle una piedra contra la sien. Había agotado sus energías. Lo único que quería hacer era dejarse caer al suelo. Sentarse en las rocas de la orilla y dejar que la niebla se lo tragase.

—Todos tenemos elección —contestó Francoeur—. ¿Para qué publicar el vídeo? Ambos sabemos que la incursión fue un desastre. Murieron cuatro agentes y eso no puede considerarse un éxito bajo ninguna circunstancia.

—Salvamos muchas vidas —repuso Beauvoir, aunque a duras penas tenía fuerzas para hablar—. Cientos de miles de personas. Gracias al inspector jefe. Las muertes no fueron culpa suya. Recibió información incorrecta...

—Él estaba al mando. La responsabilidad era suya. Y después de ese destrozo, ¿quién salió de allí convertido en héroe, y todo gracias al vídeo? Se podría haber montado de muchas maneras y mostrado cualquier cosa. La verdad, por ejemplo. Pero ¿cómo es que Gamache salió tan bien parado?

—No fue él.

—Pues te aseguro que yo tampoco lo hice. Yo sé lo que ocurrió, y tú también.

Francoeur miró a Beauvoir a los ojos.

—Por Dios, el clamor del público era tal que no me quedó más remedio que concederle una medalla al valor. Me pongo enfermo sólo de pensarlo.

—Él no la quería —rebatió Beauvoir—. Todo ese asunto le pareció horrible.

—¿Y por qué la aceptó? Siempre se puede elegir, Jean-Guy. De verdad, siempre hay elección.

—Merecía la medalla —afirmó el inspector—. Salvó más vidas de las que...

—¿De las que se llevó por delante? Sí, puede ser. Pero a ti no te salvó. Podría haberlo hecho, pero salió corriendo. Tú lo sabes. Y yo también. Y él.

—Tuvo que irse.

—Sí, lo sé: no tenía elección.

Francoeur examinó a Beauvoir como si quisiera tomar una determinación sobre algo.

—Seguro que te aprecia. Como aprecia su coche o un traje bueno. Le vas bien, le pareces útil. —Francoeur hizo una pausa—. Pero eso es todo. —Hablaba con voz suave, razonable—. Nunca serás su amigo. Nunca pasarás de ser un subordinado muy conveniente. Te invita a su casa y te trata como a un hijo, pero después te abandona para que mueras. No te engañes, Jean-Guy. No te dejará entrar en su familia. Él es del Outremont, ¿de dónde vienes tú? Del este de Montreal, ¿no? ¿De Balconville? Él estudió en Cambridge y en la Universidad Laval, mientras que tú fuiste a algún instituto público de mala muerte y te dedicaste a jugar a hockey en las calles. Él recita poesía y tú no la entiendes, ¿a que no? —Su tono de voz era amable—. De hecho, no entiendes muchas de las cosas que dice, ¿verdad que no me equivoco?

Beauvoir no pudo evitar darle la razón con la cabeza.

—Yo tampoco las entiendo —admitió Francoeur con una sonrisa—. Sé que después de esa operación te separaste de tu esposa. Siento entrar en un terreno tan personal, pero me preguntaba si...

Francoeur dejó la frase colgando en el aire y lo observó casi con timidez. Entonces lo miró un momento a los ojos.

—Me preguntaba si tenías una relación nueva.

Al ver la reacción del inspector, Francoeur alzó una mano.

—Ya, ya lo sé: no es asunto mío.

Aun así, continuó mirándolo a los ojos y bajó la voz todavía más.

—Ve con cuidado. Eres un buen agente y creo que, si tienes la oportunidad, serás aún mejor. Siempre que consigas dejarlo a él atrás. He visto que envías mensajes y te aseguras de que el inspector jefe no te vea.

Se hizo un largo silencio.

—¿Es Annie Gamache?

El silencio era completo. No cantaba ni un pájaro ni temblaba una hoja ni llegaban olas a la orilla. El mundo había desaparecido y lo único que quedaba eran esos dos hombres y una pregunta.

Al final, Francoeur suspiró.

—Espero equivocarme.

Echó a caminar hacia la puerta, cogió la aldaba de hierro y llamó.

Abrieron.

Sin embargo, Beauvoir no vio nada de eso. Le había dado la espalda a Saint-Gilbert-Entre-les-Loups y miraba hacia el lugar, hacia las aguas tranquilas del lago que habían desaparecido en la niebla.

El mundo de Jean-Guy Beauvoir había quedado patas arriba. Las nubes habían descendido y el cielo era de pizarra. Y lo único que conocía era ese dolor tan profundo que no podía ni aferrarse a él.

VEINTISÉIS

—¿Por qué escondió el arma homicida? —preguntó Gamache—. ¿Y por qué no nos habló de las últimas palabras del prior?

El hermano Simon bajó la mirada al suelo de piedra de la estancia del abad, pero enseguida la levantó de nuevo.

—Creo que usted ya se lo imagina.

—Siempre puedo imaginarme las cosas, hermano —repuso el inspector jefe—. Pero ahora necesito saber la verdad.

Gamache echó un vistazo a su alrededor. Habían regresado a la intimidad del despacho. Los rayos tenues de sol ya no iluminaban la habitación, y el secretario estaba demasiado atribulado para encender las lámparas o darse cuenta siquiera de que necesitaban luz.

—¿Le importa si hablamos en el jardín? —preguntó Gamache.

El hermano Simon asintió. Parecía haberse quedado sin palabras, como si sólo le hubieran asignado una cantidad finita y ya hubiese gastado las de toda una vida.

Y en este momento eran sus actos los que tenían que rendir cuentas.

Los dos hombres cruzaron la estantería que contenía volúmenes sobre los primeros místicos cristianos como Juliana de Norwich, Hildegarda de Bingen y los escritos de otras grandes mentes cristianas, desde Erasmo hasta C. S. Lewis. Llena de libros sobre la oración y la meditación. Sobre la vida espiritual. La vida católica.

Apartaron las palabras y salieron al mundo.

Una capa espesa de nubes bajas se aferraba a las laderas que se veían por encima de los muros. La niebla cuajaba en las hojas y entre los árboles, y hacía mudar los colores brillantes de la mañana a distintas tonalidades de gris.

Lejos de aplacar su belleza, parecía estar acentuándola, añadiendo al mundo un grado de suavidad, de sutileza, de confort e intimidad.

Enrollado en la toalla que tenía el inspector jefe en la mano estaba la pequeña vara de hierro que, a modo de varita mágica, había convertido al prior en un cadáver.

El hermano Simon caminó hasta el centro del jardín y se detuvo bajo el enorme arce de copa casi desnuda.

—¿Por qué no nos contó que el prior le había dicho algo? —insistió Gamache.

—Porque me habló a modo de confesión. Mi clase de confesión, no la suya. Tenía la obligación moral de no compartirlo.

—Su moralidad es muy oportuna, hermano. Al parecer le permite mentir.

Eso desconcertó al hermano Simon, que recurrió de nuevo al silencio.

«Su voto de silencio también es muy oportuno», pensó Gamache.

—¿Y por qué no nos contó que el prior había dicho «homo» justo antes de morir?

—Porque sabía que se malinterpretaría.

—No nos considera muy listos, ¿no es así? Porque no se nos ha concedido el don de la perspicacia tan obvio en los clérigos. ¿Por qué escondió el arma homicida?

—No la escondí: estaba a la vista.

—Ya basta —soltó Gamache—. Sé que tiene miedo. Sé que se siente arrinconado. Pero basta ya de jugar y dígame la verdad. Acabemos de una vez por todas. Tenga la decencia y la valentía de hacerlo. Y confíe en nosotros: no somos los necios por los que nos toma.

—Lo siento —respondió el monje con un suspiro—. Me he esforzado tanto en convencerme de que no era un error que casi olvido que sí lo era. Discúlpeme, debería habérselo dicho. Y Dios sabe que no debería haber guardado la vara.

—¿Por qué lo hizo?

El hermano Simon miró a Gamache a los ojos.

—Sospecha de alguien, ¿verdad? —preguntó el inspector jefe sosteniéndole la mirada.

Los ojos del monje encerraban una súplica. Un ruego desesperado por que acabase el interrogatorio. Por que no le preguntara nada más.

Sin embargo, ambos sabían que aquello no iba a ocurrir. La conversación estaba predestinada a tener lugar desde el mismo momento en que la vara dio en su blanco, y el hermano Simon escuchó las últimas palabras de un hombre moribundo y después se hizo con el arma homicida. El monje sabía que, de un modo u otro, acabaría respondiendo de sus actos.

—¿Quién cree que ha sido? —preguntó Gamache.

—No puedo decírselo. No puedo pronunciar esas palabras.

Y, por su expresión, parecía físicamente incapaz de hacerlo.

—En ese caso, nos quedaremos aquí toda la eternidad, hermano —concluyó Gamache—. Hasta que las pronuncie. Entonces ambos seremos libres.

—Pero no...

—El hombre de quien usted sospecha, ¿cree que no sé quién es?

La voz y la mirada de Gamache se habían suavizado.

—¿Por qué quiere obligarme a decirlo?

El monje estaba al borde de las lágrimas.

—Porque debe hacerlo. Es su carga, no la mía.

Miró al hermano Simon con empatía, de hermano a hermano.

—Créame, yo también tengo una.

Simon permaneció en silencio y miró a Gamache, pero al fin dijo:

—Sí. Es la verdad.

Luego respiró hondo y añadió:

—No les conté que el prior había dicho «homo» justo antes de morir ni que después yo había guardado el arma homicida porque tenía miedo de que el agresor fuese el abad. Pensé que dom Philippe había asesinado al hermano Mathieu.

—Gracias —le agradeció Gamache—. ¿Aún lo sigue pensando?

—No sé qué creer. Y tampoco sé qué otra cosa pensar.

El inspector jefe asintió. No sabía si el hermano Simon le decía la verdad, pero sí que le había costado pronunciar la frase. De hecho, el monje acababa de arrojar al abad a las fauces de la Inquisición.

La pregunta que ahora se hacía Gamache, la que los inquisidores no habían formulado, era si lo que acababa de oír era cierto. ¿Estaba el hombre tan aterrorizado que sería capaz de afirmar cualquier cosa? ¿Había señalado al abad para salvarse a sí mismo?

Gamache no lo sabía. Lo único que le quedaba claro era que el hermano Simon, el monje taciturno, había querido al abad. Y aún lo quería.

«¿Nadie va a librarme de este cura entrometido?»

¿Era posible que el hermano Simon hubiera librado al abad del clérigo problemático? ¿Había interpretado una mirada sutil, una ceja enarcada, un gesto involuntario de la mano como una petición? ¿Había actuado para satisfacerla? Y ahora, consumido por la culpa y asolado por los remordimientos, ¿intentaba incriminar al abad?

Tal vez el prior fuese un hombre conflictivo, pero no era nada en comparación con una conciencia intranquila. O con los problemas que llegaban cuando el jefe de Homicidios llamaba a la puerta.

La vida exterior de los monjes de Saint-Gilbert quizá fuese sencilla, gobernada por las campanas, el canto y el cambio de las estaciones, pero su vida interior era un atolladero de emociones.

Y las emociones, según había aprendido Gamache después de años de arrodillarse junto a personas muertas, eran lo que acababa con las vidas. No la pistola ni el cuchillo. Ni la vara vieja de hierro.

Alguna emoción se había liberado y había matado al hermano Mathieu. Y para encontrar al asesino, Armand Gamache necesitaba emplear la lógica, pero también tener presentes sus propios sentimientos.

El abad se preguntaba cómo no se había dado cuenta de lo que estaba ocurriendo.

Parecía una cuestión legítima y, al menos, su angustia lo era. Se le había escapado que uno de los miembros de su comunidad, de su rebaño, no era un cordero, sino un lobo.

Pero ¿y si la pregunta, cargada de asombro y de impresión, no estuviera dirigida a uno de los hermanos? Tal vez hablase de sí mismo. «¿Por qué no lo vi venir?» No el pensamiento y los actos asesinos de otro, sino los propios.

Quizá dom Philippe estuviera espantado tras averiguar que era capaz de matar porque lo había hecho.

El inspector jefe se retiró medio paso. Físicamente no era mucho, pero suponía una señal para el monje, era una forma de decirle que disponía de un poco de espacio, de tiempo. Para serenarse. Para recobrar la compostura y ordenar las ideas. Gamache era consciente de que concederle ese tiempo tal vez fuese un error. Sus compañeros, incluyendo a Jean-Guy, a buen seguro habrían continuado con la presión. Aun sabiendo que el hombre estaba de rodillas, no habrían parado hasta tenerlo tendido en el suelo.

En cambio, Gamache comprendía que, aunque esas cosas daban resultado a corto plazo, un hombre humillado cuyas emociones habían sido violentadas jamás se abriría de nuevo.

Y a pesar de que el inspector jefe quería resolver el crimen, no estaba dispuesto a hacerlo a costa de su alma. Sospechaba que ya se habían perdido suficientes.

—¿Por qué mataría dom Philippe al prior? —preguntó al cabo de poco.

El jardín estaba en silencio. La niebla filtraba todos los sonidos, aunque tampoco era que hubiera mucho ruido. Los pájaros cantaban de vez en cuando, y las ardillas rayadas y las comunes charlaban entre sí. Se oían ramas y ramitas que se rompían con el avance de algo grande a través del espeso bosque canadiense.

Pero todo eso quedaba ensordecido.

—Usted tenía razón al hablar de una brecha —explicó el hermano Simon—. En cuanto la grabación empezó a tener éxito, las cosas se torcieron. Sospecho que fue el ego. Y el poder. De pronto había algo por lo que valía la pena luchar. Hasta ese momento todos habíamos sido iguales y vagábamos a lo largo del día por un monasterio destartalado. Éramos bastante felices, no cabe duda de que estábamos contentos. Pero el disco atrajo mucha atención y mucho dinero en muy poco tiempo.

El monje levantó las palmas de las manos hacia el cielo gris y se encogió un poco de hombros.

—El abad quería que nos lo tomásemos con calma. Que no echásemos a correr e incumpliésemos el voto de silencio. Pero el prior y los demás interpretaron el éxito como una señal del Señor de que teníamos que salir al exterior. Compartir nuestro don.

—Todos afirmaban conocer la voluntad de Dios —dijo el inspector jefe.

—Estaba costándonos interpretarla —admitió el hermano Simon con una leve sonrisa.

—Puede que no sean los primeros clérigos con ese problema.

—¿Usted cree?

Era lo que le habían dicho todos salvo el abad: antes de la grabación, el monasterio se caía en pedazos, pero la comunidad era sólida. Después de grabar el disco, hicieron reparaciones en el monasterio, pero la comunidad empezó a resquebrajarse.

«Hay un mal que nos va a asolar.»

El abad no conseguía entender la voluntad de un Dios que también parecía tener su propio conflicto.

—El abad y el prior eran buenos amigos, se querían. Antes de la grabación.

El monje asintió.

Gamache pensó que los gilbertinos podrían empezar un calendario nuevo. A. D., antes del disco, y d. D.

«Hay un mal que nos va a asolar.» Pero disfrazado de milagro.

Estaban más o menos en el año 2 d. D. Tiempo suficiente para que una amistad estrecha se tornase en odio, como sólo podía ocurrir con las buenas amistades. El camino al corazón ya estaba abierto.

—La vitela —dijo Gamache, señalando la hoja amarillenta donde estaba escrito el canto. La tenía en la mano—, ¿qué papel podría desempeñar en todo esto?

El hermano Simon pensó en ello, igual que Gamache.

Ambos de pie en el jardín mientras la niebla se colaba por encima del muro.

—Al abad le gusta mucho el canto llano —contestó el hermano Simon despacio, buscando la mejor manera de responder—. Tiene una voz maravillosa. Muy clara y sincera.

—¿Pero...?

—Pero no cuenta con el mayor talento musical de Saint-Gilbert. Y no habla latín muy bien. Como el resto de nosotros, conoce las escrituras y las misas en latín, pero más allá de eso, no lo ha estudiado. Tal vez se haya dado cuenta de que todos sus libros están en francés, no en latín.

Gamache se había percatado de ese detalle.

—Dudo que sepa cómo se dice «plátano» en latín, por ejemplo —apuntó Simon, señalando el verso ridículo.

—Pero usted sí —repuso Gamache.

—Tuve que buscarlo.

—Igual que podría haber hecho él.

—Pero ¿por qué buscaría cómo decir una sarta de palabras sin sentido? —preguntó el hermano Simon—. Si quisiera escribir en latín, creo que utilizaría fragmentos de cantos o de oraciones. Dudo que fuese el Gilbert de nuestro Sullivan, el prior. O viceversa.

Gamache asintió. Él mismo había llegado a esa conclusión. Veía al abad partiéndole la crisma al prior en un arranque de pasión. No de pasión sexual, sino de una clase mucho más peligrosa. Ardor religioso. Convencido de que el hermano Mathieu acabaría destruyendo el monasterio, la orden. Y es que Dios le había impuesto a dom Philippe la carga de impedírselo.

También, como padre, el abad tenía la obligación de proteger a la comunidad. Y eso significaba proteger el hogar. Defenderlo. Gamache había mirado a los ojos a demasiados padres dolientes como para no reconocer la fuerza de ese amor.

Él mismo la había sentido por su hijo y su hija. La había sentido también por sus agentes, a los que había escogido, reclutado y entrenado.

Eran sus hijos e hijas, y todos los días los enviaba a la caza de asesinos.

Se había arrastrado hasta todos y cada uno de los que estaban heridos de muerte para sostenerlos en los brazos y susurrarles una oración urgente.

«Acepta a este hijo tuyo.»

Mientras las balas arrancaban fragmentos de las paredes y del suelo, había abrazado a Jean-Guy y lo había protegido con su propio cuerpo. Le había besado la frente y le había susurrado las mismas palabras, convencido de que el joven al que tanto quería estaba muriéndose. Al mirarlo a los ojos, había visto que Beauvoir también lo creía.

Y después lo había dejado. Para ir a ayudar a los demás. Ese día Gamache había matado. Había apuntado con sangre fría y había visto a varios hombres perder la vida. Había matado deliberadamente y lo haría de nuevo. Para salvar a sus agentes.

Armand Gamache conocía la fuerza del amor de un padre. Ya fuese biológico o por elección. Y por el destino.

Si él podía matar, ¿por qué no iba a hacerlo el abad?

No obstante, aunque le fuese la vida en ello, no era capaz de ver qué papel desempeñaban los neumas en el asunto. Todo tenía sentido. Menos el misterio que sostenía en las manos.

Como un padre, el prior había fallecido abrazado a él.

• • •

El inspector jefe dejó al hermano Simon y fue a buscar a Beauvoir para ponerlo al día y pedirle que guardase el arma homicida.

Dudaba que la vara de hierro tuviese mucho que decir, pues el monje había admitido que la había lavado y limpiado antes de devolverla a su sitio. De manera que cualquiera que el día anterior quisiera entrar en la estancia del abad habría imprimido sus huellas dactilares y su ADN en el metal. Muchos lo habían hecho. Incluido Gamache.

El despacho del prior estaba vacío. Había unos cuantos monjes trabajando en la granja, limpiando los corrales y dando de comer a las cabras y las gallinas. En el otro pasillo, Gamache se asomó al refectorio y abrió la puerta de la chocolatería.

—¿Busca a alguien? —le preguntó el hermano Charles.

—Al inspector Beauvoir.

—Siento decirle que no está aquí.

El médico metió un cucharón en la olla de chocolate fundido y lo sacó lleno de arándanos chorreantes.

—El último lote del día. Los ha cogido el hermano Bernard esta mañana. El pobre ha tenido que salir dos veces. Al parecer se ha comido la primera cosecha. —El hermano Charles se rió—. Gajes del oficio. ¿Quiere?

Le señaló las largas hileras de esferas minúsculas de color marrón oscuro que ya se habían enfriado y estaban listas para empaquetar y enviar al sur.

Gamache se sintió como un niño haciendo novillos; entró en la chocolatería y cerró la puerta.

—Adelante.

El hermano Charles le mostró un taburete robusto y se hizo con otro.

—Aquí trabajamos por turnos. Hace años, cuando empezaron a elaborar los bombones, le asignaron la tarea a un monje, hasta que se dieron cuenta de que él iba

362

aumentando de volumen, mientras que la producción se reducía.

Gamache sonrió y aceptó el dulce que le ofrecía el hermano.

—Gracias.

La baya de sabor intenso era aún más gustosa, si cabía, una vez cubierta de chocolate terroso. Si un monje muriera a causa de los bombones, lo comprendería. «Todos tenemos un vicio —pensó al coger otro—; para unos es el chocolate y para otros, el canto gregoriano.»

—Usted le dijo al inspector Beauvoir que había permanecido neutral en el conflicto del monasterio, hermano. Que, como la Cruz Roja, se había ocupado de los heridos en la batalla por el control de Saint-Gilbert. ¿Quién diría que ha salido peor parado? No sólo después de la lucha, sino también de la muerte del prior.

—Diría que no ha habido nadie a quien la refriega no haya afectado. Todos lamentábamos lo que estaba ocurriendo, pero nadie tenía ni idea de cómo detenerlo. Parecía que había demasiadas cosas en juego y no veíamos término medio. No se podía grabar medio disco ni reducir el voto de silencio a la mitad. No creíamos que hubiese margen para un acuerdo que beneficiase a todos.

—Dice que había mucho en juego: ¿sabe lo de los cimientos?

—¿Qué cimientos? ¿Los del monasterio?

Gamache asintió sin quitar ojo al alegre médico.

—¿Qué les pasa?

—¿Sabe si son sólidos? —preguntó Gamache.

—¿En el sentido literal o figurado? En el sentido literal, nada podría derribar estos muros. Los primeros monjes sabían lo que hacían. Pero si es una metáfora, me temo que Saint-Gilbert está temblando.

—Gracias —respondió Gamache.

Estaba ante otro monje más que no sabía nada sobre las grietas de los cimientos. ¿Era posible que el hermano Raymond se equivocase? ¿Que hubiera mentido? ¿Se lo había inventado todo para presionar al abad y grabar el segundo disco?

—Y después de la muerte del prior, hermano, ¿qué monjes estaban más afectados?

—Todos estábamos destrozados. Incluso sus oponentes más acérrimos se quedaron conmocionados.

—Sin duda —repuso el inspector jefe.

Rechazó más dulces negando con la cabeza. Si no paraba, se los comería todos.

—Pero ¿sabría distinguirlos? Esta comunidad no es homogénea. Puede que canten con una única voz, pero no reaccionan con las mismas emociones.

—Tiene usted razón.

El médico se recostó en la silla y recapacitó unos instantes.

—Diría que había dos que estaban más afectados que los demás. Uno de ellos era el hermano Luc; es el más joven y el más fácil de impresionar. Y también el que está menos vinculado a la comunidad. Su única conexión parece ser el coro. Y, cómo no, el hermano Mathieu era el maestro de coro. Él lo adoraba y era el motivo principal por el que Luc vino a la orden de los viejos gilbertinos. Para estudiar con el prior y cantar canto gregoriano.

—¿Aquí los cantos son muy distintos? Dom Philippe dice que todos los monasterios cantan a partir del mismo libro.

—Cierto. Pero, aunque resulte extraño, aquí sonamos diferente. No sé por qué razón. Tal vez por el prior, o quizá por la acústica. O la combinación específica de todas las voces.

—Tengo entendido que el hermano Luc tiene una voz muy hermosa.

—Así es. A nivel técnico, es el mejor de todos nosotros. Con diferencia.

—¿Pero...?

—Bueno, ya llegará. Cuando aprenda a canalizar sus emociones desde la cabeza hacia el corazón. Un día será el maestro de coro y hará un trabajo magnífico. Cuenta con la pasión, sólo le hace falta dirigirla.

—¿Cree que se quedará?

El médico comió unos cuantos arándanos más con aire ausente.

—¿Ahora que el hermano Mathieu ha fallecido? No lo sé. Puede que no. Ha sido una pérdida enorme para toda la comunidad, pero tal vez sea aún más grande para él. Creo que lo adoraba casi como a un héroe. Algo que no es inusual en una relación entre mentor y discípulo.

—¿El prior era el mentor del hermano Luc?

—Lo era para todos, pero dado que Luc es el más nuevo, necesita más ayuda que los demás.

—¿Es posible que el hermano Luc haya malinterpretado su relación? ¿Que diese por sentado que era más especial, única?

—¿De qué modo?

El hermano Charles, aunque continuaba siendo cordial, se mostró más precavido. Cada vez que Gamache hacía la menor insinuación de alguna amistad especial, todos se ponían a la defensiva.

—¿Era posible que pensase que el director del coro estaba preparándolo para algo, que no estaba limitándose a instruirlo para formar parte de este coro?

—Tal vez —admitió el hermano Charles—. Pero el prior se habría dado cuenta y habría puesto remedio. El hermano Luc no es el primer monje en sentir fascinación por el hermano Mathieu.

—¿También la sintió el hermano Antoine, por ejemplo? —preguntó Gamache—. El solista. Debieron de tener una relación estrecha.

—¿No estará insinuando acaso que el hermano Antoine mató al prior en un ataque de celos porque le prestaba más atención a Luc?

Al médico sólo le faltó soltar un resoplido burlón.

Aun así, Gamache sabía que tras la risa a menudo se ocultaba una verdad incómoda.

—¿Tan disparatado le parece?

Al monje se le borró la sonrisa de la cara.

—Usted nos ha confundido con el elenco de un culebrón. Los hermanos Antoine y Mathieu eran compañeros, compartían el amor por el canto gregoriano. Ése era el único amor que compartían.

—Pero era muy fuerte, ¿no está de acuerdo? Un amor absorbente.

El doctor guardó silencio y se limitó a mirar al inspector jefe. Sin darle la razón ni quitársela.

—Ha dicho que eran dos los monjes que se quedaron más abatidos por la muerte del prior —recapituló Gamache para romper el silencio—. Uno era Luc. ¿Quién era el otro?

—El abad. Intenta no derrumbarse, pero veo cuánto está costándole no hacerlo. Muestra pequeños indicios: una leve falta de atención, olvidos, pérdida del apetito. Le he prescrito que coma más. Siempre son las cosas más pequeñas las que nos delatan, ¿verdad?

El hermano Charles bajó la mirada a las manos del inspector jefe: una sostenía a la otra con cuidado.

—¿Está bien?

—¿Yo? —preguntó Gamache con sorpresa.

El médico levantó una mano y le rozó la sien izquierda con el dedo.

—Ah, eso —dijo el inspector jefe—. Se ha dado cuenta.

—Soy médico —contestó el hermano Charles con una sonrisa—. Casi nunca se me pasa una cicatriz así de grande en la sien. —Entonces se puso serio—. Un temblor en la mano tampoco.

—Es una vieja lesión —respondió Gamache—. Ya estoy bien.

—¿Una hemorragia? —insistió el doctor.

—Una bala.

—Vaya —contestó el hermano Charles—. Un hematoma. ¿El temblor de la mano es la única secuela que le quedó?

Gamache no sabía cómo responder a eso. Así que no lo hizo y se limitó a sonreír y asentir.

—Se nota un poco más cuando estoy cansado o estresado.

—Sí, me lo ha contado el inspector Beauvoir.

—¿Sí?

Gamache se mostró interesado. Y no muy contento.

—Se lo he preguntado.

El doctor miró a Gamache un momento, examinándolo. Vio el rostro amigable, las arrugas de los ojos y la boca. Eran líneas de expresión, de reírse. Estaba ante un hombre que sabía sonreír. Pero tenía más arrugas: en la frente y en el entrecejo. Las que aparecían a causa de las preocupaciones.

Sin embargo, más que el físico de aquel hombre, lo que al hermano Charles le sorprendía de Gamache era su calma. Sabía que se trataba de la clase de paz que una persona sólo alcanzaba tras una guerra.

—Si ése es el único síntoma que le quedó, es usted afortunado —concluyó al final.

—Sí.

«Acepta a este hijo tuyo.»

—Aunque la llegada de su jefe no parece haber mejorado la situación.

Gamache no respondió. No era la primera vez que le quedaba claro que aquellos monjes apenas pasaban nada por alto. Cada inspiración, mirada, movimiento y temblor significaba algo para ellos. Sobre todo para el médico.

—Ha sido una sorpresa —admitió Gamache—. ¿Quién cree que mató al prior?

—¿Intenta cambiar de tema?

El doctor sonrió y pensó antes de contestar.

—Si le soy sincero, no lo sé. Desde su muerte, apenas he pensado en nada más, pero me resisto a creer que haya sido uno de nosotros. Aunque sea un hecho innegable. —Hizo otra pausa y miró a Gamache a los ojos—. Pero hay una cosa de la que sí estoy seguro.

—¿Cuál?

—La mayoría de las personas no fallecen de inmediato.

No era lo que Gamache pensaba que diría el médico y se preguntó si el hermano Charles era consciente de que el prior aún estaba vivo cuando el hermano Simon dio con él.

—Mueren pedazo a pedazo —continuó.

—¿Cómo dice?

—Esto no lo enseñan en la carrera de Medicina, pero lo he comprobado en la vida real. La gente se va muriendo poco a poco. Sufren una serie de muertes pequeñas. «Muertes pequeñas.» Pierden la vista, el oído, la independencia. Ésas son cosas físicas, pero también están las otras, menos obvias pero peores. Pierden la ilusión. Pierden la esperanza. Pierden la fe. Pierden el interés. Y al final, se pierden a sí mismos.

—¿Qué quiere decir, hermano Charles?

—Que es posible que tanto el prior como su asesino estuvieran recorriendo el mismo camino desde hacía tiempo. Que ambos hubieran sufrido varias muertes pequeñas antes de que llegase el golpe de gracia.

—La muerte definitiva —respondió Gamache—. De los que están aquí, ¿quién se ajusta a esa descripción?

El doctor se echó hacia delante, más allá del campo de arándanos con chocolate.

—¿Cómo cree que llegamos hasta aquí, inspector jefe? A Saint-Gilbert-Entre-les-Loups. No seguimos un camino de baldosas amarillas, sino que nuestras muertes pequeñas van empujándonos. No hay un solo hombre en este monasterio que no entrase por esa puerta con alguna herida. Lastimado. Casi muerto por dentro.

—¿Y qué encuentran aquí?

—La sanación. Una venda para las heridas. Fe para poder rellenar los vacíos que tenemos dentro. La compañía de Dios para curar nuestra soledad. Nosotros prosperamos gracias al trabajo sencillo y la comida sana. Con la rutina y la certeza. Con no estar solos. Pero, sobre todo, es por la alegría de cantarle a Dios. El canto gregoriano nos ha salvado, inspector jefe. El canto llano nos ha resucitado a todos.

—Bueno, a todos quizá no.

Ambos se sentaron sabiendo que el milagro no había sido perfecto. Faltaba un hombre.

—Al final esos cantos han destruido su comunidad.

—Entiendo que lo vea de ese modo, pero el canto no es el problema. Es nuestro ego. La lucha por el poder. Ha sido terrible.

—«Hay un mal que nos va a asolar» —recitó Gamache.

El médico lo miró confundido, pero al final asintió. Conocía la cita.

—T. S. Eliot, *Asesinato en la catedral*. Sí. Es justo eso: un mal —respondió el monje.

Gamache, de camino a la puerta, se planteó si aquella Cruz Roja era tan neutral como decía. Si el buen doctor había hallado ese «mal» y lo había curado asestándole un golpe en la cabeza.

Jean-Guy Beauvoir entró de nuevo en el monasterio y buscó un lugar privado. Algún rincón donde pudiese estar a solas.

Al final lo encontró: la galería estrecha que bordeaba la iglesia por encima de la nave. Beauvoir subió la escalera de caracol y se sentó en el banco estrecho tallado en la pared de piedra. Allí podía estar solo sin ser visto.

Una vez que se hubo sentado, sintió que quizá jamás se levantaría. Lo encontrarían décadas después, fosilizado. Convertido en piedra. Como una gárgola. Sentado toda la eternidad, contemplando desde allí arriba a los hombres de negro y blanco que se arrodillaban y hacían reverencias.

En ese momento, Beauvoir anhelaba ponerse una túnica negra, afeitarse la cabeza, atarse una cuerda a la cintura y ver el mundo en blanco y negro.

Gamache era bueno. Francoeur, malo.

Annie lo amaba. Él amaba a Annie.

Los Gamache lo aceptarían en la familia. Como yerno.

Serían felices. Annie y él serían felices.

Simple. Claro.

Cerró los ojos, respiró hondo y percibió el incienso. Años y años de incienso acumulado. En lugar de suscitarle malos recuerdos de horas malgastadas en los duros bancos, el aroma le agradó. Era reconfortante. Relajante.

«Respirar hondo. Inspirar, espirar.»

En la mano tenía un frasco de píldoras que había encontrado junto a una nota, en la mesita de su celda.

«Para tomar en caso de necesidad.» La firma era ilegible, pero parecía la del hermano Charles. Al fin y al cabo, era el médico, pensó Beauvoir. No podían hacerle daño.

Aún en la celda, había dudado con el frasco en la mano como si el hueco en el centro de su puño estuviera diseñado para alojar aquella forma tan conocida. No tenía necesidad de leer la etiqueta para saber lo que contenía, pero la leyó de todos modos y sintió alarma y alivio a un tiempo.

Oxicodona.

Había tenido la tentación de tragarse una pastilla allí mismo, en la celda, y tumbarse en el camastro estrecho. Y sentir cómo la calidez lo invadía y disolvía el dolor.

Pero le daba miedo que entrase Gamache. Así que había buscado un lugar adonde sospechaba que el inspector jefe, a quien asustaban las alturas, no iría aun sabiendo que él estaba allí. La galería de la iglesia.

Beauvoir miró el frasco; lo sujetaba con tanta fuerza que el tapón le había dejado un círculo morado en la palma. Al fin y al cabo, se lo había dado un médico. Y estaba sufriendo.

—Dios mío... —susurró, y lo abrió.

Unos momentos después, en la iglesia, Jean-Guy Beauvoir obtuvo el milagro del alivio.

Sonaron las campanas de Saint-Gilbert. No el toque sencillo que unas horas antes había llamado a misa, sino una invitación contundente, robusta y plena que aunaba el repique de todas las campanas.

El inspector jefe Gamache miró la hora por costumbre, aunque sabía qué señalaban: el oficio de las cinco.

Vísperas.

Cuando se sentó en el banco, la iglesia aún estaba vacía. Colocó el arma homicida a su lado y cerró los ojos. Pero no por mucho tiempo. Alguien se había sentado cerca de él.

—¿Qué tal, amigo? —lo saludó Gamache—. ¿Dónde estabas? He estado buscándote.

No necesitaba mirar para saber que era Beauvoir.

—Por ahí —contestó Jean-Guy—. Investigando un asesinato, ya sabe.

—¿Estás bien? —preguntó el inspector jefe.

Beauvoir parecía aturdido y llevaba la ropa ajada.

—Sí. Estaba dando un paseo y he resbalado. Necesito salir de vez en cuando.

—Te entiendo. ¿Has tenido suerte con el hermano Raymond en el sótano?

Por un momento, Beauvoir pareció aturdido. ¿El hermano Raymond? Entonces se acordó. ¿Eso había ocurrido? Tenía la sensación de que se habían visto hacía mucho.

—A mí no me ha parecido que hubiera ningún problema en los cimientos. Tampoco ni rastro de la tubería.

—Bueno, no hace falta que busques más: he encontrado el arma homicida.

Gamache le entregó la toalla a su segundo al mando. En lo alto, las campanas dejaron de sonar.

Beauvoir desenvolvió el objeto con cuidado. Entre los pliegues estaba la vara de hierro. La miró sin tocarla y después se dirigió a Gamache.

—¿Cómo ha sabido que lo mataron con esto?

El inspector jefe le relató la conversación con el hermano Simon. La iglesia estaba en silencio y Gamache bajó la voz todavía más. Cuando levantó la vista, vio que el superintendente jefe había llegado y se había sentado en la otra hilera de bancos, una fila más atrás.

La brecha entre ellos, al parecer, se ensanchaba. Cosa que Gamache agradecía.

Beauvoir envolvió la vara.

—La guardaré en una bolsa para pruebas materiales, aunque al equipo forense no le servirá de mucho.

—Estoy de acuerdo —susurró el inspector jefe.

De las naves de la iglesia llegó un sonido conocido. Una única voz. Gamache reconoció al hermano Antoine, que entró el primero. El nuevo maestro de coro.

Entonces a su voz solemne de tenor se le unió otra: el hermano Bernard, que recogía huevos y arándanos. La suya era más aguda, menos opulenta, pero más precisa.

Después entró el hermano Charles, el médico, y su timbre de tenor rellenó los huecos que había entre los dos primeros.

Uno tras otro, los monjes desfilaron hacia el interior de la iglesia y sus voces se unieron, se mezclaron y se complementaron. El canto llano adquirió intensidad y vida. Por muy bonita que resultase la música en la grabación y por maravillosa que les hubiera parecido el día anterior, ahora era aún más gloriosa.

Gamache se notó relajado y fortalecido. Tranquilo y animado. Se preguntó si se debía simplemente a que ya conocía a los monjes, o si era algo más intangible. Algún cambio en los religiosos provocado por la muerte de su antiguo maestro de coro y el ascenso del nuevo.

Fueron entrando uno tras otro, cantando. El hermano Simon. El hermano Raymond. Y, por último, el hermano Luc.

Y todo cambió. Él no era tenor ni barítono. Ninguna de las dos cosas pero ambas a la vez combinadas con el resto. De pronto las voces de cada uno, las notas individuales, se conectaron. Se unieron. En un abrazo, como si los neumas se hubiesen estirado para convertirse en brazos que rodeaban a los monjes y a los hombres que los escuchaban.

La música se completó. Desaparecieron las heridas, el dolor. Los agujeros se repararon, el daño sanó.

El hermano Luc cantaba el canto llano, con llaneza. Sin histrionismo. Sin histeria. Con una pasión y una entrega de espíritu de las que Gamache no se había percatado hasta entonces. Era como si el joven monje se hubiera liberado. Y siendo libre, insuflase nueva vida al revoloteo ágil de los neumas.

Gamache escuchó mudo de asombro por la belleza del canto. Por la manera en que las voces no sólo pugnaban por conquistar su mente, sino también su corazón. Sus brazos, sus piernas, sus manos. La cicatriz de la sien, el pecho, el temblor de la mano.

La música lo sostuvo. A salvo. Completo.

Era la voz del hermano Luc. Los otros, sin él, eran magníficos. Pero el joven los elevaba a cotas divinas. ¿Qué le había dicho a Gamache? «Yo soy la armonía.» Y resultó ser una verdad simple.

Junto a Gamache, en el banco, Jean-Guy Beauvoir había cerrado los ojos y notaba cómo se escurría hacia ese mundo conocido en el que nada tenía importancia. Donde no había dolor físico ni moral. Donde desaparecía la incerteza.

Todo saldría bien.

Entonces la música cesó. La última nota se extinguió y se instaló el silencio.

El abad dio un paso adelante, hizo la señal de la cruz, abrió la boca.

Y se quedó allí, plantado.

Anonadado por otro sonido. Uno que jamás se había oído en vísperas. Ni durante ningún otro oficio o misa de Saint-Gilbert-Entre-les-Loups.

Una vara golpeando madera.

Machacándola.

Había alguien en la puerta. Alguien que quería entrar. O salir.

VEINTISIETE

Dom Philippe trató de no hacer caso.

Entonó una bendición. Oyó la respuesta. Pronunció la siguiente frase.

Era consciente de que, con el tiempo, había acabado dándosele muy bien no hacer caso de las cosas. No fijarse en lo desagradable.

El voto de silencio se había extendido al voto de sordera. Poco a poco, renunciaría a todos sus sentidos.

Sin mover ni un músculo, se entregó a Dios.

Entonces cantó el siguiente verso de la oración con una voz que ya no era joven ni vigorosa, pero continuaba plena de veneración.

Y en respuesta oyó el martilleo de la puerta.

—Señor, ten piedad —cantó.

Golpe.

—Cristo, ten piedad.

Golpe.

—Santísima Trinidad, ten piedad de él.

Golpe.

El abad se quedó en blanco. Por primera vez en décadas, después de cientos, después de miles de oficios, se había quedado en blanco.

La paz de Cristo, la gracia del Señor, habían sido sustituidas. Por el martilleo.

Azotes en la madera.

Como un metrónomo gigante.

Alguien aporreaba la puerta.

Los monjes, alineados a ambos lados, lo miraron. A él.

Buscando quien los orientara.

«Ayúdame, Señor —rezó—. ¿Qué debo hacer?»

Los golpes no cesarían, se daba cuenta de ello. Habían adquirido ritmo. Una cadencia sorda y repetitiva. Como si fuesen obra de una máquina.

Pam, pam, pam.

Continuarían para siempre. Hasta que...

Hasta que alguien abriese.

Entonces el abad hizo algo que jamás había hecho, nunca en la vida. Ni siendo novicio, ni en todos los años que fue monje, ni ahora que era abad. En los miles de misas que había oficiado, no se había marchado de la iglesia ni una sola vez.

Pero en esa ocasión iba a hacerlo. Agachó la cabeza ante la cruz, dio la espalda a su congregación y bajó los escalones del presbiterio.

El corazón le latía con la misma fuerza con la que asestaban los golpes en la puerta, aunque mucho más deprisa. Notaba cómo el sudor le empapaba el hábito. Caminando por el largo pasillo que separaba las hileras de bancos, el atuendo se le hizo pesado.

Pasó junto al superintendente jefe de la Sûreté, el de la mirada inteligente y la expresión despierta.

Junto al joven inspector, que parecía ansioso por estar en cualquier otra parte que no fuese allí.

Junto al inspector jefe, que escuchaba con tanta atención... como si además de buscar respuestas para resolver el crimen, las buscara también para sí mismo.

Dom Philippe los dejó a todos atrás. Intentó no apresurarse. Se dijo que debía ser comedido. Caminar decididamente pero también con contención.

Los golpes continuaron. Ni más fuertes ni más flojos. Ni más rápidos ni más lentos. Con una firmeza casi sobrehumana.

Y el abad se vio acelerando. Desesperado por que parase. El ruido que había destruido oficio de vísperas y había abierto un boquete en su determinación de mantener la calma.

Los monjes siguieron a dom Philippe formando una fila larga y estrecha. Manos en las mangas, cabezas gachas. Pies ligeros. Intentando mantener el paso sin que diese la impresión de que corrían.

Cuando el último monje abandonó el presbiterio, los agentes de la Sûreté lo siguieron. Gamache y Beauvoir, un paso por detrás de Francoeur.

Dom Philippe salió de la iglesia y se adentró en el largo pasillo. Al otro lado estaba la puerta de entrada. Sabía que era un engaño de su mente, pero la madera parecía estar cediendo con cada golpazo.

«Que el Señor se apiade de nosotros», rezó a medida que se acercaba a la puerta. Era lo último que había dicho en el altar, lo único que había retenido cuando todo lo demás lo había abandonado. «Señor, ten piedad. Ay, Dios, ten piedad.»

Al llegar a la puerta, el abad se detuvo. Se preguntó si debía abrir la mirilla para ver quién era. ¿Acaso importaba? Quienquiera que fuese no cejaría hasta que abriesen la pesada puerta, y él lo sabía.

Se dio cuenta de que no tenía la llave.

¿Dónde estaba el hermano portero? ¿Tendría que regresar a la iglesia a buscarla?

El abad dio media vuelta y se sorprendió al ver al resto de los monjes dispuestos en un semicírculo a su espalda. Como un coro a punto de cantar villancicos. Los fieles habían acudido, aunque no eran pastores. Se los veía apesadumbrados e inquietos.

Y, sin embargo, allí los tenía. El abad no estaba solo. Dios era misericordioso.

El hermano Luc apareció a su lado con la llave temblándole un poco en la mano.

—Dámela, hijo mío —ordenó.

—Pero es mi trabajo, padre.

Pam.

Pam.

Pam. En la puerta.

Dom Philippe no retiró la mano.

—Esta tarea me corresponde a mí —repuso, y sonrió al joven monje alarmado.

Con manos temblorosas, el hermano Luc se desató la pesada llave de hierro y se la entregó al abad antes de dar un paso atrás.

Dom Philippe, también con el pulso inestable, abrió el pasador e intentó meter la llave en el ojo de la cerradura.

Pam.

Pam.

Levantó la otra mano para ayudarse a guiar la llave.

Pam.

La introdujo y la hizo girar.

Los golpes cesaron. Pese al estrépito, quienquiera que estuviese al otro lado había oído el clic metálico del mecanismo.

La puerta se abrió.

Era la hora del crepúsculo y el sol prácticamente se había puesto. La niebla era ahora más espesa. El interior del monasterio vertió algo de luz al exterior por la rendija de la puerta; en cambio no entró claridad alguna.

—¿Sí? —dijo el abad.

Le habría gustado que su voz sonara algo más firme y autoritaria.

—¿Dom Philippe?

Una voz educada, respetuosa. Incorpórea.

—Sí —respondió el abad, todavía sin su propia voz.

—¿Me permite entrar? Vengo de muy lejos.

—¿Quién es? —preguntó el abad.

Parecía una pregunta razonable.

—¿Eso importa? ¿De veras me haría regresar en una noche como ésta?

Parecía una respuesta razonable.

Pero la razón no era la baza de los gilbertinos. La pasión, el compromiso, la lealtad. La música. Pero la razón quizá no.

Aun así, dom Philippe era consciente de que la voz estaba en lo cierto. No podía cerrar la puerta. Era demasiado tarde. Una vez abierta, el o lo que estuviese fuera tenía que entrar.

Se apartó. A su espalda, oyó que el resto de la comunidad también daba un paso atrás. En cambio, con el rabillo del ojo vio que dos personas se mantenían en su lugar.

El inspector jefe Gamache y su segundo al mando, Beauvoir.

Entró un pie. Iba bien calzado en cuero negro, aunque estaba manchado de barro y con un trozo de hoja seca pegado. Y enseguida, el hombre entero estuvo dentro.

Era delgado y de estatura media, un poco más bajo que el abad. Tenía los ojos de color castaño claro, igual que el pelo, y la piel pálida salvo por las mejillas, algo enrojecidas a causa del frío.

—Gracias, padre.

Dejó el petate en el suelo y se volvió para mirar a sus anfitriones. Les ofreció una sonrisa amplia, completa. De asombro, no de diversión.

—Por fin los encuentro —dijo.

No era atractivo, pero tampoco feo. Era común, excepto por una cosa.

Su vestimenta.

También iba ataviado con los hábitos de monje, pero mientras que los gilbertinos llevaban una esclavina blanca sobre la túnica negra, él iba de negro sobre blanco.

—El perro del Señor —murmuró uno de los monjes.

Cuando Gamache se volvió para ver cuál de ellos había hablado, vio que todos estaban boquiabiertos.

—Ya no usamos ese apelativo —los informó el recién llegado mientras los recorría con la mirada y una sonrisa cada vez más amplia—. Asusta a la gente.

Su voz era agradable; continuó mirándolos.

Los gilbertinos hicieron lo mismo, pero sin sonreír.

Por fin, el extraño se dirigió a dom Philippe y le ofreció la mano. El abad se la estrechó en silencio. El joven inclinó la cabeza y después se irguió.

—Soy el hermano Sébastien. Vengo desde Roma.

—¿Ha salido esta tarde? —preguntó el abad.

Se arrepintió de inmediato de haber hecho ese comentario tan estúpido, pero no había oído ninguna avioneta ni el motor de una lancha.

—El avión ha aterrizado esta mañana, y he venido hasta aquí por mi cuenta.

—¿Cómo? —quiso saber el abad.

—Remando.

Ahora le tocaba a dom Philippe quedarse mirando, y lo hizo con la boca entreabierta.

Al hermano Sébastien se le escapó una risa. Agradable, como el resto de su ser.

—Ya lo sé: no es la mejor idea que he tenido. He llegado en avioneta hasta el aeródromo más cercano, pero la niebla empezaba a espesarse y nadie ha querido traerme. Así que he venido por mi cuenta.

Se volvió hacia Gamache. Hizo una pausa, perplejo, y miró de nuevo al abad.

—Está mucho más lejos de lo que esperaba.

—¿Ha remado hasta aquí desde el pueblo?

—Así es.

—Pero... si son muchos kilómetros. ¿Cómo ha sabido hacia dónde ir?

El abad habría querido permanecer en silencio, pero, al parecer, algo lo obligaba a hacer preguntas.

—Un barquero me ha dado indicaciones. Me ha dicho que pasara tres bahías de largo y girase a la derecha en la cuarta. —Las indicaciones parecían deleitarlo—. Pero la niebla ya era tan espesa que tenía miedo de haberme equivocado. Hasta que he oído las campanas y he seguido su tañido. Al llegar a la bahía, he visto las luces. No se hace una idea de lo que me alegra haberlos encontrado.

Gamache pensó que sí, que daba la impresión de estar muy contento. De hecho, parecía extasiado. Miraba a los monjes como si él no fuese uno de ellos, como si jamás hubiera estado frente a un clérigo.

—¿Ha venido por lo del prior? —preguntó dom Philippe.

Y de pronto el inspector jefe se dio cuenta de algo. Dio un paso adelante, pero ya era demasiado tarde.

—¿Por su asesinato? —continuó.

El abad, un hombre que anhelaba el completo silencio, había hablado demasiado.

Gamache respiró hondo y el hermano Sébastien se fijó en él, antes de mirar a Beauvoir y al superintendente jefe Francoeur.

El joven monje borró la sonrisa del rostro y la sustituyó por una expresión de gran empatía. Se santiguó, se besó el pulgar, entrelazó las manos largas delante del pecho e hizo una leve inclinación con mirada seria.

—Por eso tenía tanta prisa: he venido en cuanto lo he sabido. Que Dios lo acoja en su seno.

Todos los monjes se santiguaron, y el inspector jefe Gamache estudió al recién llegado. El hombre que había remado mientras caía la noche y la niebla, por un lago que desconocía. Al final había dado con la abadía siguiendo el sonido de las campanas. Y la luz.

Había viajado desde Roma.

Era más que evidente que estaba ansioso por llegar a Saint-Gilbert-Entre-les-Loups. Tanto, que había corrido un gran peligro. Aquel joven había bromeado sobre su capacidad para tomar decisiones, pero a Gamache le parecía extremadamente competente. Así pues, ¿por qué se había arriesgado de aquel modo? ¿Qué le impedía esperar hasta el día siguiente?

No era el asesinato del prior, de eso Gamache estaba seguro. Sabía desde el instante en que dom Philippe se lo había preguntado que el extraño ni siquiera había oído hablar del tema. Para el hermano Sébastien era una novedad.

De haber sido cierto que había acudido desde Roma por el fallecimiento del prior, se habría mostrado más solemne. Les habría dado el pésame sin dilación.

En cambio, se había reído de su temeridad, les había descrito el viaje y dicho lo mucho que se alegraba de verlos.

Estaba maravillado por los monjes. Y no había mencionado al hermano Mathieu ni una sola vez.

Sí, el hermano Sébastien tenía un motivo para estar allí y éste era importante, pero no tenía nada que ver con la muerte del prior.

—¿Eran las campanas de vísperas lo que he oído? —preguntó—. Siento mucho haberlos interrumpido, padre. Continúen, por favor.

El abad vaciló, pero enseguida dio media vuelta y emprendió el camino por el largo pasillo mientras el recién llegado lo seguía, mirando a su alrededor.

Gamache lo observó con atención. Era como si no hubiese pisado un monasterio en la vida.

Hizo una señal al hermano Charles para que lo acompañase al final de la procesión. Esperó hasta que los demás los hubieron adelantado lo suficiente y se dirigió al doctor:

—¿Ha sido usted el que ha llamado al hermano Sébastien «el perro del Señor»?

—Bueno, no me refería a él en concreto.

El médico estaba pálido y parecía alterado. No había rastro de su jovialidad habitual. De hecho, parecía inquietarlo mucho más el desconocido vivo que el prior muerto.

—¿Qué quería decir? —insistió Gamache.

Estaban llegando a la iglesia y quería terminar la conversación antes de entrar. No por respeto a la religión, sino por la magnífica acústica del lugar.

La conversación debía continuar siendo privada.

—Es dominico —explicó el hermano Charles en voz baja y sin apartar la vista de la cabeza de la procesión: del hermano Sébastien y el abad.

—¿Cómo lo sabe?

—Por el hábito y el cinturón. Dominico.

—Pero ¿qué tiene eso que ver con ser el perro del Señor?

La cabeza de la procesión, como la de una serpiente, había entrado en la iglesia, y los demás los seguían al interior.

—Dominico —repitió el hermano Charles—: *Domini canis*. «El perro del Señor.»

Entonces ellos también entraron y la conversación tocó a su fin. El hermano Charles se despidió de Gamache inclinando la cabeza y siguió a sus compañeros hacia el coro, donde cada uno ocupó su puesto.

El hermano Sébastien hizo una genuflexión, se santiguó y se sentó en un banco con el cuello bien estirado para ver en todas direcciones.

Beauvoir había regresado ya a su asiento, y Gamache arrugó el gesto al ver que Francoeur se colocaba a su lado. El inspector jefe dio la vuelta al banco, se sentó al otro lado del inspector, que quedó encajonado entre sus superiores.

A Beauvoir le dio igual. El oficio de vísperas empezó de nuevo, y él cerró los ojos y se imaginó en el apartamento de Annie. A los dos juntos tumbados en el sofá, delante de la chimenea.

Ella acurrucada a su lado, y él protegiéndola con el brazo.

Todas las mujeres con las que había salido, además de Enid, con quien se había casado, eran menudas: delgadas, pequeñas.

Annie Gamache no. Era atlética, grande, fuerte. Y cuando se tumbaba con él, con ropa o sin ella, encajaban a la perfección.

—No quiero que esto acabe nunca —susurraría ella.

—No acabará —le aseguraría él—. Jamás de los jamases.

—Pero cambiará; cuando la gente se entere.

—Sí, será aún mejor —respondería él.

—Sí —convendría Annie—, pero me gustan las cosas tal como son ahora. Sólo nosotros dos.

A él también le gustaban así.

Ahora, en la iglesia, con la fragancia del incienso y de las velas, imaginó que oía el rumor del fuego. Que le llegaba el olor dulce de la leña de arce. El sabor del vino tinto. Y la sensación de Annie apoyada en el pecho.

• • •

La música empezó a sonar. Todos los monjes a la vez, siguiendo alguna señal imperceptible para Gamache, pasaron de estar quietos y en silencio a cantar a plena voz.

Llenaron la iglesia como el aire los pulmones. Las voces parecían emanar de la piedra de las paredes, como si el canto gregoriano formase parte de la abadía tanto como los sillares, las losas de pizarra y las vigas de madera.

Enfrente de Gamache, el hermano Sébastien lo observaba todo. Paralizado. Inmóvil.

Tenía la boca entreabierta, y el inspector jefe le descubrió un brillo en la piel pálida de la mejilla.

El monje escuchó a los gilbertinos cantando el oficio y lloró como si fuera la primera vez que oía la voz del Señor.

Esa noche la cena transcurrió casi en silencio.

Dado que vísperas había acabado tarde, los hermanos y sus huéspedes habían ido directamente al refectorio. En la mesa, junto con las paneras llenas de barras de pan recién horneadas, había soperas con crema de guisantes y menta.

Uno de los hermanos cantó una oración para dar las gracias por los alimentos, los monjes se santiguaron y, a partir de ese momento, los únicos sonidos que se produjeron fueron los propios de servir la sopa y el de las cucharas al rozar los cuencos de barro.

De pronto se oyó un tarareo bajo. En cualquier otro entorno habría pasado desapercibido, pero allí, con aquel silencio, sonó tan alto como el motor de la lancha del barquero.

Y fue haciéndose más intenso.

Uno a uno, los monjes dejaron de comer, y muy pronto lo único que se oía en todo el refectorio era el tarareo. Todas las cabezas se habían vuelto para descubrir de dónde provenía.

Del inspector jefe Gamache.

Sorbía sopa y tarareaba. Miraba el plato, a todas luces absorto en la deliciosa comida. Entonces, quizá al notar el escrutinio al que estaba siendo sometido, alzó la vista.

Pero el tarareo no cesó.

Gamache sonrió mientras canturreaba y miró a los monjes a la cara.

Algunos parecían escandalizados; otros preocupados, como si un loco se hubiera presentado ante ellos. Hubo quienes se molestaron porque había interrumpido la calma.

El rostro de Beauvoir no mostraba expresión alguna y el inspector no había tocado el cuenco de sopa que tenía delante. No tenía hambre. Francoeur meneó la cabeza un poco, como avergonzado.

Uno de los monjes parecía asustado. El hermano Simon.

—¿Qué tararea?

La pregunta procedía de la cabeza de la mesa. Pero no de dom Philippe. Había sido el dominico. Su rostro joven revelaba interés y bondad. No estaba enfadado ni dolido, tampoco escandalizado.

De hecho, su interés parecía muy sincero.

—Disculpen —dijo Gamache—. No me he dado cuenta de que estaba tarareando tan fuerte. Lo siento.

No obstante, no se lo veía desolado en absoluto.

—Creo que es una canción popular canadiense —respondió el hermano Simon en voz algo más alta de lo habitual.

—¿De verdad? Es muy bonita.

—De hecho, hermano —intervino Gamache—, es una melodía que se me ha metido en la cabeza. No hay manera de que me la quite.

A su lado, el hermano Simon se retorcía incómodo y le daba rodillazos por debajo de la mesa.

—No es canto llano —se apresuró a decir el monje—. Él cree que sí, pero antes estaba intentando explicarle que si lo fuese, sería mucho más sencillo.

—En cualquier caso, es muy hermoso —afirmó el hermano Sébastien.

—Muy superior a la canción que estaba intentando quitarme de la cabeza antes: *Camptown Races*.

—*Camptown racetrack's five miles long. Doo-dah, doo-dah* —cantó el hermano Sébastien—. ¿Ésa?

Todas las miradas abandonaron al inspector jefe y se dirigieron al recién llegado. Incluso Gamache perdió el habla un instante.

El hermano Sébastien había conseguido que aquella cancioncilla tonta sonase como la obra de un genio. Como si la hubieran compuesto Mozart o Händel o Beethoven. Si las obras de Leonardo da Vinci pudieran convertirse en piezas musicales, sonarían así.

—*All the doo-dah day* —concluyó el hermano Sébastien con una sonrisa.

Los monjes, que cantaban al Señor de forma tan gloriosa, miraron al dominico como si fuera una criatura recién descubierta.

—¿Quién es usted?

Lo había preguntado el hermano Antoine. El nuevo maestro de coro. No era una pregunta apremiante ni acusadora. Su rostro y su voz contenían un matiz de asombro que Gamache no le había percibido antes.

El inspector jefe miró al resto de los monjes.

La incomodidad había desaparecido. La ansiedad también. El hermano Simon había olvidado su carácter taciturno y el hermano Charles ya no tenía miedo.

Era obvio que sentían mucha curiosidad.

—Soy el hermano Sébastien, un simple monje dominico.

—Pero ¿quién es usted en realidad? —insistió el hermano Antoine.

El hermano Sébastien dobló la servilleta con cuidado y se la colocó delante. Entonces recorrió con la mirada la larga mesa de madera, desgastada y marcada por los gilbertinos que se habían sentado a ella a lo largo de cientos y cientos de años.

—Les he dicho que vengo de Roma —empezó—, pero no he especificado. Vengo del Palacio del Santo Oficio del Vaticano. Trabajo en la CDF.

Se hizo un silencio clamoroso.

—¿La CDF? —preguntó Gamache.

—La Congregación para la Doctrina de la Fe —aclaró el hermano Sébastien.

Su rostro anodino contenía una expresión de disculpa.

El miedo había irrumpido de nuevo en el refectorio. Y mientras que antes parecía vago e informe, ahora tenía forma y objetivo: el monje joven y agradable que estaba sentado a la cabeza de la mesa, junto al abad. El perro del Señor.

Juntos, el hermano Sébastien y dom Philippe le recordaron al inspector jefe el insólito emblema de Saint-Gilbert-Entre-les-Loups. Dos lobos entrelazados. Uno vestía de negro sobre blanco, y el otro, el abad, de blanco sobre negro. Polos opuestos. Sébastien, joven y vital. Dom Philippe, mayor, envejecía por momentos.

Entre les loups. «Entre los lobos.»

—¿La Congregación para la Doctrina de la Fe? —preguntó Gamache.

—La Inquisición —respondió el hermano Simon con un hilo de voz.

VEINTIOCHO

Gamache y Beauvoir esperaron a estar en el despacho del prior para hablar. Después de la cena, el superintendente jefe Francoeur había acaparado la atención del recién llegado, y ambos habían permanecido en el refectorio.

Los demás se habían marchado en cuanto se lo había permitido el decoro.

—Madre mía... —dijo Beauvoir—. La Inquisición. No esperaba encontrármela.

—Nadie se lo espera —repuso Gamache—. Hace cientos de años que ninguno de sus tribunales se reúne. ¿A qué habrá venido?

Beauvoir cruzó los brazos y se apoyó en la puerta mientras Gamache se sentaba al escritorio. Al hacerlo, se dio cuenta de que una de las sillas para las visitas estaba rota y apoyada de cualquier manera en un rincón.

Guardó silencio, pero miró a Beauvoir con una ceja enarcada.

—Un pequeño desacuerdo.

—¿Con la silla?

—Con el superintendente jefe. No ha habido heridos —añadió deprisa, al ver la expresión de su superior.

Pero la respuesta no surtió ningún efecto, y Gamache continuó molesto.

—¿Qué ha pasado?

—Nada. Ha soltado algunas tonterías y yo no estaba de acuerdo.

—Te he dicho que no entrases al trapo, que no discutieras con él. Ésa es su manera de hacer las cosas: se te mete en la cabeza...

—¿Y qué se supone que debía hacer? ¿Asentir y postrarme ante él mientras soltaba sus mierdas? A lo mejor usted puede, pero yo no.

Se miraron un momento.

—Lo siento —se disculpó Beauvoir, y se irguió.

Se pasó las manos por la cara, estaba agotado, y miró a Gamache.

El inspector jefe ya no parecía enfadado, sino preocupado.

—¿Ha pasado algo? ¿Qué te ha dicho el superintendente?

—Nada, la mierda de siempre. Que usted no sabe lo que hace y que yo soy igual.

—¿Y por eso te has enfadado?

—Me ha comparado con usted. ¿Quién no se enfadaría por eso? —contestó Beauvoir, y se rió.

Sin embargo, vio que al inspector jefe no le había hecho gracia y seguía observándolo.

—¿Estás bien?

—Dios, ¿por qué siempre me pregunta eso a la mínima que me enfado o algo me molesta? ¿Tan frágil me cree?

—¿Estás bien? —repitió Gamache.

Y esperó.

—Joder... —se quejó Beauvoir, y dejó caer su peso contra la pared—. Estoy cansado y este sitio me está pasando factura. Y ahora aparece este monje nuevo, el dominico. Es como si hubiera aterrizado en otro planeta. Hablamos el mismo idioma, pero no deja de parecerme que están diciendo más de lo que yo alcanzo a comprender. ¿Sabe a qué me refiero?

—Sí.

Gamache miró a Beauvoir, pero al final apartó la vista. Acababa de decidir que dejaría el tema, de momento, pero era evidente que al inspector se le había metido algo dentro, y Gamache se imaginaba el qué. O quién.

El superintendente jefe Francoeur tenía muchas destrezas, y Gamache lo sabía: subestimarlo era un error muy grave. Y durante todos los años en que habían trabajado juntos, Gamache había aprendido que el mayor don de Francoeur era sacar lo peor de cada uno.

Por muy escondido que estuviese ese demonio interior, Francoeur daba con él. Y lo liberaba. Lo alimentaba. Hasta que consumía a su anfitrión y se convertía él mismo en el hombre.

Gamache había sido testigo de cómo algunos agentes jóvenes y respetables de la Sûreté se convertían en matones sin escrúpulos que se pavoneaban como unos gamberros. Hombres y mujeres jóvenes con muy poca conciencia y pistolas grandes. Y un superior que no sólo premiaba esa actitud, sino que además hacía gala de ella.

Una vez más, Gamache miró a Beauvoir, que seguía apoyado en la pared, exhausto. De un modo u otro, Francoeur había penetrado las defensas de Jean-Guy. Había encontrado la entrada, el punto débil, y ya campaba a sus anchas en su interior, buscando cómo conseguir herirlo todavía más.

Y Gamache se lo había permitido.

Notó que casi se sacudía de la rabia. En un instante, ésta se había apoderado de su ser y le había recorrido las extremidades. Cerró los puños y se le pusieron los nudillos blancos.

La rabia estaba transformándolo, y luchó por recuperar el control. Aferrarse a su humanidad y subir a la superficie.

Se juró que Francoeur no conseguiría arrebatarle a su hombre. Hasta ahí habían llegado.

Se levantó, se excusó y salió del despacho.

Beauvoir esperó unos minutos, creyendo que el inspector jefe debía de haber ido al servicio, pero al ver que no regresaba, se levantó, salió y miró a ambos lados del pasillo.

Estaba en penumbra, debido al alumbrado tenue. Fue a mirar al baño: Gamache no estaba. Llamó a la puerta de su celda y, cuando no obtuvo respuesta, se asomó al interior. Allí tampoco estaba.

Beauvoir no sabía dónde más mirar. ¿Qué podía hacer?

Enviar un mensaje de texto a Annie.

Sacó la BlackBerry para ver si ella le había mandado algo. Así era. Annie había ido a cenar con unos amigos y pensaba enviarle un mensaje al llegar a casa.

Era corto y alegre.

Demasiado corto, pensó Beauvoir. ¿Demasiado alegre también? ¿Era posible que el mensaje encerrase cierta brusquedad? ¿Cierto desdén, como si no le importase que fuera de noche y él aún estuviese trabajando, que él no pudiera dejarlo todo y salir a tomar algo y a cenar con unos amigos?

En mitad del pasillo oscuro, imaginó a Annie en la terraza que le gustaba de la avenida Laurier. Jóvenes bebiendo cerveza artesana después del trabajo. Annie riéndose, disfrutando. Sin él.

—¿Le gustaría ver qué hay ahí detrás?

Más que la pregunta, fue la voz lo que le hizo dar un respingo de sorpresa. Francoeur estaba mirando la placa de san Gilberto, y Gamache había cruzado la iglesia con sigilo.

Sin esperar respuesta, el inspector jefe pulsó la ilustración de los dos lobos, y la puerta se abrió para dejar a la vista la sala capitular oculta.

—Creo que deberíamos entrar, ¿no le parece?

Le apoyó una de sus manos enormes en el hombro y lo condujo hacia dentro. No fue exactamente un empujón: un testigo no diría que se había producido una agresión, pero ambos sabían que la idea de entrar en la sala no había sido de Francoeur y que tampoco lo había hecho por su propio pie.

Gamache cerró la puerta y se volvió hacia su superior.

—¿Qué le ha dicho al inspector Beauvoir?

—Déjame salir, Armand.

Gamache lo estudió un momento.

—¿Me tiene miedo?

—Por supuesto que no.

No obstante, Francoeur parecía estar algo asustado.

—¿Le gustaría poder marcharse?

Gamache hablaba con voz afable, pero su mirada era fría y dura. Y su postura, justo delante de la puerta, inflexible.

Francoeur guardó silencio mientras evaluaba la situación.

—¿Por qué razón no le preguntas al inspector qué ha ocurrido?

—Ya basta de chiquilladas de patio de colegio, Sylvain. Has venido con un propósito. Pensaba que era para joderme a mí, pero veo que me equivocaba, ¿verdad? Sabías que a mí me daría igual y por eso has ido a por el inspector Beauvoir. Él todavía está recuperándose de...

Francoeur hizo un ruido bronco y desdeñoso.

—¿No te lo crees? —preguntó Gamache.

—Todos los demás se han recuperado. Incluso tú te has recuperado, por Dios. Lo tratas como a un niño.

—No pienso discutir contigo sobre la salud de mi inspector. Todavía está recuperándose, pero no es tan vulnerable como piensas. Tú siempre subestimas a la gente, Sylvain. Ésa es tu mayor debilidad: crees que los demás son más débiles de lo que son en realidad. Y que tú tienes más poder del que tienes.

—Decídete, Armand. ¿Cómo está Beauvoir? ¿Sigue aún herido o está más fuerte de lo que yo creo? Puede que tengas engañado a tu equipo, que lo hechices con tus faroles, pero conmigo no funciona.

—No —admitió Gamache—, tú y yo nos conocemos demasiado bien.

Francoeur había empezado a dar vueltas por la sala, a recorrerla de un lado a otro. En cambio, Gamache permanecio donde estaba. Delante de la puerta. Sin quitarle ojo al superintendente jefe.

—¿Qué le has dicho al inspector Beauvoir?

—Lo mismo que a ti. Que eres un incompetente y que se merece algo mejor.

Gamache estudió al hombre que se paseaba por la estancia. Y negó con la cabeza.

—No, hay algo más. Dímelo.

Francoeur se detuvo y se enfrentó a él.

—Dios mío... Beauvoir te ha contado algo, ¿a que sí?

Se acercó a tan sólo unos centímetros del inspector jefe y lo miró a los ojos. Ninguno de los dos pestañeó siquiera.

—Si no se ha recuperado de sus lesiones, es porque se las causaste tú. Si está débil, es culpa tuya. Y si se muestra inseguro, es porque sabe que contigo no está a salvo. ¿Y ahora pretendes cargarme la culpa a mí?

Francoeur se echó a reír. Gamache notó el calor y la humedad de su aliento mentolado en la cara.

Y, una vez más, fue consciente de que su rabia, que tan bien había contenido, estaba a punto de hacerlo estallar. Luchó con todas sus fuerzas por controlarla, sabiendo que su enemigo no era aquel hombre despiadado y mentiroso de mirada maliciosa, sino él mismo. Y la ira que amenazaba con consumirlo.

—No le hagas daño.

Pronunció las palabras muy despacio. Con claridad. Con precisión. Y en un tono que muy pocos le habían oído emplear. Un tono que llevó a su superior a dar un paso atrás, que le borró en un abrir y cerrar de ojos la sonrisa del rostro atractivo.

—Ya es demasiado tarde, Armand —respondió Francoeur—. El daño está hecho. Y el culpable eres tú, no yo.

—¿Inspector?

El hermano Antoine había estado leyendo en su celda y había oído pasos fuera. Al asomarse al pasillo, encontró al agente de la Sûreté plantado allí en medio, con cara de estar confundido.

—Parece perdido, ¿se encuentra bien?

—Sí —contestó Beauvoir.

Ya era hora de que dejasen de hacerle esa pregunta.

Una vez más se miraron. Ambos, el mismo hombre en tantos sentidos. La misma edad, complexión, altura. La infancia en el mismo barrio.

Pero uno había entrado en la Iglesia para no salir de ella, mientras que el otro la había dejado atrás para siempre. Se miraron en la penumbra del pasillo de Saint-Gilbert-Entre-les-Loups.

Beauvoir se acercó al monje.

—El tipo que acaba de llegar, el dominico. ¿De qué va eso?

El hermano Antoine echó un vistazo rápido al pasillo. Entonces entró en su celda y Beauvoir lo siguió.

Era exactamente igual que la que le habían asignado al inspector, excepto por algunos añadidos personales. En un rincón había una sudadera y un pantalón de chándal hechos una bola. Junto a la cama había una pila de libros. Una biografía de Maurice Richard. Un manual de hockey que había escrito un antiguo entrenador del Montréal Canadiens. Beauvoir también los tenía. Para la mayoría de los quebequeses, el hockey había sustituido a la religión.

En cambio, era evidente que allí coexistían. En lo alto del montón había un libro de historia sobre un monasterio de algún lugar llamado Solesmes. Y una biblia.

—El hermano Sébastien —respondió el hermano Antoine sin llegar a susurrar, pero en voz muy baja, de modo que Beauvoir tuvo que esforzarse para oír lo que decía— trabaja para la oficina del Vaticano que tiempo atrás se conocía como la Inquisición.

—Sí, de eso ya me he enterado. Pero ¿qué hace el dominico aquí?

—Ha dicho que ha venido por el asesinato del prior.

El hermano Antoine no parecía muy contento al respecto.

—Pero usted no se lo cree, ¿cierto?

El hermano Antoine sonrió un poco.

—¿Tanto se me nota?

—No, pero yo soy muy observador.

Antoine soltó una risita y a continuación se puso serio de nuevo.

—No sería la primera vez que el Vaticano envía a un cura a investigar qué ha ocurrido en un monasterio donde se ha producido un asesinato; no para descubrir al asesino, sino para averiguar qué ha agriado tanto el clima.

—Sin embargo, ya sabemos qué ha pasado —repuso Beauvoir—. Ustedes estaban peleándose por los cantos, por la grabación.

—Pero ¿qué nos llevó a pelearnos? —preguntó el hermano Antoine con perplejidad—. Llevo semanas, meses, rezando para averiguarlo. Deberíamos haber sido capaces de resolverlo, pero ¿qué se torció? ¿Y por qué no nos dimos cuenta de que uno de nosotros no sólo era capaz de cometer un asesinato, sino que además estaba planteándoselo?

Al ver la confusión y el dolor en la mirada del monje, Beauvoir quiso decírselo, contestar a su pregunta, aunque no tenía ni idea de cuál era la respuesta. No sabía por qué razón los monjes se habían vuelto unos contra otros, igual que no sabía para empezar qué hacían allí. No tenía ni idea de por qué eran monjes.

—Dice que el Vaticano puede enviar a un cura, pero no parece convencido. ¿Cree que no es quien dice ser?

—No, estoy convencido de que es el hermano Sébastien y de que trabaja para la Congregación para la Doctrina de la Fe en Roma, pero no creo que haya venido por la muerte del hermano Mathieu.

—¿Por qué no?

Beauvoir se sentó en la silla de madera y el monje hizo lo mismo en la cama.

—Porque es monje, no cura. Creo que para un asunto tan serio enviarían a alguien con más experiencia. Pero, la verdad... —El hermano Antoine buscó las palabras para expresar algo que no pasaba de sensación, de intuición—. El Vaticano no actúa con tanta rapidez. En la Iglesia todo va despacio, está lastrada por la tradición. Hay procedimientos para todo.

—¿Incluso para los asesinatos?

Antoine sonrió de nuevo.

—Si ha estudiado a los Borgia, sabrá que el Vaticano cuenta con un historial en ese sentido. O sea, que sí: también para los asesinatos. Podría ser que la CDF enviara a alguien para investigarnos, pero no sería tan pronto: tardarían meses o incluso años en reaccionar. El hermano Mathieu ya se habría convertido en polvo. Que acuda un hombre del Vaticano antes de que el prior esté enterrado es inconcebible.

—En ese caso, ¿cuál es su teoría?

El monje reflexionó y al final negó con la cabeza.

—Llevo toda la velada tratando de encontrarle sentido.

—Igual que nosotros —admitió Beauvoir.

De inmediato se arrepintió de haberle ofrecido ese dato. Cuanto menos supiera un sospechoso de la investigación, mejor. En algunas ocasiones, le revelaban información para enervarlo, pero siempre de forma deliberada. No sin darse cuenta, como acababa de hacer él.

—Yo también tengo esos libros —dijo, con la esperanza de cubrir su indiscreción.

—¿Los de hockey? ¿También juega?

—De centro.

—Igual que yo, pero la verdad es que cuando el hermano Eustache murió de viejo no había con quién competir por el puesto.

Beauvoir se rió y después suspiró.

—¿Quiere hablar de ello? —preguntó el hermano Antoine.

—¿De qué?

—De lo que sea que lo esté reconcomiendo.

—Lo único que me reconcome es no haber descubierto aún al asesino y seguir aquí.

—¿No le gusta el monasterio?

—Claro que no. ¿A usted sí?

—No estaría aquí de lo contrario —respondió el monje—. A mí me encanta Saint-Gilbert.

Era una declaración tan sencilla que Beauvoir se quedó atónito. Lo había dicho de la misma manera que él hablaría de Annie: sin confusión ni ambigüedad. Era así. Igual que existían el cielo y las piedras. Era una afirmación natural y absoluta.

—¿Por qué?

El inspector se echó hacia delante. Era una de las preguntas que se moría por hacerle al monje de la voz hermosa y un cuerpo parecido al suyo.

—¿Que por qué me encanta este sitio? ¿Qué hay aquí que pueda disgustarme?

El hermano Antoine echó un vistazo a su celda como si fuera una suite del Ritz de Montreal.

—En invierno jugamos a hockey y en verano salimos a pescar al lago, a nadar y a recoger bayas. Sé qué me depara cada día y, aun así, todos me parecen una aventura. Puedo pasar tiempo con hombres tan creyentes como yo y, sin embargo, todos son lo suficientemente únicos como para provocarme una fascinación infinita. Vivo en la casa de mi Padre y aprendo de mis hermanos. Y canto la palabra de Dios con la voz del Señor.

El monje se inclinó hacia delante y apoyó sus fuertes manos en las rodillas.

—¿Sabe qué encontré aquí?

Beauvoir respondió que no con la cabeza.

—Paz.

El inspector notó que le escocían los ojos y se recostó en la silla sintiendo muchísima vergüenza de sí mismo.

—¿Por qué investiga asesinatos? —preguntó el hermano Antoine.

—Porque se me da bien.

—¿Y qué hace que se le dé bien?

—No lo sé.

—Sí lo sabe. Y puede decírmelo.

—¡No lo sé! —soltó con impaciencia—. Pero es mejor que pasarme el día sentado o arrodillado rezándoles a las nubes del cielo. Al menos yo hago algo útil.

—¿Ha matado a alguien? —preguntó el monje en voz baja.

Beauvoir, sorprendido, asintió.

—Yo no —repuso el hermano Antoine.

—Pero ¿ha salvado alguna vida? —quiso saber Beauvoir.

Entonces fue el monje quien mostró sorpresa. Tras un momento de silencio, negó con la cabeza.

—Yo sí —afirmó Beauvoir, y se levantó—. Siga cantando, hermano. Siga arrodillándose. Ya nos levantamos los demás a salvar a la gente.

Beauvoir salió de allí y ya estaba a medio camino del despacho del prior cuando oyó al hermano Antoine hablar.

—Salvé a una persona.

Beauvoir se detuvo y se volvió. El monje estaba en la penumbra del pasillo, delante de su celda.

—A mí mismo.

El inspector resopló, meneó la cabeza y le dio la espalda.

No se creía ni una palabra de lo que le había dicho el monje. Desde luego, no le había creído cuando hablaba de su amor por el monasterio: era imposible amar ese montón de piedras y los sacos de huesos viejos que vagaban por su interior. Escondidos del mundo. Huyendo de su razón.

Era imposible amar aquella música tan aburrida o al Dios que se la requería. Y no tenía nada claro que el monje no mintiese cuando le había asegurado que no le había quitado la vida a nadie.

Una vez en el interior del despacho del prior, Jean-Guy Beauvoir se recostó en la pared. Después se encorvó y apoyó las manos en los muslos. Respiró hondo. «Inspirar, espirar.»

• • •

El inspector jefe regresó al despacho del prior con una silla nueva.

—Buenas —saludó a Beauvoir.

Sacó la rota al pasillo, pensando que quizá habría un monje carpintero que pudiese arreglarla cuando se topase con ella. Gamache tenía sus propios arreglos que hacer.

Señaló la nueva, y Beauvoir se sentó.

—¿Qué te ha dicho el superintendente jefe Francoeur?

Beauvoir lo miró desconcertado.

—Ya se lo he dicho antes: un montón de mierda sobre lo incompetente que es usted. Como si yo no lo supiera ya.

Pero ese intento de hacerse el frívolo cayó en saco roto. Gamache no esbozó siquiera media sonrisa ni apartó la vista de su segundo al mando.

—Hay más —insistió, tras sopesar a Beauvoir unos instantes—. Francoeur te ha dicho algo más. O lo ha insinuado. Tienes que confiar en mí, Jean-Guy.

—No hay nada más.

Beauvoir parecía cansado, demacrado, y Gamache se dio cuenta de que debía enviarlo de regreso a Montreal. Ya buscaría algún pretexto. Jean-Guy podía llevar el arma homicida y la vitela que encontraron con el cadáver. Ahora que tenían una copia, podían enviar el original al laboratorio.

Sí, había muchos motivos para mandar a Jean-Guy a Montreal. Incluyendo el verdadero.

—Creo que cuando alguien se preocupa por los demás, quiere protegerlos —apuntó Gamache, que había escogido las palabras con cuidado—. Pero a veces, como cuando bloqueas al portero en hockey o en fútbol, en lugar de protegerlos, lo que haces es no dejarles ver lo que se aproxima. Acabas haciéndoles daño, aunque sea sin querer.

Gamache se echó hacia delante unos centímetros, y Beauvoir se apartó en la misma medida.

—Sé que tratas de protegerme, Jean-Guy. Y te lo agradezco, pero tienes que decirme la verdad.

—¿Y usted, señor? ¿Está diciéndome la verdad?

—¿Sobre qué?

—Sobre el vídeo de la fábrica. Sobre cómo se hizo público. El informe oficial trató de encubrir que el vídeo se filtró desde dentro. Y usted parece estar de acuerdo con el informe. Yo no me creo que fuese un hacker. Ni de broma.

—¿Se trata de eso? ¿Te ha dicho algo el superintendente jefe Francoeur sobre el tema?

—No. Es una pregunta personal que le hago.

—Y yo ya te he contestado en otras ocasiones.

Miró a Beauvoir fijamente.

—¿A santo de qué viene esto ahora? ¿Qué esperas que te diga?

—Que no se cree el informe. Que está investigando por su cuenta. Que averiguará quién lo hizo. Eran de los nuestros, sus agentes: no puede dejarlo tal como está.

Beauvoir empezaba a perder el control de la voz.

No obstante, tenía razón. La filtración era interna. Gamache lo sabía desde el primer momento, pero había escogido, al menos de forma oficial, aceptar los resultados de la investigación. Que un chaval, algún pirata informático, había tenido suerte y había dado con el vídeo del asalto entre los archivos de la Sûreté.

El informe alcanzaba cotas ridículas, pero Gamache había dado órdenes a su equipo, entre ellos a Beauvoir, de aceptarlo. De dejar el tema. Pasar página.

Y, que él supiese, todos le habían hecho caso. Salvo Beauvoir.

Así que se preguntó si debería explicarle que, desde hacía ocho meses, él y un puñado de agentes de alto rango estaban investigándolo en secreto, sin hacer ruido, con cuidado y con la ayuda de algunos expertos que no formaban parte del cuerpo.

«Hay un mal que nos va a asolar.»

Sin embargo, en el caso de la Sûreté du Québec, ese mal ya había llegado. Llevaba años pudriéndolo todo desde dentro. Y desde arriba.

Sylvain Francoeur había acudido al monasterio para recabar información. No sobre el asesinato del prior, sino sobre cuánto sabía Gamache. O cuánto sospechaba.

Y había intentado acceder a esa información a través de Beauvoir. Empujándolo, provocándolo y tratando de hacerlo saltar al precipicio.

Una vez más, Gamache sintió la caricia de la rabia.

Desearía poder contárselo todo a su inspector, pero se alegraba muchísimo de no haberlo hecho. Porque ahora Francoeur dejaría en paz al joven. Satisfecho ante la idea de que tal vez Gamache estuviera tramando algo, pero sin la cooperación de Beauvoir. Convencido de que le había sonsacado toda la información posible.

Sí, a Francoeur lo habían mandado allí con una misión, y Gamache por fin había averiguado de qué se trataba. Pero tenía sus propias preguntas: ¿quién había enviado al superintendente jefe?

¿Quién era el jefe del jefe supremo?

—¿Y bien? —exigió saber Beauvoir.

—Ya hemos hablado del tema, Jean-Guy —respondió Gamache—. Pero estoy dispuesto a volver a tener esa conversación si te sirve de algo.

Miró a Beauvoir a los ojos por encima de las gafas de leer con forma de media luna.

Era una mirada que Jean-Guy había visto muchas veces. En cabañas de tramperos, en habitaciones de moteles de tres al cuarto. En restaurantes y en más de un café. Con una hamburguesa y un plato de cocido delante. Y las libretas abiertas.

Hablando sobre un caso, diseccionando a los sospechosos y las pruebas. Lanzando ideas al aire, pensamientos, suposiciones.

Durante más de diez años, Beauvoir había mirado aquel par de ojos por encima de las gafas de leer. Y a pesar de que no siempre estaba de acuerdo con su jefe, en todo momento lo había respetado. Hasta lo había querido. Como sólo un compañero de armas podía querer a otro.

Armand Gamache era su inspector jefe. Su superior. Su líder. Su mentor. Y mucho más que eso.

Un día, Dios mediante, Gamache miraría a sus nietos con esos mismos ojos. Los hijos de Jean-Guy. Los hijos de Annie.

Beauvoir adivinó el dolor en la mirada que tan bien conocía, y le costó creer que él era el responsable.

—Olvídelo, no he dicho nada —repuso—. Ha sido una pregunta estúpida. Quién lo filtrase es lo de menos, ¿no?

No obstante, no pudo evitar detectar la súplica que encerraban sus últimas palabras.

Gamache apoyó todo su peso en el respaldo y observó al inspector unos instantes.

—Si quieres hablarlo, lo haremos.

Pero a Beauvoir no se le escapaba que decir eso le había supuesto un esfuerzo notable al inspector jefe. Sabía que él no era el único que había sufrido ese día en la fábrica, un día que había quedado registrado en vídeo y que después se había publicado para que pudiera verlo todo el mundo. Beauvoir sabía que él no era el único que cargaba con el peso de la supervivencia.

—El daño ya está hecho, patrón. Tiene razón, hay que pasar página.

Gamache se quitó las gafas y lo miró a los ojos.

—Necesito que creas una cosa, Jean-Guy: llegará el día en que el responsable del vídeo pagará por ello.

—Pero no lo obligaremos nosotros, ¿no?

—Nosotros tenemos trabajo que hacer aquí y, si te digo la verdad, ya está resultándome suficientemente difícil.

El inspector jefe sonrió, pero la sonrisa no acabó de eliminar el aire vigilante de sus ojos marrones. Cuanto antes pudiese retornar a Beauvoir a Montreal, mejor. Ya había oscurecido, pero pensaba hablar con el abad y mandar al inspector de regreso a primera hora de la mañana.

Gamache se acercó el portátil.

—Ojalá pudiéramos hacer funcionar este trasto.

—No —respondió Beauvoir con ademán cortante.

Se inclinó sobre la mesa y agarró la pantalla con fuerza.

El inspector jefe lo miró sorprendido.

Beauvoir sonrió.

—Lo siento, es que esta tarde he estado toqueteándolo y creo que ya sé cuál es el problema.

—Y no quieres que lo fastidie, ¿no?

—Exacto.

Beauvoir tenía la esperanza de haberlo dicho con tono despreocupado. De que su explicación fuese creíble. Pero sobre todo esperaba que Gamache se apartase del ordenador.

Gamache soltó el portátil, y Beauvoir le dio la vuelta para que estuviera de cara a él.

Había esquivado la crisis. Se sentó en la silla. El dolor crónico se había convertido en una punzada que le penetraba los huesos y cuajaba en el tuétano y en la médula. Su esqueleto era como un pasillo que distribuía el dolor por todas las partes de su cuerpo.

Empezó a preguntarse cuánto tardaría en quedarse solo en el despacho. Con el ordenador. Y el DVD que había llevado el superintendente jefe. Y las pastillas que le había dejado el médico en la celda. Ansiaba que comenzara el siguiente oficio, momento en que todos se reunirían en la iglesia mientras él permanecería donde estaba.

Pasaron los siguientes veinte minutos hablando del caso, compartiendo teorías y descartándolas, hasta que al final Gamache se levantó.

—Necesito dar un paseo, ¿vienes?

Al inspector se le cayó el alma a los pies, pero asintió y lo siguió afuera.

Giraron hacia la iglesia, pero de pronto el inspector jefe se detuvo y se quedó mirando una bombilla que había en la pared.

—¿Sabes, Jean-Guy? Cuando llegamos, me sorprendió que contasen con electricidad.

—La generan gracias a las placas solares y a una pequeña central hidroeléctrica que instalaron en un río cercano. El hermano Raymond me lo explicó. ¿Quiere saber cómo funciona? Me lo contó todo.

—Tal vez por mi cumpleaños, como regalo especial —respondió Gamache—. Lo que me pregunto ahora mismo es cómo llega la luz hasta aquí.

Señaló la lámpara de la pared.

—No lo entiendo, patrón. ¿Cómo llega la luz a la pared? Pues con cables.

—Exacto, pero ¿dónde están los cables? ¿Y dónde están los conductos del nuevo sistema de calefacción? ¿Y las cañerías?

—Como en cualquier edificio —contestó Beauvoir, preocupado por si su jefe había perdido la cabeza—: detrás de la pared.

—Pero en el plano sólo aparece una pared. Los gilbertinos que construyeron el monasterio tardaron años, décadas, en excavar los cimientos y levantar las paredes. Es una maravilla de la ingeniería. Pero no me creo que lo diseñaran pensando en que se pudiera hacer la instalación del agua, del sistema geotérmico y demás.

Señaló la lámpara de nuevo.

—No lo sigo —admitió Beauvoir.

Gamache se volvió hacia él.

—En tu casa, igual que en la mía, hay dos paredes. El muro exterior y el revestimiento interior. Entremedias está el material de aislamiento, y el cableado, las tuberías, los conductos de aire...

Beauvoir cayó en lo que decía.

—Claro, no pueden haber pasado los cables y las cañerías a través de la piedra. Así que éste no es el muro externo —dijo, y señaló las piedras de las que estaba hecha la pared—. Tiene que haber otro detrás.

—Creo que sí. Es posible que la piedra que tú examinaste no fuese la de la pared externa. Debe de ser la cara que da afuera la que está invadida de agua y de raíces. Y todavía no se nota desde dentro.

Dos pieles, pensó Beauvoir mientras continuaban el paseo y entraban en la iglesia. Una pública y otra privada, por detrás, corroída de podredumbre.

Había cometido un error: no se había fijado lo suficiente. Y Gamache lo sabía.

—Perdone —canturreó una voz.

Y ambos frenaron el paso y se volvieron. Estaban cruzando la iglesia.

—Aquí.

Gamache y Beauvoir miraron a la derecha y allí, entre las sombras, descubrieron al dominico. Junto a la placa de Gilberto de Sempringham.

Los agentes de la Sûreté fueron hacia él.

—Me da la sensación de que tenían algún sitio adonde ir —dijo el hermano Sébastien—. Si los molesto, podemos hablar en otro momento.

—Siempre tenemos un lugar adonde ir, hermano —contestó Gamache—. Y si no, estamos entrenados para que al menos lo parezca.

El dominico se rió.

—A los monjes nos ocurre lo mismo. En el Vaticano nos pasamos el día yendo por los pasillos con cara de importancia. Aunque la mayoría de las veces nos dirigimos al baño. Es la triste convergencia del gran café italiano y la espantosa distancia que separa los distintos servicios del Vaticano. Los arquitectos de San Pedro eran brillantes, pero los retretes no eran una prioridad. El superintendente jefe Francoeur me ha hablado sobre la muerte del prior y me gustaría que lo comentásemos. Me da la sensación de que aunque monsieur Francoeur está al mando, son ustedes dos quienes se ocupan de la investigación en sí.

—Es una valoración acertada —convino Gamache—. ¿Qué desea saber?

En lugar de contestar, el monje se volvió hacia la placa.

—Gilberto vivió una vida muy larga. Y la descripción que hacen de él es curiosa. —Señaló el texto de abajo—. Me resulta extraño que los propios gilbertinos, porque imagino que ellos fueron quienes grabaron la placa, lo presenten como una persona tan poco interesante. La cuestión es que aquí abajo, a modo de añadido, dicen que defendió a su arzobispo. —El hermano Sébastien se dirigió entonces a Gamache—: ¿Sabe quién era?

—¿El arzobispo? Tomás de Canterbury.

El monje asintió. Con la luz vacilante de las bombillas que colgaban de las vigas, las sombras se distorsionaban.

Los ojos se convertían en agujeros negros y las narices se alargaban y deformaban.

El dominico les ofreció una sonrisa grotesca.

—Es extraordinario que Gilberto hiciera algo así. Me encantaría saber el motivo.

—A mí me encantaría saber, hermano —contestó Gamache sin sonreír—, el verdadero motivo de su visita.

La pregunta sorprendió al monje, que miró a Gamache y después se rió.

—Creo que tenemos mucho de que hablar, monsieur. ¿Entramos en la sala capitular? Ahí no nos molestará nadie.

A la sala se entraba por detrás de la placa. Gamache lo sabía, también Beauvoir y, al parecer, el propio monje conocía ese detalle. Pero en lugar de buscar el resorte secreto y accionarlo, el hermano Sébastien esperó. A que lo hiciera uno de los inspectores.

El inspector jefe estudió al monje. Parecía agradable. Ahí estaba esa palabra de nuevo. Inofensivo. Contento con su trabajo y con su vida. Contento, desde luego, de haber seguido las campanas del ángelus hasta ese monasterio aislado.

Un monasterio construido casi cuatrocientos años antes por dom Clément para escapar de la Inquisición. Los gilbertinos se habían fundido con la naturaleza quebequesa y habían dejado que el mundo creyese que la orden había recibido la extremaunción hacía siglos.

Hasta la Iglesia creía que se había extinguido.

Sin embargo, no era así. Durante siglos, los monjes habían permanecido a orillas de aquel lago prístino, adorando a Dios, rezándole, cantándole, viviendo una vida de serena contemplación.

Sin olvidar jamás qué los había llevado hasta allí.

El miedo. La preocupación.

Como si la altura y el grosor de los muros no bastasen, dom Clément había tomado una precaución adicional: había construido una sala en la que esconderse. La sala capitular. Por si acaso.

Y esa noche, ese «por si acaso» se había presentado en la puerta. La Inquisición, encarnada en un monje agradable, había dado con los gilbertinos.

«Por fin —había dicho el hermano Sébastien al cruzar el umbral—. Por fin los encuentro.»

«Por fin», pensó Gamache.

Y ahora el dominico de la Congregación para la Doctrina de la Fe le había pedido a un policía que le mostrase la puerta secreta. Que la abriese. Que arrebatase a los gilbertinos su último escondite.

Gamache sabía que ya no tenía importancia. El secreto había salido a la luz y no tenían de qué esconderse. No era necesario. La Inquisición había terminado. Y, aun así, el inspector jefe odiaba tener que ser el hombre que, después de cuatrocientos años, le abriera la puerta al perro del Señor.

Todo aquello se le pasó por la cabeza en un abrir y cerrar de ojos, pero antes de que le diese tiempo a hablar, Beauvoir dio un paso adelante y pulsó la imagen de los lobos entrelazados.

Y la placa se abrió.

—Gracias —dijo el dominico—. Por un momento he dudado que supieran cómo entrar.

Beauvoir lo miró con desprecio. Así aprendería el joven monje a subestimarlo.

Gamache se hizo a un lado y, con un gesto, invitó al hermano a pasar primero. Entraron en la sala capitular y se sentaron en el banco de piedra que bordeaba toda la pared. Gamache esperó. No pensaba empezar él la conversación, así que los tres guardaron silencio. Al cabo de un minuto más o menos, Beauvoir comenzó a inquietarse y a moverse.

Pero el inspector jefe permaneció quieto. Compuesto.

Entonces se oyó un sonido suave que provenía del monje. El inspector jefe tardó apenas un instante en reconocerlo. Estaba tarareando la misma melodía que Gamache había cantado durante la cena, sólo que sonaba distinta. Tal vez, pensó Gamache, se debiese a la acústica de la sala, aunque en el fondo sabía que no se trataba de eso.

Se volvió hacia el hombre que tenía al lado. El hermano Sébastien había cerrado los ojos, y sus pestañas finas y claras descansaban sobre la piel pálida. Sonreía.

Era como si las mismas piedras cantasen. Daba la sensación de que el monje había sacado la música del aire, de las paredes, de la tela de su hábito. Como si formase parte de él, y él, de ella.

Era como si todo se hubiera hecho trizas y, al arremolinarse a su alrededor, produjese aquel sonido.

La experiencia era tan íntima y tan invasiva que casi daba miedo. Habría sido alarmante, de no tratarse de una música tan hermosa. Y tranquilizadora.

Entonces el dominico dejó de canturrear, abrió los ojos y se volvió hacia Gamache.

—Me gustaría saber, inspector jefe, dónde ha oído esa melodía.

VEINTINUEVE

—Necesito hablar con usted, padre abad —anunció el hermano Antoine.

Dom Philippe escuchó la petición desde el interior de su despacho. Petición o demanda. Lo normal habría sido que hubiera oído el golpe de la vara de hierro en la madera, pero aquéllos no eran tiempos normales, ni mucho menos. La vara había sido declarada «arma homicida» en el asesinato del hermano Mathieu, y se la habían llevado.

Además, se había corrido la voz de que el prior estaba vivo en el momento en que Simon lo encontró. Había recibido la extremaunción, y saberlo proporcionaba a dom Philippe una tranquilidad inmensa, a pesar de que no había dejado de preguntarse por qué su secretario no lo había mencionado antes.

Hasta que averiguó el motivo.

No era sólo que Mathieu estaba vivo, sino también que había hablado. Había dicho una palabra. A Simon.

«Homo.»

Ese detalle tenía a dom Philippe tan desconcertado como a los demás. Cuando sólo le quedaba tiempo para pronunciar una palabra en este mundo, ¿por qué había escogido «homo»?

Sabía lo que la comunidad sospechaba: que Mathieu se refería a su sexualidad; que pedía alguna clase de perdón, la absolución, pero el abad no creía que eso fuese cierto.

No que Mathieu fuera homosexual, eso era posible. Aun así, dom Philippe había sido su confesor durante muchos años, y Mathieu jamás lo había mencionado. Cabía la posibilidad de que fuese algo latente. Lo que el abad no concebía era que lo hubiese escondido en lo más profundo de su ser y que sólo el golpe que recibió en la cabeza lo sacase a la superficie como un rugido irreprimible.

«Homo.»

Según Simon, Mathieu había carraspeado y había enunciado la palabra con mucha dificultad, pero al final lo había conseguido con un hilo de voz ronca.

El abad lo intentó. Carraspeó y dijo la palabra.

Lo repitió. Una y otra vez.

Hasta que creyó que lo había conseguido. Lo mismo que Mathieu había hecho. Lo que había dicho. Lo que quería decir.

Pero entonces el hermano Antoine había entrado y le había hecho una leve reverencia.

—Dime, hijo mío, ¿de qué se trata?

Dom Philippe se levantó.

—Es sobre el hermano Sébastien, nuestro visitante. Dice que lo han enviado desde Roma en cuanto se han enterado de la muerte del prior.

—Sí.

El abad le señaló un asiento a su lado y el hermano Antoine lo tomó.

El maestro de coro parecía preocupado y hablaba en voz baja.

—No me explico cómo puede ser posible.

—¿Por qué dices eso? —preguntó el abad, aunque ya sabía la respuesta.

—Bueno, ¿cuándo se lo ha notificado usted al Vaticano?

—No lo he hecho. Llamé a monseñor Ducette, de la archidiócesis de Montreal. Él informó al arzobispo de Quebec, y supongo que él, a su vez, se lo habrá comunicado a Roma.

—Pero ¿cuándo hizo la llamada?

—Justo después de avisar a la policía.

El hermano Antoine reflexionó unos instantes.

—Es decir, ayer alrededor de las nueve y media, ayer por la mañana.

El abad pensó que aquélla era la primera conversación civilizada que tenía con el hermano Antoine desde hacía meses. Y se dio cuenta de lo mucho que añoraba que formase parte de su vida. Su pensamiento creativo, su pasión, los debates sobre las escrituras y sobre literatura. Por no mencionar el hockey.

En ese momento, la relación parecía reparada gracias a un denominador común: la muerte de Mathieu y la llegada del dominico.

—Yo he pensado lo mismo —admitió dom Philippe, y miró en dirección a la chimenea pequeña que había en el despacho.

La instalación del sistema geotérmico implicaba calefacción central, pero el abad era un hombre de tradiciones y prefería las ventanas abiertas y el calor de la lumbre.

—En Roma eran seis horas más tarde —calculó el abad—. Por muy rápido que reaccionasen, resulta difícil de creer que el hermano Sébastien haya podido llegar aquí tan deprisa.

—Exacto, padre —respondió Antoine.

Hacía mucho que no llamaba así a dom Philippe. Los últimos meses había estado usando el apelativo más forzado, formal y frío, «padre abad».

—Ambos sabemos que la archidiócesis se mueve a la velocidad de la deriva continental, y en Roma son aún más lentos que la evolución.

El abad sonrió, pero enseguida se puso serio.

—Entonces, ¿a qué ha venido? —preguntó el hermano Antoine.

—¿Si no es por la muerte del hermano Mathieu? —Dom Philippe le sostuvo la mirada ansiosa al monje—. No lo sé.

Por primera vez en mucho tiempo, el abad sintió que se le calmaba el corazón. Notó que la grieta que tanto dolor le había causado empezaba a cerrarse.

—Me gustaría que me dijeses qué opinas de una cosa, Antoine.

—Por supuesto.

—El hermano Simon dice que Mathieu pronunció una palabra antes de morir. Estoy seguro de que ya habrá llegado a tus oídos.

—Así es.

—Dijo «homo».

El abad esperó a ver la reacción del maestro de coro, pero no la hubo. Los monjes aprendían a reservar sus sentimientos y sus opiniones, y estaban acostumbrados a ello.

—¿Sabes qué pudo querer decir con eso?

Antoine tardó un momento en contestar y antes apartó la mirada. En un lugar donde se pronunciaban tan pocas palabras, los ojos eran la clave. Apartar la vista era significativo; no obstante, enseguida miró al abad de nuevo.

—Los hermanos se preguntan si estaba hablando de su sexualidad.

Era evidente que el hermano Antoine quería decir más, así que el abad juntó las manos en el regazo y esperó.

—En concreto, si se refería a su relación con usted.

El abad abrió los ojos un poco más, por la sorpresa de oírlo expresado de manera tan directa. Tras un instante, asintió.

—Entiendo que piensen eso. Mathieu y yo tuvimos una relación muy estrecha durante muchos años. Lo quería mucho, siempre lo querré. ¿Y tú, Antoine, qué opinas?

—Yo también lo quería, como a un hermano. Pero nunca he tenido motivos para sospechar que él sintiera algo diferente por usted ni por cualquier otro.

—Tengo una teoría sobre lo que quizá quería decir. Según Simon, se aclaró la voz antes de hablar y después dijo «homo». Yo mismo he probado a hacer lo mismo varias veces...

El hermano Antoine lo miró con sorpresa y cierta admiración.

—... y ésta es mi conclusión, lo que creo que Mathieu intentaba decir.

El abad carraspeó, o al menos eso parecía, y después pronunció la palabra «homo».

Antoine lo miró estupefacto. Al cabo de un momento asintió.

—Dios mío, creo que tiene razón.

Él también lo intentó: aclararse la garganta antes de decir «homo».

—¿Por qué diría eso el hermano Mathieu? —preguntó al abad.

—No lo sé.

Dom Philippe le ofreció la mano derecha con la palma hacia arriba. El hermano Antoine se la tomó tras una leve vacilación. Entonces el abad le colocó la izquierda encima y se la sostuvo como si fuera un pajarito.

—Lo que sé es que todo saldrá bien, Antoine. Todo saldrá bien.

—Sí, padre.

Gamache le sostuvo la mirada al dominico.

Era obvio que el hermano Sébastien sentía curiosidad. De hecho, se lo veía muy intrigado, aunque no ansioso, pensó Gamache. Parecía la clase de hombre que sabe que la respuesta llegará y por eso es capaz de esperar.

Al inspector jefe le caía bien el monje. A decir verdad, sentía simpatía por casi todos. O al menos, ninguno le caía mal. No obstante, el joven dominico contaba con una cualidad encantadora. Gamache sabía que ése era un don potente y peligroso, y dejarse engatusar sería extremadamente estúpido por su parte.

El dominico rezumaba calma e invitaba a hacer confidencias.

El inspector jefe se dio cuenta de por qué, estando a su lado, sentía interés por él y al mismo tiempo la necesidad de mostrarse precavido. Gamache recurría a esas mismas cualidades durante sus investigaciones. Por lo tanto, mientras él estaba ocupado investigando a los monjes, aquel en concreto lo investigaba a él. Y sabía que la única defensa contra eso era, por perverso que pudiera parecer, la honestidad total.

—La melodía que estaba tarareando en la cena es esto.

Gamache abrió el tomo de escrituras místicas que llevaba consigo desde el asesinato del prior y le entregó la vitela amarillenta al hermano Sébastien.

El monje la cogió. Como era tan joven, no necesitaba ayuda para leerla ni siquiera con una luz tan tenue. Gamache apartó la vista un momento para intercambiar una mirada con Beauvoir.

Jean-Guy también observaba al monje, con los ojos casi vidriosos. Aunque tal vez se debiese a la falta de iluminación. Dentro de la estancia, menuda y secreta, a todos se les veían los ojos raros. El inspector jefe se volvió hacia el hermano Sébastien. El dominico movía los labios sin emitir ningún sonido.

—¿De dónde ha sacado esto? —preguntó el monje al final.

Levantó la vista de la vitela un instante, pero la página enseguida atrajo su mirada de nuevo.

—Lo tenía el hermano Mathieu cuando lo encontramos. Estaba hecho un ovillo a su alrededor.

El monje se santiguó y, a pesar de que se trató de un gesto casi involuntario, consiguió infundirle significado. Entonces tomó una bocanada enorme de aire y asintió.

—¿Sabe qué es, inspector jefe?

—Sé que esto son neumas —contestó Gamache, y pasó el dedo por encima de las antiguas notas musicales—. Y que está escrito en latín, aunque al parecer dice disparates.

—Así es.

—Algunos de los gilbertinos creen que se trata de un insulto deliberado —explicó Gamache—. Y que los neumas son una parodia. Como si alguien hubiera tomado la forma del canto gregoriano y lo hubiese convertido a conciencia en algo grotesco.

—La letra es una tontería, pero no un insulto. Si esto denigrase la fe —dijo el hermano Sébastien, levantando la vitela—, estaría de acuerdo, pero no es así. De hecho, me resulta interesante que no haya ni una sola mención a Dios, a la Iglesia o a la devoción cristiana. Es como si el que lo hubiera escrito quisiera evitar esos temas.

—¿Por qué?

—No lo sé, pero sé que no es herejía. Usted es especialista en asesinatos, inspector jefe, y yo lo soy en herejes. Es a lo que se dedica la Congregación para la Doctrina de la Fe, entre otras cosas: a perseguir herejes y herejías.

—¿Y es ésa la pista que lo ha traído hasta aquí?

El dominico consideró la pregunta o, más bien, rumió la respuesta.

—Es un camino muy largo que se extiende durante miles de kilómetros y cientos de años. Dom Clément hizo bien en marcharse: en los archivos de la Inquisición hay una proclama firmada por el mismo gran inquisidor que decreta que se investigue la orden de los gilbertinos.

—Pero ¿por qué? —preguntó Beauvoir, concentrando su atención.

Le parecía que era como investigar a conejos o a gatitos.

—Por su precursor, Gilberto de Sempringham.

—¿Pensaban investigarlos por ser de un aburrimiento extremo? —Beauvoir se extrañó.

El hermano Sébastien rió, pero sólo un instante.

—No, por lealtad extrema. Era una de las paradojas de la Inquisición: cosas como el exceso de devoción o de lealtad hacían saltar alarmas.

—¿Por qué? —quiso saber Beauvoir.

—Porque no se pueden controlar. Los hombres que tenían una fe inquebrantable en Dios y eran leales a sus abades y a sus órdenes no se doblegaban ante la voluntad de la Inquisición ni de los inquisidores. Eran demasiado fuertes.

—Entonces, ¿que Gilberto defendiese a su arzobispo se consideró sospechoso? —preguntó Gamache, tratando de seguir aquella lógica laberíntica—. Si ocurrió seiscientos años antes de la Inquisición y él defendía a la Iglesia ante una autoridad secular... yo pensaba que la Iglesia lo consideraría un héroe, no un elemento sospechoso. Y mucho menos tantos siglos después.

—Seiscientos años no es nada para una organización cimentada en acontecimientos que tienen dos mil años de antigüedad —contestó Sébastien—. Y cualquiera que le plante cara se convierte en un objetivo. Usted debería saberlo, inspector jefe.

Gamache le lanzó una mirada punzante, pero vio que la expresión del monje era plácida. No parecía esconder ningún significado. Ninguna advertencia.

—Si los gilbertinos no se hubieran marchado —continuó el dominico—, habrían acabado como los cátaros.

—¿Y eso por qué? —preguntó Beauvoir.

Le bastó mirar al inspector jefe para darse cuenta de que debían de haber salido muy mal parados.

—Los quemaron vivos —dijo el hermano Sébastien.

—¿A todos?

En la penumbra, el rostro de Beauvoir parecía gris.

El monje asintió con la cabeza.

—Hasta el último hombre, mujer y criatura.

—¿Por qué?

—La Iglesia los consideraba librepensadores, demasiado independientes. Y su influencia crecía. Los cátaros eran conocidos con el sobrenombre de «hombres buenos», y los hombres que no lo son tanto se sienten muy amenazados por los buenos.

—Así que la Iglesia los mató.

—Después de intentar atraerlos de nuevo al rebaño —contestó el hermano Sébastien.

—¿No era santo Domingo, el fundador de su orden, el que insistía en que los cátaros no eran verdaderos católicos? —preguntó Gamache.

Sébastien asintió con la cabeza.

—Pero la decisión de borrarlos del mapa no se tomó hasta siglos después.

El monje vaciló antes de continuar en voz más baja, aunque clara.

—Al principio mutilaron a muchos y los enviaron de vuelta para asustar a los demás, pero con eso sólo consiguieron reafirmar a los cátaros. Los líderes se entregaron para aplacar a la Iglesia, pero no funcionó. Los mataron a todos, incluso a gente que sólo pasaba por allí. Inocentes. Cuando uno de los soldados preguntó cómo distinguirlos de los cátaros, le ordenaron matarlos a todos y dejar que Dios los separase.

El hermano Sébastien parecía estar viéndolo, igual que si hubiera participado en el conflicto, y Gamache se preguntó en qué lado de los muros del monasterio habría estado el monje de la Congregación para la Doctrina de la Fe en ese caso.

—¿Les habrían hecho quizá lo mismo a los gilbertinos? —preguntó Beauvoir.

Ya no parecía aturdido. El monje lo había traído de regreso de sus cavilaciones.

—No es seguro —contestó Sébastien, aunque esa incertidumbre debía de ser más un deseo que una realidad—, pero dom Philippe fue sensato al decidir huir. Sensato al decidir esconderse.

Sébastien respiró hondo de nuevo.

—Esto no es herejía —confirmó, mirando la vitela que tenía en la mano—. Habla de plátanos y el estribillo dice: «*Non sum piscis.*»

Gamache y Beauvoir lo miraron con expresión vacía.

—«No soy un pez» —aclaró el dominico.

Gamache sonrió, y Beauvoir puso cara de no entender nada.

—En ese caso, si no es herejía —dijo el inspector jefe—, ¿qué es?

—Una melodía de belleza singular. Un canto, diría, aunque no gregoriano ni llano. Sigue todas las normas, pero las modifica un poco. Como si el canto antiguo fuera la base, y esto —dijo, dando unos toquecitos con el dedo en la página—, una estructura completamente nueva.

Miró a Beauvoir y después a Gamache. Se le adivinaba la emoción en los ojos y su sonrisa recuperó el esplendor.

—Yo creo que, lejos de ser una burla del canto gregoriano, es un homenaje, un tributo. Una celebración, incluso. El compositor ha usado neumas, pero de una manera que no había visto hasta ahora. Hay muchísimos.

—El hermano Simon ha hecho copias para que él y los demás monjes puedan transcribir los neumas a notas modernas —explicó Gamache—. Según él, los neumas son para varias voces. Capas de voces. Armonías.

—Claro... —respondió el hermano Sébastien, absorto en la música.

Su dedo descansaba sobre la página, aunque en una posición incómoda, pensó Gamache. Cuando lo levantó, el inspector jefe vio que había estado tapando un punto pequeño que había al inicio, antes del primer neuma.

—¿Es antiguo? —quiso saber Gamache.

—No, en absoluto. Es evidente que la intención es que parezca viejo, aunque me sorprendería que tuviera más de unos cuantos meses.

—¿Y quién lo ha compuesto?

—Eso no puedo saberlo. Lo que sí les digo es que tiene que ser alguien que sabe mucho sobre canto gregoriano. Que conoce la estructura y los neumas, claro, pero no demasiado latín.

Miró a Gamache sin apenas disimular su asombro.

—Puede que usted haya sido una de las primeras personas en el mundo en escuchar una forma de música completamente nueva, inspector jefe —dijo el hermano Sébastien—. Debe de haber sido emocionante.

—Si le digo la verdad, lo ha sido —admitió Gamache—, aunque no tenía ni idea de qué estaba escuchando. Pero después de cantarlo, el hermano Simon ha comentado algo sobre el latín: ha dicho que mientras que la letra no es más que una sarta de frases graciosas, desde un punto de vista musical tienen sentido.

—Exacto —convino el monje, y asintió con la cabeza.

—¿A qué se refiere? —preguntó Beauvoir.

—Las palabras y las sílabas encajan con las notas, como los versos de un poema, que tienen que ajustarse a la métrica. Esta letra encaja con la melodía, pero no tiene ningún otro sentido.

—En ese caso, ¿para qué se ha escrito? —preguntó Beauvoir—. Debe de tener algún significado.

Los tres miraron la partitura, pero ésta no reveló nada.

—Ahora le toca a usted, hermano —dijo Gamache—. Nosotros le hemos hablado de la música; usted tiene que decirnos la verdad.

—¿Sobre por qué he venido?

—Exacto.

—¿Cree que no es por el asesinato del prior? —preguntó el dominico.

—Eso es. Los tiempos no encajan, no podría haber llegado desde el Vaticano tan deprisa —explicó Gamache—. Y aunque así fuera, al llegar no se ha mostrado apenado, no compartía el pesar de los otros hermanos. Más bien estaba encantado. Ha saludado a los monjes como si llevase mucho tiempo tras ellos.

—Es que llevo mucho tiempo tras ellos. La Iglesia ha estado buscándolos. Ya he mencionado los archivos de la Inquisición y la orden de investigar a los gilbertinos.

—Sí —respondió Gamache, que empezaba a extremar la cautela.

—Pues bien, la investigación no ha concluido. En la Congregación tengo decenas de predecesores que dedicaron la vida a encontrar a los gilbertinos. Cuando uno moría, otro se hacía cargo de la búsqueda. Desde su desaparición, no hemos dejado de buscar ni un año ni un día ni una hora.

—Los perros del Señor —apuntó Gamache.

—Exacto. Sabuesos. No hemos cejado en el empeño.

—Pero han pasado varios siglos desde su huida —repuso Beauvoir—, ¿qué sentido tiene seguir tras la pista? ¿Acaso importa?

—A la Iglesia no le gustan los misterios, salvo los que ella misma crea.

—O los de Dios —comentó Gamache.

—Ésos los tolera —concedió el monje con una sonrisa encantadora.

—¿Y cómo ha dado con ellos al final? —inquirió Beauvoir.

—¿No se lo imagina?

—Si quisiera adivinarlo, ya habría dicho algo —le soltó Beauvoir.

Permanecer en un espacio confinado empezaba a pasarle factura. Sentía que las paredes se le caían encima, que lo oprimían; igual que el monasterio, el monje, la Iglesia. Lo único que quería era salir de allí. Respirar aire fresco. Notaba que se ahogaba.

—El disco —contestó Gamache después de pensar unos instantes.

El hermano Sébastien asintió.

—Sí. La imagen de la portada. La silueta estilizada de un monje; era casi un dibujo.

—El hábito —añadió Gamache.

—Sí. El hábito era negro, con una capucha y una esclavina blanca que cubre los hombros. Es único.

—«Hay un mal que nos va a asolar» —citó el inspector jefe—. Tal vez sea eso.

—¿La música? —preguntó Beauvoir.

—Los tiempos modernos —contestó el hermano Sébastien—, eso es lo que ha alcanzado a los gilbertinos.

El inspector jefe asintió.

—Llevan siglos cantando en el anonimato, pero ahora la tecnología les ha permitido transmitir el canto gregoriano al mundo.

—Y al Vaticano —añadió el monje—. Y a la Congregación para la Doctrina de la Fe.

La Inquisición, pensó Gamache. Al final había hallado a los gilbertinos. Su propio canto llano los había traicionado.

Sonaron las campanas y el repique penetró las paredes de la sala capitular.

—Tengo que escaparme al baño —se excusó Beauvoir cuando salían del espacio reducido—. Nos vemos más tarde.

—Vale —respondió Gamache, y lo observó mientras cruzaba la iglesia.

—¡Estaban aquí!

El superintendente jefe Francoeur caminaba con decisión hacia ellos. Sonrió al monje y saludó a Gamache con una inclinación leve de la cabeza.

—He pensado que podríamos sentarnos juntos.

—Encantado —respondió el monje, y se volvió hacia el inspector jefe—. ¿Nos acompaña?

—Creo que prefiero quedarme aquí, tranquilamente.

Francoeur y el hermano Sébastien escogieron uno de los primeros bancos, mientras que Gamache se sentó unas filas más atrás, en la otra hilera.

Era consciente de que su elección era casi descortés, pero también sabía que lo traía sin cuidado. Miró la nuca de Francoeur con rabia, como si pudiera abrirle un par de agujeros con los ojos. Se alegraba de que Jean-Guy hubiese preferido ir al baño antes que rezar. Una ocasión menos de entrar en contacto con el superintendente jefe.

«Que Dios me asista», rezó Gamache. Incluso en un lugar apacible como aquél, sentía que le bastaba ver a Francoeur para montar en cólera.

Continuó mirándolo, y Francoeur hizo rotar los hombros como si notase el escrutinio, pero no se volvió. El dominico, en cambio, sí.

El hermano Sébastien volvió la cabeza y miró a Gamache. El inspector jefe hizo lo mismo y se contemplaron durante unos segundos antes de dirigir de nuevo la vista al superintendente jefe, sin achantarse ante la mirada amable pero inquisitiva del monje.

Al final, Gamache cerró los ojos y respiró hondo. Inspirar, espirar. De nuevo, percibió el olor de Saint-Gilbert, que ya le era familiar, pero le notaba algo distinto. Como una unión entre el incienso tradicional y algo más. Tomillo y monarda.

Lo natural y lo elaborado, juntos en aquel monasterio remoto. Paz y rabia, silencio y canto. Los gilbertinos y la Inquisición. Los hombres buenos y los que no lo eran tanto.

· · ·

El sonido de las campanas le provocó a Beauvoir un vértigo leve; una sensación casi enfermiza de anticipación.

Por fin, por fin.

Había corrido a los lavabos, había hecho pis, se había lavado las manos y se había servido un vaso de agua. Sacó el frasquito de pastillas del bolsillo y le quitó el tapón; allí no había mecanismos de seguridad para niños. Lo agitó y le cayeron dos comprimidos en la palma de la mano.

Con un gesto que había repetido muchas veces, se los llevó a la boca y sintió que le aterrizaban en la lengua. Un trago de agua y listo.

Al salir del urinario, se detuvo en el pasillo. Las campanas aún tañían, pero en lugar de regresar a la iglesia, caminó con rapidez hacia el despacho del prior. Cerró la puerta, inclinó la silla nueva y la encajó debajo del pomo.

Aún oía las campanas.

Se sentó al escritorio, se acercó el portátil y lo encendió.

Las campanas enmudecieron y se hizo el silencio.

El DVD que había en el reproductor se puso en marcha. Beauvoir bajó el volumen, para no llamar la atención. Además, tenía la banda sonora en la cabeza. Siempre.

Aparecieron las imágenes.

Gamache abrió bien los ojos en cuanto las primeras notas sonaron con la entrada del primer monje.

El hermano Antoine llevaba un crucifijo sencillo de madera que colocó en el altar. A continuación, hizo una reverencia y se dirigió a su puesto. Detrás de él iban los demás monjes, que también agacharon la cabeza ante la cruz y se dirigieron al lugar que les correspondía. Sin dejar de cantar. Cantaban todo el día.

Gamache miró al hermano Sébastien de perfil; no apartaba la vista de los monjes. De los gilbertinos perdidos.

Después, el dominico cerró los ojos y echó la cabeza hacia atrás. Como si estuviera en trance, en estado de fuga, mientras los gilbertinos y el canto gregoriano llenaban la iglesia.

Beauvoir oía la música, pero muy lejos.

Hombres cantando juntos. Cada vez más alto, a medida que se iban sumando las voces. Mientras tanto, veía a sus compañeros, amigos y colegas recibir tiros en la pantalla.

Al compás del canto gregoriano, Beauvoir se vio a sí mismo abatido por un disparo.

Los monjes cantaron mientras el inspector jefe lo arrastraba a un lugar seguro. Y lo dejaba allí. Lo abandonaba como si... —¿cómo había dicho Francoeur?— como si ya no sirviese para nada.

Y para mayor ignominia, le había dado un beso antes de largarse.

Un beso. En la frente. No le extrañaba que lo considerasen su perra. Todo el mundo había visto el beso. Todos sus compañeros. Y se reían de él a sus espaldas.

Mientras en la iglesia cantaban canto gregoriano, el inspector jefe Gamache le daba un beso. Y se marchaba.

Gamache miró de nuevo al dominico. El hermano Sébastien parecía haber pasado del estado de fuga a una especie de éxtasis.

Y entonces el hermano Luc entró en la iglesia y el dominico abrió los ojos de golpe. A punto estuvo de salir disparado de su asiento, atraído por la voz divina del joven.

Aquélla era una voz entre un millón. Era la voz del milenio.

El difunto prior lo sabía. El actual maestro de coro también. El abad lo sabía. Incluso Gamache, que apreciaba el canto aunque tenía sólo conocimientos limitados, se daba cuenta de ello.

Y ahora la Congregación para la Doctrina de la Fe también lo sabía.

Jean-Guy pulsó el botón de reproducción y a continuación el de pausa. Y el de reproducción de nuevo. Y lo vio una y otra vez.

En la pantalla, una vez tras otra, sin cesar, repitiéndose como una letanía, una liturgia, Beauvoir caía abatido. Vio que lo arrastraban como un saco de patatas por el suelo de la fábrica. Lo arrastraba Gamache.

En un segundo plano, los monjes cantaban.

«Señor, ten piedad. Aleluya. Gloria.»

Mientras Beauvoir moría en el despacho del prior. Solo.

TREINTA

Después de completas, el último oficio del día, el abad se llevó a Gamache a un lado. Dom Philippe no estaba solo, sino que, para sorpresa del inspector jefe, lo acompañaba el hermano Antoine.

Viéndolos juntos en ese momento era imposible sospechar que aquellos dos hombres eran enemigos. O que, como mínimo, estaban en márgenes opuestas de un barranco profundo.

—¿En qué puedo ayudarlos? —preguntó Gamache.

Lo habían conducido a un rincón de la iglesia. Estaba vacía, salvo por el dominico, que permanecía en el banco, mirando al frente como en trance.

No se veía al superintendente jefe Francoeur por ninguna parte.

Gamache se puso de espaldas a la pared para poder vigilar el interior de la nave en penumbra.

—Se trata de las últimas palabras de Mathieu —empezó el abad.

—«Homo» —añadió el hermano Antoine—, ¿correcto?

—Eso es lo que nos ha comunicado el hermano Simon, sí —contestó Gamache.

Los monjes intercambiaron una mirada rápida y enseguida la trasladaron al inspector jefe.

—Creemos que sabemos lo que quería decir —continuó el abad, que carraspeó fuerte antes de pronunciar la palabra—: Homo.

—Sí —repuso Gamache sin quitar ojo a dom Philippe. Estaba esperando algo más—. Al parecer, eso es lo que dijo el prior.

El abad repitió el ejercicio, pero esta vez exagerando el sonido, hasta el punto de que, por un momento, el inspector jefe temió por la salud del hombre.

—*Ek... homo* —repitió dom Philippe.

Gamache no alcanzaba a comprenderlo. Se dio cuenta de que el hermano Sébastien los miraba desde el banco. Si el ruido que hacía el abad con la garganta le había parecido fuerte a Gamache, al dominico, con el beneficio de la acústica de la iglesia potenciándolo al máximo esplendor, debió de resultarle monstruoso.

El abad le lanzó una mirada significativa al inspector jefe; sus ojos azules de expresión penetrante lo instaban a comprender algo que estaba fuera de su alcance.

De pie junto al abad, el hermano Antoine se aclaró la voz. Un sonido gutural y desesperado.

—*Ek... homo* —pronunció.

Y por fin el inspector jefe empezó a captar que no era la palabra en sí lo que querían que entendiese, sino que debía fijarse en el sonido. Con todo y con eso, seguía sin significar nada para Gamache.

Con la sensación de ser un auténtico zoquete, se dirigió al abad:

—Lo siento, padre, pero la verdad es que no lo comprendo.

—*Ecce homo.*

Esas palabras no provenían del abad ni del hermano Antoine, sino de la iglesia, como si la estancia las hubiera conjurado de la nada.

Entonces, de detrás de una de las columnas de la nave, apareció el dominico.

—Creo que eso es lo que el abad y el maestro de coro están diciendo, ¿me equivoco?

Ambos miraron al hermano Sébastien y asintieron con la cabeza. La expresión de ambos, si bien no beligerante, era al menos de pocos amigos. Pero ya era demasiado tarde. Aquel hombre del Vaticano a quien nadie había invitado al monasterio estaba allí. De hecho, parecía estar en todas partes.

Gamache se volvió de nuevo hacia los gilbertinos, el uno al lado del otro. ¿Era eso lo que había puesto fin de una vez a sus discrepancias? ¿Un enemigo común? ¿Ese monje agradable y discreto de hábito blanco que se estaba tan quieto, pero al mismo tiempo ocupaba tanto espacio?

—Creemos que el prior no estaba aclarándose la garganta —explicó el hermano Antoine, que había dejado de mirar al dominico para dirigirse a Gamache—, sino que en realidad enunció dos palabras: «*ecce*» y «*homo*».

Gamache abrió los ojos. *Ecce.* «Ecze», pero con la pronunciación latina. Podría ser.

El abad lo repitió imitando el sonido que el prior podría haber emitido. Un hombre con dificultades para hablar; un hombre moribundo con una palabra ronca atrapada en la garganta.

Ecce homo.

A Gamache le sonaba la expresión, pero no recordaba el significado.

—¿Qué significa?

—Es lo que anunció Poncio Pilato ante el gentío —explicó el hermano Sébastien—. Sacó a Jesús ensangrentado para que lo vieran.

—¿Para que viesen el qué? ¿Qué significa? —repitió Gamache mirando al dominico, después a los gilbertinos y de vuelta al dominico.

—*Ecce homo* —contestó el abad—: «He aquí el hombre.»

Eran casi las nueve de la noche, tarde en un monasterio, cuando el hermano Sébastien dejó a los tres hombres para dirigirse hacia las celdas. El hermano Antoine esperó a que el dominico desapareciese y, tras hacer una reverencia al abad, también se marchó.

—Eso cambia las cosas —observó Gamache.

En lugar de negar la existencia del problema, dom Philippe se limitó a asentir al tiempo que observaba al monje dirigirse a grandes zancadas hacia la puerta del otro extremo de la iglesia.

—Será un maestro de coro maravilloso. Quizá incluso mejor que Mathieu.

El abad miró a Gamache.

—El hermano Antoine siente pasión por el canto, pero más aún por Dios.

El inspector jefe le dio la razón con un movimiento de la cabeza. Sí. Ésa era la clave de aquel misterio, pensó: no el odio, sino el amor.

—¿Y el prior? —preguntó Gamache mientras acompañaba al abad a sus aposentos—. ¿Qué era lo que más amaba?

—La música —respondió, de manera rápida e inequívoca—. Pero la cosa no es tan sencilla como parece. —El abad sonrió antes de continuar—: Supongo que ya se habrá dado cuenta de que aquí muy pocas cosas son sencillas.

Gamache sonrió a su vez. Ya se había percatado de aquello.

Estaban en el largo pasillo que conducía al despacho y la celda de dom Philippe. Así como el primer día le había parecido que transcurría en línea recta de principio a fin, ahora creyó percibir una curva poco pronunciada. Puede que dom Clément hubiese trazado una línea recta en el plano, pero los constructores se habían desviado, aunque sólo fuese ligeramente. Como sabía cualquiera que hubiese montado una estantería o intentado seguir las indicaciones de un plano detallado, un error infinitesimal al principio podía convertirse más adelante en uno garrafal.

Ni siquiera los pasillos, caviló Gamache, eran tan simples o rectos como parecían.

—Mathieu no distinguía entre la música y su fe. Para él eran lo mismo —explicó el abad.

Había frenado el paso y apenas avanzaban por el pasillo oscuro.

—La música amplificaba su fe. La elevaba a cotas cercanas al éxtasis.

—Un nivel que pocos alcanzan, supongo.

El abad no contestó.

—¿Un nivel que usted no ha alcanzado? —insistió Gamache.

—Yo soy más de paso lento pero seguro —contestó dom Philippe, mirando al frente como si transitasen por un camino irregular—. No soy amigo de las alturas.

—Y tampoco se cae.

—Todos somos susceptibles de caer —repuso el abad.

—Pero quizá la caída no sea tan dura ni tan rápida como la del que se pasa la vida en ascenso.

El abad volvió a sumirse en el silencio.

—Es del todo evidente que usted adora el canto gregoriano —dijo Gamache—, pero, a diferencia del prior, ¿lo separa de la fe?

El monje asintió.

—No me había parado a pensar en ello hasta que ha sucedido esto; pero sí, es cierto. Si por algún motivo mañana me arrebatasen la música, si ya no pudiera cantar o escuchar el canto, mi amor por el Señor no cambiaría.

—Y, en cambio, ¿al hermano Mathieu no le hubiera ocurrido lo mismo?

—Eso me gustaría saber.

—¿Quién era su confesor?

—Yo, hasta hace poco.

—¿Quién era su nuevo confesor?

—El hermano Antoine.

Entonces se detuvieron por completo.

—¿Puede decirme lo que el hermano Mathieu le contaba durante las confesiones, antes de cambiar de confesor?

—Ya sabe que no.

—¿Ni siquiera ahora que el prior está muerto?

El abad estudió a Gamache.

—Ya debe de conocer la respuesta a esa pregunta. ¿Algún cura ha accedido a violar el secreto de confesión por usted?

Gamache contestó que no con la cabeza.

—No, padre, pero no por eso dejo de tener esperanza.

La respuesta del inspector jefe provocó una sonrisa al abad.

—¿Cuándo hizo el cambio el prior?

—Hará seis meses —respondió dom Philippe con ademán resignado—. No he sido del todo sincero —admitió, y miró a Gamache a los ojos—. Discúlpeme. Mathieu y yo discutimos sobre el canto gregoriano y eso se transformó en una pelea sobre la dirección del monasterio y de la comunidad.

—Él quería grabar otro disco y que Saint-Gilbert se abriese más al mundo.

—Sí. Mientras que yo creo que no debemos cambiar de rumbo.

—Con la mano firme en el timón —contestó Gamache, y asintió con aprobación.

No obstante, ambos sabían que si la nave iba directamente hacia las rocas, era necesario hacer un viraje brusco.

—Sin embargo, había otro tema pendiente —continuó el inspector jefe. Habían echado a caminar de nuevo hacia la puerta cerrada en el otro extremo del pasillo—: los cimientos.

Gamache había avanzado un paso antes de darse cuenta de que el abad no estaba a su lado. Se volvió y lo encontró mirándolo con sorpresa.

Creyó que dom Philippe estaba a punto de mentirle de nuevo, pero mientras cogía aire para hablar debió de cambiar de opinión.

—¿Cómo lo sabe?

—El hermano Raymond se lo contó a Beauvoir. Entonces, es cierto.

El abad asintió.

—¿Alguien más que esté al tanto? —preguntó Gamache.

—Yo no se lo he dicho a nadie.

—¿Ni siquiera al prior?

—Hace un año o año y medio, él habría sido el primero a quien yo habría acudido, pero después no. Me lo callé. Se lo confié a Dios, pero él ya lo sabía, naturalmente.

—Puede que él mismo provocase las grietas —sugirió Gamache.

El abad lo miró sin decir nada.

—¿Por eso bajó ayer al sótano? —preguntó el inspector jefe—. No para examinar el sistema geotérmico, sino para echar un vistazo a los cimientos.

Dom Philippe asintió, y otra vez echaron a andar despacio; ninguno de los dos tenía prisa por llegar a la puerta.

—Esperé hasta que el hermano Raymond se hubo marchado. Lo siento, pero no necesitaba que me diera un sermón interminable sobre el desastre inminente. Quería verlo yo mismo con tranquilidad.

—¿Y qué vio?

—Raíces —contestó.

Su voz sólo transmitía neutralidad. Era la voz del canto llano, monótona. Sin inflexión. Sin emoción. Sólo hechos.

—Las grietas están empeorando. La última vez que las examiné, hace una semana más o menos, las marqué. Y desde entonces se han ensanchado.

—¿Es posible que tengan menos tiempo del que calculaba?

—Puede ser —admitió dom Philippe.

—¿Qué va a hacer al respecto?

—Rezar.

—¿Nada más?

—¿Qué hace usted, inspector jefe, cuando todo parece perdido?

«Acepta a este hijo tuyo.»

—También rezo —contestó.

—¿Le funciona?

—A veces —respondió Gamache.

Jean-Guy no había fallecido aquel día fatídico en la fábrica. Estaba bañado en sangre y gimiendo de dolor. Sus ojos le suplicaban que se quedase con él. Que hiciera algo. Que lo salvase. Gamache había rezado, y nadie se había llevado a Beauvoir, pero era consciente de que tampoco se lo había devuelto. No del todo. El inspector continuaba atrapado entre dos mundos.

—Pero ¿está todo perdido? —le preguntó al abad—. Según el hermano Raymond, grabar otro disco generaría suficientes ingresos para las reparaciones. Aunque, por lo que dice, hay que darse prisa.

—El hermano Raymond tiene razón, pero también es cierto que él sólo ve las grietas, mientras que yo veo todo el monasterio. La comunidad entera. ¿De qué serviría arreglar los cimientos si a cambio perdemos nuestros verdaderos fundamentos? Los votos no son negociables.

En ese momento, Gamache vio lo mismo que debía de haber visto el hermano Raymond: un hombre que no daba su brazo a torcer. A diferencia del monasterio, el abad no se resquebrajaba. Era inamovible, al menos en cuanto a ese tema.

Si el último monasterio gilbertino se salvaba, sería por intervención divina. A menos que, como creía el hermano Raymond, el milagro ya se hubiera producido y el abad, ciego de orgullo, no lo hubiera visto.

—Tengo que pedirle un favor, padre abad.

—¿Usted también quiere que consienta en grabar otro disco?

Gamache estuvo a punto de reírse.

—No. Eso lo dejo entre usted y Dios, pero me gustaría que el barquero viniera por la mañana a recoger al inspector Beauvoir, para que se lleve algunas de las pruebas que hemos recogido.

—Por supuesto, llamaré a primera hora. Suponiendo que la niebla se disipe, Étienne debería estar aquí poco después del desayuno.

Habían llegado a la puerta cerrada. La madera tenía las marcas que habían dejado durante cientos de años las llamadas de los monjes para que los dejasen entrar. Pero eso había acabado: la vara de hierro no estaba allí y por la mañana saldría del monasterio para siempre con Beauvoir. Gamache se preguntó si el abad pensaba reemplazarla.

—Bueno —dijo dom Philippe—, buenas noches, hijo mío.

—Buenas noches, padre —contestó Gamache.

Las palabras le sonaron extrañas. Su padre había fallecido cuando él era un niño y desde entonces no se había dirigido a casi nadie con ese apelativo.

—*Ecce homo* —añadió Gamache, justo cuando dom Philippe abría la puerta.

El abad se detuvo.

—¿Por qué diría eso el hermano Mathieu? —preguntó Gamache.

—No lo sé.

El inspector jefe reflexionó.

—¿Por qué lo dijo Poncio Pilato?

—Quería demostrar a la muchedumbre que su dios no era divino. Que Jesús no era más que un hombre.

—Gracias —respondió Gamache.

Se despidió inclinando la cabeza y deshizo el camino por el pasillo curvo, pensando en lo divino, lo humano y las grietas que los separaban.

«Querida Annie», escribió Beauvoir a oscuras. Había apagado la luz para que nadie supiese que seguía despierto.

Estaba tumbado en la cama, completamente vestido. Sabía que el oficio de completas había finalizado y se había refugiado en su celda hasta que pudiese regresar al despacho del prior con la seguridad de que todos dormían.

Había visto que tenía un mensaje de Annie en la Black-Berry. Le describía de un modo desenfadado la velada que había pasado con unos viejos amigos.

«Te quiero», había escrito ella al final.

«Te echo de menos.

»Regresa pronto a casa.»

Pensó en Annie divirtiéndose con sus amigos. ¿Les había hablado de él? ¿Les había contado lo del regalo? Un desatascador: menuda estupidez. Era de mal gusto, grosero. Seguro que todos se habían reído. De él. Del franco-canadiense que no daba para más; que era demasiado pobre o simple para comprarle un regalo de verdad. Para ir a Holt Renfrew o a Ogilvy's o a cualquiera de las tiendas pijas de la avenida Laurier para comprarle un regalo decente.

¿Y qué había hecho él? Le había regalado un desatascador.

Los amigos de Annie debían de estar riéndose de él.

Ella también. La que estaba follándose a un palurdo para pasar el rato. Se imaginaba sus ojos brillantes, radiantes, con la misma mirada con que lo había observado tantas veces durante los últimos meses. Tal como lo había mirado durante los diez años anteriores.

Él lo había confundido con afecto; amor, incluso. Pero ahora se daba cuenta de que no era más que diversión.

«Annie», escribió.

«Querida Reine-Marie», escribió Gamache.

Había regresado a su celda después de pasarse por el despacho del prior en busca de Beauvoir, pero no había nadie y la luz estaba apagada. Se había quedado allí media hora, apuntando cosas, copiando notas. Preparando el paquete de pruebas para que Beauvoir se lo llevase a la mañana siguiente.

Eran las once, el final de un día largo. Había apagado la luz y cargado con el paquete hasta su propia celda, después de haber llamado a la puerta de Beauvoir y no haber obtenido respuesta.

Había abierto para asomarse dentro y asegurarse de que Jean-Guy estaba allí. Y, en efecto, había visto la silueta en la cama y oído la respiración acompasada y profunda.

Inspirar, espirar.

Prueba de vida.

No era típico de Jean-Guy acostarse sin antes comentar cómo había ido el día ni repasar los acontecimientos.

Más motivos para enviarlo a casa lo antes posible, pensó Gamache mientras se preparaba para irse a dormir.

«Querida Reine-Marie», escribió.

«Annie: el día ha ido bien. Nada especial. La investigación marcha, gracias por preguntar. Me alegro de que te lo hayas pasado bien con tus amigos. Supongo que os habréis reído mucho.»

«Querida Reine-Marie: Ojalá estuvieras aquí y pudiéramos comentar el caso. Parece girar en torno al canto gregoriano y lo importante que es para estos monjes. Sería un error considerarlo sólo música, sin más.»

Gamache hizo una pausa y reflexionó. Escribir a su esposa lo ayudaba a aclarar las ideas, como si oyese su voz y viera sus ojos cálidos y llenos de vida.

«Hemos recibido una visita sorpresa: un dominico del Vaticano, de la oficina que antes era la Inquisición. Al parecer, llevan casi cuatrocientos años buscando a los gilbertinos. Y hoy han dado con ellos. Según él, no es más que un fleco que había que cerrar, pero yo no lo tengo tan claro. Me da la sensación de que, como tantas otras cosas en este caso, parte de lo que dice es verdad y otra parte no. Ojalá lo viese con más claridad.

»Buenas noches, amor mío. Que duermas bien.

»Te echo de menos. No tardaré en regresar a casa.

»Te quiero.»

«Hablamos pronto», escribió Jean-Guy.

Pulsó «enviar» y permaneció tumbado a oscuras.

TREINTA Y UNO

Beauvoir se despertó con el repique de campanas que llamaban a los fieles. Aunque sabía que no lo reclamaban a él, las siguió a través de su cerebro adormilado, trepando las paredes de la conciencia para salir del agujero.

La frontera entre el estado consciente e inconsciente era tan vaga que ni siquiera estaba del todo seguro de haberse despertado. Se notaba confundido, torpe. Agarró el reloj y trató de concentrarse en leer la hora.

Las cinco de la mañana. Las campanas continuaron sonando y, de haber sido capaz de reunir fuerzas suficientes, Beauvoir le habría arrojado los zapatos al monje que las tañía.

Se dejó caer de nuevo en la cama y rezó por que el ruido cesase. La ansiedad hizo presa en él y le costaba respirar.

Trató de respirar hondo. «Inspira —le suplicó a su cuerpo—. Espira.»

«Respira hondo. Inspira... A tomar por el culo», pensó. Se incorporó, bajó los pies de la cama y notó en los pies descalzos el frío del suelo de piedra.

Le dolía todo: las plantas de los pies, la coronilla. El pecho, las articulaciones. Las uñas de los pies y las cejas. Miró la pared que tenía delante con la boca abierta. Mendigando aire.

Por fin, la garganta se le abrió con un ruido ronco y el aire entró de golpe.

Entonces empezaron los temblores.

«Joder, joder, joder...»

Encendió la luz, cogió el frasco de pastillas de debajo de la almohada y lo apretó con fuerza. Tras un par de intentos, logró abrir la tapa. Sólo quería un comprimido, pero se sacudía de tal manera que salieron dos del frasco. Le daba igual; se echó ambos a la boca y se los tragó sin agua. Entonces se aferró al borde de la cama y esperó.

Su quimio. Su medicina. Las pastillas matarían lo que estaba matándolo a él. Lo liberarían de los temblores, el dolor que tenía tan adentro que no lograba darle alcance. Borrarían las imágenes, los recuerdos.

Los miedos. Porque lo habían dejado solo. Miedo a seguir estando solo, la posibilidad de que fuese así para siempre.

Se tumbó en la cama y sintió que el fármaco empezaba a hacer efecto. ¿Cómo podía ser malo algo tan bueno como aquello?

Se sintió humano de nuevo. Entero.

El dolor amainó y se le despejó la cabeza. Los ganchos y el alambre de espino se soltaron de su carne y el vacío se llenó. Mientras se dejaba llevar, oyó voces conocidas cantando.

Las campanas ya no sonaban y el oficio había comenzado. Vigilias. El primero del día.

Percibió dos voces claras que cantaban. Una llamada y una respuesta. Y Beauvoir se sorprendió al darse cuenta de que las reconocía. Mientras escuchaba, soltó el borde de la cama.

Llamada. Respuesta.

Llamada. Respuesta.

Era fascinante.

Llamada. Respuesta.

Entonces se les unieron el resto de las voces. No era necesario seguir llamando: se habían encontrado.

Beauvoir sintió una punzada en lo más profundo. Un dolor que no estaba del todo anestesiado.

• • •

Eran las cinco y media de la mañana. Vigilias había terminado y Gamache estaba sentado en el banco, disfrutando de la paz del oficio. Inhaló el incienso; olía a jardín en lugar de a almizcle como en la mayoría de las iglesias.

Los monjes se habían marchado; todos salvo el hermano Sébastien, que se acercó para sentarse a su lado.

—Sus compañeros no son tan religiosos como usted.

—Siento decirle que yo tampoco lo soy —contestó el inspector jefe—. No voy a misa.

—Y, sin embargo, aquí está.

—Buscando a un asesino, por desgracia. No la salvación.

—De todos modos, parece que aquí encuentra algo de consuelo.

Gamache guardó silencio un momento y a continuación asintió.

—Sería difícil no hacerlo. ¿A usted le gusta el canto gregoriano?

—Mucho. Se ha creado toda una mitología a su alrededor; quizá porque sabemos muy poco. Ni siquiera conocemos su origen.

—¿El nombre no da una pista?

El dominico sonrió.

—Lo lógico sería pensar que sí, pero se equivocaría. El papa Gregorio no tuvo nada que ver; no es más que marketing. Era un papa muy querido y, con la intención de congraciarse con él, un cura muy astuto le puso su nombre.

—¿Por eso se hizo tan popular?

—Bueno, el efecto no fue negativo. También existe una teoría que dice que si Jesucristo escuchase música o cantase, sería canto llano. Eso sí que es una estrategia de marca: «Aprobado por Jesucristo», «Como lo canta el Salvador».

Gamache se rió.

—Estoy seguro de que les daría ventaja respecto de la competencia.

—Hay incluso científicos estudiando los cantos —le contó el hermano Sébastien—; buscan una explicación a la popularidad del disco que grabaron estos monjes. La gente se volvía loca.

—¿Han dado con la respuesta?

—Bueno, conectaron unos electrodos a una serie de voluntarios y les pusieron canto gregoriano, y los resultados fueron sorprendentes.

—¿En qué sentido?

—Al cabo de un rato, las ondas que emitía el cerebro cambiaban. Empezaba a producir ondas alfa. ¿Sabe lo que son esas ondas?

—Las del estado de calma —contestó el inspector jefe—. Cuando las personas todavía están en alerta pero tranquilas.

—Exacto. Les bajaba la tensión arterial y respiraban con mayor profundidad. Y, en cambio, como usted dice, estaban más alerta. Como si estuvieran más presentes, ¿sabe?

—Ellos mismos, en su mejor versión.

—Eso es. Aunque no provoca ese efecto a todo el mundo, pero creo que a usted sí.

Gamache pensó en ello y asintió con la cabeza.

—Sí. Quizá no tanto como a los gilbertinos, pero lo he sentido.

—Mientras los científicos lo llaman «ondas alfa», la Iglesia lo llama «el bello misterio».

—¿Y cuál es el misterio?

—Que estos cantos sean más potentes que cualquier otro tipo de música eclesiástica. Dado que soy monje, me decanto por la teoría de que son la voz de Dios, aunque hay una tercera posibilidad —admitió el dominico—. Hace unas semanas acudí a una cena con un compañero y, según él, todos los tenores son idiotas. Tiene algo que ver con la cavidad craneal y la vibración de las ondas de sonido.

Gamache se rió.

—¿Sabe que usted es tenor?

—Es mi jefe y no cabe duda de que sospecha que soy imbécil. Tal vez tenga razón, pero qué manera tan gloriosa de marcharse: cantar hasta quedarse tonto. Puede que el canto gregoriano tenga el mismo efecto y esté convirtiéndonos en tarados felices. Al cantar, debemos de estar friéndonos el cerebro, nos olvidamos de las preocupaciones, nos desasimos del mundo.

El joven cerró los ojos y dio la impresión de ausentarse, pero enseguida regresó con la misma celeridad, abrió los ojos, miró a Gamache y sonrió.

—Una maravilla.

—Éxtasis —repuso Gamache.

—Exacto.

—Pero a los monjes no les ocurre sólo con la música —observó el inspector jefe—. También tienen la oración. El canto gregoriano son oraciones, y la combinación es muy potente. Ambas alteran la mente, a su manera.

Al notar que el monje no contestaba, Gamache continuó.

—Ya he asistido a unos cuantos servicios y me he fijado en los hermanos. Mientras cantan, todos ellos se quedan absortos. Incluso cuando se limitan a escuchar. A usted le ha pasado antes y sólo estaba pensando en los cantos.

—¿Y qué quiere decir con eso?

—He visto esa expresión en más ocasiones. Se la he visto a los drogadictos.

El hermano Sébastien se horrorizó.

—¿Insinúa que somos adictos?

—Sólo le digo lo que he observado.

El dominico se levantó.

—Puede que haya pasado por alto que la fe de estos hombres es genuina. Igual que su compromiso con Dios, con la perfección de corazón. Señor, describiendo ese compromiso solemne como una simple adicción, lo menosprecia. Decir eso es convertir el canto en una enfermedad. Algo que nos debilita en lugar de darnos fuerzas. Tildar Saint-Gilbert-Entre-les-Loups de poco más que fumadero de crack es absurdo.

Se alejó y sus pasos, a diferencia de los de los demás monjes, retumbaron sobre las losas de pizarra.

Gamache sabía que tal vez hubiese ido demasiado lejos; había metido el dedo en la llaga.

• • •

El hermano Sébastien permaneció entre las sombras. Se había marchado con paso enérgico en dirección a la puerta, que había abierto y después había dejado que se cerrase sola, sin haber cruzado el umbral.

Se había quedado en un rincón de la iglesia vigilando al inspector jefe. Gamache, por su parte, había esperado sentado uno o dos minutos. El monje sabía que a la mayoría de las personas les costaba estar quietas más de treinta segundos, pero aquel hombre sosegado parecía capaz de aguardar con tranquilidad el tiempo que hiciera falta.

Al cabo de poco, el inspector jefe se había levantado para salir de la iglesia sin hacer una genuflexión ante el altar. Se había dirigido a la puerta que, tras un largo pasillo, conducía a otra que estaba cerrada y a un monje joven y callado de voz extraordinaria. El hermano Luc.

El hermano Sébastien se había quedado solo en la iglesia.

Ahora o nunca, pensó el dominico.

Así que empezó a registrar la sala sin prisa, con meticulosidad. Posó la palma de la mano en la madera gastada del facistol, que estaba vacío, y continuó la búsqueda metódica. Cuando estuvo convencido de que en la iglesia no había ningún secreto guardado, recorrió el pasillo a hurtadillas y entró en el despacho del prior, que los agentes de policía habían convertido en cuartel general. Allí revolvió los cajones, miró en los archivos y abrió carpetas. Buscó debajo del escritorio y detrás de la puerta.

El dominico encendió el ordenador a sabiendas de que lo que buscaba no estaría allí, pero, habiendo llegado hasta aquel lugar tan apartado, estaba decidido a no dejar ni una piedra sin mover. A diferencia de los gilbertinos, que parecían satisfechos de seguir viviendo en el siglo XVI, el hermano Sébastien era hijo de sus tiempos y no sería capaz de hacer su trabajo sin los conocimientos y la admiración

440

que sentía por las tecnologías. Desde los aviones hasta los móviles, pasando por los ordenadores portátiles.

Eran las herramientas de las que se valía, tan cruciales para él como el crucifijo y el agua bendita.

Echó un vistazo a los archivos, aunque no había mucho que ver. El ordenador no estaba conectado a internet, pues la conexión por satélite era demasiado caprichosa. No obstante, cuando fue a apagarlo, oyó un rumor conocido.

El DVD se había puesto en marcha.

Por curiosidad, el dominico clicó sobre el icono y apareció una imagen. Un vídeo. El sonido estaba al mínimo, hecho que prefería, dadas las circunstancias. Además, las imágenes lo decían todo.

Las miró cada vez más consternado, asqueado por lo que veía, pero incapaz de apartar los ojos de la pantalla. Hasta que se fundió a negro.

Le sorprendió descubrir que deseaba verlo de nuevo. Quería que aquel vídeo horrible volviera a reproducirse.

No por primera vez, se planteó qué tenía la tragedia para dejar a las personas tan absortas. Sin embargo, él había conseguido no seguir mirando. Rezó una oración breve pero ferviente por las almas de los fallecidos, aunque hubiera transcurrido el tiempo, y por las de quienes aún vagaban perdidos entre los vivos. Entonces apagó el ordenador.

Salió del despacho y continuó registrando el monasterio de Saint-Gilbert-Entre-les-Loups.

Sabía que lo que buscaba estaba en alguna parte. Tenía que aparecer. Lo había oído.

TREINTA Y DOS

Mientras hablaba con el dominico después de vigilias, Gamache había descubierto a Francoeur entre las sombras de la iglesia, caminando deprisa pegado a la pared. La expresión que le venía a la mente era «a hurtadillas», pero no se ajustaba del todo a la realidad. Más bien se trataba de sigilo.

Una cosa estaba clara: el superintendente no quería ser descubierto.

Aun así, Gamache lo había visto. Después del desplante del hermano Sébastien, el inspector jefe se había quedado sentado uno o dos minutos, para permitir que su superior recorriese todo el pasillo y pasase por la puerta y ante el monje joven que la guardaba.

Entonces lo había seguido al exterior del monasterio.

El hermano Luc había abierto sin mediar palabra, aunque su mirada estaba cargada de preguntas. Pero Armand Gamache no sólo no tenía respuestas que ofrecer, sino que además albergaba sus propias incógnitas; la primera de las cuales, si seguir a Francoeur era sensato. No por lo que su jefe pudiera hacer, sino porque temía averiguar de lo que él mismo era capaz.

Sin embargo, debía indagar qué era eso tan secreto que obligaba a Francoeur a salir del monasterio y no precisamente para dar un paseo matutino. Gamache emergió a la mañana fría y oscura, y miró a su alrededor. Aún no habían dado las seis y la niebla de la noche anterior se había convertido en una bruma densa por culpa del aire frío que tocaba la superficie del lago y se elevaba.

Francoeur se había detenido junto a una pequeña arboleda. Podría haber pasado desapercibido en la tiniebla del bosque, pero un resplandor tenue de color azulado en la mano lo delató.

Gamache se detuvo y observó. El superintendente jefe estaba de espaldas a él y, con la cabeza inclinada sobre el dispositivo, daba la impresión de estar consultando una bola de cristal. Evidentemente, ése no era el caso: estaba escribiendo o leyendo un mensaje.

Uno tan secreto que había tenido que salir fuera del monasterio por miedo a que lo descubriesen. Sin embargo, había sucedido; el propio mensaje, en la oscuridad cerrada de la mañana, había hecho de faro. Lo había traicionado.

Gamache hubiera dado muchas cosas por hacerse con la BlackBerry.

Durante un momento se planteó cubrir a toda prisa la distancia que los separaba y arrebatarle el teléfono. ¿Qué nombre vería en la pantalla? ¿Qué era tan importante como para que Francoeur se arriesgara a topar con uno de los osos, lobos y coyotes que esperaban en el bosque a que algún ser vulnerable cometiese un descuido?

Gamache se planteó si el vulnerable era él mismo, si estaba cometiendo un error.

Aun así, continuó mirando. Hasta decidirse.

No podía conseguir el dispositivo y, aunque así fuera, éste no le contaría toda la historia. A esas alturas, Gamache necesitaba todos los detalles. «Paciencia —se dijo—. Paciencia.»

Y un cambio de táctica.

—Buenos días, Sylvain.

El inspector jefe estuvo a punto de sonreír al ver que la pantalla encendida daba una pequeña sacudida en la mano de Francoeur. Entonces, el superintendente jefe se volvió hacia él de golpe, y la expresión de Gamache perdió cualquier rastro de diversión. Francoeur no estaba furioso sin más: su mirada era asesina. Con el móvil aún encendido, su rostro adquirió un aspecto grotesco.

—¿A quién escribes? —preguntó Gamache con voz firme, y avanzó unos pasos.

En cambio, Francoeur parecía haber perdido el habla y, a medida que se acercaba, Gamache le detectó ira, pero también miedo. Su superior estaba aterrorizado.

Y el inspector jefe quiso hacerse con el teléfono más que nunca. Para ver de quién o para quién era el mensaje y también saber por qué la interrupción lo alteraba de aquel modo.

Estaba claro que lo que el superintendente más temía no era a Gamache.

En una fracción de segundo, Gamache supo que aquélla era su oportunidad y decidió agarrarle el móvil por sorpresa. Pero Francoeur había adivinado sus intenciones y, con un movimiento rápido, bloqueó el aparato y se lo guardó en el bolsillo.

Se miraron. Las bocanadas de aliento nublaban el aire como si entre ellos hubiese aparecido un fantasma.

—¿A quién escribías? —repitió Gamache.

No esperaba respuesta, pero quería dejarle bien claro que no podía seguir escondiéndose.

—¿O estabas leyendo un mensaje? Venga, Sylvain, estamos solos.

Abrió los brazos y miró a su alrededor.

—No hay nadie más.

Cierto. El silencio era tal que casi dolía; tenía la sensación de haber entrado en un vacío. Donde no había nada que oír. Y casi nada que ver. Hasta Saint-Gilbert-Entre-les-Loups había desaparecido: la niebla se había tragado el monasterio de piedra.

Sólo quedaban dos hombres en el mundo.

Y estaban el uno frente al otro.

Nos conocemos desde la academia, y desde entonces estamos persiguiéndonos —dijo Gamache—. Ya es hora de parar. ¿Qué está pasando?

—He venido a ayudar.

—No lo dudo, pero ¿a quién? A mí no. Y al inspector Beauvoir tampoco. ¿Quién te ha ordenado venir?

¿Era posible que en la última frase le hubiese fallado la voz, por poco que fuera?

—Llegas tarde, Armand —contestó Francoeur—. Has perdido tu oportunidad.

—Ya lo sé, pero no la he perdido ahora. El error lo cometí hace unos años, cuando estaba investigando al superintendente jefe Arnot. Debería haber esperado y haberlo arrestado cuando pudiese ir a por todos vosotros.

Francoeur no se molestó en replicar. Era demasiado tarde para que Gamache impidiese lo que estaba sucediendo, y también para que Francoeur negase los hechos.

—¿Hablabas con Arnot?

—Arnot va a estar en la cárcel de por vida, Armand. Ya lo sabes: lo metiste tú.

El inspector jefe sonrió, aunque era una sonrisa cansada.

—Y ambos sabemos que eso no significa nada. Un hombre como Arnot siempre consigue lo que quiere.

—No siempre —repuso Francoeur—. Lo de arrestarlo, llevarlo a juicio y condenarlo no fue idea suya.

Era excepcional que Francoeur admitiese que Gamache, por un momento, había vencido a Arnot. Sólo que después el inspector jefe había dado un traspié. No había rematado la faena. No se había dado cuenta de que había más porquería que limpiar.

Así que la podredumbre había resistido y se había extendido.

Arnot era una figura poderosa, y eso no se le escapaba a Gamache. Tenía amigos influyentes y sus contactos iban mucho más allá de los muros de la prisión. El inspector jefe había tenido la oportunidad de matarlo, pero había escogido no hacerlo. Y a veces, de vez en cuando, se preguntaba si eso no había sido otro error.

De pronto se dio cuenta de otra cosa. Francoeur no estaba enviando mensajes de texto a Arnot. Ese nombre, aunque a Francoeur le suscitaba respeto, no le provocaba terror. Se trataba de otra persona. Alguien con más poder que el superintendente jefe. Incluso más que Arnot.

—¿A quién escribías, Sylvain? —preguntó Gamache por tercera vez—. No es demasiado tarde. Dímelo y acabaremos con esto juntos.

El inspector jefe hablaba con voz firme, razonable. Le tendió la mano.

—Dame eso. Dame la contraseña. Con eso basta, todo habrá acabado.

Le dio la sensación de que Francoeur dudaba. Se tocó el bolsillo, pero entonces dejó caer la mano a un costado, vacía.

—Lo has vuelto a entender mal, Armand. No hay una gran conspiración, son todo imaginaciones tuyas. Estaba escribiendo a mi esposa, igual que me imagino que haces tú con la tuya.

—Dámelo, Sylvain —ordenó Gamache, sin prestar atención a la mentira. Alargó el brazo sin quitar ojo a su superior—. Debes de estar cansado, exhausto, pero enseguida acabará todo.

Ambos se miraron a los ojos.

—¿Quieres a tus hijos, Armand?

De repente sintió como si aquella pregunta lo empujara; durante unos instantes, Gamache tuvo la sensación de que perdía el equilibrio, pero en lugar de responder, continuó mirándolo.

—Claro que los quieres —afirmó Francoeur sin rastro de rencor en la voz.

Como si fuesen viejos amigos charlando en una cervecería de Saint-Denis con un whisky escocés delante.

—¿Qué estás diciendo? —exigió Gamache sin la amabilidad de antes, notando cómo perdía la razón, cómo se le escapaba hacia el bosque denso y oscuro—. No metas a mi familia en esto.

El habla de Gamache se había convertido en un gruñido grave, y la parte de su mente que aún razonaba se dio cuenta de que la criatura salvaje que él creía que vagaba entre los árboles no estaba allí fuera, sino en su propio pellejo. Ante la mera insinuación de una amenaza a su familia, se había convertido en una bestia feroz.

—¿Sabes que tu hija y tu inspector están liados? A lo mejor no lo tienes todo tan controlado como crees. Si no te has dado cuenta de algo así, ¿qué más se te habrá pasado?

La rabia que Gamache había intentado controlar murió de golpe con esas palabras. Y algo glacial la sustituyó. Algo ancestral.

Armand Gamache se quedó callado y también percibió un cambio en Francoeur. El superintendente jefe sabía que había ido demasiado lejos. Que había pisado terreno pantanoso.

Gamache estaba al tanto de lo de Jean-Guy y Annie. Lo sabía desde hacía meses. Desde el día que Reine-Marie y él habían ido a visitar a Annie y habían visto el jarrón de lilas en la mesa de la cocina.

Lo sabían y estaban inmensamente felices por ella, que amaba a Jean-Guy desde el momento en que se habían conocido, hacía más de una década. Y también por Jean-Guy, pues era evidente que amaba a su hija.

Y por ellos mismos, que los querían a ambos.

Los Gamache les habían dado espacio. No dudaban de que Annie y Jean-Guy se lo contarían cuando estuviesen preparados. Sí, el inspector jefe lo sabía, pero ¿cómo se había enterado Francoeur? Alguien debía de habérselo dicho. Y si no habían sido Jean-Guy ni Annie...

—Las notas de las sesiones de terapia —dijo Gamache—. Has leído los informes de la terapia de Beauvoir.

Después del asalto a la fábrica, todos habían recibido ayuda. Todos los supervivientes. Y ahora Gamache sabía que Francoeur no sólo había violado la intimidad de Jean-Guy, sino también la suya. Y la de todos los demás. Todo lo que le habían confiado a la terapeuta, lo sabía aquel hombre. Sus pensamientos más profundos, sus inseguridades. Las cosas que les gustaban y las que los atemorizaban.

Y todos sus secretos. Incluyendo la relación de Jean-Guy con Annie.

—No metas a mi hija en esto —le advirtió Gamache.

Estaba tratando con todas sus fuerzas de reprimir un gesto: estirar el brazo. No para alcanzar la BlackBerry de Francoeur, sino para agarrarlo por el pescuezo. Para sentir las pulsaciones de la arteria hasta que se debilitase y dejase de palpitar.

Podía hacerlo y lo sabía. Podía matar a ese hombre. Abandonar el cadáver a los lobos y los osos. Regresar al monasterio y decirle al hermano Luc que el superintendente jefe había ido de paseo. Que no tardaría mucho.

Qué fácil sería, qué bien le sentaría. Cuánto mejor sería el mundo si los lobos arrastraran a aquel hombre al corazón del bosque. Y lo devorasen.

«¿Nadie va a librarme de este cura entrometido?»

Recordó las palabras del rey y, por primera vez en la vida, las comprendió por completo. Comprendió que alguien fuera capaz de cometer un asesinato.

Un mal lo había alcanzado. Algo frío, calculador, rotundo. Lo había abrumado de tal manera que las consecuencias lo traían sin cuidado. Sólo quería que su superior desapareciese.

Dio un paso adelante, pero se detuvo. Él mismo estaba desoyendo todas las advertencias que le había hecho a Beauvoir. Había dejado que Francoeur se le metiese dentro hasta el punto de que un hombre que había dedicado la vida a evitar los asesinatos estaba considerando seriamente cometer uno.

Gamache cerró los ojos un momento y, cuando los abrió de nuevo, se echó hacia delante y le habló a Francoeur a la cara, susurrando con una calma absoluta.

—Te has pasado, Sylvain. Has sacado a la luz demasiadas cosas. Has dicho demasiado. Antes dudaba, pero ahora ya no.

—Tuviste tu oportunidad, Armand. Cuando arrestaste a Arnot. Sin embargo, dudaste, igual que ahora. A lo mejor podrías haberme arrebatado el teléfono, podrías haber leído el mensaje. Pero ¿por qué crees que estoy aquí? ¿Por ti?

Gamache pasó junto a Francoeur en dirección a los árboles para alejarse del monasterio. Siguió el camino hasta la orilla del lago y miró hacia el agua y el alba que se insinuaba en la distancia. Con el amanecer llegaría el barquero para llevarse a Beauvoir a Montreal. Y entonces se quedaría a solas con el superintendente jefe: por fin podrían zanjar el asunto.

Todos los mares tenían su costa, Gamache lo sabía. Llevaba mucho tiempo en el mar y por fin creía ver el puerto. El final del viaje.

—Buenos días.

Enfrascado en sus pensamientos, el inspector jefe no lo había oído llegar. Se volvió de golpe y vio que el hermano Sébastien lo saludaba con la mano.

—He venido a pedirle perdón por marcharme de la iglesia de esa manera esta mañana.

El dominico fue sorteando rocas hasta llegar a donde estaba el inspector jefe.

—No se preocupe —admitió Gamache—. He sido un grosero.

Ambos sabían que aquella disculpa era tan cierta como intencionada. Aguardaron unos minutos en las rocas de la orilla, escuchando el canto lejano de un somorgujo y, en mitad del silencio casi total, un pez saltó por encima del agua. Los árboles desprendían un olor dulce. A hojas perennes y a hojas caídas.

Gamache había estado pensando en el enfrentamiento con Francoeur, pero entonces se centró en el monasterio y en el asesinato del hermano Mathieu.

—Dice que le habían encargado encontrar a los gilbertinos para cerrar por fin el expediente que la Inquisición abrió hace siglos. Dice que la portada del disco de canto gregoriano los delató.

—Eso es.

Su entonación era plana, hasta el punto de que podría rebotar para siempre sobre la superficie del lago sin apenas rozarla.

—Pero creo que hay más, algo que no me ha contado. Ni siquiera la Iglesia les guardaría rencor durante tanto tiempo.

—No es rencor, es más bien interés.

El hermano Sébastien señaló la roca plana en la que Gamache estaba antes de pie, y se sentaron.

—Hijos perdidos. Hermanos a los que se ahuyentó durante un tiempo lamentable. Es un intento de reparar el daño. Dar con ellos y decirles que están a salvo.

—¿Y lo están? Nadie en su sano juicio cruzaría a remo un lago desconocido en mitad de un bosque, durante el ocaso y con niebla espesa. No a menos que tuviera que hacerlo. A menos que tuviera un látigo en la espalda o la promesa de un tesoro delante. O ambos. ¿Por qué ha venido? ¿Qué es lo que busca en realidad?

La luz iba inundando el cielo. Una luz fría y gris que no hacía mucho por penetrar la niebla. ¿Conseguiría llegar el barquero?

—Ayer hablamos de neumas, pero ¿sabe lo que son? —preguntó el dominico.

Aunque no se la esperaba, la pregunta no sorprendió del todo a Gamache.

—Fue el primer sistema de notación musical. Antes que notas, hubo neumas.

—Sí. Tendemos a pensar que el pentagrama siempre ha existido. Las claves, la clave de sol, las notas y las figuras musicales. Acordes y arpegios. Pero nada de eso apareció tal cual. Se crearon a partir de los neumas. La idea era imitar los movimientos de las manos, mostrar la forma del sonido.

El hermano Sébastien levantó una mano y la movió atrás y adelante, arriba y abajo. Surcó el aire frío del otoño con elegancia. Y mientras movía la mano, tarareaba.

Tenía una voz preciosa. Clara. Pura. Con una cualidad conmovedora. Y Gamache no pudo evitar sentir que se dejaba llevar por ella. Embelesado por el movimiento de la mano y por la calma que le producía el canto.

Hasta que ambos cesaron.

—La palabra «neuma» viene de «aliento» en griego. Los primeros monjes que escribieron los cantos creían que cuanto más hondo respiramos, más entra Dios en nuestro ser. Y no hay respiración más profunda que cuando cantamos. ¿Se ha dado cuenta alguna vez de que cuanto más hondo respira, más se calma? —preguntó el monje.

—Sí. Y también los hindúes y los budistas, e incluso los paganos desde hace milenios.

—Exacto. Todas las culturas, todas las creencias espirituales incluyen alguna forma de canto o meditación. Y la respiración es el elemento más importante.

—¿Y cuándo nacen los neumas? —preguntó Gamache.

Se había ladeado hacia el dominico y se sujetaba las manos para mantener el calor.

—Al principio, el canto llano se transmitía de forma oral, pero alrededor del siglo X, un monje decidió anotar las canciones. Y para eso tuvo que inventar el modo de escribir la música.

—Los neumas —aportó Gamache.

El monje asintió.

—Durante trescientos años, generaciones de monjes dejaron por escrito los cantos gregorianos. Para preservarlos.

—Eso he oído —dijo Gamache—. Y muchos monasterios recibían libros de cantos.

—¿Cómo lo sabe?

—Porque aquí tienen uno. Al parecer, no es uno de los más sobresalientes.

—¿Por qué lo dice?

—No lo digo yo —repuso Gamache—. Es lo que me contó el abad. Según él, la mayoría son ediciones iluminadas, de factura excelente. Pero sospecha que, como los gilbertinos que fundaron el monasterio eran una orden pequeña y muy pobre, acabaron con el equivalente del siglo X de un artículo con taras.

—¿Lo ha visto?

El hermano Sébastien se volvió hacia Gamache, y éste abrió la boca para hablar, pero la cerró de nuevo y observó al dominico.

—Ése es el motivo de su visita, ¿verdad? —aventuró Gamache al final—. No ha venido buscando a los gilbertinos, sino el libro.

—¿Lo ha visto? —repitió el hermano Sébastien.

—*Oui*. Lo he tenido en las manos.

No valía la pena negarlo, porque el libro no era ningún secreto.

—Dios mío... —exhaló el hermano Sébastien—. Dios mío.

Negó con la cabeza.

—¿Puede enseñármelo? Lo he estado buscando por todas partes.

—¿Por todo el monasterio?

—Por todo el mundo.

El dominico se levantó y se sacudió a golpes las ramitas y la tierra del hábito blanco.

Gamache también se puso en pie.

—¿Por qué no se lo ha preguntado al abad o a cualquiera de los demás monjes?

—Pensé que lo tendrían escondido.

—Pues no. Lo normal es que esté en el facistol de la iglesia para que todos puedan consultarlo.

—Allí no está.

—Es porque lo tiene uno de los monjes, para estudiarlo.

Mientras hablaban, habían recorrido el camino de vuelta hasta el monasterio y ya habían llegado a la puerta de madera. Gamache llamó y, al cabo de un momento, oyeron que el pasador se deslizaba y que la llave giraba en la cerradura. Entraron. En contraste con el frío de fuera, el ambiente del monasterio les resultó cálido. El dominico ya iba por la mitad del vestíbulo cuando Gamache lo llamó.

—El hermano Sébastien.

El monje se detuvo y se volvió con ademán impaciente.

Gamache le señaló al hermano Luc, que estaba de pie en la portería.

—¿Qué pasa?

Pero entonces el dominico cayó en lo que le quería decir el inspector jefe. Empezó a deshacer el camino; al principio iba deprisa, pero a medida que se acercaba a la garita, frenó la marcha.

Parecía reacio a dar el último paso. Tal vez por miedo a una posible decepción, pensó Gamache. O tal vez se estuviese dando cuenta de que no quería que la búsqueda terminara. Porque, en ese caso, ¿qué haría?

Si el misterio se resolvía, ¿qué otro propósito encontraría?

El hermano Sébastien se detuvo frente al umbral de la portería.

—¿Le importaría, hermano —preguntó el dominico con formalidad, casi con solemnidad—, dejarme ver el libro de cantos?

Gamache era consciente de que, en su día, la Inquisición habría actuado de otro modo. Habría cogido el libro sin más ceremonia y tal vez incluso quemado al joven monje que lo tenía en su haber.

El hermano Luc se hizo a un lado.

Y el perro del Señor dio los últimos pasos de un viaje que había comenzado cientos de años y miles de kilómetros antes. A manos de monjes fallecidos desde hacía mucho.

Entró en el cuartucho lóbrego y miró el libro grande de encuadernación sencilla que había sobre la mesa. Mantuvo la palma de la mano suspendida sobre la cubierta y, al cabo de unos instantes, cuando lo abrió, cogió aire.

Y lo soltó.

—Es éste.

—¿Cómo lo sabe? —preguntó Gamache.

—Por esto.

El monje cogió el libro y lo sostuvo entre los brazos.

Gamache se puso las gafas de leer y se acercó. El hermano Sébastien le señalaba la primera palabra de la primera página. Justo encima había un neuma, pero donde estaba el dedo, no había más que un punto.

—¿Eso? —Gamache se extrañó, y lo señaló también—. ¿Ese punto?

—Ese punto —confirmó el hermano Sébastien con una expresión maravillada y estupefacta—. Helo aquí: el primer libro de canto gregoriano. Y ésta —añadió, y levantó un ápice el dedo de la página— es la primera nota musical de la historia. No sé cómo, pero Gilberto de Sempringham debió de hacerse con el tomo en el siglo XII —explicó el dominico, aunque le hablaba a la página y no a los hombres a su alrededor—. Tal vez fuese un regalo, una muestra de agradecimiento de la Iglesia por su lealtad a Tomás de Canterbury. Pero Gilberto no podía saber el valor que tenía. En aquel momento, nadie era consciente de ello. No podían haber sabido que era único en el mundo. O que acabaría siéndolo.

—Pero ¿qué es lo que lo convierte en único? —preguntó Gamache.

—El punto. Que no es un punto.

—¿Y qué es?

A Gamache le parecía un punto. Pocas veces se había sentido tan tonto como desde su llegada a Saint-Gilbert.

—Es la clave.

Ambos miraron al joven portero, que acababa de hablar.

—El punto de partida.

—¿Lo sabías? —preguntó el hermano Sébastien al hermano Luc.

—Al principio no —admitió Luc—. Sólo sabía que aquí los cantos son diferentes de los que he escuchado y cantado en otras partes, pero no el motivo. Hasta que el hermano Mathieu me lo explicó.

—¿Y él era consciente de que este libro tiene un valor incalculable? —preguntó el dominico.

—No creo que él lo viese así, pero debía de saber que era único. Y contaba con la experiencia suficiente para darse cuenta de que ninguno de los otros, entre colecciones y tratados, contaban con el punto. Y sabía qué significaba.

—¿Y qué significa? —preguntó Gamache.

—El punto es la piedra de Rosetta de la música —explicó el hermano Sébastien, y se dirigió a Luc—. Lo has llamado «clave», y eso es justo lo que es. Todos los demás cantos se acercan; es como llegar a este monasterio y no conseguir entrar. Sólo puedes aspirar a recorrer el exterior.

Estás cerca, pero no dentro. Pero esto —continuó, y señaló la página— es la llave que abre la puerta de los cantos. Nos permite penetrar la mente y la voz de los primeros monjes. Con esto podemos saber cómo sonaban de verdad. Cómo suena de verdad la voz de Dios.

—Pero ¿cómo? —insistió Gamache, intentando no exasperarse.

—Explícaselo tú —invitó el hermano Sébastien al joven gilbertino—, es vuestro libro.

El hermano Luc se sonrojó con orgullo y miró al dominico casi con adoración. No sólo por incluirlo en la conversación, sino también por tratarlo como a un igual.

—No es un simple punto —aclaró el hermano Luc, dirigiéndose a Gamache—. Si encontrásemos un mapa del tesoro con todas las indicaciones pero no especificase por dónde empezar, sería inútil. El punto marca el lugar desde el que se parte. Nos dice cuál debería ser la primera nota.

Gamache miró el libro que el hermano Sébastien sostenía abierto.

—Creía que ésa era la función de los neumas —repuso, y señaló la primera virgulilla que había sobre la primera palabra de tinta descolorida.

—No —respondió Luc con paciencia.

Cuando trabajaba con algo que conocía y amaba, se convertía en un maestro nato.

—Sólo nos dice cuánto elevar la voz, pero no desde dónde. Este punto está en mitad de la letra; o sea, que la melodía debería empezar en una de las notas del medio y subir.

—No es muy preciso —comentó Gamache.

—Es un arte, no una ciencia —afirmó el hermano Sébastien—. Es lo más cerca que podemos y necesitamos estar.

—Si el punto tiene tanta relevancia, ¿por qué no aparece en todos los libros?

—Buena pregunta —admitió el dominico—. Creemos que éste —dijo, sopesando el tomo— lo escribieron monjes músicos, y que otros lo copiaron. Escribas. Hombres de letras que no apreciaban la importancia del punto. Puede que incluso pensasen que era un error, un borrón.

—¿Y lo omitieron? —preguntó Gamache.

El dominico asintió despacio.

Siglos de búsqueda, casi una guerra santa, generaciones de monjes dedicados a encontrarlo. Todo por la desaparición de un punto y por los hermanos que lo habían tomado por un error.

—En la vitela que encontramos con el cadáver del prior aparece el punto —dijo Gamache.

El hermano Sébastien miró al inspector jefe, interesado.

—Vaya, se ha dado cuenta.

—Sólo porque usted puso el dedo encima, como queriendo ocultarlo.

—En efecto, eso pretendía —admitió el monje—. Tenía miedo de que alguien más descubriese su relevancia. Quienquiera que lo escribiese conocía la existencia del libro de cantos original. Y había compuesto una pieza del mismo estilo. Incluyendo la clave.

—Pero eso no nos ayuda a acotar la lista de sospechosos —se lamentó Gamache—. Todos los gilbertinos conocen el libro. Copian los cantos. Deben de saber que el punto está ahí y para qué sirve.

—Pero ¿saben todos que lo convierte en algo de valor incalculable? —preguntó el dominico—. De hecho, no es que sea inestimable, es que no tiene precio.

Luc negó con la cabeza.

—Sólo el hermano Mathieu lo habría sabido, y a él le daba igual. Para él, sólo tenía valor por la música. Nada más.

—Usted también lo sabía —apuntó Gamache.

—Lo del punto sí, pero no que su valor fuera incalculable —contestó el hermano Luc.

Gamache se preguntó si al fin había dado con el móvil. ¿Era posible que uno de los monjes se hubiera enterado de que aquel libro destartalado valía una fortuna? ¿De que el tesoro que había entre los muros del monasterio no estaba escondido, sino a plena luz del día, simple y llanamente?

¿Había muerto el prior por haberse interpuesto entre ese monje y una fortuna?

Gamache miró al dominico.

—¿Por eso ha venido? ¿No por los hermanos perdidos, sino por el libro perdido? No fue el dibujo de la portada del disco lo que los delató, fue la propia música.

La verdad salía a la luz. El monje había seguido los neumas hasta allí. Durante cientos de años, la Iglesia había estado buscando el punto de partida. Y, sin ser conscientes de ello, el disco de canto gregoriano se lo había proporcionado.

El hermano Sébastien parecía estar sopesando su respuesta y al final asintió.

—Cuando el Santo Padre escuchó el disco, lo supo de inmediato. Es igual que el canto gregoriano que se canta en todos los demás monasterios del mundo, sólo que divino.

—Sagrado —convino el hermano Luc.

Los dos monjes clavaron una mirada intensa en el inspector jefe. Su fervor era alarmante. Fervor por un punto.

Al principio.

El bello misterio había sido resuelto, al fin.

TREINTA Y TRES

Después del desayuno, Gamache fue a hablar con el abad. No sobre el libro de cantos ni sobre su valía, eso prefirió no mencionarlo, de momento, sino sobre otro tema que tenía un valor incalculable para él.

—¿Ha conseguido contactar con el barquero?

El abad asintió.

—Han hecho falta un par de intentos, pero el hermano Simon al final ha podido hablar con él. Está esperando a que la niebla se disipe, pero es optimista y cree que llegará antes de mediodía. No se preocupe por eso —lo tranquilizó dom Philippe, que de nuevo había acertado al interpretar las arrugas que se formaban en el rostro de Gamache—. Vendrá.

—Gracias, padre.

Cuando el abad y los demás fueron a prepararse para laudes, Gamache miró la hora. Eran las siete y veinte. Cinco horas más. Sí, el barquero llegaría, pero ¿qué encontraría al amarrar en el embarcadero?

Jean-Guy no había acudido a desayunar, así que Gamache cruzó la iglesia a grandes zancadas y salió por la puerta del otro extremo. De camino hacia el siguiente oficio, algunos de los monjes lo saludaron por el pasillo con un gesto de la cabeza.

El inspector jefe miró en el despacho del prior, pero estaba vacío. Entonces llamó a la puerta de Beauvoir y entró sin esperar respuesta.

Jean-Guy estaba tumbado en la cama con la ropa del día anterior. Sin afeitar, desaliñado. Con cara de sueño, se apoyó en uno de los codos.

—¿Qué hora es?

—Casi las siete y media. ¿Qué te pasa, Jean-Guy?

Gamache se quedó de pie a los pies de la cama mientras Beauvoir se esforzaba por incorporarse.

—Nada, que estoy cansado.

—¿Seguro que es sólo eso?

Miró con atención al hombre al que conocía tan bien.

—¿Te has tomado algo?

—¿En serio? Estoy limpio, sobrio. ¿Cuántas veces voy a tener que demostrárselo? —le espetó Beauvoir.

—No me mientas.

—No le miento.

Se miraron. «Cinco horas —pensó Gamache—. Cinco horas, nada más. Podemos hacerlo.» Escaneó el cuarto minúsculo, pero no vio nada fuera de lugar.

—Vístete, por favor. Necesito que me acompañes a laudes.

—¿Por qué?

Gamache mantuvo la calma.

—Porque yo te lo pido.

Hubo un silencio.

Entonces Beauvoir cedió.

—De acuerdo.

Gamache se marchó y, al cabo de unos minutos, Beauvoir se dio una ducha rápida, se dirigió a la iglesia y entró justo cuando empezaban a cantar. Se dejó caer en el banco junto al inspector jefe sin decir ni palabra. Estaba furioso porque su superior le había dado órdenes. Porque lo había cuestionado. Porque había dudado de él.

Como siempre, las voces empezaron a oírse a lo lejos. Un comienzo distante pero perfecto. Y fueron acercándose. Beauvoir cerró los ojos.

«Respira hondo —se dijo—. Inspira, espira.»

Era como si estuviese respirando la melodía. Arrastrándola a su interior. Los neumas parecían más livianos que las notas negras y redondas: tenían alas. Sintió que se le aligeraba el ánimo, pero la cabeza le daba vueltas. Estaba saliendo del estupor. Y también del agujero en el que había caído.

Mientras escuchaba, no sólo oía las voces, sino también la respiración de los monjes, coordinada. Inspiraban hondo y cantaban al espirar.

«Respira hondo. Inspira, espira.»

Y antes de que se diese cuenta, laudes había concluido y los monjes se habían marchado; no quedaba ninguno.

Beauvoir abrió los ojos. La iglesia estaba sumida en un silencio total, se había quedado solo. Salvo por el inspector jefe.

—Tenemos que hablar —dijo Gamache en voz baja y sin mirarlo, con la vista al frente—. Pase lo que pase, todo saldrá bien.

Su voz transmitía seguridad, era amable y tranquilizadora. Beauvoir notó que se dejaba llevar por ella y entonces se dio cuenta de que se inclinaba hacia delante. De que perdía el control. Vio que se desplomaba sobre el respaldo del siguiente banco, pero no pudo hacer nada por evitarlo.

Las manos fuertes de Gamache lo sujetaron por el pecho para detenerlo. Lo sostuvieron. Oyó que esa voz familiar pronunciaba su nombre. No decía «Beauvoir». Ni «inspector».

Decía «Jean-Guy». «Jean-Guy.»

Sintió que se caía hacia un lado, sin fuerzas, y que se le quedaban los ojos en blanco. Justo antes de perder el conocimiento, vio prismas de luz que llegaban de arriba, y notó el roce de la chaqueta del inspector jefe en la mejilla. El olor de la madera de sándalo y el agua de rosas.

Beauvoir abrió los ojos un instante, pero le pesaban demasiado los párpados. Y los cerró.

Armand Gamache cogió a Jean-Guy en brazos y atravesó la iglesia deprisa.

«No te lleves a este hijo tuyo.»

«No te lleves a este hijo tuyo.»

—No me dejes, hijo —musitó una y otra vez, hasta que llegaron a la enfermería.

—¿Qué ha ocurrido? —preguntó el hermano Charles cuando Gamache tendió a Jean-Guy en la camilla.

Ni rastro del monje jovial y relajado. El doctor se había hecho cargo de la situación y con una mano ya le buscaba el pulso al inspector y le levantaba los párpados sin perder el tiempo.

—Creo que se ha debido de tomar algo, pero no sé el qué. Estuvo enganchado a los analgésicos, pero ya lleva meses limpio.

El médico hizo una evaluación rápida del paciente; le miró los ojos y le comprobó el pulso. Le levantó el jersey para auscultarle mejor el pecho y, de inmediato, se detuvo y miró al inspector jefe.

Tenía una cicatriz en el abdomen.

—¿A qué analgésicos?

—A la oxicodona —respondió Gamache, y vio la preocupación reflejada en el rostro del monje—. Le dispararon. Le recetaron el fármaco para el dolor.

—Jesús... —murmuró el monje entre dientes—. No hay manera de saber si lo que se ha tomado es oxicodona. Dice que está limpio, pero ¿está seguro?

—Estoy seguro de que así era cuando llegamos. Conozco a este hombre, lo conozco bien. Si hubiese recaído, me habría dado cuenta.

—Pues esto tiene pinta de sobredosis. Respira y sus constantes vitales son fuertes; así que, sea lo que sea, no ha tomado la cantidad suficiente como para matarlo, pero ayudaría si supiéramos qué pastillas son.

El hermano Charles puso a Beauvoir de costado por si vomitaba, y Gamache le registró los bolsillos. Los tenía vacíos.

—Enseguida vuelvo —dijo el inspector jefe.

Antes de dirigirse hacia la puerta, le tocó la cara a Beauvoir y le notó la piel húmeda y fría. Dio media vuelta y salió de la enfermería.

Miró la hora mientras sus largas piernas se ocupaban de llevarlo por el pasillo y de dejar atrás a los monjes que lo miraban con sorpresa. Eran las ocho de la mañana: cuatro horas. El barquero llegaría al cabo de cuatro horas. Siempre que la niebla se disipase.

La luz alborozada aún no había hecho acto de presencia; a través de las ventanas altas apenas entraban los rayos tenues del sol, y Gamache no distinguía si el cielo empezaba a despejarse o si continuaba encapotado.

Cuatro horas.

Pensaba marcharse con Beauvoir. Lo había decidido. Tanto si resolvía el asesinato como si no. Según el médico, Jean-Guy no corría ningún riesgo, pero él sabía que el peligro continuaba acechando.

No tardó en dar con el frasco de pastillas en la celda de Beauvoir. Estaba debajo de la almohada; escondido, aunque mal. Claro que Jean-Guy no tenía previsto perder el conocimiento. No contaba con que alguien le registraría el dormitorio.

Gamache cogió el bote con un pañuelo.

Oxicodona. Pero la etiqueta no llevaba el nombre del inspector. De hecho, no llevaba ningún nombre: mostraba tan sólo el del fabricante y el del fármaco, además de la dosis.

Se lo guardó en el bolsillo y, a continuación, buscó por toda la celda. En la papelera halló una nota.

«Tomar en caso de necesidad.» Y una firma. Con mucho cuidado y más precisión de la necesaria, dobló la hoja de papel y, al pasar por la ventana, echó un vistazo a la niebla.

Sí, estaba despejando.

En la enfermería, el hermano Charles hacía tareas administrativas y comprobaba el estado de Beauvoir cada pocos minutos. La respiración superficial y rápida había dado paso a otra más regular. Más profunda. El inspector de la Sûreté había pasado de estar sin conocimiento a estar dormido, simplemente.

Calculaba que se despertaría al cabo de una hora, sediento, con dolor de cabeza y cierta ansiedad, y no lo envidió.

El monje levantó algo la vista y se sobresaltó. Armand Gamache estaba junto a la entrada y, mientras lo miraba, cerró la puerta despacio.

—¿Las ha encontrado? —preguntó el médico.

El inspector jefe lo observaba con una expresión que le daba mala espina.

—Sí, debajo de la almohada.

El hermano Charles extendió la mano para recibir el frasco, pero Gamache no se movió. Continuó contemplándolo hasta que el monje apartó la vista, incapaz de soportar la intensidad y dureza de su mirada.

—También he encontrado esto.

Gamache le mostró la nota y, cuando el monje fue a cogerla, el inspector jefe se lo impidió. El hermano Charles la leyó suspendida en el aire entre ambos, y después miró al inspector jefe a los ojos.

El monje estaba boquiabierto, pero de él no salía palabra alguna. Se sonrojó sobremanera y volvió a mirar la nota que sostenía Gamache.

Su propia letra. Y su firma.

—Pero yo no... —intentó explicar, y se ruborizó todavía más.

El inspector jefe Gamache bajó la hoja de papel y se acercó a Beauvoir. Una vez que estuvo a su lado, le puso una mano en el cuello para tomarle el pulso. El doctor se dio cuenta de que se trataba de un gesto muy practicado. Un gesto natural. Para un jefe de Homicidios. Determinar si el sujeto estaba vivo o muerto.

Entonces se volvió hacia el médico.

—¿Ésta es su letra? —preguntó, y señaló la nota con la barbilla.

—Sí, pero...

—¿Y su firma?

—Sí, pero...

—¿Le ha dado usted estas pastillas al inspector Beauvoir?

Gamache se metió la mano en el bolsillo y sacó el frasco envuelto en el pañuelo.

—No, yo no le he dado ningún fármaco. Déjeme ver.

El doctor tendió una mano, pero Gamache apartó el bote, de modo que tuvo que inclinarse para leer la etiqueta.

Después de examinarla, dio media vuelta y se dirigió al armario de las medicinas, que abrió con la llave que guardaba en el bolsillo.

—Suelo tener reserva de oxicodona, pero tan sólo para casos de emergencia extrema. No acostumbro a recetarlo: es una porquería. El inventario está completo; si quiere ver lo que he pedido y cuándo, y a quién se lo he recetado, hay constancia de todo. Y no me falta nada.

—La documentación se puede falsificar.

El médico asintió y le entregó un botecito pequeño de pastillas al inspector jefe, que se puso las gafas y lo examinó.

—Como ve, inspector jefe, las pastillas son las mismas, pero la dosis y el proveedor no. Yo nunca tengo de tantos miligramos. Y conseguimos todos los medicamentos de un proveedor de Drummondville.

Gamache se quitó las gafas.

—¿Tiene alguna explicación para la nota?

Ambos miraron de nuevo el papel que Gamache sostenía.

«Tomar en caso de necesidad.» Y la firma del doctor.

—Debí de escribirla para otra persona, y quienquiera que le dejase la oxicodona al inspector debió de encontrarla y aprovecharla.

—¿A quién le ha recetado algo en los últimos días?

El médico fue a consultar el registro de pacientes, aunque ambos sabían que no era necesario. La comunidad era pequeña y los casos debían de ser muy recientes. Lo más probable era que el hermano Charles los recordase sin ayuda de la documentación.

Aun así, lo comprobó y regresó.

—Debería exigirle una orden antes de revelarle la información que consta en la documentación médica —amenazó, pero ambos sabían que no lo haría.

Sólo serviría para retrasar lo inevitable, y ninguno de los dos quería pasar por eso. Además, el monje no deseaba someterse de nuevo a esa mirada fría y dura.

—Al abad. Dom Philippe.

—Gracias.

Gamache se acercó una vez más a la camilla y miró al inspector a la cara; seguía durmiendo. Tras arroparlo bien con la manta, fue hacia la puerta.

—¿Puede decirme de qué era la receta?

—De un tranquilizante suave. El abad no ha dormido bien desde la muerte del hermano Mathieu. Como necesitaba estar operativo, vino a pedirme ayuda.

—¿Le había recetado tranquilizantes en alguna otra ocasión?

—No, nunca.

—¿Y a algún otro hermano? ¿Tranquilizantes, pastillas para dormir, fármacos para el dolor...?

—De vez en cuando, pero bajo estricta vigilancia.

—¿Sabe si el abad se los ha tomado?

El doctor negó con la cabeza.

—No, no lo sé. Lo dudo. Prefiere meditar a medicarse. Todos lo preferimos. Pero él quería tener algo a mano, por si acaso. La nota la escribí para él.

Armand Gamache llegó a la iglesia, pero en lugar de atravesarla, se detuvo en el interior y se sentó en el último banco. No a rezar, sino a pensar.

Si el médico decía la verdad, alguien había encontrado la nota y la había usado para hacer creer a Beauvoir que las pastillas se las había recetado el monje. El inspector jefe quería convencerse a sí mismo de que su segundo al mando no sabía lo que tomaba, pero la etiqueta del frasco decía bien claro que se trataba de oxicodona.

Beauvoir lo sabía. Y, aun así, se las había tomado. Nadie lo había obligado, aunque lo habían tentado. Gamache miró hacia el presbiterio, que en los pocos minutos que llevaba allí sentado había cambiado. De arriba caían serpentinas de luz como acróbatas luminosos.

La niebla estaba desapareciendo. El barquero los iría a recoger. Miró el reloj: quedaban dos horas y media. ¿Tenía tiempo suficiente para hacer lo que era necesario? Entonces se dio cuenta de que en la iglesia había alguien más, sentado en silencio en un banco, junto a la pared de la nave. Quizá no estuviera tratando de ocultarse, pero tampoco se había sentado en cualquier sitio.

Era el dominico, que descansaba bajo los prismas de luz con un libro sobre las rodillas.

En ese instante, el inspector jefe supo lo que debía hacer, por mucho que le desagradase.

Jean-Guy Beauvoir fue consciente de su boca antes que de cualquier otra cosa. Enorme y forrada de barro y pelo. La abrió y la cerró. El sonido fue colosal. Un ruido espeso y mojado, como cuando comía su abuelo, cuando ya era muy mayor.

Se oyó la respiración, cuyo volumen tampoco era natural.

Por último, abrió un ojo con mucho esfuerzo. Era como si le hubieran pegado el otro con cola. Por una rendija, vio a Gamache sentado en una silla de madera que había acercado a la camilla.

A Beauvoir lo invadió el pánico durante un instante. ¿Qué había ocurrido? La última vez que había visto al inspector jefe sentado junto a su cama, él se encontraba herido de gravedad; herido, casi, de muerte. ¿Había ocurrido de nuevo?

No se lo parecía. No se sentía igual. Estaba agotado, casi entumecido, pero no le dolía nada. Sólo notaba un malestar sordo en lo más profundo de su ser.

Observó lo quieto que estaba el inspector jefe. Tenía las gafas puestas y leía. La vez anterior, en el hospital de Montreal, Gamache también había estado herido. Y cuando Beauvoir había despertado y había sido consciente de lo que lo rodeaba, su rostro lo había impactado.

Lo tenía cubierto de magulladuras, y llevaba la frente vendada. Y cuando se levantó para acercarse a él, Jean-Guy lo había visto estremecerse de dolor antes de sustituir la mueca por una sonrisa.

«¿Estás bien, hijo?», le había preguntado en voz baja.

Y Beauvoir no había sido capaz de hablar. Había notado que se quedaba dormido de nuevo, pero miró aquellos ojos de color marrón oscuro todo el tiempo que pudo antes de dejarse llevar.

Ahora, en la enfermería del monasterio, observó al inspector jefe.

No estaba magullado y, aunque siempre tendría una cicatriz sobre la sien izquierda, ahora no tenía heridas. Se había curado.

En cambio, Beauvoir no.

De hecho, le daba la impresión de que cuanto más sano estaba su superior, más débil se sentía él. Tal vez Francoeur tuviera razón, y Gamache estaba absorbiéndole la energía. Aprovechándose de él hasta que ya no le sirviera de nada. En beneficio de Isabelle Lacoste, a quien había ascendido a su mismo rango.

Sin embargo, sabía que nada de eso era cierto. Se arrancó los ganchos que esa idea le había clavado en la piel y vio cómo se la llevaba el viento. Aunque la herida que producían pensamientos como aquél era demasiado profunda.

—Buenos días.

El inspector jefe lo miró y vio que Jean-Guy había abierto los ojos.

—¿Cómo te encuentras?

Se acercó a la cama y sonrió.

—Estás en la enfermería.

Jean-Guy intentó incorporarse, pero no lo consiguió hasta que su superior lo ayudó. No tenían compañía. El médico había ido al servicio de las once y había dejado a Gamache a solas con su inspector.

Le levantó el cabecero de la cama, le puso más almohadas y lo ayudó a beber un vaso de agua, todo sin mediar palabra. Beauvoir empezó a sentirse humano de nuevo y la confusión fue disipándose; despacio al principio y con una rápida sucesión de imágenes después.

El inspector jefe se sentó y cruzó las piernas.

No lo miraba serio ni con enfado ni con reprobación, pero quería respuestas.

—¿Qué ha pasado? —le preguntó al final.

Beauvoir no contestó; se limitó a contemplar con consternación cómo su jefe sacaba el pañuelo del bolsillo y lo abría.

Jean-Guy asintió y cerró los ojos. Estaba tan avergonzado que no podía mirarlo. Y si no podía enfrentarse a él, ¿cómo iba a dar la cara ante Annie?

Sólo de pensarlo se sintió tan mal que creyó que iba a vomitar.

—No pasa nada, Jean-Guy. Ha sido un descuido, sólo eso. Te llevaremos a casa y conseguiremos ayuda. No ha ocurrido nada que no tenga remedio.

Beauvoir abrió los ojos y vio a Armand Gamache mirándolo, no con lástima, sino con determinación y confianza. Todo saldría bien.

—Sí, patrón —consiguió decir.

Incluso se lo creyó. Creyó que podía dejar todo aquello atrás.

—Dime qué ocurrió.

Gamache guardó el frasco y se echó hacia delante.

—Estaba allí, en la mesita de noche, con la nota del médico. Pensé que...

«Pensé que era una receta. Pensé que no pasaba nada, porque me las había dado el doctor. Pensé que no tenía opción.»

Le sostuvo la mirada al inspector jefe, y vaciló.

—No lo pensé. Las quería. No sé por qué, pero sentía que necesitaba tomármelas y de pronto las vi allí y lo hice.

El inspector jefe asintió y dejó que Beauvoir se serenase.

—¿Cuándo ha pasado? —preguntó Gamache.

Beauvoir tuvo que pensarlo. ¿Cuándo había sido? Hacía semanas, seguro. Meses. Toda una vida.

—Ayer por la tarde.

—No fue el doctor quien te las llevó. ¿Tienes idea de quién pudo haber sido?

Beauvoir se sorprendió. Ni siquiera se había planteado aquella opción; daba por sentado que eran de parte del médico. Respondió que no con la cabeza.

Gamache se levantó y le sirvió otro vaso de agua.

—¿Tienes hambre? Puedo ir a buscarte un sándwich.

—No, patrón. Gracias. Estoy bien.

—El abad ha llamado al barquero, y llegará en poco más de una hora. Nos iremos los dos juntos.

—¿Y el caso? ¿Qué pasa con el asesinato?

—En una hora pueden suceder muchas cosas.

Beauvoir miró a Gamache mientras éste se marchaba. Sabía que el inspector jefe tenía razón: en una hora podían suceder muchas cosas. Y también se podían desmoronar.

TREINTA Y CUATRO

Armand Gamache se sentó en el primer banco y observó a los monjes durante la misa de las once. De vez en cuando cerraba los ojos y rezaba por que el plan funcionase.

Menos de una hora, pensó. De hecho, era posible que el barquero ya estuviese en el muelle. Gamache observó al abad levantarse del banco y caminar hasta el altar, donde hizo una genuflexión y entonó unos cuantos versos de una oración en latín.

Entonces, uno a uno, el resto de la comunidad se le unió.

Llamada, respuesta. Llamada, respuesta.

Hubo un momento en el que se interrumpió todo el sonido y éste dio la sensación de quedar suspendido en el aire. No fue un silencio, sino una inspiración profunda y colectiva.

Entonces todas las voces se unieron en un coro que sólo podía describirse como «glorioso». El inspector jefe sintió que resonaba en lo más profundo de su ser. A pesar de lo que le había ocurrido a Beauvoir. A pesar de lo que le había ocurrido al hermano Mathieu. A pesar de lo que estaba a punto de ocurrir.

Sin que él lo viese, Jean-Guy acababa de llegar a la iglesia. No había vuelto a quedarse dormido desde que Gamache lo había dejado solo, y al final se había despejado. Le dolía todo el cuerpo y, lejos de estar mejorando, cada vez se sentía peor. Había recorrido el largo pasillo como un anciano. Arrastrando los pies. Le crujían las articulaciones y respiraba deprisa, pero cada paso lo acercaba más al lugar donde sabía que debía estar.

No necesariamente en la iglesia. Sino junto a Gamache. Una vez allí, vio al inspector jefe en primera fila.

Sin embargo, su cuerpo lo había llevado hasta donde podía y se dejó caer en el último banco. Se inclinó y dejó las manos colgando sobre el respaldo que tenía delante; no estaba rezando, sino en una especie de inframundo.

El real le parecía muy muy lejano. Al contrario de la música que lo envolvía. Por dentro y por fuera. Sosteniéndolo. Era una melodía sencilla, simple. Voces cantando al unísono. Una voz, una canción. La simplicidad del canto lo calmó y le dio energía.

Allí no había caos. Nada nuevo. Salvo el efecto que la música surtía en él. Eso sí era del todo inesperado.

Notó que lo dominaba una sensación extraña. Algo que lo confundía.

Hasta que se dio cuenta de qué era.

Paz. Una paz completa y absoluta.

Cerró los ojos y se dejó elevar por los neumas; dejó que lo sacasen de sí mismo, del banco, de la iglesia. Lo llevaron fuera de la abadía, sobre el lago y sobre el bosque. Voló con ellos, libre, sin ataduras.

Aquella sensación era mejor que la que le proporcionaban la oxicodona y el acetaminofén. No sentía dolor ni ansiedad, no tenía preocupaciones. No existía un «nosotros» ni un «ellos»; las fronteras y los límites habían desaparecido.

Entonces la música cesó, y Beauvoir descendió poco a poco hasta la tierra.

Abrió los ojos y miró a su alrededor preguntándose si alguien se había percatado de lo que acababa de sucederle. Vio al inspector jefe Gamache en la primera fila y al superintendente Francoeur al otro lado.

Miró a su alrededor. Faltaba alguien.

El dominico. ¿Qué había sido del hombre de la Inquisición?

Se volvió hacia el altar e interceptó una mirada breve de Gamache al superintendente jefe.

«Madre mía —pensó—, no cabe duda de cuánto lo desprecia.»

Armand Gamache observó a los monjes. Habían dejado de cantar, y el abad había regresado al altar en mitad del silencio.

Entonces, una voz interrumpió la quietud. Un tenor cantaba.

El abad se volvió hacia sus monjes. Los monjes dirigieron la vista hacia el abad y después intercambiaron miradas con los ojos bien abiertos y la boca cerrada.

No obstante, aquella voz clara continuó cantando.

El abad, delante del pan y el vino; el cuerpo y la sangre de Cristo. Una hostia suspendida en plena bendición y ofrecida al aire.

La hermosa voz los rodeaba como si se hubiese deslizado entre los rayos de luz para tomar posesión de la iglesia.

Dom Philippe se volvió hacia la pequeña congregación. Para ver si uno de ellos había perdido la cabeza y encontrado la voz. Pero no vio más que a los tres agentes. Separados. Observando. Callados.

Entonces, de detrás de la placa de san Gilberto, apareció el dominico. El hermano Sébastien caminó despacio y con solemnidad hasta el centro de la iglesia. Y allí se detuvo.

—No te oigo —cantó con un tempo rápido, mucho más veloz y ligero que cualquier canto gregoriano que se hubiera oído jamás en aquella abadía. Los versos en latín llenaron el aire—. Tengo un plátano en la oreja.

La música por la que había muerto el prior cobraba vida.

—No soy un pez —cantó el dominico mientras recorría el pasillo entre los bancos—. No soy un pez.

Los monjes y el abad se quedaron paralizados. A su alrededor danzaban los pequeños arcoíris que nacían a medida que el sol de la mañana disipaba la niebla. El hermano Sébastien se dirigió al altar con la cabeza bien erguida y las manos ocultas en las mangas; su voz llenó el vacío.

—¡Basta!

No fue tanto una orden como un alarido. Un aullido.

Sin embargo, el dominico no interrumpió el canto ni su avance. Continuó implacable y sin prisa hacia el altar. Y hacia los monjes.

Armand Gamache se levantó despacio y sin quitar ojo al monje que al fin se había separado del resto.

La voz solitaria.

—¡Nooo! —chilló el hermano como si le doliese.

Como si la música le quemase la piel, como si la Inquisición estuviera quemando vivo a su último monje.

El hermano Sébastien se detuvo justo delante del abad antes de subir los escalones.

—*Dies irae* —cantó el hermano Sébastien.

«Día de ira.»

—Basta —imploró el monje.

Había dado un paso hacia el dominico y estaba arrodillado en el suelo.

—Por favor...

Y el dominico calló y lo único que quedó en la iglesia fueron los sollozos del joven. Y la luz dichosa.

—Usted mató al prior —afirmó Gamache en voz baja—. *Ecce homo.* «He aquí el hombre.» Y lo mató por eso.

—Ave María Purísima.

—Sin pecado concebida.

El abad se santiguó.

—Adelante, hijo.

Se produjo un largo silencio. Dom Philippe sabía que aquel viejo confesionario había sido testigo de muchas cosas a lo largo de los siglos, pero ninguna tan vergonzosa como la que estaba a punto de confesar el monje.

Claro que Dios ya lo sabía. Debía de saberlo incluso antes de que el hermano asestase el golpe. Antes de que se gestase la idea. La confesión no era para el Señor, sino para el pecador, la oveja que se había descarriado del rebaño, que se había perdido en tierra de lobos.

—He cometido un asesinato: yo maté al prior.

Jean-Guy Beauvoir sentía como si tuviera bichos por toda la piel y se preguntó si la enfermería estaría infestada de chinches o de cucarachas.

Se pasó las manos por los brazos e intentó alcanzar los que le recorrían la columna. El inspector jefe y él estaban en el despacho del prior, ocupándose del papeleo, tomando notas, empaquetando cosas. Eran los últimos preparativos que les quedaban por hacer antes de partir con el barquero.

El superintendente jefe Francoeur se había encargado del arresto y tras ocuparse del prisionero había avisado para que los recogiese la avioneta. Estaba sentado en la iglesia mientras el monje asesino confesaba. No ante la policía, sino ante su confesor.

A Beauvoir el malestar le llegaba a ratos. Iba aproximándose hasta que de pronto el inspector apenas conseguía estarse quieto. Tenía bichos debajo de la ropa, y las olas de ansiedad lo cubrían hasta que casi no era capaz ni de respirar.

Y otra vez el dolor. En el vientre, en la médula. El pelo, los ojos, los labios secos. Le dolía todo.

—Necesito una pastilla —dijo, casi sin poder concentrar la mirada en el hombre que tenía delante.

Vio que Gamache alzaba la vista de la hoja en la que estaba tomando notas y se la clavaba.

—Por favor, sólo una. Y después lo dejo. Una para llegar hasta casa.

—El doctor dice que te tomes la dosis máxima de paracetamol.

—¡No quiero paracetamol! —gritó Beauvoir, y dio una palmada fuerte en la mesa—. Por el amor de Dios... Por favor. Será la última, se lo juro.

El inspector jefe sacó dos comprimidos con mucha calma y rodeó la mesa con un vaso de agua en la mano. Jean-Guy cogió las pastillas y las tiró al suelo.

—Ésas no. El paracetamol no me hace nada. Necesito las otras.

Adivinó la silueta del frasco en el bolsillo de la chaqueta de su superior.

Jean-Guy Beauvoir sabía que no debía hacerlo. Sabía que significaría cruzar esa línea y que jamás conseguiría revertir las consecuencias. Pero, al fin y al cabo, daba igual lo que supiese, porque sólo existía el dolor. Y el cosquilleo, la ansiedad y la necesidad.

Se levantó de la silla con el ímpetu que le quedaba y agarró a Gamache del bolsillo hasta que ambos chocaron contra la pared de piedra.

—Yo maté al prior.

—Continúa, hijo —respondió el abad.

Se hizo un silencio, aunque no fue total. Dom Philippe oyó al hombre que estaba al otro lado de la rejilla respirar con mucha dificultad.

—No era mi intención. No era lo que pretendía.

El tono de voz rayaba la histeria, y el abad sabía que eso no ayudaría.

—No tengas tanta prisa —le aconsejó—. Cuéntame lo que sucedió, pero con tranquilidad.

Se produjo otro silencio y el monje intentó recobrar la compostura.

—El hermano Mathieu quería hablar sobre la pieza que había compuesto.

—¿La compuso Mathieu?

El abad sabía que no debía hacer preguntas durante una confesión, pero no logró reprimirse.

—Sí.

—¿La música y la letra? —preguntó dom Philippe, y se prometió que ésa sería la última interrupción.

En silencio, le rogó a Dios que lo perdonase por mentir.

Sabía que haría más preguntas.

—Sí. Bueno, había compuesto la melodía y después añadió lo primero que se le ocurrió en latín y que encajaba con la métrica. Quería que yo escribiese una letra de verdad.

—¿Quería que compusieses una oración?

—Más o menos. Yo tampoco soy un experto en latín, pero a cualquiera se nos daba mejor que a él. Creo que lo que buscaba era un aliado; quería que la popularidad del canto gregoriano creciese aún más y pensó que si lo modernizaba un poco, llegaríamos a un público mayor. Yo intenté disuadirlo, porque no era lo correcto. Era una blasfemia.

El abad aguardó en silencio y esperó el resto. No tardó en llegar.

—El prior me entregó el canto nuevo hará una semana. Me dijo que si lo ayudaba, me dejaría cantarlo en el segundo disco. Que sería el solista. Estaba muy emocionado y, al principio, me contagié de su entusiasmo. Hasta que me fijé mejor y me di cuenta de lo que había hecho. La composición no tenía nada que ver con la gloria del Señor sino con su propio ego. Él esperaba que yo accediese y, cuando me negué, no daba crédito.

—¿Qué hizo el hermano Mathieu?

—Intentó sobornarme. Y después se enfureció. Me amenazó con echarme del coro.

Dom Philippe trató de imaginar lo que eso supondría: ser el único monje en no participar del canto gregoriano. El único excluido de la gloria. De la comunidad. En el ostracismo. En completo silencio.

Eso no era vida.

—Tenía que impedírselo. Lo habría arruinado todo: la música, el monasterio. A mí.

La voz incorpórea hizo una pausa para poder sosegarse. Y cuando prosiguió, habló tan bajo que el abad tuvo que acercar la oreja a la rejilla para entenderlo.

—Era una blasfemia. Usted mismo lo ha oído, padre. Usted sabe que había que pararle los pies de algún modo.

Sí, pensó el abad. Lo había oído. Sin dar crédito a lo que veían sus ojos ni a lo que escuchaban sus oídos, había contemplado al dominico acercarse entre las dos hileras de bancos de la iglesia. El abad había sido el primero en sorprenderse, incluso en enfadarse, pero entonces, que Dios lo asistiese, la ira había desaparecido: la música lo había seducido.

Mathieu había creado un canto llano con un ritmo complejo. La música había podido con las últimas defensas de dom Philippe, muros que ni siquiera sabía que continuaban en pie. Y las notas, los neumas, la hermosa voz, le habían tocado la fibra sensible.

Durante unos instantes, el abad se había sumido en una felicidad completa y absoluta. El amor había resonado en su interior. Amor hacia Dios, hacia el hombre. Hacia sí mismo. Hacia todas las personas y todas las cosas.

Pero ahora no oía más que los sollozos procedentes del otro lado de la rejilla del confesionario.

El hermano Luc había escogido al fin: había salido de la portería y había asesinado al prior.

Gamache se sintió impulsado hacia atrás e intentó agarrarse a algo. Chocó de espaldas contra la pared de piedra y se quedó sin respiración.

Pero mucho mayor fue el impacto que sufrió una décima de segundo antes de darse el golpe, cuando se dio cuenta de quién lo había empujado.

Mientras intentaba coger aire, notó que Jean-Guy le metía la mano en el bolsillo, buscando las pastillas.

Le cogió la mano y se la retorció. Beauvoir soltó un alarido y forcejeó con mayor ferocidad, con aspavientos y gemidos. Gamache recibió manotazos en la cara y en el pecho, y el inspector lo empujó de nuevo en un último intento ciego y desesperado de conseguir lo que su superior guardaba en la chaqueta.

No importaba nada más. Beauvoir se retorció y lo empujó, y habría escarbado en cemento con tal de hacerse con el frasco.

—¡Para, Jean-Guy! ¡Ya basta! —gritó Gamache, aunque sabía que no serviría de nada.

Beauvoir estaba fuera de sí. El inspector jefe le puso el antebrazo en la garganta y justo entonces vio algo que estuvo a punto de pararle el corazón.

Jean-Guy Beauvoir había ido a por el arma.

—Todos esos neumas... —lloriqueó el hermano Luc con la voz ahogada y lacrimosa.

El abad lo oyó sorberse la nariz e imaginó que se pasaba la larga manga negra por la cara.

—No daba crédito. Pensé que era una broma, pero, según el prior, era su obra maestra. El resultado de toda una vida estudiando el canto gregoriano. Eran distintas voces de canto llano y debían cantarse a la vez. El resto de los neumas eran para instrumentos. Un órgano, violines y una flauta. Llevaba años componiéndolo, padre abad. Y usted ni siquiera lo sabía.

El tono del joven era acusador. Como si fuese el prior quien había pecado, y el abad el que había cometido el error.

Dom Philippe miró a través de la rejilla del confesionario. Quería ver al otro lado, al joven que había seguido desde el seminario. Al que había vigilado desde la distancia mientras crecía y maduraba y decidía ordenarse monje. Mientras le cambiaba la voz, y la dirigía de la cabeza al corazón. Había sido un trayecto muy largo.

No obstante, y sin que el abad ni el prior se percatasen de ello, el cambio no se había producido por completo.

Aunque su voz era muy hermosa, se le había encallado en un nudo en la garganta.

Tras el éxito del primer disco, pero antes de que se manifestase la brecha, Mathieu y el abad se habían reunido en el jardín para mantener una de sus charlas. Según Mathieu, había llegado el momento: el coro necesitaba al joven. Quería trabajar con él y hacer lo posible por salvar esa voz extraordinaria de las manos de un maestro de coro peor dotado para la tarea.

Uno de los hermanos más ancianos acababa de morir, y el abad accedió, aunque no sin reparos. El hermano Luc era aún muy joven, y aquél, un monasterio muy apartado.

Pero Mathieu había sido muy persuasivo.

Y ahora, intentando ver a su asesino a través de la rejilla, el abad se preguntó si era la voz lo que el maestro de coro había querido influir, o al propio monje.

¿Era consciente de que el resto de los hermanos podrían mostrar reticencias a la hora de cantar una pieza tan revolucionaria? En cambio, si lograba reclutar al monje joven y solitario y llevarlo al monasterio, podría conseguir que lo hiciera él. No sólo cantaría la melodía, sino que además podría escribir la letra.

Mathieu era cautivador, y Luc fácil de impresionar. O al menos eso había creído el prior.

—¿Qué ocurrió? —preguntó el abad.

Hubo un silencio; respiración entrecortada.

El abad no insistió. Intentó convencerse de que lo guiaba la paciencia, pero sabía que era por miedo: no quería escuchar lo que iba a continuación. Tenía el rosario en la mano y movía los labios. Esperó.

Gamache le agarró la mano a Beauvoir e intentó obligarlo a que soltase la pistola. De la garganta de Jean-Guy salió un lamento, un grito de desesperación. Estaba oponiendo una resistencia salvaje, agitando los brazos, dando patadas al aire y sacudidas para liberarse, pero al final el inspector jefe consiguió torcerle el brazo detrás de la espalda y enseguida se oyó el ruido metálico del arma al caer al suelo.

Ambos estaban sin aliento. Gamache le sujetó la cara contra el muro de piedra y, mientras Beauvoir se resistía y daba coces, se mantuvo firme.

—¡Suéltame! —le chilló el inspector a la piedra—. Esas pastillas son mías. ¡Mías!

El inspector jefe lo mantuvo sujeto contra la pared hasta que poco a poco Beauvoir dejó de retorcerse y de dar sacudidas, y no quedó más que un hombre jadeante. Un joven exhausto.

Gamache le quitó la pistolera del cinturón y después le metió la mano en el bolsillo y sacó la placa de la Sûreté. Por último, se agachó a recoger el arma y le dio la vuelta a Beauvoir.

Al joven le sangraban los rasguños que se había hecho en la cara.

—Nos vamos de aquí, Jean-Guy. Vamos a subirnos a esa lancha y cuando lleguemos a Montreal, te llevaré directamente a rehabilitación.

—¡Y una mierda! Yo no vuelvo allí. ¿Crees que quedándote con las pastillas lo solucionarás? Puedo conseguir más; no necesito ni salir de la comisaría.

—No vas a llegar a la comisaría. Estás suspendido. ¿No creerás que voy a dejarte ir por ahí con una pistola y las pastillas? Vas a coger la baja, y cuando los médicos digan que estás bien, hablaremos de tu reincorporación.

—Que te follen —escupió Beauvoir.

Un hilo de saliva le colgó de la barbilla.

—Si no vas por voluntad propia, te arrestaré por agresión y haré que el juez te obligue a ir a terapia. Sabes que lo haré.

Beauvoir miró a Gamache a los ojos. Sabía que aquello era cierto.

El inspector jefe se guardó la identificación y la placa en el bolsillo. Beauvoir tenía la boca abierta y le cayó una gota de saliva en el jersey. Con los ojos vidriosos y muy abiertos, empezó a tambalearse.

—No puedes suspenderme de empleo.

Gamache respiró hondo y dio un paso atrás.

—Sé que éste no eres tú. Son las malditas pastillas. Están matándote, Jean-Guy, pero te pondremos en tratamiento y lo solucionaremos. Confía en mí.

—Sí, como confié en ti en la fábrica. O como lo hicieron los demás.

A pesar del aturdimiento, Beauvoir se dio cuenta de que había metido el dedo de pleno en la llaga. El inspector jefe se había estremecido al oír lo que decía.

Y Jean-Guy se alegró.

Lo miró mientras Gamache guardaba sin prisa el arma en la pistolera y se la colgaba del cinturón.

—¿Quién te dio las pastillas?

—Ya te lo he dicho: las encontré en la habitación, con la nota del médico.

—Pues no te las dio él.

Beauvoir tenía razón: podía conseguir oxicodona en cualquier momento. En Quebec la había por todas partes; el mismo almacén de pruebas materiales de la Sûreté estaba a rebosar de ese fármaco. Algunas de las bolsas incluso llegaban a los juicios.

Gamache permaneció inmóvil.

Sabía quién se las había proporcionado.

—*Ecce homo* —dijo el abad—. ¿Por qué pronunció Mathieu esas palabras cuando estaba a punto de fallecer?

—Es lo que dije yo cuando lo ataqué.

—¿Por qué?

Hubo otro silencio y más respiración entrecortada.

—No era el hombre que yo creía.

—Es decir, que era sólo un hombre —sugirió el abad—. No era el santo que tú creías. Era un experto a nivel mundial en canto gregoriano; un genio, incluso.

Pero no era más que un hombre. Y tú esperabas de él que fuese más.

—Lo amaba. Habría hecho cualquier cosa por él. Pero me pidió que lo ayudase a dañar el canto gregoriano, y eso no podía consentirlo.

—¿Fuiste al jardín sabiendo que tal vez lo matarías? —preguntó dom Philippe, aunque lo hizo con tono neutro—. Entraste allí con la vara de hierro en la mano.

—Tenía que impedirle que continuase con aquello. En el jardín intenté razonar con él, convencerlo de que cambiase de opinión. Rompí la partitura que me entregó, porque pensaba que era la única copia que tenía.

De pronto se quedó sin voz, pero el jadeo continuó. Una respiración rápida y superficial.

—El hermano Mathieu estaba furioso. Me aseguró que me echaría del coro. Que me obligaría a sentarme en uno de los bancos.

El abad escuchaba al hermano Luc, pero veía a Mathieu. No al amigo afectuoso, amable y piadoso, sino a un hombre que se había dejado arrastrar por la rabia. Frustrado. Denegado. Dom Philippe a duras penas era capaz de enfrentarse a una personalidad tan arrolladora y empezaba a comprender la impotencia del hermano Luc. Y que reaccionase contraatacando.

—Lo único que yo quería era cantar canto gregoriano. Vine aquí para estudiar con el prior y cantar. Nada más. ¿Por qué no bastaba con eso?

La tensión le estranguló la voz hasta que sus palabras se volvieron ininteligibles. Aun así, el abad trató de entender lo que decía. El hermano Luc lloraba y le imploraba que lo comprendiese. Y el abad se dio cuenta de que empatizaba con él.

Mathieu era humano, igual que el joven.

Y que él.

Dom Philippe apoyó la cabeza sobre las manos y permitió que los sollozos del joven lo envolvieran.

• • •

Armand Gamache dejó a Beauvoir en el despacho del prior y se dirigió a la iglesia. Sentía que su rabia aumentaba con cada paso.

Los fármacos acabarían matando a Jean-Guy: un descenso largo y lento hacia la tumba. Gamache no lo dudaba. El hombre responsable de aquello, tampoco. Y, a pesar de todo, había continuado con el plan.

El inspector jefe empujó la puerta de la iglesia con tanta fuerza que ésta se estrelló contra la pared. Vio que los monjes volvían la cabeza hacia el estruendo.

También vio a Sylvain Francoeur mirar hacia la puerta. Y Gamache, con calma y nervios de acero, se acercó a él y comprobó cómo a ese rostro atractivo se le borraba la sonrisa.

—Tenemos que hablar, Sylvain.

Francoeur retrocedió. Subió los escalones del presbiterio de espaldas.

—Ahora no es el momento, Armand. La avioneta está a punto de llegar.

—Justo ahora es el momento.

Gamache continuó avanzando sin apartar la vista de Francoeur. Tenía un pañuelo en la mano.

Se acercó al superintendente jefe dando zancadas largas y firmes, y abrió el puño para revelar el frasco de pastillas.

Francoeur dio media vuelta para echar a correr, pero Gamache fue más rápido y lo atrapó contra la sillería del coro. Los monjes se dispersaron. El único que permaneció donde estaba fue el dominico, pero sin hacer ni decir nada.

Gamache pegó el rostro al de su superior.

—¡Podrías haberlo matado! —le rugió—. Casi lo consigues. ¿Cómo eres capaz de hacerle algo así a uno de los tuyos?

El inspector jefe lo había cogido por la camisa y tiraba de ella. Notaba el aliento cálido del superintendente en la cara; bocanadas cortas y aterradas.

Y lo tuvo claro. Un poco más de presión. Un momento más y el problema desaparecería. Aquel hombre desaparecería. Una vuelta más.

¿Quién se lo tendría en cuenta?

En ese instante, Gamache lo soltó. Y dio un paso atrás sin dejar de mirar al superintendente con ira. La respiración del inspector jefe se había vuelto rápida y superficial. Le costó, pero recuperó el control.

—La has cagado —declaró Francoeur en un susurro ronco.

—¿Qué pasa aquí?

Ambos se volvieron y vieron a Jean-Guy Beauvoir aferrado al respaldo de un banco, mirándolos con la cara pálida y brillante.

—Nada —respondió Gamache, y se recolocó la chaqueta—. La barca ya debe de estar fuera. Recogemos todo y nos vamos.

El inspector jefe bajó los escalones del presbiterio y fue hacia la puerta que conducía al despacho del prior. Hasta que se dio cuenta de que caminaba solo. Entonces dio media vuelta.

Francoeur no se había movido del sitio. Y Beauvoir tampoco.

Gamache regresó despacio hasta el pasillo que había entre los bancos sin apartar la vista del inspector.

—¿Me has oído, Jean-Guy? —preguntó—. Tenemos que irnos.

—Me parece que el inspector Beauvoir no se decide —apuntó Francoeur mientras se alisaba la ropa.

—Me has suspendido de empleo —respondió Beauvoir—. No necesito rehabilitación. Si voy contigo, debes prometerme que no me harás ir.

—No puedo hacer eso —afirmó Gamache, sosteniéndole la mirada a su inspector, que tenía los ojos inyectados en sangre—. Necesitas ayuda.

—Eso es ridículo —intervino el superintendente jefe—. A ti no te pasa nada; lo que necesitas es un jefe que no te trate como a un niño. Si crees que ahora estás metido en un lío, espera a que se entere de lo tuyo con Annie.

Beauvoir se volvió de golpe hacia Francoeur. Y después miró a Gamache.

—Ya sabemos que estáis juntos —le explicó el inspector jefe sin dejar de mirarlo—. Lo sabemos desde hace meses.

—¿Y por qué no has dicho nada? —preguntó Francoeur—. ¿Te avergüenzas? ¿Tenías la esperanza de que no durase? ¿De que tu hija entrase en razón? A lo mejor por eso quiere humillarte, Beauvoir. Quizá por eso te ha suspendido y quiere enviarte a una clínica. Con un solo golpe de gracia acaba con tu carrera y con tu relación. ¿O crees que Annie querrá casarse con un adicto?

—Respetamos vuestra intimidad —contestó Gamache, sin hacer caso del superintendente jefe—. Sabíamos que nos lo contaríais cuando estuvieseis listos. Y nos alegramos muchísimo. Por los dos.

—No se alegra en absoluto —contraatacó Francoeur—. Míralo, se le nota en la cara.

Gamache avanzó un paso con cautela, como si se acercase a un ciervo asustadizo.

—Mírame, Jean-Guy. Supe que estabais saliendo cuando vi las lilas. Las flores que recogimos juntos y que tú le regalaste a ella. ¿Te acuerdas?

Le hablaba con voz suave. Comprensiva.

Le ofreció la mano derecha. Un salvavidas. Jean-Guy notó el leve temblor de la mano que tan bien conocía.

—Regresa conmigo —lo instó Gamache.

En la iglesia se hizo un silencio total.

—Te dejó tirado en el suelo de la fábrica, muriéndote —sonó la voz con tono moderado—. Fue a ayudar a los demás y te dejó solo. No te quiere. Ni siquiera le caes bien. Y lo que está claro es que no te respeta. De lo contrario, no te suspendería. Lo que quiere es humillarte. Castrarte. Devuélvele la pistola, Armand. Y la placa también.

Pero Gamache no se movió. Continuó con la mano tendida y la mirada clavada en el joven.

—El superintendente jefe Francoeur ha leído tu expediente. Los informes de la terapia —dijo Gamache—. Por eso sabe que estás con Annie. Por eso sabe tanto sobre ti. Todo lo que creías que era confidencial, todo lo que le contaste a la terapeuta, lo ha leído y está utilizándolo para manipularte.

—Ya está tratándote como a un niño otra vez. Como si manipularte fuese tan fácil. Armand, puede que tú no te fíes de que lleve el arma, pero yo sí.

Francoeur se quitó la pistolera y se acercó a Beauvoir.

—Toma. Sé que no eres adicto a nada y nunca lo has sido. Sufrías dolores y necesitabas la medicación. Yo lo entiendo.

Gamache se volvió hacia el superintendente jefe y reprimió el impulso de sacar la pistola que acababa de colgarse del cinturón y terminar con el asunto de una vez por todas.

«Respira hondo —se dijo—. Inspira, espira.»

Cuando sintió que podía hablar con seguridad, se dirigió a Beauvoir:

—Tienes que escoger.

Beauvoir miró al inspector jefe y después a Francoeur. Ambos le tendieron una mano. Uno le ofrecía un temblor leve, y el otro, un arma.

—¿Vas a llevarme a rehabilitación?

Gamache lo miró impasible por un momento y después asintió con la cabeza.

Se hizo un silencio largo, que al final Beauvoir interrumpió. No con palabras, sino con actos: se apartó de él.

De pie en la orilla, el inspector jefe contempló cómo el hidroavión se alejaba del muelle con Francoeur, el hermano Luc y Beauvoir a bordo.

—Entrará en razón —dijo el dominico, que acababa de llegar al embarcadero.

Gamache no respondió. Se limitó a observar cómo la avioneta daba saltos sobre las olas. Entonces se volvió hacia el hermano Sébastien.

—Supongo que usted también se marchará pronto.

—No tengo prisa —contestó el monje.

—¿De verdad? ¿Ni siquiera para llevar el libro de cantos a Roma? Porque ha venido a eso, ¿no?

—Tiene razón, pero he estado pensando. Es un libro muy antiguo. Puede que sea demasiado frágil para soportar ese viaje. Antes de hacer nada, lo meditaré bien; quizá rece para que Dios me ayude con la decisión. Podría llevarme un tiempo. Y según el estándar de la Iglesia, «un tiempo» podría ser una temporada muy larga.

—No espere usted demasiado —le advirtió Gamache—. Siento tener que recordarle que los cimientos están hundiéndose.

—Sí, es cierto. En cuanto a eso, he hablado con el jefe de la Congregación para la Doctrina de la Fe. La insistencia del abad en mantener los votos de silencio y humildad le han causado muy buena impresión. Ha resistido a las presiones, incluso ante la posibilidad de que el monasterio se viniese abajo.

Gamache asintió.

—Se ha mantenido firme al timón.

—Eso es justo lo que ha dicho el Santo Padre. Él también estaba asombrado.

Gamache enarcó las cejas.

—Hasta el punto de que el Vaticano está estudiando la posibilidad de costear la restauración de Saint-Gilbert. Ya perdimos a los gilbertinos una vez y sería una pena perderlos de nuevo.

Gamache sonrió y asintió. Era el milagro que esperaba Dom Philippe.

—Cuando me pidió que cantase la pieza del hermano Mathieu, ¿sabía que sería el hermano Luc quien reaccionaría —preguntó el dominico— o fue una sorpresa?

—Bueno, sospechaba que sería él, pero no estaba seguro.

—¿Por qué sospechaba del hermano Luc?

—En primer lugar, el asesinato se produjo después de laudes. Cuando me fijé en adónde iba cada monje tras el oficio, era evidente que él era el único que se quedaba solo. Nadie había ido a visitarlo a la portería. Nadie recorrió ese pasillo. Sólo el hermano Luc podría haber ido al jardín sin ser visto, porque los demás trabajaban en grupo.

—Salvo el abad.

—Es cierto, y durante un tiempo también sospeché de él. De hecho, hasta el final he tenido mis dudas sobre casi todos. Me di cuenta de que, aunque dom Philippe no estaba confesando el crimen, tampoco se exoneraba. Nos contó una mentira sabiendo que la descubriríamos: nos dijo que a esa hora estaba en el sótano echando un vistazo al sistema geotérmico. Quería que supiésemos que estaba solo.

—Pero debía de ser consciente de que eso lo convertiría en sospechoso —apuntó el hermano Sébastien.

—Es lo que quería. Sabía que uno de sus monjes había cometido el crimen y, hasta cierto punto, se sentía responsable. Por eso decidió exponerse a que le echásemos la culpa a él. Sin embargo, ése fue otro de los motivos que me hicieron sospechar del hermano Luc.

—¿En qué sentido?

La avioneta ya sólo rozaba las olas; estaba despegando. Gamache le habló al monje, pero sólo tenía ojos para el pequeño hidroavión.

—El abad no dejaba de preguntarse cómo podía habérsele pasado por alto algo así. Cómo no lo había visto venir. Desde el principio, dom Philippe me pareció un hombre muy observador, mucho más que los demás. No se le escapaba casi nada. Así que empecé a preguntarme lo mismo: ¿cómo era posible que el abad no lo hubiera visto venir? Y se me ocurrieron dos respuestas posibles: que no se le hubiese escapado nada porque él mismo era el asesino, o que se le hubiera pasado porque el asesino era un monje al que no conocía demasiado bien. El nuevo. El que escogía pasar todo el tiempo en la portería. Nadie sabía gran cosa de él. Ni siquiera el prior, al parecer.

La avioneta estaba ya en el aire. La niebla había desaparecido, y Gamache se protegió los ojos de la luz intensa del sol para verla volar.

—*Ecce homo* —dijo el hermano Sébastien, mirando al inspector jefe.

Entonces se fijó en el monasterio. El abad había salido y se aproximaba hacia ellos.

—Dom Philippe ha confesado al hermano Luc —confirmó el dominico.

—Ya es más de lo que he hecho yo.

Gamache lanzó una mirada breve al monje antes de dirigirla de nuevo al cielo.

—Imagino que el hermano Luc se lo contará todo: formará parte de su penitencia. Además de los avemaría que tendrá que rezar durante el resto de su vida.

—¿Y bastará con eso? ¿Recibirá el perdón?

—Espero que sí.

El dominico observó al inspector jefe Gamache.

—Se arriesgó al pedirme que cantase la pieza. ¿Qué habría pasado si el hermano Luc no hubiese reaccionado?

Gamache asintió.

—Sí, ha sido arriesgado, pero necesitaba que el asunto se resolviese deprisa. Aposté a que si ver la partitura había sido suficiente para que el hermano Luc cometiese un asesinato, oír el canto en la iglesia también le provocaría alguna reacción violenta.

—¿Y de no haber sido así? ¿Si no se hubiera delatado? ¿Qué habría hecho usted?

Gamache se volvió para mirarlo a la cara.

—Creo que ya lo sabe.

—¿Se habría marchado con el inspector para ingresarlo en una clínica? ¿Nos habría dejado con un asesino?

—Habría regresado, pero sí: me habría marchado con Beauvoir.

Ambos observaron la avioneta.

—Haría cualquier cosa por salvarle la vida, ¿verdad?

Al ver que Gamache no iba a contestar, el dominico regresó al monasterio.

Jean-Guy Beauvoir miró la superficie centelleante del lago por la ventanilla.

—Toma, para ti —dijo Francoeur, y le lanzó algo.

Beauvoir atrapó el frasco de pastillas en el aire. Y cerró la mano.

—Gracias.

Sin perder ni un solo instante, lo destapó y se tomó dos comprimidos. Después apoyó la cabeza en la fría ventanilla.

La avioneta viró y sobrevoló el monasterio de Saint-Gilbert-Entre-les-Loups.

Jean-Guy miró hacia abajo en ese momento. Había unos cuantos monjes fuera del perímetro, recogiendo arándanos. Entonces se dio cuenta de que no llevaba bombones para Annie. De todos modos y por desagradable que le resultase, le daba la sensación de que ya no importaba.

Con la cabeza apoyada en el cristal, vio a algunos monjes agachados en el huerto. Y uno en el corral de las gallinas. Las chantecler salvadas de la extinción. Igual que los gilbertinos. Y el canto gregoriano.

También vio a Gamache en la orilla con la vista alzada. Junto a él se encontraban el abad y el dominico, pero éste ya se alejaba.

Beauvoir notó el efecto de las pastillas. El dolor empezó a amainar, y el agujero, a sanar. Suspiró con alivio. Y se sorprendió al darse cuenta de por qué Gilberto de Sempringham había escogido ese diseño único para los hábitos. Túnicas largas de color negro con una esclavina y capucha blancas.

Desde arriba, desde el cielo o una avioneta, los gilbertinos parecían cruces. Cruces vivientes.

No obstante, a la vista de Dios y de Beauvoir había algo más.

A diferencia de ellos, el monasterio de Saint-Gilbert-Entre-les-Loups no era una cruz. Sobre el papel, dom Clément lo había dibujado con forma de crucifijo, pero se trataba de otra falsedad de los arquitectos medievales.

En realidad, el monasterio era un neuma. Sus alas eran curvas como las de un pájaro.

Era como si Saint-Gilbert-Entre-les-Loups estuviera a punto de echar a volar.

En ese instante, el inspector jefe Gamache levantó la vista. Y Beauvoir la apartó.

Gamache contempló la avioneta hasta que dejó de verla. Entonces se volvió hacia el abad, que acababa de llegar.

—Sé lo horrible que ha sido esto para usted.

—Para todos —afirmó dom Philippe—. Espero que aprendamos de ello.

Gamache tardó un momento en contestar.

—¿Cuál es la lección que debemos aprender?

El abad pensó un instante.

—¿Sabe por qué el monasterio se llama Saint-Gilbert-Entre-les-Loups y por qué nuestro emblema son dos lobos entrelazados?

El inspector jefe negó con la cabeza.

—Había dado por sentado que venía de la época en que llegaron los primeros monjes desde Europa. Que hacía referencia a la domesticación de lo salvaje, a domesticar la naturaleza. Algo así.

—Tiene razón: es de cuando dom Clément y los demás llegaron aquí —respondió el abad—. Es por una historia que les contó uno de los montañeses.

—¿Una historia de los nativos? —preguntó Gamache, sorprendido porque los gilbertinos se inspirasen en algo que habrían considerado pagano.

—Dom Clément lo relata en sus diarios. Uno de los ancianos les contó que, cuando era niño, su abuelo se había acercado a él un día y le había dicho que dentro tenía dos lobos que luchaban entre sí. Uno era gris, y el otro negro. El gris quería que su abuelo fuese valiente, paciente y considerado. El otro, el negro, quería que su abuelo fuera cruel y aterrador. La historia asustó al niño, que se pasó varios días dándole vueltas, hasta que fue a ver a su abuelo y le preguntó: «¿Cuál de los dos ganará, abuelo?»

El abad esbozó media sonrisa y observó al inspector jefe.

—¿Sabe qué respondió el anciano?

Gamache negó con la cabeza. Su expresión era tan triste que a dom Philippe casi se le partió el corazón.

—«El que yo alimente» —contestó el abad.

Gamache miró el monasterio, que permanecería en pie durante generaciones. Saint-Gilbert-Entre-les-Loups. Había traducido mal el nombre: no era «san Gilberto entre los lobos», sino «flanqueado» por ellos. En ese espacio en el que la posibilidad de escoger era perpetua.

El abad vio que Gamache llevaba un arma colgada del cinturón y se percató de su expresión sombría.

—¿Le gustaría que lo confesara?

El inspector jefe miró al cielo y notó el viento del norte en la cara. «Hay un mal que nos va a asolar.»

A Armand Gamache le pareció oír el motor de una avioneta en la lejanía, hasta que éste enmudeció y no quedó más que un gran silencio.

—Creo que todavía no, padre.

AGRADECIMIENTOS

Un bello misterio nació a raíz de mi fascinación por la música y la relación —muy personal y desconcertante— que mantengo con ella. Me encanta. Son varias las piezas que han inspirado cada uno de mis libros, y estoy convencida de que el efecto que la música tiene en mi proceso creativo se acerca a la magia. Cuando viajo en avión, voy de paseo o escucho música en el coche, visualizo escenas del libro en el que estoy trabajando o que empezaré en breve. Siento los personajes. Los oigo, los percibo, y el proceso me entusiasma. Gamache y Clara y Beauvoir cobran vida de forma mucho más nítida cuando escucho algunas obras en concreto. Es un acto transformador. Diría que incluso espiritual. Siento la divinidad de la música.

Sé que no soy, ni mucho menos, la única persona a la que le ocurre.

Cuando me preparaba para escribir esta novela leí mucho, y entre los libros que consulté se encuentra uno del profesor Daniel J. Levitin, de la Universidad McGill, titulado *Tu cerebro y la música* y que aplica la neurociencia a la música: el efecto que causa en el cerebro.

Quería explorar este bello misterio, el misterio de cómo bastan unas cuantas notas para transportarnos a otro tiempo y otro espacio. La música puede evocar personas, acontecimientos, sentimientos. Puede imbuirte de valor o provocar que te deshagas en lágrimas. Y en el caso de este libro quería explorar el poder de los cantos antiguos.

El canto gregoriano. El efecto que tienen sobre quienes los cantan y quienes los escuchan.

Mientras escribía *Un bello misterio* recibí mucha ayuda. De familiares y de amigos. Libros, vídeos y experiencias personales, sin olvidar la estancia tranquila y sorprendente que pasé en un monasterio.

Me gustaría dar las gracias a Lise Desrosiers, mi maravillosa asistente; gracias a ella puedo concentrarme en escribir mientras se ocupa de todo lo demás. Gracias a mis editores, Hope Dellon, de Minotaur Books, en Nueva York, y Dan Mallory, de Little, Brown, en Londres, por toda la ayuda que me han prestado en esta novela. Gracias a Teresa Chris y Patty Moosbrugger, mis agentes. A Doug y a Susan, mis primeros lectores. A Marjorie, por estar siempre tan dispuesta a ayudar.

Y gracias a mi marido, Michael. En mi vida hay un misterio aún más potente y desconcertante que la música, y es el amor. Un misterio que jamás resolveré, aunque tampoco quiero hacerlo. Me limito a disfrutar yendo adondequiera que me lleve mi amor por Michael.

Y gracias a vosotros, por leer mis novelas y darme vida más allá de la imaginación.